D0708847

LE DOMAINE

NELSON DEMILLE

LE DOMAINE

Traduit de l'anglais (États-Unis)
par Bernard Ferry

DU MÊME AUTEUR
CHEZ LE MÊME ÉDITEUR

La Nuit des mirages
Opération Wildfire

Titre original
The Gate House

7-13, bd Paul-Émile-Victor – Ile de la Jatte
92521 Neuilly-sur-Seine

Je dédie ce livre à James Nelson DeMille,
ce nouveau chapitre de ma vie.

PROLOGUE

Que ce jardin est beau où les fleurs de la terre
rivalisent avec les étoiles du firmament.
Qui peut se comparer au bassin de cette fontaine
d'albâtre rempli d'une eau cristalline ?
Rien, sinon la lune dans sa plénitude,
resplendissant dans un ciel sans nuages !
Inscription sur un mur de l'Alhambra de Grenade,
citée dans *The Alhambra,* de Washington Irving

Par une belle soirée d'été, dans la lumière de la pleine lune, moi, John Whitman Sutter, j'observe ma femme, Susan Stanhope Sutter qui, montée sur son cheval Zanzibar, traverse Stanhope Hall, sa propriété familiale.

Brillante mais sinistre, la lune illumine le paysage de façon surnaturelle, transformant toutes les couleurs en une palette argentée striée de bleu et de blanc.

Susan traverse une rangée de hauts pins et pénètre dans le domaine voisin, l'Alhambra. Je me demande si elle en a reçu l'autorisation du nouveau propriétaire, un parrain de la mafia nommé Frank Bellarosa.

Des arbres au port majestueux jettent de longues ombres sur les pelouses qui donnent, au loin, sur l'immense villa ornée de stucs. La demeure est plongée dans l'obscurité, sauf au premier étage : la porte-fenêtre du balcon est éclairée. Ce balcon, je le sais, mène à la bibliothèque où Frank Bellarosa est assis dans son fauteuil de cuir.

Susan s'approche de la maison, met pied à terre et attache Zanzibar à un arbre. Elle gagne ensuite un long bassin de marbre creusé au milieu de fausses ruines romaines.

À l'extrémité du bassin se dresse une statue de Neptune brandissant son trident. À ses pieds, un poisson en pierre crache de l'eau dans une large conque d'albâtre qui, à son tour, se déverse dans le bassin.

De l'autre côté du bassin, plus près de moi, trône une statue de la Vierge Marie. Cette sculpture est récente : je sais que la femme de Bellarosa l'a fait installer pour faire pièce au dieu païen à demi nu.

Une douce brise odorante agite les cyprès, et les oiseaux de nuit se mettent à chanter. La nuit est magnifique. Susan semble envoûtée par la lueur de la lune et par ce jardin enchanté. Moi aussi, je suis comme hypnotisé par cette soirée magique.

Tout à coup, Susan ôte ses vêtements et les jette un à un sur la statue de la Vierge, ce qui me sidère et me choque tout à la fois.

Elle gagne le bord du bassin, ses cheveux roux frissonnant dans la brise, et contemple dans l'eau le reflet de son corps nu.

Je brûle d'envie de me déshabiller moi aussi et de la rejoindre. Je constate alors que la lumière s'est éteinte dans la bibliothèque et que les portes du balcon se sont ouvertes. Mal à l'aise, je reste où je suis, dissimulé dans l'ombre.

La silhouette d'un homme se profile contre les murs blancs de l'Alhambra et se dirige à grandes enjambées souples vers le bassin. Je reconnais bientôt Bellarosa, vêtu d'une robe de chambre noire. Il se tient à présent près de Neptune. Son visage me paraît étrange dans la clarté de la lune. Je veux prévenir Susan, mais je n'y arrive pas.

Elle semble ne pas le voir et continue de scruter son reflet dans l'eau. Lui a les yeux fixés sur elle. Je fulmine. Comment cet homme ose-t-il contempler ma femme nue ?

La scène se fige. Susan et Frank sont immobiles à côté de la statue. Je suis, moi aussi, pétrifié, incapable d'intervenir, de protéger Susan.

Soudain, elle prend conscience de la présence de Bellarosa. Pourtant, elle ne réagit pas. C'est inimaginable. Elle ne devrait pas rester ainsi, nue devant cet homme. Je suis furieux contre elle, contre lui. La rage me submerge. Impossible, toutefois, d'exprimer cette rage, de la hurler.

À ce moment-là, Susan fait volte-face. Je crois qu'elle va s'en aller. Elle tourne la tête vers moi, comme si elle avait entendu un bruit. Je m'avance d'un pas. Subitement, elle lève les bras et plonge en arrière dans le bassin avant de nager vers Frank Bellarosa. Maintenant, lui aussi est nu, les bras croisés sur la poitrine. Il est grand, solidement bâti. Nimbé par la lune, il paraît aussi imposant, aussi menaçant que le dieu de pierre.

Je veux crier à Susan de revenir, mais une impulsion me pousse à garder le silence, à attendre la suite.

Susan atteint l'extrémité du bassin et se hisse dans la conque marine remplie d'eau, à côté de Neptune.

Elle et Bellarosa se regardent, gênés, sans bouger. Enfin, il la rejoint dans l'eau peu profonde de la conque.

Ils se parlent. Mais, là où je me trouve, je ne perçois que le bruit de l'eau qui tombe en cascade. Je suis toujours fou de rage, même si je n'arrive pas à croire que Susan soit là de son plein gré. Je m'attends à ce qu'elle plonge à nouveau dans le bassin et s'éloigne à la nage. Pourtant, plus le temps passe, plus je me rends compte que si elle se tient là, nue, devant lui, c'est qu'elle est venue à sa rencontre.

Au moment où j'abandonne tout espoir de la voir partir, elle s'agenouille dans l'eau peu profonde, approche son visage de Bellarosa, prend son sexe dressé dans sa bouche, agrippe ses reins à deux mains et l'attire tout contre elle.

Je ferme les yeux. Lorsque je les rouvre, Susan est allongée sur le dos, ses jambes largement écartées pendant sur le rebord de la conque. Bellarosa a le visage enfoui entre ses cuisses. Brutalement, il relève les jambes de Susan sur ses épaules, semble jaillir hors de l'eau et la pénètre avec tant de force qu'il lui arrache un cri. Puis il poursuit ses assauts jusqu'à ce qu'elle pousse de véritables hurlements.

— Monsieur Sutter ! Monsieur Sutter ! Nous amorçons la descente. Il faut attacher votre ceinture de sécurité.

— Quoi ?

— Nous descendons, insista une voix de femme. Il faut attacher votre ceinture et redresser le dossier de votre siège.

— Oh...

Je redressai donc mon dossier et bouclai ma ceinture, tout en remarquant que j'étais en pleine érection. C'était embarrassant. Qu'est-ce qui avait pu... ? Je me souvins alors de mon rêve.

Je n'ai jamais demandé à Susan où, quand et comment avait débuté sa liaison avec Frank Bellarosa. Personne n'a envie d'apprendre ce genre de péripéties. Il manquait quand même quelque chose au tableau. Si j'en avais eu un, mon psy m'aurait affirmé que mon rêve était une tentative inconsciente de combler cette lacune. Cela dit, dix ans après mon divorce, ça n'avait plus guère d'importance. Pour la procédure, j'avais plaidé l'adultère, que Susan avait reconnu. Le juge n'ayant réclamé ni détails croustillants ni témoignages explicites, je m'étais abstenu d'en rajouter.

L'avion de la British Airways assurant la liaison Londres-New York survola le détroit de Long Island et descendit vers l'aéroport international JFK. On était lundi 27 mai, un peu après 16 heures, il faisait beau. Je me rappelai alors qu'aux États-Unis on célébrait le Memorial Day. En dessous, sur la rive nord de Long Island, s'étirait la Gold Coast, où j'avais vécu dix ans auparavant. En observant avec plus d'attention, j'aurais pu discerner les vastes domaines voisins : Stanhope Hall et ce qui avait été autrefois l'Alhambra.

Vivant à présent à Londres, je revenais aux États-Unis pour voir une vieille dame à l'agonie, ou qui avait peut-être rendu l'âme au cours de mes sept heures de vol. Dans ce cas, si j'arrivais à temps pour les funérailles, je tomberais immanquablement sur Susan Stanhope Sutter.

La présence de la défunte dans son cercueil nous conduirait sûrement à méditer sur la brièveté de la vie, nos nombreuses déceptions, rancunes et trahisons. D'ordinaire, malheureusement, nous ne parvenons pas à nous débarrasser de tels souvenirs. Ils nous accompagnent jusqu'à la tombe ou à celle de la personne à qui nous n'avons jamais pu pardonner.

Susan...

Toutefois, il arrive que l'on réussisse à pardonner. Cela ne coûte rien, hormis un peu de fierté. C'est d'ailleurs le problème.

Pour l'heure, toutes les têtes se tournaient vers les hublots. Les passagers admiraient Manhattan. À mille trois cents mètres d'altitude, le spectacle était saisissant. Cependant, neuf mois auparavant, pour les gens qui connaissaient la ville, l'attraction principale était le vide à l'horizon. La dernière fois que j'avais atterri à New York, quelques semaines après le 11 septembre, la fumée s'élevait encore des décombres. En cet instant, je n'avais aucune envie de regarder. Mais mon voisin me dit :

— Les tours jumelles se trouvaient là. À gauche.

Il passa un bras sous mon nez pour me montrer l'endroit, puisque je me trouvais côté hublot.

— Là.

— Je sais, répondis-je en prenant un magazine.

Nombre de New-Yorkais de ma connaissance m'ont assuré que les événements du 11 septembre les avaient amenés à envisager leur vie de façon différente, à relativiser leurs difficultés. Ce sont de bonnes résolutions, mais elles ne changent rien au passé.

L'avion de la British Airways entama sa descente finale vers l'aéroport Kennedy. Quelques minutes plus tard, nous touchions la piste.

— Ça fait du bien de rentrer chez soi, ajouta mon voisin. C'est chez vous, ici ?

— Non.

Bientôt, au volant d'une voiture de location, je serais de retour dans ce qui avait jadis été mon chez-moi, mais que les années avaient en partie effacé de ma mémoire.

L'avion ralentit, roula lentement jusqu'au terminal.

Maintenant que j'étais sur place et que j'y resterais jusqu'aux obsèques, je pourrais consacrer ce temps à tenter de réconcilier passé et présent. Ainsi, peut-être, ferais-je de plus beaux rêves lors de mon vol de retour…

PREMIÈRE PARTIE

Et nous luttons ainsi, barques à contre-courant,
ramenés sans cesse vers le passé.
Francis Scott Fitzgerald,
Gatsby le Magnifique

Chapitre 1

Une semaine s'était écoulée depuis mon arrivée. J'étais assis à la table de la salle à manger, dans le pavillon de gardien de Stanhope Hall, l'ancien domaine de ma femme. Je parcourais de vieux dossiers remplis de photos de famille et de lettres, entreposés là depuis dix ans.

Après mon divorce d'avec Susan, j'avais réalisé un vieux rêve : faire le tour du monde à la voile, avec mon ketch Morgan de quinze mètres, le *Paumanok II*. Le périple dura trois ans. *Paumanok* est le mot indien pour Long Island, et mon illustre aïeul, Walt Whitman, qui y naquit, l'a parfois utilisé dans ses poèmes. Si l'oncle Walt avait eu un yacht de quinze mètres, je suis sûr qu'il l'aurait baptisé *Paumanok*.

Je finis par l'amarrer dans le port de Bournemouth, en Angleterre, d'où mes lointains ancêtres, les Sutter, étaient partis pour l'Amérique trois siècles plus tôt.

Mon désir d'aventure satisfait, l'arrivée de l'hiver, la lassitude de la mer et un compte bancaire en cure d'amaigrissement mirent un terme à mon errance. Je vendis le bateau pour environ la moitié de sa valeur et m'installai à Londres afin d'y chercher du travail. Un peu plus tard, je fus engagé par un cabinet juridique britannique qui avait besoin d'un avocat expert en droit fiscal américain, ce qui était ma spécialité à New York avant que je devienne capitaine du *Paumanok II*.

J'étalai sur la table quelques photos de Susan, les regardai à la lueur du chandelier. Susan était une femme magnifique : les cheveux longs et roux, des yeux d'un vert profond, les lèvres pleines et le corps parfait d'une cavalière émérite.

Je saisis une photo où on la voyait sur mon premier voilier, le *Paumanok*, un Morgan de douze mètres que j'adorais mais que j'avais coulé dans le port d'Oyster Bay plutôt que de le voir saisir par l'administration pour des histoires de redressement fiscal. Ce cliché avait été pris, me semblait-il, au cours de l'été 1990, dans le détroit de Long Island. La journée était ensoleillée. Susan se tenait sur le pont, entièrement nue, une main sur la poitrine, l'autre sur son buisson ardent, arborant une expression feinte de surprise et d'embarras.

Il s'agissait, en fait, de la mise en acte d'un de ses fantasmes. J'étais censé avoir grimpé à bord depuis un kayak et l'avoir découverte seule et nue, avant d'en faire mon esclave sexuelle.

Outre un corps admirable, elle avait une imagination débordante et une libido en conséquence. Quant aux mises en scène sexuelles, elles avaient évidemment pour but d'entretenir notre flamme conjugale. Cela fonctionna pendant presque vingt ans, parce que nous n'étions infidèles que l'un avec l'autre. C'était du moins notre pacte, jusqu'au jour où un nouveau personnage, don Frank Bellarosa, emménagea à côté de chez nous.

Je pris une bouteille de cognac dans un placard et arrosai mon café.

J'étais revenu aux États-Unis à cause des anciens occupants du pavillon, George et Ethel Allard, vieux serviteurs de la famille Stanhope. George, un brave homme, était mort une dizaine d'années auparavant. Sa femme, Ethel, nettement moins agréable, croupissait dans un hospice et s'apprêtait à le rejoindre. J'étais l'avocat chargé de sa succession et je devais également assister à son enterrement.

Autre raison de mon retour : ce pavillon était mon adresse officielle aux États-Unis. Malheureusement, il était sur le point de devenir la propriété de M. Amir Nassim, un Iranien, nouvel acquéreur de la grande maison, Stanhope Hall, et de la plus grande partie du domaine, dont le pavillon. Pour l'heure, Ethel Allard en avait la jouissance à titre gratuit jusqu'à sa mort. Ce privilège lui avait été octroyé par le grand-père de Susan, Augustus Stanhope, parce qu'elle avait jadis couché avec lui. Ethel avait eu la « gentillesse » de m'autoriser à entreposer mes affaires chez elle et à y loger lors de mes passages à New York. Elle me détestait, mais c'est une autre histoire. De toute façon, sa jouissance du pavillon et sa présence sur cette planète allaient bientôt s'achever, ce qui signifiait qu'il me faudrait trouver une autre adresse légale aux États-Unis, indispensable pour l'état civil et les créanciers.

C'était la première fois que je revenais à New York depuis le 11 septembre. Je m'y étais précipité dès la reprise des vols depuis Londres. J'avais passé trois jours au Yale Club, dont j'étais toujours membre, et j'avais été choqué par le calme et l'aspect lugubre de cette grande cité.

Je n'avais vu personne, passé aucun coup de fil. J'aurais volontiers rendu visite à ma fille Carolyn, mais elle avait quitté New York aussitôt après les attentats pour rejoindre sa mère à Hilton Head, en Caroline du Sud. Quant à mon fils, Edward, il vivait à Los Angeles. Alors, pendant trois jours, j'avais arpenté les rues mortes de la ville, fasciné par la fumée qui s'élevait de ce que l'on appellerait bientôt Ground Zero.

Épuisé, le cœur serré, j'avais regagné Londres avec le sentiment du devoir accompli, comme lorsqu'on est revenu brièvement chez soi pour l'enterrement d'un membre de la famille.

Au cours des mois suivants, j'avais appris que onze personnes de ma connaissance avaient péri dans les tours jumelles : d'anciens voisins, des collègues, mais aussi un ami proche, qui laissait une femme et trois jeunes enfants.

Trois mois après le 11 septembre, j'étais à nouveau de retour. La situation semblait redevenue normale. En réalité, il n'en était rien.

J'avalai une gorgée de café arrosé au cognac, jetai un coup d'œil aux piles de papiers. Il y en avait beaucoup à dépouiller. *Pourvu,* me dis-je, *qu'Ethel tienne le coup encore quelque temps et que le nouveau maître des lieux ne projette pas de récupérer le pavillon le jour même de son décès*. Il faudrait que j'en parle à M. Nasim. Car demander à Ethel de prolonger sa vie jusqu'à ce que j'aie mis de l'ordre dans mes papiers risquait de passer pour de la goujaterie.

Comme la nuit était fraîche et que je n'avais pas de broyeuse, j'avais allumé un feu dans la cheminée. De temps à autre, je jetais dans les flammes une lettre ou une photo que je ne tenais surtout pas à laisser tomber sous les yeux de mes enfants en cas de mort subite.

Parmi elles figuraient certains clichés de leur mère. Sa nudité en révélait davantage sur son esprit que sur son corps. Susan avait toujours été un peu cinglée. Pour être honnête, je m'en moquais, et cela n'avait pas été la source de nos problèmes conjugaux. Nos difficultés étaient venues de sa liaison avec le parrain de la mafia, notre voisin. Pour tout arranger, elle avait fini par le descendre. Trois balles. Dont une dans les parties.

Je rassemblai les photos et me tournai, toujours assis, vers la cheminée. Il est difficile de se séparer de tels souvenirs. Toutefois, l'avocat que je suis en sait quelque chose, il n'est jamais bon de laisser traîner des documents qu'on n'a nulle envie de voir tomber entre les mains de sa famille ou de ses amis. Voire de sa prochaine compagne.

Pourtant, les yeux rivés sur les flammes qui dansaient contre les briques noircies de suie, je n'arrivais pas à me débarrasser de ces photos.

Susan avait donc abattu son amant, Frank « l'Évêque » Bellarosa, *capo di tutti capi*, chef de tous les chefs, et s'en était tirée, du moins judiciairement, en raison de « circonstances atténuantes ».

Il faut dire que le ministère de la Justice avait gardé profil bas dans cette affaire, parce qu'il avait permis à Mme Sutter d'accéder sans restrictions à don Bellarosa, alors placé en résidence surveillée juste à côté de chez nous.

Toute cette histoire me fichait encore un peu en rogne, comme on peut s'en douter, mais enfin, dans l'ensemble, je l'avais digérée.

Cela dit, il me fallait décider si mon voyage ne constituerait qu'une veillée mortuaire ou si je devais rester aux États-Unis. J'étais toujours membre du barreau de New York. Je pourrais donc trouver un emploi. Au cours de mon existence précédente, j'avais été un des associés de l'ancien cabinet de mon père, Perkins, Sutter and Reynolds, situé au 23, Wall Street, dans un bâtiment historique où des anarchistes avaient placé une bombe au début du XXe siècle, ce qui paraissait presque pittoresque au regard du 11 septembre 2001.

Au cours des sept dernières années, à Londres, j'avais travaillé pour le cabinet britannique déjà cité. Je jouais le rôle du juriste yankee chargé d'expliquer que baiser le fisc est une tradition bien américaine. Juste retour des choses, puisque le fisc avait baisé ma vie, pendant que ma femme baisait avec le parrain de la mafia. Ces deux problèmes n'étaient distincts qu'en apparence, comme je m'en étais douloureusement rendu compte.

À l'époque, j'avais pris un chemin de traverse dans une délicieuse existence de privilégié. Mais l'adversité forge le caractère. Pour être honnête, tout n'était pas la faute de Susan, ni celle de Frank Bellarosa, ni du fisc, ni de mes confrères coincés ; cette faute m'incombait aussi en partie, parce que j'avais été lié à Frank Bellarosa. Un peu de conseil juridique. Par exemple, le défendre dans une affaire de meurtre. Pas le genre de boulot que je faisais habituellement à Wall Street, en qualité d'avocat d'affaires, et pas le genre d'affaire qu'on considérait d'un bon œil chez Perkins, Sutter and Reynolds. En conséquence, je l'avais traitée depuis mon bureau de Locust Valley, à Long Island, ce qui n'avait servi à rien lorsque les journaux s'en étaient emparés.

En y repensant, j'étais certainement conscient de commettre un suicide professionnel en acceptant comme client un parrain de la mafia. Mais c'était un défi, je m'ennuyais, et Susan, qui approuvait et encourageait ma démarche, m'affirmait qu'il me fallait un défi dans la vie. J'imagine qu'elle aussi devait s'ennuyer : elle avait également, ainsi que je m'en aperçus par la suite, des projets vis-à-vis de Frank Bellarosa.

À propos de Susan, j'avais récemment découvert, grâce à mon fils Edward, que, je cite, « maman » s'était « repayé la baraque ».

Dans son charabia – j'avais envoyé ce gamin dans les meilleures écoles ! –, Edward voulait dire que Susan venait de racheter la maison d'amis du domaine Stanhope. Cette « petite » maison, qui, comprenant six chambres à coucher, avait été notre résidence conjugale pendant presque vingt ans, était située à environ quatre cents mètres de l'entrée de la propriété. En d'autres termes, Susan et moi étions à présent voisins.

La maison d'amis et cinq hectares de terrain avaient jadis été séparés du domaine Stanhope par le père de Susan, William, un sale con, et donnés à Susan en guise de cadeau de mariage. Étant le mari, je m'étais toujours demandé pourquoi mon nom ne figurait pas sur l'acte de donation, mais il faut connaître les vieilles fortunes pour comprendre. Il faut aussi connaître les sales cons comme William. Sans parler de sa délicieuse épouse, Charlotte, la mère de Susan. Ces deux personnages étaient malheureusement toujours en vie et jouaient au golf à Hilton Head, en Caroline du Sud, où Susan s'était réfugiée après les malheureux coups de feu qui avaient mis un terme prématuré à l'existence de son amant, dix ans plus tôt.

Avant de partir pour la Caroline du Sud, elle avait vendu la maison à un couple de jeunes cadres dynamiques. Un homme réalise que son couple fait naufrage lorsque sa femme se débarrasse de sa maison et part pour un autre État. Pour être tout à fait franc, c'était moi qui avais mis fin à notre union. Susan voulait que nous restions ensemble, faisant valoir, assez justement, que son amant était mort et que nous ne risquions pas de tomber sur lui au cours d'une fête. Elle prétendait même que c'était pour cela qu'elle l'avait tué ; alors, pourquoi nous séparer ?

Ce n'était guère conforme à la vérité. Toutefois, l'intention était charitable. Rétrospectivement, je me dis que nous aurions peut-être pu recoller les morceaux, mais j'étais trop furieux de mon cocufiage et ma fierté de mâle en avait pris un sacré coup. Non seulement nos amis, la famille et nos enfants avaient appris que Susan s'envoyait en l'air avec un parrain de la mafia, mais le pays tout entier avait été mis au courant par les gros titres des tabloïds, du genre : « Le parrain abattu entretenait une liaison avec l'épouse de son avocat ».

Pour Susan, cela aurait pu marcher entre nous si j'avais tué moi-même son amant. Mais je ne m'en serais pas tiré aussi bien qu'elle. Même si j'avais réussi à échapper à l'inculpation d'assassinat au profit de celle de crime passionnel, j'aurais eu ensuite maille à partir avec la famille et les amis de Bellarosa.

Donc, elle vendit la maison. J'aurais pu me retrouver à la rue. Bien sûr, il restait toujours le Yale Club de Manhattan. Mais Susan, dans un rare moment de lucidité, me souffla qu'Ethel Allard, devenue récemment veuve, pourrait avoir besoin de compagnie dans le pavillon des gardiens. Ce n'était pas une mauvaise idée. Comme Ethel avait également besoin des quelques dollars que je pouvais lui verser en guise de loyer et d'un homme à tout faire pour remplacer son défunt mari, j'emménageai dans la chambre libre et entassai mes affaires dans la cave, où elles restèrent dix ans.

Au printemps de l'année suivante, à la suite d'un accord financier avec mes associés, j'achetai le *Paumanok II*. Par consentement mutuel, ses dirigeants et moi mîmes fin à mon appartenance au Seawanhaka Corinthian Yacht Club ; et je me lançai, toutes voiles dehors, dans mon odyssée de trois années.

Ulysse désirait rentrer dans sa patrie ; moi, je cherchais à fuir la mienne. Ulysse voulait revoir sa femme ; moi aussi, peut-être, mais cela ne se produisit pas. J'annonçai à Susan que je ferais escale à Hilton Head. Je faillis tenir parole. Pourtant, à peine en vue du rivage, je virai de bord vers la haute mer, après un bref regard par-dessus mon épaule. Coupure franche. Sans regrets.

Au lieu de les jeter au feu, je posai les photos de nu de Susan sur la table. Peut-être voudrait-elle les récupérer.

Je rajoutai du cognac à mon café et en avalai une gorgée.

J'examinai alors la grande photo colorisée à la main et placée dans un cadre tarabiscoté au-dessus de la cheminée : Ethel et George Allard.

C'était une photo de mariage prise pendant la Seconde Guerre mondiale. George était en uniforme blanc de la marine, Ethel portait une robe blanche à la mode de l'époque. Elle était sacrément belle, en ce temps-là. Je comprenais pourquoi le grand-père de Susan, Augustus, alors propriétaire de Stanhope Hall, avait pu franchir la barrière de classe et fricoter avec l'une de ses domestiques. Évidemment, c'était inexcusable, d'autant que George, lui aussi employé de Stanhope, défendait l'Amérique en combattant le péril jaune dans le Pacifique. Mais, ainsi que je l'ai vérifié, jeune homme, au Vietnam, la guerre déchire le tissu social d'un pays, et ça baisait dans tous les coins.

Je contemplai le visage angélique d'Ethel. Elle était vraiment superbe. Et seule. George était parti pour un bout de temps. Et Augustus était riche, puissant. D'après ce qu'on raconte dans la famille, ce n'était pas un crétin gourmé comme son fils William, mon ex-beau-père. Je crois qu'Augustus était surtout un chaud lapin, caractéristique courante chez les Stanhope. Quand on regarde le portrait de sa femme, la grand-mère de Susan, on devine pourquoi il courait les jupons. Susan, elle, avait hérité de la beauté de sa mère, Charlotte, encore attirante aujourd'hui en dépit de son manque d'esprit.

À propos d'esprit et de beauté, mes enfants ont les deux et ne manifestent aucune des tendances Stanhope à péter les plombs. J'aimerais croire qu'ils tiennent de mon côté, mais mes parents n'étaient pas non plus des exemples de bonne santé mentale. J'ai dû être adopté.

Mon père, Joseph, est mort pendant que je naviguais. Je n'ai pas pu assister à ses funérailles. Ma mère ne me l'a jamais pardonné. Mais, chez elle, c'est une habitude.

Pour poursuivre du côté enfants, paternité et génétique, Ethel et George n'avaient eu qu'une fille, Elizabeth, fixée dans la région, charmante, aussi ravissante que sa mère et ressemblant suffisamment à George pour que je ne m'inquiète pas d'avoir affaire à une autre héritière Stanhope.

Je pensai à l'avenir. Mes enfants allaient recevoir une partie de la fortune de leurs grands-parents maternels. Ils méritaient bien un peu d'argent pour les avoir supportés toute leur vie. Moi aussi, d'ailleurs. Toutefois, si j'en venais à demander par voie judiciaire ma part du domaine Stanhope en guise de dédommagement pour avoir enduré pendant des années la bêtise crasse de William, le tribunal risquait de juger ma demande déplacée.

Ma propre famille étant enracinée à Long Island depuis trois siècles, il y avait une dimension historique dans cette saga. Elle était entortillée comme le lierre qui couvrait le pavillon des gardiens et la maison d'amis : plaisant à regarder de loin, mais dissimulant la forme et la structure des bâtiments et finissant par mordre les briques et le mortier.

Francis Scott Fitzgerald, qui avait résidé non loin de là, avait été bien inspiré de terminer *Gatsby le Magnifique* par ces mots : « Et nous luttons ainsi, barques à contre-courant, ramenés sans cesse vers le passé. » Amen.

En tendant la main vers la bouteille de cognac, j'avisai un paquet de vieilles cartes liées par un ruban. J'en tirai une au hasard. C'était une banale carte d'anniversaire. Sous la formule imprimée souhaitant amour, joie et bonheur, Susan avait écrit : « John, tu n'imagines pas le nombre de fois où, en me réveillant le matin, je te regarde, allongé à côté de moi. Et ça, je le ferai jusqu'à la fin de mes jours. »

Je jetai le paquet dans la cheminée.

Je me levai, gagnai la cuisine, me versai un autre café puis me rendis dans le patio. Au loin brillaient les lumières de la maison d'amis, où j'avais vécu avec ma femme et mes enfants. Je restai là longtemps, avant de retourner m'asseoir dans la salle à manger. Je n'avais jamais cru que ce serait facile, mais je n'avais pas imaginé à quel point ce serait dur.

Chapitre 2

Je contemplai le feu pendant un moment en sirotant mon café arrosé, l'esprit vagabondant entre présent et passé.

Donc, songeais-je, *je suis ici, dans la maison de gardien du domaine Stanhope, en partie parce que Ethel Allard a eu une aventure avec Augustus Stanhope pendant la Seconde Guerre mondiale, en partie parce que ma femme a eu une liaison avec un parrain de la mafia. Comme dirait M. Bellarosa lui-même s'il était encore vivant : « Va comprendre. »*

Et, d'après mon fils Edward, information confirmée par ma fille Carolyn, Susan, c'est-à-dire maman, s'était pointée chez le couple de jeunes cadres dynamiques à qui elle avait fait une proposition probablement spectaculaire, parvenant à les convaincre qu'ils seraient plus heureux ailleurs, et qu'elle, Susan Stanhope, avait besoin de retrouver ses racines.

Connaissant Susan, le couple avait dû se croire éjecté pour avoir choisi un mauvais décorateur. Ou alors les deux tourtereaux savaient que Mme Sutter avait tué un gros bonnet de la mafia et avaient jugé imprudent de refuser sa proposition. En tout cas, marché conclu. Mon ancienne épouse était à présent de retour dans notre ancienne maison, au sein de l'ancien domaine Stanhope, à cinq minutes à pied de mon logis provisoire. Exactement comme si on avait remonté le temps, capturant ce bref moment au cours duquel, dix ans plus tôt, elle et moi avions vécu tout près l'un de l'autre. Il nous aurait suffi, pour nous retrouver, d'un appel téléphonique, d'un coup frappé à la porte, d'un petit mot. Mais les années avaient passé, et nous avions tous deux écrit de nouveaux chapitres de notre histoire.

Susan s'était remariée. D'après Edward, l'heureux élu était un « croulant ». Avec l'âge vient la patience, nécessaire pour être le mari de Susan Sutter.

Edward avait également décrit ce monsieur comme « un ami de grand-papa, vraiment rasoir ». Le barbon ennuyeux se nommait Dan Hannon, habitait Hilton Head et, toujours selon Edward, passait ses journées à jouer au golf. Il avait un peu d'argent, mais pas énormément. Carolyn avait ajouté : « Maman l'aime bien mais n'est pas amoureuse de lui. » Précisant même : « Elle a gardé notre nom de famille. »

Apparemment, mes enfants m'avaient appris tout cela au cas où j'aurais décidé de me rendre à Hilton Head, d'abattre un club de golf sur la tête de Dan et d'emmener Susan sur une île lointaine.

Avant que j'aie pu me décider, Dan Hannon avait joué sa dernière partie, au sens propre puisqu'il était tombé raide mort au dix-huitième trou après avoir vainement essayé un putt. Ses partenaires, mc dit Edward, avaient pris soin de terminer le trou avant d'appeler une ambulance. Je crois que, là, mon fils exagérait.

Susan était donc veuve depuis presque un an. À en croire Carolyn, elle avait signé avec son chéri un contrat de mariage aux petits oignons et avait hérité d'environ un demi-million de dollars, ce qui, finalement, n'était pas si mal pour cinq années de vie conjugale, ennuyeuses ou pas. Mon propre contrat avec Susan ne m'avait donné droit qu'à l'album de photos. Les Stanhope étaient des négociateurs coriaces.

Voilà où nous en étions. L'un comme l'autre, nous distinguions les lumières de nos maisons et la fumée sortant de la cheminée. J'avais également vu la voiture de Susan franchir le grand portail métallique. Elle conduisait un SUV, un de ces engins qui semblaient s'être multipliés en mon absence. Je crois qu'il s'agissait d'une Lexus. Elle arborait toujours des plaques de Caroline du Sud et je savais que Susan avait conservé sa maison de Hilton Head. Peut-être comptait-elle se partager entre ses deux résidences. J'espérais qu'elle passerait plus de temps là-bas qu'ici. Mais, à la réflexion, qu'est-ce que ça pouvait me faire ? Je n'étais là qu'en transit.

Ma voiture était une Taurus de location que je garais le long du pavillon. Susan n'ignorait donc pas ma présence. Pourtant, elle ne s'était pas arrêtée avec quelques gâteaux pétris de ses blanches mains. Je n'épiais nullement ses mouvements et j'avais rarement vu passer sa voiture au cours de la semaine précédente. Le seul autre véhicule que j'avais remarqué était la Mercedes de M. Nasim, le propriétaire de la grande maison. J'en concluais que Susan ne devait pas avoir de compagnon. Si ç'avait été le cas, je n'en aurais pas été surpris et cela m'aurait laissé indifférent.

En ce qui concernait ma vie amoureuse, j'avais été totalement chaste au cours de ma course de trois ans autour du monde. Sauf, bien sûr, quand je faisais escale dans un port ou lorsque j'avais à bord une femme comme membre d'équipage. En fait, je me conduisais comme un porc.

J'imagine qu'il existe un faisceau de raisons psychologiques pour expliquer mon extrême indulgence vis-à-vis de l'adultère de Susan. En outre, l'air marin m'excite sexuellement.

À Londres, au contraire, je m'étais considérablement calmé, en partie en raison de mon travail, qui exigeait une certaine dignité, un costume trois pièces et un peu de décorum, en partie parce que, m'étant débarrassé de mon voilier, je ne pouvais plus lancer de petites phrases subtiles, du genre : « Ça vous dirait, une gentille croisière sur mon yacht jusqu'à Monte-Carlo ? ».

Cela dit, lors de ma dernière année à Londres, j'avais fréquenté une dame. Et quelques autres.

Je remis des bûches dans la cheminée, arrosai encore mon café.

Quant à l'ex-Mme Sutter, même si nous ne nous étions pas téléphoné, même si nous n'étions pas tombés nez à nez au domaine ou au village, je savais que nous nous rencontrerions aux obsèques d'Ethel. Pour être franc, j'avais un peu espéré qu'elle viendrait me dire bonjour. Peut-être attendait-elle la même chose.

Edward et Carolyn me harcelaient pour que je l'appelle. « Tu as déjà vu maman ? » J'étais sûr qu'ils lui posaient une question semblable.

Au cours de ces dix années, j'avais vu Susan en certaines occasions, aux remises de diplômes universitaires de nos enfants, puis à l'enterrement de ma tante Cornelia, qui l'aimait bien. Lors de ces rencontres, nous avions toujours été polis et cordiaux l'un avec l'autre. En réalité, elle s'était montrée plus aimable que moi, et j'avais l'impression qu'elle était réellement passée à autre chose. Moi, de mon côté... À vrai dire, je n'en savais rien. Et je n'avais pas l'intention d'en apprendre davantage.

À propos d'obsèques, j'avais assisté à celles de Frank Bellarosa parce que... eh bien, parce que j'aimais bien ce type, même si c'était un criminel, un manipulateur, un menteur pathologique et l'amant de ma femme. À part ça, ce n'était pas un mauvais bougre. Il était même charmeur et plutôt charismatique. Demandez à Susan.

Toujours à propos d'obsèques, j'aurais été ravi d'assister à celles de William Stanhope. Hélas, aux dernières nouvelles, d'après Edward, grand-papa se portait comme un charme. Dommage.

Je me remis à regarder la pile de photos. Susan était vraiment magnifique, désirable. En plus, drôle, intelligente. Et, je l'ai déjà dit, délicieusement cinglée.

Alors que je contemplais un cliché d'elle particulièrement suggestif, la montrant nue sur Zanzibar, son crétin de cheval, la sonnerie de la porte d'entrée retentit.

Comme la plupart des maisons de gardien, le pavillon était bâti à l'intérieur du mur d'enceinte. Personne ne pouvait donc sonner chez moi sans avoir franchi le portail donnant sur la route. Ce portail était fermé la nuit, son ouverture automatisée. Il fallait un code ou une télécommande pour le franchir. D'ordinaire, j'entendais ses battants s'écarter ou j'apercevais des phares. Je n'entendis ni ne vis rien de tel. Par conséquent, celui ou celle qui sonnait à ma porte était venu à pied depuis l'intérieur du domaine, dont les seuls résidents étaient Amir Nasim, sa femme, leur gouvernante, Susan et moi.

Peut-être était-ce M. Nasim, désireux de me rendre une visite de courtoisie ou de m'informer qu'Ethel était morte deux minutes plus tôt et que j'en avais dix pour vider les lieux.

Ou alors c'était Susan.

Je glissai les photos dans l'enveloppe et me dirigeai vers l'entrée. La sonnette retentit de nouveau. J'examinai furtivement mon reflet dans le miroir du couloir, effaçai quelques plis sur mon polo et passai une main dans mes cheveux. Enfin, sans regarder par le judas ni allumer la lumière extérieure, j'ouvris la porte.

Devant moi se tenait le fantôme de Frank Bellarosa.

Chapitre 3

— Vous vous souvenez de moi ?

Bien sûr, ce n'était pas le fantôme de Frank Bellarosa, mais son fils Tony que j'avais croisé aux obsèques, dix ans auparavant.

Rien ne m'agace plus que les gens qui me demandent : « Vous vous souvenez de moi ? » au lieu d'avoir la courtoisie de se présenter. J'imaginc que ce n'était pas le seul défaut, ni le plus irritant, de Tony Bellarosa.

— Oui, je me souviens de vous.

Pour qu'il ne crût pas à une vantardise, j'ajoutai :

— Tony Bellarosa.

Il sourit. De nouveau, je vis le visage de Frank.

— Anthony. Je m'appelle Anthony, maintenant. Vous avez une minute ?

J'avais plusieurs réponses à ma disposition, dont aucune ne contenait le mot « oui ».

— Que puis-je pour vous ?

Il sembla un peu désarçonné puis reprit :

— Puis-je entrer ? Oh…

Il parut avoir trouvé la seule explication logique à mon manque d'enthousiasme.

— Il y a quelqu'un avec vous ?

Un hochement de tête ou un clin d'œil l'auraient renvoyé. Je ne réagis pas. Il insista.

— Monsieur Sutter ?

En principe, on n'invite pas chez soi un vampire, et j'estime que la règle s'applique aux fils des parrains de la mafia.

Néanmoins, pour des raisons qu'il serait trop long d'exposer, je répondis :

— Entrez.

Je m'effaçai, laissant Anthony Bellarosa pénétrer dans la maison de gardien, et dans ma vie.

Je le guidai jusqu'au petit salon, lui indiquai un fauteuil à bascule, près de la cheminée, tandis que je prenais le vieux fauteuil de George. Je ne lui offris pas à boire.

D'un rapide coup d'œil, Anthony embrassa la pièce, remarquant, j'en suis sûr, le mobilier minable, le papier peint défraîchi et le tapis usé.

Il avait dû, en outre, noter un certain nombre de détails relatifs à la sécurité. Son père agissait ainsi, plus par habitude, d'ailleurs, que par paranoïa. Frank Bellarosa avait également le réflexe inconscient de détailler les femmes présentes dans une pièce, tout en vérifiant si l'une des personnes de l'assistance était susceptible de le descendre. J'admire les gens capables de faire plusieurs choses à la fois.

Dans le cas de Susan, toutefois, Frank avait laissé échapper quelques éléments annonciateurs de désagréments. Si je puis me permettre de spéculer sur ses derniers instants, j'imagine que son sang n'a dû faire qu'un tour avant d'éclabousser les murs. Le malheureux.

— Un joli petit logement, fit remarquer Anthony.

— Merci.

Ces vieilles maisons de gardien peuvent sembler charmantes de l'extérieur mais génèrent, pour la plupart, un sentiment de claustrophobie. Je n'arrive pas à comprendre comment j'ai pu partager, même une courte période, cette bicoque avec Ethel. Je dois avouer que je m'en échappais souvent.

— Ça fait un certain temps que vous êtes là, n'est-ce pas ? s'enquit Anthony.

— Oui.

— Vous arrivez bien de Londres, hein ?

Comment le savait-il ?

— Et l'Arabe propriétaire de la grande maison possède aussi celle-ci, non ?

— Exact, mais il est iranien.

— C'est ça, un con d'Arabe.

— Les Iraniens ne sont pas des Arabes.

— Ah bon ? Y sont quoi, alors ?

— Perses.

Il sembla si dérouté qu'il préféra changer de sujet.

— Et vous, alors… Vous l'avez achetée ? Vous la louez ?

— Je suis l'hôte de Mme Allard.

— Ah… Et comment va cette vieille dame ?

— Elle est en train de mourir.

— C'est vrai.

Visiblement, il s'était renseigné. Mais pourquoi ?

— Qu'arrivera-t-il après sa mort ? reprit-il.

— Elle ira au paradis.

Il sourit.

— Et vous ?

— Où me portera le vent.

Il me faudrait d'abord connaître les projets de M. Nasim pour le pavillon. Peut-être souhaiterait-il le louer : sur la Gold Coast de Long Island, les prix déjà astronomiques de l'immobilier, vente ou location, avaient considérablement augmenté depuis le 11 septembre, comme si des milliers de personnes, terrorisées, avaient décidé de fuir New York.

— Combien de temps comptez-vous demeurer ici, monsieur Sutter ?

— Jusqu'à ce que Mme Allard meure.

J'observai Anthony avec attention. Des femmes l'auraient certainement trouvé beau. Il avait les traits un peu lourds de Frank, « sensuels », auraient-elles dit, les lèvres pleines, le regard sombre. Alors que sa mère, Anna, était claire de peau, il avait le teint mat des Bellarosa, les cheveux noirs et ondulés, plus longs, sans doute, que ne les aurait aimés papa. Oui, il devait plaire aux dames.

Comme son père, bien sûr.

Il était vêtu de façon plus décontractée que lui. Frank arborait toujours une veste sport sur un pantalon impeccable et des chemises sur mesure. Tout cela de mauvais goût, bien entendu, mais au moins Frank Bellarosa cherchait-il à soigner son image. En ville, il se pavanait dans des complets de soie. Les tabloïds le surnommaient « Dandy Don ».

— Donc, après son décès, vous avez l'intention de partir ?

— Probablement.

Anthony portait un jean qui lui serrait le cul, une horrible chemise hawaïenne et des tennis noires. Il avait également revêtu un coupe-vent de la même couleur, à cause du froid ou pour dissimuler son arme. En mon absence, la mode, aux États-Unis, s'était singulièrement dégradée.

— Mais vous ne savez pas où aller. Alors peut-être déciderez-vous de rester ?

— Peut-être.

Toujours comme son père, Anthony n'avait pas un accent purement populaire. On y percevait quand même l'écho des rues de Brooklyn. Il avait passé environ six ans à la La Salle Military Academy, un lycée privé catholique de Long Island qui avait vu défiler nombre de personnalités et pas mal de voyous, dont Frank Bellarosa. Impossible de confondre ses intonations avec celles de Saint Paul, d'où je viens. Toutefois, ses six années de pension avaient adouci les inflexions canailles du jeune Anthony.

— Vous et la vieille dame, vous êtes donc, comme qui dirait, « amis » ?

Toutes ces questions personnelles commençaient à m'agacer un peu, mais, en bon avocat, je sais que les questions sont souvent plus révélatrices que les réponses.

— Oui, nous sommes de vieux amis.

En réalité, ainsi que je l'ai dit, elle me haïssait. Toutefois, dans ce monde suranné où il existait des maîtres et des domestiques, d'anciens liens de famille, un sens des convenances et un fort sentiment de classe, il importait peu, en fin de compte, de savoir qui était le maître et qui était le domestique, qui aimait ou détestait l'autre. Nous étions tous liés par une histoire commune et, j'imagine, par une profonde nostalgie pour une époque qui, à l'image d'Ethel elle-même, se mourait sans être encore tout à fait morte. Fallait-il expliquer tout cela à Anthony Bellarosa ? Et par où commencer ?

— Alors, vous prenez soin de sa maison pour elle ?

— C'est ça.

D'un geste du menton, il désigna l'ouverture menant à la salle à manger et les piles de papiers.

— Apparemment, vous avez beaucoup de travail, là.

Il sourit à nouveau.

— C'est le testament de la vieille dame ?

Comme j'avais bel et bien trouvé son testament, j'acquiesçai.

— Elle laisse des millions ?

Silence.

— Elle vous a légué quelque chose ?

— Oui, beaucoup de travail.

Il éclata de rire.

Ainsi que je l'ai déjà expliqué, j'étais l'avocat d'Ethel. Tous ses biens devaient revenir à sa fille Elizabeth. D'après son testament, je n'avais droit à rien, ce qui correspondait bien à l'estime qu'elle me vouait.

— Dites-moi, monsieur Sutter, que faites-vous à Londres ? me lança Anthony en se balançant dans son fauteuil.

Je me penchai vers lui.

— Pourquoi me posez-vous toutes ces questions ?

— Oh… histoire de bavarder, c'est tout.

— Eh bien, à mon tour de vous en poser quelques-unes, pour bavarder. Comment savez-vous que Mme Allard est mourante ?

— Quelqu'un me l'a appris.

— Et comment savez-vous que j'habite Londres et que je suis revenu ?

— J'entends dire des choses.

— Pourriez-vous être plus précis, monsieur Bellarosa ?

— Anthony. Appelez-moi Anthony.

Apparemment, il ne fallait pas s'attendre à d'autres précisions de sa part.

Je l'observai avec plus d'attention encore. Il devait avoir dix-sept ou dix-huit ans lorsque ma femme avait tué son père. Il n'avait donc pas encore trente ans. Pourtant, à la différence de la plupart des Américains qui mettent longtemps à mûrir, c'était un homme. En tout cas, il n'en était pas loin. Je me souvins aussi qu'on l'appelait autrefois Tony, diminutif un peu infantilisant qui avait donc fait place à Anthony.

Surtout, je me demandais s'il avait repris les affaires de son père.

Même si, selon le principe fondamental du droit pénal américain, une personne est présumée innocente tant que sa culpabilité n'a pas été démontrée, je me remémorai ce que Frank Bellarosa m'avait dit à propos de ses trois fils : « L'aîné, Frankie, ne s'intéresse pas aux affaires de la famille. Je l'ai donc envoyé à l'université. Ensuite, j'ai monté quelque chose pour lui à Jersey. Tommy, lui, est à Cornell. Il a envie de diriger un grand hôtel à Atlantic City ou à Las Vegas. Je l'installerai avec Frankie à Atlantic City. Tony, c'est une autre histoire. Il veut suivre ma voie. »

Je me souvins également de sa fierté à propos de son plus jeune fils : « Ce petit salaud veut mon boulot. Vous savez quoi ? S'il est suffisamment décidé, il l'aura. »

Je soupçonnais fort son rejeton d'avoir obtenu le boulot et d'être devenu don Anthony Bellarosa. Mais je n'en étais pas certain.

— Vous acceptez que je vous appelle John ? dit-il.

— Si vous me laissez vous appeler Tony.

Se moquer d'un parrain de la mafia n'était pas très malin, mais je le faisais autrefois avec son père, qui appréciait mon absence de servilité. À toutes fins utiles, je tenais à établir un certain ordre hiérarchique.

— Jadis, je vous appelais monsieur Sutter, répondit Anthony avec un sourire forcé.

Je choisis de ne pas relever cette remarque et d'orienter différemment l'entretien.

— Que puis-je pour vous, Anthony ?

— Euh, excusez-moi de débarquer comme ça sans prévenir. Je passais par là, j'ai vu les lumières allumées et, comme je savais que vous étiez de retour… Le portail étant fermé, je suis passé par… Comment appelez-vous ça ? L'autre porte…

— L'entrée de service.

— Oui. Elle n'était pas verrouillée. Vous devriez le faire.

— Je ne suis pas le gardien.

— Très juste. En tout cas, je me suis dit que ce serait une bonne idée de venir vous saluer.

À mon avis, c'était un peu plus prémédité que ça.

— J'espère que vous ne bloquez pas la sortie, lui dis-je.

— Non. Mon chauffeur s'est garé un peu plus loin. Au fait, vous vous souvenez de Tony, le chauffeur de mon père ?

— Ne s'appelait-il pas Anthony ?

Il sourit.

— Oui. Nous avons conclu un accord. Pour que ça soit plus clair.

— Je comprends.

Je doute que le chauffeur de l'ancien parrain ait eu réellement son mot à dire dans cet « accord ». Quant aux affaires de la famille, je me rappelais clairement qu'un autre parent lorgnait le gagne-pain de Frank Bellarosa. Alors, pour tester la réaction d'Anthony, je demandai :

— Comment va votre oncle Sal ?

Il me dévisagea sans un mot. Je soutins son regard.

La dernière fois que j'avais vu Salvatore D'Alessio, alias Sally Da-da, c'était aux obsèques de Frank. Avant que ma femme eût descendu Frank Bellarosa, quelqu'un d'autre s'y était essayé, et le principal suspect était l'oncle Sal. Cela s'était passé dans un restaurant de Little Italy, un jour où j'étais malheureusement présent, et suffisamment proche de Frank et de Vinnie, son garde du corps, pour être éclaboussé par le sang de ce dernier. Pas vraiment une excellente soirée.

L'oncle Sal n'était évidemment pas sur place, mais le contrat portait assez clairement sa signature.

— Il va bien, finit par murmurer Anthony.

— Saluez-le pour moi quand vous le verrez.

— Entendu.

Certains épisodes de notre vie ne s'oublient jamais. Par exemple, ces quelques mois de printemps et d'été qui aboutirent, en octobre, à la mort de Frank et à ma séparation d'avec Susan. Ou le crâne de Vinnie explosant juste devant moi. Je n'ai pas oublié non plus le jeune Anthony Bellarosa devant la tombe de son père, le matin de l'enterrement. Il se tenait extrêmement bien, mieux que sa mère, Anna, qui pleurait et gémissait sans discontinuer. Pourtant, ses yeux exprimaient un sentiment qui allait au-delà du chagrin. Il fixait son oncle avec une telle intensité que Sal ne pouvait soutenir le regard de son neveu. Il était évident, pour moi et pour tout le monde, que le garçon savait que son oncle avait tenté d'assassiner son père et qu'un jour il réglerait ses comptes. Aussi fus-je surpris de découvrir que Sal se portait bien et qu'il n'avait pas encore tué Anthony.

Cela dit, ainsi que j'ai pu le vérifier lors de ma brève relation avec don Bellarosa, ces messieurs sont extrêmement patients et prudents lorsqu'il s'agit de buter quelqu'un.

À ce propos, je m'interrogeai sur ce qu'éprouvait Anthony pour Susan, qui avait réussi là où l'oncle Sal avait échoué.

Maintenant qu'elle était de retour et vivait à moins de quatre cents mètres de là, je me demandais si… Mais peut-être valait-il mieux ne pas aborder la question. Je me rabattis sur un sujet moins brûlant.

— Comment va votre mère ?

— Bien. Elle est retournée à Brooklyn. Je lui dirai que je vous ai vu.

— Transmettez-lui mes hommages.

— Comptez sur moi. Elle vous aimait bien.

— C'était réciproque.

Derrière cet échange de politesses se profilait, bien sûr, le fait que celle qui était alors mon épouse avait fait d'Anna Bellarosa une veuve et d'Anthony et de ses deux frères des orphelins de père.

— Et vos frères ? Frankie et Tommy, c'est bien ça ?

— Oui. Ils vont bien. Et vos enfants ?

— Ils vont bien, eux aussi.

— Tant mieux. Je me souviens d'eux. Des enfants intelligents.

— Merci.

La route qui menait à Stanhope Hall et à l'Alhambra, baptisée Grace Lane, était une voie privée qui se terminait en impasse sur le détroit de Long Island. Anthony Bellarosa n'était donc pas passé par là. J'en conclus qu'il vivait encore dans le coin, ce qui n'avait rien de réjouissant.

— Où habitez-vous ? hasardai-je.

— Sur l'ancien domaine de mon père. Il a été loti et j'ai acheté l'une des maisons. Ça s'appelle le domaine de l'Alhambra. Les parcelles font environ deux hectares et demi.

Afin d'éviter la prison, Frank avait dû revendre l'Alhambra pour régler ses impôts et ses amendes pour profits illicites. La dernière fois que je m'y étais rendu, après sa mort, la magnifique villa avait été rasée et le terrain divisé en parcelles constructibles pour maximiser les profits que l'État entendait tirer de l'opération.

Depuis mon retour, j'étais passé deux ou trois fois devant l'ancien domaine. À travers les grilles d'acier, j'avais jeté un coup d'œil aux nouvelles maisons : de petites Alhambra aux toits de tuile rouge et aux murs blancs, comme si la vaste demeure s'était multipliée en copies miniatures. Avait-on préservé le bassin et la statue de Neptune ?

Anthony venait de m'apprendre qu'il avait acheté l'une de ces maisons. Était-ce un clin d'œil, un effet de la nostalgie, ou bien avait-il bénéficié de conditions avantageuses de la part du constructeur, Dominic, originaire de la même région que Frank ?

Il semblait remâcher sa rancune à propos de son patrimoine perdu.

— Ces salauds de fédéraux ont volé le domaine.

Ceux qui, tout comme mon ex-épouse, réécrivent l'histoire m'irritent, surtout lorsque j'ai été témoin des faits. Anthony ne devait pas connaître les circonstances ayant conduit à la perte de son héritage ; mais, pour les deviner, il suffisait d'un peu de jugeote et de volonté d'affronter la réalité.

Apparemment, les deux lui faisaient défaut. Il martela :

— Ces salauds de fédéraux ont volé le domaine et jeté ma famille à la rue.

De façon un peu téméraire, je lui révélai la vérité.

— Votre père a donné l'Alhambra à l'État.

— Ouais. Ils lui ont collé un pistolet sur la tempe et il la leur a cédée.

J'aurais dû mettre un terme à cette visite impromptue, mais j'avais encore quelques détails à mettre au point. Et puis je me sentais… inquiet pour Susan. Après tout, elle était quand même la mère de mes enfants. Je regardai attentivement Anthony. Il n'avait pas l'air d'un tueur, mais son père non plus. Pas plus que Susan, d'ailleurs. Je parie que Frank fut sidéré quand elle brandit son arme et tira trois cartouches.

Anthony décida de s'étendre sur le sujet.

— Ils ont utilisé cette putain de loi Rico et, après sa… sa mort, ils ont saisi tout ce qu'ils pouvaient.

Il risqua alors un parallèle historique.

— C'est ce que faisaient les empereurs romains quand un noble mourait. Ils l'accusaient d'un crime quelconque et confisquaient ses terres.

Je n'avais jamais associé Frank Bellarosa à un patricien romain, mais j'imaginais bien le ministère de la Justice et le fisc dans le rôle de l'empereur cupide. Cela étant, ma patience avait des limites.

— La loi sur les associations de malfaiteurs, le racket et la corruption est dure, et pas toujours appliquée de façon équitable. Cependant…

— C'est une saloperie. Pourquoi y a pas eu de vrai procès ?

— Possédez-vous un diplôme de droit, monsieur Bellarosa ?

— Non. Mais…

— Moi, si. Toutefois, oublions un peu le droit. Je sais, pour en avoir été témoin, que votre père a accepté de donner un certain nombre de biens au ministère de la Justice en échange de…

Visiblement, Anthony savait où je voulais en venir et n'avait aucune envie d'entendre que son père avait brisé l'unique loi qui comptait : celle du silence, l'omerta.

C'est bien connu : les morts sont tous de braves types. Je poursuivis donc en ces termes :

— Votre père devait de l'argent aux impôts… Moi, j'étais son conseiller fiscal… Il a fini par céder un certain nombre de biens au Trésor public, dont l'Alhambra, malheureusement.

Frank avait également cédé la propriété sur laquelle nous nous trouvions, Stanhope Hall, qu'il avait acquise auprès de mon imbécile de beau-père, William, probablement à l'instigation de Susan. Ignorant si Anthony connaissait ce détail et ne voulant pas l'exaspérer davantage, je me contentai d'ajouter :

— Ce n'était pas un mauvais arrangement.

— C'était du vol.

En réalité, c'était une reddition qui lui permettait de survivre. Ce que m'avait déclaré Frank Bellarosa, alors en résidence surveillée, pour tenter de justifier sa coopération avec le FBI, me revint en mémoire : « La vieille loi du silence est morte. Il ne reste plus chez nous de véritables hommes d'honneur, de héros, de vrais durs ; pas plus qu'en face, d'ailleurs, chez les flics. Poulets ou truands, on n'est plus que des gratte-papier, des petits-bourgeois, et on passe des accords quand on y est obligé ; pour sauver sa peau et son blé. On dénonce tout le monde, et on est content qu'on nous le propose. »

Il avait conclu ainsi sa confession non sollicitée : « J'ai été une fois en prison, maître. C'est pas un endroit pour les gens comme nous. C'est pour les nouveaux voyous, la racaille… »

Coulant un regard dans ma direction, Anthony dit, en hésitant :

— On chuchote que… Vous savez, quoi… Que mon père avait des ennemis… On prétend aussi que… Qu'il vendait des informations aux flics. Maintenant, je vois que ce n'était qu'une question d'impôts. Ils l'avaient déjà coincé une fois pour ça.

— C'est vrai.

Il sourit.

— C'est comme pour Al Capone. Ils n'avaient pas pu le coincer pour trafic illicite d'alcool, alors ils l'ont eu à cause des impôts.

— C'est bien ça.

— Bon. Finalement, maître, c'est vous qui lui avez conseillé de payer.

— Oui. Ça valait mieux que d'être poursuivi au pénal pour fraude fiscale.

En réalité, c'était Frank Bellarosa qui m'avait aidé à me dépêtrer de poursuites pour fraude fiscale. J'avais découvert par la suite qu'il avait provoqué ces poursuites contre moi avant de m'aider à m'en sortir. J'avais donc une dette envers lui, dette que j'avais acquittée en l'aidant à échapper à l'accusation de meurtre. Frank avait pour modèle Niccolo Machiavel. Il était capable de citer des passages entiers du *Prince* et aurait probablement pu en écrire la suite.

— Alors, le fait que les fédéraux aient saisi la propriété n'avait rien à voir avec cette accusation de meurtre ? demanda Anthony.

— Non.

C'était en partie vrai. Car Frank Bellarosa, probablement le plus grand criminel des États-Unis, en dehors des criminels d'État, n'avait pas commis l'assassinat dont on l'accusait. En vingt ou trente ans de crime organisé, il avait à peu près tout commis, mais pas cette exécution d'un trafiquant de drogue colombien, montage dû au procureur, M. Alphonse Ferragamo, qui nourrissait une vendetta personnelle contre lui.

— Vous étiez l'un de ses avocats pour cette affaire d'homicide, n'est-ce pas ? demanda Anthony.

— Oui.

En réalité, j'étais le seul. Les soi-disant avocats de la pègre s'étaient prudemment tenus à l'écart, tandis que John Whitman Sutter, du cabinet Perkins, Sutter and Reynolds, occupait le banc de la défense et s'efforçait, de façon très inhabituelle pour un avocat d'affaires, d'obtenir la liberté sous caution pour un parrain de la mafia. Frank détestait réellement la prison.

— Savez-vous que le FBI a trouvé les gars qui ont dessoudé le Colombien ? ajouta Anthony.

— Oui, je le sais.

Je l'avais appris quelques années auparavant par ma fille, substitut du procureur à Brooklyn, ravie de me révéler que j'avais défendu un innocent. Les mots « innocent » et « Frank Bellarosa » n'étaient généralement pas utilisés dans une même phrase. Néanmoins, dans les limites étroites de cette affaire, j'avais bien agi et mes péchés m'étaient donc remis. Enfin… d'une certaine façon.

— Cette ordure de Ferragamo avait une dent contre mon père.

— Exact.

De fait, M. Ferragamo, procureur du district sud de New York, s'était juré d'inscrire le plus beau de tous les trophées à son tableau de chasse, et peu lui importaient les moyens. L'inculpation de meurtre était une foutaise, mais Alphonse Ferragamo, comme un chacal s'attaquant à un gros buffle, avait fini par faire chuter sa proie.

Anthony poursuivit sa charge.

— Aucun des chefs d'inculpation lancés par cette ordure n'a tenu. Tout était du vent. C'était personnel. Une vendetta.

— Oui.

Don Bellarosa, d'origine italienne, comme lui, était une épine dans le pied du procureur. Alphonse Ferragamo ne pouvait autoriser le plus gros parrain de la mafia américaine à vivre dans une maison immense, à se pavaner librement dans des voitures de luxe et à fréquenter des restaurants que lui-même, procureur du sud de New York, n'avait pas les moyens de s'offrir. Indubitablement, il y avait là quelque chose de personnel.

Par diverses méthodes, pas toutes légales, Ferragamo avait fini par planter ses crocs dans le bide du gros buffle, obligeant Frank Bellarosa à implorer sa grâce.

Notre culture a tendance à transformer les hors-la-loi, tels Billy the Kid, Jesse James ou Al Capone, en héros romantiques. Les sentiments sont mitigés quand l'un d'eux tombe sous le coup de la loi. Dandy Bellarosa, alias l'Évêque, était la coqueluche des médias, une source inépuisable d'anecdotes croustillantes, une véritable célébrité. Aussi, lorsque le bruit courut qu'il était placé en résidence surveillée dans sa vaste demeure de Long Island et qu'il coopérait avec le ministère de la Justice, nombre de gens ne le crurent pas ou se sentirent trahis. Surtout ses plus proches associés, plus qu'inquiets, pour qui sa forfaiture ne faisait aucun doute.

Alors, avant que Frank Bellarosa ait pu parader en salle d'audience comme témoin de l'accusation, Susan Sutter avait sauvé sa réputation en l'abattant. Sa mort des mains de sa maîtresse, une femme mariée, superbe rousse appartenant à la meilleure société, n'avait fait qu'enjoliver sa légende posthume et sa réputation de mauvais garçon.

Le mari de la maîtresse, moi, eut droit lui aussi à des éloges flatteurs. Pas suffisamment, toutefois, pour faire oublier le reste.

Curieusement, Susan ne bénéficia pas de la faveur de la presse populaire. On hurla au déni de justice lorsque le procureur et l'État de New York renoncèrent aux poursuites pénales à son encontre. Pourtant, elle pouvait être accusée, entre autres, de meurtre avec préméditation d'un témoin fédéral.

J'échappai à une grande partie de ces réjouissances médiatiques en cinglant vers le large. Susan, elle, se fit oublier en déménageant pour Hilton Head. La presse new-yorkaise perd rapidement tout intérêt pour des gens qui ne vivent pas à Manhattan ou dans la banlieue huppée.

Pour être franc, honnête et objectif, en dehors de Frank lui-même, ce furent les membres de la famille Bellarosa qui souffrirent le plus de l'affaire. À l'époque de ce « crime passionnel », ils étaient tous des citoyens innocents. Anthony avait peut-être pris du galon depuis lors, mais, lorsqu'il avait perdu son père, il n'était qu'un jeune lycéen.

— Je connaissais suffisamment votre père pour savoir qu'il a fait ce qu'il devait faire pour se débarrasser des fédéraux et pouvoir se consacrer à sa femme et à ses fils.

Anthony ne réagit pas. J'en profitai pour changer de sujet. Avisant son alliance, je constatai :

— Vous êtes marié.

— Oui. Et j'ai deux enfants.

— C'est bien. Un homme doit être marié. Ça lui évite les ennuis.

Il trouva ma remarque divertissante.

Je décidai alors d'aller droit au but.

— Que faites-vous dans la vie ?

— J'ai repris la société de mon père, répondit-il sans hésiter. Bell Enterprises. On fait du déménagement, du garde-meuble, du débarras. On a aussi un service de limousines, de sécurité… Des trucs comme ça.

— Et qui a repris les autres affaires de votre père ?

— Il n'y avait pas d'autres affaires, monsieur Sutter.

— Vous avez raison.

Je consultai ma montre. Anthony, lui, ne semblait guère pressé de s'en aller.

— Un jour, mon père m'a assuré que vous étiez, de tous les non-Italiens qu'il avait rencontrés, le seul à avoir à la fois des tripes et de la cervelle.

Un peu interloqué, je choisis de rester coi. Outre le fait qu'il s'agissait d'un compliment mitigé (« non-Italien »), il fallait tenir compte de celui qui l'avait prononcé.

De toute évidence, Anthony n'était pas uniquement venu pour évoquer le passé ou me souhaiter la bienvenue. Je devinais l'offre de service. Or, la dernière fois que j'avais travaillé pour un Bellarosa, j'avais bousillé mon existence. Je n'étais pas pressé de renouveler l'expérience.

Je me levai à moitié de mon siège. Anthony m'arrêta d'un geste.

— J'ai encore besoin d'un peu de votre temps.

Je me rassis.

— Je vous en prie, exposez-moi l'objet de votre visite.

Il me scruta en silence. Tout en ne possédant pas l'autorité naturelle de Frank, il n'avait rien d'un gamin cherchant à se glisser dans le costume trop grand de papa. C'était un homme, dans le vrai sens du terme. J'eus pourtant l'impression qu'en mon honneur il mettait une sourdine à ses penchants de voyou. Et que, donc, il voulait quelque chose.

Enfin, il déclara :

— Je me suis beaucoup renseigné sur mon père ; auprès de ses amis, de sa famille. Tous ne tarissent pas d'éloges à son sujet. Mais j'ai pensé, puisqu'il éprouvait pour vous un véritable respect, que vous pourriez peut-être me dévoiler des éléments de sa personnalité qui auraient échappé à son entourage. Vous voyez ce que je veux dire ?

Les gens souhaitent toujours qu'on encense leurs chers disparus. De toute évidence, ce garçon idolâtrait son père. Il brûlait d'envie d'entendre le très respectable John Whitman Sutter prononcer un éloge bien senti de Frank Bellarosa. Mais d'où me venait cette impression de passer un entretien d'embauche ?

— Je ne l'ai connu que pendant... oh, six mois.

— Oui, mais...

— Je vais y réfléchir.

— D'accord. De mon côté, je songerai à un moyen d'honorer ma dette envers vous.

— Quelle dette ?

— Vous lui avez sauvé la vie.

Silence.

— Une nuit, chez Giulio. Quand on lui a tiré dessus. Vous avez arrêté l'hémorragie.

Qu'est-ce qui avait bien pu me passer par la tête, ce jour-là ? À l'époque, je savais pertinemment qu'il baisait ma femme. De plus, se mêler d'un contrat de la mafia n'est jamais une bonne idée. Quelqu'un, en l'occurrence Salvatore D'Alessio, avait versé beaucoup d'argent pour qu'on bute Frank Bellarosa, et moi j'avais tout fait capoter. Alors, dans la série « un bienfait n'est jamais perdu », Frank, après s'être remis, m'avait fait discrètement comprendre que son beau-frère, M. D'Alessio, était très fâché contre moi. L'était-il encore, le brave oncle Sal ? Ou, puisque ma femme avait fini par tuer Frank, tout cela était-il pardonné ? Peut-être faudrait-il le demander à Anthony. Ou peut-être pas.

— Monsieur Sutter ? Vous lui avez sauvé la vie.

— J'ai agi comme l'aurait fait n'importe quel titulaire du brevet de secourisme. Vous ne me devez rien.

— Je me sentirais quand même heureux d'honorer cette dette.

Les faveurs de Frank ne m'avaient aidé en rien. Celles de son fils ne devaient pas être gratuites non plus. Je décidai de crever l'abcès.

— En fait, j'ai sauvé la vie de votre père uniquement pour que ma femme, ensuite, puisse le tuer.

Anthony fut pris par surprise. Il ne s'attendait probablement pas à ce que j'évoque ainsi la fin de son père. Car, enfin, Frank Bellarosa n'était pas mort de mort naturelle, sauf si, dans ce milieu, on considère comme naturel de se faire descendre par une maîtresse irascible.

Pour rendre les choses encore plus claires, j'ajoutai :

— Votre père couchait avec ma femme. J'imagine que vous êtes au courant.

Il demeura silencieux quelques secondes. Puis :

— Oui… Enfin, c'était dans les journaux.

— Et vous savez qu'elle est revenue ?

— Oui.

— Qu'est-ce que ça vous fait ?

Il me fixa droit dans les yeux.

— Je pense qu'elle aurait dû rester loin d'ici.

— Moi aussi. Mais elle en a décidé autrement.

Nous ne nous quittions pas du regard.

— J'espère qu'il n'y aura pas de problème, Anthony.

— Si nous devions avoir ce genre de problème, monsieur Sutter, elle pourrait même vivre sur la Lune que ça ne changerait rien. *Capisce ?*

À présent, j'étais sûr de parler au jeune parrain.

— Voilà la façon dont vous pouvez honorer votre dette, lui dis-je.

Il resta un instant songeur.

— Je ne sais pas ce qui s'est passé entre eux, mais c'était privé. Quand il s'agit d'une histoire personnelle entre un homme et une femme… on laisse tomber.

Et il conclut :

— Il n'y a pas de problème.

Jadis, lorsque Frank Bellarosa affirmait qu'il n'y avait pas de problème, il y en avait un. Je n'insistai pas. Il me faudrait m'assurer par la suite qu'Anthony Bellarosa n'avait réellement pas l'intention de tuer mon ex-femme. Elle ne m'avait fait aucune faveur ces derniers temps. Toutefois, ainsi que je l'ai déjà dit, elle était la mère de mes enfants. J'aurais pu faire valoir cela auprès d'Anthony, mais il m'aurait rétorqué que Susan l'avait laissé orphelin de père. Quand on y pense, c'est incroyable le nombre de problèmes que peut entraîner l'introduction du pion A dans la fente B.

J'avais suffisamment fait provision de souvenirs et dit ce que j'avais à dire. Je me levai.

— Merci d'être passé.

Il se leva à son tour, et nous gagnâmes le vestibule. Je posai la main sur la poignée de la porte. Lui demeura en retrait.

— Vous avez déjà vu votre femme ? murmura-t-il.

— Mon ex-femme. Non, je ne l'ai pas vue.

— Bah, vous la verrez. Vous pouvez lui dire que tout va bien.

Je ne réagis pas. À mon avis, Susan Stanhope Sutter n'avait même pas réfléchi au fait qu'elle revenait dans le quartier où elle avait tué un parrain de la mafia. À présent, elle devait avoir appris qu'Anthony vivait sur l'ancien domaine de l'Alhambra. Comme elle n'avait pas assisté aux obsèques de son amant, peut-être envisageait-elle de rendre une visite de condoléances à son fils. Je ne plaisante qu'à moitié : Susan, qui appartenait à la grande bourgeoisie, croyait certainement que ce n'était pas parce qu'on avait tué un homme qu'on ne devait pas faire preuve de courtoisie envers ses amis et sa famille.

— Nous pourrions dîner ensemble, un de ces soirs, proposa Anthony.

— Qui ?

— Nous.

— Pourquoi ?

— Pour parler, par exemple.

— De quoi ?

— De mon père. Il avait une grande estime pour vous.

Je n'étais pas certain d'éprouver le même sentiment pour Frank Bellarosa. Bien sûr, il n'était pas totalement mauvais. C'était même un bon mari et un bon père, en dehors de ses liaisons extraconjugales et du fait qu'il avait introduit son fils dans le milieu du crime organisé. Et, à part ses mensonges et ses manipulations, sans parler de sa relation avec ma femme, ce pouvait être un bon ami. Il avait aussi le sens de l'humour. Il riait à mes blagues, ce qui dénotait une certaine finesse. Le respectais-je pour autant ? Non. Mais je l'aimais bien.

— Il vous faisait confiance, ajouta Anthony.

À n'en pas douter, il souhaitait entendre parler de lui. Il désirait surtout en savoir plus à mon sujet ; et comprendre pourquoi Frank me vouait une telle considération. Alors... Eh bien, comme son père, il venait de me faire une proposition que j'aurais dû refuser. Mais ne me montrais-je pas trop soupçonneux envers Anthony et sa visite de bon voisinage ?

Il devina mon hésitation.

— J'en serais très honoré.

Avec ces gens-là, il ne faut pas prendre le mot « honneur » à la légère. D'un autre côté, j'avais appris à mes dépens, dix ans plus tôt, qu'une faveur en appelle une autre en retour. Je n'avais donc rien de bon à attendre d'une relation avec Anthony Bellarosa.

Mais je m'inquiétais pour la sécurité de Susan, et il n'aurait pas été très intelligent de le rembarrer. En poussant plus loin la paranoïa, il y avait aussi mes propres inquiétudes à propos de Salvatore D'Alessio. Comme Frank me l'avait un jour expliqué : « L'Alzheimer italien, c'est quand on a tout oublié, sauf celui qui vous a fait chier. »

Il nous restait donc quelques séquelles du passé à discuter. C'est ainsi que je commis ma deuxième erreur de la soirée.

— Entendu, on dîne ensemble.

Il sourit.

— Bien. Ça vous dirait, chez Giulio ?

Je n'avais guère envie de me retrouver dans ce restaurant de Little Italy où Frank avait reçu ces trois cartouches de fusil. Mauvais souvenirs mis à part, je ne pensais pas que le patron ou les employés seraient ravis de me revoir en compagnie de Bellarosa fils.

— Et si on essayait un chinois ? suggérai-je.

— D'accord. Demain soir ?

On était lundi, et il me faudrait bien quarante-huit heures pour retrouver mes esprits.

— Mercredi. Il y a un restaurant nommé Wong Lee's, à Glen Cove. Disons, 20 heures ?

— Je peux venir vous chercher.

— Non, je vous retrouve là-bas.

— Entendu. Il n'y aura que nous deux. Ne révélez l'heure et le lieu de notre rendez-vous à personne.

Nous échangeâmes un regard, puis j'acquiesçai.

— Entendu.

Alors que je m'apprêtais à ouvrir la porte, il interrompit mon geste.

— Une seconde.

Il sortit son téléphone portable, sélectionna un numéro en mémoire.

— Oui, j'arrive.

Il se tourna de nouveau vers moi.

— Vous voulez venir dire bonjour à Tony ?

J'aurais volontiers pris un bol d'air frais. Toutefois, ainsi que je l'avais appris chez Giulio, il vaut mieux, en général, se tenir éloigné de quelqu'un qui a besoin d'un garde du corps.

— Peut-être une autre fois.

Il lui fallut une minute pour s'assurer qu'il ne se retrouverait pas seul sur la route, en pleine obscurité. Pour passer le temps, il me demanda :

— Comment se fait-il que vous ne l'ayez pas vue ?

— Je suis occupé.

— Ah oui ? Et elle ? Elle a un copain ?

— Aucune idée.

Il me dévisagea.

— Quel gâchis, hein ?

Étonne par la sagacité de sa remarque, je restai muet.

La sonnerie de son portable retentit. Il regarda le numéro qui s'affichait mais ne répondit pas.

— Merci de m'avoir consacré un peu de votre temps.

— Merci à vous d'être passé, dis-je, en lui ouvrant la porte.

Il me sourit.

— On aurait juré que vous aviez vu un fantôme.

— Vous avez les yeux de votre père.

— C'est vrai ?

Il me serra la main.

— À mercredi.

Je le regardai s'éloigner dans la nuit glacée, franchir le portail et gagner un énorme SUV noir auprès duquel se tenait Tony. Où étaient passées les Cadillac d'antan ? Le moteur du véhicule tournait, les phares étaient éteints. La main gauche sur la poignée de la portière, Tony gardait la droite sous sa veste.

Tout cela me paraissait un peu mélodramatique. Mais on ne sait jamais. *Après tout,* me dis-je, *il existe peut-être un contrat lancé sur la tête d'Anthony Bellarosa. Et je vais dîner avec ce type ?*

Sans attendre son départ, je refermai la porte et allai me servir un cognac dans la salle à manger.

Parfaitement exact : un vrai gâchis.

Chapitre 4

Le lendemain, au volant de ma Taurus, j'empruntai Skunks Misery Road, l'une des nombreuses routes des environs dont les noms, sinistres, n'ont pas changé depuis le XVIIIe siècle.

Villages et hameaux de l'époque coloniale parsèment la Gold Coast du nord de Long Island, dans le comté de Nassau, à une cinquantaine de kilomètres de Manhattan. Certains bourgs possèdent un petit centre pittoresque. D'autres, comme Lattingtown, où se trouve Stanhope Hall, sont exclusivement résidentiels. De grands domaines y côtoient de moins grands qui aimeraient en avoir l'air et des lotissements prétentieux.

À sa grande époque, entre 1900 et le 29 octobre 1929, le fameux « mardi noir », cette Gold Coast abritait les maîtres du monde. Les milliardaires y pullulaient. Par la suite, la crise, la guerre, l'impôt sur le revenu et la croissance des banlieues portèrent des coups sévères à ce jardin d'Éden où cohabitaient vieilles fortunes, vieilles familles et vieilles coutumes. Mais coups sévères ne veut pas dire mise à mort. En dépit des nouveaux riches de Wall Street qui l'ont investi et singent les anciens patriciens sans en avoir la classe, les fantômes du passé s'y attardent encore.

Locust Valley concentre en elle la quintessence de la Gold Coast. C'était là que je me rendais. Modestement, je ne venais y chercher qu'un sandwich. Pas n'importe lequel : un black forest au pumpernickel, avec du munster et de la moutarde. J'y pensais depuis près d'une semaine, et le moment était venu de passer à l'acte. On trouvait cette sorte de sandwich au Rolf's German Delicatessen. J'espérais que l'établissement n'avait pas succombé à l'embourgeoisement, à la cuisine snob ou à la mode bio.

C'était une belle journée de juin. De rares nuages paressaient dans le bleu du ciel. Les grands arbres arboraient toutes leurs feuilles, qui frissonnaient dans la brise légère, les oiseaux chantaient. Les abeilles butinaient des fleurs délicates tandis que des papillons venaient se poser sur le nez retroussé d'enfants parfaits qui gloussaient d'aise en se tournant vers leurs nounous : « Oh, Maria, qu'est-ce que c'est bon d'être riche ! ».

Ce qui s'offrait à mes yeux ressuscitait en moi des souvenirs heureux. Après tout, j'étais né là, comme tous mes ancêtres depuis l'installation des Anglais, dont mon aïeul, en 1667. J'y avais grandi, je m'y étais marié ; j'y avais élevé mes enfants, j'y avais toujours des amis, de la famille.

Je passai devant mon ancien country club, The Creek. Je me souvins du soir où Susan et moi y avions invité à dîner don Bellarosa et sa femme, habillée comme un arbre de Noël. Les membres du club avaient fait la fine bouche. Susan et moi avions eu du mal à réfréner nos fous rires.

Nous étions mardi, le lendemain du jour où Anthony Bellarosa avait débarqué chez moi. Dire que j'avais accepté de souper avec ce type ! Comme un de mes propres *paesanos* me l'avait dit un jour : « Si tu dois souper avec le diable, amène une longue cuiller. » Ou, dans le cas présent, de longues baguettes. Mieux encore : « Annule ce rendez-vous. »

C'était ma première visite au village depuis mon retour. Je retrouvai sans mal mes repères familiers. Je tournai dans Birch Hill Road, la vieille rue principale, passai devant Station Plaza où, à l'époque, je guettais le train de la Long Island Railroad qui, en cinquante minutes, me menait à Manhattan. Sur la place se trouvait le McGlade's Pub où, certains soirs, Susan s'asseyait en m'attendant après ma journée de travail. Combien de fois avait-elle passé l'après-midi à faire l'amour avec Frank Bellarosa avant de boire un verre avec moi ?

Je ralentis en approchant de mon ancien cabinet, où je passais un jour ou deux par semaine pour briser la routine des allers-retours à Manhattan. Le bureau, à Locust Valley, de Perkins, Sutter and Reynolds était situé dans une vaste demeure victorienne, en bordure du bourg. La maison était encore là et abritait toujours un cabinet juridique. Sur la plaque apposée devant la pelouse on lisait désormais : « Joseph P. Bitet & Justin W. Green, avocats ».

Je gagnai le centre du village, bien différent de tout ce qu'on pouvait trouver ailleurs. Ici, on remarquait un nombre inhabituel de luxueuses voitures étrangères. Les magasins étaient essentiellement des antiquaires, des boutiques de luxe, des galeries d'art et des restaurants. Pas le moindre Starbucks à l'horizon.

Je virai sur Forest Avenue et, constatant avec plaisir qu'il n'avait pas disparu, me garai près du Rolf's German Delicatessen, que je fréquentais jadis quand je me lassais des brouets bio de Susan. Pourtant, une fois entré, je découvris qu'à la suite d'une invasion mexicaine la langue anglaise ne figurait plus au menu.

Un peu brusquement, comme un vrai New-Yorkais, je passai commande.

— Un black forest de pumpernickel au jambon avec du munster et de la moutarde !

Le serveur me regarda d'un œil ahuri.

— Un quoi ?

— Où est Rolf ? murmurai-je. Qu'est-ce que vous lui avez fait ?

— Il est parti, *amigo*, répondit-il en riant.

— C'est bien triste.

N'ayant guère envie d'un sandwich allemand à la mode mexicaine, j'optai pour un café *leche.* À emporter.

Je pris mon gobelet de carton et sortis. Tout en sirotant mon breuvage, je m'approchai d'un traiteur, un peu plus loin, pour lire la carte derrière la vitrine.

Soudain, la porte s'ouvrit, livrant passage à Susan Stanhope Sutter. Je m'immobilisai, le cœur battant.

Nous étions à moins de six mètres l'un de l'autre. Elle m'aurait sûrement vu si elle n'avait pas été en grande conversation sur son téléphone portable.

J'avais déjà envisagé cette situation. Après un instant d'hésitation, je décidai d'aller la saluer.

Lady Stanhope s'assit à une petite table en terrasse et, sans cesser de jacasser, ouvrit son sac déjeuner. Elle en sortit une serviette en papier, des couverts en plastique, une petite bouteille d'eau minérale d'importation et une salade, avec les mêmes gestes que si elle s'attablait dans un grand restaurant.

Je ne l'avais pas revue depuis les obsèques de ma tante Cornelia, quatre ans plus tôt. Ses cheveux roux me semblaient un peu plus courts que dans mon souvenir, et elle était plus bronzée que jamais. Elle arborait un rouge à lèvres rose et brillant. Dans la lumière du soleil, ses yeux verts de chatte brillaient comme des émeraudes. Je repensai aux photos de nu sur le bateau.

Chassant cette image, je notai qu'elle était vêtue à la façon traditionnelle de Locust Valley : pantalon beige et polo vert, où était accrochée une paire de lunettes noires. Elle avait une montre sport au poignet. Pas de bijoux, pas même une alliance. Sur la table, elle avait posé un sac à main Coach, simple et pas trop chic pour un après-midi au village.

Je pris une profonde inspiration et m'avançai d'un pas. Avant que j'aie pu en faire un deuxième, la porte de l'établissement s'ouvrit à nouveau et une autre femme en sortit. Elle me jeta un rapide coup d'œil puis alla s'asseoir face à Susan.

Mon ex-épouse mit un terme à sa conversation téléphonique et les deux femmes commencèrent à bavarder.

Je ne connaissais pas la dame. Toutefois, je voyais bien le genre. Un peu plus âgée que Susan mais vêtue comme une ado, la voix persifleuse, l'accent affecté ; prénommée Buffy, ou Suki, ou Taffy, et persuadée qu'on n'est jamais ni trop riche ni trop mince.

Son déjeuner consistait en une bouteille d'eau et un yaourt agrémenté de cinq grains de raisin qu'elle tirait d'un sac à main à mille dollars. Susan et elle paraissaient bien s'entendre. Je n'aurais su dire si elles s'entretenaient d'un sujet léger, comme les hommes, ou de choses plus sérieuses, comme les emplettes.

J'éprouvai une soudaine envie de m'avancer vers elles et de m'adresser à Taffy en ces termes :

— Salut, je suis John Sutter, l'ex-mari de Susan. J'ai divorcé d'avec elle parce qu'elle forniquait avec un connard de la mafia, qu'elle a ensuite refroidi.

Taffy devait être au courant. Dans ce petit milieu, qui se repaît de ragots, on n'oublie pas si facilement ce genre de fait divers. Si ceux par qui le scandale arrive devaient être bannis par les bonnes âmes, les country clubs seraient vides et les réceptions mondaines désespérément désertes.

Cela dit, il y a des limites à l'inconduite : l'invitation des Bellarosa au Creek par les Sutter en était une. À l'inverse, que Mme Sutter ait eu une liaison avec M. Bellarosa ne constituait pas une raison suffisante pour qu'elle soit rayée des listes. On peut même affirmer que sa présence était hautement souhaitée aux galas de charité, aux cocktails et aux déjeuners entre dames. Quant au fait de déquiller son amant, ma foi, la chose n'était pas complètement inhabituelle. En tordant un peu le bâton, on pouvait requalifier un crime passionnel en crime d'honneur. Mais la raison ultime, c'était bien que Susan était une Sutter, nom gravé à tout jamais dans le livre des grandes familles. Ajoutez-y ceux d'autres dynasties du cru, Vanderbilt, Roosevelt, Pratt, Whitney, Grace, Post, Hutton, Morgan ou autres, et vous commencerez à comprendre les règles non écrites.

J'observai un instant Susan et Taffy papoter, jetai un dernier regard à Susan et tournai les talons pour rejoindre ma voiture.

Chapitre 5

Le lendemain, mercredi, le temps était couvert, et je passai sans remords la journée dans la salle à manger, à classer des papiers.

Je n'avais toujours pas brûlé les photos de nu de Susan. Je songeai même, une fois encore, à les lui remettre. Edward et Carolyn m'avaient tous deux communiqué son nouveau numéro de téléphone, en me précisant qu'elle avait également conservé celui de son portable de Caroline du Sud. Susan, elle, connaissait bien sûr celui d'Ethel au pavillon qui n'avait pas changé depuis Franklin Roosevelt. Donc, l'un de nous deux devait appeler.

Retournant à mes papiers, je découvris mon certificat de mariage et mon jugement de divorce, que j'agrafai ensemble. Je pourrais avoir besoin de ce jugement dans le cas, bien improbable, où je me déciderais à convoler de nouveau.

— Pourquoi ne pas nous marier ? m'avait suggéré Samantha, la dame de Londres.

— Excellente idée, avais-je répliqué. Mais qui voudrait de nous ?

Je m'étais entretenu plusieurs fois avec elle depuis mon départ de Londres. Elle avait exprimé le désir de me rejoindre à New York, provoquant de ma part une réaction évasive.

Je pris une enveloppe en papier bulle sur laquelle Susan avait écrit : « Photos pour l'album ». Elles n'étaient pas parvenues jusque-là et n'y figureraient probablement jamais. Je les étalai sur la table. Il s'agissait surtout de photos des familles Sutter, Stanhope et Allard, prises sur plusieurs années, à l'occasion de réunions obligées : Noël, Pâques, Thanksgiving, anniversaires…

La distribution était au complet : William et Charlotte Stanhope en compagnie de leur bon à rien de fils, Peter, frère de Susan, ainsi que de Susan elle-même, qui avait toujours l'air d'avoir vingt-cinq ans. Et puis il y avait moi, évidemment, avec Edward, Carolyn et mes parents, Joseph et Harriet. Sur un des clichés, ma sœur Emily posait avec son ex-mari, Keith. Il y avait aussi un joli portrait de ma tante Cornelia et de son mari Arthur, morts tous les deux.

Difficile de croire qu'un jour ces gens avaient été vivants et heureux. Enfin, peut-être pas si heureux que ça, mais au moins décidés à sourire à l'objectif, avec l'aide de quelques cocktails. Je remarquai une vieille photo d'Elizabeth Allard, la fille d'Ethel et de George. Elle avait été prise à l'occasion de la soirée donnée pour fêter son diplôme universitaire qui s'était tenue sur la grande pelouse de Stanhope Hall, dans la série « noblesse oblige », autrement dit : « Mais bien sûr, tu peux utiliser notre maison, nous serons ravis. » Elizabeth me parut infiniment plus jolie que dans mon souvenir. Il fallait que je la joigne, car elle était l'exécutrice testamentaire de sa mère.

Je poussai les photos de côté, sauf une représentant George et Ethel Allard. Les domestiques qui restent longtemps au service d'une même famille finissent par devenir davantage que de simples employés, et les Allard étaient les derniers de ce qui avait été autrefois une nombreuse domesticité. Je devais aller voir Ethel. D'abord parce que j'étais son avocat, ensuite parce que, en dépit de nos différends, nous avions partagé un moment de vie. Elle faisait partie de mon histoire comme moi de la sienne. Tous, Allard, Sutter et Stanhope, nous avions joué notre rôle dans ce drame, dans un état presque second, exilés dans un perpétuel crépuscule.

Pourquoi ne pas dire adieu à Ethel aujourd'hui même ? Il ne restait sans doute que peu de temps.

Ce soir-là, j'avais un autre rendez-vous avec la destinée en la personne de M. Anthony Bellarosa. J'avais songé à annuler ce dîner, mais je ne savais pas comment le joindre et, de toute façon, le décommander ne l'aurait pas fait disparaître pour autant.

L'appareil rose d'Ethel, datant des années soixante-dix, était mon seul outil de communication. Je m'en servais avec parcimonie, surtout pour joindre Samantha, Edward, Carolyn, et aussi ma sœur Emily, que j'aimais beaucoup et qui vivait au Texas. Il y avait aussi ma mère, qui... Enfin, c'était ma mère. J'avais déjà reçu quelques appels émanant de gens âgés : des amis d'Ethel. Je leur avais fait part de la triste nouvelle : Ethel se trouvait dans une maison de retraite. À cet âge, cela ne semblait ni choquant ni incongru. Une vieille dame avait téléphoné depuis le même établissement. Elle s'était montrée enchantée d'apprendre que son amie vivait juste à l'étage au-dessus, penchée sur le même abîme.

L'appareil n'avait pas d'écran. Chaque fois que la sonnerie retentissait, je me demandais si c'était la maison de retraite, M. Nasim, Susan, ou Samantha m'annonçant qu'elle se trouvait à l'aéroport. En revanche, Ethel avait un répondeur, mais il semblait hors d'usage. Je ne savais jamais, en rentrant, si j'avais manqué des communications.

Dans la cuisine, le coucou imbécile sonna 4 heures, ce que je pris comme un signal pour m'étirer et sortir prendre l'air.

Le temps était toujours couvert. La pluie ne tarderait pas. Planté au milieu du patio, je surveillai du coin de l'œil le vieux domaine.

Les jardiniers d'Amir Nasim entretenaient la partie amputée qu'il avait conservée, y compris les pelouses et les arbres entourant le pavillon. Le long du mur, les trois pommiers sauvages avaient été taillés, mais Ethel ne confectionnerait plus de gelée de pomme sauvage, ni cette année ni jamais.

Le patio débouchait sur un petit jardin potager où, au printemps, avant sa maladie, Ethel avait planté ses légumes. À présent, il était envahi de mauvaises herbes et de fleurs des champs.

Au milieu de ce jardin à l'abandon, j'avisai un panneau de bois orné de lettres peintes tellement délavées qu'on parvenait à peine à les déchiffrer. Quelque soixante ans auparavant, au moment de sa confection, on y lisait : « Victory Garden ». Il faudrait que je pense à le donner à la fille d'Ethel, Elizabeth.

La sonnerie du téléphone mural retentit dans la cuisine. Je déteste les sonneries de téléphone. On me propose rarement de l'argent, une nuit d'amour ou des vacances gratuites. Et, quand c'est le cas, il y a toujours une contrepartie. Le téléphone sonna longtemps, comme si on savait que j'étais là. Susan ?

Finalement, la sonnerie cessa.

Après un dernier coup d'œil aux alentours, je regagnai la maison, prêt à aller rendre visite à une vieille dame sur le point d'expirer et à un jeune homme qui, s'il n'y prenait garde, ne tarderait pas à rejoindre son père dans la tombe.

Chapitre 6

À 17 heures, au volant de ma Lamborghini, je franchis le magnifique portail en fer forgé de mon domaine et m'engageai sur Grace Lane… Retour à la réalité : je ne conduisais pas une Lamborghini et ce n'était pas mon domaine.

Grace Lane n'évoque ni le nom d'une femme, ni l'état de béatitude spirituelle dans lequel croyaient planer les résidents, mais le nom de la famille Grace, célèbre pour sa compagnie maritime. Il s'agissait d'une route privée que les propriétaires riverains étaient censés entretenir. À l'époque où je vivais là avec Susan, mes voisins tentaient de transférer ces dépenses sur différentes collectivités locales qui, de leur côté, ne semblaient guère pressées de subventionner les riches enfoirés de Grace Lane, dont certains, pour n'être plus riches, n'en demeuraient pas moins des trous du cul. La question avait dû être réglée pendant mon absence, car le revêtement de Grace Lane était à présent impeccable.

Je poursuivis ma route vers Locust Valley, où je comptais acheter quelque chose pour Ethel. On ne doit jamais arriver les mains vides quand on rend visite à quelqu'un. Je ne sais jamais quoi apporter, sauf du vin, ce qui n'aurait guère été adapté aux circonstances. D'un autre côté, des fleurs auraient pu paraître prématurées.

Ethel aimait lire. Je pouvais donc m'arrêter à la librairie, mais je devais éviter de choisir un gros pavé, genre *Guerre et Paix*. Elle aimait aussi les fruits. Interdiction, toutefois, d'acheter des fruits trop longs à mûrir, comme des bananes vertes. J'optai donc pour une boîte de chocolats. Si elle n'avait pas le droit d'en manger, ses visiteurs y goûteraient avec plaisir. Si elle mourait avant mon arrivée, je les laisserais à la réception, avec ma carte de visite. Après tout, il n'y a que l'intention qui compte.

Je tournai dans Skunks Misery Roadour, pour me retrouver à nouveau, quelques minutes plus tard, à Locust Valley. Je déteste faire des emplettes. Mon humeur s'assombrit à l'idée d'aller acheter ces chocolats. En cherchant une place pour me garer, je remarquai une dizaine de SUV blancs, et chacun aurait pu être celui de Susan. Si, par hasard, je tombais sur elle, je pourrais lui demander conseil : elle était parfaite pour ce genre de chose. Son dernier avis en matière de cadeau, elle me l'avait donné lors de la remise du diplôme de Carolyn à la faculté de droit de Harvard. Je lui avais acheté à Londres un tee-shirt sur lequel était inscrit : « Étranglons tous les avocats ». Elle m'avait dit que ce n'était pas un cadeau approprié pour la remise d'un diplôme de droit. Elle avait probablement raison.

En tout cas, renonçant aux chocolats, j'optai finalement pour des fleurs.

Derrière le comptoir, une jolie jeune femme me demanda en quoi elle pouvait m'être utile.

Je ne m'embarrassai pas de préambule.

— Je voudrais quelque chose pour une vieille dame qui est en maison de retraite et qui n'a plus longtemps à vivre.

Pour appuyer ma déclaration, je jetai un coup d'œil à ma montre.

— Je vois… Donc…

— Je ne l'aime pas particulièrement.

— Ah… dans ce cas…

— Un cactus pourrait convenir. Mais elle a d'autres visiteurs. Je voudrais donc quelque chose de joli. Ça n'a pas besoin de durer longtemps.

— Je comprends. Alors, peut-être…

— Il ne faut pas que ça ait l'air d'un bouquet mortuaire, n'est-ce pas ?

— Tout à fait. Ça ne… Pourquoi ne pas renoncer aux fleurs et choisir plutôt une plante en pot ?

— Un sapin ciguë ?

— Non, je pensais plutôt à ce petit pin de Norfolk, là. Les arbres à feuilles persistantes symbolisent la vie éternelle.

— Vraiment ?

— Oui. Comme… les arbres de Noël, par exemple.

— Les arbres de Noël jaunissent.

— C'est parce qu'ils sont coupés. Nous livrons beaucoup d'arbres à feuilles persistantes aux maisons de retraite.

— Vraiment ?

— Oui. Ils sentent bon. Ensuite, les familles peuvent les emporter comme souvenir.

— Après quoi ?

— Après… euh… que la personne… Dans quelle maison de retraite réside cette dame ?

— À Fair Haven.

— Nous pouvons le livrer pour vous, si vous voulez.

— En fait, je m'y rends tout de suite, et cet arbre est trop grand pour que je l'emporte…

Examinant la boutique, j'avisai, sur une étagère, une série d'animaux en peluche, dont quelques *Teddy bears*. Ces ours, très populaires par ici, tirent leur nom du président Teddy Roosevelt, qui vécut dans la région, à Oyster Bay. Je pris le plus beau et le posai sur le comptoir.

— Je vais prendre celui-ci.

— Il est très joli.

Elle lui noua un ruban rose autour du cou, glissa un brin de lavande dans le ruban.

— Il lui plaira. Bon courage.

De retour dans la voiture, je pris la route de Glen Cove, où se trouvait la maison de retraite. Alors que je jetais un coup d'œil à l'ours en peluche posé sur le siège à côté de moi, un torrent d'émotion me submergea. Ethel Allard allait mourir. Tant de gens que j'avais connus étaient déjà morts ! Je revoyais leurs visages souriants, à l'occasion d'une fête ou de vacances communes, un verre à la main, comme sur les photos que je venais de regarder.

Où s'étaient enfuies toutes ces années ? Pourquoi n'avais-je pas su apprécier ces instants fugaces lorsque mon univers était stable, familier et intact ?

On ne peut pas revenir en arrière. Et, si j'avais pu le faire, je n'aurais peut-être pas voulu changer le cours de ces événements qui avaient abouti à la disparition de cette vie que j'aimais et à celle de Frank Bellarosa.

Dix ans auparavant, par une froide journée d'hiver, Frank Bellarosa avait quitté Brooklyn en compagnie de quelques associés pour se rendre dans un restaurant de Glen Cove où il avait un rendez-vous. Après avoir quitté la voie express de Long Island, ils s'étaient perdus et avaient fini par se retrouver sur Grace Lane.

Ils avisèrent alors un domaine abandonné nommé l'Alhambra. Ainsi que Frank me l'expliqua plus tard, les peupliers de Lombardie bordant l'allée et la villa blanche au toit de tuile rouge lui rappelèrent ses racines italiennes. Il se renseigna, acheta le domaine, y emménagea. Je fis sa connaissance. Susan et moi acceptâmes un jour d'aller prendre un café chez lui. D'autres événements s'ensuivirent, qui se terminèrent comme on sait : ma femme abattit son amant et nouveau voisin.

À présent, dix ans plus tard, les acteurs de cette tragédie, y compris les morts et les agonisants, étaient à nouveau réunis pour la scène finale.

Chapitre 7

Je passai devant la Friends Academy, lycée privé fondé par les Quakers. Susan s'y rendait naguère dans une grosse Lincoln conduite par George Allard, qui, entre autres fonctions, occupait celle de chauffeur.

La Gold Coast des années cinquante et soixante vivait une période de transition entre l'avant-guerre, encore dominée par les familles figurant dans le Bottin mondain américain, le *Social Register*, mais dont la fortune déclinait, et les bouleversements sociaux qui allaient balayer une grande partie de l'ordre ancien.

La plupart de ces changements furent bénéfiques. George, par exemple, cessa d'être domestique pour devenir employé. Si cela n'améliora pas sa façon de conduire, il y gagna ses congés de fin de semaine. Quant à Ethel la Rouge, que j'appelais ainsi en raison de ses convictions socialistes, elle ne s'était jamais considérée comme une domestique, surtout après avoir couché avec Augustus Stanhope, et avait vécu assez longtemps pour voir se réaliser la plupart de ses rêves.

Un panneau m'informa que je venais de pénétrer dans Glen Cove, ville d'environ environ vingt mille habitants, davantage si l'on comptait les nouveaux immigrants, qui se souciaient peu des formalités administratives.

Glen Cove est située sur Hempstead Harbor et sur le détroit de Long Island. Comme de nombreuses agglomérations de la rive nord de Long Island, elle a été fondée dans les années 1600 par des colons anglais, dont mes lointains ancêtres qui, à leur arrivée, ne s'inquiétèrent pas non plus des formalités administratives auprès des Indiens Matinecock et ne demandèrent pas de permis de travail.

Néanmoins, Peaux-Rouges et Peaux-Blanches cohabitèrent relativement en paix pendant un siècle, surtout parce que les Indiens mouraient des maladies européennes. Les Britanniques occupèrent Long Island pendant la plus grande partie de la guerre d'Indépendance et la plupart de ses habitants restèrent fidèles à la Couronne, y compris, je l'avoue, les Sutter, qui paraissaient avoir le conservatisme dans le sang. Sauf mon père. Démocrate de gauche, il avait l'habitude de se lancer dans des discussions politiques lorsque se retrouvaient les familles du lieu, toutes républicaines. Ma folle de mère, Harriet, étant également progressiste, Ethel et elle s'alliaient toujours contre la majorité des porcs obscurantistes et réactionnaires qui tenaient autrefois le haut du pavé sur la Gold Coast.

Cette situation, elle aussi, avait évolué. Lors de mon départ, dix ans plus tôt, on pouvait avoir un ami ou un voisin démocrates sans risquer de faire baisser le prix de sa propriété.

À propos de guerre et de politique, j'écoutais à moitié, sur mon autoradio, une émission d'orientation clairement conservatrice. Je montai le volume pour entendre la personne interviewée déclarer :

— Il faut leur balancer une bombe atomique avant qu'eux le fassent.

S'efforçant de paraître un peu rationnel, le journaliste répondit :

— D'accord, mais sur qui jeter cette bombe ?

— Sur tous. Et d'abord sur Bagdad, pour qu'on ne soit plus obligé d'envoyer nos gars se faire tuer là-bas.

— On pourrait se contenter de bombarder d'abord les camps d'entraînement d'Al Qaïda. Ainsi, ils comprendraient le message.

— Ouais. On balance aussi une bombe atomique sur les camps.

Le journaliste ménagea une interruption pour un spot publicitaire précédé d'une éclatante musique patriotique de John Philip Sousa, un ancien résident de Long Island qui semblait revenir au goût du jour.

La culture politique et sociale avait changé de façon stupéfiante depuis le 11 septembre, et quelque chose sonnait faux si l'on n'avait pas assisté sur place à ces transformations. Sur presque toutes les façades flottait un drapeau américain, y compris sur les magasins et les maisons de Glen Cove qui n'était pas, d'ordinaire, un bastion du conservatisme. Et presque tous les véhicules arboraient un fanion à l'antenne, une décalcomanie sur une vitre ou un autocollant proclamant : « Nous n'oublierons pas le 11-9 », ou bien : « Ben Laden, t'as intérêt à courir vite ». De la même façon, presque tous les gens que j'avais croisés à Locust Valley portaient un pin's en forme de drapeau américain. J'avais l'impression très nette qu'on scrutait ma voiture à la recherche de signes prouvant ma loyauté envers l'Amérique.

Retour au siècle dernier, lorsque Glen Cove accueillit une nombreuse population d'immigrants italiens qui trouvèrent du travail dans la construction et l'entretien des grandes maisons et de leurs immenses domaines. Cette main-d'œuvre destinée aux riches donna naissance, au cours des générations suivantes, à des sociétés italo-américaines de bâtiment, d'architecture paysagère et autres entreprises connexes.

C'était une belle histoire de réussite à l'américaine. Malheureusement, la présence d'une importante population italienne à Glen Cove se traduisit par l'existence d'un groupe réduit, mais tenace, de messieurs dont les affaires n'avaient rien avoir avec l'architecture paysagère. Voilà pourquoi M. Frank Bellarosa, de Brooklyn, s'était rendu à Glen Cove, dix ans auparavant, pour retrouver des associés dans un restaurant italien. Détail amusant : aujourd'hui, avec un GPS, son chauffeur (était-ce Anthony, qui se faisait à présent appeler Tony ?) ne se serait pas perdu, n'aurait pas abouti dans Grace Lane, et le destin aurait été contrarié par la technique satellitaire. Allez savoir !

Je n'avais jamais visité le Fair Haven Hospice House. Toutefois, une charmante dame m'avait fourni par téléphone toutes les indications nécessaires et m'avait assuré que Mme Allard était en mesure de recevoir des visites, tout en m'avertissant que la situation pouvait avoir changé au moment de mon arrivée.

Après avoir longé plusieurs grandes propriétés, dont celles de J. P. Morgan et de F. W. Woolworth, toutes deux abandonnées et en partie loties, je tournai à gauche dans une voie privée et traversai un bois. En haut, on apercevait une grande bâtisse blanche au toit d'ardoise. Un panneau indiquait : « Parking visiteurs ».

Le ciel s'était éclairci. Des nuages blancs filaient à présent vers le détroit et de grandes mouettes volaient bas sur l'horizon. Après trois années passées en mer, j'avais développé une certaine sensibilité au temps et à la nature. Je devinai qu'on ne devait pas être très éloigné du détroit. Les senteurs de sel me donnaient la nostalgie du grand large.

Je me dirigeai vers la vaste maison. *Ethel*, pensai-je, *aurait pu trouver pire endroit pour y finir ses jours*, avant que s'ouvre le large portail du Domaine céleste. Bail gratuit pour l'éternité. Et on n'était pas obligé de coucher avec le proprio.

Chapitre 8

Je pénétrai dans l'établissement, autrefois résidence privée. Il est bon que ces vieilles maisons soient recyclées pour un autre usage, école, musée ou, dans le cas présent, maison de retraite. Cela vaut mieux que ces lotissements pour jeunes cadres de Wall Street dont le taux d'endettement hypothécaire excède largement le quotient intellectuel.

À la réception, une dame délicieuse m'informa que Ethel Allard se portait « aussi bien qu'il est possible », ce qui voulait tout dire, avant de m'indiquer un petit ascenseur dans le couloir.

— Premier étage, chambre six.

Je me retrouvai seul dans l'étroite cabine, obligé, durant la longue minute d'ascension, de subir un morceau des *Quatre Saisons* de Vivaldi, « L'été ». J'imaginais déjà les portes s'ouvrant sur un paysage céleste d'azur et de blancs nuages. J'avais un besoin urgent d'alcool.

Les portes s'ouvrirent enfin sur un couloir aux murs recouverts de papier peint à fleurs, au milieu duquel se tenait la Dame blanche. Elle connaissait mon nom, me donna le sien, Mme Knight, mais ajouta qu'il fallait l'appeler Diane.

— Bonjour, Diane.

— Suivez-moi, je vous prie.

Mme Knight semblait faire partie de ces infirmières capables tout à la fois de la plus grande fermeté et de la plus grande douceur, qualités qui lui étaient sans nul doute venues de la fréquentation quotidienne de toute la gamme des émotions humaines dans cette maison des morts.

— Mme Allard reçoit de fortes doses d'antalgiques. Vous ne la trouverez peut-être pas aussi vive que dans votre souvenir.

— Je comprends.

— Cela dit, elle est lucide et a conservé toutes ses facultés mentales.

— Tant mieux.

— Ses douleurs sont tolérables, elle sait comment y faire face.

— C'est bien.

Je sentis qu'il me fallait poser des questions pour élargir le champ de mes réponses.

— Elle a bon moral ?

— Oui, excellent.

— Elle reçoit beaucoup de visites ?

— Quelques-unes. Y compris celles de votre mère et de votre femme.

— Mon ex-femme. Elles ne sont pas là, en ce moment ?

— Non.

Elle coula un regard vers mon cadeau.

— Elle va adorer cet ours en peluche.

Elle s'arrêta devant une porte.

— Je vais entrer seule et lui annoncer votre arrivée. C'est très gentil à vous d'être venu spécialement de Londres pour la voir.

— Euh… oui, c'est une femme merveilleuse.

— Tout à fait.

Y avait-il une autre Ethel Allard dans l'établissement ?

Au moment où Mme Knight s'apprêtait à ouvrir la porte, je lui demandai :

— Combien de temps… enfin…

— Pas plus d'une demi-heure.

— Une demi-heure ?

— Oui, elle se fatigue vite.

— Ah non, je voulais dire…

— Je viendrai jeter un coup d'œil toutes les dix minutes.

— Entendu. Ce que je voulais dire, c'était… Je ne compte rester dans la région que quelques semaines, et je me demandais si j'aurais l'occasion de la revoir.

Visiblement, Mme Knight ne me comprenait pas ou refusait d'aborder le sujet. Je décidai donc d'aller droit au but.

— Combien de temps lui reste-t-il à vivre ?

— Oh… eh bien, on ne se risque jamais à ce genre de pronostic. Toutefois, je dirais que sa fin est proche.

— C'est-à-dire ? Deux semaines ?

— Peut-être plus. Ethel est une battante.

— Trois ?

— Écoutez, monsieur Sutter, je ne peux pas…

— C'est vrai. J'avais une tante qui…

— Vous n'imaginez pas ce que j'ai pu voir ici. La mort est le grand mystère de la vie. Tout dépend tellement de la volonté et de la prière…

— Tout à fait. J'y crois complètement. J'ai prié pour elle.

Sous-entendu : « J'ai besoin de sa maison. »

Mme Knight me gratifia alors d'une réflexion philosophique qui avait dû lui servir souvent.

— Il est normal que nous ayons envie de garder nos êtres chers le plus longtemps possible, mais c'est égoïste. Ethel est en paix avec elle-même. Elle est prête à s'en aller.

J'en déduisis qu'il ne lui restait guère qu'une semaine. Or il m'en fallait encore deux dans la maison de gardien. Pourtant, elle avait qualifié Ethel de « battante ». Plutôt que de solliciter de plus amples d'explications, je tentai une autre approche.

— Outre son ami, je suis également son avocat. Je dois encore établir des papiers et les lui faire signer. Pourrais-je m'entretenir avec son médecin du… du temps qu'il lui reste à vivre ?

Elle acquiesça.

— Son médecin traitant est le Dr Jake Watral.

— Merci. Dites-moi, est-ce qu'un certain M. Amir Nasim est venu voir Mme Allard ? Ou l'a appelée ?

— Ce nom ne me dit rien, répondit-elle, semblant soudain pressée de conclure. Je vais lui annoncer que vous êtes là.

— Merci.

Elle disparut à l'intérieur de la chambre six, assez longtemps pour qu'un sentiment de culpabilité commence à m'envahir. Bien sûr, j'avais des problèmes d'hébergement. Mais les médicaments permettaient à Ethel Allard de maîtriser sa douleur, elle recevait des visites, elle était lucide et pouvait encore survivre un certain temps. Sa fille Elizabeth le souhaitait certainement.

Mme Knight finit par réapparaître.

— Elle vous attend.

— Vous êtes une sainte de travailler ici, lui dis-je, avant d'entrer à mon tour dans la chambre.

Un sourire embarrassé passa rapidement sur ses lèvres. Elle tourna les talons et s'éloigna.

J'entrai dans la chambre et refermai la porte derrière moi.

Je déteste les lits de mort !

Chapitre 9

La chambre était orientée à l'ouest, et le soleil entrait à flots par l'unique fenêtre, illuminant les draps blancs.

La pièce, de petite taille, avait dû être autrefois une chambre d'amis ou de domestique. Le mobilier se composait de deux tables de nuit. Sur la première était posé un moniteur et, sur la seconde, une bible. Il y avait également deux fauteuils en Skaï et un plateau roulant près du lit. Une potence où étaient accrochées trois poches à perfusion complétait le tableau. En hauteur, sur le mur bleu, face au lit, trônait un téléviseur. Par terre, près de la fenêtre, on découvrait un bouquet de fleurs et un petit pin de Norfolk en pot.

Pas si désagréable que ça, l'antichambre du grand au-delà.

Assise dans son lit, les yeux fixés sur le mur, Ethel ne semblait pas s'être aperçue de ma présence. Je m'approchai du lit.

— Bonjour, Ethel.

Elle tourna la tête vers moi.

— Bonjour, monsieur Sutter, répondit-elle sans un sourire, réservant le sien aux occasions qui lui étaient données de contredire quelqu'un.

— Appelez-moi John.

Elle ne releva pas.

— Merci d'être venu. Vous vous occupez bien de ma maison ?

— Oui. Comment vous sentez-vous ?

— Aujourd'hui, ça va.

— Bon… Vous avez l'air en forme.

En fait, dans la lumière du soleil, son visage paraissait émacié. Pourtant, une lueur dansait dans son regard. Je remarquai aussi une touche de rouge sur ses joues couleur de cendre.

Je ne l'avais pas vue depuis des années, mais nous avions communiqué par lettres lorsque c'était nécessaire et elle avait pris soin de me faire suivre mon courrier une fois par mois. Bien entendu, nous avions échangé des cartes de Noël.

— Vous avez entretenu mon jardin ?

— Bien sûr, mentis-je.

— Je n'ai jamais laissé ni George ni vous s'y aventurer, me rappela-t-elle. Aucun de vous deux n'était capable de l'entretenir.

— En Angleterre, j'ai appris à jardiner.

— À d'autres.

— Euh… vous avez raison.

— Il y a plus d'une semaine que vous êtes de retour.

— Je serais volontiers passé plus tôt, mais je pensais que vous rentreriez peut-être chez vous.

— Je ne reviendrai pas chez moi.

— Ne dites pas…

— Pourquoi ne pas vous asseoir ? Vous me rendez nerveuse à rester comme ça, debout.

Je pris place dans un des fauteuils et lui tendis son ours en peluche.

— Je vous ai amené ça.

Elle le prit, l'examina, grimaça et le posa à côté d'elle.

Je décidai de lancer la conversation.

— On s'occupe bien de vous, ici ?

— Ça va.

— Je pourrais faire quelque chose ?

— Non.

— En tout cas, si vous avez une idée…

— Pourquoi êtes-vous revenu de Londres, monsieur Sutter ?

— John.

— Monsieur Sutter. Pourquoi êtes-vous revenu ?

Parce qu'il faut que je déménage vos affaires avant votre mort et avant que cet Iranien change les serrures.

— Monsieur Sutter ?

— Eh bien, je suis venu vous voir, bien sûr.

Cela semblait un peu hypocrite et j'ajoutai :

— J'ai aussi des affaires à régler à New York. J'ai pensé que ce serait l'occasion de récupérer certaines de mes affaires personnelles dans la maison de gardien.

— Vous feriez bien de vous dépêcher. Cet Iranien ne vous permettra pas de rester. Vous l'avez vu ?

— Non.

— Vous devriez aller lui parler. Ma convention d'occupation à vie prévoit un laps de temps raisonnable pour le déménagement de mes effets personnels. Mais allez savoir ce qu'il considère, lui, comme raisonnable.

— Lorsque le moment sera venu, laissez-moi m'en charger.

— Augustus aurait dû être plus précis.

Pas trop quand même, Ethel, pensai-je. J'avais vu le document en question. Y figuraient les noms de George et d'Ethel, et la mention de leurs fidèles et loyaux services pendant des années. George s'était incontestablement montré loyal et fidèle. Quant à Ethel… Apparemment, c'était un bon coup. Je m'étais souvent demandé si George avait compris les raisons de la générosité d'Augustus.

— Il est prématuré de…

Elle m'interrompit.

— Vous avez vu votre femme ?

— Mon ex-femme. Non. Et vous ?

— Elle est passée hier.

— Dans ce cas, vous savez que je ne l'ai pas vue.

— C'est une femme remarquable.

Je levai les yeux au ciel. Ethel ajouta :

— Elle est si belle…

Un peu agacé, je rétorquai :

— C'est ce que pensent de nombreux hommes, en effet.

— Elle aimerait vous revoir, affirma-t-elle, ignorant ma remarque.

Je ne lui demandai pas d'où lui venait cette certitude et préférai changer de sujet.

— J'ai ouvert un de vos pots de gelée de pomme sauvage. Un délice. Voulez-vous que je vous en apporte un ?

— Non, merci. Mais veillez à ce qu'Elizabeth les récupère.

— Il faudra qu'il en reste, pour votre retour.

— Donnez-lui aussi toutes les conserves de légumes que j'ai faites l'automne dernier.

J'acquiesçai, mais elle regardait au loin, comme le font les gens qui vont mourir lorsqu'ils semblent soudain avoir un aperçu de l'éternité.

— Que va devenir ma récolte ? murmura-t-elle d'un air songeur.

Je laissai s'écouler quelques secondes. Puis :

— Comment va Elizabeth ?

Ethel revint à la réalité.

— Elle va bien.

— Tant mieux.

J'avais entendu dire qu'elle avait divorcé, mais les dames de la génération de Mme Allard préfèrent éviter ce genre de sujet.

— Il faut que je l'appelle, dis-je. Je dois arranger avec elle la question de votre hospitalisation à domicile.

Ma persistance à évoquer un prétendu retour chez elle commençait à l'agacer et, à vrai dire, moi aussi.

— Je vais mourir, monsieur Sutter. On ne vous l'a pas dit ?

— Eh bien, je…

— Voilà pourquoi je suis dans cette maison de retraite et pas à l'hôpital. J'ai besoin que vous vous occupiez de mes affaires après ma disparition.

— C'est pour cela que je suis ici.

— Merci. Je ne vous retiendrai pas très longtemps.

— Je resterai le temps qu'il faudra. Et je vous remercie pour votre hospitalité.

— Vous étiez, et j'imagine que vous l'êtes toujours, un hôte payant. Un locataire.

— C'est vrai. Indiquez-moi donc le montant du loyer. Je déposerai le montant sur votre compte.

— Le même qu'il y a dix ans. Vous déduirez cela de vos honoraires.

— Je ne vous demande rien pour tous les actes juridiques que je pourrai être amené à accomplir en votre faveur.

— Merci. Combien de temps comptez-vous rester, monsieur Sutter ?

Même si j'avais su la réponse, je ne l'aurais jamais donnée à quelqu'un en relation avec Susan.

— Alors, monsieur Sutter ? Vous comptez retourner à Londres, ou rester ici ?

— Je l'ignore.

— Cela signifie-t-il que vous pourriez rester ?

— Cela veut dire que je ne le sais pas encore.

Elle décela sans doute une note d'irritation dans ma voix, car elle passa à autre chose.

— Mon testament est-il valide ?

— Je crois. Il faudra quand même que je vous soumette quelques documents à revoir et à mettre à jour. Peut-être aussi quelques papiers à signer.

— N'attendez pas une semaine.

— Je viendrai samedi ou dimanche.

— Dimanche est le jour du Seigneur.

— Très juste. Alors, samedi ou lundi.

Je n'ai jamais vraiment compris ces vieux chrétiens socialistes. Nulle contradiction dans les termes. Un socialiste peut être religieux, prôner la justice sociale à travers Jésus. Pourtant, d'une certaine façon, Ethel était la dernière représentante d'une espèce en voie d'extinction.

Je ne notai, sur sa table de nuit, aucun de ces magazines de gauche qu'elle lisait autrefois, mais des revues mensuelles sur la maison et le jardinage et quelques publications locales de la Gold Coast qui, dans mon souvenir, relataient surtout l'activité des familles riches et célèbres, leurs bals de charité, la restauration de leurs vieilles demeures et quelques potins de Manhattan. Ethel collectait peut-être les noms des millionnaires pour les camps de rééducation le jour de la révolution. Ou alors, la lucidité venant à l'approche de la mort, elle avait compris, comme tout le monde, qu'aux États-Unis tout changement ne peut être que superficiel – la structure demeure.

Comme promis, Mme Knight passa la tête par l'entrebâillement de la porte.

— Comment va-t-elle ?

Pourquoi faut-il que le personnel hospitalier utilise la troisième personne pour s'adresser aux malades ? J'avais envie de lui lancer : « Je me porte comme un charme, merci. Quant à votre patiente, elle est toujours en train de mourir. »

Avant que j'aie pu ouvrir la bouche, Ethel répondit :

— Ça va bien, Diane. Merci.

— Sonnez si vous avez besoin de quelque chose.

J'avais désespérément besoin d'un verre de Dewar's à l'eau.

Ethel reprit le fil de la conversation.

— J'ai donné à Elizabeth des instructions écrites pour mes obsèques. Veillez à ce qu'elle les suive.

— Je suis sûr qu'elle se conformera à vos volontés.

— Veillez-y.

— Comptez sur moi.

— Elle est têtue et veut toujours agir à sa façon… J'ai choisi ma robe. Demandez-lui de la chercher.

— D'accord.

— Veillez également à ce qu'Elizabeth voie le père Hunnings.

— Promis.

Le révérend James Hunnings était le prêtre de notre paroisse Saint Mark, de l'Église épiscopalienne, ou anglicane. Je le détestais cordialement, aversion qu'il partageait. En passant devant Saint Mark, à Locust Valley, j'avais remarqué que son nom figurait encore en haut de l'enseigne, ce qui ne m'avait pas étonné. La paroisse était riche, c'était un bon boulot, et bien que les anglicans puissent figurer, aux États-Unis, sur la liste des espèces menacées, il y en avait encore suffisamment dans la région pour conserver au père Hunnings le niveau de vie auquel il s'était habitué.

— Vous lui avez parlé ? demandai-je à Ethel.

— Bien sûr. Il vient presque tous les jours. C'est un homme merveilleux.

Il ne dirait pas la même chose d'Ethel le jour où je lui apprendrais qu'elle n'avait légué que cinq cents dollars à ses ouailles.

— Monsieur Sutter ? Pourquoi souriez-vous ?

— Oh… euh… Et comment va Mme Hunnings ? Une femme délicieuse.

— Elle va bien. Vous êtes allé à l'église ?

— Malheureusement, non.

— Vous devriez y aller. Votre femme y va, elle.

— Mon ex-femme.

— J'ai discuté du service religieux avec le père Hunnings.

— Parfait. Il officie très bien.

— Je n'ai pas aimé sa messe en l'honneur de George. J'ai choisi moi-même les extraits des Évangiles et les cantiques.

Je me demandai si elle avait également choisi le jour. Dans l'affirmative, j'aurais aimé le connaître.

— Je serai enterrée dans le cimetière des Stanhope.

Je hochai la tête. Après avoir accaparé tant de terres de leur vivant, les Stanhope étaient tous regroupés sur les quelques arpents du cimetière familial. Et, à la manière des pharaons, ils avaient prévu d'être rejoints par leurs serviteurs.

— Je serai près de George.

— Bien sûr.

Pauvre George ! À ses obsèques, dix ans plus tôt, Ethel avait disparu après la cérémonie au cimetière. Je l'avais retrouvée pleurant sur la tombe de son ancien amant et employeur, Augustus Stanhope. Elle s'était tournée vers moi et m'avait dit :

— Je l'ai beaucoup aimé… Mais c'était impossible. Pas à cette époque. (Elle avait ajouté :) Il me manque encore.

Je songeai à ces vieilles photos d'elle, à la jeune et jolie fille née dans un monde où tant de choses n'étaient pas possibles.

— Je vais le revoir, souffla-t-elle, le regard rivé sur moi.

Comment savoir si elle parlait de George ou d'Augustus ? Et comment se pratique le triolisme au paradis ?

— Oui, affirmai-je. Vous le retrouverez.

— J'ai hâte de revoir tous mes amis, tous les membres de ma famille qui sont partis avant moi, chuchota-t-elle.

Je gardai le silence. Elle ajouta :

— Mme Sutter voudrait vous voir.

Feignant de me tromper, je répondis :

— Ma mère et moi, nous nous parlons à peine, madame Allard.

— Il s'agit de votre femme.

— Mon ex-femme.

— Elle est très déçue que vous ne l'ayez pas appelée.

Surpris, je ne sus comment réagir.

— Le téléphone fonctionne dans les deux sens.

— Monsieur Sutter, ne m'en veuillez pas d'empiéter sur votre intimité, mais je pense que vous devriez pardonner et oublier.

— Madame Allard, conclus-je en adoptant le ton du maître s'adressant à la domestique, j'ai pardonné et oublié, et je n'ai aucune envie de poursuivre sur ce sujet.

Ethel semblait bien décidée, elle, à poursuivre. Qu'avait-elle à perdre ?

— Vous vous faites du mal, à vous et à elle.

La vieille Ethel Allard entrevoyait une sorte de lumière céleste et semblait déterminée à accomplir quelque bonne action avant d'être passée à la moulinette par saint Pierre. De façon plus terre à terre, ajoutons qu'elle avait quelques connaissances concernant l'adultère et de la faiblesse de la chair. Elle avait donc quelque chose en commun avec Susan. Leurs deux histoires étaient différentes, bien sûr, sans parler de leurs conséquences. Pourtant, au bout du compte, on trouvait sous leurs lits une paire de chaussures d'homme qui n'aurait pas dû être là.

Un peu excédé, je rétorquai :

— George vous aurait-il pardonné si vous…

— Il a pardonné.

— Ah…

Je n'avais jamais imaginé qu'il ait pu être au courant pour Augustus. Cela voulait dire qu'il avait le pardon facile, ce qui n'est pas mon cas. En outre, George avait obtenu un hébergement gratuit. Je consultai ma montre.

— Restons-en là. Je devrais peut-être y aller.

— Comme vous voudrez.

Je me levai. Au lieu de quitter la pièce, je m'approchai de la fenêtre et regardai dehors. On distinguait le détroit entre les arbres, les reflets de la mer. Je me tournai vers Ethel.

— Que voyez vous ? Dites-le-moi.

— Je vois l'eau qui scintille au soleil. Je vois des arbres et leurs feuilles encore luisantes de pluie. Je vois le ciel qui s'éclaircit et des nuages blancs qui filent à l'horizon. Je vois le bout du port de Hampstead, des bateaux. Je vois la campagne de l'autre côté du détroit, et puis des mouettes qui tournoient au-dessus de l'eau.

— C'est magnifique, n'est-ce pas ?

— Oui.

— J'aurais dû y faire plus attention.

— Tout le monde devrait y faire plus attention.

Nous demeurâmes tous deux silencieux pendant une bonne minute. Ensuite, je m'approchai de son lit.

Elle plaquait contre elle l'ours en peluche. Des larmes brillaient dans ses yeux.

J'extirpai un mouchoir en papier d'une boîte, lui tamponnai les joues. Elle me saisit la main.

— Merci d'être venu, John. (Sa paume était froide et sèche.) Je ne vous ai jamais aimé, vous savez.

— Je sais, répondis-je en souriant.

— Mais je vous respectais.

Les aveux passés sur un lit de mort sont recevables en justice et réputés sincères.

— Merci, dis-je.

— Vous êtes quelqu'un de bien. Il n'y en a plus beaucoup.

— Et vous, vous êtes une grande dame.

— Vous êtes perdu, John. Retrouvez le chemin de votre foyer.

— J'essaie.

— Appelez Susan. Appelez votre mère. Et vos enfants. Ouvrez les bras à ceux que vous aimez, que vous avez aimés.

— Je le ferai.

Elle étreignit de nouveau ma main.

— Adieu.

Je serrai ses phalanges, m'éloignai du lit. Puis je revins. Je me penchai sur elle, déposai un baiser sur sa joue. Je quittai rapidement la chambre et gagnai l'ascenseur.

Chapitre 10

En sortant de la maison de retraite je respirai profondément, soulagé de me retrouver dehors, dans la lumière du soleil, mais heureux d'être venu.

Même si Ethel et moi ne nous appréciions guère, elle était l'un de mes derniers liens avec un passé enfui, et un lien avec George, que j'avais beaucoup aimé. Pour parler franc, j'étais un peu triste.

Ses allusions à Susan me troublaient également. La rancune que j'éprouvais à l'endroit de mon ex me convenait parfaitement et je n'avais aucune envie d'entendre qu'elle… Enfin, bon. Elle pouvait à tout moment rendre visite à Ethel, et je n'avais aucune envie de tomber sur elle. Je rejoignis le parking, l'œil aux aguets.

J'imaginais aussi ma mère au chevet de sa vieille copine socialiste. Aux États-Unis, la politique saute par-dessus toutes les barrières, qu'elles soient de classe, de race, d'ethnie ou d'intelligence.

En ce qui concerne Harriet Sutter, je dois expliquer, pour ma défense, que je ne suis pas un mauvais fils. Elle, en revanche, a été une mauvaise mère, plus préoccupée par ses rêves politiques que par l'éducation de ses deux enfants. Mon père était un homme honorable, quoique un peu distant, mais c'était sa femme qui régentait tout. Harriet nous avait consacré peu de temps, à ma sœur Emily et à moi, tout comme à mes enfants. Curieusement, pourtant, elle était restée proche de Susan, et la trahison de ma femme n'avait pas modifié son jugement sur elle. Elle avait même osé m'affirmer qu'il me fallait essayer de comprendre pourquoi Susan était allée voir ailleurs, ajoutant que je devrais entreprendre une psychothérapie pour prendre la mesure de mes propres failles, cause, sans doute, de ses frustrations.

Je voyais aussi comme si j'y étais Ethel Allard et Harriet Sutter papotant devant une tasse de thé, se demandant pourquoi ce fou de John avait fait tout un foin d'une simple erreur de la pauvre et douce Susan. Je pouvais pardonner à Ethel, mais à ma mère, jamais !

Je n'avais aucune envie, non plus, de tomber sur le révérend James Hunnings. Toujours cordial avec moi et avec tous ceux qui ne le supportaient pas, ce qui m'exaspérait, il se comportait comme sur une scène de théâtre, sans une once de sincérité dans ses paroles ni dans son cœur. Si, par malheur je le revoyais, je laisserais entendre, avec un petit clin d'œil, qu'Ethel avait couché saint Mark sur son testament.

J'atteignis ma voiture sans avoir croisé personne. Au moment où je m'apprêtais à m'installer au volant, une portière claqua et une voix de femme m'interpella.

— John Sutter !

Je me retournai. Elizabeth Allard s'avançait vers moi, une boîte de gâteaux à la main.

— Elizabeth ! Comment allez-vous ?

Nous nous serrâmes la main, avant de nous prendre gauchement dans les bras.

— Vous avez l'air en pleine forme, John.

— Vous aussi.

J'ai déjà dit qu'elle était attirante. Dans sa jeunesse, elle avait le même visage que sa mère sur la photo de mariage accrochée au-dessus de la cheminée. Elle ressemblait aussi à George. Je n'avais donc rien à redouter de sa filiation. Elle n'était pas la fille illégitime du grand-père de mon ex-épouse, ce qui en aurait fait une parente de mes enfants et une possible héritière des Stanhope.

De toute façon, vu son âge, elle n'aurait pas pu être le fruit de l'aventure extraconjugale de sa mère pendant la Seconde Guerre mondiale. Mais si Augustus avait eu un retour de flamme après guerre ? Aurait-elle eu le nez des Stanhope ?

— Vous arrivez ou vous repartez ? me lança-t-elle.

— Pardon ? Oh... je n'en sais jamais rien.

Elle sourit. La bouche des Stanhope ?

— Je viens de rendre visite à votre mère, poursuivis-je. Elle a l'air d'aller bien.

— C'est gentil à vous d'être passé la voir.

— Je la connais depuis si longtemps, précisai-je en souriant à mon tour. Nous avons même un peu vécu ensemble.

Elle me rendit mon sourire avant de murmurer :

— C'est désolant, pour votre père. J'aurais dû vous envoyer une carte.

— J'étais en mer.

— Je sais… Cela a dû être difficile pour vous.

— Oui.

Et ma mère ne m'avait pas facilité les choses. S'était-elle même rendu compte de ce qu'elle disait en me traitant de fils de garce ?

— Je voulais vous écrire au moment où vous vous êtes installé à Londres. Votre mère m'avait donné votre adresse.

— Vraiment ?

Elizabeth avait-elle demandé mes coordonnées, ou ma mère les lui avait-elle communiquées d'office ? Connaissant Harriet, la seconde solution devait être la bonne. En tout cas, Elizabeth ne m'avait pas envoyé de condoléances. Si elle l'avait fait, quelle formule aurait-elle employée ? « Cher John, il est navrant que vous n'ayez pu assister aux obsèques de votre père. Tout le monde s'est inquiété de vous. » Même après huit ans, je me sentais encore coupable. Je me justifiai comme je pus.

— Je n'ai appris la nouvelle qu'un mois après sa mort. J'ai prévu de me rendre sur sa tombe avant mon départ.

Elle préféra changer de sujet.

— Alors, comment est Londres ?

— C'est bien.

— Combien de temps comptez-vous rester ?

— Je ne sais pas exactement.

Je ne savais pas très bien non plus quelle était ma relation avec Elizabeth. Étions-nous amis parce que je connaissais ses parents depuis des dizaines d'années ? Ou seulement des relations, puisque je ne l'avais guère côtoyée, en dehors de quelques rencontres au village ou lors d'événements familiaux ?

— J'ai appris votre divorce, dis-je. C'est triste.

Elle haussa les épaules.

— Bah, il valait mieux.

Fille d'employés de maison, Elizabeth Allard avait fait un beau mariage. Son mari, Tom Corbet, appartenait à ce qu'il est convenu d'appeler une « bonne famille ». Comme moi, il avait fait ses études à l'université de Yale et, comme moi jadis, il occupait un poste à Wall Street. Elizabeth exerçait son métier sous son nom de jeune fille. Dans la vie de tous les jours, elle se nommait Mme Corbet. Ils avaient deux enfants, un garçon et une fille qui, à l'heure actuelle, devaient être à l'université ou avoir déjà terminé leurs études. Tom Corbet était ennuyeux à mourir. Seule chose intéressante à son sujet, il était devenu homosexuel. Effectivement, mieux valait divorcer.

Au cas où je ne l'aurais pas su, Elizabeth ajouta :

— Tom a un copain. Vous ne l'ignorez peut-être pas. (Puis :) Cela a été terrible, pour Susan et vous.

— Ah bon, vous êtes au courant ?

Elle faillit éclater de rire.

— C'était dans tous les médias !

— C'est vrai. Ça fait si longtemps…

Elle possédait trois ou quatre boutiques de vêtements dans les villages des environs. Je lui demandai :

— Comment vont les affaires ?

— Pas trop mal, même si la Bourse s'est effondrée et que, depuis le 11 septembre et l'histoire de l'anthrax, les gens achètent plutôt des combinaisons de décontamination ou des rations de survie. Je ferais peut-être mieux de vendre des masques à gaz conçus par de grands couturiers.

Son sourire s'accentua. Le mien aussi. En général, je ne remarque guère la façon dont les femmes s'habillent, sauf si leur tenue témoigne d'une réelle impudeur. Elizabeth, elle, m'avait toujours semblé préférer le classique, en dépit des trucs bizarres que j'avais vus dans ses boutiques où Susan m'avait traîné deux ou trois fois. Ce jour-là, elle avait laissé ses tailleurs stricts dans son placard. À moins que Tom ne les ait emportés… Elle portait un chemisier rose à fanfreluches qui mettait en valeur son bronzage, une jupe en soie noire arrivant au-dessus du genou. Peut-être pensait-elle que ses ensembles d'allure trop masculine avaient poussé Tom à... Bon, je m'égare. Toutefois...

Elle interrompit le cours de mes pensées et revint à son histoire de combinaisons de décontamination et de masques à gaz.

—Les gens sont de telles mauviettes ! Mais qu'est-ce qui se passe, dans ce pays ?

— Je ne sais pas. Je viens d'arriver.

Elizabeth militait au parti républicain. Contrairement à ses collègues du cru, elle faisait autre chose que boire et jouer au golf. En fait, son militantisme, son appartenance au Creek Country Club et à la chambre de commerce de Locust Valley devaient moins à ses convictions qu'à la nécessité d'entretenir des relations d'affaires. Son engagement avait quand même stupéfié et chagriné Ethel, que j'imaginais bien lançant à son mari : « Comment ma fille peut-elle être républicaine ? », puis assénant : « C'est de ta faute, George ! ».

— Que disent les Londoniens ?

— Qu'ils sont les prochains sur la liste.

Elle opina.

Elle avait des cheveux châtains et ondulés tombant jusqu'aux épaules, de grands et beaux yeux bruns, un nez aux narines un peu larges, comme son père, des lèvres pulpeuses qui s'ouvraient de temps à autre sur un sourire amusé. Bref, c'était une belle femme, aux manières et à la voix raffinées.

Les hommes, bien sûr, la trouvaient à leur goût, bien qu'elle ne m'eût jamais particulièrement attiré et, apparemment, Tom non plus. Les femmes aussi semblaient bien l'aimer. Susan l'appréciait énormément.

Mû par une soudaine impulsion, je lui annonçai :

— Vous devez savoir, j'imagine, que Susan est de retour.

— Oui, je l'ai un peu vue. Nous avons même déjeuné une fois ensemble. Et vous, vous l'avez revue ?

— Non.

— Vous en avez l'intention ?

— Non... Mais cela se produira, sans doute.

Il y avait encore beaucoup à dire sur le sujet. Je ne doutais pas que, comme sa mère, Elizabeth avait des choses à me raconter à propos de Susan. N'ayant nulle envie d'une intermédiaire, je préférai passer à autre chose.

— Comment vont vos enfants ?

— Bien. Tom junior est en licence à la Brown University. Betsy a passé son diplôme au Smith College et prépare son mastère de beaux-arts à Penn State.

— Vous devez être très fière d'eux.

Elle sourit.

— Oui. Sauf de leurs idées politiques. J'ai l'impression que le progressisme humanitaire a sauté une génération. Maman, en revanche, est ravie.

Je lui rendis son sourire. Elle ajouta :

— Susan m'a donné des nouvelles d'Edward et de Carolyn.

— C'est bien.

— Maintenant que maman n'en a plus pour longtemps, je repense davantage à papa. Il me manque beaucoup.

— À moi aussi.

George Allard et moi aurions pu être de véritables amis, s'il n'y avait eu cette anachronique et artificielle barrière de classe, que George, à mon grand regret, mettait systématiquement en avant. Comme de nombreux domestiques de la vieille école, il se montrait plus royaliste que le roi et croyait sincèrement que les grands bourgeois étaient ses supérieurs. Pourtant, lorsqu'ils se conduisaient mal, ce qui arrivait souvent, il les rappelait respectueusement à leurs obligations de gentlemen et, doucement mais fermement, leur suggérait des façons de s'amender. Je crois que je représentais une sorte de défi à sa vision du monde. Nous n'étions devenus proches que depuis le jour où il avait renoncé à me remettre dans le droit chemin.

— Si vous avez le temps, pourquoi ne pas venir avec moi, ou bien m'attendre ? Ce soir, je ne reste qu'un quart d'heure. Ensuite, si vous voulez, nous pourrions aller prendre un verre.

Au cas où j'aurais mal interprété sa proposition, elle précisa :

— Je voudrais vous parler du testament de maman, et d'autres sujets du même ordre.

— Moi aussi, je dois vous parler. Vous êtes son exécutrice testamentaire et sa seule héritière, en dehors de quelques bénéficiaires mineurs. Malheureusement, j'ai des obligations ce soir.

— Ah bon.

En réalité, j'avais quand même le temps de l'accompagner jusqu'à la porte, mais je craignais de rencontrer Susan, ma mère ou le père Hunnings. D'un autre côté, ce pouvait être positif. J'imaginais déjà les réactions de mon ex-femme, de mon ex-mère et de mon ex-prêtre s'ils me voyaient en train de parler à la belle divorcée.

Pour alimenter le moulin à rumeurs, j'aurais dû dire : « Je dîne avec un parrain de la mafia. » Lapsus freudien, je déclarai :

— J'ai un entretien professionnel à propos d'un emploi éventuel.

— Oh ! cela veut-il dire que vous comptez rester ?

— Je n'en suis pas sûr. Et demain ? Vous êtes libre ?

— Non… Je dîne avec des amies, rétorqua-t-elle en souriant. Le jeudi est le jour de sortie des femmes. Mais si vous voulez vous joindre à nous pour l'apéritif…

— Euh… peut-être pas.

Je songeai à lui proposer le vendredi, mais cela aurait ressemblé à un rendez-vous de fin de semaine et non à un dîner de travail.

— Je voudrais que vous fassiez un rapide inventaire des effets personnels de vos parents et que vous jetiez un coup d'œil sur un certain nombre de papiers. Votre mère vous demande également de… trouver la robe qu'elle veut porter. Donc, pourquoi ne pas me retrouver au pavillon samedi ou dimanche ?

— Samedi après-midi, ce serait parfait : 16 heures, ça vous convient ?

— Oui. Je m'arrangerai pour que le portail du domaine soit ouvert.

— J'ai le code, dit-elle, souriant toujours. Vous dormez dans ma chambre.

— Je sais.

— J'aimerais la voir une dernière fois. Vous êtes d'accord ?

— Faut-il que j'y fasse le ménage ?

— Non. Si elle était bien rangée, je ne la reconnaîtrais pas.

— Si vous avez une camionnette ou un break, nous pourrions déjà déménager un certain nombre de choses.

— J'ai ce qu'il faut.

D'un mouvement de menton, elle indiqua une sorte de gros SUV.

— Vous croyez que ça ira ?

— Ça devrait. Ou alors nous ferons plusieurs voyages. Vous devriez prévoir un déménageur pour les meubles.

— D'accord. John, croyez-vous que je devrais acheter le pavillon ? Est-il à vendre ?

— Je l'ignore. Je me renseignerai auprès de M. Nasim. Pourquoi voudriez-vous l'acheter ?

Elle haussa les épaules.

— Par nostalgie. Je pourrais y vivre. Les enfants sont partis. Je n'ai pas besoin de ma grande maison de Mill Neck que m'a octroyée le jugement de divorce. Tom, lui, a eu mes chaussures et mes sacs à main… Ou, si vous restez, je pourrais vous le louer.

Elle consulta sa montre.

— Il faut que j'y aille. Donc, samedi, vers 16 heures.

— Entendu. Si vous avez un empêchement, vous connaissez le numéro.

— Vous avez un téléphone portable ?

— Pas aux États-Unis.

Elle me confia la boîte de gâteaux, fouilla dans son sac, en tira une carte sur laquelle elle inscrivit quelques chiffres.

— Mon numéro personnel et mon portable.

J'échangeai la boîte de gâteaux contre la carte.

— À samedi.

— Merci, John, de tout ce que vous faites pour ma mère.

— Ce n'est rien.

— Et pour ce que vous avez fait pour mon père. Je ne vous ai jamais remercié.

— C'était quelqu'un de bien.

— Il vous tenait en très grande estime. Votre père aussi était quelqu'un de bien, et… il comprenait ce qui se passait.

Nous nous étreignîmes rapidement et nous envoyâmes un baiser du bout des lèvres. Elle fit quelques pas, se retourna.

— Oh, j'ai une lettre pour vous de la part de maman. Je vous l'apporterai samedi.

— D'accord.

Je la regardai s'éloigner puis montai en voiture.

Suite des aventures : le dîner avec don Anthony Bellarosa.

Ethel, Elizabeth, Anthony. Et, pour finir, Susan.

Je me garai devant le Wong Lee's.

Chapitre 11

Outre les affichettes des cartes de crédit, la vitrine du restaurant s'ornait d'un immense drapeau américain en autocollant. Je remarquai la présence de Tony, anciennement Anthony, au volant du gros SUV noir que j'avais vu quelques jours plus tôt sur Grace Lane. Il avait baissé sa vitre teintée. Anthony Bellarosa, anciennement Tony, ne se trouvait pas sur la banquette arrière.

Le chauffeur m'aperçut.

— Hé, m'sieur Sutter ! C'est moi, Tony. Comment va ?

Il aurait été difficile de ne pas l'entendre à un kilomètre à la ronde. Je m'approchai du SUV.

— Bonsoir, Tony, dis-je avec mon accent le plus distingué. Je vais bien, merci.

— Vous avez l'air en forme.

Il me tendit la main par la vitre baissée puis descendit de voiture et voulut me la serrer à nouveau, ce que j'acceptai.

— Le patron est déjà à l'intérieur. Il vous attend.

Je jetai un coup d'œil à ma montre. J'avais un quart d'heure d'avance. Frank Bellarosa, diplômé de La Salle, m'avait dit un jour : « Maître, comme disait le général Nathan Bedford Forrest, il faut arriver le premier, avec des effectifs supérieurs à ceux de l'ennemi. » Frank avait dû transmettre la consigne à son fils. De nouveau, je m'interrogeai sur ce qui, chez ce dernier, tenait de l'éducation ou de l'atavisme.

— Alors, vous avez fait quoi, tout ce temps ? s'enquit Tony.

— Comme d'hab.

— Vous avez l'air en forme.

En dix ans, il avait beaucoup vieilli, probablement à cause du stress au travail. Je répondis quand même :

— Toi aussi, tu as l'air en forme, Anthony.

— Tony.

— C'est vrai.

Il tira un paquet de cigarettes de la poche de son sweat-shirt noir, m'en offrit une. Je refusai. Il alluma la sienne.

— Le patron interdit qu'on fume dans la bagnole.

— Excellent principe.

Le SUV portait le logo Cadillac sur les enjoliveurs de roues et le mot « Escalade » sur la portière avant, où l'on avait collé un drapeau américain. Si j'avais pu examiner le pare-chocs arrière, je serais sans doute tombé sur d'autres autocollants : « Mafia des beaux quartiers », ou « Mon fils peut tuer votre fort en thème ».

— Putain, on peut plus cloper nulle part, grommela Tony.

Le blanc de ses tennis jurait sur son jogging noir. Frank Bellarosa l'aurait licencié sur-le-champ. Ou descendu. Il arborait sur son sweat-shirt un pin's en forme de bannière étoilée. Les mafieux se sont toujours considérés comme des Américains loyaux et patriotes.

— Alors ? demanda-t-il, comment va m'dame Sutter ?

— Aucune idée.

Susan avait toujours eu beaucoup de succès auprès des porte-flingues du défunt parrain. De son côté, elle devait les trouver exotiques, eux et leurs petites amies aux allures de pute. Comme je ne partageais pas sa fascination pour ces personnages, elle me traitait de snob. J'étais à peu près sûr que Tony avait dû changer d'avis sur Mme Sutter après qu'elle eut buté le parrain.

— Vous l'avez pas vue ?

Je n'aimais pas qu'il me pose des questions sur elle.

— Non. Bien, ça m'a fait plaisir de te voir…

— C'était le bon temps, hein ?

— Oui.

— Vous, moi, don Bellarosa, qu'il repose en paix, ce connard de Lenny, qu'il crame en enfer, et aussi Vinnie, que Dieu ait son âme.

Dans le lot, il y avait trois morts, dont don Bellarosa, et deux vivants. Vinnie, que Dieu ait son âme, avait reçu une décharge de chevrotine en pleine tête, et ce connard de Lenny, qu'il crame en enfer, était le chauffeur de Frank. C'était lui qui avait balancé son patron, ce qui avait abouti à la fusillade du samedi soir chez Giulio, dans Little Italy. Lenny s'était enfui avec les deux tueurs dans la Cadillac de Frank. La police avait retrouvé son corps dans le coffre d'une voiture, sur le parking de l'aéroport de Newardk, un garrot autour du cou, ce qui me rappelait, si besoin était, que ces gens-là ne jouaient pas aux billes et qu'il fallait s'en méfier.

— Oui, c'était le bon temps, murmurai-je.

— Ouais. Hé, vous vous souvenez de ce jour où les fédéraux sont venus chercher le patron ? Y avait ce p'tit Rital, Mancuso. Vous vous rappelez ?

Le monsieur en question était l'agent spécial du FBI, Felix Mancuso, avec qui je m'étais entretenu de mes relations de travail avec Frank Bellarosa et qui, malgré cela, m'aimait bien. Mancuso était venu à l'Alhambra arrêter Frank Bellarosa pour le meurtre d'un baron de la drogue colombien. Frank ne se faisant pas d'illusions sur ce qui l'attendait, j'étais présent en qualité d'avocat du suspect. Lenny et Vinnie, également présents, devaient jouer les durs. Tony, lui, montait la garde devant le portail du domaine. Felix Mancuso s'était pointé seul, sans une armée de policiers, pour montrer à Frank qu'il en avait d'aussi grosses que lui. Au moment de lui passer les menottes, il m'avait pris à part et avait tenté de sauver mon âme en me conseillant de me reprendre et de me tenir éloigné de Bellarosa avant la catastrophe. Le conseil était bon mais arrivait trop tard.

Aujourd'hui, je me retrouvais au seuil d'une autre folie, tout en sachant que je pouvais parfaitement ne pas entrer dans ce restaurant chinois.

— Mais j' vous retarde ! s'exclama Tony. Allez-y. Troisième stalle sur la droite.

Je marchai vers le restaurant.

Chapitre 12

Troisième stalle sur la droite.

Le Wong Lee's n'avait guère changé en dix ans, ni même en trente. Le meilleur moyen de le décrire serait de dire : « C'était un restaurant chinois des années soixante-dix. »

Anthony était assis face à la porte, place coutumière chez les gens exerçant son métier. Il disposait d'une bonne vue d'ensemble et d'un champ de tir dégagé, sauf à l'arrière, ce qui semblait imprudent, à moins qu'il n'y eût un autre porte-flingue vers le fond de la salle.

Il parlait dans son téléphone portable qu'il tenait de la main gauche, ce qui lui laissait la possibilité, avec la droite, de grignoter des raviolis frits ou d'utiliser son arme.

J'avais peut-être tendance à trop analyser le choix de sa place. Après tout, ce n'était qu'un restaurant chinois de la banlieue huppée. A-t-on déjà vu un journal titrer en une : « Un parrain de la mafia abattu dans un restaurant chinois » ?

D'un autre côté, si j'en jugeais par son comportement devant la maison de gardien, il pouvait fort bien savoir qu'il faisait l'objet d'un contrat. Et j'allais dîner avec ce type ! La fusillade chez Giulio aurait pourtant dû me servir de leçon.

Anthony, qui m'avait aperçu dès mon entrée dans le restaurant, agita sa main libre sans cesser de téléphoner. Il portait une autre version de l'effroyable chemise de l'autre soir, sous une veste sport d'un bleu électrique.

L'hôtesse m'escorta jusqu'à la stalle en babillant :

— Vous assis ici avec votre ami.

Tout en me serrant la main, Anthony poursuivit sa conversation.

— D'accord… d'accord… Je regrette… Oui… d'accord… Oui, il est là, maman… Il veut te dire bonsoir… oui, oui… Ma… ma…

Il plaqua la main sur le micro.

— Ma mère voudrait vous dire bonjour.

Je déteste qu'on me force à saluer quelqu'un sans que je l'aie décidé moi-même. Mais j'aimais bien Anna Bellarosa, et je saisis l'appareil.

— Avec tous ces restaurants italiens à Glen Cove, il a fallu que tu l'amènes chez un chinetoque ? Mais enfin, à quoi penses-tu, Tony ? Ton père, lui… Toi, tu…

— Anna, bonsoir, c'est…

— Qui est à l'appareil ?

— John Sutter. Comment allez-vous ?

— John ! Oh, mon Dieu. C'est incroyable ! Comment allez-vous, John ?

— Je suis…

— Tony m'a assuré que vous aviez l'air en pleine forme.

— Anthony.

— Qui ça ?

— Votre fils.

— Tony ! Il m'a appris qu'il vous avait vu, l'autre soir. Il m'a dit que vous viviez ici, maintenant.

— Eh bien, je…

— Pourquoi n'allez-vous pas au Stanco ? Pourquoi dînez-vous chez un chinetoque ?

— L'idée vient de lui. Alors, comme ça, vous êtes retournée à Brooklyn ?

— Oui. Dans le vieux quartier. Williamsburg. Depuis que Frank… Oh, mon Dieu, John. Vous vous rendez compte qu'il est mort ! Dix ans, soupira-t-elle avec un bref sanglot. Mon Frank… Sans lui, rien n'est plus pareil.

C'était plutôt une bonne nouvelle.

Elle se livra ensuite à un éloge de son défunt mari, insistant sur ses qualités paternelles.

— Il manque beaucoup aux enfants. Dans quelques semaines, c'est la fête des Pères. Chaque année, à cette date, les garçons m'emmènent au cimetière. Ils pleurent sur sa tombe.

— Ce doit être désolant pour eux.

Elle confirma que c'était bien triste. Elle ne vanta pas particulièrement les vertus d'époux de Frank mais ne les contesta pas non plus.

Je l'avais vue pour la dernière fois le jour de son enterrement. Elle n'avait pas fière allure, avec son mascara qui coulait sur ses joues. Pourtant, c'était une belle femme, dans le genre déesse de la fertilité : le corps plein, la poitrine généreuse, la peau souple sous le maquillage, de grands yeux, une bouche pulpeuse. Avait-elle beaucoup changé en dix ans ?

Tout en l'écoutant, je jetai un coup d'œil à Anthony. Il sirotait ce qui ressemblait à un scotch avec des glaçons. Je réussis à attirer son attention et lui montrai son verre. Il acquiesça, appela la serveuse.

Anna Bellarosa évoquait toujours la vie sans son saint de mari, évitant d'évoquer le fait que mon épouse avait logé trois balles de calibre .38 dans le corps du cher Frank.

Cela s'était produit à l'Alhambra, sur la mezzanine surplombant l'atrium aux palmiers. Lorsque Frank avait basculé par-dessus la rambarde avant de s'écraser sur le sol de carreaux rouges, sa robe de chambre en soie noire s'était ouverte. En dessous, il était nu. Cette dernière image que j'avais eue de lui s'était transférée dans mon rêve sous une autre forme.

— Il vous aimait, John. Vraiment.

Dans ce cas, pourquoi avoir jeté son dévolu sur ma femme ?

— Il admirait tellement votre intelligence ! Il vous était infiniment reconnaissant de l'avoir aidé quand on avait tenté de lancer des accusations contre lui.

Paradoxalement, Frank Bellarosa aurait été plus en sécurité en prison.

— Vous savez, je ne faisais que ce pour quoi j'étais payé.

Et il me devait toujours cinquante mille dollars.

— Non, vous avez agi ainsi parce que vous l'aimiez.

— C'est vrai.

Cinquante mille dollars envolés pour toujours. Outre l'ensemble de ses biens, les fédéraux avaient saisi tous ses chéquiers.

Anna continuait de discourir. La serveuse, une très jeune Chinoise, s'approcha de notre table. Je tapotai le verre d'Anthony, me désignai du doigt. Elle poussa le verre devant moi.

Anthony, furieux, le reprit violemment, commanda deux Dewar's en aboyant, puis grommela en italien *stonata*, ce qui pourrait se traduire par « crâne de piaf ».

Soudain, Anna me demanda :

— Pourquoi a-t-elle fait ça, John ?

Silence.

— Oui, pourquoi ?

— Euh… eh bien…

Parce qu'ils avaient une querelle d'amoureux. Anna ne tenait sans doute pas à entendre une telle réponse. Elle devait quand même savoir… C'était dans tous les journaux, sans parler de la radio, de la télévision et des tabloïds de supermarché. Sa question était idiote.

— Elle n'était pas obligée de faire ça, John.

— Je sais.

Mais Frank l'avait abreuvée de promesses qu'il n'avait pas tenues. Et Susan, peu habituée à être méprisée, l'avait buté.

Je l'avais vu mort. Du sang coagulé formait une sorte de gelée autour des trois trous, ses parties génitales étaient couvertes d'un sang poisseux. Sa tête avait heurté si violemment le sol qu'elle était entourée d'une sorte de halo rouge. Il avait les yeux encore ouverts. Je les avais refermés, ce qui avait choqué l'équipe de la police scientifique, surtout les photographes.

— John, vous a-t-elle dit pourquoi elle l'a fait ?

— Non.

En fait, si, mais elle mentait.

— Pourquoi est-elle revenue ?

— Je l'ignore.

— Vous l'avez vue ?

— Non.

— Elle devrait brûler en enfer.

J'étais un peu agacé par l'insistance d'Anna à présenter son vertueux mari, l'Évêque, Frank Bellarosa, en victime innocente d'une meurtrière sans pitié. Allez, Anna ! Votre digne époux était, de notoriété publique, un truand, un assassin doublé d'un mari volage qui sautait plus de femmes qu'il n'avalait de plats de spaghettis à la maison. Pour utiliser une expression compréhensible par elle, j'aurais dû lui lancer : « On récolte ce que l'on a semé. Très chère Anna, si quelqu'un doit brûler en enfer, c'est bien lui. » Au lieu de quoi, je m'entendis répondre :

— Euh… Tony veut vous parler…

— Vous ne devriez pas manger là-bas. On ne sait pas ce qu'ils mettent dans les assiettes.

— C'est vrai. Bon…

— La prochaine fois que vous viendrez à Brooklyn, passez prendre un café ou venez dîner chez Tony. Dimanche prochain. Je ferai la cuisine.

— Merci. Portez-vous bien. Ciao.

Je rendis le téléphone à Anthony, qui, pour sa maman, serait toujours Tony.

— Oui, maman. Compris… D'accord, d'accord. Chez Stanco… Oui, je lui demanderai de te téléphoner. Mais elle est très occupée avec les enfants, tu sais. Toi aussi, tu peux l'appeler…

Pauvre Tony. Du coup, Harriet Sutter ne me paraissait plus aussi épouvantable.

Il finit par couper la communication, reposa brutalement le téléphone sur la table et avala d'un trait le reste de son whisky.

— Vous connaissez la différence entre une mère italienne et un rottweiler ?

— Non.

— Le rottweiler, lui, finit par lâcher prise.

Je souris. Il alluma une cigarette, resta un moment silencieux, puis :

— Elle vous parlait de quoi ?

— De votre père.

Il hocha la tête et changea de sujet, le réservant pour plus tard. La serveuse apporta deux verres, qu'elle plaça correctement devant chacun de nous.

— Vous passer commande maintenant ?

— On n'a même pas de menu, *cretina* ! éructa Anthony.

J'aurais peut-être dû lui proposer de l'emmener au Stanco. Nous levâmes nos verres avant de les entrechoquer.

— *Salute.*

— *Cheers.*

— Elle et Megan, ma femme, ne s'entendent pas.

— Ce doit être difficile.

— Ouais. Difficile. Megan est irlandaise. Elles ont des différences… Comment dire…

— Des traditions différentes ? Des cultures différentes ?

— Oui. Enfin, c'est quand même pas comme si j'avais épousé une *melanzana*.

C'est-à-dire une aubergine, mais également, en argot italien, une Noire. Probablement parce qu'il était question de vie conjugale, je lui demandai à brûle-pourpoint :

— La vie sur le domaine de l'Alhambra vous plaît ?

Il haussa les épaules.

— Ça va… J'aimerais quand même retourner à New York. Y a des millions de supernanas à New York.

— Cela ne devrait pas intéresser un homme marié.

Il trouva la remarque amusante.

— J'avais presque réussi à la persuader. Mais, après le 11 septembre, rien à faire.

— C'est bien, pour les enfants.

— Sûr. J'en ai deux. Un garçon, Frank, qui a cinq ans, et une fille, Kelly Ann. Ann, c'est pour ma mère. Kelly, c'est le nom de jeune fille de celle de Megan. La mienne… Vous savez comment elles sont, hein ? s'exclama-t-il en imitant, plutôt mal, la voix d'Anna. « Qu'est-ce que c'est que ce nom, Kelly ? Les seuls Kelly que je connaisse à Williamsburg sont des ivrognes. »

Il se mit à rire. Puis, se rendant compte qu'il avait enfreint une règle non écrite en parlant mal de la famille, il revint sur la vie à la campagne.

— Vous saviez que la route qui mène aux domaines était privée ? Grace Lane est une voie privée.

— Oui, je le sais.

— Eh bien, elle était en très mauvais état. Les riverains, de vrais Picsou, ne voulaient pas la réparer. Alors, c'est une de mes sociétés qui l'a fait, gratuitement, pour tout le monde.

L'information était intéressante et révélait quelque chose sur Anthony. Du moment qu'on le respectait et qu'on le craignait, son père se moquait de ce qu'on pensait de lui. Anthony, lui, semblait rechercher la reconnaissance. Mais les bourgeois étriqués ont du mal à accepter un mafieux comme voisin. Cela dit, j'aurais éprouvé les mêmes réticences.

— C'était très généreux de votre part.

— Mouais. Vous croyez que j'ai reçu un merci ? Que dalle !

— Eh bien, moi, je vous remercie. La route est nickel.

— Qu'ils aillent se faire foutre, tous ! Cette route, je devrais la défoncer !

— Du calme. Ils vous concoctent peut-être une surprise-partie.

— Ah bon ? C'est peut-être moi qui leur réserve une surprise.

« Ne butez pas vos voisins, Anthony. Vos gamins ont suffisamment de problèmes parce que leur père est un gangster… »

Après un instant d'hésitation, je hasardai :

— Le promoteur a-t-il conservé le bassin et la statue de Neptune ?

— Hein ? Ah oui, je m'en souviens. Ils étaient là quand j'étais gosse. Il y avait de fausses ruines romaines, des jardins, des plates-bandes. C'était super.

— Ils y sont toujours ?

— Non. Tout ça a disparu. Y a plus que des maisons. Pourquoi vous demandez ça ?

— Par curiosité, c'est tout.

Il eut un petit sourire.

— J'aimais bien cet endroit. Un jour, j'ai plongé à poil dans le bassin. Avec l'étudiante que mon père avait engagée pour me servir de répétitrice.

— Pour quelle matière ?

Il éclata de rire. Je n'avais qu'une idée : foutre le camp. Je jetai un œil autour de moi pour voir s'il n'y avait pas quelqu'un que je connaissais. Ou qui aurait eu l'allure d'un agent du FBI.

Le restaurant était quasi vide, hormis quelques couples flanqués d'enfants et des clients qui commandaient des plats à emporter. Je remarquai un type assis tout seul dans une stalle, de l'autre côté, face à l'arrière de l'établissement. Anthony suivit mon regard.

— Il est avec moi.

— Ah…

Décidément, il s'inquiétait de sa sécurité. Peut-être portait-il, sous sa chemise hawaïenne à pans flottants, un gilet en Kevlar, identique à celui qui avait sauvé la vie de son père, chez Giulio. J'aurais dû lui demander s'il n'en avait pas un autre pour moi.

Qu'est-ce qui pouvait rendre Anthony aussi nerveux ? J'aurais parié pour Sally Da-da. Mais pourquoi dix ans après ? Mystère. Peut-être s'agissait-il de quelqu'un d'autre. Pour en être sûr, il aurait fallu que je voie rappliquer les deux mêmes types avec leurs fusils de chasse. *Finalement*, me dis-je, *je devrais commander des plats à emporter.*

La serveuse apporta les menus, que nous parcourûmes.

— Vous aimez les Chinoises, John ?

— Parfois.

— Un jour, je suis sorti avec l'une d'elles. Une heure après lui avoir bouffé la chatte, j'avais encore faim.

Il eut un rire appuyé.

— Vous avez saisi ?

— Oui, oui.

Je me plongeai dans l'étude du menu et avalai une longue gorgée de scotch.

— Donc, je sortais avec cette bridée. Un soir, alors qu'on y allait à fond, je lui ai dit : « Je veux un soixante-neuf. » Elle m'a répondu : « Ah bon, tu veux un bœuf aux brocolis tout de suite ? ».

Il s'esclaffa de nouveau.

— Vous avez pigé ?

— Oui, pigé.

— Vous en connaissez d'autres ?

— Aucune ne me vient à l'esprit, comme ça, tout de suite.

— Un jour, j'ai entendu mon père dire que vous étiez rigolo.

Frank appréciait mon sens de l'humour, du sarcasme et de l'ironie, même quand il en était la cible. À mon avis, son fils n'était pas aussi futé et n'avait pas la couenne aussi dure.

— Votre père savait tirer le meilleur de mon esprit.

La serveuse revint. J'optai pour du bœuf aux brocolis, ce qui fit glousser Anthony. Il demanda un soixante-neuf. Le plat ne figurant pas au menu, il choisit le même que moi. Il commanda également une nouvelle tournée de scotch, plus un cendrier propre, et moi des baguettes.

Je remarquai alors que, comme son chauffeur, il portait au revers de sa veste le pin's d'un drapeau américain. Frank, lui, affichait, tout comme ses amis, une sorte de patriotisme primitif fondé essentiellement sur la xénophobie, le racisme et un reste de culture d'immigrants, pour qui « l'Amérique est un grand pays ».

Ce n'est d'ailleurs pas faux. Je m'en rendais mieux compte à présent, après mon tour du monde à la voile et sept années passées à Londres. L'Angleterre était une contrée agréable pour un exilé volontaire américain. Toutefois, ce n'était pas ma patrie. Je pris subitement conscience que j'étais bien rentré chez moi. Peut-être était-il temps de cesser de jouer à l'ex-Yankee revenu pour un bref séjour aux États-Unis.

Comme s'il avait lu dans mon esprit, Anthony me lança :

— Alors, combien de temps comptez-vous rester ?

Traduction : « Allons-nous discuter affaires ? ». Surtout, rester sur ses gardes.

— Vous n'êtes toujours pas décidé ?

— Je… j'ai plutôt l'impression que je vais rester.

— Bon. Vous n'avez aucune raison de repartir là-bas. C'est ici que ça se passe.

C'était plutôt une bonne raison de rentrer à Londres.

Anthony fourra une main dans sa poche. Je crus qu'il allait en tirer un pistolet. Il en sortit le pin's d'un drapeau qu'il posa devant moi.

— Si vous restez, faudra porter ça.

Je le laissai sur la table.

— Merci.

— Épinglez-le à votre revers, me dit-il d'un ton autoritaire, en tapotant son propre pin's.

Comme je n'obtempérais pas, il l'accrocha lui-même au revers de mon blazer bleu.

— Voilà ! Maintenant, vous êtes redevenu américain.

— Ma famille est en Amérique depuis plus de trois siècles, vous savez.

— Sans déconner ? Pourquoi a-t-elle attendu aussi longtemps après la découverte de l'Amérique par Christophe Colomb ? J'ai étudié l'histoire, vous savez. Je suis allé à la

New York University pendant un an. Je me suis défoncé dans les études.

Ça se voyait.

— J'ai appris beaucoup de trucs sur les Romains. Ça m'intéresse vachement. Et vous ?

— J'ai fait huit ans de latin. J'étais capable de lire Cicéron, Sénèque et Ovide dans le texte.

— Sans blague ?

— Ensuite, en dernière année de fac, j'ai pris un coup de batte de base-ball sur la tête. Maintenant, je ne lis plus que l'italien.

Il trouva ça drôle puis redevint sérieux.

— Ce que je veux dire, c'est que les États-Unis ressemblent à Rome, à l'époque où l'Empire avait de gros ennuis. Vous comprenez ?

Je ne répondis pas.

— Pour nous aussi, la république, c'est fini. À présent, on est une puissance impériale. Alors, tous les clodos de la planète rêvent de nous flinguer. Pas vrai ? Comme ces fumiers du 11 septembre. En plus, on ne peut pas verrouiller nos frontières, exactement comme les Romains. Du coup, on a dix millions de clandestins qui ne baragouinent même pas l'anglais et n'en ont rien à foutre de notre pays. Ce qu'ils veulent, c'est un bout du gâteau. Et les connards de Washington blablatent à longueur de temps, comme le Sénat romain. Pendant ce temps, le pays se casse la gueule, avec tous ces minables qui beuglent pour leurs droits, alors qu'on a les barbares à nos portes.

— C'était dans quel livre, ça ?

Ignorant ma remarque, il poursuivit sa diatribe.

— Ces putains de bureaucrates nous collent au cul, les mecs se conduisent comme des gonzesses et les meufs comme des mecs. Tout ce qui les intéresse, c'est du pain et des jeux. Vous voyez ce que je veux dire ?

— Je connais ce discours, Anthony.

Je choisis de jeter une note d'optimisme.

— Au moins, le crime organisé a été presque éradiqué.

Il tira sur sa cigarette.

— Vous croyez ?

Il illustrait à merveille le danger que peut représenter l'ignorance. Je revins à l'objet du dîner.

— Que vouliez-vous savoir à propos de votre père ?

Il alluma une autre cigarette, se renversa dans son siège.

— Je voudrais seulement que vous me racontiez des trucs. Pourquoi vous avez décidé de collaborer avec lui… Comment un type comme vous s'est retrouvé mêlé à une affaire criminelle…

— Vous voulez parler du crime organisé ?

Il n'avait aucune intention de me suivre sur ce terrain, ni de me répondre : « La mafia, ça n'existe pas. La Cosa Nostra non plus. Qu'est-ce que vous racontez ? ».

— Vous l'avez défendu pour une accusation de meurtre qui était, vous le saviez bien, totalement foireuse. Je voudrais savoir comment vous vous êtes rencontrés, comment vous avez fini par faire affaire ensemble.

— Il s'agissait surtout d'une relation personnelle. Nous avons sympathisé, et il avait besoin d'aide.

— Vraiment ? Mais pourquoi vous avez franchi le pas ?

Il tâtait le terrain pour savoir ce qui m'avait motivé. Ou, pour m'exprimer plus crûment : pourquoi m'étais-je acoquiné avec le milieu, et que faudrait-il pour que je remette ça ? Dans son univers, la réponse tenait toujours à l'argent et au pouvoir. Mais peut-être soupçonnait-il que, dans le mien, les choses étaient un peu plus compliquées.

— Je vous l'ai dit l'autre soir… Il m'avait rendu un service et j'honorais ma dette.

À la vérité, de mèche avec ma femme, Frank Bellarosa jouait la carte macho. Il avait un flingue et des couilles, et le gentil John un stylo et de la cervelle. C'était avancé de façon subtile, bien sûr, mais ce défi à ma virilité avait bien fonctionné. En plus, je m'ennuyais, et Susan le savait. Ce qu'elle ignorait, c'était que Frank éveillait ce qu'il y avait de plus sombre en moi. Le mal est séducteur, Susan ne le découvrit que trop tard.

— Votre père était un homme très charismatique ; et très persuasif.

En plus, il culbutait ma femme pour m'atteindre à travers elle, même si, à l'époque, je ne le savais pas.

À mon sens, Susan ne s'en doutait pas non plus. Elle devait croire que Frank ne s'intéressait qu'à elle. En réalité, il s'intéressait aux discussions qu'il pouvait avoir sur l'oreiller avec l'épouse de son avocat, sans parler de l'excitation qu'il éprouvait en sautant une salope de la haute. D'un autre côté, et probablement contre sa propre volonté, il éprouvait certainement des sentiments pour Susan Sutter.

Avec une certaine finesse, Anthony fit remarquer :

— Mon père avait l'art de choisir les gens qu'il fallait. Comme si, sachant ce qu'ils désiraient, il leur suggérait le moyen d'atteindre leur but.

Au catéchisme, on m'avait parlé d'un type comme ça : il s'appelait Lucifer.

Pour ne pas s'écarter des prétendues raisons de ce dîner, Anthony m'interrogea sur le souvenir que je gardais de son père. Je lui racontai quelques anecdotes censées lui donner une bonne image de son géniteur.

Je détaillai ma première visite à l'Alhambra, où Frank nous avait invités à boire le café, vantai le sens de l'hospitalité d'Anna, sa chaleur. Mais je ne révélai pas à Anthony que j'en voulais furieusement à Susan d'avoir accepté l'invitation, et que je n'étais guère heureux d'avoir les Bellarosa pour nouveaux voisins. En fait, j'étais horrifié. Toutefois, comme Susan, j'étais aussi un peu intrigué.

Je restai enjoué, insistant sur le côté positif de cette rencontre et évitant la moindre allusion au fait que j'avais été séduit par Frank Bellarosa, qui, à son tour, avait séduit ma femme ; ou l'inverse. Tout cela aurait été un peu compliqué pour Anthony. De toute façon, ça ne le regardait pas.

Cette évocation nous prit environ un quart d'heure, pendant lequel ma soupe aux raviolis chinois refroidit, tandis que je sirotais mon scotch et qu'Anthony, peu loquace, fumait en jetant les cendres sur le sol.

Il ponctua la fin de mon discours d'un : « Voilà, voilà » sentencieux.

— Je regrette ce qui s'est passé, ajoutai-je. Je tiens à ce que vous sachiez que je partage votre chagrin, celui de votre mère, de vos frères et de toute votre famille.

Il hocha la tête. J'annonçai ensuite :

— Je n'ai pas vraiment faim et une somme de travail m'attend à la maison. Merci pour les verres.

Je tirai mon portefeuille de ma poche.

— Laissez-moi partager la note.

Mon désir de fuir sa compagnie le surprit.

— Pourquoi êtes-vous si pressé ?

— Je viens de vous le dire.

— Allez, un autre.

Il héla la serveuse.

— Remettez-nous ça !

Il se tourna vers moi.

— Cigarette ?

— Non, merci.

Il revint alors au sujet initial.

— Comment se fait-il que vous ayez laissé les fédéraux mettre la main sur l'Alhambra ? C'était quand même votre gagne-pain, non ?

— Exact. Parfois on gagne, parfois on perd. Même Jésus nous a enseigné de rendre à César ce qui est à César.

— Oui, mais Jésus était un brave type et n'avait pas d'avocat fiscaliste. Ni pénaliste. C'est pour ça qu'on l'a crucifié, conclut-il en souriant.

— Je m'apprêtais à faire tomber l'accusation de meurtre.

— D'accord. Mais si mon père n'avait commis aucun crime, comment se fait-il qu'ils aient confisqué sa propriété ?

— Je vous l'ai dit : fraude fiscale.

— N'importe quoi !

— Non. Il s'agit d'une infraction pénale.

Comme je l'avais dit, et comme Anthony le savait certainement, le parquet et le fisc avaient suffisamment de preuves pour transformer la vie de Frank Bellarosa en véritable enfer. En outre, le beau-frère de Frank, Sally Da-da, mari de la sœur d'Anna, avait tenté de l'abattre. Bref, son aura pâlissait. Alors, il accepta la transaction proposée par la justice et choisit la voie la plus facile : témoigner. « Avouez vos crimes, Frank, et donnez-nous les noms de tous vos amis truands. Ensuite, vous renoncerez à votre titre, vous nous abandonnerez votre fortune et vous pourrez partir en exil, libre. » L'arrangement n'était pas mauvais ; meilleur, en tout cas, que la prison. En outre, l'exil en Italie convenait à Frank et à Susan, qui comptaient s'enfuir ensemble. Cela, Anthony n'avait certainement aucune envie de l'apprendre. Il préférait entendre des conneries.

— Et vous ne pouviez rien faire pour conserver l'Alhambra ?

— Non.

— Bien. À part ça, j'ai entendu dire que mon père était également propriétaire de votre domaine à vous. Il l'avait acheté.

— Il avait acheté Stanhope Hall à mon beau-père.

Je faillis ajouter : « Je crois qu'il avait besoin de plus de place pour enterrer les cadavres. » Je me contentai de dire :

— Il voulait maîtriser les constructions autour de son domaine.

En fait, ainsi que je l'ai déjà expliqué, Susan avait certainement convaincu son amant de procéder à cette acquisition. Mon beau-père, William le grippe-sou, cherchait à se débarrasser de cette énorme pompe à fric. Pour un bon prix, il l'aurait vendue au diable. Ce qu'il avait fait, d'ailleurs.

Susan ne se résignait pas à l'idée d'abandonner le domaine familial à des inconnus ou à des promoteurs. Sans doute vit-elle en Frank Bellarosa le chevalier blanc capable de le sauver pour elle. J'ignorais tout de l'accord passé entre elle et son amant, mais j'imaginais qu'elle pensait vivre là avec lui. Ensuite, Frank décida de collaborer avec les fédéraux et de bénéficier du programme de protection des témoins. À ce moment-là, l'Italie apparut comme le plan B.

J'aurais dû en rester là et m'en tenir à ma décision de partir. Mais Anthony semblait obsédé par la confiscation de la fortune paternelle par l'État fédéral. Il alla jusqu'à me demander s'il avait une chance de la récupérer.

— Vous avez autant de chances de récupérer des biens confisqués en vertu de la loi Rico que moi d'obtenir le titre d'homme de l'année de la part des Fils d'Italie.

Il s'obstina.

— Et ces millions en obligations que vous aviez souscrites pour mon père ? Il est mort avant le procès, et il n'avait pas commis ce meurtre. Alors, pourquoi n'auriez-vous pas pu les récupérer ?

Je voyais où il voulait en venir. Et je n'avais aucune intention de le suivre sur ce terrain.

— Ces avoirs, y compris Stanhope Hall, ont été réintégrés dans les biens de votre père, puis saisis au titre du règlement de son contentieux avec le fisc.

— Oui, mais…

— Il n'y a pas de mais, Anthony. À l'époque, j'ai fait ce que j'ai pu. Votre père a été satisfait de mon action et il n'y a plus aucune possibilité de revenir en arrière.

Son obsession pour la fortune perdue n'était qu'un rideau de fumée. C'était moi qu'il cherchait. D'où sa critique voilée sur la façon dont j'avais assuré la défense de Frank dix ans auparavant, et la proposition qu'il me faisait de rattraper les choses. L'étape suivante serait la glissade vers le monde de la pègre. « Non, vraiment, merci beaucoup. Je connais déjà, Anthony. La paie est bonne mais le prix à payer trop élevé. »

— Si vous acceptez, reprit-il, je vous donne deux cent mille dollars d'entrée, et un tiers de ce que vous réussirez à récupérer de l'État fédéral.

Au cas où j'aurais mal calculé, il ajouta :

— Ça pourrait faire trois, quatre, peut-être cinq millions pour vous.

Il n'était pas aussi bête que je le pensais. Il devait aussi se dire que j'avais besoin de ce fric, ce qui rend les gens plus sensibles aux tentations du diable.

— En réalité, ça fera plutôt zéro, ironisai-je.

— Vous aurez au moins les deux cent mille dollars, qui vous resteront acquis.

— Non, ce sont les vôtres.

Visiblement exaspéré, il tenta une autre approche.

— Quand même, maître, je crois que vous nous devez quelque chose, à moi et à ma famille.

— Je ne vous dois rien, Anthony.

« En réalité, jeune homme, Frank me devait encore cinquante mille dollars. »

— À la fin, repris-je, je ne travaillais plus pour votre père, quand il a passé son accord avec l'État. Son seul conseil, autant que je sache, était son avocat personnel, Jack Weinstein.

L'avocat de la pègre, me dis-je. J'ajoutai :

— Vous devriez donc vous adresser à lui, si vous ne l'avez déjà fait.

— Jack a pris sa retraite.

— Moi aussi.

Pour moi, l'entretien était terminé. Nous avions évoqué le passé, et j'avais repoussé sa maladroite tentative d'embauche. À moins que le rejeton n'ait eu envie d'entendre que Frank avait joué les indicateurs, ou d'apprendre ce que j'avais à lui raconter sur la manière dont il était intervenu pour que je fasse l'objet d'un redressement fiscal, ou bien comment il m'avait soufflé ma femme, il n'y avait plus guère matière à discussion. Sauf s'il tenait à parler de la nuit où son père avait été tué. À ce propos, je lui rappelai :

— N'oublions pas ce dont nous sommes convenus en ce qui concerne mon ex-épouse.

Il acquiesça.

— Pourquoi ? Vous en avez quelque chose à foutre ?

— Mes enfants, oui.

Il hocha de nouveau la tête.

— Ne vous inquiétez pas pour ça.

— Parfait.

Je m'apprêtais à annoncer de nouveau mon départ lorsqu'il dit :

— Je n'ai jamais compris comment elle a pu s'en tirer comme ça.

— Elle avait de bons avocats.

— Ah oui ? Donc, vous n'en faisiez pas partie.

— Allez vous faire foutre, Anthony !

Comme son père, qui ne s'était jamais, ou rarement, fait insulter, il ne sut comment réagir. Il hésita entre l'explosion de colère et le ton léger qui sied à la plaisanterie. Il choisit la seconde attitude, éclata d'un rire forcé.

— Vous devriez apprendre à jurer en italien. On dit : *Vaffanculo*, ce qui signifie : « Va te faire enculer. » Comme : « Va te faire foutre », non ?

— Intéressant. Bon…

— Vous trouvez ça juste, vous, qu'elle s'en tire sans rien pour un meurtre avec préméditation ? Elle a eu droit à l'indulgence du tribunal à cause de ce qu'elle est. Pas vrai ? Ça veut dire quoi, ça ? Que la chasse aux Italiens est ouverte ?

— L'affaire est close. Ou alors voyez ça avec le ministère de la Justice.

— Vous avez raison.

— Et pour le reste… n'y pensez même pas !

Il me fixa intensément, sans un mot.

Au moment où je m'extrayais de la stalle, la serveuse apparut avec deux plats. Elle eut un sourire plein de sollicitude.

— Vous vouloir partager ?

— On a pris la même merde ! beugla Anthony, hors de lui.

Il se tourna vers moi.

— Vous vous rendez compte ? Quelle connasse ! Et vous, là, qu'est-ce que vous foutez ? hurla-t-il à la pauvre fille. Vous nous prenez pour des cons, ou quoi ?

— Vous pas aimer la soupe ?

— Tire-toi, avec ta soupe, et apporte-nous deux bières. Chope, chope !

Elle s'éloigna.

En dépit de ce que m'avait dit l'agent Mancuso, du FBI, et des quelques rares observations que j'avais pu faire moi-même, Frank Bellarosa parvenait à dissimuler sa nature de voyou. Son fils, lui, n'avait pas appris qu'un bon mafieux doit savoir quand et où se montrer courtois et charmeur. C'est en voyant les puissants se comporter avec les petites gens que l'on comprend comment on sera soi-même traité le jour où on ne leur servira plus à rien.

— Elle a oublié les baguettes, cette pétasse. Vous n'aviez pas demandé des baguettes ?

Il leva la main, prêt à hurler à travers la salle. Je le retins.

— Laissez tomber.

— Non. Je vais…

Je me penchai vers lui.

— J'ai dit : laissez tomber. Et, lorsqu'elle reviendra, vous vous excuserez de votre conduite inqualifiable.

— Quoi ?

— Vous m'avez parfaitement entendu, Anthony. Je vais vous donner une leçon de savoir vivre : si je veux des baguettes, c'est à moi de les demander, pas à vous. Et si je désire une bière, c'est moi qui la commande. Compris ?

Il avait saisi. Mais la leçon ne lui plaisait guère.

Je me glissai hors de la stalle.

— Où allez-vous ?

— Chez moi.

Il se leva et me suivit.

— Hé, maître, ne vous enfuyez pas. On n'a pas encore fini.

Je me retournai d'un bloc.

— Nous n'avons plus rien à nous dire. Sur aucun sujet.

— Vous savez bien que c'est faux. On a tous les deux des choses à régler.

— Peut-être, mais pas ensemble.

— Je vous accompagne dehors, dit-il, remarquant que nous attirions l'attention.

— Non. Vous allez retourner vous asseoir, présenter vos excuses à la serveuse et faire ensuite ce qu'il vous plaira pour le restant de votre vie.

Il eut soudain comme une inspiration.

— Je constate que vous avez des tripes, maître. Toutefois, je ne vois pas où est la cervelle.

Du coin de l'œil, je m'aperçus que le porte-flingue d'Anthony s'était légèrement rapproché de nous. Le silence régnait à présent dans la salle.

— Vous avez les yeux de votre père, dis-je à Anthony, mais pas grand-chose d'autre.

Je me dirigeai vers la porte sans savoir ce qui allait se passer. Je sortis dans l'air froid de la nuit. Appuyé contre le SUV Cadillac, Tony fumait une cigarette. Il m'interpella.

— C'est déjà fini ?

Je l'ignorai, montai dans ma voiture et mis le contact. Tandis que je reculais pour quitter le parking, je vis le porte-flingue quitter le restaurant et parler à Tony. Les deux hommes me regardèrent m'engager lentement sur la rue.

Je n'avais pas envie de provoquer un affrontement, mais cette histoire commençait à m'agacer, et je le trouvais un peu condescendant. Peut-être m'étais-je trompé. Ou peut-être avais-je vu son père en face de moi. Peut-être s'imposait à mon esprit l'image de Frank Bellarosa faisant l'amour avec Susan, ce cauchemar, ou Frank m'arnaquant pour que je travaille pour lui. Ou encore Frank bousillant ma vie, le sourire aux lèvres.

En tout cas, ça m'avait mis en rogne. Ça m'avait aussi fait du bien. Résultat des courses, Bellarosa junior était sorti de ma vie.

Je jetai un coup d'œil dans le rétroviseur. Pas de SUV Cadillac. Je quittai Glen Cove et me dirigeai vers Lattingtown sur une petite route de campagne obscure.

J'avais également mis Anthony en garde à propos de Susan. Évidemment, si je travaillais pour lui, elle n'aurait pas à s'inquiéter, pour autant qu'elle s'inquiétât, ce qui n'était certainement pas le cas. Autrefois, l'inquiétude avait été mon boulot. Apparemment, ça l'était encore.

Ne pas oublier non plus qu'Anthony, qui n'avait pas récupéré la fortune de son père, avait sans doute hérité de ses ennemis. Ceux du cercle familial, comme l'oncle Sal, et ceux qui n'y figuraient pas, comme les tueurs dont j'avais fait la connaissance, un soir, à l'hôtel Plaza. Sans compter ceux, comme Alphonse Ferragamo, dont le travail consistait à mettre le jeune Bellarosa en prison pour un bon bout de temps. Le règne d'Anthony comme parrain risquait d'être bref. Traîner à ses côtés pouvait se révéler dangereux.

De son côté, il semblait penser que je pouvais l'aider, comme j'avais aidé son père. Devais-je me sentir flatté ?

Un quart d'heure plus tard, je me retrouvai sur Grace Lane, cadeau d'Anthony Bellarosa à ses voisins. Mes phares illuminaient la bande d'asphalte toute neuve et encore luisante. Un verset de Matthieu me revint à l'esprit : « Large est la porte et spacieux le chemin qui mène à la perdition. »

Chapitre 13

Le lendemain, mardi, la pluie tomba sans discontinuer ; temps idéal pour trier et brûler des papiers. En fin d'après-midi, j'avais déjà bien avancé dans cette tâche pénible et parfois mélancolique.

À 18 heures, je m'offris une récompense : un panini bolonaise arrosé d'une bouteille de banfi brunello di Montalcino. Je m'installai ensuite dans le fauteuil de George avec le *New York Times*. Aux dernières nouvelles, John Gotti, ancien chef de la famille mafieuse des Gambino, luttait contre la mort à l'hôpital du pénitencier de haute sécurité de Springfield, dans le Missouri, où il purgeait une peine de réclusion à perpétuité sans possibilité de libération conditionnelle.

Cela affecterait-il Anthony Bellarosa ? Quelles raisons poussaient tant de ces jeunes gens à embrasser une telle carrière, alors qu'ils savaient pertinemment que presque tous leurs parents ayant fait le même choix avaient péri prématurément de mort violente ou fini derrière les barreaux ? Ce destin leur paraissait-il préférable à une morne retraite en Floride ?

Je songeai brièvement à son offre de deux cent mille dollars pour un petit boulot d'assistance juridique, et au pourcentage qui pourrait m'échoir au cas ou je récupérerais une partie des avoirs de Frank Bellarosa.

Rien d'illégal ni de contraire à la morale dans tout cela. Même les avocats ont le droit de manger. Le problème, c'était l'appât : derrière, il y a toujours un hameçon.

Mieux valait penser à autre chose.

Le vendredi, il pleuvait toujours. À midi, j'avais presque bouclé tous les cartons, prêts à être envoyés quelque part après leur mise en caisse par Ethel. Je n'avais plus qu'à rassembler mes effets personnels, vieux uniformes militaires, coupes de régates, livres, objets de bureau… Comment avais-je pu vivre dix ans sans tout ce fatras ?

Au cours de mes rangements, j'avais découvert des documents appartenant à Susan, ainsi que des photos de sa famille. Ne voulant garder aucun souvenir des Stanhope, notamment de William, de Charlotte et de leur nullité de fils, Peter, je fourrai ces clichés dans une grande enveloppe, avec les papiers. Il ne restait plus qu'à décider du mode d'expédition.

Vers 16 heures, de retour dans la maison de gardien après un petit jogging du côté du détroit de Long Island, je vis une Mercedes grise franchir le portail, conduite par un homme qui aurait pu ressembler au dénommé Amir Nasim.

À Londres, j'avais fréquenté un certain nombre de musulmans. M. Nasim, citoyen iranien, étant musulman, j'en déduisis que son jour de repos commencerait au coucher du soleil, avec l'appel à la prière. Lui et toute sa maisonnée se rendraient dans une moquée ou se contenteraient de dérouler les tapis de prière dans l'ancienne chapelle de Stanhope Hall. Ils ôteraient leurs chaussures et se tourneraient vers La Mecque, en l'occurrence vers l'est, vers les Hamptons, pour prier.

Je ne tenais pas à m'immiscer dans ces dévotions, mais j'avais besoin de parler rapidement à M. Nasim. Estimant qu'il me restait quelques heures avant qu'on déroule les tapis de prière, j'enfilai un pantalon beige, une chemise de golf et un blazer bleu, chaussai des mocassins, sans oublier d'enfiler des chaussettes propres au cas où il étalerait un tapis supplémentaire et me convierait à rester.

Je glissai dans ma poche quelques-unes de mes anciennes cartes de visite portant ces simples mots : « John Whitman Sutter, Stanhope Hall ». Ces cartes anachroniques et dépourvues de la moindre utilité, je les tenais de Susan, qui me les avait offertes. En dix ans, je n'en avais pas utilisé plus de cinq ou six. La dernière fois, pour m'amuser, j'en avais transmis une à Frank par l'intermédiaire de son entrepreneur, lui demandant d'appeler M. Sutter à propos du projet de déplacement de l'écurie de madame, projet auquel notre nouveau voisin avait proposé de participer avec une insistance suspecte.

En temps ordinaire, j'aurais franchi à pied les huit cents mètres me séparant de Stanhope Hall. Mais je ne tenais pas à passer devant le cottage de Susan, notre ancienne résidence conjugale. Je m'y rendis donc au volant de ma Ford Taurus.

En longeant la maison d'hôtes, je remarquai les lumières allumées dans la pièce de devant, jadis mon repaire, et le SUV de Susan dans la cour.

À quelque distance de là se trouvait l'écurie, une bâtisse en brique qui avait été autrefois plus proche de la maison principale, mais que Susan avait fait déplacer sur sa propriété à elle, avant la vente de Stanhope Hall. Entreprise coûteuse, colossale. M. Bellarosa avait été heureux de mettre son entrepreneur, Dominic, à notre disposition immédiate, et gratuitement. J'avais refusé. Susan, elle, avait accepté. Morale de l'histoire : quand les choses paraissent trop belles pour être vraies, elles le sont. Cela, je le savais déjà. Ce que j'ignorais, c'était que Frank Bellarosa s'intéressait tout autant à ma femme qu'à moi.

Devant moi se dressait Stanhope Hall, au sommet de jardins en terrasse. Imaginez la Maison-Blanche, ou n'importe quel bâtiment néoclassique érigé dans un monde où n'existerait pas d'impôt sur le revenu, donc pas d'avocats fiscalistes dans mon genre, mais où des ouvriers travailleraient soixante heures par semaine, sans primes, et où les richesses du Nouveau Monde viendraient remplir les poches de quelques centaines de New-Yorkais. Cet âge d'or fut suivi du feu d'artifice des années vingt, où les choses allèrent de mieux en mieux. Ces grandes maisons patriciennes s'agrandirent plus encore et se multiplièrent comme des champignons le long de la Cinquième Avenue, à Bar Harbor, Newport, aux Hamptons et ici, sur la Gold Coast. Alors survint le mardi noir. Et tout s'effondra en vingt-quatre heures. Il y a des jours comme ça…

Les trente hectares du domaine où Susan aimait monter à cheval avaient été lotis, comme l'Alhambra, pour satisfaire en partie les exigences du fisc. On y avait construit une douzaine d'horribles petites maisons de « style », chacune entourée de ses deux hectares et demi réglementaires. Heureusement, une palissade et un fossé séparaient ces monstruosités du jardin en façade. Une nouvelle allée menait à la route, de sorte que les habitants de la partie conservée de la propriété ne risquaient pas de voir ni d'entendre les résidents de ce ghetto pour nouveaux riches.

Dans les vestiges de l'ancien domaine s'élevait un temple de l'amour en forme de rotonde, abritant deux statues de nu : l'une de Vénus, l'autre de Priape, dieu des bandeurs. Susan et moi y avions joué quelques scènes classiques, elle incarnant une vierge venue implorer la déesse de lui accorder un bon mari, moi un centurion impuissant quémandant la trique auprès de Priape. Hélas, ces comédies n'avaient pas sauvé notre mariage.

En approchant de la grande maison, je me demandai ce qu'Amir Nasim pensait de ce sanctuaire païen, s'il avait fait recouvrir les statues ou les avait fait détruire. Choc des civilisations.

Je me garai devant le haut portique à colonnes de Stanhope Hall. Autrefois, dans ce monde presque évanoui régi par des coutumes immémoriales et des conventions désuètes, John Whitman Sutter n'aurait jamais quitté la maison de gardien pour rendre visite à Amir Nasim. Voilà pourquoi, peut-être, j'avais tardé à le faire.

Je songeai à m'en aller. Je m'en dissuadai en me persuadant qu'en arrivant à l'improviste, sans avoir annoncé ma visite, je démontrais mon statut et ma supériorité, du moins ce qui en subsistait, face aux barbares désormais maîtres de la villa. Pour reprendre une citation de saint Jérôme qu'affectionnait particulièrement Susan : « L'Empire romain s'effondre, mais nous gardons la tête haute… »

Je descendis de voiture, escaladai l'escalier de granit bordé de colonnes classiques et sonnai à la porte.

Chapitre 14

Une jeune femme, peut-être iranienne, vêtue d'une robe noire, m'ouvrit. Je me présentai :

— M. John Sutter. Je suis venu voir M. Amir Nasim.

D'habitude, à ce moment-là, la domestique répond :

— Est-ce qu'il vous attend, monsieur ?

Et moi, je dois rétorquer :

— Non, mais si je ne le dérange pas, j'aimerais m'entretenir avec lui d'une affaire personnelle.

Ensuite, je tends ma carte, elle me fait entrer dans le vestibule, disparaît et, quelques minutes plus tard, revient avec le verdict.

Là, en revanche, la jeune femme semblait fort limitée, à la fois dans sa pratique de la langue anglaise et dans sa formation professionnelle.

— Vous attendre, intima-t-elle en me claquant la porte au nez.

Je sonnai à nouveau. Elle entrebâilla la porte. Je lui tendis ma carte en déclarant sèchement :

— Donnez-lui cela. Vous avez compris ?

Elle repoussa le battant et j'attendis. C'était ma troisième rencontre avec quelqu'un ne maîtrisant pas l'anglais, ce qui commençait à m'irriter. J'en venais presque à comprendre la sortie d'Anthony face à la jeune serveuse chinoise, et son boniment sur le déclin et la chute de l'Empire romain. Les Goths, Huns et autres Vandales ont probablement appris le latin en même temps qu'ils envahissaient l'Empire. *Veni, vidi, vici.* Ça n'est pas si difficile que ça.

Au bout de cinq minutes, la porte s'ouvrit de nouveau, cette fois sur un homme mince, de haute taille, vêtu d'un complet gris et qui tenait ma carte à la main.

— Monsieur Sutter, comme c'est aimable à vous de venir me rendre visite !

Il me serra la main, m'invita à entrer.

— Je m'apprêtais à prendre le thé. Voulez-vous vous joindre à moi ?

Je n'avais aucune envie de thé, mais j'avais besoin qu'il me consacre du temps.

— Volontiers.

Je le suivis dans l'immense vestibule, en contrebas, sorte de salle de transit pour visiteurs. Là, les domestiques devaient prendre manteaux, chapeaux ou cannes des nouveaux arrivants et les conduire par l'un des grands escaliers jusqu'au vestibule du haut. C'était un peu plus formel que la façon dont on accueille aujourd'hui ses invités : « Salut, John, ça boume ? T'as qu'à mettre ton manteau où tu veux. Ça te dirait, une bière ? ».

Je suivis Nasim dans l'escalier de droite, éclairé par des torchères vénitiennes, en me demandant s'il n'était pas offensé par ces statues représentant ses coreligionnaires en personnages à peau noire dans une position servile.

Grâce à Anthony, j'avais toujours à l'esprit la chute de l'Empire romain. Je me remémorai une anecdote que j'avais lue à l'université Saint Paul à propos d'Attila, qui, après s'être emparé de la ville romaine de Mediolanum, avait pénétré dans le palais du gouverneur et était tombé sur une grande fresque montrant un empereur romain avec un Scythe vaincu prosterné à ses pieds. Attila avait pris le Scythe pour un Hun et, furieux, avait obligé le gouverneur romain à ramper devant lui.

Inquiet d'une méprise semblable à propos des Maures enturbannés portant leurs torches, j'avais envie de dire quelque chose du genre : « Les Stanhope étaient d'effroyables racistes et ces statues m'ont toujours choqué. »

Mais c'était peut-être une bêtise, et, franchement, je me moquais éperdument de ce que pouvait penser M. Amir Nasim. Il aurait eu tout le loisir de se débarrasser de ces torchères s'il l'avait voulu.

En grimpant les marches, nous parlâmes du temps qu'il faisait et finîmes par atteindre le vestibule du haut, où, en des temps reculés, le maître et la maîtresse des lieux accueillaient leurs hôtes sans manteau ni chapeau, mais probablement essoufflés.

Je suivis ensuite Nasim sur la droite, le long d'un large couloir menant, je le savais, à la bibliothèque.

— Depuis combien de temps n'êtes-vous pas revenu ici ? s'enquit le nouveau propriétaire, qui, visiblement, connaissait mon histoire.

— Dix ans.

— C'est vrai. Cela fait neuf ans que j'ai acheté ce domaine.

Après avoir saisi les biens de Frank Bellarosa, l'État avait vendu Stanhope Hall et la plus grande partie du terrain à une société japonaise qui devait y accueillir des cadres surmenés. Le projet avait capoté, et Edward m'avait appris que la propriété avait été acquise par un Iranien, un an après mon départ. Il faudrait que je dise à M. Nasim qu'Anthony Bellarosa voulait récupércr lc bien de son père.

— Vous avez de bons souvenirs, ici ? poursuivit-il.

Pas vraiment. Je répondis quand même :

— Oui.

Nous nous étions mariés, Susan et moi, à Stanhope Hall, que William et Charlotte, ses parents, occupaient encore. Willie le minable nous avait donné ou, plutôt, avait offert à sa fille une réception à laquelle il avait convié environ trois cents personnes : amis proches, membres de la famille, relations d'affaires et quelques autres connaissances. Comme c'était lui qui réglait la note, nourriture et boissons avaient rapidement manqué. L'orchestre avait plié bagage à 22 heures tapantes. Une demi-heure plus tard, les invités rescapés erraient en quête de fonds de verres de vin et de croûtes de fromage.

Ce n'était ni la première ni la dernière fois que je faisais l'expérience de la radinerie de mon beau-père. À la fin, il avait même récupéré la seule chose qu'il m'avait cédée : sa fille.

— Nous n'avons pas encore terminé la décoration, m'informa M. Nasim.

— Oui, il faut du temps.

— Mon épouse… Les femmes ne se hâtent jamais de prendre leurs décisions.

— Vraiment ?

« Enfin, Amir, neuf ans, ça n'est pas si long… Tu es marié. Apprends à être patient. »

Le vaste couloir et les pièces qu'il longeait étaient presque dépourvus de meubles. Ni tableaux ni décorations d'aucune sorte. En revanche, de nombreux tapis, sans nul doute persans, recouvraient le sol. Comme à l'époque de William et Charlotte…

La dernière fois que j'avais vu cet endroit, il était presque désert. Toutefois, dans quelques pièces, Susan et moi avions entassé des équipements sportifs, les cadeaux affreux qu'il nous arrivait de recevoir, ainsi que les vestiges de sa chambre d'enfant. Il y avait également des malles bourrées de vêtements ayant appartenu à des Stanhope des deux sexes depuis longtemps décédés. Susan et moi, nous nous déguisions parfois avec ces oripeaux qui remontaient au début du XXe siècle, avec une préférence pour les années vingt, les Années folles.

— J'imagine que vous connaissez l'histoire de cette maison, dit Nasim.

Il maîtrisait parfaitement l'anglais, qu'il parlait avec un accent britannique.

— Oui.

— Il faudra me la raconter.

— Si vous le désirez.

Devant les doubles portes de la bibliothèque, il s'effaça pour me laisser entrer.

Comme dans mon souvenir, boiseries et étagères étaient en pacanier. Les meubles, malheureusement, étaient hideux, de style français bas de gamme pour cent dollars par mois, blancs à filets dorés ; le genre d'horreurs proposées à crédit dans les magazines dominicaux.

Nasim m'indiqua deux fauteuils recouverts de bleu layette encadrant, près de la cheminée, une table basse blanche aux pieds courbés. Prenant place dans l'un de ces deux sièges inconfortables, je remarquai les étagères presque vides, occupées seulement par de rares livres d'art, de ceux que les décorateurs vendent au mètre. M. Nasim n'avait pas investi dans la climatisation. Un ventilateur posé par terre brassait un air chaud et humide. Sur la table basse se trouvait un plateau d'argent où s'empilaient des gâteaux poisseux.

— J'apprécie le thé anglais, m'expliqua mon hôte, mais je préfère les pâtisseries persanes aux sandwichs au concombre.

Je notai l'usage du terme « persan » au lieu d'« iranien », à la connotation négative depuis la révolution islamique, la crise des otages de 1979 et la mésentente qui s'était ensuivie entre nos deux pays.

Nasim prit son téléphone portable, sélectionna un numéro en mémoire, prononça quelques mots en farsi puis referma l'appareil.

— C'est la version moderne de la clochette pour les domestiques, me dit-il en souriant.

Au cas où j'aurais cru qu'il avait appelé les Gardiens de la révolution pour s'emparer de moi, il ajouta, s'enfonçant dans son fauteuil :

— Le thé va arriver tout de suite. À quoi dois-je le plaisir de votre visite, monsieur Sutter ?

Sans m'excuser pour cette apparition impromptue, je répondis :

— D'abord, je voulais vous faire savoir, personnellement et officiellement, que je réside dans le pavillon de gardien.

— Merci. Peut-être eût-ce été à moi de vous rendre visite.

À la suite de mes rares rencontres avec des Arabes, des Pakistanais et des Iraniens à Londres, j'en avais déduit qu'ils se répartissaient en deux catégories : ceux qui cherchaient à ressembler aux Britanniques et ceux qui s'efforçaient de s'en démarquer. Apparemment, M. Nasim appartenait au premier groupe.

— C'est moi qui vis sur votre propriété, c'est donc à moi de me présenter. Ce qui m'amène à l'autre objet de ma visite. J'ai vu Mme Allard il y a quelques jours, à sa maison de retraite. J'ai bien peur qu'il ne lui reste guère de temps à vivre.

Il parut sincèrement surpris.

— Je l'ignorais. Je pensais… Enfin, c'est une bien triste nouvelle.

— Ainsi que vous le savez sans doute, son droit d'occupation cesse à sa mort.

— Oui, je le savais.

Il ne semblait pas particulièrement joyeux à l'idée de récupérer sa propriété, mais il avait certainement des projets, et des projets dans lesquels je ne figurais pas. Je me risquai quand même à lui demander :

— J'aimerais donc savoir si je pourrais louer ou… acheter cette maison de gardien.

— Ah ? Vous voudriez vivre là ?

— Éventuellement.

— Je vois…

— Si je louais, ce ne serait que pour un mois ou deux.

— Je comprends. Finalement, vous auriez besoin d'un endroit pour les moments où vous ne seriez pas à Londres.

— Comment savez-vous que je vis à Londres ?

— Mme Sutter me l'a dit.

— Vous parlez sans doute de mon ex-femme.

— En effet.

— Que vous a-t-elle appris d'autre ? Je vous pose la question pour ne pas vous ennuyer en répétant ce que vous savez déjà.

Il haussa les épaules.

— Lorsqu'elle a acheté l'ancienne maison d'hôtes, elle m'a rendu une visite de courtoisie. C'était un dimanche. J'étais ici avec ma femme. Nous avons pris le thé et évoqué sa situation de façon très générale.

— Et, dernièrement, elle vous a informé que son ex-mari était rentré de Londres.

— C'est exact. Enfin, ce n'est pas à moi qu'elle l'a dit, mais à ma femme, Soheila. Elles s'entendent bien.

Je fus tenté de le mettre en garde, de lui révéler que Mme Sutter était une femme adultère et une relation peu recommandable pour Soheila. Mais pourquoi créer des problèmes ? Je préférai revenir au sujet qui m'occupait.

— Donc, si vous n'y voyez pas d'inconvénient, j'aimerais louer la maison de gardien pour un mois ou deux, avec la possibilité éventuelle de l'acheter.

— Elle n'est pas à vendre, mais…

Il fut interrompu par l'arrivée de la femme qui m'avait ouvert, portant un plateau qu'elle posa sur la table avec un signe de tête.

M. Nasim la congédia, et elle battit littéralement en retraite avant de refermer la porte. Finalement, sa formation n'était peut-être pas si mauvaise. Il lui fallait seulement quelques leçons sur la façon d'accueillir les visiteurs. Ou, plus vraisemblablement, elle avait une peur bleue de son maître.

Il ouvrit alors un coffret en bois contenant de petites boîtes de thé métalliques.

— Vous avez une préférence ?

« Oui, le whisky écossais… »

— J'aime beaucoup l'Earl Grey.

— Parfait.

Il mit deux cuillerées de thé en vrac dans chacune des deux théières en porcelaine, versa de l'eau chaude d'une Thermos.

— En général, je le laisse infuser quatre minutes…

Il reposa les couvercles sur les théières

— Mais vous pouvez le prendre tel que vous l'aimez.

Je jetai un coup d'œil à ma montre, ce qu'il pouvait interpréter comme le minutage de l'infusion ou un signe d'impatience.

Tandis que les minutes s'écoulaient, il entretint la conversation.

— J'ai vécu dix ans à Londres. C'est une ville merveilleuse.

— En effet.

— Vous y avez passé sept ans, n'est-ce pas ?

— Oui.

— Et, avant cela, vous avez fait le tour du monde à la voile.

— Tout à fait.

— Vous avez le goût de l'aventure. Peut-être même aimez-vous le danger.

— Je suis parti naviguer, je n'ai attaqué aucun bateau de guerre.

Il sourit.

— Pourtant, la mer est redoutable, monsieur Sutter. Mis à part les intempéries, il y a les pirates, les mines. Vous êtes-vous risqué dans le golfe Persique ?

— Oui.

— C'est très dangereux. Avez-vous visité l'Iran ?

— Oui. Je suis allé à Bushehr.

— Comment y avez-vous été reçu ?

— Plutôt bien.

— Tant mieux. J'ai toujours pensé que les habitants des villes portuaires se montraient plus accueillants envers les étrangers que ceux qui vivaient à l'intérieur des terres. Est-ce votre avis ?

— On peut le penser jusqu'à ce qu'on ait connu New York.

Il sourit à nouveau et changea de sujet.

— Ainsi, vous comptez retourner à Londres d'ici un mois ou deux.

— Peut-être.

— Où habitez-vous, là-bas ?

Je lui donnai le nom de la rue : Knightsbridge, mais sans le numéro de la maison, de l'appartement, ni le numéro de téléphone.

— Un quartier très agréable. Moi, j'étais installé à Mayfair.

— Un très joli quartier, aussi.

— Trop d'Arabes.

Je ne répondis pas et me mis à contempler le sable qui descendait dans le sablier. Dans de nombreuses cultures, on bavarde beaucoup avant d'en arriver au sujet principal de l'entretien. Cela ne relève pas seulement de la politesse. Chacun tente de prendre la mesure de son interlocuteur, pour s'en servir par la suite. Dans le cas présent, cependant, le sujet principal était des plus simples et n'aurait pas dû prendre plus de temps que la cuisson d'un œuf à la coque. Mais peut-être Amir Nasim se montrait-il seulement courtois envers un ancien patricien désormais sans terre.

— Ainsi, vous êtes juriste.

— Eh oui.

— Vous exerciez également à Londres ?

— J'étais avocat spécialiste du droit fiscal américain pour des clients britanniques et étrangers.

— Intéressant. Il est vrai que cela répond à un besoin réel. J'ai moi-même une société à Londres. Peut-être pourrons-nous nous revoir et…

Le temps s'était écoulé. Il versa son thé à travers une petite passoire.

— Je vous en prie, faites, à moins que vous ne l'aimiez plus fort.

Je me versai moi aussi mon thé, tandis que M. Nasim jetait plusieurs cuillerées de sucre dans sa tasse.

— Sucre ? Crème ? Citron ?

— Merci, je le bois nature.

— Vous avez raison. C'est ainsi qu'il faut le déguster. Moi, cependant, j'ai pris l'habitude de le sucrer.

Il avala une gorgée.

— Parfait. J'utilise de l'eau filtrée.

— Moi aussi. À propos de la maison de gardien…

— Goûtez donc un gâteau. Puis-je vous recommander celui-ci ? ajouta-t-il en me montrant un truc gluant. Ça s'appelle un *rangeenak*.

Il m'en désigna cinq autres. Mon farsi n'étant pas vraiment excellent, je restai prudent.

— Je vais prendre le numéro un.

— Excellent choix.

Avec une petite pelle en argent, il déposa dans mon assiette ce qui ressemblait à des dattes fourrées.

— Si vous le trouvez trop doux, je vous conseille celui-ci, fait à base de crème de sésame.

— Merci. En ce qui concerne l'objet de ma visite, j'aimerais, si cela ne vous dérange pas, demeurer un mois ou deux dans la maison de gardien.

Il déposa sur son assiette un exemplaire de chaque gâteau.

— Oui, bien sûr.

— Eh bien, dis-je, un peu surpris, c'est très aimable à vous. Je peux rédiger un bail précaire de un mois qui courrait après le décès de Mme Allard, avec une option pour un mois supplémentaire. Et si nous tombons d'accord sur le montant du loyer…

— Je n'exigerai de vous aucun loyer, monsieur Sutter.

Là encore, sa réponse me prit au dépourvu.

— J'insiste…

— Non, non, pas de loyer. Vous voulez compliquer ma déclaration d'impôts ? plaisanta-t-il.

C'est pourtant ainsi que je gagne ma vie…

— C'est très aimable à vous, mais…

— Pas du tout. Je vous demanderai seulement d'avoir quitté les lieux le 1er septembre.

— Pas de problème.

— Parfait.

— Mais pourquoi ne pas signer une convention d'occupation ? Légalement, il serait bon, pour vous comme pour moi, de disposer d'un tel document.

— Nous avons un accord verbal, monsieur Sutter.

— Comme vous voudrez.

À cet instant, j'étais censé lui tendre la main. À moins qu'il n'eût fallu nous ouvrir les veines, échanger notre sang et danser autour de la table. J'optai pour la main tendue, qu'il serra.

Il se versa une nouvelle tasse de thé. Je bus une gorgée de la mienne.

— Je viens de penser à quelque chose, me dit-il.

Je dressai l'oreille, tous les sens en éveil.

— J'aimerais que vous me rendiez un service.

Soudain, je revis comme dans un éclair cette soirée où Frank Bellarosa nous avait invités, Susan et moi, à l'Alhambra. Après le café et les pâtisseries italiennes, don Bellarosa et moi étions passés à la bibliothèque pour y prendre un verre de grappa accompagné d'un cigare. C'est à ce moment-là qu'il m'avait demandé un service qui allait détruire ma vie. Nasim ne buvait pas d'alcool et ne fumait pas. En dehors de ça, j'étais persuadé que le parrain italien et lui avaient de nombreux points communs.

— Puis-je vous expliquer de quoi il s'agit ?

— Je vous en prie.

— Bien.

Il engloutit un gros gâteau puis trempa le bout de ses doigts dans un bol avant de s'essuyer avec une serviette de lin.

— Avec Mme Allard dans le pavillon de gardien et Mme Sutter dans la maison d'hôtes, j'ai un peu le sentiment de ne plus être tout à fait chez moi. Est-ce que vous me comprenez ?

— Vous possédez une centaine d'hectares de terres clôturées, monsieur Nasim. Avez-vous vraiment l'impression qu'on empiète sur votre intimité ?

— Je tiens à cette intimité. Mais j'aimerais aussi utiliser le pavillon de gardien pour mon personnel et récupérer la maison d'hôtes pour mon usage.

Je gardai le silence.

— Je m'apprêtais à faire une proposition aux propriétaires de la maison d'hôtes et de ses cinq hectares, quand j'ai appris que Mme Sutter venait de l'acheter. Je lui ai alors fait une offre substantielle. Elle l'a refusée. Très aimablement, je dois le dire, mais elle l'a refusée.

— Faites-lui une offre encore plus alléchante.

— J'aurais volontiers surenchéri. Toutefois, j'ai bien compris que, pour elle, la propriété n'était pas à vendre, et cela à aucun prix. Évidemment, il y a toujours un prix, mais… Elle m'a assuré qu'elle s'y sentait chez elle, que cette maison abritait de nombreux souvenirs, que c'était là que vos enfants avaient grandi, qu'ils pouvaient toujours lui rendre visite. Bref, cet endroit lui rappelle des moments heureux de sa vie… Et puis, bien sûr, la maison fait partie de ce domaine, Stanhope Hall, où elle-même a passé son enfance. Elle m'a donc affirmé qu'elle comptait y rester jusqu'à sa mort.

Je ne réagis pas, songeant que cela faisait au moins deux personnes dans le voisinage qui n'auraient pas été mécontentes de la voir morte.

— Son refus me semble, effectivement, ferme et définitif.

Il haussa légèrement les épaules.

— Quand les gens vieillissent… Non que Mme Sutter soit âgée. Elle a même l'air très jeune. Néanmoins, avec les années, on devient nostalgique. On souhaite revoir les lieux de sa jeunesse, ou bien l'on s'attache à un objet, à un lieu. Cela peut mener à une forme d'entêtement et à des décisions peut-être irrationnelles.

— Où voulez-vous en venir, monsieur Nasim ?

— Eh bien, j'ai pensé que vous pourriez lui faire entendre raison.

— Je ne parvenais pas à lui faire entendre raison quand nous étions mariés. (Il sourit poliment.) Nous n'avons aucun contact, repris-je. Et je n'ai pas l'intention d'aborder ce sujet avec elle.

Il parut déçu.

— Je croyais avoir eu une bonne idée. Apparemment, je me trompais.

— Vous avez bien fait de demander. On ne sait jamais…

— Vous n'avez pas mangé votre *rangeenak*, dit-il, passant à un sujet plus important.

Par politesse, j'avalai un de ses gâteaux aux dattes, avant de me rincer les doigts dans l'eau où flottaient des pétales de rose.

— Bon, conclus-je. Je n'insiste pas pour l'occupation à titre gracieux, mais j'ai vraiment besoin de ce lieu pendant quelque temps.

Il balaya ma remarque d'un geste.

— Je tiens parole. Je ne vous demande rien en échange.

Exactement ce que disait Frank…

Je m'apprêtais à prendre congé lorsqu'il reprit :

— J'ai proposé quatre millions de dollars à Mme Sutter. Bien plus que la valeur de la maison, et plus du double de ce qu'elle avait elle-même payé seulement quelques mois auparavant. Je serais disposé à verser une commission de dix pour cent à la personne qui faciliterait cette transaction.

Je me levai.

— Je ne serai pas cette personne. Merci de…

Lui aussi se leva.

— Sait-on jamais ? Si vous deviez à nouveau lui parler, gardez ma proposition à l'esprit.

Je commençais à me lasser.

— Monsieur Nasim, rétorquai-je sèchement, qu'est-ce qui vous fait croire que je puisse avoir la moindre influence sur mon ex-épouse ?

Il hésita un instant.

— Elle a parlé de vous avec beaucoup de chaleur. J'ai donc pensé… Bien, je vais vous raccompagner.

— Oh, je peux trouver mon chemin. Je connais les lieux.

— Je n'en doute pas. Ne deviez-vous pas me raconter l'histoire de cette maison ?

— Peut-être une autre fois. Mais Mme Sutter pourra vous faire un récit bien plus détaillé que moi.

Je lui tendis la main.

— Merci pour le thé. Merci, également, de me laisser utiliser le pavillon de gardien. Toutefois, si vous changiez d'avis, je le comprendrais.

Il me serra la main, posa l'autre sur mon épaule et me fit doucement pivoter vers la porte.

— J'insiste pour vous raccompagner.

Craignait-il que je n'emporte un de ses tapis persans ?

— À votre aise.

Dans le couloir, il me tendit sa carte.

— Ma carte personnelle, avec mon numéro privé. Appelez-moi si je puis vous être d'une quelconque utilité.

J'aurais pu lui demander de m'aider à charger le SUV d'Elizabeth, le lendemain, mais je crois que ce n'était pas cela qu'il voulait dire.

Il tira alors ma carte de sa poche et lut à haute voix :

— « Stanhope Hall ». J'imagine que c'est une carte ancienne. Ou bien l'avez-vous fait imprimer en espérant que j'accéderais à votre requête ? ajouta-t-il en plaisantant.

— C'est une vieille carte. Il m'en reste quelques-unes. Plutôt que de les jeter, je vous ferai une proposition pour le rachat de toute la propriété.

Il éclata de rire.

— Faites-moi votre meilleure offre. Tout a un prix.

Il n'avait pas tort.

— Avez-vous un téléphone portable ? s'enquit-il.

— Pas encore. Quelle activité exercez-vous, monsieur Nasim ? hasardai-je alors, poussé par la curiosité.

— L'import-export.

— Je vois.

— Utilisez le domaine comme bon vous semblera.

Il précisa :

— Mme Sutter fait son jogging ou de longues promenades dans la propriété.

Une bonne raison pour ne pas en faire autant.

— J'ai conservé la haie en forme de labyrinthe anglais, dit-il avec un petit sourire. On peut s'y perdre.

— C'est fait pour ça.

— Très juste. Vos enfants ont-ils joué ici ?

— Oui.

Comme il avait abordé le sujet des jardins, je lâchai, à brûle-pourpoint :

— Avez-vous ôté les statues du temple de l'Amour ?

— J'en ai bien peur, monsieur Sutter.

Je ne voulais pas paraître trop indiscret en lui demandant ce qu'elles étaient devenues. Finalement, il me dit :

— Moi-même, je ne les trouvais pas choquantes. Il ne s'agit que d'un exemple de l'art occidental classique à l'époque païenne. Mais j'ai des hôtes qui partagent ma foi : ces sculptures risquaient de heurter.

J'aurais pu lui suggérer de les revêtir de robes de chambre ou de verrouiller la porte du temple. Je restai coi.

— Mme Sutter l'a compris, murmura-t-il.

Visiblement, elle était devenue plus sensible aux autres cultures au cours de la dernière décennie.

— Le domaine vous appartient, fis-je remarquer.

— Oui. De toute façon, ainsi que je vous l'ai dit, sentez-vous libre de l'utiliser, y compris les courts de tennis. Je vous demanderai simplement d'être vêtu avec décence. Dans la partie qui est à vous, bien entendu, vous restez libre de vous habiller comme il vous plaira.

— Merci.

Je me remémorai le jour où Frank Bellarosa était venu faire sa première visite impromptue à Stanhope Hall, alors que Susan et moi jouions au tennis en double avec Jim et Sally Roosevelt. Notre nouveau voisin nous apportait de jeunes plants de légumes. Outre le fait qu'il interrompait notre match, ce qui était déjà agaçant, il n'arrêtait pas de reluquer les jambes nues de Susan.

Si Nasim avait été, en ce temps-là, le propriétaire du domaine, Susan aurait joué au tennis en tchador, et Frank Bellarosa se serait contenté de déposer les jeunes plants à ses pieds, sans même envisager de l'attirer dans son lit. Amir Nasim n'avait peut-être pas tort d'insister sur la pudeur vestimentaire.

Je n'avais aucune envie de tomber sur Susan en me promenant dans le domaine. Poliment, je remerciai quand même mon hôte pour sa proposition. Lorsque nous atteignîmes l'escalier, je lui dis que je pouvais continuer seul. Il répliqua :

— J'ai besoin de prendre de l'exercice.

Enfin, tandis que nous descendions le large escalier :

— J'ai déjà vu ces torchères vénitiennes sur des tableaux, et sous forme de statues dans différents palais ou musées d'Europe. Je ne connais pas exactement leur signification.

— Je n'en ai aucune idée.

— J'imagine qu'à cette époque, en Europe, ces nègres devaient être esclaves, ou domestiques.

— Effectivement, ils n'ont pas l'allure de propriétaires des lieux.

— C'est le moins qu'on puisse dire.

Soudain, il s'immobilisa au beau milieu de l'escalier.

— Monsieur Sutter, je crois comprendre…

— Comprendre quoi, monsieur Nasim ?

— Vos sentiments. À mon égard, à l'égard de ma présence aux États-Unis, de ma culture, de mon argent, de ma religion et de mon pays.

Plusieurs réponses me traversèrent l'esprit avant que je choisisse la plus appropriée.

— Dans ce cas, nous nous comprenons très bien l'un l'autre.

— Et je dois dire que je ne vous en veux pas vraiment pour ces sentiments.

— Peu m'importe que vous m'en vouliez ou non.

— Bien sûr. Cela aussi, je le comprends. Mais je tiens à vous préciser que si je me trouve en ce moment aux États-Unis et si j'ai vécu en Angleterre, c'est que je suis un exilé, monsieur Sutter. Pas un exilé volontaire, comme vous, mais un exilé politique qui serait immédiatement arrêté et exécuté s'il retournait dans son pays, à présent sous la coupe des mollahs et des intégristes islamistes. J'étais un partisan enthousiaste de l'ancien chah et je suis maintenant marqué à vie. Je n'ai pas de pays, monsieur Sutter. Et, contrairement à vous, je ne peux pas rentrer chez moi. À la différence de votre femme, qui est revenue chez elle, je ne peux tout simplement pas retourner en Iran et racheter ma maison. Je ne reverrai probablement jamais ma patrie. Ainsi, monsieur Sutter, vous et moi avons quelque chose en commun : nous aimerions tous les deux que je retourne d'où je viens, mais cela n'arrivera pas de notre vivant.

J'eus l'impression que ce discours avait été répété et tombait au moment approprié, mais, également, qu'il était véridique. Ou partiellement véridique. J'éprouvai peut-être, en cet instant, un peu moins d'animosité envers Amir Nasim. Cela ne modifiait en rien sa situation ni la mienne.

— Merci de m'avoir consacré tout ce temps, lui dis-je.

Je poursuivis seul ma descente de l'escalier, avec l'étrange impression qu'il se trouvait encore à mes côtés.

L'écho de mes pas se répercuta ensuite sur le sol dallé de l'énorme vestibule. Je déverrouillai la porte d'entrée.

— Monsieur Sutter !

Je me retournai. Il se tenait toujours dans l'escalier.

— Il faut que vous sachiez que nous affrontons ici, depuis quelque temps, des problèmes de sécurité.

Je ne répondis pas.

— Voilà pourquoi j'ai besoin du pavillon de gardien et de la maison d'hôtes : pour y installer des gens à moi. Vous comprenez ?

Je comprenais surtout qu'il s'agissait d'un mensonge de circonstance, d'une ruse pour que j'annonce à Susan que Stanhope Hall risquait d'être attaqué par un commando islamiste. Je crois qu'elle s'en serait moquée. Du moment que les assassins ne piétinaient pas ses plates-bandes…

N'obtenant aucune réaction de ma part, Nasim ajouta :

— Si vous constatez quelque chose de suspect ou de bizarre, appelez-moi.

— Je n'y manquerai pas. Faites de même. Bonne journée.

Je sortis et fermai la porte derrière moi. Je descendis les marches du perron, montai en voiture et m'éloignai.

En longeant lentement les arbres bordant l'allée, je songeai à ce que venait de me dire Nasim à propos de ces menaces. Ce n'était pas sérieux. Combien de réfugiés politiques avaient été abattus, par ici ? Aux dernières nouvelles, aucun. Il devait sûrement exister un arrêté municipal interdisant les assassinats politiques.

Pourtant, le monde avait changé depuis le 11 septembre de l'année précédente. Des dizaines d'habitants des environs avaient été tués dans les tours jumelles. Des gens comme Nasim étaient, eux, sujets à la vindicte de leur pays d'origine, sans compter la xénophobie des gens du cru ou des autorités. Ou bien ils étaient tout bonnement paranoïaques, ce qui pouvait fort bien être son cas.

Et puis, un peu plus loin, il y avait Anthony Bellarosa. Curieux, quand même, que MM. Bellarosa et Nasim, venus de deux régions opposées de l'univers, eussent à faire face au même problème : de vieux ennemis cherchant à les tuer. Mais peut-être n'était-ce pas une coïncidence. C'était le risque du métier, quand ce métier consistait à vivre dangereusement et à indisposer des gens qu'il aurait fallu laisser tranquilles.

Entrée de John Sutter, qui venait d'arriver pour régler quelques affaires et se voyait proposer, coup sur coup, deux boulots lucratifs. C'était vraiment ma semaine de chance… à moins d'être pris sous des tirs croisés.

En approchant de la maison d'hôtes, je songeai à aller sonner à la porte.

« Salut, Susan, je suis juste venu te dire que, si tu vois un groupe d'hommes armés avec des cagoules noires qui courent sur la pelouse, ne t'inquiète pas. Ils sont seulement venus tuer M. Nasim. »

J'aurais ajouté :

« Si un certain Anthony Bellarosa te rend visite, n'oublie pas que tu as assassiné son père. Ah, au fait, j'ai quelques clichés de nu de toi, plus quelques photos de ta famille de timbrés… »

Je ralentis et je l'aperçus par la fenêtre de ce qui avait été autrefois mon antre. Assise à l'endroit où se trouvait mon bureau, elle devait se livrer à plusieurs tâches en même temps : téléphoner, pianoter sur le clavier de l'ordinateur, manger un yaourt, se faire les ongles.

J'aurais pu profiter de l'occasion et m'arrêter. Il fallait lui parler de ce qu'avait dit Nasim, d'Anthony, d'autres sujets moins importants. Mais je pouvais le faire par téléphone. Je poursuivis mon chemin en direction du pavillon.

Le temps était couvert, menaçant. On distinguait cependant des trouées dans les nuages. Il ferait beau le lendemain. En outre, j'avais éclairci ma situation locative, si je comptais pour rien l'éventuelle irruption de commandos islamistes… J'avais terminé mon travail de paperasse, je m'étais réconcilié avec Ethel, j'avais pris rendez-vous avec Elizabeth et décliné une offre d'Anthony Bellarosa, ce que j'aurais dû faire avec son père dix ans plus tôt.

Finalement, les choses se présentaient plutôt bien. Un avenir radieux semblait s'ouvrir devant moi.

Pourtant, je ne pouvais me départir d'un sombre pressentiment, de l'idée qu'étaient à l'œuvre des forces dont je ne saisissais que partiellement la malfaisance, comme ces nuages noirs, en mer, qui s'amassaient à l'horizon alors que mon bateau se balançait mollement dans une flaque de soleil.

Je regagnai le pavillon, me servis une bière et allai m'installer sur un banc dans le jardin d'Ethel, le jardin de la Victoire.

Je songeai aux changements qu'elle avait vécus au cours de sa longue existence, à son printemps, à son été, à son automne et, maintenant, à son froid et sombre hiver.

Je savais qu'elle nourrissait de nombreux regrets, notamment celui d'un amour perdu, ce qui me fit penser à Susan. Je chassai aussitôt son image. Comme l'aurait dit mon défunt père : « Il est trop tard pour modifier le passé, mais jamais trop tard pour changer le futur. » En cette fin de journée, il n'était pas question de me laisser assaillir par des regrets anciens. Aujourd'hui, il m'en fallait absolument de nouveaux.

Chapitre 15

Le samedi matin, il faisait beau et frais. Temps idéal pour un peu d'exercice.

J'enfilai mon jogging et filai sur Grace Lane en direction du Bailey Arboretum, vingt hectares d'un ancien domaine transformé en parc.

Je réfléchis très bien en courant. Ce jour-là, mon sujet de préoccupation était ma rencontre avec Elizabeth. Je devais ranger la maison de gardien avant d'aller me ravitailler au village, notamment en vin. Je songeai au programme de mon après-midi avec elle : les questions juridiques, tout d'abord, suivies d'un inventaire complet de ce qui se trouvait dans la maison. Ensuite, peut-être, un verre de vin. Ou plusieurs…

Mieux valait penser à autre chose.

Je réfléchis à mes plans à long terme. Alors que se présentait à moi tout un éventail de mauvais choix, une Cadillac Escalade noire me dépassa et fit demi-tour. Elle roula lentement vers moi. Tony était au volant.

De l'autre côté de la route, l'auto s'arrêta à ma hauteur. À l'arrière, une vitre électrique s'abaissa et l'un de mes mauvais choix, Anthony Bellarosa, m'interpella :

— Vous montez ?

Je traversai. Anthony était seul sur la banquette, vêtu d'un pantalon noir et d'une élégante veste de sport de couleur sombre. Ne voyant pas de boîte à violon qui aurait pu contenir une mitraillette, j'en déduisis qu'il était tout simplement en promenade. Il insista.

— Vous montez ?

— Non. Je fais mon jogging.

Tony descendit, ouvrit la portière arrière et me dit :

— Allez !

En voyant ce genre de scène au cinéma, je m'étais toujours demandé pourquoi l'imbécile montait en voiture au lieu de prendre ses jambes à son cou en appelant à l'aide.

Je jetai un coup d'œil sur Grace Lane, presque déserte, comme d'habitude.

Anthony tapota le siège en cuir à côté de lui et réitéra son invitation.

— Allez, venez. Je veux vous parler.

Je croyais avoir été clair : il n'y avait rien à discuter. D'un autre côté, je ne voulais pas paraître effrayé, ce qui n'était pas le cas, ni grossier, ce que je réussis parfaitement avec mes pairs, mais nettement moins bien avec des inadaptés sociaux comme Anthony. De plus, il y avait Susan, pour qui je m'inquiétais peut-être un peu trop. Mieux valait être prudent. Je me glissai donc sur la banquette arrière, tandis que Tony se réinstallait au volant et faisait de nouveau demi-tour.

— Pas de rancune pour l'autre soir, hein ? me lança Anthony.

— Que s'est-il passé, l'autre soir ?

— Écoutez, je sais ce qui est arrivé autrefois. D'accord ? Mais le passé, c'est le passé.

— Depuis quand ?

— J'ai rien à voir avec ça, moi. Alors…

— Le fait que votre père ait été l'amant de ma femme, effectivement, ça ne vous concerne pas. Mais qu'elle l'ait tué, là, c'est différent.

— Peut-être. Mais je vous parle de nous deux.

— Il n'y a pas de nous deux.

— Ça pourrait changer.

— Impossible.

— Vous avez réfléchi à ma proposition ?

— Quelle proposition ?

— J'irai jusqu'à cent cinquante mille.

— Vous aviez dit deux cent mille.

— Vous voyez que vous y avez réfléchi !

— Vous m'avez eu, concédai-je. Vous voyez que je ne suis pas si futé que ça.

— Si, vous êtes très malin.

— Descendez à cent mille et on pourra discuter.

Il éclata de rire.

Ah bon, c'était drôle ?

D'un geste du menton, il désigna Tony.

— Gardons ça pour plus tard. Alors, que dites-vous de mon bitumage ?

— Je regrette les nids-de-poule.

— Vraiment ? Je vais le défoncer, alors.

Nous avions quitté Grace Lane et passions devant le Bailey Arboretum.

— Vous n'avez qu'à me déposer là, dis-je.

— D'abord, je veux vous montrer quelque chose. À Oyster Bay. Ça pourrait vous intéresser. Je comptais vous en parler l'autre soir, quand vous vous êtes sauvé. Je vous lâcherai ici au retour.

Fin de la discussion. J'aurais dû être furieux contre ce qui avait toutes les allures d'un enlèvement. Mais c'était un enlèvement amical. Et, pour être tout à fait franc, disons que j'étais complice.

Anthony commençait à me rappeler son père. Frank ne tenait jamais compte d'un refus, surtout lorsqu'il estimait vous faire une énorme faveur que vous étiez trop borné pour apprécier. Évidemment, il s'en octroyait une par la même occasion. Ou, à l'extrême rigueur, il vous rappelait celle qu'il vous avait faite et exigeait la réciproque. J'avais vécu cette situation. Anthony ne tentait donc pas une vierge.

Nous prîmes la direction d'Oyster Bay. Bon chauffeur et garde du corps avisé, Tony regardait sans cesse dans son rétroviseur. Je ne pouvais m'empêcher de penser à la scène du péage dans *Le Parrain*, tournée d'ailleurs près d'ici, marmonnant pour moi : « C'est la voiture qui vient en face que tu dois surveiller, crétin. »

Anthony, lui, tenait à détourner la conversation des affaires et à m'empêcher de craindre d'être parti pour un voyage sans retour.

— J'ai parlé à ma mère, ce matin. Elle veut vous voir.

— La prochaine fois que j'irai à Brooklyn.

— Mieux : elle vient dîner dimanche. Vous êtes invité.

— Merci, mais…

— Elle arrivera tôt. Le matin, après la messe. Je lui enverrai une voiture.

— C'est gentil à vous.

— Faut dire qu'elle passe la journée devant les fourneaux. Elle apporte ses provisions depuis Brooklyn et investit la cuisine. Megan est furax. Mais qu'est-ce qu'elles ont, ces bonnes femmes ?

— Si vous trouvez la réponse dimanche, faites-le-moi savoir.

— Ouais. Quand il y a d'autres invités, en général, ça va. Un jour, Megan était en train de préparer un repas irlandais. Ma mère débarque et ricane : « On dirait qu'elle fait bouillir une chèvre. »

Ce joyeux souvenir de famille le fit rire.

— Quand elle est là, reprit-il, Megan boit trop de vin et grignote à peine. Les gamins, eux, n'y connaissent rien. Ils confondent la gastronomie italienne avec les spaghettis en boîte et les pizzas surgelées. Ma mère, c'est un vrai cordon-bleu. L'odeur de sa tambouille me rappelle les dimanches, quand j'étais enfant, à Brooklyn… J'ai l'impression de m'y retrouver.

Pourquoi me racontait-il tout ça ? Probablement pour me prouver qu'il était un type normal, avec les problèmes de tout le monde, et qu'il avait une mère.

— Vous avez déjà pris un repas à la maison ? me demanda-t-il.

— Non.

Susan, oui… J'ajoutai :

— Votre mère, toutefois, concoctait des merveilles à mon intention.

Tony, qui laissait traîner une oreille, intervint.

— C'est vrai ! Lenny, Vinnie ou moi, on apportait toujours des plats chez vous.

Je me tus. Pourtant, c'eût été le bon moment de rappeler à Tony que son défunt patron n'aurait pas pu sauter ma femme sans la surveillance, l'aide et les bobards de lui-même et des deux autres porte-flingues. Je ne pouvais pas vraiment leur en vouloir. De toute façon, deux d'entre eux étaient morts. Trois, si on comptait Frank. On arriverait à quatre si Susan se faisait buter, à cinq si je brisais la nuque de Tony depuis le siège arrière.

Je regardai par la vitre. Nous passions devant d'anciennes propriétés, la plupart dissimulées derrière de vieux murs ou des rangées d'arbres. De temps à autre, j'entrevoyais une grande maison qui m'était familière, une allée derrière des grilles de fer forgé.

La gentry locale se pavanait à bord de voitures de sport de collection qu'elle n'utilisait qu'en fin de semaine. Un groupe de cavaliers nous croisa. En clignant des yeux et en négligeant quelques détails de la réalité contemporaine, on aurait pu s'imaginer à l'âge d'or ou dans les folles années vingt, voire dans la campagne anglaise.

Anthony, élément pesant de la réalité contemporaine, interrompit ma rêverie.

— Vous avez vu ce beau cul, sur le canasson ?

Je choisis de ne pas répondre. Les victimes d'enlèvement ne sont pas censées entretenir la conversation.

Je me replongeai dans mes pensées, me demandant si Susan, en revenant ici, avait trouvé ce qu'elle était venue chercher. Peut-être, si j'en croyais ce que m'avait dit Amir Nasim. Que pensait-elle de mon retour ? Y voyait-elle une occasion de renouer avec moi ?

Il n'est pas facile de reprendre les choses là où on les a laissées, surtout après dix ans. Les gens changent ; nouveaux amants, nouvelles maîtresses, nouvelles ruptures. Chacun des deux a retravaillé le passé à sa manière.

— À quoi pensez-vous ? s'enquit Anthony.

— Aux lasagnes de votre mère.

Il rit.

— C'est vrai ? Vous en aurez.

— Dimanche, je suis occupé. Mais votre intention me touche.

— Essayez de venir quand même. On se met à table à 16 heures. Je donnerai votre nom au garde à l'entrée. Il vous indiquera le chemin.

Silence.

Après avoir longé le rivage, nous pénétrâmes dans le pittoresque village d'Oyster Bay, bondé de gens affairés à Dieu sait quoi en ce samedi matin.

Jadis, à l'époque heureuse, les samedis matin étaient trépidants. Carolyn et Edward avaient toujours un événement sportif, des leçons de golf, de tennis, des anniversaires ou une activité quelconque mijotée par Susan et les autres mères de famille. Il fallait les y conduire en voiture, en général avec leurs amis, et surtout arriver pile à l'heure, à la seconde près, sous peine de hurlements.

Le téléphone portable n'existait pas. Parfois, je perdais quelques enfants, j'oubliais un ramassage, je laissais Edward et ses amis à un autre match de football que celui qui était prévu.

— Pourquoi riez-vous ?

Je me tournai vers Anthony.

— C'est la première fois que je suis enlevé : c'est excitant.

Il pouffa.

— Vous n'êtes pas kidnappé. Vous me rendez un service. En plus, on vous reconduira chez vous en voiture.

— Même si je ne vous rends pas le service en question ?

— Ça, on verra.

Tony et lui trouvèrent sa réplique drôle. Moi pas.

Tony trouva une place de parking interdite près du centre du village et resta dans l'auto tandis qu'Anthony et moi nous engagions dans Main Street.

Tout d'abord, je craignis qu'une connaissance ne me voie en compagnie d'un parrain de la mafia. Puis je changeai d'avis. Cela pouvait même être drôle.

S'arrêtant au coin de Main Street et d'une autre rue commerçante, Anthony me montra un immeuble en brique de deux étages, en face.

— C'est un bâtiment historique.

— Vraiment ?

Cet immeuble, bien sûr, je le connaissais puisque j'avais passé la plus grande partie de ma vie dans la région. Mais, comme son père, Anthony ne parvenait pas à imaginer qu'on puisse savoir quelque chose si on ne le tenait pas de lui.

— C'était le bureau d'été de Teddy Roosevelt.

Il me jeta un regard pour s'assurer que je mesurais bien l'étendue de sa culture.

— Au premier étage.

— Sans blague !

— Vous vous rendez compte que le président des États-Unis dirigeait le pays depuis ce trou à rats ?

— Difficile à croire, effectivement.

Le bâtiment n'avait rien d'un trou à rats. C'était un charmant petit immeuble du début du XXe siècle, avec un toit mansardé, un café et une librairie au rez-de-chaussée, et des appartements aux étages accessibles par une porte située à droite de la librairie.

— Il faut imaginer le Président venir ici depuis chez lui, sur Sagamore Hill, précisa Anthony en désignant d'un doigt la direction de la résidence d'été de Teddy Roosevelt, à environ cinq kilomètres de là, avec peut-être un seul gars des services secrets et un chauffeur. Il descend de voiture, soulève son chapeau pour saluer quelques pékins, puis franchit la porte et monte à l'étage. Il travaillait avec un secrétaire, un homme, et peut-être un autre type qui envoyait les télégrammes et allait à la poste récupérer le courrier. Et il y avait qu'un seul téléphone, au drugstore, au bout de la rue. Incroyable, non ?

— Stupéfiant.

En réalité, Roosevelt accomplissait l'essentiel de son travail à Sagamore Hill et se rendait rarement à ce bureau. Mais Anthony semblait enthousiaste. Comme il avait, visiblement, une idée derrière la tête, je le laissai poursuivre.

— C'est l'été, reprit-il. Pas de climatisation. Tous ces gars sont en costard cravate, avec des sous-vêtements de laine. Hein ?

— Tout à fait.

— Peut-être qu'il avait une glacière, là-haut.

— Peut-être.

— Y avait des ventilateurs électriques, à l'époque ?

— Bonne question. Où voulez-vous en venir, exactement ?

— Eh bien, il y a deux problèmes. Peut-être trois.

— On commence par le premier ?

— Oui. D'abord, cet immeuble est à vendre. Trois millions de dollars. Qu'est-ce que vous en pensez ?

— Achetez-le.

— Ah oui ? Pourquoi ?

— Parce que vous en avez envie.

— C'est vrai. Et c'est un bâtiment historique.

— Inestimable, murmurai-je en consultant ma montre. Il faut que j'y aille. Je vais appeler un taxi.

— Vous vous sauvez tout le temps. D'abord vous venez, ensuite vous détalez.

Bien vu. Je devais avoir un rapport rapprochement/évitement avec les Bellarosa.

— Cette fois-ci, je ne suis pas vraiment venu de mon plein gré. J'ai été enlevé. Mais je vous accorde encore dix minutes.

— Disons douze. Bon, alors voilà. D'abord, je me débarrasse de la librairie du rez-de-chaussée et je la remplace par un commerce qui fait du fric, genre boutique franchisée Triple A, fast-food, marchand de glaces Baskin-Robbins ou Starbucks. Vous me suivez ?

— Il faudra d'abord en parler au conseil municipal.

— Je sais. C'est là que vous intervenez.

— Non. C'est là que je m'en vais.

— Allez, John. C'est pas la mer à boire. J'achète l'immeuble, vous gérez la fermeture de la boutique, puis vous allez voir les vieux croûtons du conseil municipal pour savoir ce qu'ils autorisent comme commerce.

D'un geste, il embrassa les deux côtés de la rue.

— Visez cet endroit. Y a du blé à se faire. Je pourrais peut-être multiplier le loyer par cinq si je mettais en avant le coup du bâtiment historique. Vous croyez pas ?

— Eh bien…

— Même chose avec les locaux aux étages. Peut-être un cabinet d'avocats. Du style : « Louez le bureau de Teddy Roosevelt ! ». Les clients adoreraient ça. Je mets un décorateur sur le coup pour que ça ressemble à ce que c'était y a cent ans. Sauf les toilettes et la clim. Je débloque, là ?

— Écoutez, Anthony, ça fait dix ans que je suis parti. Trouvez quelqu'un d'autre pour étudier vos investissements.

— Je m'en fous, des investissements. J'achète de l'histoire.

— C'est ça. Bonne chance.

— Ensuite, le deuxième problème. Et qui n'a rien à voir avec les affaires. Qu'est-ce qui est arrivé à ce putain de pays ?

D'abord, la mafia est encore là. Mais les gens qui posent problème ne se voient jamais comme un problème en eux-mêmes. Pour eux, il s'agit forcément des autres.

— Pour moi, dis-je, le problème, ce sont les fast-foods et les avocats. Ça ne va pas ensemble.

— Ouais, mais il y a autre chose. Vous croyez qu'aujourd'hui un Président pourrait marcher dans la rue avec un seul garde du corps ?

— Vous le faites bien, vous.

— J'suis pas le Président, John !

Il n'avait pas dit : « Personne ne cherche à me tuer », ce qu'auraient répondu la plupart des gens normaux.

— Jules César est sorti du Sénat sans gardes du corps, reprit-il, sans gardes prétoriens, parce que ça se passait comme ça, à l'époque. Mais ils l'ont assassiné à coups de poignard. Ç'a été la fin de la république et le début de l'Empire, où les empereurs se prenaient pour des dieux. Vous voyez ?

— Je vois ce que vous voulez dire. Mais on ne peut pas retourner à une époque plus simple, ou plus sûre.

— C'est vrai… Mais là, tout de suite… Je suis en train de me dire que… Je ne sais pas. Peut-être qu'on a perdu quelque chose.

Il n'alla pas jusqu'au bout de sa pensée et, franchement, je fus surpris qu'il eût même des pensées de ce genre. Cela dit, son père avait ses propres idées sur la marche du monde, qui le mettait de mauvaise humeur. De plus, j'imagine qu'après le 11 septembre Anthony, comme beaucoup de gens, avait dû se rendre compte qu'il y avait autre chose dans sa petite vie égoïste qu'une femme assommante, une histoire familiale compliquée, une mère abusive et un métier stressant. Il pensait aussi, vraisemblablement, à sa propre mort.

Il alluma une cigarette sans cesser de contempler l'immeuble de l'autre côté de la rue.

— Quand j'étais enfant, à La Salle, dit-il enfin, un des frères nous disait toujours : « N'importe qui, dans cet établissement, peut devenir président des États-Unis. » N'importe quoi ! grommela-t-il en tirant une bouffée de cigarette.

On nous affirmait la même chose dans mon lycée privé, Saint Paul. Sauf que, là-bas, c'était envisageable.

— Nous forgeons notre destinée, Anthony. Nous avons des rêves, des ambitions ; et nous faisons des choix. Moi, par exemple, j'ai choisi de rentrer chez moi.

Il trouva ma réflexion drôle, sans toutefois en conclure qu'il s'agissait réellement d'un choix.

— Voilà l'autre problème… Ce que je pense.

Le feu passa au rouge. Il me prit le bras et m'entraîna de l'autre côté de la rue. J'aurais donné n'importe quoi pour tomber sur le révérend James Hunnings. « Mon père, puis-je vous présenter mon ami et associé don Anthony Bellarosa ? Vous vous souvenez certainement de son père, Frank... Ah, voici ma mère. Harriet, je te présente le petit garçon de Frank Bellarosa, Tony. Maintenant qu'il est grand, on l'appelle Anthony. Oh, mon Dieu, voilà Susan ! Susan, viens donc ici, que je te présente le fils de l'homme que tu as descendu. Tu ne trouves pas qu'il ressemble à son père ? »

Nous atteignîmes le trottoir d'en face sans rencontrer personne de ma connaissance et sans que don Bellarosa eût à signer d'autographes.

— Un jour, mon père m'a dit : « Il n'existe que deux sortes de gens. Ceux qui triment pour les autres, et ceux qui bossent pour eux-mêmes. »

Je savais où il voulait en venir.

— Moi, par exemple, poursuivit-il, je suis mon propre patron. Vous, vous travaillez pour les autres. Alors, voilà mon idée : je vous avance l'argent nécessaire pour que vous ouvriez votre bureau ici, avec votre plaque. Qu'est-ce que vous en dites ?

— Ça fait loin, depuis Londres.

— Londres ! Laissez tomber ! Votre pays, c'est ici. Vous pourriez occuper l'ancien bureau de Teddy Roosevelt et y exercer vos talents d'avocat fiscaliste. Vous engagez quelques secrétaires, et en un rien de temps vous raflez un paquet de fric.

— Je me demande qui sera mon premier client.

— Vous vous trompez. Complètement. Vous et moi n'avons aucune accointance.

— Sauf l'argent que vous me prêtez.

— Je ne vous le prête pas. Je vous l'avance. J'investis en vous. Si ça ne marche pas, eh bien, je perds mon investissement et je vous fous à la porte du bureau. Y a pas de lézard.

— Je ne me retrouve pas avec les jambes brisées ou au fond d'un canal ?

— Vous plaisantez !

— Et à quoi dois-je le plaisir de cette proposition ?

— Vous le savez bien. À tout ce que vous avez fait pour mon père. Vous lui avez sauvé la vie. Vous avez été le seul à ne jamais rien attendre de lui, à ne jamais lui souhaiter de mal.

Je n'avais attendu qu'une chose de Frank : un peu de piment dans mon existence. J'en avais eu. Et, lorsque j'avais acquis la certitude qu'il était devenu l'amant de ma femme, je lui avais voulu énormément de mal. Ça aussi, je l'avais obtenu. Mais je n'allais pas dire à Anthony que son papa et moi avions fait match nul. Je rétorquai, avec une certaine impatience :

— Dites-moi exactement ce que vous attendez de moi. Et ne venez pas me raconter que vous investissez dans mon avenir sans contrepartie.

Nous commencions à attirer l'attention des passants. Anthony s'en rendit compte.

— Venez avec moi là-haut. Nous discuterons de tout ça, me proposa-t-il calmement. L'appartement est vide. L'agent immobilier n'arrive que dans une demi-heure. J'ai la clé.

— Dites-le-moi ici et maintenant.

Il m'ignora et alla ouvrir la porte, révélant un petit vestibule et une montée d'escalier.

— Je serai en haut.

— Moi, pas.

Il s'avança dans le vestibule, se retourna.

— Mais si. Vous brûlez d'envie de savoir ce que j'ai à vous dire.

Il grimpa les marches.

Je fis demi-tour et m'éloignai.

Je remontai Main Street. Soit je trouvais un taxi, soit je faisais au pas de course les huit à dix kilomètres jusqu'à chez moi. Soudain, une autre pensée s'imposa à mon esprit.

Il était inenvisageable, en dépit de ses paroles, qu'Anthony Bellarosa laisse Susan, la meurtrière de son père, couler des jours paisibles à deux pas de chez lui. Ou survivre, tout simplement. Impossible. S'il l'épargnait, ses *paesanos*, dont ses propres frères, se demanderaient à quel genre de parrain ils avaient affaire.

Il voulait que je travaille pour lui, laissant sous-entendre que si j'acceptais Susan aurait la vie sauve. En tout cas pour un moment.

Je devais continuer à jouer le jeu, au moins jusqu'à ce que j'aie pu parler à Susan. Il faut savoir veiller sur ses amis et, surtout, ne jamais perdre leurs ennemis de vue.

Je tournai les talons en direction de l'immeuble.

Chapitre 16

La porte était encore entrouverte. À mon tour, je gravis l'escalier.

J'ouvris l'unique porte sur le palier du premier étage, découvrant le salon d'un appartement vide. La moquette était usée, la peinture beige écaillée, et le haut plafond semblait sur le point de s'écrouler. Malgré ses larges fenêtres laissant entrer le soleil à flots, l'endroit était déprimant.

Quant au parrain, il semblait avoir disparu. J'entendis tout à coup un bruit de chasse d'eau. Une porte s'ouvrit au fond de la pièce, et, comme si j'avais été présent depuis le début, Anthony constata à haute voix :

— La plomberie a l'air en bon état.

Il regarda autour de lui.

— Faudra virer tout ce merdier. Je possède une société de bâtiment. Vous vous souvenez de Dominic ? Il a aménagé vos écuries. Il se chargera du nettoyage… Dans les années trente, on a transformé ces bureaux en appartements. Si je fous leurs occupants dehors, j'en tirerai le double en les louant de nouveau comme bureaux. Joli tour de passe-passe, non ?

Je le laissai poursuivre.

— Je vois de grosses moulures, de la moquette épaisse, des portes en acajou. Et sur celle-là, vous savez ce que je lis déjà ? En lettres d'or : JOHN WHITMAN SUTTER, AVOCAT À LA COUR. Vous imaginez ?

— Peut-être.

Il ne réagit pas à ce signe d'une capitulation imminente. Si j'avais grimpé l'escalier, se disait-il sans doute, j'étais prêt à l'écouter. Il n'avait pas tort.

— Allons visiter la suite.

Je le suivis dans une vaste chambre en coin donnant sur la rue. Les murs étaient peints en blanc par-dessus un papier peint qui partait en lambeaux. La moquette ressemblait à du gazon synthétique.

— L'agent immobilier m'a assuré que le bureau de Roosevelt se trouvait là.

L'agent se trompait ou, plus vraisemblablement, mentait. Ainsi que je l'ai dit, Roosevelt avait installé son bureau à Sagamore Hill. Cette chambre n'avait été, au mieux, que celui de son secrétaire. Anthony se faisait ferrer par un agent immobilier sans scrupule et avalait l'hameçon avec gourmandise. Si Frank avait encore été de ce monde, il aurait giflé la nuque de son rejeton en lui disant : « J'ai un pont à vendre à Brooklyn. Ça t'intéresse ? ».

— En regardant par la fenêtre, ajouta Anthony avec un rire gras, Roosevelt pouvait mater les gonzesses. Vous croyez qu'il avait une *comare* ?

Frank utilisait souvent ce mot. Lorsque j'avais demandé à Susan, qui avait appris l'italien à l'université, de me le traduire, elle m'avait répondu : « Marraine. » Cela ne correspondait guère au sens que lui donnait Frank. J'avais alors interrogé son avocat juif, Jack Weinstein, mon interprète en langage mafioso. Il avait eu un petit sourire.

— Littéralement, cela veut dire « marraine ». Mais, dans l'argot des truands mariés, cela signifie « nana ». Genre : « Ce soir, je vais voir ma marraine. » Rigolo, non ?

Désopilant. Autre emploi du terme : Frank avait une *comare* nommée Susan.

— Qu'est-ce que vous en pensez ? insista Anthony. Vous croyez qu'il se faisait tailler des pipes sous son bureau, là ?

— Ses biographes sont muets sur la question.

— Dommage. En tout cas, je vais demander à quelqu'un d'aller vérifier auprès de la société d'histoire locale à quoi ressemblait cet endroit quand Roosevelt y était. On refera tout à l'identique.

Avais-je vraiment envie de travailler dans un musée ? Après tout, pour qui était-il, ce bureau ? De toute façon, une simple visite à la société d'histoire d'Oyster Bay révélerait à Anthony que Roosevelt n'avait jamais travaillé ici. Ensuite, la nécrologie du journal local annoncerait le décès subit de l'agent immobilier.

— Il faudrait une tête d'orignal sur ce mur, dit-il joyeusement.

Il m'entraîna dans une pièce plus petite, un peu semblable à la chambre à coucher, mais en plus mauvais état.

— C'est là que s'installera votre secrétaire personnelle. Vous y installerez un canapé convertible pour le 5 à 7. *Capisce* ?

Il s'esclaffa. Que rêver de mieux ? Sexe, argent, pouvoir et, en sus, l'histoire. Avisant une armoire de rangement, je lui demandai :

— Qui vivait ici ?

— Un agent littéraire. Il a été expulsé. Les autres locataires, eux, ont dcs baux. Faut qu'ils dégagent.

— Faites-leur une proposition intéressante.

La valise ou le cercueil…

Il me conduisit dans une petite cuisine, au fond de l'appartement.

— On balance tout ça et on en fait la salle à café, avec un bar. Alors ? Qu'est-ce que vous en pensez ?

— La presse locale va beaucoup parler de cette restauration. Vous y tenez ?

— Ça vous fera une bonne publicité. Moi, je ne serai qu'un associé silencieux.

— Pas pour longtemps.

— Je sais comment m'y prendre pour que mon nom n'apparaisse jamais. Ne vous inquiétez pas.

— Vous avez déjà parlé à l'agent immobilier, Anthony.

— Non, c'est Anthony Stefano qui lui a parlé, et uniquement au téléphone. Quand il viendra ici, je m'appellerai Anthony Stefano. *Capisce ?*

— Les gens connaissent votre visage.

— Pas comme ils connaissaient celui de mon père. Je garde profil bas. Le seul problème étant mon nom, il suffit de ne pas l'utiliser. Et même si quelqu'un devine que je ne m'appelle pas Stefano, il la bouclera. Pas vrai ?

— En utilisant votre vrai nom, vous pourriez faire baisser le prix à deux millions de dollars.

Il sourit.

— Ah ? Et pourquoi, John ?

— Allez savoir… L'agent tremblerait peut-être de peur.

Il sourit à nouveau. Visiblement, il jouissait du prestige et du pouvoir d'être le nouveau don Bellarosa et de la trouille qu'il inspirait. D'un autre côté, j'avais l'impression qu'au cours des dix dernières années les pratiques commerciales de l'organisation avaient évolué. Ou alors le style d'Anthony était différent de celui que j'avais connu à l'époque où j'étais truand honoraire.

Pour moi, le résultat était le même. Ces gens ne m'intimidaient pas. Ils n'avaient pas affaire à n'importe quel tocard, mais à John Whitman Sutter. Et le plus débile des porte-flingues sait qu'on ne bute pas certaines personnes. Cela expliquait, par exemple, que le procureur Alphonse Ferragamo fût encore en vie. La mafia a des principes et n'aime pas la publicité.

Toutefois, si je ne courais pas le risque d'être descendu, il restait celui d'être séduit, corrompu ou manipulé. Je me souvins alors que je n'étais pas là en raison d'une faillite morale de ma part, mais à cause de Susan. En temps ordinaire, elle aurait figuré en tête de la liste « Pas touche ». Sauf qu'elle avait dessoudé un parrain de la mafia. Aïe.

Il fallait donc que je…

— Je suis un homme d'affaires tout ce qu'il y a de régulier, reprit Anthony. Patron de Bell Enterprises. Ce qui est arrivé dans le passé reste dans le passé. Mais si les gens veulent absolument croire que…

— Anthony, je vous en prie ! Vous insultez mon intelligence !

Mon interruption parut le contrarier.

— Je vous dis ce que vous voulez entendre.

— Pas de salades. Le mieux que je puisse entendre de vous sur ce sujet, c'est rien du tout.

Il alluma une cigarette.

— D'accord.

— Que voulez-vous de moi ? Et pourquoi ?

Il s'assit sur le rebord de la fenêtre, tira une bouffée.

— Bon… Je vais vous dire la vérité… J'ai eu un entretien avec Jack Weinstein, l'ancien avocat de mon père. Vous vous souvenez de lui ? Il vous aime bien. Il m'a suggéré d'aller vous parler, ce que j'ai fait. D'après lui, vous êtes l'homme le plus intelligent, le plus honnête, le plus réglo qu'il ait jamais connu. Et ça vient d'un juif malin, qui tenait tête à mon père quand il le fallait ; mais toujours dans son intérêt. Jack m'a assuré que j'avais besoin d'un type comme vous. Simplement pour me confier. Pour profiter des conseils d'un homme qui jouerait le même rôle que lui, autrefois, auprès de mon père. Quelqu'un qui n'aurait rien d'un *paesano*. Vous comprenez ?

— Vous voulez dire : un *consigliere* ?

— Les gens croient que ce terme a quelque chose à voir avec le crime organisé. Il s'agit seulement du mot italien pour « conseiller ». Les avocats sont des conseillers, non ?

— C'était ça, le boulot de Weinstein ?

— Oui. Jack m'a dit aussi qu'il me fallait quelqu'un comme ces gars qui suivaient les empereurs romains en leur murmurant à l'oreille : « N'oublie pas que tu es mortel. »

— C'est un boulot à plein temps ?

Il s'efforça de sourire.

— Jadis, ça l'était. Ces gus rappelaient à l'empereur qu'il était un homme, pas un dieu. En d'autres termes, même les empereurs devaient chier, comme tout le monde.

— Vous avez l'impression qu'il faut qu'on vous le rappelle ?

À nouveau, il se força à sourire.

— Ça vaut pour tout le monde. Du moins pour ceux qui réussissent. Jack pense que j'ai besoin de ça. Toutes les huiles de Washington devraient avoir un mec de ce genre en permanence avec eux. Vous ne trouvez pas ?

— Ça pourrait les aider.

De toute évidence, Jack Weinstein, personnage intelligent, avait tout de suite deviné qu'Anthony avait pris la grosse tête. Il avait néanmoins jaugé ses qualités. Si le jeune tigre vivait suffisamment longtemps, il deviendrait grand, fort et, peut-être, assez habile pour neutraliser ou terroriser ses ennemis. Jack, qui voyait loin, avait pensé à John Sutter pour occuper la place qu'il avait naguère tenue auprès de Frank ; voire pour remplacer son défunt père.

Était-il vraiment flatteur qu'on m'ait imaginé en éventuel père de substitution d'un jeune homme qui ne rêvait que de devenir aussi dangereux, aussi malfaisant que son géniteur ? D'autant que, si je réussissais, Anthony risquait un jour de me souffler ma femme, si j'en trouvais une.

Cette situation avait un côté comique. Pourtant, elle n'était pas drôle. Elle m'aurait réjoui si Susan n'avait pas été présente dans cette pièce. Mais elle était bien là. Anthony le savait, tout comme moi.

— Donc, Jack estime qu'il vous faut un conseiller pour vous mettre en garde chaque fois que vous commencerez à vous monter la tête. Et vous ? À votre avis, que puis-je vous apporter ?

— Je recherche un homme en qui je pourrais avoir confiance. Qui ne serait pas lié à mes affaires, n'aurait rien à gagner si je perdais. J'ai besoin de votre intelligence et de vos conseils raisonnables.

Son père appréciait hautement mon pedigree, qui l'impressionnait, ma respectabilité, mon cabinet d'avocats d'affaires. Le pedigree n'avait pas changé mais n'intéressait pas Anthony. Aujourd'hui, il achetait des couilles et des méninges.

— Des conseils sur quoi ? m'enquis-je.

— Sur les sujets qui nécessiteront votre avis.

— Dans ce cas, je risque d'entendre des choses que je ne devrais pas savoir.

— Ça n'arrivera pas. Et même dans ce cas nous aurons une relation confidentielle client-avocat.

— Ah ?

— Tout dépendra de vous, maître.

— Quels honoraires ?

— Deux cent mille dollars par an. Vous pourrez faire tout ce que vous voudrez en dehors pour arrondir vos fins de mois. Par exemple, tenter de récupérer les avoirs de mon père. Ou du droit fiscal. D'ailleurs, il me faut un avocat fiscaliste.

À mon sens, il avait davantage besoin d'un prêtre et d'une fessée administrée par sa mère que d'un *consigliere* l'incitant à se maîtriser, ce qui aurait dû, d'ailleurs, être mon premier conseil.

— C'est tout ?

— En gros, oui. Vous disposerez également de ce bureau.

— Puis-je refuser la tête d'orignal ?

Il sourit, se redressa et jeta son mégot dans l'évier.

— Bien sûr. Alors ?

— Laissez-moi réfléchir.

— Je comprends. Mais je sais que vous prendrez la bonne décision.

— N'en doutez pas.

— Appelez Jack Weinstein. Il souhaite vous saluer. Il est en Floride. Vous pourriez aller lui rendre visite.

— Une journée très chargée m'attend. Merci pour la balade en auto.

— Tony va vous raccompagner chez vous.

— J'ai besoin d'exercice.

Nous regagnâmes le salon. En me dirigeant vers la sortie, j'ajoutai :

— Si je prends ce bureau, la librairie reste. Au même loyer.

Silence.

— Avez-vous présenté vos excuses à la serveuse ?

— Non.

— Êtes-vous capable d'accepter un conseil ?

— Oui. Si la personne qui me le donne m'inspire confiance et si je la respecte.

— J'espère que vous la trouverez.

— J'en avais deux. Jack Weinstein et mon père. Le premier est à l'agonie, l'autre est mort. Ils m'ont conjuré de m'adresser à vous.

— Je vois… Ne vous montrez pas trop insistant avec cet agent immobilier. Quand on désire quelque chose au point d'accepter de l'acquérir à n'importe quel prix, les gens le sentent. Soyez sûr que vous voulez vraiment cet immeuble. Et vérifiez son histoire. *Capisce ?*

— *Capisco.*

Je partis.

Chapitre 17

Si mes notions d'arithmétique étaient encore bonnes, je pouvais devenir millionnaire en servant d'intermédiaire dans la transaction immobilière entre Susan et Amir Nasim, puis en recouvrant les biens des Bellarosa confisqués par l'État.

J'avais une proposition d'embauche ferme : *consigliere* de don Anthony Bellarosa. Quel effet ce titre produirait-il sur mon curriculum vitæ ? Impressionnerait-il mes condisciples de la fac de droit lors de notre prochaine rencontre ?

J'ai connu des gens, comme moi, qui, après avoir agi dans la légalité toute leur vie, ont subitement perdu foi dans le système, en Dieu ou dans leur pays. Dès lors, sensibles à la tentation, ils deviennent des proies idéales pour le démon de la déchéance. Était-ce ce qui me guettait ? Et qui était vraiment John Sutter ? Il faudrait bien, un jour, que je réponde à cette question. Pour l'heure, un travail urgent m'attendait : nettoyer la salle de bains. Elizabeth Allard n'allait pas tarder.

Au cours de mon enfance, je n'avais jamais fait le ménage ; pas plus dans l'armée, puisque j'étais officier. Cela dit, j'avais nettoyé moi-même mon bateau pendant trois ans. Ce genre de tâche ne m'était donc pas totalement inconnue.

Après avoir revêtu un jean, un polo et des baskets, je terminai la salle de bains du haut puis rangeai ma chambre pour ne pas rougir de honte si Elizabeth manifestait le désir de revoir la pièce où elle avait dormi jadis.

Dans la cuisine, le coucou sonna 16 heures, puis 16 h 15. Je patientai en préparant la paperasse dans la salle à manger, ce qui me permit de ne plus penser à… Elizabeth.

Quelques minutes plus tard, la sonnerie de la porte d'entrée retentit. Si je jouais à nouveau de malchance, c'était Susan ; sinon, Elizabeth. Je n'osai pas les imaginer arrivant ensemble, ce qui m'aurait terrifié.

Je gagnai la porte, sans coller mon œil contre le judas pour savoir qui m'avait envoyé la destinée.

J'ouvris. C'était Elizabeth.

Elle me lança, d'une voix délicieuse :

— On s'épargne les préliminaires et on fait l'amour tout de suite.

Ou alors :

— Excusez mon retard. Il y avait de ces embouteillages !

Pariant pour cette dernière déclaration, je répondis :

— Le samedi, rien d'étonnant.

Nous nous étreignîmes, et elle entra.

Elle aussi portait un jean et des tennis, plus un tee-shirt bleu sur lequel était écrit « Smith », ce qui pouvait être son surnom ou le nom de l'université de sa fille.

— Je me suis habillée pour faire du déménagement.

— Moi aussi.

— J'ai amené des vêtements de rechange, au cas où vous accepteriez que je vous invite ensuite à dîner.

Un kaléidoscope d'images défila aussitôt dans mon esprit. Vêtements sur le sol, la salle de bains, la douche, la chambre, le lit…

— À moins que vous ne soyez pris.

— Je suis libre comme l'air. N'oubliez pas que je viens d'arriver.

Elle sourit, regarda autour d'elle.

— Rien n'a changé.

— Non. Ça m'a d'ailleurs fait plaisir. J'ai préparé du café.

— Très bien.

Elle posa son gros sac de toile par terre. Je l'entraînai dans la cuisine.

— Vous vous plaisez, ici ? me demanda-t-elle.

— Oui. Je suis reconnaissant à votre mère de m'avoir accueilli quand je le voulais.

— Elle vous aime bien.

— Je n'en suis pas sûr.

Son sourire s'accentua.

— Elle ne dévoile pas toujours ses sentiments.

— Comme ma mère…

Je remplis les deux tasses.

— Sucre ? Crème ?

— Noir. Comment va-t-elle, votre mère ?

— Nous nous sommes parlé deux fois depuis mon retour. Au téléphone…

— Vraiment ? Moi, il faut absolument que j'embrasse mes enfants dès qu'ils rentrent de voyage.

— Je n'ai pas encore vu Carolyn. Pourtant, elle vit à Brooklyn, à cinquante minutes de train d'ici.

— Il faut dire que vous n'êtes là que depuis… Euh, quand êtes vous revenu ?

— Il y a une quinzaine de jours. Si nous allions dans le patio ?

Nous nous assîmes sur deux chaises en fer forgé, face à une table assortie. Je me souvins que, tous les printemps, George grattait et repeignait ce mobilier.

— Maman et papa prenaient presque chaque jour leur petit déjeuner ici.

— C'est agréable. Comment évolue son état ?

— Ce matin, elle avait l'air d'aller bien. Mieux que d'habitude.

D'après mon expérience, ce n'est pas très bon signe chez les malades en phase terminale. Je répondis quand même :

— Je suis heureux de vous l'entendre dire. J'aurais voulu passer la voir aujourd'hui. Mais j'avais un rendez-vous à Oyster Bay.

Elizabeth hocha la tête, promena son regard autour d'elle.

— Cette maison est tellement paisible… J'ai adoré passer mon enfance ici, encerclée par ce mur qui me séparait du monde extérieur.

— Il sert à ça.

— Vous avez aimé vivre dans la maison d'hôtes ?

— Oui, après le départ des Stanhope pour la Caroline du Sud.

Elle eut un léger sourire mais s'abstint de tout commentaire. Fille d'employés de maison, elle avait appris à ne jamais médire du châtelain et de la châtelaine. Moi, je ne m'en privai pas.

— Si William n'avait pas eu le gène de la chance, il serait en train de nettoyer les toilettes de Penn Station.

— Allons, allons, John…

— Désolé. Vous me trouvez méchant ?

— Vous valez mieux que ça.

— C'est vrai. Et Charlotte arpenterait le trottoir de la Huitième Avenue.

Sans cacher son amusement, elle préféra changer de sujet.

— Les pommiers sauvages ont l'air de bien se porter.

— Je crois que Nasim les a fait tailler et pulvériser avant de leur mettre de l'engrais.

— Pendant des semaines, je ramassais les pommes sauvages pour que maman fasse sa gelée.

Je revoyais Elizabeth, jeune adolescente grimpant aux arbres, l'été de mon mariage avec Susan, au moment de notre emménagement dans la maison d'hôtes. Elle était ensuite partie en pension et je ne l'avais plus revue que parfois. Pour ses frais en internat puis, par la suite, à l'université, Ethel comptait sur sa relation avec Augustus, alors que le vieil homme avait peut-être perdu jusqu'au souvenir de leurs ébats.

— Vous me rappellerez qu'il y en a des caisses pour vous dans la cave.

— Je sais. Je déteste la gelée, ajouta-t-elle en riant. J'ai passé des années à récolter ces pommes, à les laver, à les faire bouillir, à les mettre en bocaux… Je les prendrai quand même.

— Je vous ai volé un pot.

— Prenez-en un autre. Gardez même un carton.

À mon tour de sourire. Pendant trois bonnes minutes, nous contemplâmes le paysage. Enfin, Elizabeth rompit le silence.

— J'ai promis à maman de faire la récolte dans le potager… Elle sera peut-être partie avant que tout vienne à maturité. Avez-vous parlé à… Comment s'appelle-t-il, déjà ?

— Amir Nasim. Oui, je l'ai rencontré. C'est un homme plutôt aimable. Il ne voit aucun inconvénient à ce que je reste ici tout l'été. Toutefois, il souhaiterait récupérer son bien le 1er septembre. À moins que… qu'Ethel ne soit encore parmi nous.

Elle ferma brièvement les yeux.

— Lui avez-vous demandé s'il avait l'intention de vendre le pavillon ?

— Il tient à le garder pour lui.

— Dommage… Je me sens envahie par la nostalgie… Croyez-vous qu'il puisse changer d'avis ?

Je n'avais aucune raison de ne pas lui révéler les inquiétudes de Nasim.

— Non. Il craint pour sa sécurité.

— C'est-à-dire ?

— Il semble redouter une attaque venue de son pays d'origine.

— Mon Dieu… Il est iranien, non ?

J'adoptai un ton léger, pour montrer que je plaisantais.

— Oui. Et peut-être paranoïaque. Ou alors, s'il a raison, le pavillon sera peut-être vendu après son assassinat, quand on liquidera ses biens.

— C'est incroyable…

— Je le pense aussi. De toute façon, j'ai cru comprendre qu'il projetait d'installer ici une équipe de gardes du corps.

Je faillis lui annoncer aussi que Nasim désirait acheter la maison d'hôtes, où résidait Susan. Je me retins, préférant ne pas citer le nom de mon ex-épouse.

— N'existe-t-il pas d'arrêté municipal prohibant les assassinats politiques ? ironisai-je.

Elle s'efforça de sourire, sans réussir à masquer son trouble ni sa déception.

Je me levai.

— Attendez-moi.

Dans le jardin à l'abandon, j'allai chercher le panneau de bois et le lui tendis.

— Vous vous souvenez de ça ?

Son visage s'épanouit.

— Mais oui ! Puis-je l'emporter ?

— Bien sûr.

Je posai sur la table le panneau sur lequel on devinait encore, à moitié effacée, l'inscription « Victory Garden ».

— Vous croyez que je pourrais le mettre sur la tombe de ma mère ?

— Pourquoi pas ?

— Toute la génération de la Seconde Guerre mondiale aura bientôt disparu.

— C'est vrai.

J'attendais d'ailleurs avec impatience la disparition de William Stanhope. Je ne lui voulais pas vraiment de mal. Mais, à près de quatre-vingts ans, le vieux salaud avait dépassé depuis longtemps l'âge où il aurait pu vaguement servir à quelque chose.

Il ne m'avait guère parlé de sa guerre. Non pas parce que l'expérience l'avait traumatisé. Je savais par Ethel Allard qu'il avait vécu cette période de façon plutôt confortable. D'après ce qu'elle m'avait raconté, son employeur et bienfaiteur Augustus Stanhope avait vendu à l'État, pour un dollar symbolique, son yacht à moteur de vingt-trois mètres, le *Sea Urchin*. En ces temps d'unanimité nationale, nombre de gens riches de la côte Est avaient agi de même. Les gardes-côtes transformèrent le bateau en patrouilleur chargé de traquer les sous-marins ennemis. Ensuite, le très dilettante William, fils d'Augustus, rejoignit ces mêmes gardes-côtes. Par une coïncidence extraordinaire, il fut affecté, comme officier, à bord de l'ancien yacht paternel. Enfin, par un autre heureux concours de circonstances, le *Sea Urchin* reçut comme lieu de mouillage, entre deux missions, le Seawanhaka Corinthian Yacht Club. William, en bon patriote, ne voulut pas abuser des maigres ressources en logement de la marine et prit ses quartiers à Stanhope Hall. Il effectua pourtant des patrouilles anti-sous-marines. Là, les avis divergent. Suivant que l'on s'en tient au récit de William l'intrépide ou à celui d'Ethel la Rouge, il affronta ou n'affronta pas d'U-Boot. Probablement pas. Et il passa sans doute le plus clair de ses journées entre Martha's Vineyard et les Hamptons.

Pendant ce temps, George se battait dans des conditions abominables au milieu du Pacifique, tandis que le père de William, Augustus, en profitait pour baiser Ethel qui, de son côté contribuait à l'effort de guerre américain en cultivant ses propres légumes dans le « jardin de la Victoire ».

— À quoi pensez-vous ? murmura Elizabeth.

— Aux générations qui se sont succédé ici, à la guerre, à la paix…

Elle hocha la tête.

— Qui aurait dit, en 1945, que nous serions entourés de lotissements et que Stanhope Hall serait habité par un Iranien ?

Silence. Puis :

— Avez-vous vu ce qu'est devenu l'Alhambra ?

— J'y ai jeté un coup d'œil.

— C'est horrible. Quand on pense à ce qu'était autrefois ce domaine… Oh, j'avais oublié… Excusez-moi.

— Cela ne me perturbe pas plus que ça.

— Tant mieux.

Elle hésita un instant.

— Pourtant, j'ai l'impression que si.

— Peut-être parce que je suis revenu.

— Comptez-vous rester ?

De nouveau la question piège. Comme avec Anthony Bellarosa, ma réponse dépendrait de l'attitude d'Elizabeth. Allions-nous, elle et moi, discuter de choses sérieuses ?

— Disons que je me donne quelques mois. Ensuite, je déciderai en toute connaissance de cause.

— Que pourrait-il vous arriver en quelques mois qui puisse motiver votre décision « en toute connaissance de cause » ?

— Vous vous moquez de moi…

Elle me dévisagea gaiement.

— Non, mais votre réaction est tellement masculine ! « En toute connaissance de cause ». Qu'est-ce que vous éprouvez, là, maintenant ?

— Il faut que j'aille aux toilettes.

Elle eut un petit rire.

— D'accord. Je ne voulais pas être indiscrète.

Je me levai.

— Vous êtes prête à vous plonger dans la paperasse ?

Elle se leva, et nous nous dirigeâmes vers la salle à manger.

— Cela prendra longtemps ?

— Moins d'une heure. Ensuite, peut-être une heure de plus pour charger des affaires personnelles dans votre voiture.

Elle consulta sa montre.

— À 6 heures du soir, je veux me retrouver avec un verre en main.

— Ça fait partie des prestations.

Je lui ouvris la porte moustiquaire et m'effaçai pour la laisser entrer.

Chapitre 18

Assis côte à côte à la table de la salle à manger, nous parcourions des documents. De manière très professionnelle, je les présentais un à un à Elizabeth, traduisant pour elle, lorsque c'était nécessaire, le jargon juridique. Son parfum sentait bon le lilas.

— Je suis heureuse que ce soit vous qui vous chargiez dc cela, John.

— Je suis content de pouvoir le faire.

— Est-ce la seule raison de votre retour ?

— Je suis aussi revenu pour voir votre mère. Et il faut que je déménage mes affaires.

Elle hésita un instant.

— Si vous voulez, vous pouvez les entreposer chez moi. J'ai beaucoup de place.

— Merci. Je vais peut-être accepter.

— Je vous offrirais bien une chambre, mais, d'après mon jugement de divorce, je ne peux bénéficier d'une pension que si je ne vis pas en concubinage.

— Laissez-moi voir ce jugement, plaisantai-je.

— Enfin, reprit-elle joyeusement, nous ne vivrions pas en concubinage. Je mettrais seulement une chambre à votre disposition, comme le faisait maman. Mais, s'il l'apprenait, Tom sauterait aussitôt sur l'occasion.

— Vous pourriez lui dire que je suis de son bord.

— Vous avez une solide réputation d'hétérosexuel, rétorqua-elle en riant.

Je souris. Elle demeura silencieuse un moment avant d'ajouter, comme si elle pensait à voix haute :

— De toute façon, cette pension dérisoire ne durera que quelques années. Si vous avez vraiment besoin de vous loger, vous pouvez tout à fait utiliser ma chambre d'amis.

— Merci. En tout cas, j'insisterai pour vous payer un loyer équivalent à votre misérable pension. Je ne garderai la chambre que quelque temps. Il me faudra retourner à Londres pour régler un certain nombre de questions.

Elle hocha la tête et retourna à ses papiers.

Je tombai alors sur un acte daté du 23 août 1943 et signé de M. Augustus Philip Stanhope, propriétaire, accordant un droit d'occupation à vie à Mme Ethel Hope Allard, employée de maison, et à son mari, M. George Henry Allard, alors incorporé outre-mer dans les forces armées des États-Unis.

J'en déduisis que, préalablement à cette date, M. Stanhope et Mme Allard avaient entretenu une relation intime qui justifiait ce privilège. En termes juridiques, cette convention d'occupation était justifiée par les « bons et loyaux services » rendus par Mme Allard à M. Stanhope.

Personne, à l'époque, ne s'était donc interrogé sur les raisons d'une telle générosité ? Même de nos jours, on se poserait des questions. À moins, bien sûr, que les termes de l'acte ne soient apparus publiquement qu'à la mort du cher Augustus, lorsque Ethel l'avait brandi sous le nez de William pour lui ôter toute idée de se débarrasser du couple Allard ou d'exiger une retenue sur leur maigre salaire en guise de loyer.

Je me demandai également quand George Allard avait appris qu'il passerait toute son existence dans le pavillon de gardien sans débourser un dollar. Comment Ethel avait-elle expliqué ce miracle à son jeune mari rentrant de la guerre ? « George, j'ai une bonne et une mauvaise nouvelle… »

En tout cas, William, à un moment donné, prit connaissance de ce bail à vie attaché à la propriété dont il venait d'hériter. Ce fut pour lui une constante épine dans le pied, notamment lorsqu'il dut dévoiler son existence en mettant le domaine en vente. L'acquéreur de Stanhope Hall, Frank Bellarosa, ne fut guère heureux d'avoir Ethel, George étant alors décédé, sur sa propriété. Résigné, il m'avait dit : « Peut-être me portera-t-elle chance ? Et puis combien de temps encore peut-elle vivre ? ».

Réponse : dix ans de plus que vous, mon cher Frank.

Ce document ne concernait en rien notre travail du moment. Je le glissai de nouveau dans son dossier. Elizabeth surprit mon geste.

— Qu'est-ce que c'était ?

— Oh, seulement le bail à vie accordé à vos parents. Il faut le laisser là jusqu'au moment où il pourrait être contesté.

— Puis-je le voir ?

— Euh… bien sûr.

Je le lui tendis. Elle le parcourut puis me le rendit.

— Maintenant, nous avons…

— À votre avis, pourquoi Augustus Stanhope a-t-il accordé un bail illimité à mes parents ?

— C'est écrit « pour bons et loyaux services ».

— Ils avaient environ vingt ans, à l'époque.

— C'est vrai. Il n'est pas stipulé que ces services duraient depuis longtemps.

— Je ne comprends pas.

Ou, plutôt, vous ne voulez pas comprendre, Elizabeth…

— Vous devriez demander à votre mère, répliquai-je en fourrageant dans quelques papiers. Bon, voici son dernier avis d'imposition…

— Maman disait qu'il s'agissait d'un remerciement pour de longs services.

J'avais le choix entre la vérité toute nue et le mensonge véniel. Je choisis une troisième option.

— Vous devriez vous adresser à son comptable.

Je levai les yeux. Elle contemplait la photo de ses parents prise le jour de leur mariage et posée sur la cheminée.

— Votre mère, repris-je, avait une assurance vie assortie d'une prime de dix mille dollars au moment de son décès. Voici la police. Vous devriez la mettre en lieu sûr.

Elle se tourna vers moi.

— Elle était très belle.

— Elle l'est toujours.

— Et mon père était si séduisant, dans son uniforme blanc…

Je regardai la photo colorisée et acquiesçai.

— Ils formaient un couple magnifique.

Elle garda le silence. Elle avait les larmes aux yeux. John Whitman Sutter, galant homme qui avait déjà fait ce genre de travail, ne fut pas pris au dépourvu. Je tirai un mouchoir propre de ma poche, le mis dans la main de la jeune femme.

— Excusez-moi, chuchota-t-elle en se tamponnant les paupières.

— Je vais aller vous chercher un peu d'eau.

Je me rendis à la cuisine. Comme je l'ai dit, j'avais déjà fait ce genre de boulot. La plupart du temps, j'exerçais comme avocat fiscaliste à Wall Street ; mais, à mon cabinet de Locust Valley, je m'occupais de testaments, de donations, de délégations de signature pour raison de santé, etc. La moitié de mes clients étaient de riches douairières et de vieux grincheux tout aussi fortunés qui passaient leur temps à coucher des gens sur leurs testaments avant de les déshériter une semaine plus tard. Parfois, le testament révélait un ou deux secrets de famille, un enfant reconnu ou illégitime, deux maîtresses à Manhattan... J'avais appris à réagir avec un stoïcisme tout professionnel, bien que, de temps à autre, j'eusse été surpris, choqué, attristé et souvent amusé.

Dans ce vaste tohu-bohu, l'adultère d'Ethel Allard ne pesait pas bien lourd, notamment parce qu'il datait de plus d'un demi-siècle. Mais un adulte ressent toujours un choc en apprenant que maman avait un amant et que papa fricotait avec des secrétaires.

En tout cas, divorcée, avec deux grands enfants, un père mort et une mère à l'agonie, Elizabeth se sentait sûrement seule, émotionnellement fragile, vulnérable...

Je remplis un verre d'eau du robinet. Ainsi, il ne se passerait rien, ce soir-là, que nous regretterions le lendemain matin... Je regagnai le salon. Elizabeth s'était ressaisie. Je lui tendis le verre.

— Faisons une pause. Que diriez-vous d'une petite promenade ?

— J'ai envie de terminer. Ça ira, je vous assure.

— Entendu.

J'ouvris l'enveloppe contenant les dernières volontés d'Ethel.

— J'ai rédigé ce testament après la mort de votre père. Je constate qu'il est remarquablement bien conservé malgré les années.

Poursuivant sur le même ton officiel, je lui demandai :

— L'avez-vous lu ?

— Oui.

— Voulez-vous le revoir avec elle ?

— Je ne veux pas lui lire son testament sur son lit de mort.

— Je comprends.

De mon côté, je n'avais guère envie de la voir augmenter sa donation de cinq cents dollars à l'église Saint Mark.

— Je conserve cet exemplaire et en donnerai lecture le moment venu.

— Elle ne vous a rien laissé, à vous.

— Pourquoi l'aurait-elle fait ?

— Pour tout ce que vous avez fait pour elle et pour papa.

— Le peu que j'ai accompli l'a été par amitié. Et votre mère m'a amplement remercié en me laissant utiliser cette maison pour y entreposer mes affaires.

Sauf qu'elle m'avait fait payer un loyer quand je l'avais occupée dix ans plus tôt, et qu'elle venait de remettre ça.

— Je comprends. Cependant, en tant qu'exécutrice testamentaire, je trouverais juste que la succession vous verse des honoraires.

Pensait-elle que j'avais besoin d'argent ? Je n'étais quand même pas totalement démuni. Je gagnais plutôt bien ma vie à Londres, même si j'y avais apporté ma détestable habitude américaine de vivre au-dessus de mes moyens. Bien sûr, je me retrouvais, pour une longue période, en congé sabbatique. Mais l'horizon semblait s'éclaircir. Une vieille société italo-américaine venait de me faire une proposition. La Cosa Nostra…

— Je me sentirais vraiment mieux si vous acceptiez d'être rémunéré pour votre travail, répéta Elizabeth.

— D'accord. Disons dix pots de gelée de pomme sauvage…

Elle sourit.

— Ce soir, pour le dîner, c'est moi qui invite.

— Marché conclu.

Je poussai devant elle une dizaine de dossiers.

— Emportez-les chez vous et mettez-les en lieu sûr. J'essaierai d'aller rendre visite à Ethel demain ou lundi.

— C'est terminé ?

— En ce qui concerne les papiers, oui. Il reste l'inventaire des effets personnels, y compris ceux de votre père.

Je lui montrai trois feuillets sur lesquels j'avais dressé l'inventaire à la main.

— Voulez-vous examiner ceci ?

— Pas vraiment.

— Eh bien, gardez-le pour plus tard. En attendant, l'article 4 est constitué de soixante-deux dollars en liquide que j'ai trouvés dans une boîte en cherchant des biscuits.

Je déposai une enveloppe devant elle.

— Voici la somme.

Elle jeta l'enveloppe dans son sac sans en vérifier le contenu.

— Ça nous offrira une bonne bouteille de vin.

— Ne buvez pas tout votre héritage.

— Pourquoi pas ? Autre chose ?

— On approche.

Je lui présentai une autre enveloppe.

— Les instructions de votre mère pour ses obsèques.

— J'en possède déjà une photocopie, avec des modifications de dernière minute.

Je sentis Elizabeth un peu agacée par les consignes précises laissées par sa mère.

— Prenez-la quand même.

Elle jeta cette nouvelle enveloppe dans son sac de toile.

— Je l'aime, mais elle m'aura rendue folle… jusqu'à la fin.

— Je suis sûr que nos enfants diront la même chose de nous.

Nouveau sourire.

— Cela me rappelle cette enveloppe qu'elle voulait que je vous donne. Je lui en ai parlé. Apparemment, elle souhaite que j'attende sa disparition.

J'acquiesçai, pensant qu'il s'agissait probablement du montant du loyer. Ou des instructions concernant les vêtements dont on devait la revêtir pour ses funérailles.

— C'est fini ? demanda Elizabeth.

Je me levai.

— Presque. Il faut encore que vous trouviez la robe que votre mère veut porter. Pendant ce temps, je mettrai le panneau du jardin dans votre voiture. J'aimerais aussi que vous preniez cette photo de vos parents ; et tout ce que vous pourrez emporter ce soir.

Elle se leva à son tour. Nous échangeâmes un regard. Elle murmura :

— Vous montez avec moi ?

— Non. C'est à vous seule d'aller dans sa chambre. Profitez-en pour jeter un coup d'œil à votre ancienne chambre à vous.

Elle hocha la tête.

— La voiture n'est pas fermée.

Ses pas résonnèrent dans l'étroit escalier menant à l'étage et aux deux chambres.

D'ordinaire, je ne laisse jamais passer une occasion. Mais il y a un moment et un lieu pour chaque chose. Y compris l'amour. De plus, je me trompais peut-être sur les intentions d'Elizabeth. Peut-être n'était-elle nullement séduite par le bel homme revenu au pays…

Je décrochai du mur la photo encadrée, remarquant au passage à quel point le papier peint était défraîchi. Le décorateur de M. Nasim allait avoir du travail.

Je transportai le cadre jusqu'au SUV d'Elizabeth garé près de ma Taurus. C'était un BMW, ce qui impliquait une certaine réussite professionnelle, ou un bon avocat lors du jugement de divorce. Des vêtements étaient suspendus à l'arrière sur un portemanteau : sans doute la tenue qu'elle avait prévue pour la soirée.

En retournant le cadre pour le poser dans le coffre, j'aperçus quelques lignes manuscrites écrites par une femme : « George Henry Allard et Ethel Hope Purvis, mariés le 13 juin 1942 à l'église Saint Mark, Locust Valley, Long Island. »

Et, en dessous : « Reviens-moi sain et sauf, mon chéri ».

Plus bas encore, je reconnus l'écriture de George : « Ma tendre épouse, je vais compter les jours qui nous séparent ».

Je refermai le coffre. Ils n'allaient pas tarder à être de nouveau réunis.

En août 1943, quatorze mois après ces mots d'amour si touchants, Ethel avait succombé à la solitude, au désir ou à la séduction du pouvoir et de l'argent. Pourtant, me remémorant la scène du cimetière, lorsqu'elle s'était éloignée de la tombe de George pour se rendre sur celle d'Augustus Stanhope, je me dis qu'elle avait dû s'éprendre de lui. Ou bien tout cela à la fois.

Quoi qu'il en soit, George et elle avaient surmonté l'épreuve et passé ensemble, avec bonheur, me semblait-il, le demi-siècle suivant dans leur pavillon, élevant leur fille et travaillant de moins en moins sur l'immense domaine, dont le mur les tenait à distance du monde tentateur. Ils étaient restés, de façon un peu mystérieuse, identiques à eux-mêmes, jeune couple de domestiques qui s'étaient rencontrés là, étaient tombés amoureux, s'y étaient mariés et ne l'avaient jamais quitté.

En remontant l'allée, entre le mur d'enceinte et la maison de gardien, j'entendis, derrière moi, rouler une voiture. Je me retournai. Un SUV Lexus blanc se dirigeait vers le portail, conduit par Susan Stanhope Sutter.

Elle ralentit, et nous échangeâmes un regard. Elle avait, évidemment, vu le BMW et devait savoir à qui il appartenait. Toutefois, même si elle l'ignorait, elle savait désormais que je n'étais pas seul.

Il y a quelque chose de gênant à croiser le regard de l'ancien amour de sa vie, à plonger dans ces yeux que l'on ne veut plus voir. Je restai stupide, indécis. Comment réagir ? Lui envoyer un baiser du bout des doigts ? Lui faire un geste de la main ? Un bras d'honneur ?

Ce fut elle qui m'adressa un petit signe, presque imperceptible, avant d'accélérer et de franchir le portail en faisant crisser ses pneus sur Grace Lane.

Mon humeur s'était assombrie. Pourquoi Susan Sutter exerçait-elle encore un tel pouvoir sur moi ?

Avant de poursuivre, il me fallait trouver la réponse à cette question.

Chapitre 19

Elizabeth et moi remplîmes le BMW d'effets personnels de ses parents : albums de photos, bible familiale, etc. Nous empilâmes le reste des affaires, dont l'uniforme de George et la robe de mariée d'Ethel, dans le vestibule, prévoyant de les emporter un autre jour.

Tout cela était fort triste ; pour Elizabeth, bien sûr, mais aussi pour moi. Je me surpris à songer à la mort et à tout ce que nous laisserons derrière nous.

Lors de l'un de nos allers-retours à sa voiture, elle rassembla ses vêtements et sa trousse de maquillage, les monta dans la chambre de sa mère.

Lorsque le coucou sonna 18 heures, Elizabeth était assise au salon, dans le fauteuil à bascule de sa mère, face à moi. Je m'étais installé dans la bergère à oreilles de George. Sur la table basse se côtoyaient deux verres de banfi brunello, l'un des trois vins rouges de Toscane que j'avais achetés à Locust Valley après mon aventure d'Oyster Bay avec Anthony. J'avais également disposé du brie, des crackers et un plateau de légumes crus prédécoupés.

— Vous devriez croquer une carotte, dit Elizabeth avant d'en avaler une.

— Avec les légumes, on risque toujours de s'étouffer.

Elle sourit et but une gorgée de vin.

Nous étions tous les deux fatigués. Couverts de poussière à la suite de nos voyages répétés au grenier comme à la cave, nous aurions mérité une bonne douche.

— J'ai réservé une table au Creeks pour 19 h 30. Ça vous convient ?

— Je crois que j'y suis persona non grata.

— Pourquoi… ? Oh, j'imagine que c'est parce que Susan…

Je terminai sa phrase.

— A tué son amant le mafieux. Ils sont plutôt collet monté, là-bas, ajoutai-je d'un ton espiègle.

— En fait, Susan est à nouveau membre du club. Nous y avons déjeuné ensemble. Ce n'est peut-être plus un problème, mais si vous préférez nous pouvons aller dans un restaurant.

Je terminai mon verre, m'en servis un autre. Susan et moi avions été sur la corde raide au Creek parce que j'y avais amené M. Frank Bellarosa, truand notoire, et sa femme Anna, attifée comme un sapin de Noël. Nous en avions été exclus pour de bon après le meurtre du mafieux en question. À présent, Susan Stanhope Sutter, Stanhope étant ici le nom qui comptait, avait demandé sa réadmission, qui avait été acceptée. Nul doute que si j'avais présenté la même requête j'aurais essuyé une fin de non-recevoir.

— Je suis d'accord pour le Creek, dis-je, si vous ne craignez pas de recevoir une lettre de rappel à l'ordre de la part du conseil d'administration du club.

— Ce pourrait être amusant.

En remplissant son verre, je songeai à toutes les connaissances que je serais susceptible de rencontrer là-bas, y compris Susan. Ça aussi, ce serait drôle.

— Nous pourrions tout aussi bien rester ici, suggéra Elizabeth.

Je ne suis pas expert en matière de séduction féminine, mais le signal qu'elle m'envoyait me parut sans équivoque.

— Cela mérite réflexion, répondis-je.

— Il ne s'agit pas de réfléchir.

J'acquiesçai puis changeai de sujet.

— J'ai quelque chose pour vous.

Je me rendis dans la salle à manger, en rapportai les photos de la famille Allard. Je m'agenouillai ensuite près du fauteuil d'Elizabeth.

— Ces clichés ont été pris par Susan. Je vous les donne, même si j'aimerais en faire quelques doubles pour moi.

Elle les contempla un à un, les commentant au fur et à mesure.

— C'est fou le nombre de fois où nous nous sommes retrouvés tous ensemble… Je me souviens à peine de ce moment-là… Oh, regardez, c'est la remise de mon diplôme universitaire… Et là, c'est vous, John, qui entourez de votre bras mon père et moi… Oh, là, j'ai l'air d'une gourde.

— Certainement pas ! Je vais d'ailleurs en faire un double.

— Non, non !

— Ça vous allait très bien, ces cheveux noirs tout raides.

— Mon Dieu, quelle dégaine j'avais, à l'époque !

Nous tombâmes sur une photo prise sur la terrasse à l'arrière de Stanhope Hall. On y voyait Ethel, d'âge mûr mais toujours attirante, en compagnie de George, aux cheveux encore sombres. Tous deux entouraient Augustus Stanhope, gâteux, assis dans un fauteuil à bascule, une couverture sur les genoux. Sur ces mêmes genoux, une fillette d'environ six ou sept ans souriait à l'objectif. Je reconnus Elizabeth.

— Ce n'est pas moi, dit-elle en plaisantant.

— Pourtant, elle vous ressemble.

Elle détailla la scène.

— Ma mère s'est occupée de lui jusqu'à ce qu'ils engagent des infirmières à plein temps.

Elle reposa la photo au milieu des autres.

— Elle l'aimait beaucoup.

— C'était un gentleman. Contrairement à son fils.

Abandonnant le sujet, nous poursuivîmes l'examen des clichés.

— C'est fou le nombre de gens qui sont morts, parmi eux.

J'opinai.

— Vous étiez heureux, à l'époque ? s'enquit-elle.

— Oui. Mais je ne m'en rendais pas toujours compte. Et vous ?

— Je crois que je l'étais.

Elle se hâta de parler d'autre chose.

— Oh, regardez, il y a Edward et Carolyn ! Ils sont si mignons !

Plus nous regardions ces photos, plus je me rendais compte, et elle avec moi, je pense, que nos vies avaient été tressées ensemble, mais qu'en même temps nous nous connaissions à peine.

Susan, auteur des clichés, apparaissait rarement. Nous tombâmes sur une photo d'elle et d'Elizabeth prise à la fête de Noël organisée chaque année dans la grande maison.

— C'est vraiment une belle femme, murmura Elizabeth.

Je gardai le silence.

— Elle a été charmante, pendant notre déjeuner, reprit-elle.

Pour couper court, je vidai le reste de la bouteille dans nos verres.

— Je vais toutes les faire retirer pour vous, annonça Elizabeth en rassemblant les photos.

— Merci.

Elle se tut un instant. Puis, d'une voix mal assurée :

— J'ai appris que le fils Bellarosa s'était installé dans l'une des maisons de l'Alhambra.

Je hochai la tête.

— Croyez-vous que… que cela puisse représenter un problème pour Susan ?

— Qu'en pensait-elle, lors de votre déjeuner ?

— Cela ne semblait pas du tout l'inquiéter.

— Bien.

— Moi, à sa place, je me ferais du souci.

J'ouvris la deuxième bouteille de rouge de Toscane, un cabreo il borgo, que nous dégustâmes silencieusement pendant quelques minutes.

Nous semblions avoir épuisé les sujets de conversation. Ou, plutôt, il aurait fallu que l'un de nous deux aborde le sujet principal : l'amour ou le dîner ? Elizabeth tenta une autre approche.

— Je suis trop ivre pour conduire. Vous vous en sentez capable ?

— Non.

— Dans ce cas, restons ici.

J'aurais pu, bien sûr, appeler un taxi, ce qu'aurait fait un vrai gentleman. Ou un pauvre type…

— D'accord, restons.

— Bonne idée.

Elle finit son verre et se leva.

— Il faut que je prenne une douche.

Je me levai à mon tour, la regardai gagner le vestibule d'un pas incertain.

Devais-je la suivre ?

Je m'avançai en direction du vestibule puis hésitai. J'avais remarqué qu'Elizabeth se trouvait dans un état d'émotion extrême, qu'elle était très vulnérable. Il ne fallait pas en profiter. D'un point de vue plus égoïste, à ce moment de ma vie, je n'avais guère envie de complications ; et Elizabeth Allard Corbet serait une complication majeure.

D'un autre côté… c'était son idée à elle.

Ma tête disait non, mon cœur peut-être, et mon désir m'entraînait vers l'escalier. Dans ces cas-là, c'est toujours le désir qui gagne.

Je débouchai d'abord la troisième bouteille, pris les deux verres et gagnai le pied de l'escalier. Une porte se referma au premier étage.

Je grimpai les marches. La salle de bains se trouvait juste en face, la chambre de sa mère sur la gauche et la mienne, son ancienne chambre, sur la droite. Les trois portes étant fermées, j'ouvris celle de ma chambre. Elizabeth ne s'y trouvait pas. Je posai la bouteille et les verres sur la table de nuit.

L'eau coulait dans la salle de bains. Je m'approchai, tentai doucement de tourner la poignée. Fermée.

Je regagnai ma chambre, laissant la porte ouverte, remplis les deux verres et m'installai dans le fauteuil.

La douche s'interrompit. J'ouvris le *Time* et fis semblant de lire. Quelques minutes plus tard, la porte de la salle de bains grinça. Enveloppée dans un peignoir, Elizabeth apparut, se séchant les cheveux avec une serviette.

— La douche est libre, annonça-t-elle.

— Bien.

Je me mis sur mes pieds.

— Vous vous sentez mieux ?

— En pleine forme.

Elle gagna la chambre de sa mère et referma la porte derrière elle. J'entendis le bruit du sèche-cheveux.

En amour, la première fois ressemble à une première danse. Qui dirige ? Est-ce que j'évolue trop près ? Trop loin ? Ai-je besoin d'une douche ? Oui.

Dans la salle de bains, dont je ne verrouillai pas la porte, je me déshabillai, jetai mes vêtements en tas sur les siens puis entrai dans la douche. Où tout cela nous menait-il ?

Je me séchai, m'enveloppai dans la serviette et sortis dans le couloir. Aucun bruit dans sa chambre, à la porte toujours close. Je pénétrai dans la mienne et trouvai Elizabeth assise dans mon fauteuil. Les jambes croisées, elle buvait son verre à petites gorgées en feuilletant mon magazine, vêtue seulement de mon tee-shirt Yale Crew.

— Ce tee-shirt vous va bien, fis-je remarquer.

— J'espère que cela ne vous ennuie pas.

Je m'assis face à elle. Nous entrechoquâmes nos verres et demeurâmes silencieux.

D'un regard, elle embrassa la petite chambre, le mobilier vieillot, le papier peint défraîchi, la moquette usée, les rideaux décolorés par le soleil.

— Jusqu'à vingt et un ans, cette pièce a été mon havre.

Silence.

— Je revenais pour les vacances scolaires, reprit-elle d'une voix légèrement pâteuse. Je me sentais chez moi dans cette chambre. Elle était toujours là… Maintenant, le moment est venu de partir.

J'acquiesçai.

— J'aimerais dormir ici cette nuit, chuchota-t-elle.

— Bien sûr.

Elle étendit les jambes, posa les talons sur mes genoux.

— Avec tout ce déménagement, j'ai les pieds endoloris.

Je posai mon verre et les lui massai.

Elle s'enfonça dans son siège, ferma les yeux.

— C'est bon…

J'avais déjà vécu des situations semblables. Je m'étais toujours senti gêné à l'idée de séduire une cliente. Mais Elizabeth n'était pas vraiment une cliente. Plutôt une connaissance. Et puis nous avions déjà franchi la ligne rouge. Ne pas sauter le pas, à ce stade, aurait paru grossier.

Elle me tendit son verre vide. Je le remplis de nouveau.

Il était plus de 19 heures. Il faisait encore jour. Le chant des oiseaux entrait par la fenêtre ouverte. De temps à autre, une voiture passait sur Grace Lane. Aucune ne s'engagea dans l'allée.

Elisabeth vida son verre, reposa ses pieds sur le sol et se leva.

Je l'imitai. Elle enlaça mes épaules, nicha son visage contre ma poitrine nue. Je la pris dans mes bras. Le corps alangui, elle tenait à peine debout. Je la soulevai, l'allongeai sur le lit.

Ses yeux se remplirent de larmes.

Je pris des mouchoirs en papier dans une boîte, sur la table de nuit, les glissai dans sa main.

— Si vous dormiez ?

Elle acquiesça. Je ramenai l'édredon sur elle.

— Excuse-moi, dit-elle.

— Ne t'excuse pas.

— Je voulais… Mais c'est… c'est trop. Tout. Je suis trop triste.

— Je comprends.

Je comprenais aussi qu'Elizabeth pensait à sa relation avec Susan.

— Peut-être plus tard, dit-elle.

Silence encore. Et enfin, à voix très basse :

— Tu me plais beaucoup.

— Toi aussi.

Je tirai du placard un pantalon kaki et un polo, pris un caleçon dans la commode. J'ôtai la serviette. Elle me regardait.

— Où vas-tu ?

— En bas.

Je m'habillai.

— Tu as besoin de quelque chose ?

Elle secoua la tête.

— À plus tard.

Je me dirigeai vers la porte.

— Viens m'embrasser pour me souhaiter bonne nuit.

Je revins vers le lit, déposai un baiser sur sa joue, un autre sur ses lèvres, lui essuyai les yeux avec un mouchoir. Je quittai la chambre, refermant doucement la porte derrière moi.

En bas, je sortis une bière du frigo et allai m'asseoir dans le patio, derrière la maison.

Il commençait à faire frais. Le soleil couchant jetait de longues ombres sur la pelouse. Au loin se profilait la maison d'hôtes. La proximité de Susan venait de gâcher mon après-midi, provoquant en moi un conflit semblable à celui qui avait fait reculer Elizabeth.

En fait, mes conflits intérieurs et mon indécision dépassaient ces histoires de femmes. La présence de Susan influait aussi sur mes tractations avec Anthony Bellarosa, ainsi que sur ma décision de rester ici, de retourner à Londres ou d'aller ailleurs.

Pour sortir de ce marais, il me fallait affronter Susan, comprendre quelle place elle occupait vraiment dans ma vie.

Je terminai ma bière. Le ciel s'assombrissait. Une lueur artificielle s'élevait à l'horizon, résultat de la pollution lumineuse des lotissements. Au-dessus, cette fin de crépuscule était telle que dans mon souvenir : une magnifique aquarelle bleu et blanc, tandis qu'à l'est les étoiles commençaient à scintiller dans la lumière violette.

Le bruit d'une voiture dans l'allée interrompit ma contemplation : le SUV Lexus blanc. Il s'immobilisa un bref instant puis roula lentement vers la maison d'hôtes.

Pendant dix ans, Susan et moi avions été séparés par des océans et des continents. À présent, alors que nous vivions à quelques pas l'un de l'autre, la colère, la fierté et notre histoire se dressaient entre nous, obstacles plus difficiles à franchir que tous les océans du monde.

J'avais toujours pensé que nous nous étions quittés trop vite, sans prendre réellement en compte les raisons de cette séparation. Résultat : aucun de nous n'était vraiment en mesure de tourner la page. Aussi pénible que cela pût être, il nous fallait revisiter le passé. Le moment était venu.

Chapitre 20

Le soleil inondait la cuisine, où je préparai du café. Une tasse à la main, je gagnai le patio et y comptai quatre bouteilles de bière vides sur la table.

J'avais dormi tout habillé sur le canapé, et, à ma connaissance, Elizabeth n'était pas descendue une seule fois.

En sirotant mon café brûlant, je regardais la brume matinale s'élever de la pelouse et du jardin.

Il y avait eu une véritable rencontre entre Elizabeth et moi. Je l'aimais énormément, elle faisait partie de mon passé et donc, éventuellement, de mon avenir. Pendant dix ans, j'avais eu des relations amoureuses avec des inconnues. Il pourrait être agréable d'en avoir une avec quelqu'un que je connaissais. En outre, j'avais à présent un endroit où entreposer mes affaires et une chambre d'hôte si je le désirais. Mais j'avais surtout une amie.

La porte moustiquaire couina, et je vis arriver Elizabeth, pieds nus, vêtue de ma vieille robe de chambre, une tasse de café à la main.

Elle m'embrassa sur la joue.

— Bonjour.

— Bonjour.

— Tu as passé une bonne nuit ? me demanda-t-elle.

— Oui. Et toi ?

— Dormir dans mon ancienne chambre m'a déconcertée. J'ai fait des rêves tristes. Je me voyais à nouveau petite fille. Il y avait mon père et ma mère. Je me suis réveillée plusieurs fois en pleurant.

Nous nous prîmes les mains. Elle se ressaisit, chassa sa mélancolie.

— Tu connais ce poème : « En arrière, retourne en arrière, Ô temps, fais-moi enfant encore une fois, et pour ce soir seulement ? »

— Oui, je le connais.

— C'est à ça que je pensais, hier soir.

J'étreignis ses doigts.

— Je pensais que tu allais monter, chuchota-t-elle.

— J'y ai songé, crois-moi.

Elle eut un sourire tendre.

— Je crois que je n'étais pas d'humeur très amoureuse.

— Non. Tu voulais redevenir une enfant, simplement pour une nuit.

— Pourtant, j'avais besoin de ta présence. Alors, je suis descendue. Tu ronflais sur le canapé.

— Je ronflais, moi ?

— D'en haut, j'ai cru que tu passais l'aspirateur.

— Le vin rouge me fait ronfler, répliquai-je avec une gaieté forcée.

— Fini, le vin rouge, pour toi.

Elle remarqua les bouteilles de bière vides.

— Tu as reçu des gens ?

— Je tuais les limaces.

Nous nous assîmes à la table sans nous lâcher les mains. Le soleil était à présent bien au-dessus du mur. Sa lumière traversait les arbres, éclaboussait le jardin et le patio, évaporait la brume matinale. Seuls le pépiement des oiseaux et le passage occasionnel d'une voiture sur Grace Lane troublaient le silence.

— J'adore ce moment de la journée, dit Elizabeth.

— Moi aussi.

Nous restâmes un long moment silencieux, goûtant la beauté de cette belle journée d'été. Enfin, elle se tourna vers moi.

— Je peux te dévoiler un secret ?

— Bien sûr.

— Tu vas peut-être me trouver ridicule ; et je me sens un peu gênée. À seize ans, j'ai eu un béguin fou pour toi.

— Vraiment ?

Elle se mit à rire.

— Tu avais beau être marié, je pensais encore à toi à la fac, puis ici, quand je revenais, quand je te voyais… J'ai grandi et ça m'a passé.

— Je ne m'en suis même pas douté.

— Bien sûr que non. Je ne t'ai jamais fait de gringue, du moins je l'espère.

— Non, jamais.

— J'étais une fille bien.

— Tu l'es toujours.

— N'insistons pas.

Je ne pus m'empêcher de sourire.

— Lorsqu'il y a eu toute cette histoire avec Susan et Frank Bellarosa, reprit-elle, ma mère m'a annoncé que tu venais t'installer ici. J'ai eu du mal à le croire. Après le meurtre, j'ai eu envie de t'appeler ou de venir. En fait, je suis passée voir maman plusieurs fois, mais tu n'étais pas là. Ensuite, elle m'a dit que tu étais parti.

— C'est dommage. J'aurais bien eu besoin de quelqu'un à qui parler.

— Je sais. D'après maman, tu étais très… renfermé. Mais j'étais mariée ; et je ne savais pas, au fond de moi, si mon intérêt pour toi était purement amical ou… d'un autre ordre.

— Je comprends. Je suis très flatté.

— Vraiment ? Tu es trop modeste, John. Je crois que si tu es parti, c'est parce que dès qu'elles ont su que Susan et toi étiez séparés toutes les femmes ont fondu sur toi. Sauve qui peut !

— C'est vrai.

Elle sourit à son tour.

— Maintenant, le reste de mon secret… Quand j'ai appris que tu comptais faire le tour du monde à la voile, je n'ai eu qu'un rêve : que tu m'emmènes avec toi.

Nous nous regardâmes dans les yeux.

— Je regrette de ne pas l'avoir su, répondis-je avec une certaine sincérité.

— C'est gentil à toi de me dire ça.

— Je ne fais pas que le dire : je le pense.

— Ce n'était qu'un fantasme. J'avais un mari et deux gosses. Même si tu me l'avais demandé, j'aurais été obligée de refuser. À cause des enfants. Sans parler de ma mère. Je crois qu'elle était remontée contre moi.

Je restai un long moment songeur. Elizabeth finit par me demander :

— À quoi penses-tu ?

— Au fait de ne pas suivre les règles. De prendre des risques. De laisser le cœur l'emporter sur la raison.

— Susan a agi de cette façon, répondit-elle, comme si elle avait lu dans mes pensées. Tom aussi. Moi, jamais. Toi, oui, en faisant le tour du monde à la voile.

— En réalité, je me trouvais dans la position enviable de celui qui n'a rien à perdre. La seule erreur que j'aurais pu commettre aurait été de rester ici et d'aller consulter un conseiller conjugal.

Elle eut un petit rire et fit à nouveau preuve d'une intuition étonnante.

— Tu aurais dû te demander comment ton couple en était arrivé là. Et, au cas où tu te remarierais, t'assurer de ne jamais recommencer.

Le mot « mariage » et tous ses dérivés me donnant des maux d'estomac, je préférai changer de sujet.

— Tu veux encore du café ?

— Non, merci. Mais laisse-moi préparer ton petit déjeuner.

— Non, ça ira.

— J'insiste. Ce sera une compensation pour hier soir.

Pour ne pas m'avoir offert à dîner, ou pour m'avoir chassé en douceur de sa chambre ?

— Il n'y a pas grand-chose dans le frigo.

— Je m'en suis aperçue. On peut quand même partager ce muffin anglais. Il y a aussi de la gelée de pomme, du soda et deux bières.

— Comment ce muffin anglais est-il arrivé ici ?

Elle se leva.

— Je vois que tu ne comptais pas me voir rester, hier soir.

— Non.

En fait j'y comptais, mais je n'avais rien prévu.

— On peut aller dans un *coffee shop*.

— Non. Détends-toi. Je reviens tout de suite.

— Merci.

Je restai donc assis, songeant à cette conversation d'après le non-amour, qui n'aurait pas été très différente si nous étions passés à l'acte. Était-ce vraiment nécessaire ? Ne pouvions-nous pas être simplement amis ? De grands amis ?

Elle revint avec la cafetière, remplit ma tasse.

— Le petit déjeuner arrive tout de suite, monsieur Sutter.

— Merci, Elizabeth. J'aime les muffins bien grillés, avec de la gelée de pomme sauvage.

— Très bien, monsieur.

Elle se pencha, me caressa les cheveux, m'embrassa sur les lèvres et s'éclipsa à l'intérieur de la maison.

Je sirotai mon café en m'efforçant de penser à autre chose qu'à mon tee-shirt remontant sur la peau crème de ses cuisses, à ses seins qui avaient failli jaillir de la serviette, la veille au soir. J'essayai donc de penser à… En vain.

Elle revint avec un plateau sur lequel trônaient le muffin anglais coupé en deux, un pot de gelée, une bouteille d'eau pétillante, la cafetière et ce qui restait des agapes de la veille : fromage, crackers et légumes crus. Elle posa le plateau sur la table.

— Le petit déjeuner est servi.

— Merci. Tu m'accompagnes ?

— Oh, monsieur, ce n'est pas convenable. Mais si vous insistez…

Elle remplit deux verres d'eau.

— Votre petit déjeuner refroidit, monsieur.

— Merci.

Cette scène était drôle. Et elle avait un fond de vérité. Il n'y avait pas si longtemps, les Allard avaient été larbins chez les Stanhope. Il m'était arrivé, des années auparavant, au cours de dîners dans la grande maison, d'assister à ces moments-là. Ethel, George et les quelques domestiques restants préparaient le repas avant d'assurer le service auprès de leurs maîtres et de leurs invités collet monté. Une fois, même, rentrant du pensionnat ou de l'université, Elizabeth avait débarrassé la table. Lord William le radin lui avait-il glissé la pièce ? Oui, Elizabeth était drôle. Pourtant, sa petite parodie me mit mal à l'aise.

Elle étala un peu de gelée sur mon muffin.

— Nous la fabriquons ici, sur le domaine.

Aucun mot d'esprit ne me vint spontanément.

Sur mon assiette, elle déposa ensuite un peu de fromage.

— Ce gouda, fromage de Hollande, a vieilli sur la table basse pendant douze heures.

Cette remarque me fit rire, dissipant mon malaise. Dès lors, nous bavardâmes de choses et d'autres, notamment de ses boutiques de vêtements et des changements qui s'étaient produits sur la Gold Coast au cours des dix dernières années.

— Ç'aurait pu être pire, dit-elle. Les nouveaux riches semblent plutôt heureux de leurs lopins de un hectare et de leurs maisons à moitié préfabriquées. Certaines de leurs femmes savent même s'habiller. Comme moi, fille de domestiques ! ajouta-t-elle gaiement. Mais, tu sais… J'ai grandi au milieu de la gentry, j'ai reçu une excellente éducation et j'ai le sentiment de faire partie de ce monde ancien à présent disparu.

— Tu en fais réellement partie.

— Oui, mais de l'autre côté. Et maintenant je suis une petite commerçante.

— Disons, propriétaire de boutiques.

— Merci, monsieur. Pour être exacte, propriétaire de trois boutiques qui marchent bien. De plus, j'ai fait un beau mariage. Socialement, en tout cas. La prochaine fois, je me marierai par amour.

— Ne fais pas de folie.

— Au moins, mes enfants sont des Corbet, précisa-t-elle en souriant, et ils ont eux aussi reçu une excellente éducation.

— J'ai vécu en Angleterre pendant sept ans. J'ai vu ce qu'il pouvait y avoir de meilleur et de pire dans le vieux système de classes. Au bout du compte, ce qui importe, chez un être, c'est sa personnalité.

— Foutaises, monsieur Sutter.

À mon tour de sourire.

— C'est vrai. Mais ça sonne bien.

— Facile à dire, pour toi.

— Je ne suis pas né milliardaire.

— Par les Whitman du côté maternel et les Sutter du côté paternel, tu es tout de même issu de deux familles illustres qui n'ont jamais compté de gardiens, de domestiques ou de boutiquiers.

Exact. Toutefois, aucun de leurs descendants n'avait été aussi scandaleusement riche que les Stanhope. Le grand-oncle

Walt était célèbre, mais la poésie ne rapporte guère. Quant aux Sutter, ils avaient débarqué en Amérique après avoir traversé l'Océan sur le *Mayflower*, et loupé par la suite tous les coches, du moins financièrement.

La lignée Stanhope était plus récente. L'arrière-grand-père de Susan, Cyrus, avait fait fortune dans les mines de charbon et avait bâti Stanhope Hall au début du XXe siècle. Les Whitman et les Sutter considéraient les Stanhope comme des parvenus incultes et, selon l'expression de ma mère, totalement dépourvus de conscience sociale.

« Derrière chaque grande fortune se cache un crime », affirmait Balzac. Derrière celle des Stanhope se dissimulaient surtout cupidité, avarice et fraude fiscale, le tout assaisonné d'une chance insolente. À ce propos, si j'avais effectué gratuitement une grande quantité d'actes juridiques pour Willie le Picsou, je n'avais jamais travaillé pour lui comme conseiller fiscal. Cela m'aurait mené tout droit en prison.

En tout cas, aux yeux d'Elizabeth, nous formions un lot indissociable, tous nés avec une cuillère en argent dans la bouche.

Pour remettre un peu les choses à leur place, je lui dis :

— Mes lointains ancêtres étaient paysans et pêcheurs. L'un d'eux, Elijah Sutter, a été pendu pour vol de chevaux.

— Première nouvelle.

— D'ailleurs, je suis fauché.

— Contente de t'avoir connu.

Je souris.

— Pourrions-nous changer de sujet ?

— Bonne idée. Laisse-moi quand même te dire, John, que tu serais heureux en restant ici.

— Je peux être heureux partout où il y a un country club, un terrain de polo, un yacht club et un domaine de cent hectares.

— Décidément… On peut quitter la Gold Coast, mais la Gold Coast ne vous quitte pas !

— Goûte le gouda. Il est meilleur, ce matin.

— Parle-moi de ton voyage autour du monde.

— Il y a beaucoup à raconter.

— Tu avais une femme dans chaque port ?

— Non. Uniquement en Europe de l'Ouest, en Asie du Sud-Est, dans les Caraïbes et en Polynésie française.

— Très drôle. Tu me raconteras une autre fois.

— Et toi ?

— Moi ? Bah… J'ai eu une liaison ces deux dernières années. Rien de sérieux. En ce moment, je n'ai personne.

Liaison, avoir quelqu'un… Pour évoquer leur vie sexuelle, les femmes utilisent plus d'euphémismes que les Esquimaux n'ont de mots pour décrire la neige. Et elles y mêlent rarement un nom ou un pronom masculin. Je sors avec quelqu'un. Je vois quelqu'un, j'ai rencontré quelqu'un, c'est sérieux, pas sérieux, etc. Tandis qu'un homme demande à un autre homme : « Tu baises, en ce moment ? ».

Elizabeth interrompit le cours de mes pensées.

— Nous sommes censés avoir cette conversation avant ou après avoir fait l'amour ?

— Avant, c'est mieux. Ainsi, il n'y aura pas de malentendu. Moi, j'ai quelqu'un à Londres.

— C'est sérieux ?

Pour moi, le mot « sérieux » évoque plutôt une maladie, comme une tumeur au cerveau ; mais, dans ce contexte précis, je voyais bien ce qu'elle voulait dire.

— Elle pense que oui. Moi, non.

— Je vois.

Nous en restâmes là.

Cette conversation de petit déjeuner ne se déroulait pas aussi bien que je l'aurais souhaité. Au moment où je commençais à regretter le tour que prenait ma relation avec elle, Elizabeth fit preuve de la même intuition que quelques instants plus tôt.

— Tu tires des conclusions hâtives. D'abord, je parle de la question des classes, et tu en déduis que j'ai hérité des gènes socialistes de ma mère. Ensuite, tu estimes que je viens fouiner dans ta vie amoureuse alors qu'il ne s'est rien passé entre nous, ct… Quoi d'autre ?

— Ce petit déjeuner est épouvantable.

— C'est ta faute, pas la mienne.

— C'est vrai. Écoute…

— Tu sais faire les courses ?

— Bien sûr ! J'ai fait mes provisions dans tous les ports du monde quand je naviguais.

— Et à Londres ?

— Quand un livreur ne m'apportait pas un curry tout préparé, j'allais manger dehors.

— Je vais te faire tes courses.

— Avec plaisir.

Elle garda le silence un instant.

— Je crois que Susan a envie que tu reviennes.

Je ne réagis pas.

— Je crois aussi qu'elle voulait que je te le dise, reprit-elle. Voilà qui est fait.

— Merci.

— Tu veux savoir ce que j'en pense ?

— Non. Ma propre opinion me suffit.

— À ton aise, conclut-elle en se levant. Je rentre chez moi. Ensuite, je vais à l'église, avant de rendre visite à ma mère. Le service religieux est à 11 heures, si tu as envie de m'y retrouver. Ou alors on peut se voir à Fair Haven. Si tu n'es pas occupé cet après-midi, je t'offre un brunch.

— J'aimerais beaucoup passer la journée avec toi, mais... Je n'ai pas envie de tomber sur Susan à l'église ou à Fair Haven.

— Je comprends.

Pour l'invitation au brunch, je me surpris moi-même en affirmant :

— J'ai un repas à 16 heures. Avec le type avec qui je suis en relation d'affaires, le même que la semaine dernière ; en famille, cette fois.

— Très bien... J'espère que ça marchera.

— On peut se voir vers 19 heures ?

— Appelle-moi.

— Promis. Puis-je t'aider à t'habiller ?

— Tu ne m'as même pas aidée à me déshabiller. Reste où tu es et ne me tente pas. Je peux me débrouiller toute seule.

— Tu es sûre ?

— Tout à fait.

Nous nous embrassâmes. Une chose en entraînant une autre, sa robe de chambre s'ouvrit, et elle faillit se laisser aller. Elle se dégagea, lâchant, dans un souffle :

— Plus tard. Ce soir.

— D'accord… Ce soir.

Elle rajusta sa robe de chambre, gagna la porte puis se retourna.

— Tu dois mettre les choses au point avec Susan. Le plus tôt sera le mieux.

Elle franchit la porte moustiquaire. J'hésitai à la suivre, tout en sachant que c'eût été une erreur.

Je me versai une autre tasse de café et fis quelques pas dans le jardin d'Ethel envahi de mauvaises herbes qui étouffaient les légumes. Je me livrai à une sorte de désherbage mental. Un : Elizabeth Allard me plaisait. Deux : il me fallait maîtriser la situation avant qu'elle me domine. Cela m'obligeait à aller voir Susan. Pas demain ni après-demain, mais ce matin même.

Ensuite, la visite chez les Bellarosa prendrait tout son sens.

Enfin, ce soir, je pourrais coucher avec Elizabeth… Ou dormir seul, mais profondément, pour la première fois depuis quinze jours.

DEUXIÈME PARTIE

Dans le passage que nous n'avons jamais pris
Vers la porte que nous n'avons jamais ouverte
Près du jardin aux roses.
T. S. Eliot,
« Burnt Norton », des *Quatre Quatuors*.

Chapitre 21

Un vieux poste de radio sur le réfrigérateur, et Patti Page qui chantait *Old Cape Cod*, ce qui me rappelait quelques excursions que j'avais faites là avec ma famille. La station passait une série de chansons inspirées de la géographie américaine, et la suivante fut *Moonlight in Vermont*. Ethel n'avait pas dû bouger l'aiguille depuis vingt ans.

Le temps s'était arrêté dans le pavillon de gardien tandis que le tumulte du monde avait envahi Stanhope Hall. En réalité, la vie dans ces murs avait également changé. Le temps allait reprendre ses droits sur cette maison et sur les gens qui y vivaient, ou y avaient vécu.

Il n'était pas encore 9 heures. Je m'étais déjà douché, j'avais enfilé un pantalon beige et ma dernière chemise propre. Un blazer bleu sur mesure était posé sur le dossier de la chaise de cuisine. J'étais habillé pour rendre visite à Susan, ou bien pour ne rien faire en attendant 16 heures et le repas avec la mafia.

Avant de téléphoner à Susan, je devais joindre Carolyn et Edward, comme je le faisais chaque dimanche. À Los Angeles, chez Edward, il était 6 heures. Peut-être devais-je d'abord appeler ma mère. Problème : d'ordinaire, j'avais besoin, pour lui parler, d'un verre d'alcool bien raide ; or il était un peu tôt pour ça.

À 8 h 45, Ray Charles chantait *Georgia*, et j'étais toujours debout dans la cuisine, une tasse de café à la main.

Curieux, quand même, que je puisse dire à un parrain de la mafia d'aller se faire voir et que je ne trouve pas le courage de téléphoner à Susan.

Les dernières notes mélancoliques de *Georgia* moururent doucement, remplacées par la voix suave du présentateur.

— C'était magnifique. Vous êtes à l'écoute de WLIG, émettant pour le pays des hommes libres, la nation des braves !

Sur ces paroles martiales, j'éteignis la radio et appelai Susan au numéro que m'avait donné Carolyn. La sonnerie retentit trois fois. Allais-je, par chance, tomber sur le répondeur ?

Elle devait avoir sur son téléphone un écran où elle avait reconnu le numéro d'Ethel, car elle répondit aussitôt.

— Bonjour, John.

En l'entendant prononcer mon nom, je sentis mon cœur cogner dans ma poitrine et je faillis raccrocher.

— John ?

— Bonjour, Susan.

Silence.

— Comment vas-tu ? demandai-je.

— Bien. Très bien. Et toi ?

— Toujours bien.

— Oui… Eh bien, moi aussi. Tu n'as pas très bien préparé cette conversation, fit-elle remarquer.

— Je pensais t'appeler plus tôt, rétorquai-je, un peu agacé, mais je n'ai pas eu le temps de prendre des notes.

— Et à quoi dois-je l'immense plaisir de ce coup de fil ?

Je ne m'attendais pas à ce qu'elle déborde de joie ou d'émotion au son de ma voix, mais, là, elle se montrait carrément frigide. Ethel et Elizabeth m'avaient pourtant fait savoir qu'elle attendait mon appel avec impatience. Et Nasim m'avait dit qu'elle parlait de moi en termes élogieux. Même Edward et Carolyn avaient laissé entendre que leur mère attendait que je la contacte. Alors, pourquoi un accueil aussi réfrigérant ?

Susan me fournit elle-même l'explication.

— Ton invitée est déjà partie ? (Sans me laisser le temps de réagir, elle enchaîna :) C'est la voiture d'Elizabeth qui est restée là toute la nuit, n'est-ce pas ?

— Oui, mais…

— Comment va-t-elle ?

Je ne lui devais aucune explication. Mieux valait quand même tirer les choses au clair.

— Elle avait trop bu, bredouillai-je, et elle voulait voir la chambre de son enfance. De plus, nous avions un tas de paperasse à remplir, je suis l'avocat chargé de la succession, elle est donc restée pour la nuit et…

Avant que je devienne encore plus confus, Susan m'interrompit.

— Ça m'est égal. Que puis-je faire pour toi ?

— Je n'ai pas couché avec elle.

Silence.

— Ça m'est vraiment égal, John. Bon, il faut que je me prépare pour aller à l'église.

J'avais fait le premier pas. Je n'allais pas me laisser congédier de la sorte.

— J'arrive tout de suite. J'ai une enveloppe pour toi. Je sonnerai. Si tu ne réponds pas, je laisserai l'enveloppe devant la porte.

Silence.

— Au revoir.

Je raccrochai.

J'enfilai mon blazer, pris l'enveloppe kraft sur la table de la salle à manger et sortis.

Chapitre 22

C'était une belle journée ensoleillée. Chant des oiseaux, stridulation des sauterelles, bourdonnement des abeilles et tambourinement de mon cœur tandis que je remontais la grande allée en direction de la maison d'hôtes.

Pourquoi une telle tension ? Si quelqu'un devait se sentir tendu, ou coupable, c'était Susan. Ce n'était pas moi qui avais eu une liaison extraconjugale avant de tuer ma maîtresse.

Au bout de trois cents mètres, je me sentais déjà mieux.

Les précédents propriétaires, ceux à qui Susan avait d'abord vendu la maison, avaient marqué les limites de leurs cinq hectares en plantant des haies. Lorsque William et Charlotte vivaient dans la grande maison, j'avais suggéré à Susan d'élever un mur de pierre de six mètres de haut, flanqué de miradors, pour échapper aux visites impromptues de ses parents. Mais elle ne voulait pas qu'on lui bouche la vue. Nasim, lui, s'inquiétait de l'abri que ces larges haies pourraient fournir à des tireurs d'élite iraniens.

Retour à des préoccupations plus immédiates. J'aurais presque souhaité que Susan ne réponde pas à la porte. J'aurais pu ainsi poursuivre ma vie sans plus m'inquiéter d'elle. D'un autre côté, je me sentais obligé de lui transmettre les inquiétudes de Nasim et de lui faire part des miennes concernant Anthony Bellarosa. Bien sûr, si elle ne venait pas m'ouvrir, tout cela pourrait être fait par lettre ou par téléphone.

Pour être franc, j'avais également envie qu'elle m'ouvre et m'invite à entrer. Ne fût-ce que pour expliquer la présence d'Elizabeth pendant la nuit, qui ne me gênait en rien mais pouvait embarrasser Elizabeth elle-même. Il fallait dissiper ce malentendu pour pouvoir en aborder d'autres.

Je grimpai les marches du perron et sonnai.

J'avais quelques secondes à ma disposition. J'en profitai pour me représenter Frank et Susan baisant comme des fous tout l'été pendant que je me crevais la paillasse à trimer à New York, notamment pour me défendre contre une accusation de fraude fiscale et défendre l'amant de ma femme contre une autre de meurtre. Tous ces souvenirs délicieux contribuaient à ma bonne humeur.

Après dix secondes d'attente, je posai l'enveloppe contre la porte et m'en allai.

Cinq secondes plus tard, j'entendis la porte s'ouvrir et Susan me lancer :

— Merci.

Jetant un coup d'œil par-dessus mon épaule, je la vis sur le seuil, vêtue d'un jean et d'un polo rose, l'enveloppe à la main.

— Pas de quoi, dis-je, avant de poursuivre mon chemin.

— John.

Je m'arrêtai puis me retournai.

— Oui ?

— Tu veux bien entrer une minute ? J'ai quelque chose pour toi.

Je consultai ma montre. Comme à regret, je répondis :

— D'accord.

Je revins sur mes pas tandis qu'elle disparaissait à l'intérieur, laissant la porte ouverte.

Je la trouvai au bout du grand vestibule, près de la cuisine.

— Tu veux un café ? demanda-t-elle.

— Merci.

Je la suivis dans la cuisine. Apparemment, la maison n'avait guère changé depuis dix ans : toujours pleine de ce mobilier ancien de la famille Stanhope, ces « vieilleries » qu'elle avait dû emporter avec elle à Hilton Head ou mettre au garde-meubles.

La cuisine, elle aussi, était presque identique. J'avais le sentiment, très *Quatrième Dimension*, que, parti acheter le journal du dimanche, je découvrais en rentrant que j'étais divorcé depuis dix ans.

De dos, occupée à préparer le café, Susan me demanda :

— Toujours noir ?

— Oui.

Elle se retourna, me tendit ma tasse, et nos regards se croisèrent. Comme je l'avais constaté de loin quelques jours auparavant, elle n'avait pas vraiment vieilli en dix ans et n'avait pas pris un gramme. Moi non plus. Avec les mêmes pensées en tête, nous déclarâmes en même temps, en souriant :

— Tu as l'air… d'aller bien.

Trêve de plaisanterie.

— Il faut que je te parle, dis-je.

— Si tu es venu parce que tu te sens coupable…

— Je ne suis coupable de rien du tout !

— Tu peux coucher avec qui tu veux, mais essaie d'éviter mes amies, s'il te plaît.

— Dans ce cas, donne-moi une liste de ces amies.

— Et toi, fais de même, si tu en as.

La garce ! Je reposai ma tasse sur la table.

— Avant que je m'en aille, je voudrais que tu enregistres que je n'ai pas couché avec Elizabeth Allard.

— Peu m'importe que tu l'aies fait ou pas.

— Mais tu viens de dire…

— Tu joues les avocats, là ?

Certaines caractéristiques restent immuables. Remarquablement intelligente, Susan, en cas de tension, abandonnait toute logique, toute raison, et se réfugiait dans la partie déglinguée de son cerveau.

— Regarde-moi dans les yeux, dis-je.

Elle obtempéra.

— Je n'ai pas couché avec Elizabeth !

Elle soutint mon regard.

— Parle-lui, suggérai-je.

Elle hocha la tête.

— C'est bon. Je te crois.

L'horloge murale égrenait bruyamment les secondes, comme elle le faisait si souvent quand Susan et moi restions silencieux dans la cuisine après une dispute. D'habitude, ces querelles avaient un effet cathartique. Elles nous permettaient de constater que nous tenions suffisamment l'un à l'autre pour poursuivre notre route ensemble. La plupart du temps, après nous être embrassés, nous foncions à l'étage pour nous réconcilier sur l'oreiller. Elle aussi, j'en étais sûr, s'en souvenait. Mais il n'était pas question, cette fois-ci, de se ruer dans la chambre.

— Qu'y a-t-il dans l'enveloppe ? demanda-t-elle.

— Des photos. Et aussi des papiers que tu devrais conserver, comme les actes de naissance de Carolyn et d'Edward.

— Si tu as cinq minutes, je voudrais discuter d'un certain nombre de points avec toi. J'ai moi aussi quelques documents à te remettre.

— Entendu.

— Tu ne veux pas qu'on aille s'asseoir dans la roseraie ?

— Volontiers.

— Je reviens tout de suite.

Je pris ma tasse de café et me rendis dans la roseraie anglaise, entourée d'un muret de pierre. Elle non plus n'avait guère changé depuis mon époque, sauf que le mobilier de jardin en fer forgé avait été remplacé par des meubles en osier qui ne semblaient guère plus confortables. Les femmes peuvent s'asseoir sur n'importe quoi.

Les roses commençaient à s'épanouir. Ma mémoire me faisant défaut, je ne parvins pas à déterminer si cette floraison était précoce ou tardive.

J'étais donc de retour chez moi et… pas chez moi. Le décor me paraissait familier, mais les petits changements me déroutaient. Je me serais senti plus à l'aise dans une hutte indigène, sur une île du Pacifique, où rien ne m'aurait rappelé mon existence passée.

Je me souvins de ce que m'avait dit un jour mon père, évoquant son retour après quatre ans de guerre alors que je m'apprêtais à partir pour l'Allemagne : « Je me sentais tellement déplacé que je regrettais mon trou à rats et la puanteur de mes camarades. » Considérant qu'il avait ensuite rencontré puis épousé ma mère, j'imagine que ses regrets ne l'avaient jamais quitté. En tout cas, je comprenais ce qu'il avait voulu dire.

Assis devant une table ronde en osier, je regardais la fontaine qui gargouillait au fond du jardin symétrique, soigneusement entretenu, avec son cadran solaire au milieu.

Les quelques statues disposées autour des parterres de roses, surtout des œuvres classiques, me rappelaient l'Alhambra, le bassin et, bien sûr, mon rêve. Je n'avais jamais eu l'intention de demander à Susan où, quand et comment avait débuté sa liaison avec Frank Bellarosa. Si je m'y étais risqué, elle m'aurait répondu : « Comment a débuté quoi ? Oh, ça ? C'était il y a longtemps, John. Pourquoi ramènes-tu cette histoire sur le tapis ? ».

C'était une amnésique accomplie. J'étais persuadé qu'elle ne se souvenait pas plus d'avoir eu une aventure avec Frank Bellarosa que de l'avoir tué. Oublié, balayé… Sauf si quelqu'un comme moi avait le mauvais goût de le lui rappeler.

Je me remémorai notre dernière rencontre, aux obsèques de ma tante Cornelia, quatre ans plus tôt. Sa présence en avait choqué plus d'un. Toutefois, à cause de nos enfants, elle faisait encore, d'une certaine façon, partie de la famille. Elle avait laissé son nouveau mari à Hilton Head. Je n'avais donc pas eu le plaisir de saluer ce veinard ni de me répandre en commentaires sur son grand âge, son embonpoint, que sais-je encore. Mais j'étais sûr d'une chose : si elle avait épousé un godelureau, il aurait été là, en complet noir Armani.

Nous nous étions adressé la parole essentiellement pour évoquer la tante Cornelia et son défunt mari, Arthur, ainsi que ses deux écervelés de fils. Nous avions aussi parlé de mon père, que Susan aimait bien, mais elle n'avait fait aucune allusion aux obsèques que j'avais manquées. Je l'avais félicitée pour son mariage, lui souhaitant tout le bonheur possible. Je crois même que j'étais sincère.

Elle m'avait répondu que son mari était un très brave homme, ce qui laissait entendre qu'il n'était pas l'amour de sa vie. Elle ne m'avait posé aucune question personnelle, et je ne lui avais pas parlé de ma vie amoureuse.

Nous avions également passé sous silence les derniers mots que nous avions échangés avant notre séparation, six ans auparavant. J'avais assisté à sa comparution devant la cour fédérale de Manhattan, avec l'intention de témoigner sur la mort de Frank Bellarosa. En qualité de mari et d'avocat, je n'étais pas obligé de témoigner. Je voulais quand même faire valoir certaines circonstances atténuantes, notamment touchant à son état mental le soir du meurtre, du genre : « Votre Honneur, ma femme est folle. Regardez ses cheveux roux. » J'informai aussi la cour que je tenais à dénoncer l'attitude du FBI maquereautant mon épouse auprès d'un parrain de la mafia placé en résidence surveillée et sous la protection de ses agents, ainsi que les actes pour le moins discutables du procureur Alphonse Ferragamo.

Ni le juge ni Ferragamo ne voulurent entendre ce que j'avais à dire. À l'issue de l'audience à huis clos, le parquet conclut que l'affaire ne serait pas présentée devant un grand jury. Victoire totale pour Susan et illustration, une fois de plus, de la volonté des autorités de couvrir leurs bavures. Quant à moi, ce fut la seule fois où j'influençai l'issue d'une affaire en restant assis dans un couloir sans ouvrir la bouche.

Bien sûr, je fus soulagé de la relaxe de Susan. Pour être franc, je me sentis aussi un peu déçu, en tant que citoyen et en tant qu'avocat, que le parquet ait abandonné aussi aisément les poursuites, sans même un avertissement. En ma qualité de mari trompé, j'aurais souhaité que Susan fût au moins condamnée à porter une fleur écarlate sur sa robe, comme les sorcières de jadis. Mais cela m'aurait forcé, par symétrie, à arborer sur mon costume une mention peu flatteuse.

Après l'audience, je m'arrangeai pour la croiser sur les marches du palais de justice de Foley Square, alors qu'elle était entourée de ses parents ravis, de trois avocats aux anges et de deux psychiatres payés par la famille, ce qui était à peine suffisant pour un seul membre de la tribu Stanhope.

La prenant à part, je la félicitai pour l'issue de l'audience, même si elle ne me satisfaisait pas entièrement.

— Tu sais, je t'aime toujours, lui dis-je.

— J'espère bien. Pour toujours.

Mes derniers mots furent :

— Oui, pour toujours.

Et ses derniers mots à elle :

— Moi aussi.

Nous ne nous étions pas revus pendant presque quatre ans, jusqu'à la remise de diplôme d'Edward, à l'université Sarah Lawrence. La dernière fois que nous nous étions rencontrés, aux obsèques de Cornelia, elle avait murmuré, en guise d'adieu :

— Je te souhaite d'être heureux, John. Mais, surtout, je te souhaite de trouver la paix.

J'ignorais ce qui lui faisait croire que je n'étais pas en paix. Après tout, c'était mon secret. Je répondis :

— Merci. À toi aussi.

Nous nous étions quittés au cimetière, et j'étais rentré à Londres. À présent, quatre années plus tard, nous nous apprêtions à enterrer une autre femme qui appartenait à notre passé. Si j'avais été d'humeur moqueuse, j'aurais pu dire : « Nous devrions cesser de nous voir dans ce genre de circonstances. » Toutefois, pensai-je, l'un de nos enfants déciderait peut-être un jour de se marier, ce qui nous donnerait l'occasion de nous revoir lors d'occasions plus joyeuses, naissances, baptêmes et anniversaires de nos petits-enfants.

Jusque-là, ç'avait été les enterrements.

Chapitre 23

Susan fit son apparition dans la roseraie. Elle s'était passé un coup de brosse dans les cheveux et avait, me semblait-il, ajouté à ses lèvres une touche de rouge.

Avec ma galanterie habituelle, je me levai. Elle me lança une de nos vieilles plaisanteries :

— Tiens, on joue l'hymne national ?

Nous sourîmes. Elle posa sur la table une boîte et l'enveloppe que je lui avais apportée.

J'aurais préféré qu'elle n'ouvre pas l'enveloppe tout de suite. La vue des photos de nu aurait pu soit l'embarrasser, soit lui faire croire, à tort, à un message de ma part. Mais peut-être l'avait-elle déjà ouverte. En tout cas, elle la laissa sur la table sans y toucher.

Nous demeurâmes quelques instants silencieux, puis une pensée me traversa l'esprit.

— J'ai été désolé d'apprendre, pour ton mari…

— Merci.

Le sujet paraissant épuisé, je demandai à la veuve inconsolable :

— De quoi voulais-tu me parler ?

— Vas-y, toi, commence.

— Non, les dames d'abord.

— D'accord. Cette boîte contient des tirages de clichés que tu aimerais sans doute récupérer. J'ai aussi trouvé des lettres d'Edward et de Carolyn quand ils étaient au collège, et j'en ai fait des photocopies à ton intention.

— Merci.

— Maintenant, ils envoient des courriels. Autrefois, ils savaient écrire à la main.

Nouveau sourire.

— Qu'y a-t-il dans cette enveloppe ? poursuivit-elle.

— Le même genre de choses. Des photos, quelques mots des enfants. Des documents que tu dois avoir envie de garder.

— Merci. Edward et Carolyn m'ont assuré qu'ils assisteraient à l'enterrement d'Ethel. Edward est très pris par son travail. Il ne pourra pas rester longtemps. Carolyn travaille beaucoup, elle aussi, mais elle peut venir rapidement depuis Brooklyn.

— J'ai toujours souhaité vivre suffisamment longtemps pour voir mon fils et ma fille jongler avec leur métier et leurs responsabilités familiales. J'ai hâte qu'ils se marient et procréent à leur tour.

— À t'entendre, le travail, la famille, le mariage et les enfants seraient une punition.

— Excuse-moi, c'est sorti comme ça. En tout cas, il faudra les prévenir, pour Ethel. Je n'ai ni téléphone portable ni adresse électronique.

— Tu comptes en avoir ?

— Si je reste, oui.

— Quand leur as-tu parlé pour la dernière fois ?

— Dimanche dernier. Ils avaient l'air en forme.

— Ils sont contents que tu sois revenu. Combien de temps penses-tu rester ?

— Au moins jusqu'aux obsèques.

— Tu sais, tu devrais aller voir ta mère… avant les obsèques.

— Tu veux dire celles d'Ethel ou les siennes ?

— Je t'en prie, sois sérieux. Tu devrais te conduire avec elle comme tu aimerais que tes propres enfants se conduisent avec toi. Leur donner l'exemple. C'est leur grand-mère. Tu es son fils.

— Je crois que j'ai compris.

— Il faut te conduire en adulte.

— Je suis le fils de ma mère et j'agis en fonction de la façon dont on m'a traité.

— C'est ridicule. Ton éloignement vis-à-vis de ta mère est dur à vivre pour les enfants.

Toujours les enfants, bien sûr… En fait, ils s'en fichaient. En réalité, en parlant de Harriet et de moi, c'était à nous deux que Susan pensait.

— Edward et Carolyn sont également peinés de ton attitude envers mes parents, reprit-elle.

Au cas où je n'aurais pas bien saisi, elle ajouta :

— Ce sont leurs grands-parents.

— Cette réprimande va durer longtemps ?

— Ce n'est pas une réprimande. Il s'agit de questions importantes, que nous devons résoudre pour le bien de nos enfants.

J'aurais voulu lui répondre : « Ce ne sont plus des gamins, et tu aurais dû y penser il y a dix ans, quand tu as décidé de devenir la maîtresse de Frank Bellarosa. » D'autres mots me vinrent aux lèvres.

— D'accord. Dans la mesure où je suis encore impliqué dans la vie d'ici, je m'efforcerai de me montrer meilleur fils, meilleur père et meilleur ex-mari.

— Et, j'espère, moins sarcastique.

— Pour être tout à fait clair, je n'ai jamais rien dit de déplaisant sur tes parents à Edward et à Carolyn.

— Peut-être, mais ils sentent ton hostilité.

— Ils sont très intuitifs. Parce que je ne pense même jamais à tes parents.

Elle en profita pour m'annoncer une bonne nouvelle.

— Ils se sont beaucoup adoucis, avec l'âge.

La seule façon de s'adoucir, pour eux, aurait été de subir une transplantation de cerveau.

— C'était peut-être moi qui faisais ressortir leur pire côté.

Ignorant ma remarque, elle poursuivit son sermon.

— Ce qui s'est passé entre nous a beaucoup affecté des gens que nous aimons et qui nous aiment. Je crois donc que nous devrions essayer d'être plus gentils l'un envers l'autre et de leur rendre la vie plus facile.

— Il est peut-être un peu tard.

— Non.

Silence. Puis :

— Quand vas-tu lâcher prise, John ?

— C'est déjà fait.

— Certainement pas.

— Parce que toi, oui ?

— Je n'ai jamais été fâchée avec toi.

— C'est vrai. Pour quelles raisons l'aurais-tu été ? Que t'avais-je fait ?

— Tu devrais réfléchir au rôle que tu as joué dans ce qui s'est passé.

— Je t'en prie.

— Alors, réfléchis à ce que tu as fait ces dix dernières années.

— Je n'ai rien fait.

— Justement. Tu t'es contenté de fuir.

Je jetai un coup d'œil à ma montre, geste qui ne lui échappa pas.

— Tu ne t'en iras pas avant que je t'aie dit tout ce que j'ai à te dire.

— Dans ce cas, termine.

Elle se tut un instant. Enfin, elle murmura, d'une voix douce :

— Écoute, John, on ne peut pas défaire ce qui a été fait…

— Redis-moi ça, mais en utilisant un autre pronom.

Elle prit une profonde inspiration.

— Bon… Je ne peux pas défaire ce qui s'est passé… Enfin, ce que j'ai fait. Mais je voudrais… Je voudrais que tu me pardonnes.

Cette déclaration me prit de court. Je restai sans voix. Je faillis chuchoter : « Je te pardonne. » Je me repris aussitôt.

— Tu n'as jamais présenté d'excuses. Tu n'as jamais manifesté le moindre regret.

Elle soutint mon regard.

— Ce que j'avais fait était grave, il était difficile de présenter des excuses. Que pourrais-je dire ? Je regrette d'avoir détruit nos vies ? Je regrette d'avoir eu une aventure ? Je regrette de l'avoir tué ? Je regrette de ne pas avoir fait de la prison pour expier mon crime ? Je regrette pour sa femme, pour ses enfants ? Je regrette d'avoir fait souffrir les nôtres, de les avoir privés de leur père pendant des années ? Je regrette qu'à cause de moi tu n'aies pas pu assister à l'enterrement de ton père ? Comment demander pardon pour tout ça ?

Ne sachant quoi répondre, je me détournai. Elle souffla, si bas que je l'entendis à peine :

— Excuse-moi.

Je me tournai vers elle. Elle s'était levée et entrait dans la maison. Je restai là une minute, anéanti, avec le sentiment que nous arrivions au bout de quelque chose.

Il est toujours difficile de comprendre les femmes. Lorsqu'elles sont en colère, je n'essaie même pas. Mieux valait m'en tenir à mon désir, et mon désir était de m'en aller. Je me levai à mon tour, pris la boîte qu'elle m'avait donnée et marchai vers la porte. J'hésitai, me retournai vers la maison et ne la vis plus. Apparemment, la conversation était terminée. Cela me convenait.

J'ouvris la porte. Alors, je me sentis mollir, partagé entre les deux voix qui chuchotaient à mon oreille. « Pars », m'intimait l'une. « Elle souffre », rétorquait l'autre.

Parfois, en de telles circonstances, j'implore l'intervention divine, ce que je fis. La porte de la cuisine demeura obstinément close. « Allez, Dieu, dis quelque chose. »

L'arrogance précède la ruine.

Merci pour le renseignement.

Dis-le avec des fleurs.

Quoi… ?

J'avais déjà vécu une situation semblable. Je me remémorai comment, parfois, nous nous arrangions pour nous réconcilier sans trop perdre la face.

J'allai dans le jardin, trouvai son sécateur dans une brouette et coupai une douzaine de roses rouges que je déposai sur la table ronde. Après quoi, je me dirigeai de nouveau vers la porte et l'ouvris.

— John.

Je me retournai. Elle se tenait sur le seuil de la cuisine.

— Tu t'en vas ?

— Je… j'allais…

— Mais comment peux-tu…

Elle vit les roses, en prit une et me dévisagea. Nous échangeâmes ainsi un regard à travers le jardin puis, lentement, je revins vers la maison.

Je m'immobilisai à quelques pas d'elle, là où les épouses batailleuses et les anciens maris ne sont ni trop proches ni trop éloignés.

— Pourquoi partais-tu ?

— Je pensais que c'était ce que tu voulais. Tu t'es levée et tu as disparu.

— J'ai dit « Excuse-moi », pas « Au revoir. »

— C'est vrai. Je n'étais pas très sûr… En fait, pour être franc, j'avais envie de partir.

— Pourquoi ?

— Parce que c'est douloureux.

Elle acquiesça.

Ni elle ni moi ne savions plus quoi dire. Elle m'avait demandé de lui pardonner. J'aurais pu me contenter de murmurer, après dix ans : « Je te pardonne », et tourner les talons. Mais, si je devais prononcer ces mots, il fallait que je les pense vraiment. Si j'avais joué la comédie, elle l'aurait deviné.

Nous avions grandi dans un milieu où des notions tels le péché, la rédemption, la contrition et l'absolution étaient quotidiennement martelées à l'église, à Saint Paul, à la Friends Academy et même à la maison. Ce monde avait beau avoir disparu, nous avions eu beau naviguer dans d'autres eaux, nous étions toujours les produits de cet univers-là. Certain qu'elle comprendrait mes paroles, je lui dis :

— Susan, j'accepte tes excuses. Sincèrement. Cependant, même si je le voulais, dans le fond de mon cœur, je ne peux pas te pardonner.

Elle hocha de nouveau la tête.

— Je comprends. Au moins, ne me hais pas.

— Je ne te hais pas.

— Tu m'as haïe.

— Jamais. Je t'ai dit, sur les marches du palais de justice… Tu te rappelles ?

— Oui. Tu as aussi promis de venir en bateau jusqu'à Hilton Head. Je t'ai attendu.

Tout cela redevenait douloureux. Il fallait pourtant en passer par là, pour que la douleur cesse.

— J'ai tenu parole… Et puis, en vue de la côte, j'ai viré de bord.

— Et tu es parti faire le tour du monde.

— Oui.

— Tu aurais pu mourir en mer.

— Je n'en avais pas l'intention, si c'est ce que tu insinues.

— C'est toi qui le dis, pas moi.

— Le débat est clos.

— Tout le monde était inquiet. Tes parents, tes enfants…

— Ce n'était pas non plus mon intention. Il ne s'agissait que d'une jouissance personnelle, d'une façon de me montrer irresponsable, d'une facilité. Rien de plus. J'y avais droit. Le débat est clos, répétai-je.

— Très bien. Merci pour les fleurs.

— Ce sont les tiennes.

— Je sais. Merci quand même pour le geste.

— Pas de quoi.

— Je suis touchée que tu t'en sois souvenu.

J'étais toujours furieux qu'elle ait laissé entendre que j'étais parti faire le tour du monde par égarement, apitoiement sur moi-même, que je n'étais, au fond, qu'un pauvre type désespéré recherchant la mort. Les femmes ne comprenant pas les comportements irresponsables, je revins au débat censé être clos.

— C'était aussi un défi.

— Qu'est-ce qui était un défi ?

— Faire le tour du monde sur un petit voilier.

— Je croyais que le débat était…

— Les hommes aiment l'excitation du danger.

— Je ne pense pas que ceux qui restent à la maison éprouvent la même excitation. Mais enfin, tu l'as fait. Je suppose qu'une pulsion très profonde t'y poussait.

— Peut-être.

Je préférai en rester là, au point où nous pouvions encore nous parler.

— Je ne voudrais pas te retarder pour l'église. Pourquoi ne pas se voir demain ?

— Je ne me sens pas d'humeur à rencontrer des gens à l'église.

À mon avis, l'église ne sert pas à rencontrer des gens. Je répondis quand même :

— Tu te sentiras peut-être mieux si tu y vas.

Elle ignora ma remarque.

— Tu ne veux pas qu'on aille se promener un peu ?

J'hésitai un instant. Puis :

— D'accord.

J'ôtai mon blazer, le posai sur le dossier d'une chaise. Ensuite, nous franchîmes ensemble la porte du jardin. Susan tenait une rose à la main.

C'était comme autrefois, sauf que ce n'était pas autrefois. Ce temps-là ne reviendrait jamais. Nous n'allions pas revivre ensemble. Pourtant, cette fois-ci, en nous séparant, nous pourrions nous dire : « Tiens-moi au courant. » Il y aurait d'autres enterrements, d'autres mariages, des naissances, des anniversaires, des gens nouveaux dans nos vies. Nous pourrions nous retrouver dans la même pièce, nous sourire. Nos amis et notre famille en seraient heureux.

Il ne fallait pas en attendre davantage. Après tout ce qui s'était passé et ne s'était pas passé en dix ans, le simple fait que nous puissions parler et nous promener côte à côte tenait déjà du miracle.

Chapitre 24

Nous traversâmes l'immense pelouse en direction des haies, dans le lointain.

Qu'aurait pensé Amir Nasim en la voyant ainsi marcher pieds nus ? Mais nous étions encore sur sa propriété à elle, et il n'y avait pas de problème tant que nous ne foulions pas le sol iranien.

Susan bavardait, évoquait les précédents propriétaires.

— Les Ganz, le couple à qui j'ai vendu la maison… Diane et Barry Ganz. Tu les as connus ?

— Très peu, après ton départ. Ils téléphonaient une fois par semaine pour demander comment les choses marchaient ou pourquoi elles ne marchaient pas.

— Désolée.

— J'essayais de les aider. Je leur ai quand même rappelé que ce n'était pas moi qui leur avais vendu la maison.

— J'ai agi sur un coup de tête. J'étais… égarée. Et mes parents insistaient beaucoup pour que je les rejoigne à Hilton Head.

Pour William et Charlotte, insister signifiait mettre la pression. Susan l'avait-elle compris au cours de ces dix dernières années ?

En outre, vendre la maison rendait impossible toute réconciliation entre nous, ce qui expliquait l'insistance des Stanhope.

Enfin, et ce n'était pas la moindre des raisons, Susan avait flingué un parrain de la mafia. Mieux vaut, dans ces cas-là, ne pas s'attarder trop près.

Elle avait une autre explication.

— Le fisc avait saisi Stanhope Hall à… enfin, tu sais qui. Et je craignais de me retrouver avec un lotissement comme celui de… d'à côté. Alors j'ai vendu la maison.

Remarquant qu'elle avait évité de prononcer les noms de Frank Bellarosa et de l'Alhambra, je choisis la provocation.

— J'ai vu les maisons de l'Alhambra. (Assez mesquinement, j'ajoutai :) Frank Bellarosa doit se retourner dans sa tombe. Bon. Excuse-moi.

Susan resta un moment silencieuse puis évoqua de nouveau les Ganz.

— Ils ont bien entretenu la propriété. Mais pour être tranquilles, ils ont planté ces haies qui me bouchent la vue. Cela dit, maintenant que Stanhope Hall est occupé, elles m'isolent un peu. Du coup, j'hésite. Dois-je les enlever ou non ? Qu'en penses-tu ?

— Garde-les pendant un an. Ensuite, décide.

— Bonne idée. Je prends aussi des bains de soleil sur la pelouse. Cela pourrait créer un problème avec le nouveau propriétaire.

— Je sais.

— Tu l'as rencontré ?

— Oui.

— Qu'a-t-il dit ?

— Que tu devais t'habiller décemment.

— De quoi d'autre avez-vous parlé ?

— J'ai obtenu l'autorisation d'occuper le pavillon de gardien après le décès d'Ethel.

— Pour combien de temps ?

— Pas au-delà du 1er septembre. Si je reste jusque-là. Ensuite, Nasim veut récupérer son bien. Il compte y installer des gens à lui. Il te l'a dit ?

— Non. Nous n'avons jamais parlé de ça. Il voulait m'acheter la maison d'hôtes. Il t'en a parlé ?

— Oui.

— Il m'a fait une offre très généreuse pour la maison et le terrain. Mon refus a eu l'air de le rendre furieux.

Je n'insistai pas pour qu'elle accepte la proposition. Je décidai également de ne pas aborder tout de suite les inquiétudes de Nasim touchant à sa sécurité. Je lui en parlerais en même temps que de mes propres inquiétudes relatives à Anthony Bellarosa, ce que je voulais garder pour la fin.

— Pourquoi es-tu revenue ? lui demandai-je.

— Le mal du pays. Et toi, tu éprouvais la même chose ?

Je réfléchis un instant.

— Le pays, ça n'est pas un lieu.

— Qu'est-ce que c'est, alors ?

— Des gens… La famille, les amis… Des souvenirs…

— Et ça ne te manquait pas ?

— Au début, si. Mais le temps permet de guérir. Les souvenirs s'atténuent. Le pays, ça peut aussi être étouffant. J'avais besoin de changement.

— Moi aussi. Pourtant, je me suis sentie de nouveau attirée ici. Je n'avais aucune envie de mourir à Hilton Head.

Elle réprima un éclat de rire.

— C'est un bel endroit, reprit-elle. Il te plairait.

— Je ne le saurai jamais.

— J'y ai gardé un pied-à-terre. Si tu as envie de l'utiliser, n'hésite pas.

— Euh, merci.

— Il est tout près de la plage et de deux parcours de golf. C'est très reposant.

— Je n'en doute pas.

Alors que, quelques instants auparavant, nous nous parlions du bout des lèvres, voilà qu'à présent elle me proposait sa maison au bord de la mer. Elle faisait des efforts. Pas moi. Peut-être, ainsi que l'avait suggéré Nasim, était-elle animée par la nostalgie. En tout cas, elle s'accrochait à un passé qui n'existait plus et que nul ne pourrait ressusciter.

— J'ai complètement renouvelé le mobilier de Hilton Head et rapatrié toutes mes affaires ici.

— Je l'ai remarqué. Alors, contente d'être revenue ?

— Oui. On sait parfois, tout au fond de soi, qu'on a fait le bon choix.

— Tu me rassures. (Je ne pus m'empêcher d'ajouter :) Je suis certain que tes parents regrettent ton départ, tout en étant heureux pour toi.

Elle me jeta un regard en coin, sachant d'expérience que chaque fois que je parlais de ses parents c'était sarcastique ou méchant.

— Pour être franche, j'avais besoin de ne plus être avec eux en permanence.

— Difficile à imaginer.

— Après la mort de Dan, je n'avais aucune raison de rester là-bas. Après tout, Carolyn vit à côté et Edward vient plus souvent à New York qu'à Hilton Head. De plus, j'ai encore de la famille et des amis ici.

Et un ennemi sur la propriété voisine. Je comprenais maintenant que la seule présence d'Anthony Bellarosa à proximité ne la pousserait pas à partir. Seul espoir : lui faire prendre conscience du problème et de la situation dans laquelle elle s'était mise. Si je travaillais pour Bellarosa, cela éloignerait peut-être de lui toute idée de vendetta. *Tu rêves*, me dis-je. En fait, peu importait que je travaille ou non pour lui et le lieu où Susan vivait. Anthony avait senti l'odeur du sang. Le moment venu, il suivrait sa trace à l'autre bout du monde.

Quelques jours auparavant, la protection de Susan m'apparaissait comme quelque chose de plutôt abstrait. Maintenant que nous marchions côte à côte, cela devenait réel.

Avant tout, je devais prévenir la police locale ainsi que le FBI. S'ils se mêlaient de l'affaire et faisaient savoir à Bellarosa qu'il ne fallait même pas songer à égaliser le score, cela suffirait peut-être à protéger Susan.

D'un autre côté, elle avait assassiné le père d'Anthony et s'en était tirée sans condamnation. Anthony Bellarosa n'était pas le genre d'homme à laisser les choses en l'état. Toutefois, le fils n'était peut-être pas de la même étoffe que le père. Peut-être chérissait-il plus sa liberté que l'honneur familial ou la vendetta ? Je n'avais pas de réponse à cette question. Et je n'avais guère envie de la jouer aux dés.

— À quoi penses-tu ? demanda Susan.

— De quoi parlions-nous ?

— De mes parents. D'ordinaire, cela te met de mauvaise humeur.

— Pas du tout. Comment vont-ils ?

— Bien.

— Ils doivent te manquer.

Silence.

— À la vérité, ils me rendent un peu folle.

— Je croyais qu'ils s'étaient radoucis.

— Bien sûr. Mais… ils aiment s'occuper de moi.

— Je ne l'ai pas oublié.

William et Charlotte Stanhope, je l'ai déjà dit, étaient dominateurs et manipulateurs. Lui n'était pas seulement radin mais malhonnête. Charlotte, autre moitié de ce délicieux duo, était une hypocrite, une sorcière capable de vous poignarder dans le dos avec le sourire. À part ça, ils étaient charmants.

Susan s'efforçait de dépeindre ses géniteurs en gentils vieillards tout tendres qui applaudiraient si nous nous réconciliions. En réalité, la seule façon pour William et Charlotte de cesser de m'empoisonner l'existence aurait été de passer l'arme à gauche. Avec cette idée en tête, je demandai :

— Ils ont des problèmes de santé ?

— Pas que je sache, répondit-elle après un petit silence. D'ailleurs, ils comptent venir pour les obsèques d'Ethel.

Je le redoutais. J'avais espéré qu'ils se dispenseraient d'assister à l'enterrement d'une vieille domestique. Mais il existe chez ces vieilles familles comme un sentiment de « noblesse oblige » auquel William et Charlotte restaient fidèles, en dépit des dépenses liées au voyage. Peut-être arriveraient-ils en autostop…

— Ils vont loger au Creek ?

— Ils n'en sont plus membres.

— Je vois. Il est vrai que ce club coûte cher.

— Ils ne viennent pas ici assez souvent pour que cela justifie une prolongation de leur inscription.

— Très juste. Et avec l'envolée des prix du transport aérien…

— Il ne s'agit pas d'argent, John. Simplement, ils ont moins de raisons de venir à New York.

— Pourtant tu es ici, toi. Et eux ont des amis. De toute façon, cela m'ennuierait de les voir se ruiner en descendant à l'hôtel. Alors, ils sont les bienvenus dans la maison de gardien. Cela me ferait très…

— Ça suffit, John !

— Excuse-moi. J'essayais seulement de…

— Tu n'es pas du genre à pardonner, hein ?

— À ton avis ?

Elle demeura songeuse.

— Si tu ne pardonnes pas et si tu n'oublies pas, reconnais quand même que tu éprouves le plaisir d'avoir gagné.

— Gagné ? Qu'est-ce que j'ai gagné ?

— Tout.

— Il me semblait plutôt avoir tout perdu.

— Oui, mais c'est ainsi que tu as gagné.

— C'est un peu trop zen pour moi, ça…

— Tu sais très bien ce que je veux dire. Alors, laisse tomber.

— D'accord.

— Mes parents séjourneront chez moi, m'informa-t-elle, revenant au sujet précédent.

Cela aussi, je le redoutais. Je n'avais aucune envie de les savoir sur la propriété. Ma proposition de les héberger n'était pas vraiment sincère…

— Edward et Carolyn aussi. Ce sera agréable de les savoir dans leurs anciennes chambres.

J'acquiesçai.

— J'aimerais t'inviter à dîner ou à boire un verre… À ta guise.

Je ne répondis pas.

— Comme tu vis sur la propriété, ce serait moins gênant que de savoir que tu cherches à éviter mes parents… Ou moi. Les enfants seraient ravis.

— Je n'en doute pas.

— Alors ?

Je songeai à cette réunion de famille. J'avais envie de voir mes enfants, mais je me serais volontiers passé des beaux-parents. Sans compter l'humiliation publique qu'avait été mon cocufiage par ma très belle épouse. En divorçant et en ne lui adressant pas la parole pendant dix ans, je m'étais senti vengé. Et mon orgueil restait intact. En théorie, j'étais prêt à me retrouver dans la même pièce qu'elle, à bavarder en souriant. Mais m'imaginer assis à table, dans la maison de mon ex-femme infidèle, avec nos enfants et ses parents… « Susan, ma chérie, pourrais-tu me passer les petits pois ? William, voulez-vous nous verser un peu de vin ? » Là, du coup, je ne me sentais plus prêt du tout.

— John ?

— Je ne crois pas que tes parents seraient disposés à s'asseoir en ma compagnie…

— Peu m'importe ce qu'ils pensent. Si ça ne leur plaît pas, ils pourront aller au restaurant. C'est à toi que je demande si tu accepterais de dîner avec moi, Edward et Carolyn.

— Oui, j'accepterais.

— Bien. Ils seront ravis de l'apprendre.

— Je peux amener une amie ?

Elle me lança un long regard, vit que je plaisantais, réprima un sourire et me lança un petit coup de poing sur le bras.

— Ce n'est pas drôle.

Nous poursuivîmes notre promenade. Elle me montrait de temps en temps ce que les Ganz avaient modifié ou quelque chose de nouveau qu'elle avait installé ces derniers mois. Elle me fit aussi remarquer à quel point la propriété avait peu changé.

— Les arbres sont plus grands. Ils ont tous survécu, sauf le hêtre pourpre qui était là. Je l'aurais volontiers fait remplacer, mais on me demandait trente mille dollars.

Je faillis suggérer que ses parents le lui offrent pour fêter son retour chez elle. Peut-être garderais-je cela pour le dîner. Charlotte s'étoufferait avec l'olive de son Martini et William mourrait d'une crise cardiaque. Gagnant, gagnant…

Cela dit, cette rencontre pourrait être l'occasion de m'excuser de l'avoir traité, au cours de notre dernier entretien, de « connard sans principes », de « salopard cynique », de « con monumental » et d'« enculé mondain ». Le moment était peut-être venu de m'exprimer de nouveau dans un anglais convenable.

— C'est là que les enfants plantaient leurs tentes, en été, me dit soudain Susan. Tu te rends compte qu'on les laissait dormir dehors tout seuls ?

— D'habitude, ils étaient avec des amis. Et, à l'intérieur du mur d'enceinte, on ne risque rien. C'était du moins le cas à l'époque.

— Ma maison, à Hilton Head, est elle aussi dans un quartier protégé.

— Ah ?

Le contraire m'eût étonné.

— Dire que Carolyn et Edward vivent dans de petits appartements, sans concierge, alors que leurs immeubles se trouvent dans des rues très passantes ! En plus, ils sont ravis.

— Ils sont jeunes, aventureux.

— Et ils n'ont peur de rien. Je suis heureuse que nous n'ayons pas été trop protecteurs, que nous ne les ayons pas « pourris gâtés ».

— La limite est étroite entre « protecteur » et « trop protecteur », comme entre « être attentionné » et « pourrir » ses enfants.

Elle me rappelait que nous avions réussi quelque chose : nous avions été de bons parents, ce qui restait une source de fierté et un lien entre nous. Bien sûr, nous avions tout fait exploser en bout de course ; mais, à l'époque de notre séparation, Edward et Carolyn étaient sur le point d'entrer dans la vie active.

— Si je pouvais revenir en arrière, je n'hésiterais pas, murmura-t-elle.

Regrettait-elle sa conduite, ou ses conséquences ? L'aventure elle-même devait avoir été riche en émotions et fort agréable sexuellement, sans parler du plaisir de transgresser un interdit. Elle n'avait pas pris pour amant le prof de tennis du club, comme n'importe quelle bourgeoise, mais un parrain de la mafia. Dès lors, jusqu'où avait-elle envie de revenir en arrière ?

Pour être honnête, pendant que Susan et moi nous étions éloignés l'un de l'autre et faisions chambre à part, j'avais eu une brève liaison avec une journaliste de télévision nommée Jenny Alvarez. Fort connue à l'époque, elle assurait la couverture de la procédure d'accusation criminelle contre Frank Bellarosa, dont j'étais l'avocat. Je n'avais jamais regretté cette aventure, probablement parce qu'elle n'avait pas eu de conséquences déplaisantes. En outre, je me sentais dans mon droit, puisque ma femme me trompait avec mon plus célèbre client. Pourtant, dans mon droit ou non, j'avais joué avec le feu à un moment où Susan et moi n'en avions nul besoin. Je m'étais toujours dit que j'aurais dû lui parler de cette brève passade, sans commune mesure avec sa liaison. Mais un tel aveu serait sans doute allé au-delà de la simple honnêteté. N'avais-je pas plutôt envie, à l'époque, de la blesser, ou de la rendre jalouse ? Ne parvenant pas à trouver la bonne réponse, je m'étais abstenu.

À présent, le moment était peut-être venu de lui dire qu'elle n'avait pas été la seule à commettre l'adultère.

— Susan…

— Oui ?

— Euh, tu te souviens de cette journaliste de télé, Jenny Alvarez, qui était, je crois, sur l'une des stations du câble ?

— Non… Je ne vois pas.

Je lui décrivis Mlle Alvarez, mais cela ne lui évoquait rien.

— Pourquoi me poses-tu cette question ?

— Je me demandais seulement si on la voyait encore à l'écran.

— Je ne regarde pas beaucoup les infos à la télé.

— C'est vrai. Ainsi, d'après Nasim, toi et sa femme… Soheila… c'est ça ?

— Oui.

— Vous êtes devenues amies.

— Oui, plus ou moins. Mais… pourquoi m'as-tu interrogée sur cette journaliste de télévision ?

Je repris mes esprits.

— J'aimais bien ses reportages ; et je ne la retrouve sur aucune chaîne.

— Des dizaines de nouvelles chaînes par câble sont nées depuis que tu es parti, grommela-t-elle en haussant les épaules.

— C'est vrai. Alors, Edward semble content de travailler pour un grand studio de cinéma.

Heureuse de revenir à ses enfants, Susan répondit :

— Il aime ce qu'il fait : le service développement, même si je ne sais pas ce que cela signifie. Et je suis surprise qu'il apprécie Los Angeles. Tu penses qu'il va rester là-bas ?

— Possible. Il faut que tu t'y fasses.

Elle acquiesça.

— Ce n'est qu'à six heures d'avion.

— Eh oui.

— J'ai grandi avec une famille très proche. Je trouvais ça normal.

— Ça ne l'est plus.

— Au moins, Carolyn est à côté. Pourtant, je ne l'ai pas beaucoup vue. Elle est très occupée.

— Quand on est substitut du procureur, on travaille énormément, et c'est très stressant.

— Je sais. Elle me l'a dit. Tu n'es pas fier qu'elle ait marché sur tes traces ?

Carolyn ne suivait pas exactement ma voie. Avocat d'affaires, j'avais gagné beaucoup d'argent. Carolyn, elle, travaillait pour des nèfles, comme nombre d'enfants bénéficiant d'un compte d'épargne à long terme. Et elle poursuivait les criminels. De la part d'une jeune femme nourrissant, au départ, des vues très idéalistes sur les droits de la défense, cela m'avait surpris. Trois ans au sein du système judiciaire pénal lui avaient peut-être ouvert un peu les yeux. Peut-être, un jour, occuperait-elle le banc de l'accusation dans l'affaire « L'État contre Anthony Bellarosa » ?

— Je suis fier d'elle, clamai-je.

— Crois-tu qu'elle puisse un jour intégrer ton ancien cabinet ?

Dans mon ancien cabinet, j'étais grillé à vie. Et j'étais certain que les associés restants de Perkins, Sutter and Reynolds n'avaient nulle envie de voir une jeune Sutter remplacer le mort ou le réprouvé. Ils avaient gardé le nom, par souci d'économie, et aussi parce que le patronyme de mon père était quasi légendaire à Wall Street. Quant à moi, ma disgrâce avait commencé avec la dame à mes côtés qui essayait, pour l'heure, de trouver un boulot à sa fille. Elle se trompait sur toute la ligne. Carolyn n'irait pas rejoindre un vieux cabinet d'avocats d'affaires, mais plutôt une sorte de groupe de défense des libertés civiles ou une quelconque organisation humanitaire. Et je l'approuverais sans réserve. Il fallait bien que, dans la famille, quelqu'un eût un cœur. En outre, cela rendrait William furieux.

— Je vais me renseigner, dis-je poliment.

— Merci. Et toi, comment se passe ton travail à Londres ?

— Bien.

— On t'autorise à quitter ton poste, le nez en l'air et les mains dans les poches, jusqu'en septembre ?

— J'ai pris un congé sabbatique.

— Tu comptes donc retourner là-bas ?

Mes projets d'avenir semblaient passionner les gens bien plus qu'ils ne m'intéressaient moi-même. Peut-être le moment était-il venu de mettre les choses au clair.

— Quand j'ai quitté Londres, je pensais vraiment que ce serait provisoire. Maintenant que j'ai retrouvé les États-Unis, j'ai décidé d'y rester. Pour la suite, je n'ai pas de projets précis. On m'a quand même proposé un emploi.

— Je suis heureuse de l'apprendre. Quel genre d'emploi ?

Au lieu de répondre : « *Consigliere* du nouveau don Bellarosa », je dis :

— Il ne faut pas en parler avant que cela se réalise. Ça porte malheur.

Elle me dévisagea brièvement, intriguée par cette attitude superstitieuse, aussi soudaine qu'inattendue.

— Préviens-moi quand ça se fera.

— Entendu.

— Tu devrais toutefois te réserver des vacances pour l'été.

Née dans une vieille famille fortunée, Susan n'imaginait même pas que je ne puisse me permettre, d'entrée de jeu, de demander trois mois de congé à mon nouvel employeur. Chez ces gens-là, quand on manque un peu de liquide, on vend quelques actions. Où est le problème ?

Edward et Carolyn, eux, recevaient une rente annuelle du fonds de placement des Stanhope et n'avaient pas réellement besoin de travailler. Pourtant, ils le faisaient, pour donner un sens à leur vie, faire quelque chose d'intéressant, d'utile pour la société.

Le frère de Susan, Peter, était, en revanche, un être totalement inutile, utilisant sa vie et ses rentes à perfectionner l'art de l'indolence, sans compter la pratique du tennis, du golf et du surf, ce qui avait au moins l'avantage de lui garder le corps en forme tandis que son cerveau s'atrophiait.

Et il y avait William, qui avait réussi à atteindre l'âge de la retraite sans avoir travaillé un seul jour de sa vie, sauf pour gérer la fortune familiale. Son seul titre de gloire : ses deux années passées avec les gardes-côtes, obligatoires en raison de cette agaçante guerre mondiale.

N'oublions pas Charlotte, débutante et dilettante avant d'épouser William, puis femme du monde à plein temps, ce qui peut représenter beaucoup de travail. Mais, dans sa déclaration de revenus, elle devait avoir bien du mal à cocher la case « profession », à moins d'écrire : « Direction d'un personnel de maison paresseux ».

Quant à Susan, elle avait plus ou moins emboîté le pas à son frère avant de se rallier au concept moderne de la jeune femme dans le vent, active et indépendante. Lorsque j'avais fait sa connaissance, elle travaillait à Manhattan comme secrétaire privée de la richissime héritière d'une maison d'édition, occupation tout à fait acceptable pour une personne de son milieu.

Nous nous étions rencontrés à l'occasion d'un mariage, l'été, sous les étoiles, au Seawanhaka Corinthian Yacht Club. La mariée était une invitée ou, comme je l'avais fait remarquer à Susan, une invitée à son propre mariage. Elle avait ri et nous avions dansé. Le reste, comme on dit, appartient à l'histoire.

Au début, les Stanhope m'acceptèrent en raison de la réputation de ma famille, tout en s'inquiétant de l'état de ma fortune. Dans leur univers, ce qui compte avant tout, c'est le nom, l'école qu'on a fréquentée, l'accent, les bonnes manières. L'argent est apprécié, bien sûr, mais l'argent sans le pedigree est trop commun aux États-Unis. Alors, quand on s'appelle William et Charlotte Stanhope et qu'on essaie de marier sa fille, on regarde le pedigree avant les dollars, ce qui explique que papa et maman Stanhope nous aient donné leur bénédiction. Ils ne tardèrent pourtant pas à découvrir qu'en fait ils ne m'aimaient pas. Le sentiment était réciproque, mais il était trop tard ; Susan et moi étions follement amoureux.

Cela avait été un excellent mariage, objectivement parlant, y compris d'un point de vue sexuel, et, si l'on me demandait ce qui a mal tourné, je ne saurais quoi répondre, hormis : « Elle fricotait avec un parrain de la mafia. » Bien sûr, elle était aussi un peu dézinguée, et je reconnais que, de mon côté, je peux me montrer parfois un peu sarcastique, mais nous étions heureux de notre vie à tous les deux, avec nos enfants.

Frank Bellarosa avait agi comme une force malveillante pénétrant au paradis, et personne n'y était préparé. Pour poursuivre la métaphore biblique, mais sur un autre registre, Ève avait tué le serpent. Furieux qu'elle ait été séduite, Adam avait demandé le divorce.

Nous marchâmes en silence pendant un certain temps. J'étais sûr qu'elle aussi songeait au passé. J'aurais aimé pouvoir lire dans son esprit, vérifier si nos souvenirs coïncidaient. Probablement pas. Je remâchais les mauvais. J'étais persuadé que, de son côté, des pensées plus heureuses l'habitaient.

— Veux-tu qu'on revienne à la maison ? proposai-je.

— Non, j'aime bien cette promenade. (Elle ajouta :) Comme autrefois, John.

Si nous avions pu effacer ou oublier ces six mois qui avaient dévasté les années heureuses et les dix ans qui avaient suivi, cette balade eût été encore plus agréable que celles de jadis. Un autre dimanche d'été ensemble.

Nous poursuivîmes donc notre promenade, comme autrefois. Avec une différence : nous ne nous tenions plus la main.

Chapitre 25

Nous avions parcouru la plus grande partie des cinq hectares, sauf la partie boisée entourant l'écurie qu'elle semblait vouloir éviter. Cet endroit ressuscitait le souvenir de Bellarosa, notre nouveau voisin de l'époque, qui avait insisté pour que sa société de construction déménage les anciennes écuries depuis les terres de William, qui étaient à vendre, sur la propriété de Susan. Tâche herculéenne. Il avait fallu démonter la structure centenaire, brique par brique, et la remonter près de la maison d'hôtes. En outre, parce que le bâtiment serait proche de l'Alhambra, nous avions besoin d'un accord écrit, que Frank Bellarosa était tout disposé à signer. Pour nous… ou pour Susan. Quant au devis que nous soumit son entrepreneur, Dominic, il était si ridiculement bas que, de toute évidence, c'était son patron qui assumait la plus grande partie du coût.

Me doutais-je des visées de Frank sur Susan ? Oui. En étais-je choqué ? Non. Trouvais-je cela divertissant ? Oui. Pensais-je que Susan Stanhope allait se glisser dans le lit du parrain de la mafia ? Pour rien au monde. Aurais-je dû me montrer plus attentif à ce qui était en train de se passer ? Apparemment, oui. Suis-je idiot ? Non, mais j'étais préoccupé par mes propres problèmes fiscaux, et beaucoup trop confiant. Sans parler d'un égocentrisme qui rendait, à mes yeux, une telle histoire proprement inimaginable.

Et puis j'étais à mille lieues de soupçonner que mon copain Frank Bellarosa avait lui-même suscité contre moi cette accusation de fraude fiscale, potentiellement ruineuse et susceptible de me valoir une condamnation pénale, de façon à pouvoir tirer quelques ficelles pour m'aider à en sortir, ce qui faisait de moi son débiteur. Il était déjà suffisamment inquiétant qu'un avocat fiscaliste ait des problèmes avec le fisc, mais les résoudre avec l'aide d'un mafieux ne constitua pas une de mes plus brillantes initiatives. D'un autre côté, cela fonctionna.

Jetant un coup d'œil aux écuries, je demandai à Susan :

— Tu fais toujours de l'équitation ?

Son regard glissa rapidement sur le bâtiment.

— Oui, mais je n'ai pas de cheval. Je monte un peu dans une ferme équestre d'Old Brookville.

Je me remémorai la nuit où elle avait tué Bellarosa. Elle avait sellé Zanzibar, son étalon arabe, avant de m'annoncer qu'elle partait faire une promenade nocturne. J'avais objecté que c'était dangereux. Elle avait rétorqué que la lune était pleine, la nuit claire, et elle était partie.

Deux heures plus tard, environ, Felix Mancuso, du FBI, vint sonner à ma porte et me demanda poliment de l'accompagner à l'Alhambra. Au fond de moi, je savais déjà que Susan avait tué son amant.

Les collègues de Mancuso veillaient à domicile sur Frank Bellarosa depuis qu'il était devenu témoin de l'accusation. Ils l'avaient, avec succès, protégé de ses anciens amis et de leurs tueurs. Malheureusement pour le FBI, Mme Sutter ne figurait pas sur la liste des personnes interdites de visite auprès de don Bellarosa. Bien au contraire. Comme un très petit nombre de gens, elle avait un accès illimité à Frank : « Pour qu'il continue à bien se sentir et à parler, il faut qu'il ait de la distraction », avaient finement décrété les fédéraux. On aurait pourtant dû leur rappeler que, dans chaque espèce, la femelle est plus dangereuse que le mâle, et que rien n'est plus terrible que la colère d'une femme méprisée.

Pour l'heure, Susan devait songer aux chevaux et non à Frank ou au meurtre.

— Il y a de moins en moins d'endroits où l'on peut galoper, dit-elle. La plupart des parcours équestres ont été supprimés, et une grande partie des champs et des anciens domaines ont été lotis.

Comme l'Alhambra.

— C'est vraiment dommage, compatis-je avec une sincérité feinte.

Après avoir tué son amant, Susan s'inquiéta surtout du sort de Zanzibar, encore attaché derrière la maison de Frank. Je dus lui promettre que je rentrerais à la maison avec lui le soir même. Ce que je fis. Je n'appréciais guère ce grand cheval. Pourtant, après l'avoir dessellé, je le douchai ; mais sans l'avoir brossé. Si elle l'avait su, elle m'aurait tué moi aussi...

— Les Ganz ont transformé la remise à attelages en garage et entreposé dans la grange du matériel de jardinage. Moi aussi, je jardine.

— Bonne idée.

— Zanzibar me manque beaucoup. Je regrette de ne pas avoir mon propre cheval. Yankee te manque ?

Yankee était mon cheval. Je le détestais à peine moins que Zanzibar.

— Je pense souvent à lui.

— J'ai déniché une bonne pension pour eux deux.

Je fus heureux d'apprendre qu'après son départ les canassons, au moins, avaient trouvé un havre agréable.

La matinée était magnifique. J'avais oublié à quel point ce domaine pouvait être beau. Sur la totalité des cent cinquante hectares du domaine originel des Stanhope, on avait planté de coûteux arbres exotiques venus des quatre coins du monde, dont certains avaient plus de cent ans. Depuis quelques dizaines d'années, le domaine dépérissait. Toutefois, Susan et les Ganz avaient entretenu leur parcelle de cinq hectares. Je remarquai qu'Amir Nasim avait lui aussi pris soin de sa propriété.

La splendeur du paysage me fit penser à l'un des nombreux talents de Susan, la peinture, et aux excellents tableaux qu'elle avait faits des grandes maisons abandonnées de la Gold Coast. Dans la région, elle était connue pour ses représentations romantiques de ces ruines recouvertes de végétation qu'elle peignait dans l'esprit, sinon dans le style, des gravures de ruines romaines de Piranèse. Mais la diversité architecturale des vastes demeures de la Gold Coast ainsi que leurs différents états de délabrement lui offraient plus de latitude que l'artiste italien, sans compter le fait qu'elle travaillait à l'huile et à l'acrylique.

— Tu peins toujours ? lui demandai-je.

— Non. Mais je pourrais.

— Pourquoi as-tu arrêté ?

— J'ai essayé de peindre à Hilton Head. J'ai fait quelques paysages maritimes et pas mal de palmiers. Mais j'ai l'impression d'avoir perdu mon… talent.

— Je ne crois pas qu'on puisse perdre son talent.

— Bah… Les sujets ne m'intéressaient sans doute pas. Tu sais, comme lorsque les artistes quittent le lieu qui les inspirait.

Il était possible que son état mental ait changé. Si les bons artistes sont fous, et elle était à la fois bonne artiste et folle, leur retour à une certaine normalité peut éteindre l'étincelle de génie qui les habite. C'est à la fois une bonne et une mauvaise chose. Surtout bonne, me semble-t-il. On pcut vivre avec de la mauvaise peinture, mais il est difficile de vivre avec une femme folle.

Je ne m'en demandais pas moins si cette personnalité nouvelle, apaisée, était l'heureux résultat d'une thérapie ou d'excellents médicaments.

— Maintenant que je suis de retour, je devrais essayer, pour voir si l'inspiration est revenue.

— Tu as raison.

Mais n'arrête pas les médocs.

Ironiquement, l'une de ses meilleures toiles, et probablement la dernière, représentait les ruines de l'Alhambra. À l'occasion de notre première visite chez les Bellarosa pour le café et les cannolis, elle avait généreusement proposé d'offrir à nos nouveaux voisins, en cadeau de bienvenue, unc représentation de l'atrium aux palmiers. Susan possédait des photos de ce magnifique atrium à deux galeries, tel qu'il existait avant que les Bellarosa restaurent la maison. Elle expliqua qu'elle comptait le peindre comme une ruine. Cela étonna Mme Bellarosa, qui se demandait pourquoi peindre ce qu'elle appelait un tas de pierres. Frank, se rappelant quelques œuvres d'art vues à Rome, jugea l'idée excellente. De mon côté, je fus également surpris par cette proposition. Susan offrait rarement ses œuvres, sauf, à l'occasion, pour des ventes aux enchères au profit d'associations humanitaires. Elle informa les Bellarosa que, tout en pouvant s'inspirer en grande partie des photos et du souvenir qu'elle gardait du bâtiment, elle devrait quand même dresser son chevalet dans la cour de palmiers pour avoir la bonne perspective et profiter de la lumière du soleil à travers la coupole de verre. Frank lui assura que sa porte lui serait ouverte en permanence.

En repensant à cette soirée, ce que j'avais fait des dizaines de fois, je me dis qu'il y avait là plus qu'un cadeau de bienvenue, un café et des cannolis.

Aussi incroyable que cela puisse paraître, Susan Stanhope Sutter et Frank l'Évêque Bellarosa avaient vécu un coup de foudre. J'aurais dû voir les lueurs danser dans leurs yeux. Je ne me rendis compte de rien, pas plus qu'Anna.

Le déplacement de l'écurie sur la propriété de Susan et la peinture de l'atrium de l'Alhambra entraînèrent de fréquents contacts entre Mme Sutter et M. Bellarosa. Moi, j'étais souvent en ville, et Anna passait beaucoup de temps dans la Cadillac noire pour rendre visite à sa famille, à Brooklyn, ou faire provision de cannolis et d'huile d'olive.

J'ignore qui fit le premier pas, ni où et quand cela se produisit. Mais je suis sûr que M. le Voyou italien se comporta en condottiere.

Poursuivant sa réflexion, Susan me dit :

— À présent, la plupart des maisons abandonnées ont été rasées ou restaurées. Mais j'ai encore de nombreuses photos à partir desquelles je pourrais travailler.

Ou alors tu pourrais peindre tes parents et baptiser le tableau « Grotesque américain ». Je me mordis la langue, avant de suggérer :

— Peins le pavillon de gardien avant que Nasim le revête d'aluminium.

Cette proposition avait tout du lapsus freudien. L'inviter à planter son chevalet devant ma maison ! Décidément, le fonctionnement de l'inconscient est surprenant.

— Bonne idée… Avec le portail en fer forgé.

Le sujet des périodes artistiques de Susan, passées et présentes, semblant clos, nous poursuivîmes notre escapade dans nos souvenirs. Puis, à brûle-pourpoint, elle me lança :

— Que dit-on, à Londres, du 11 septembre ?

Je répondis, comme à Elizabeth :

— Les Anglais affirment qu'ils seront les prochains.

— Le monde est devenu effrayant.

— Non, il est beau, et la plupart des humains, sur cette terre, sont des gens bien. Je m'en suis rendu compte lors de mon périple à la voile.

— Vraiment ? Tant mieux. Mais ce qui s'est passé ici a bouleversé tant de choses, pour tellement de gens.

— Je sais.

— Certaines de nos relations ont été tuées. Pour leurs familles, rien ne sera plus jamais comme avant.

— C'est vrai.

— Après la tragédie, nombre de mes amis ont changé leur façon d'envisager la vie.

— Je le comprends.

— Maintenant, je vois les choses différemment. Ce jour-là, j'étais folle d'inquiétude parce que Carolyn se trouvait à New York et que je n'arrivais pas à la joindre.

— Moi non plus, je n'y arrivais pas.

Elle se tourna vers moi.

— Je pensais que tu allais m'appeler.

— J'ai parlé à Edward. Il m'a assuré qu'il avait eu Carolyn sur son téléphone portable, qu'elle allait bien. Il m'a dit aussi qu'il t'avait prévenue.

— C'est vrai. J'espérais quand même recevoir un coup de fil de toi.

— J'ai failli te téléphoner. Et puis je me suis dit que tu allais appeler.

— Je l'ai fait. Mais je me suis rendu compte qu'il était 3 heures du matin à Londres. J'ai raccroché. Le lendemain… J'étais effondrée et trop… Je pleurais… Je t'ai envoyé un courriel. Tu ne m'as pas répondu.

— Excuse-moi.

— Ce n'est pas grave. Mais cette horreur m'a fait réfléchir. Il peut nous arriver des choses terribles, comme ça, brusquement, sans raison. Simplement parce qu'on se trouve au mauvais endroit au mauvais moment. C'était comme si je me réveillais brutalement. C'est à ce moment-là que j'ai songé à revenir ici, pour être proche des gens près de qui j'avais grandi, et… bon, j'ai commencé à penser à toi.

Je restai un moment silencieux.

— J'ai eu les mêmes pensées, dis-je, sincère.

— Face à tant de haine… Combien de temps peut durer la colère contre ceux qu'on a aimés ?

La question n'était rhétorique qu'en apparence. Je me sentis obligé de lui répondre :

— La colère a disparu. Même l'amertume de la trahison s'est estompée. Ce qui reste, c'est… bah, une blessure profonde, un sentiment de… d'humiliation. Surtout que ç'a été rendu public.

— Et ça, tu as réussi à le surmonter ?

— Non.

— Tu penses le surmonter un jour ?

— Non.

— Je peux y faire quelque chose ?

— Non.

Elle prit une profonde inspiration.

— Il est mort, John. Je l'ai tué. Pour nous.

— C'est ce que tu racontes.

Elle s'immobilisa. Moi aussi. Nous nous fîmes face.

— J'étais prête à passer le reste de ma vie en prison pour te rendre ta fierté et ton honneur. C'était ma pénitence publique, mon humiliation publique dans l'espoir que tu me reprendrais.

Je ne savais vraiment pas quoi répliquer. Je me lançai quand même.

— Écoute, Susan, tuer un être humain, ça n'est pas…

— Il était mauvais.

Incontestablement. Elle ne l'avait réellement compris que le jour où il l'avait méprisée. Jusque-là, elle aurait été prête à s'enfuir avec lui en Italie, là où la justice voulait l'envoyer en application du programme de protection des témoins.

— Il faut que tu me dises pourquoi tu l'as tué.

— Je viens de te l'avouer.

Je revoyais un peu la Susan d'autrefois, les yeux verts étincelants, le regard fou, les lèvres pulpeuses qui se réduisaient à l'épaisseur d'un trait, le menton levé comme pour clamer : « Je te défie de prétendre le contraire. » C'était pourtant ce que je comptais faire.

— C'est peut-être ce que tu crois maintenant, dix ans plus tard. Mais ce n'est pas pour ça que tu l'as tué. Pas pour moi. Pas pour nous.

Nous nous mesurâmes du regard. Je lui avais déjà posé la question dans l'atrium de l'Alhambra. Le corps de Frank Bellarosa gisait sur le sol. Une dizaine d'agents du FBI et de la police du comté s'étaient écartés pour permettre à Mme Sutter, suspectée d'homicide, et à son mari, qui était aussi son avocat, de s'entretenir en privé. Lorsque je lui avais demandé les raisons de son geste, elle m'avait donné cette même réponse. J'aurais pu l'accepter. Et, à partir de là, nous aurions pu rebâtir notre vie.

Mais ce n'était pas la vérité. Et on ne peut rien bâtir sur le mensonge.

La vérité était bien différente. Et je dois reconnaître que je portais là-dedans une part de responsabilité.

Nous nous affrontions toujours du regard. Je songeai à ma visite à Frank Bellarosa à l'Alhambra, alité avec la grippe, sans parler des séquelles des coups de fusil qu'il avait essuyés quelques mois auparavant au restaurant chez Giulio.

Ce n'était pas ma première visite. Ce devait être la dernière. Il mourrait quelques jours plus tard. Ce jour-là, il m'avait reparlé de cette faveur qu'il me devait pour lui avoir sauvé la vie.

— Qu'attendez-vous de moi ?

J'y avais déjà longuement réfléchi.

— Eh bien, Frank, j'aimerais que vous disiez à ma femme que tout est terminé entre vous deux, que vous ne l'emmènerez pas en Italie, ce qu'elle croit. Je souhaite que vous lui révéliez aussi que vous n'avez fait que l'utiliser pour m'atteindre, moi.

Silence. Puis :

— Marché conclu. (Toutefois, il ajouta :) Je lui dirai que je me suis servi d'elle, puisque vous le voulez, mais ce n'est pas vrai. Il faut que vous le sachiez.

Je le savais pertinemment. Je savais également, aussi impossible que cela parût, que Frank et Susan vivaient une folle passion, qu'elle était prête à me quitter pour lui. Mon expérience m'avait appris que le désir détruit tout. La femme de ma vie, Susan Stanhope Sutter, était éperdument éprise de Frank Bellarosa. Et Frank, apparemment, l'aimait. Voilà pourquoi il avait décidé de tout déballer aux FBI : pour que Susan et lui puissent partir ensemble en Italie, ou n'importe où ailleurs, et recommencer une nouvelle vie ensemble. Cela n'aurait probablement duré qu'un an ou deux, mais les êtres en proie à une obsession et enflammés par la passion ne voient pas aussi loin.

Il avait quand même tenu parole, lui avait dit ce que je lui avais demandé de dire, au téléphone ou en tête à tête, avant cette nuit-là, et Susan avait craqué. Ironiquement, quelques semaines auparavant, il lui avait confié l'arme qui devait servir à le tuer, pour que le FBI ne la découvre pas. Le reste appartient à l'histoire et à la tragédie, et peut-être un peu à la comédie, pour autant que l'on n'y soit pas personnellement impliqué.

Pourquoi avoir demandé à Frank d'annoncer à Susan que tout était terminé entre eux, qu'il ne l'emmènerait pas en Italie, qu'il l'avait utilisée pour me recruter comme avocat ? De toute évidence, j'avais fait ça pour récupérer Susan… ou pour la blesser. Et, bien entendu, je n'imaginais pas qu'elle allait craquer et le descendre. Quoique…

J'ai toujours estimé que Frank Bellarosa, grand admirateur de Machiavel, devait avoir apprécié à sa juste valeur ma solution machiavélique à ce problème. Et je me demande encore s'il comprit ce qui lui arrivait au cours de ses ultimes secondes, au moment où elle appuyait sur la détente. S'il eut une dernière pensée, ou des derniers mots, j'espère que ce fut : « John, espèce de salaud ! ».

Susan et moi ne nous étions pas quittés des yeux. Elle finit par baisser les paupières.

— Je l'avais vu plus tôt, ce jour-là. Il m'avait dit que tout était fini entre nous, qu'il ne m'avait jamais aimée, que son seul intérêt avait été de s'envoyer une salope de la haute qui te convaincrait de travailler pour lui. Il m'a enjoint de partir, de ne plus revenir et de ne pas l'appeler. Je suis quand même revenue, ce soir-là… Nous avons fait l'amour… Je croyais que tout était redevenu comme avant. Pourtant, ensuite, il m'a ordonné de m'en aller. J'ai refusé. Alors, il a menacé d'appeler le FBI pour qu'on me jette dehors. Je n'arrivais pas à y croire, et… je me suis mise en colère.

Elle paraissait très calme, comme on peut l'être quand on est au bord d'un effondrement émotionnel ou de la crise de nerfs. Difficile de dire ce qui allait suivre. Apparemment,

Frank n'avait pas su le prévoir non plus. Sinon, il serait resté sur ses gardes. Il aurait dû au moins se souvenir de l'arme.

D'une voix à peine audible, elle reprit :

— Je lui ai juré que je l'aimais, que j'avais renoncé à tout pour lui. Il m'a répondu : « Retourne auprès de John. Il t'aime, moi pas. » Il a ajouté que je devrais m'estimer heureuse si tu me reprenais, que je devrais remercier Dieu. Il m'a traitée de traînée et a répété : « Fous le camp. »

J'étais incapable de prononcer un mot. Je pensais à Frank. L'aimait-il vraiment ? Dans ce cas, il avait dû souffrir mille morts en lui lançant au visage ces injures qui, je venais de le découvrir, allaient bien au-delà de ce que je lui avais demandé. Mais il me devait une immense faveur pour lui avoir sauvé la vie et il voulait pouvoir m'affirmer : « Nous sommes quittes, maître. » Il ne vécut pas assez longtemps pour le faire.

Susan s'approcha de moi à me toucher.

— Voilà pourquoi je l'ai tué. Ça te va ?

Je m'attendais presque à voir des larmes rouler sur ses joues. Sa lèvre supérieure tremblait. Mais elle n'était pas du genre à pleurer.

— C'est bon, dis-je. Il est mort.

Nous fîmes demi-tour en direction de la maison. En silence. Il n'y avait rien à ajouter.

Chapitre 26

Pour gagner le patio, nous traversâmes la roseraie. En chemin, Susan avait laissé tomber la rose. Elle contempla longuement celles qui se trouvaient encore sur la table. J'étais persuadé qu'après ses aveux elle s'attendait à ce que je parte, ce que je souhaitais. Je devais toutefois lui parler d'Amir Nasim et d'Anthony Bellarosa.

— J'ai quelque chose d'important à te dire. Je suis sûr que tu préférerais rester seule, mais si tu pouvais t'asseoir et m'écouter dix minutes…

— Si c'est important…

— Ça l'est.

— Tu veux boire quelque chose ?

— De l'eau.

Tandis qu'elle entrait dans la maison, j'ouvris la boîte qu'elle m'avait donnée. À l'intérieur, comme elle me l'avait annoncé, je découvris des copies de lettres d'Edward et de Carolyn ainsi que des photos de famille. Sur certaines d'entre elles figuraient mes parents et les siens.

Je me souvins de la publicité d'une société spécialisée dans la retouche de photographies. Elle se vantait de pouvoir faire disparaître des gens sur des clichés puis de remplir l'espace vide. Je m'étais promis de contacter ces gens habiles pour vaporiser William et Charlotte. Malheureusement, retoucher une photo n'altère ni l'histoire ni le souvenir.

Dans sa pile, Susan n'en avait mis aucune de nous dans des situations osées. Je regrettai d'avoir mêlé des photos d'elle nue à celles que je lui avais offertes. J'eus envie de les reprendre.

Elle revint à ce moment-là, portant un plateau avec une bouteille d'eau gazeuse et deux verres.

Elle semblait apaisée, soulagée, peut-être, que je n'aie pas fui en l'entendant m'avouer que son adultère ne s'était pas limité à un simple attrait physique, qu'elle avait été amoureuse. D'un mouvement du menton, elle indiqua les photos qu'elle m'avait données.

— Elles sont merveilleuses. J'en ai des tas d'autres, si un jour tu veux les regarder…

— Merci.

Elle posa le plateau sur la table, et je m'assis en face d'elle. Elle remplit mon verre, que je bus d'un trait.

— Je t'en prie, va droit au but.

— Très bien. J'ai pris le thé avec Amir Nasim. Il m'a dit que s'il voulait acheter ta maison c'était pour être totalement chez lui. Je crois qu'il a un problème avec ce qu'on pourrait appeler la diversité culturelle. En d'autres termes, il n'a aucune envie qu'une belle femme vive au beau milieu de sa propriété. Il m'a également confié qu'il avait des inquiétudes concernant sa sécurité.

— Son épouse m'a laissé entendre la même chose.

D'abord surpris, je compris ensuite que Nasim s'était servi de sa femme pour faire passer le message.

— Soit il s'agit d'une paranoïa post-11 septembre, soit il invente tout pour que tu acceptes de vendre ta maison.

— Et si ses inquiétudes étaient réelles ?

— Il serait allé trouver la police. Dans ce cas, le FBI ou la police locale t'auraient contactée. Ils l'ont fait ?

— Non.

— Moi non plus, je n'ai pas eu de nouvelles de ce côté-là. J'en conclus que Nasim n'a pas prévenu les autorités, ce qui me rend dubitatif sur ses inquiétudes.

— Tu raisonnes en avocat. Lui est issu d'une culture différente. Il considère la police d'un autre œil.

— Tu n'as pas tort. Cependant, il a suffisamment vécu ici et à Londres pour savoir que s'il s'adresse aux flics ils ne vont pas lui soutirer du fric ou le passer à tabac pour les avoir dérangés.

— En tout cas, même si ses craintes sont justifiées, c'est son problème, pas le mien.

— Il m'a demandé de le prévenir si je remarquais quelque chose de suspect.

— Soheila m'a fait la même requête.

— Ou alors, appelle-moi.

Elle me regarda, sourit mais ne dit rien.

Une idée me traversa l'esprit : les inquiétudes d'Amir Nasim pourraient avoir l'avantage de mettre tout le monde en éveil sur cette propriété et, du coup, de neutraliser la menace probablement plus sérieuse que représentait Anthony Bellarosa.

Je faillis demander à Susan si elle avait une arme. Vu ce qu'elle avait fait la dernière fois qu'elle en avait eu une entre les mains, la question semblait un peu délicate. Surtout si je lui demandais si elle savait s'en servir. Je renonçai à ma question.

Pensant davantage à Anthony Bellarosa qu'à Amir Nasim, je lui dis :

— De toute façon, pour ne pas prendre de risque, je vais aller voir la police et lui suggérer de prévenir le FBI. Tu devrais faire de même.

— Il est incroyable que nous puissions nous préoccuper de choses pareilles… de terroristes étrangers.

— Le monde a changé, lui rappelai-je. Alors, oui, il faut se préoccuper de choses pareilles.

Elle se retrancha dans un silence songeur, ramenée, j'imagine, au temps de son enfance, où la principale menace extérieure était l'holocauste nucléaire, tellement inenvisageable que personne n'y pensait. La seule intrusion dans notre monde douillet était l'invasion soviétique de nos plages chaque été, initiée par les grands propriétaires russes de Glen Cove. Susan et tous les gens du coin éprouvaient sûrement de la nostalgie pour cette époque où le seul contact avec l'ennemi se réduisait à une bande de Russes maussades abandonnant sur la plage des bouteilles de vodka vides. Aujourd'hui, malheureusement, tout le monde pensait au 11 septembre en attendant le coup suivant.

— Nasim m'a proposé dix pour-cent de commission si je parvenais à te convaincre de vendre.

Elle sortit brutalement de sa rêverie.

— C'est malhonnête.

— Non, c'est avoir le sens des affaires.

— Que lui as-tu répondu ?

— Je lui ai promis que s'il montait jusqu'à quinze pour-cent je te dirais avoir vu des tueurs iraniens dissimulés dans les haies.

— Je ne me laisserai pas intimider. C'est ma propriété et elle appartient à ma famille depuis plus d'un siècle. Si Nasim a peur, c'est à lui de partir.

— Je comprends.

Je comprenais aussi que la présence d'Anthony Bellarosa ne la ferait pas non plus plier bagage. Pourtant, il fallait lui en parler.

— J'aimerais discuter avec toi d'un autre sujet important.

— Anthony Bellarosa, énonça-t-elle posément.

Je revins vite de ma surprise. Susan était peut-être folle, mais elle n'était pas idiote.

— Oui, Anthony Bellarosa.

— Avant même de racheter ma maison, je savais qu'il vivait sur le domaine de l'Alhambra. Je ne m'en suis pas souciée à l'époque et je ne m'en soucie toujours pas aujourd'hui.

— Souviens-toi de la fameuse phrase de Tolkien : « Il n'est pas prudent d'écarter de ses calculs un dragon vivant quand on est près de lui. »

Elle haussa les épaules.

— À moins que tu ne possèdes des détails précis sur le dragon, je refuse d'en discuter. J'imagine, poursuivit-elle en souriant, que tu t'inquiètes pour moi.

Voulant lui faire admettre qu'il s'agissait d'une chose sérieuse, je ne lui rendis pas son sourire.

— Je suis très inquiet.

Elle changea aussitôt de ton.

— Comment as-tu appris qu'il vivait juste à côté ?

— Il est passé me voir lundi dernier.

— Pourquoi ?

— Simple visite de courtoisie. Il venait me souhaiter la bienvenue dans le quartier.

Elle parut hésiter : devait-elle poursuivre cette discussion ? Je profitai de son indécision.

— Il voulait me parler de son père.

Silence.

— Il m'a demandé de tes nouvelles.

Susan, alors, se drapa dans sa dignité de lady Stanhope.

— S'il désire en avoir, il n'a qu'à s'adresser à moi ; pas à toi.

Elle possédait ce courage propre à la classe dominante, mélange d'indifférence hautaine à l'égard du danger physique et de croyance naïve en son invulnérabilité. Elle était du genre à demander à un cambrioleur de s'essuyer les pieds avant d'entrer.

Je tentai d'enfoncer le clou.

— Il ressemble à son père. Il ne discute pas de questions importantes avec les femmes.

Cette pique l'exaspéra. Elle rétorqua vivement :

— Ce n'est pas ton problème, John. C'est le mien. J'apprécie que tu t'inquiètes pour moi. Cela me touche vraiment. Toutefois, à moins que Bellarosa n'ait fait des déclarations précises que je devrais connaître, tu n'as pas à te mêler de…

— Allez, Susan, descends de ton âne.

Elle se recula sur sa chaise, croisa les jambes et contempla le jardin.

— Je te rappelle quand même que tu as tué son père. De ça, il ne discutera pas avec toi. Mais, à moi, il en a parlé.

Je ne voulais pas mentionner mes conversations suivantes avec Anthony au dîner et à Oyster Bay.

— Il n'a pas proféré de menaces précises, et il ne le fera jamais. Pourtant, j'ai eu l'impression très nette qu'il cherchait à se venger.

Elle fixait un endroit précis du jardin, songeant sans doute à la rouille des rosiers. C'était sa manière d'affronter les problèmes graves : se concentrer sur des détails anodins. Ainsi avait-elle agi après avoir tué Frank Bellarosa. Alors que le cadavre gisait sur le sol, entourée par six inspecteurs qui attendaient de la conduire en prison, elle s'était inquiétée de son cheval, et probablement de la façon dont Anna allait nettoyer les taches de sang.

Sachant que tout ce que je pourrais dire après cet avertissement ne serait perçu que comme une hypothèse, une opinion ou un conseil qu'elle rejetterait, je décidai de mettre un terme à l'entretien. Je me risquai quand même à lui dire :

— Tu devrais aller voir la police et faire une déclaration sous serment…

Au cas où il arriverait quelque chose… Cela, je ne le précisai pas.

Après un long silence, elle murmura :

— C'est tout ?

— Oui.

— Merci.

Je jetai un coup d'œil à ma montre.

— Il faut que j'y aille.

Je me levai. Elle ne bougea pas.

— Je connais le chemin.

Toujours pas de réponse.

La matinée avait été éprouvante pour elle, et pour moi. Ses aveux sur les véritables raisons qui l'avaient poussée à tuer son amant, l'annonce qu'Amir Nasim redoutait d'être assassiné et enfin que le fils de Frank Bellarosa avait posé des questions sur elle… J'imaginais les idées qui, en cet instant, pouvaient se bousculer dans son esprit.

Elle me fit comprendre son angoisse en me demandant, à brûle-pourpoint :

— Tu as appris à aimer l'agneau, en Angleterre ?

— Pardon ?

— Je pensais faire de l'agneau pour le dîner. Mais si tu détestes toujours ça, je pourrai préparer du veau.

Elle parut alors surprise de me voir debout.

— Où vas-tu ?

— Je… j'ai des choses à faire. Je voudrais téléphoner aux enfants, comme tous les dimanches.

— Pourquoi ne pas les appeler ensemble ?

— Eh bien…

— Ça leur ferait plaisir.

— Nous ne devrions pas les… surprendre. Et tu as peut-être besoin d'un peu de temps pour toi.

Ignorant ma remarque, elle me versa le restant d'eau gazeuse.

— Tu veux venir avec moi rendre visite à Ethel ?

Visiblement, j'étais censé m'asseoir, ce que je fis.

— J'ai réellement énormément de choses à faire.

Et je n'avais nulle envie de tomber sur Elizabeth à Fair Haven accompagné par Susan ; ni l'inverse, d'ailleurs. De plus, il y avait ce dîner, à 16 heures, chez les Bellarosa. Mais était-ce une bonne idée ?

Entre-temps, Susan avait ouvert l'enveloppe et regardait les photos, surtout les clichés de famille. Apparemment, elle n'avait pas encore découvert les autres, car elle me dit :

— J'aime bien celle-ci, où on est tous les quatre, quand on charge le bateau au Seawanhaka. Qui l'a prise ?

— Je ne m'en souviens pas. Tu pourras les regarder plus tard. Je crois qu'il faut que j'y aille.

Elle parcourut du regard le reste des photos. Enfin, un sourire éclaira son visage.

— Je me demandais ce qu'elles étaient devenues, celles-là.

Je ne répondis pas.

Elle semblait prendre plaisir à contempler ces images d'elle. Un sourire coquin apparut sur ses lèvres.

— Oh… regarde.

Elle poussa une photo vers moi.

C'était un cliché, pris avec trépied et retardateur, de Susan et de moi sur la terrasse à l'arrière de Stanhope Hall. En partant, les Stanhope y avaient laissé quelques meubles de jardin. Susan et moi venions de temps en temps y prendre un verre, au coucher du soleil, pour profiter de la vue. Voilà pourquoi, ce jour-là, j'avais apporté l'appareil et le trépied.

C'était la fin d'une chaude journée d'été. Après quelques cocktails, Susan avait proposé une version strip du jeu pierre-papier-ciseaux. Le perdant devait effectuer un cunnilingus ou une fellation à l'autre. Dans le genre gagnant, gagnant, la proposition semblait raisonnable. Le jeu commença. Très rapidement, Susan se retrouva nue.

Sur la photo, j'apparaissais debout contre la colonne, le caleçon sur les chevilles.

— On ne peut plus faire ça, maintenant, chuchota-t-elle.

— Non. M. Nasim n'aimerait pas qu'on prenne l'apéritif sur sa terrasse.

— Ni le reste.

Depuis cinq minutes, elle semblait avoir radicalement changé d'humeur, et je ne m'en étais pas aperçu.

Elle poussa vers moi d'autres clichés.

— Je les ai vus, dis-je précipitamment.

— Tu en as fait des copies ?

— Non.

— Je peux le faire pour toi… Nous n'avons pas changé. Je n'ai pas pris un gramme. Toi non plus…

La bouche sèche, je terminai mon verre d'eau et consultai de nouveau ma montre. Susan détaillait six ou sept photos qu'elle avait étalées sur la table.

— Ça rappelle de bons souvenirs, dit-elle.

J'acquiesçai.

Elle se leva, planta son regard dans le mien et, d'un ton qui ne laissait aucun doute sur ses intentions, me lança :

— J'aimerais te montrer ce que j'ai fait dans la maison.

— Euh… Pourquoi pas ?

Avant même d'avoir réfléchi, je me levai. Nous nous prîmes la main et entrâmes ensemble dans la maison.

La visite commença et se termina dans notre ancienne chambre à coucher.

Chapitre 27

Il faisait chaud dans la chambre. Susan était étendue sur les draps, nue, les jambes ouvertes, les mains derrière la tête. Elle était éveillée mais gardait les yeux fermés.

Par la fenêtre et les rideaux ouverts, la lumière du jour inondait la pièce. Un ventilateur à oscillation posé sur le sol rafraîchissait la sueur de nos corps et soulevait ses longs cheveux roux.

Je m'assis sur le lit et la contemplai. Elle avait la peau joliment bronzée, y compris la poitrine, mais un minuscule triangle blanc signalait le port d'un bas de Bikini pour couvrir ses poils pubiens d'un roux vif.

— Tu me regardes ? demanda-t-elle, les yeux toujours clos.

— Oui.

— De quoi ai-je l'air ?

— Tu es telle que le premier jour où nous avons fait l'amour.

Je ne mentais pas.

— Merci. J'ai hérité de bons gènes.

De fait, William et Charlotte formaient un beau couple. Hélas, ils avaient le cerveau en compote.

Susan ouvrit les yeux et se tourna vers moi.

— Je n'ai jamais eu personne, ici.

— Ce sont tes affaires.

— Je voulais que tu le saches. Cela fait si longtemps que je n'ai pas fait l'amour…

Elle me gratifia de son plus beau sourire. Je souris aussi mais ne poursuivis pas sur le sujet.

— Et toi ? reprit-elle.

— Eh bien…

— C'est bon. Je ne veux rien savoir.

Bien entendu, elle en brûlait d'envie. Il fallait évacuer la question.

— Il y a une femme à Londres. (Je n'oubliai pas d'ajouter :) Ce n'est pas sérieux.

— Comment s'appelle-t-elle ?

— Samantha.

— Joli nom. Débarrasse-toi d'elle.

— Euh, d'accord. Mais…

Elle s'assit à son tour, me prit la main.

— Nous avons gâché dix ans, John. Je ne veux pas perdre une minute de plus.

— Je sais… Toutefois…

— C'est trop rapide pour toi ?

— C'est… soudain.

— Tu m'aimes ?

— Oui. Je t'ai toujours aimée.

— Moi aussi. Pour toujours. Alors ?

— Tu es vraiment sûre de toi ?

— Oui. Et toi aussi.

Apparemment, la cause était entendue. Pour être franc, je l'avais senti dès l'instant où j'étais entré dans cette maison. Mis à part tout le ressentiment que je pouvais éprouver, et en dépit de ce qui s'était passé le matin, dès que nos regards s'étaient croisés, j'avais ressenti l'extraordinaire énergie sexuelle qui nous habitait jadis, et je savais qu'elle l'avait éprouvée elle aussi. La sexualité n'est pas l'amour, bien sûr, bien qu'elle y contribue. Pourtant, entre nous, l'amour était déjà présent, depuis toujours, et il ne nous restait plus qu'à passer à l'acte. Ce que nous avions fait.

Après dix ans, nous aurions pu nous montrer maladroits. Ce ne fut pas le cas. Nous fûmes aussi à l'aise l'un que l'autre, avantage de bien connaître un partenaire avec lequel on a partagé une longue intimité. En outre, après tant d'années, il existait quand même un élément de nouveauté et, peut-être, le sentiment diffus de transgresser un interdit. Combinaison explosive.

— J'y ai songé, dis-je à Susan.

— Moi aussi. Souvent. Pourquoi as-tu mis si longtemps à m'appeler ?

— Je… j'avais peur.

— De quoi ?

— Peur… que ça arrive, et aussi que ça n'arrive pas.

— Moi aussi. Maintenant, nous n'avons plus à avoir peur.

— Non. Je pensais que tu allais m'appeler.

— Je comptais attendre encore quarante-huit heures avant de le faire. Et puis j'ai vu la voiture d'Elizabeth, qui est restée toute la nuit. J'étais… comment dire ?

— Effondrée ? Anéantie ? Furieuse ?

— C'est ça. Mais j'étais prête à te pardonner.

— Il n'y a rien à pardonner.

— Elle te plaît ?

— Oui.

Elle laissa passer quelques secondes.

— Tu lui plais aussi. Elle me l'a laissé entendre lorsque nous avons déjeuné ensemble. Vu les circonstances, elle était un peu gênée, mais je l'ai bien vu.

— C'est une femme bien.

— Je le pense aussi. Alors, nous pouvons être amis.

— Parfait.

Nous avions pris beaucoup de décisions en une demi-heure. Cela arrive parfois après avoir fait l'amour avec quelqu'un. On commence par un « bonjour » poli, on se retrouve nu dans un lit. Si l'on n'est pas pressé par le temps, cela se termine par une conversation sur l'oreiller. Et c'est en parlant que, d'habitude, les ennuis commencent, sans même qu'on s'en aperçoive.

Dans le cas présent, avec Susan, le destin avait décidé depuis longtemps. Dès lors, autant suivre le programme.

— Je n'ai jamais cru que nous vivrions séparés pour le restant de nous jours, dis-je.

— Moi, je savais que ce ne serait jamais le cas.

— Je t'ai vue, mardi, à Locust Valley, lui avouai-je.

— Ah bon ? Où ça ?

— Dans ce petit restaurant, pas loin de chez Rolf.

— Ah oui. Je déjeunais avec Charlie Frick.

— Je croyais que c'était une femme.

— Charlene. Charlie Frick. C'est une des Frick.

— Apparemment, puisque c'est son nom.

— Écoute, John, on vient de faire l'amour. Tu ne pourrais pas te montrer moins sarcastique ?

Je ne voyais pas le rapport, mais j'étais persuadé qu'il y aurait d'autres échanges de ce genre après l'amour.

— Et toi, où étais-tu ? J'espère que tu n'as pas pris un de ces horribles sandwichs chez Rolf.

Nouvelle critique postcoït.

— J'ai pris un café chez Rolf, et en sortant je vous ai vues, toi et Mitzi.

— Charlie. Pourquoi ne m'as-tu pas saluée ?

— Parce que je ne voulais pas d'une rencontre banale, alors que je te voyais pour la première fois depuis quatre ans.

Elle m'étreignit la main.

— Moi non plus. Qu'est-ce que tu éprouvais ? Qu'est-ce que tu pensais ?

— Je me sentais… triste, je crois. Et je me disais que tu n'avais jamais été aussi belle.

Elle passa ses bras autour de moi, m'embrassa.

— Je t'aime. Nous ne serons plus jamais séparés, plus jamais tristes. Tu te rends compte ? Tu réalises que nous sommes de nouveau ensemble ?

— C'est difficile à croire.

— Tu m'épouseras de nouveau ?

J'attendais cette question.

— Si c'est ce que tu désires.

Ce ne devait pas être la bonne réponse, car elle s'écarta de moi.

— Qu'est-ce que tu veux, toi ?

Nouvel essai.

— Tu m'épouserais ? demandai-je.

— Laisse-moi y réfléchir. D'accord, je t'épouserai.

— Avec toi, j'ai été l'homme le plus heureux du monde.

— Je le sais. Mais vivons ensemble pendant un an, pour être sûrs.

— Entendu. Ou, plutôt, non. Marions-nous le plus vite possible.

— Si c'est ce que tu veux. Que fais-tu, demain ?

Visiblement, Susan était heureuse, et quand elle est heureuse elle est drôle. J'étais heureux aussi. Tout cela était quand même un peu soudain, et je ne parvenais pas à suivre le rythme. J'avais besoin d'au moins dix minutes pour réfléchir à ce bouleversement total de mon existence. Je me souvenais aussi de ce que j'avais affirmé à Elizabeth, qu'il fallait se fier davantage à son cœur qu'à sa tête, qu'il fallait prendre des risques. À ce moment de ma vie, je n'avais pas grand-chose à perdre en épousant mon ex-femme. Bien au contraire : j'étais amoureux d'elle et elle m'offrait une nouvelle chance d'être heureux.

Susan, qui me connaissait bien, murmura :

— Tu souhaites m'épouser ou non ?

— Je ne désire rien de plus au monde que d'être à nouveau ton mari, de former à nouveau une famille.

Elle s'adossa à la tête du lit, et ses yeux se remplirent de larmes.

— Je regrette tellement ce qui s'est passé, John.

— Je sais. Moi aussi.

Nous demeurâmes ainsi un long moment. Je regardai le ventilateur balayer la chambre, goûtant la brise sur mon corps. Cette chambre, avec le mobilier que j'avais connu, ramenait à ma mémoire des souvenirs heureux, les grasses matinées du dimanche, les enfants, petits, qui venaient faire un câlin avec nous, les petits déjeuners au lit les jours de fête. Je me rappelais la carte d'anniversaire que Susan m'avait écrite : « John, tu ne sais pas le nombre de fois où je me réveille le matin et où je te regarde, allongé à mes côtés. Cela, je le ferai jusqu'à la fin de mes jours. »

Ces dix ans écoulés ne m'avaient apporté que colère et ressentiment. Je lui pris la main.

— Je te pardonne.

— J'étais sûre qu'un jour tu le ferais.

Moi aussi.

Elle se rapprocha de moi, posa la tête sur mon épaule ; et nous pensâmes à l'avenir.

Le moment était venu d'aller de l'avant.

Malheureusement, le passé n'était ni mort ni enterré. Il était vivant, à l'Alhambra, et sur le point de nous rattraper.

Chapitre 28

L'amour sous la douche, c'est ma façon à moi de faire plusieurs choses à la fois.

Après, Susan et moi nous habillâmes et descendîmes dans la cuisine.

— Tu as faim ? demanda Susan.

Un coup d'œil à la pendule m'apprit qu'il était 13 heures. Je me rappelai mes spaghettis et mes boulettes de viande chez les Bellarosa.

J'étais également censé appeler Elizabeth pour un éventuel rendez-vous à 19 heures. Beaucoup de choses s'étaient mises en route avant ce brusque tournant. Je regrettai de ne pas avoir appelé Susan la semaine précédente. Qui sait ce qui se serait passé ? Je n'étais pas vraiment prêt, alors, à ce qui venait de se produire et, en réalité, je ne l'étais pas davantage en cet instant. Mais l'intelligence consiste à savoir s'adapter. Sur mes projets avec Elizabeth, l'attitude à adopter était claire : les gens qui se marient doivent mettre un terme à leurs idylles. En ce qui concernait le dîner avec la famille Bellarosa, la décision n'était pas aussi simple.

— John ? Hé ?

— Je dégusterais bien un bloody mary.

— Je n'ai pas de jus de tomate.

— Dans ce cas, je me contenterai d'une vodka glaçons.

Elle tira du congélateur une bouteille de Grey Goose, en versa dans un verre, ajouta glaçons et jus d'orange en précisant :

— Il est trop tôt pour boire de la vodka pure.

Je pensais le contraire.

Susan se versa du jus d'orange et me tendit mon verre, que je choquai contre le sien.

— À nous.

— À nous.

J'avalai une gorgée, sans sentir le goût de la vodka.

— Tu ne veux pas manger quelque chose ? me demanda-t-elle.

— Non, ça ira.

— Qu'est-ce que tu as pris au petit déjeuner ?

— Euh, laisse-moi réfléchir.

J'avais failli prendre Elizabeth sur la table du patio, mais mieux valait ne pas en parler.

— Un muffin anglais.

— C'est tout ?

— De la gelée de pomme sauvage. Du café.

— Seul ?

— Non.

— Comment se fait-il qu'Elizabeth ait dormi sous le même toit que toi et qu'il ne se soit rien passé ?

— Peu importe comment ou pourquoi il ne s'est rien passé, répliquai-je, un peu agacé. Ce qui importe, c'est qu'il ne se soit rien passé.

— Excuse-moi, dit-elle, devinant mon irritation. Tu n'imagines pas à quel point je suis jalouse. Je n'en parlerai plus.

— Merci.

— Peut-être que tu ne sais plus y faire.

— Susan !

— Ou alors tu étais fidèle à Samantha.

Visiblement, la question appelait une réponse.

— Comme tu peux l'imaginer, Elizabeth est bouleversée par ce qui arrive à sa mère. Nous avons passé la journée à passer en revue les papiers et les objets personnels d'Ethel. À la fin de la journée, elle était anéantie. Elle a bu trop de vin et elle est allée se coucher tôt. Moi, j'ai dormi sur le canapé. Fin.

— D'accord. Excuse-moi. Tu as des témoins pour cette histoire ?

J'étais sur le point de perdre patience lorsque je m'aperçus qu'elle souriait. Je lui rendis son sourire. Elle posa son verre et me serra dans ses bras.

— Je ne veux pas être jalouse.

J'aurais pu m'y tromper. Je posai mon verre sur le comptoir, et nous nous étreignîmes.

— Téléphonons à Edward et à Carolyn, me dit-elle.

Cette idée paraissait l'exciter au plus haut point ; moi aussi, je dois l'admettre.

— C'est toi qui appelles, dis-je.

— J'essaie d'abord de joindre Carolyn sur son portable.

Carolyn répondit. Sa mère et elle échangèrent quelques mots. D'après ce que je compris, notre fille s'apprêtait à partager un brunch dominical avec des amis. Susan couvrit le micro de l'appareil d'une main et chuchota :

— Je veux que ce soit toi qui lui apprennes la nouvelle. (Puis :) Carolyn, ton père veut te parler.

Carolyn dut manifester sa surprise, car Susan ajouta :

— Non, il est ici.

Elle me tendit le téléphone.

— Comment vas-tu, ma chérie ? dis-je.

— Très bien. Et… et toi ?

— Très bien aussi.

J'entendis un bruit de fond.

— Où es-tu ?

— Devant Petrossian. Avec des amis.

Les substituts du procureur n'ont pas les moyens de s'offrir de tels restaurants. Le fonds Stanhope payait peut-être le champagne et le caviar.

— J'espère que le brunch passe sur la note de frais, plaisantai-jc.

— J'ai un compagnon, papa.

— Ah.

Je n'arrivais toujours pas à imaginer ma petite fille avec un homme, surtout quelqu'un capable de lui offrir caviar et champagne.

— Dans ce cas, prends du rab de beluga, ajoutai-je, toujours d'un ton blagueur.

Elle ignora ma remarque.

— Bon. Que se passe-t-il ?

Bonne question. Je jetai un coup d'œil à Susan, qui mit le haut-parleur.

— Eh bien… je suis ici, dans la maison de ta mère.

— Je sais.

— Nous avons décidé de revivre ensemble.

Un cri, comme si elle avait été renversée par un autobus, puis un autre.

— Oh, mon Dieu ! Oh, papa, c'est magnifique ! Oh, je suis tellement heureuse ! Maman ! Maman !

Susan me prit le combiné, coupa le haut-parleur et engagea une conversation rapide avec sa fille, entrecoupée d'exclamations inintelligibles.

Pensant que mon intervention était terminée, j'allai rafraîchir mon jus d'orange à la vodka. Susan s'écria :

— John, ça suffit !

Elle s'adressa de nouveau à Carolyn. Après quelques minutes de conversation féminine codée, elle remit le haut-parleur.

— Je te laisse à tes amis. Appelle-moi quand tu auras un moment. Ton père veut te dire au revoir.

— Au revoir, Cari ! lançai-je depuis la cuisine. Je t'aime !

— Au revoir, papa ! Moi aussi, je t'aime.

Susan coupa la communication et se tourna vers moi.

— Elle est tellement heureuse pour nous. N'est-ce pas merveilleux ?

— Si. Elle a un compagnon.

— Je lui ai dit que nous allions appeler Edward. Elle lui téléphonera ce soir.

— Qui est ce type ?

— Notre fils. Edward.

— Non, son compagnon.

— Oh, je n'en sais rien. Elle a rompu avec Cliff, et maintenant elle a quelqu'un d'autre. Rien de tout cela n'est sérieux.

— Un brunch à deux cents dollars chez Petrossian, ça me semble sérieux. Ce n'est peut-être pas sans rapport avec ses inquiétudes sur la faim dans le monde.

Susan ignora mon sarcasme.

— C'est toi qui appelles Edward.

Je regardai la pendule.

— Il n'est que 10 heures à Los Angeles. Il doit encore dormir.

Elle composa le numéro.

— J'essaie à son appartement.

Après quelques sonneries, on décrocha.

— Bonjour, ici Mme Sutter, la mère d'Edward. Est-ce qu'il est là ?

Elle écouta la réponse.

— Dites-lui que c'est important. Je ne quitte pas. Merci.

Elle s'adressa à moi.

— Il est sous la douche.

— Qui a décroché ?

— Une jeune femme qui n'a pas eu la politesse de me donner son nom, ni l'élégance de répondre simplement qu'Edward n'était pas joignable.

Susan s'était toujours montrée plus critique envers les conquêtes de son fils que vis-à-vis des petits amis de Carolyn. Moi, j'avais la réaction inverse. Je devrais écrire à Freud…

— J'espère que je ne l'ai pas inquiété, dit Susan.

Elle approcha l'écouteur de son oreille.

— Bonjour, mon chéri. Non, tout va bien. Je voulais simplement t'annoncer une bonne nouvelle. Ne quitte pas. Quelqu'un a envie de te dire bonjour.

Elle me tendit le téléphone.

— Salut, Skipper, dis-je en utilisant son surnom.

— Papa !

— Désolé de te tirer de ta douche.

— Pas de problème. Que se passe-t-il ?

— Qui a répondu au téléphone ?

— Oh, c'était Stacy. Elle… Nous allons à la plage.

— Super. Laquelle ?

— Probablement Malibu. Tu sais, papa, tu devrais venir.

— C'est dans mes projets. Pourtant, je crois que tu viendras ici avant, pour une raison beaucoup moins agréable.

— Ah… Comment va-t-elle ?

— Pas très bien. Je l'ai vue il y a quelques jours. À mon avis, c'est pour bientôt.

— C'est triste. Et toi, comment ça va, à New York ?

— Super. Ça fait plaisir d'être rentré.

— Quel temps vous avez, là-bas ?

— Magnifique.

Edward ne semblait pas avoir remarqué qu'il était inhabituel que son père et sa mère l'appellent ensemble, comme s'il avait oublié que nous devions lui annoncer quelque chose d'important. Mon fils a tout du petit génie, même si peu de gens s'en rendent compte, et il a toujours été un peu bizarre.

Susan commençait à s'impatienter.

— Bon, Skipper, tu dois te demander pourquoi nous avons appelé.

— Euh, oui… Tout va bien ?

Elle mit le haut-parleur.

— Je suis en ligne, mon chéri. Ton père et moi avons d'excellentes nouvelles.

— Parfait.

À mon tour d'intervenir.

— Ta mère et moi allons nous marier.

— Hein ?

— Nous marier. De nouveau. Nous allons nous remarier.

Silence.

— Tu veux dire… ensemble ?

— N'est-ce pas magnifique ? s'exclama Susan.

— Oh… oui. Incroyable !

Il dut soudain prendre conscience de ce qui se passait.

— Ouah ! Mais… vous plaisantez ?

À l'unisson, nous répondîmes :

— Non !

— Nous avons appelé Cari, reprit Susan. Elle est ravie ! Elle doit te téléphoner ce soir.

— Fantastique. Je suis…

Je l'entendis sangloter. Ma gorge se noua. Susan, elle, avait les larmes aux yeux.

— On va te laisser, Skipper. Amuse-toi bien à la plage. À bientôt.

— Oui. À bientôt.

Susan se tamponnait les yeux avec un mouchoir.

— Ne fais pas trop de projets pour ton arrivée ici, lui dit-elle. Réserve-toi pour la famille. On dînera ensemble.

— Ah bon ? Oui. Bien sûr.

Elle poursuivit ses recommandations.

— Je t'appellerai et je t'enverrai un courriel dès que nous saurons, pour Ethel. Il faudra que tu prennes le premier vol pour New York. Même s'il y a une escale. Et n'oublie pas de demander une place en première ou en classe affaires, si les autres sont prises. Edward ? Tu m'écoutes ?

En fait, il avait cessé de l'écouter depuis dix ans. Il n'en répondit pas moins :

— D'accord, maman.

— Je t'aime.

— Moi aussi.

— Je t'aime, dis-je.

Susan raccrocha.

— Ils étaient surexcités. Vraiment. Tu ne trouves pas ?

— Si.

Elle s'essuya de nouveau les yeux.

— Notre famille a beaucoup de temps à rattraper.

— C'est vrai. Moi aussi, j'ai raté des tas de choses avec eux. À partir de maintenant, tout va aller mieux.

— Oui. Edward a encore besoin d'une solide figure masculine dans sa vie. Il est tellement… immature.

Je ne le pensais pas. J'aurais dû laisser tomber, mais mon côté sarcastique prit le dessus.

— Il a vingt-sept ans. Il peut se fier à sa propre virilité.

Elle parut un peu agacée, puis embarrassée.

— Tu sais comment il est.

— Oui, il est comme moi.

— Tu es un peu plus organisé. Et quand je dis un peu plus…

Susan avait été la femme la plus brouillonne du monde. Toutefois, depuis mon départ, elle semblait s'être améliorée.

Nous avions tous les deux changé. Pourtant, nos souvenirs demeuraient identiques. Ou alors c'était l'inverse. Nous devions faire de gros efforts pour nous voir tels que nous étions aujourd'hui, et non tels que nous étions hier.

Note plus optimiste, Susan se sentait, d'emblée, tellement à l'aise avec moi qu'elle n'hésitait pas à souligner mes défauts et à me critiquer. Brèves fiançailles.

— Je t'aime, me répéta-t-elle. J'aime ton charme adolescent, ton esprit caustique, tes manies exaspérantes, et même ton intraitable entêtement. Je t'aime sans condition, comme je t'ai toujours aimé. Je vais même te dire pourquoi : tu dis la vérité, tu as du caractère, ce qui ne se rencontre plus guère de nos jours ; et tu as du cran. Avec toi, je n'ai pas peur. Jamais.

Je ne sus comment réagir. J'aurais pu lui dire : « Tu es gâtée, totalement hors de la réalité, un peu pute, à la fois passive et agressive, folle, mais je t'aime quand même. »

C'était la vérité. Craignant de ne pas trouver les mots appropriés, je me contentai de chuchoter :

— Merci.

Je la pris dans mes bras.

— Moi aussi, je t'aime sans condition. Je t'ai toujours aimée et je t'aimerai toujours.

— Je sais.

Elle posa la tête sur mon épaule.

— J'ai l'impression de vivre un rêve.

Ses larmes coulaient dans mon cou.

J'ignorais à quoi elle pensait. Moi, je pensais au dîner avec Anthony Bellarosa.

Chapitre 29

Susan avait entrepris la tâche titanesque de me perfectionner avant de m'épouser à nouveau. Dans la chambre, elle avait remarqué la pâleur de mon épiderme, et j'avais reconnu qu'un peu de couleur ne me ferait pas de mal. Nous installâmes donc deux chaises longues dans le patio et nous étendîmes côte à côte en nous tenant la main, moi en caleçon, elle en culotte de Bikini. Dans la cuisine, la radio jouait l'ouverture du *Vaisseau fantôme*, sous la direction de sir Georg Solti.

Je savourai le soleil sur ma peau, plaisir que je n'avais guère connu à Londres. Sur la table basse, entre nous, une bouteille de San Pellegrino, qui me rappelait notre première visite chez les Bellarosa. La seconde fois que j'avais vu cette eau minérale, c'était à l'occasion d'un déjeuner avec Frank Bellarosa chez Giulio, le restaurant de Little Italy où nous étions allés fêter sa liberté sous caution. Ma dernière bouteille de San Pellegrino, je la bus également chez Giulio, quelques mois plus tard. Nous nous étions retrouvés là-bas avec nos épouses, et, à ce moment-là, non seulement j'étais accoutumé à la cuisine italienne mais j'étais aussi à peu près certain que ma femme, qui se trouvait à mes côtés, avait une aventure avec notre hôte, qui l'ignorait presque et se montrait très attentionné envers moi. Quelle autre preuve me fallait-il ?

Je me suis souvent demandé comment la soirée aurait tourné si j'avais tout révélé. Frank et moi serions-nous sortis dans la rue pour voir si sa limousine nous attendait ? Probablement pas. J'aurais sûrement pris un taxi pour me rendre seul à la station Long Island. Mon départ soudain aurait-il bouleversé le projet d'assassinat ? Je l'ignore, mais je ne me serais sûrement pas retrouvé à côté de Frank lorsqu'il encaissa deux cartouches de chevrotines dans son gilet pare-balles. Je n'aurais pas pu stopper l'hémorragie qui menaçait de l'emporter et il n'aurait pas vécu suffisamment longtemps pour que Susan l'abatte.

— Tu es bien calme, me dit-elle.

— Je goûte l'instant présent.

— Parle-moi.

— Tu as de très beaux seins.

— Merci. Ça te dirait de voir mon cul ?

Je souris.

— Bien sûr.

Elle ôta sa culotte, s'allongea sur le ventre.

— Alors ?

Je me tournai vers elle.

— Parfait.

— Enlève ton caleçon, m'ordonna-t-elle. Fais-moi un peu bronzer ces fesses blanches.

J'obtempérai, me mis moi aussi sur le ventre et me tournai de nouveau vers elle.

— Tu peux le refaire ? me demanda-t-elle.

— Me retourner ?

— Mais non, refaire l'amour.

— Quelle question !

En souriant, elle me pinça la fesse. Parcouru d'un frisson, je me remis sur le dos.

— Oh, mon Dieu ! s'écria Susan. Ne bouge plus.

Elle se leva, se mit debout au-dessus de moi, jambes écartées, puis se laissa glisser.

Nous l'avions déjà fait, sur le patio, sur d'autres chaises longues, et n'avions été surpris que deux fois : la première par le jardinier que, par la suite, je n'ai jamais considéré de la même façon ; la seconde par Judy Remsen, une amie de Susan venue lui offrir une plante en pot qu'elle laissa tomber par terre de saisissement. Le dîner suivant avec les Remsen avait été intéressant.

Susan entama un lent mouvement de va-et-vient avant d'accélérer le tempo, le corps arqué en arrière, le visage levé vers le soleil.

Le temps, qui est relatif, sembla suspendu, puis accéléra avant de ralentir à nouveau pendant une très longue seconde lorsque nous atteignîmes l'orgasme en même temps.

Susan s'écroula sur ma poitrine, mêlant à la mienne sa respiration haletante. Elle glissa les mains sous mon dos, m'étreignit doucement tout en me mordant l'épaule et commença à bouger les hanches. Quelques secondes plus tard, elle avait un autre orgasme.

Je la voyais bien partie pour un troisième, mais elle étendit les jambes, cala sa tête sur mon épaule et s'endormit en moins d'une minute. Au temps pour mon bronzage ! Je m'assoupis à mon tour, bercé par le chant des oiseaux et Wagner à la radio.

Chapitre 30

Je fis un rêve agréable. Je bronzais tout nu au bord de la mer. En me réveillant, je me dis que Susan et moi devrions aller à la plage nudiste de Saint Martin, où j'avais passé quelques jours délicieux dix ans auparavant.

Peut-être devrions-nous plutôt retourner à Hilton Head, après les obsèques d'Ethel, pour parfaire le processus de réconciliation familiale. Je fis un autre rêve. Les Stanhope seraient enchantés de nous voir réunis. William me prendrait par l'épaule en rugissant : « John, vieux pirate, ça fait plaisir de vous revoir ! ». Et Charlotte glousserait : « Mon gendre préféré enfin de retour ! ».

En fait, ils allaient prendre une sacrée baffe. Il fallait en discuter avec Susan.

Elle s'étira, bâilla, déposa un baiser sur ma joue et se leva.

— Tu te souviens de la fois où Judy Remsen s'est pointée ?

— Oui.

— J'en étais gênée pour elle, dit-elle en riant.

— Tu as eu tort. Elle s'est empressée d'aller le raconter à tout le monde.

Je m'assis, avalai une gorgée de San Pellegrino et contemplai Susan, nue dans le soleil.

— Mets-toi debout devant moi. Nous allons faire quelques étirements.

— Désolé. J'ai un claquage à l'aine. Vas-y, toi.

— Tu dois te maintenir en forme, John.

— Je cours.

— Il faut que tu fasses des étirements musculaires. Il y a un nouveau Pilates Studio à Locust Valley.

— Un quoi ?

Elle m'expliqua de quoi il s'agissait, mais je n'y compris rien. Elle entreprit ensuite une série d'exercices d'étirement. C'était tellement excitant que je lui demandai :

— Quand commencent les cours ?

— Dès que tu seras prêt.

Elle poursuivit ses girations.

— Tout le monde est nu ? demandai-je.

— Mais non.

— Ah…

Elle remit sa culotte, étendit par terre sa serviette de plage, s'allongea sur le dos et commença des exercices au sol qui semblaient humainement impossibles. Si je me fiais à la hauteur du soleil, il devait être environ 15 heures.

— Susan, je dois te parler d'un certain nombre de choses.

— Plus tard, répondit-elle sans s'interrompre. Dînons dehors, ce soir. D'abord, j'aimerais que tu ailles chercher tes affaires cet après-midi. Je t'aiderai.

— Tes parents vont passer quelque temps ici, lui rappelai-je.

— Oh, on se débrouillera.

Je remis mon caleçon, me levai.

— Rentrons.

Elle interrompit son lever de jambes.

— De quoi d'autre dois-tu me parler ? Nous avons discuté de tout.

Je rassemblai mes vêtements.

— De logistique.

Elle se leva à son tour, prit elle aussi ses affaires et me suivit à l'intérieur. Nous nous rhabillâmes dans la cuisine.

— Allons dans mon bureau, proposa-t-elle.

C'était autrefois le mien, mon antre. Je connaissais le chemin. Je m'attendais à ce que mon décor très masculin, cuir, acajou, cuivre et gravures de chasse, ait été remplacé par des objets plus doux. Or le mobilier et la décoration étaient restés identiques. Je remarquai même une photo encadrée de mes parents sur une étagère.

— À part ce que tu as emporté, j'ai tout gardé, fit remarquer Susan. Il est l'heure de prendre un verre, ajouta-t-elle en se dirigeant vers le petit bar.

— Je m'en tiens à la vodka.

Elle prépara une vodka glaçons pour moi et, pour elle, une vodka-tonic.

Nous nous assîmes sur le canapé de cuir. Susan posa ses pieds nus sur la table basse. Ainsi que me l'avaient enseigné des années de pratique juridique, je devais exposer les faits par ordre croissant d'importance. Commencer, donc, par le plus insignifiant. Ses géniteurs. Mais toujours sous forme de question.

— À ton avis, comment tes parents vont-ils réagir à notre bonne nouvelle ?

— Ils vont faire une putain d'attaque, répondit-elle sans hésiter.

Je souris en entendant cette grossièreté, qui ne lui ressemblait pas.

— Et toi, comment vas-tu réagir à cette putain d'attaque ?

Elle haussa les épaules.

— C'est ma vie, après tout.

— C'est leur argent.

— J'ai aussi de l'argent à moi. Plus beaucoup, parce que j'ai payé cette maison plus que son prix.

— Donc…

— Et j'ai envie d'en parler avec toi.

— La réponse sera rapide : je suis fauché.

D'un geste, elle écarta mon objection.

— Je m'en doutais. Tu es quand même capable de bien gagner ta vie, et au lit tu es un régal.

— D'accord, dis-je en souriant. Toutefois…

— En clair, cette fois-ci, je ne veux pas de contrat de mariage. Mes seuls biens sont cette maison et celle de Hilton Head, toutes les deux entièrement payées et sans hypothèques. Je veux que tu en sois copropriétaire et… que tu règles la plupart des factures.

— C'est très généreux de ta part, mais…

— Comme tu t'en es déjà douté, quand nous annoncerons notre remariage, mes parents vont menacer de me déshériter et de mettre un terme à leurs versements.

De toute évidence, elle y avait déjà réfléchi, et probablement depuis longtemps. Apparemment, je valais plus pour elle que l'argent de ses parents, ce qui me touchait beaucoup. Cependant, ces nobles résolutions risquaient de se briser sur la dure réalité lorsqu'elle préviendrait papa et maman.

— Ils ne vont pas menacer de supprimer leur rente et de te déshériter. Ils vont le faire. À la seconde.

Elle haussa de nouveau les épaules.

— Monsieur Sutter, vous êtes ma dernière chance de bonheur. Et mon bonheur vaut plus que tout. Le tien aussi, bien sûr, précisa-t-elle avec un sourire enjôleur.

— Je ne sais quoi dire.

— Quelque chose de gentil.

— Je vais être réaliste, ce qui vaut toutes les gentillesses. Sans argent, la vie n'est pas facile.

— Comme si je ne le savais pas !

— Le problème est là, Susan.

— Cherches-tu à te défiler simplement parce qu'il ne me reste plus que quelques millions de dollars ?

— N'oublie pas ta dot et le magnifique cadeau de mariage de tes parents, dis-je, avec un sourire forcé.

— Tu peux être sûr qu'ils vont me proposer cinq millions de dollars uniquement pour ne pas t'épouser.

Je sirotai mon verre en silence.

— D'accord... Nous pourrions très bien nous en sortir avec ce qui te reste, vivre dans cette maison si tu en as envie, peut-être garder celle de Hilton Head ; et je suis capable, tu l'as dit, de bien gagner ma vie.

Elle rebondit sur ma dernière phrase.

— Tu as une proposition de travail...

— Oui... Je vais t'en parler. À part l'argent, as-tu songé à ce que te coûterait, affectivement parlant, l'éloignement de tes parents ?

— Ils s'en remettront. Mais tu dois me promettre de ne pas jeter d'huile sur le feu.

Je fis mine de réfléchir.

— Je leur laisserai entendre que, après dix ans, je ne suis plus le même homme.

— C'est faux. Mais tu peux toujours le leur dire. Tu as traité mon père de tête de nœud.

— Non. Je l'ai traité de…

— Je ne veux plus entendre ça.

Elle me regarda droit dans les yeux.

— Il méritait sans doute tout ce que tu lui as dit. Pourtant, si tu m'aimes, il faut que tu lui présentes des excuses.

— Entendu. Je t'aime. Donc, je lui présenterai des excuses.

— Merci.

— Et je suis très heureux d'apprendre qu'ils se sont adoucis.

— En fait, ce n'est pas vrai. Je t'ai menti.

Elle me fit un clin d'œil espiègle. Je le lui rendis.

— Je ne t'ai pas crue.

— Nous ferons au mieux, John, conclut-elle, redevenant sérieuse. Ce ne sera pas facile, mais je te promets que, cette fois, tu passeras toujours avant mes parents.

C'était la première fois qu'elle reconnaissait avoir inversé les priorités. Je comprends le pouvoir de l'argent, surtout quand il est aux mains de gens tels que William et Charlotte Stanhope, mais, si on parvient à s'opposer à ce genre de manipulation, tout le monde peut y trouver son compte, même ces deux-là.

— Nous serons peut-être étonnés de leur réaction quand nous leur annoncerons la nouvelle, dis-je, plein d'optimisme.

— Nous ? C'est toi qui la leur annonceras, rectifia-t-elle joyeusement.

— Je demanderai ta main à ton père, comme la dernière fois.

— C'est très galant de ta part. N'oublie pas de lui rappeler que tu as insisté avec vigueur pour qu'il n'y ait pas de contrat de mariage. Amène une caméra. J'ai envie de voir sa réaction. Et celle de ma mère.

Avec dix ans de retard, elle était enfin arrivée à se rebeller contre l'autorité parentale. Il ne lui restait qu'à persévérer.

Je pensai à son deuxième mari, le vieil ami de son père, Dan Hannon. Il ne fallait pas être grand clerc pour comprendre qu'il s'agissait d'un mariage arrangé et qu'elle n'avait fait que vouloir plaire à son papa. Désormais, elle allait lui en faire voir de toutes les couleurs. Elle m'aimait, cela ne faisait aucun doute. Il était également indubitable qu'elle était prête à renoncer à l'argent de ses parents. Pour moi, et pour prendre sa revanche vis-à-vis d'eux.

— Je ne veux pas paraître cynique, mais il ne leur reste plus beaucoup d'années à vivre.

Je préférai ne pas disserter sur la question et glissai sur un sujet voisin.

— Je me demande aussi si notre remariage ne remettra pas en cause la rente qu'ils versent aux enfants et leur héritage.

Elle sembla surprise et répondit, sans réfléchir :

— Ils ne feraient jamais une chose pareille à leurs petits-enfants.

J'aurais aimé le croire. Pourtant, je connaissais suffisamment les Stanhope, notamment William, pour avoir la réponse à ma propre question.

— L'argent des enfants est déposé sur un fonds en fidéicommis, me rappela Susan.

— C'est vrai, dis-je, sans vouloir la contrarier.

J'avais vu les documents. Sans entrer dans les détails juridiques, je savais que ce que grand-papa donnait, grand-papa pouvait le reprendre. En outre, leur nullité de fils, Peter, était l'administrateur du fonds. À travers lui, William pouvait tout manipuler, par exemple en suspendant ses versements mensuels à Edward et à Carolyn, et s'arranger pour qu'ils ne touchent pas un cent du capital avant l'âge de cinquante ans. Et puis, bien sûr, il avait le droit de déshériter ses petits-enfants à n'importe quel moment.

Je me sentais tenu de préciser tout cela à Susan. Si elle-même était prête à renoncer à sa rente et à sa part d'héritage, elle n'était sûrement pas disposée à infliger les mêmes dommages à Edward et à Carolyn. Si on en arrivait là, peut-être John Sutter devrait-il s'en aller. Ce que je pouvais admettre.

J'espérais quand même que William aimait suffisamment ses petits-enfants pour ne pas les punir de l'inconduite de sa fille.

— D'accord, concédai-je donc. Mais te rends-tu bien compte que toi, Susan, tu risques de perdre ta rente et une part d'héritage qui pourrait représenter des millions de dollars ?

— Oui, John, je m'en rends très bien compte.

— Et tu veux toujours m'épouser ? demandai-je, mi-figue, mi-raisin.

— Non, plus vraiment. Tu coûtes trop cher.

— Sois sérieuse.

— Je trouve ahurissant que tu puisses me poser une question pareille.

— Excuse-moi.

— Attends un peu… Qu'est-ce que j'obtiens en échange, dans tout ça ?

— Seulement moi.

— C'est tout ? Le prince charmant sans travail et sans argent ?

— J'ai un diplôme de droit.

— Je peux le voir ?

Nous échangeâmes un sourire, nous rassîmes et retournâmes à nos verres. J'aurais été surpris que les choses tournent différemment. Susan Stanhope Sutter était amoureuse de moi et voulait que je lui revienne. Or, ce que Susan veut, Susan l'obtient. Moi aussi, j'étais amoureux. Je n'avais jamais cessé de l'aimer. En théorie, cela pouvait marcher.

Elle croisa les jambes et se prit à regarder par la fenêtre.

— L'amour peut tout conquérir.

— C'est vrai.

« *Omnia vincit amor* », a écrit Virgile. Cela me ramenait au sujet suivant, comme si j'avais pu l'oublier…

Chapitre 31

Une fois réglé le cas de la famille Stanhope, j'avais l'intention d'aborder la question d'Anthony Bellarosa. Mais elle voulut aller faire un tour au pavillon de gardien, peut-être pour s'assurer que des sous-vêtements féminins ne jonchaient pas le plancher.

Lorsque j'avais emprunté cette allée, six heures plus tôt, ma vie était en suspens, mon avenir incertain. À présent, j'étais fiancé…

— Pendant ma jeunesse, je n'ai jamais imaginé que ce domaine serait un jour vendu, loti, entouré d'autres lotissements, et que je vivrais dans la maison d'hôtes. Je n'ai jamais pardonné à mon père d'avoir cédé notre patrimoine.

William n'avait pas vraiment besoin de vendre Stanhope Hall. Toutefois, l'entretien et les impôts représentaient plus que ce que je gagnais en un an et il n'entendait pas dépenser de telles sommes pour que sa progéniture hérite un jour de ce domaine familial. Après son départ pour Hilton Head, il finit par trouver un acheteur en la personne de M. Frank Bellarosa, et je ne doutais pas que sa décision ait été influencée par la charmante dame qui marchait à mes côtés.

De toute façon, il nous fallait vivre dans le monde tel qu'il était. Non sans avoir fait un peu de ménage dans le passé.

Susan, elle, vivait complètement le moment présent.

— Vais-je trouver dans ce pavillon des choses que je n'aimerais pas voir ? Je parie qu'en me téléphonant ce matin tu n'imaginais pas un instant que tu y retournerais avec moi.

— C'est vrai.

Mais la maison ne recelait aucun élément de preuve compromettant et, plus important encore, j'avais la conscience pure.

— Tu ne peux pas savoir à quel point j'étais furieuse quand j'ai vu la voiture d'Elizabeth Allard stationner là toute la journée et toute la nuit.

— Les apparences sont parfois trompeuses.

— Nous allons vérifier ça.

Elle me précéda dans la maison. Dans le vestibule, elle avisa aussitôt les affaires personnelles d'Elizabeth, que nous y avions entassées.

— Je vois que vous n'avez pas fait que boire des verres.

— Nous avions mille choses à faire.

— De quoi avez-vous dîné ?

— De fromage et de crackers.

Sur le canapé du salon, elle découvrit la couverture et l'oreiller que je me félicitais d'avoir laissés.

— Tu vois ? dis-je, en constatant son absence de réaction.

Elle m'ignora et poursuivit son inspection de la pièce.

— Elizabeth a envie de récupérer ce vieux fatras ?

— Je n'en sais rien. Mais j'ai dressé l'inventaire de tout ce qu'il y avait et elle l'a signé.

Nous gagnâmes la salle à manger, où boîtes et cartons encombraient la table et le sol.

— Qu'est-ce que c'est ?

— Essentiellement ce qu'il y avait dans mon cabinet professionnel et dans mon bureau personnel, que j'avais entreposé ici avant mon départ.

— Tu peux retrouver ton bureau personnel.

— C'est très généreux de ta part.

— Que comptes-tu faire de tout ça ?

Alors que j'avais pensé l'entreposer chez Elizabeth, je répondis :

— Garde-meubles. Mais tu as résolu mon problème de stockage. Et mon problème de logement. Et tous mes autres problèmes.

— C'est vrai. Après avoir démissionné de ton travail, tu devras aussi liquider ton appartement à Londres.

— Bien sûr. Je compte faire un saut là-bas aussitôt après l'enterrement d'Ethel.

— Auparavant, débarrasse-toi de ta copine.

— Entendu, ma chérie.

Sauf si elle arrivait ici sans prévenir. Il fallait que je l'appelle très vite.

— Je t'accompagnerai à Londres, m'annonça Susan.

— Génial. On ira au Berkeley.

— On ira à ton appartement.

C'était bien ce que je craignais. Pour un logement de célibataire, il était bien tenu, et Samantha n'en avait pas la clé. Cependant, quelques détails, dont des objets lui appartenant, risquaient de déplaire à Susan.

— Avant d'emménager, dis-je, je te laisserai le temps d'enlever ce que tu ne voudrais pas que je…

— Tu peux emménager cet après-midi. D'ailleurs, c'est ce que tu vas faire ; et tu pourras fouiller où tu voudras. Je n'ai rien à te cacher. (Elle réfléchit un peu.) Bon… il me faudra peut-être une heure.

— Il ne m'en faudra pas plus à Londres, dis-je gaiement.

— Je t'accorderai dix minutes pendant que j'attendrai dans le taxi.

Je me voyais déjà entassant dans une taie d'oreiller lettres, cartes, photos compromettantes de mes trois ans de navigation et sous-vêtements de Samantha… L'équivalent d'un nettoyage par le vide d'une ambassade, alors que l'émeute gronde dans la ville et que la foule a déjà forcé les grilles. Comme je ne pourrais pas brûler ces vestiges, il me faudrait jeter le paquet par la fenêtre.

— John ?

— Marché conclu.

Je perdais toute maîtrise sur mes projets et sur ma vie. Susan n'avait jamais été jalouse. Elle n'avait jamais cherché à tout maîtriser, sauf dans les premiers temps de notre relation et de notre mariage. Ce n'était donc que provisoire. Cela passerait.

Poursuivant son inspection, elle remarqua que le portrait de George et d'Ethel ne se trouvait plus au-dessus de la cheminée.

— C'est incroyable… Ils étaient là avant ma naissance.

— Tu sais, Susan, ce domaine était l'un des derniers à appartenir à la même famille depuis le début. Il n'en reste plus beaucoup. Si tu y réfléchis, tu admettras même que cette époque était déjà révolue avant ta naissance. Nous vivions tous en sursis.

Elle resta un moment rêveuse.

— « La nostalgie n'est plus ce qu'elle était ».

Elle gagna ensuite la cuisine.

— Quand j'étais petite, George venait me chercher à l'école en voiture et m'amenait ici. Ethel me préparait des cookies et du chocolat chaud.

J'étais sûr qu'elle n'avait pas ça à Stanhope Hall. Et, si c'était le cas, ce n'était pas sa mère qui préparait les cookies, le chocolat, et même les lui servait. D'après ce que m'avaient raconté Ethel, George et les derniers domestiques, Susan avait mené la vie solitaire de toutes les petites filles riches. Ses parents n'avaient guère dû s'intéresser à elle avant son apparition au bal des débutantes, époque où ils devaient songer à lui trouver un bon parti et à la façon dont ses succès mondains pourraient refléter les leurs. Là, ils avaient lamentablement foiré.

Elle ouvrit le réfrigérateur.

— Il n'y a rien, là-dedans.

— Ça fera moins de choses à emporter.

— On devrait prendre quelques photos avant que tout soit évacué.

— Bonne idée.

Je jetai un regard à la pendule, qui marquait 15 h 30.

— Pourquoi pas demain matin ?

— D'accord.

— Et si on allait s'asseoir un moment dans le patio ? proposai-je.

— Allons plutôt voir le premier étage.

Je la suivis. Elle entra dans la chambre d'Ethel.

Les rideaux tirés plongeaient la pièce dans une obscurité où flottait une odeur de moisi. Les portes du placard et les tiroirs de la commode étaient ouverts, la plupart des vêtements entassés sur le matelas nu. Cette vision déprimante me rappela les paroles du prêtre citant l'épître de saint Paul à Timothée sur la tombe de Frank Bellarosa : « Nous n'avons rien apporté au monde et nous n'en emporterons rien. »

Susan ne fit aucun commentaire. Nous sortîmes en refermant la porte derrière nous.

Jetant un coup d'œil dans la salle de bains, elle vit les serviettes empilées sur le carrelage.

— La machine à laver est en panne ?

— Je ne sais pas. Où est-elle ?

— Je vais demander à ma femme de ménage de venir nettoyer ici pour Elizabeth.

— C'est sympa.

Comment avais-je pu oublier qu'une femme de ménage était incluse dans le mariage, en même temps que la maison et ma nouvelle épouse ?

— Elle a pris une douche ici ?

— Qui ? La femme de ménage ?

— John !

— Je crois que oui.

Elle se rendit ensuite dans ma chambre et l'examina avec attention, notant aussitôt la bouteille de vin vide sur la table de nuit, à côté des deux verres.

— Pourquoi y a-t-il deux verres, là ?

Plusieurs réponses fantaisistes me traversèrent l'esprit. Je choisis de m'en tenir au plus près de la vérité.

— Elizabeth voulait dormir dans son ancienne chambre. Alors, nous avons pris un dernier verre.

— C'est faible.

La vérité est l'ultime défense des gens pris au piège. Je reconnus donc :

— En fait, nous avions tous les deux trop bu. Nous avons été tentés. Et puis nous nous sommes dit que nous ferions une grosse erreur.

Silence.

— Ton nom est venu dans la conversation, repris-je. Elizabeth s'est sentie gênée. Et, pour tout te dire, moi aussi.

Toujours pas de réponse.

— Voilà toute la vérité, conclus-je.

— Ce n'est pas tout à fait ce que tu m'as raconté tout à l'heure.

— C'est vrai. À présent, tu as tous les détails.

Me retrouver autant sur la défensive m'agaça. La meilleure défense étant l'attaque, j'ajoutai :

— Hier soir, j'étais libre, Susan. Même si j'avais couché avec elle, cela ne te regarderait pas.

Elle tourna les talons, quitta la chambre et redescendit au rez-de-chaussée. Avec Susan, il est toujours difficile de déterminer si elle est furieuse, indifférente, ou si elle a déraillé. Parfois, il lui faut quelques minutes pour savoir elle-même où elle en est. Je la suivis et lui lançai, dans l'escalier :

— Je vais dans le patio !

Je descendis une minute plus tard, avec la bouteille vide et les deux verres. Dans le patio, je vis Susan traverser le potager.

— J'ai un rendez-vous à 16 heures ! m'écriai-je.

Pas de réaction.

— Mais d'abord il faut que je te parle.

Elle se retourna.

— De quoi ?

— Viens t'asseoir, Susan, ce ne sera pas long.

Elle me rejoignit.

— Où dois-tu être à 16 heures ?

— C'est ce dont je voudrais te parler.

Elle hésita puis s'installa devant la table. Je pris la chaise à côté d'elle.

— Cela va te paraître un peu… difficile à croire, mais, comme je te l'ai dit…

— Alors, tu n'as pas couché avec elle parce que tu pensais à moi ?

De toute évidence, le débat n'était pas clos.

— C'est vrai. Je ne me sentais pas bien. Surtout après t'avoir vue dans la voiture. Je n'arrive pas à l'expliquer, mais, même sans savoir ce que tu éprouvais pour moi, je ne pouvais pas faire une chose pareille avant de t'avoir parlé.

Je pensais avoir épuisé le sujet. Mais les femmes abordent ces questions avec une obstination dont les hommes n'ont même pas idée.

— Donc, elle t'attirait ?

— Pas du tout. Les hommes n'ont pas besoin d'une bonne raison… L'occasion suffit.

— Ça, je le comprends, tu peux me croire. Mais, visiblement, tu lui plais.

— Comme à toutes les femmes.

— Espèce d'idiot.

— Je le sais. Est-ce que nous pourrions… ?

— Elle était peut-être tellement saoule que tu lui as semblé beau.

— Je n'en doute pas. Donc…

— Je la prenais pour une amie.

— Elle est ton amie, Susan. C'est pour ça que…

— Avec sa mère en train de mourir, elle devait se sentir très seule.

— Exactement.

J'attendis qu'elle poursuive l'analyse. Soudain, elle me prit la main.

— C'est bon. La question est réglée.

Guère convaincu par sa déclaration, je guettai la suite avant de me lancer sur l'autre sujet.

— Comme je te l'ai dit…

— Je t'aime.

— Moi aussi, je t'aime.

— Je sais que tout le temps de notre mariage, tu m'as été fidèle, et je regrette de ne pas pouvoir en dire autant.

— Moi aussi.

— Il faut quand même que tu saches, John, qu'il a été le seul.

— Je le sais.

— Tellement de femmes te faisaient les yeux doux ! Pourtant, je n'ai jamais été jalouse. Je te faisais entièrement confiance.

— Je sais, et tu peux toujours me faire confiance.

— Mais si tu as eu une aventure pendant que j'étais… pendant que nous étions éloignés, je comprendrais.

— Bon. Je…

— Tu en as eu une ?

— Bien sûr que non, protestai-je, la voix légèrement tremblante. J'étais trop désemparé pour même envisager une chose pareille.

— Je regrette d'avoir trahi ta confiance.

— C'est derrière nous, maintenant.

Une expression banale mais tout à fait adéquate me vint à l'esprit.

— Aujourd'hui, c'est le premier jour du reste de notre vie ensemble.

Elle sourit, se pencha vers moi, m'embrassa puis se recula sur sa chaise.

— Tu voulais me parler de quelque chose ?

— Oui. Et j'aimerais que tu m'écoutes sans m'interrompre. Ainsi que je te l'ai dit, Anthony Bellarosa est passé me voir lundi dernier.

Je lui fis un bref récit de sa visite, mentionnant une fois encore qu'il avait évoqué sa présence.

— Il m'a invité à dîner, dis-je pour finir.

— Et tu y es allé ?

— Oui.

— Pourquoi ?

— Je ne sais pas trop. Sauf que j'étais inquiet pour toi.

Comme elle ne répondait pas, je poursuivis :

— Et j'imagine que j'avais une sorte de curiosité perverse…

— Je comprends. Continue.

— Donc, je l'ai retrouvé chez Wong Lee's, à Glen Cove. Après ce qui s'était passé, je pensais qu'il valait mieux éviter un restaurant italien. Anthony n'est pas aussi charmeur que son père, ni aussi brillant, mais…

— Écoute, John, je n'ai vraiment aucune envie d'entendre parler de son père. Ni en bien ni en mal. Dis-moi simplement ce qui s'est passé avec Anthony.

— D'accord.

Je lui racontai que Tony, le chauffeur, avait demandé de ses nouvelles, puis je rapportai l'essentiel de mon entretien avec Anthony Bellarosa ainsi que ma conversation téléphonique avec Anna.

— Ensuite, je me suis levé et je suis parti.

Susan réfléchit un moment.

— J'espère que ce n'est pas la proposition de travail dont tu m'as parlé.

— Euh… Laisse-moi continuer.

Je racontai ma rencontre fortuite avec Tony et Anthony sur Grace Lane. Comment j'avais été amené à Oyster Bay, ce qui s'était dit dans l'ancien bureau de Teddy Roosevelt, m'efforçant aussi de lui faire entendre ce qui ne s'était pas dit à son sujet. Je signalai la Cadillac noire Escalade et lui suggérai d'y faire attention. Je ne tenais pas à l'effrayer. Je ne voulais pas non plus lui faire croire que tout cela était anodin et qu'elle pouvait envisager cette situation avec sa désinvolture habituelle.

— Nous avons donc laissé en suspens cette proposition de travail.

— Il me semble que ce n'est pas tout à fait ça qui s'est passé. Est-ce que tu n'es pas complètement fou ?

— Susan, il faut que tu comprennes que…

— Je comprends, John. Tu as écouté cette soi-disant proposition de travail pour me protéger, mais…

— Sans cela, pourquoi aurais-je même adressé la parole à cet homme ?

— C'est à toi qu'il faut poser la question, pas à moi.

— Ne nous lançons pas dans une psychanalyse sauvage. Si je n'avais pas pensé qu'Anthony Bellarosa cherchait à se venger de ce qui s'est passé… D'accord, je me suis aussi dit que je pourrais peut-être travailler pour lui en tant que juriste.

— C'est un parrain de la mafia !

— On n'en est pas sûrs.

— Mais enfin, John, tu le sais très bien ! Et je vais te dire quelque chose que tu sais aussi. Il a fait appel à ta vanité, et tu t'es senti flatté. Il a aussi senti que tu étais sensible à ses avances à cause de ce qui s'est passé autrefois, et parce que ta vie actuelle ne te convient pas entièrement. Tu ne vas pas refaire l'erreur…

— Attends un peu ! Dois-je te rappeler qui a encouragé cette relation avec qui nous savons, et pourquoi tu l'as encouragée ?

— Ça suffit !

Elle parvint à se maîtriser en respirant profondément.

— Tu n'as pas besoin de me le rappeler. Je suis assez grande pour le faire toute seule.

Elle finit par rompre un silence qui menaçait de s'éterniser.

— Il est peut-être plus intelligent que tu ne le crois.

— Probable.

— Mais tu l'es beaucoup plus que lui.

— Je n'en doute pas.

— Alors, que vas-tu faire, John ?

— Ma situation a changé, dis-je, en m'efforçant de sourire. Je suis amoureux et, depuis quelques heures, fiancé. Je n'ai donc pas besoin d'être flatté par quelqu'un d'autre. Toutes mes vanités ont été satisfaites. Le diable ne peut plus me tenter.

Elle plongea son regard dans le mien.

— Renvoie-le en enfer.

— Entendu. Je suis quand même inquiet pour toi.

— Il n'y a aucune raison, souffla-t-elle en me prenant de nouveau la main. Je suis très touchée que tu aies pensé à me protéger, alors que tu me haïssais.

— Je ne t'ai jamais haïe. Je t'aimais.

— Je le vois bien.

Elle prit un mouchoir dans sa poche, se tamponna les yeux.

— Oui, je le vois bien. (Nouveau silence. Puis :) Comptes-tu le revoir, ou lui parler ?

Je consultai ma montre.

— Oui, dans cinq minutes.

— Où ?

— Chez lui. Je suis invité à dîner.

— N'y va pas.

— Quelque chose me dit qu'il faut que j'y aille. Tu dois me faire confiance.

Elle resta songeuse.

— Que cherches-tu exactement, en te rendant là-bas ?

— Si je me dérobais, je manquerais une dernière chance d'apprendre quelque chose, de mieux comprendre cet homme et ses intentions… à ton égard. Si je parviens à lui faire proférer une menace contre toi, je pourrai aller voir les flics. Ils me prendront au sérieux. Parce qu'il y aura à la fois ce qui s'est passé il y a dix ans et cette menace toute récente.

Susan se tut un long moment. Enfin, elle murmura :

— Si je pouvais revivre cet instant, je n'appuierais pas sur la détente.

En réalité, elle avait appuyé trois fois.

— Tu as une arme ? demandai-je.

— À Hilton Head, je pratiquais le ball-trap et la chasse au canard. J'ai un fusil de chasse

— Où le ranges-tu ?

— Je crois qu'il est à la cave.

— Retrouve-le.

Je me levai.

— Il faut que j'y aille.

Elle se leva à son tour.

— Qui y aura-t-il, là-bas ?

— Anthony, bien sûr, sa femme, Megan, sans doute leurs deux enfants et, j'imagine, Anna. Peut-être d'autres convives.

— Bon… Je me fie à ton jugement. Tu devrais apporter un cadeau à sa femme.

Il y avait un aspect comique dans ce rappel des règles de la bienséance, alors que j'étais invité à dîner chez un homme qui cherchait peut-être à la tuer. Mais, dans l'univers de Susan, ces choses-là n'apparaissaient pas comme contradictoires.

Ne trouvant pas de vin dans le placard, je pris un pot de gelée de pomme sauvage portant une étiquette écrite de la main d'Ethel.

— Il date de 1999, dis-je. Il ira bien avec les lasagnes.

— Après ton départ, je déménagerai tes affaires à la maison.

— Merci. Mais je reviendrai ici dès l'arrivée de tes parents.

— Ce serait bien si nous pouvions tous demeurer sous le même toit.

— Aucun toit n'est assez grand pour ça.

— Nous verrons comment les choses se passeront quand ils seront là.

Je n'avais aucune envie d'en discuter pour le moment.

— Bon. Ciao.

— Au moment de partir, dis-lui : *Va al inferno*.

— Je n'y manquerai pas.

Nous nous embrassâmes.

— Bonne chance.

Je pris ma voiture pour me rendre dans le domaine voisin.

Ma dernière visite à l'Alhambra, dix ans auparavant, avait été une erreur monumentale. J'avais peut-être l'occasion de la corriger.

Chapitre 32

Dîner du dimanche chez les Bellarosa.

Quatre cents mètres environ séparaient la maison de gardien de Stanhope Hall et celle de l'Alhambra. Sur la moitié de cette distance, Grace Lane était bordée par le mur de pierres grises du domaine Stanhope qui laissait place ensuite au mur de brique et de plâtre de l'Alhambra.

Au faîte de sa puissance et de sa richesse, avant la crise de 1929, la Gold Coast s'enorgueillissait de plus de deux cents grands domaines et d'un nombre équivalent de manoirs et de maisons de campagne de taille plus modeste.

Un gentleman et sa famille vivant dans une vaste demeure sur la Cinquième Avenue à New York pouvaient rejoindre leur domaine campagnard en une heure dans un wagon privé, en deux sur un yacht à moteur. Le même gentleman pouvait également emprunter, dans sa limousine avec chauffeur, la Vanderbilt Toll Road, que William K. Vanderbilt Jr avait fait construire pour lui et ses amis et qu'il permettait aux autres d'utiliser gratuitement. Comme on dit, c'était le bon temps.

La plupart de ces domaines étaient entourés de murs ou de grilles en fer forgé, ponctués de portails et de pavillons de gardien. La plupart existent encore, témoignages d'un passé éphémère qui survit pourtant dans la mémoire des habitants actuels.

Pour en revenir à l'analogie avec la chute de l'Empire romain évoquée par Anthony Bellarosa, j'avais lu que les derniers milliers d'habitants, lors de la décadence de Rome, frappés par les somptueuses ruines dans lesquelles ils vivaient, croyaient que la ville avait été autrefois bâtie par des géants ou par des dieux.

J'avais également appris que, longtemps après la chute de l'Empire, le Sénat romain continuait à se réunir, attraction touristique pour les citoyens curieux et les Barbares, ravis de contempler ces fantômes vivants revêtus de leurs toges.

Je n'ai jamais été un membre à part entière de la classe sénatoriale. Je faisais plutôt partie de celle des chevaliers. Pourtant, chaque fois que, revêtu de mon blazer bleu et de mon pantalon beige tombant de façon impeccable sur mes souliers vernis, je m'exprimais avec mon accent des beaux quartiers, j'avais l'impression d'être une attraction touristique de la Gold Coast, au même titre que les murs d'enceinte, les ruines et les domaines à présent ouverts au public : « Regarde, maman, y en a un ! »

Je ralentis en approchant du pavillon de gardien de l'Alhambra qui abritait le vigile du lotissement.

DOMAINE DE L'ALHAMBRA. PRIVÉ. MARQUEZ L'ARRÊT À L'ENTRÉE.

Je m'engageai à gauche sur l'allée. Les larges grilles de fer forgé étaient ouvertes. Je remarquai le dos d'âne et la ligne jaune du stop peinte sur les pavés. Obéissant, je m'arrêtai devant le pavillon.

Sur la porte, j'avisai un panneau : DOMAINE DE L'ALHAMBRA – VENTE & DIRECTION. Une grande fenêtre avait été aménagée dans le mur de la maison, par laquelle on apercevait un homme vêtu d'une chemise kaki de style militaire. Il m'accueillit avec un sourire formaté.

— Je peux vous aider ?

Sur sa plaque métallique, on pouvait lire : « Bell Security Service », une filiale de Bell Enterprises, la société d'Anthony Bellarosa qui avait fort opportunément obtenu le contrat pour le domaine de l'Alhambra. Comme j'étais un ami du patron et, de toute façon, pas d'une excellente humeur, je m'autorisai une insolence.

— Je ne sais pas en quoi vous pourriez m'aider. Ai-je le choix ?

— Pardon ?

Un instant, je regrettai les porte-flingues de Frank Bellarosa, Lenny et Vinnie, à présent décédés.

— Je suis venu voir… don Bellarosa.

Le gardien me regarda avec attention.

— *Monsieur* Anthony Bellarosa.

— C'est ça. Et son frère, Don.

Il ne sembla guère goûter la plaisanterie. Toutefois, comme j'étais apparemment un hôte du patron, il préféra la jouer tranquille.

— Votre nom, monsieur ?

— John Whitman Sutter.

Sans consulter la liste des invités qu'il tenait à la main, il m'indiqua le chemin.

— Bonne journée, monsieur.

Je démarrai et vis dans mon rétroviseur qu'il parlait au téléphone, probablement pour avertir les Bellarosa. Les dés étaient jetés.

De l'allée principale partaient des voies secondaires menant aux fausses villas italiennes du lotissement. Certains arbres anciens avaient survécu à la construction des maisons, routes, piscines et parkings souterrains. Mais, dans l'ensemble, le terrain était nu entre les villas.

Même si cela aurait pu être pire, le résultat était calamiteux. Je cherchai le bassin et le jardin classique à la romaine. Sans succès : le paysage avait tellement changé que je ne retrouvai plus l'endroit exact.

Les troublantes images de mon rêve s'imposèrent à moi. Je les chassai de mon esprit.

De l'autre côté de Grace Lane, à une centaine de mètres de là, sur une colline, s'élevait une vaste maison coloniale, autrefois propriété des DePauws. Dix ans plus tôt, le FBI y avait installé un poste d'observation pour surveiller les allées et venues dans l'Alhambra.

La nuit de l'attentat manqué chez Giulio, à Little Italy, on m'avait conduit au commissariat de Midtown South pour me montrer de nombreuses photos réalisées au téléobjectif. La police et le FBI m'avaient demandé si les deux hommes que j'avais vus chez Giulio y figuraient.

Parmi tous ces visages d'amis, d'associés et de membres de la famille Bellarosa, se trouvaient de jolis instantanés de Susan et moi pris à l'occasion de notre première visite. Je m'étais alors dit que le FBI savait bien avant moi que Susan et Frank entretenaient une liaison. Ses agents savaient-ils déjà qu'Anthony Bellarosa et moi en étions à notre quatrième tête-à-tête ? Je me demandai aussi ce qu'était devenu l'agent spécial Felix Mancuso, qui avait si honnêtement tenté de me sauver de moi-même. Peut-être aurais-je dû l'appeler.

Je m'engageai sur une petite route baptisée Pine Lane, qui me mena dans un vaste cul-de-sac où se dressaient, à une centaine de mètres les unes des autres, trois villas aux toits de tuile rouge.

Le gardien m'ayant dit que celle des Bellarosa était jaune, je me dirigeai vers la dernière sur la gauche et m'arrêtai devant une pelouse soigneusement tondue. Je descendis de voiture, tenant à la main mon pot de gelée de pomme sauvage.

Sur l'allée menant à la maison étaient garés la Cadillac noire Escalade, un petit monospace blanc qui devait appartenir à Megan Bellarosa et une Corvette jaune, peut-être la voiture banalisée d'Anthony. Au-dessus de la porte du garage, on avait installé un panier dc baskct-ball.

J'avisai aussi, garée devant moi, une Cadillac noire aux vitres fumées, modèle mafioso.

Sur le perron, je consultai ma montre : 16 h 15. Un peu en retard, mais de façon très convenable.

Remarquant la caméra de sécurité au-dessus de la porte, je lui adressai un sourire et appuyai sur la sonnette.

Chapitre 33

Averti de mon arrivée par le gardien de Bell Security, Anthony Bellarosa m'avait vu sur son écran de contrôle. Il ne feignit donc pas la surprise en ouvrant la porte.

— Ah, heureux que vous ayez pu vous libérer. Entrez.

Il portait une chemise noire brillante aux manches retroussées, enfoncée dans un pantalon anthracite qui, retenu par une ceinture mince comme un fil, s'affaissait sur des baskets en cuir de reptile. Pas vraiment le style des pages mode du *New York Times*.

— Merci pour votre invitation, dis-je.

— Cette fois, pas question de vous échapper.

Tu paries ?

Au lieu de me demander, comme l'idée m'en était brièvement venue, si j'étais armé, il ajouta :

— Pas de problème à l'entrée ?

Le gardien avait dû lui raconter le coup du « don Bellarosa », et il me faisait savoir que la plaisanterie ne l'amusait pas.

— Votre vigile semblait un peu dur d'oreille.

— Ah bon ? On a de plus en plus de mal à trouver du personnel compétent.

Question dur de la feuille, il dut crier pour couvrir la voix d'un chanteur italien qui s'égosillait dans les haut-parleurs.

— Hé, Megan ! On a de la compagnie !

Sur un panneau de contrôle incrusté dans le mur, il baissa la musique et se tourna vers moi.

— Superchanson. La complainte d'un gangster amoureux.

Je souris.

Tandis que nous attendions Megan et qu'il jouait avec les boutons de grave et d'aigu, j'examinai le vestibule, le salon et la salle à manger. Pour être honnête, ce n'était pas si effarant que ça. Alors que je m'attendais à une version italienne des abominables faux meubles français de Nasim, Megan, sans doute conseillée par un décorateur, avait sagement joué la carte du mobilier contemporain, style P-DG. Les murs s'ornaient quand même de tableaux peints à la chaîne, représentant les paysages ensoleillés de l'Italie, et de deux crucifix.

Megan arriva sur ces entrefaites. Je fus agréablement surpris. Âgée d'à peine trente ans, grande, mince, elle avait les yeux bleus, un joli visage d'Irlandaise qui, constellé de taches de rousseur, mettait en valeur une chevelure d'un roux flamboyant. D'expérience, je me dis que je me trouvais devant une garce, une angoissée ou, tout simplement, une folle.

Elle m'adressa un sourire timide, se demandant sûrement quelle mouche avait piqué son mari de m'avoir invité à un dîner de famille.

— C'est très aimable à vous dc m'avoir convié, dis-je.

— Je suis heureuse que vous ayez pu venir. Puis-je prendre votre veste ?

Je n'avais que mon blazer bleu, dont je ne me sépare pas facilement.

— Merci, je vais la garder. C'est très joli, chez vous.

— Merci. Tout à l'heure, Anthony vous fera visiter notre intérieur.

Elle s'exprimait avec un accent aussi vulgaire que sa tunique rose et son pantalon noir, tous deux en polyester. Je lui tendis le pot de gelée de pomme sauvage.

— C'est fait maison.

Elle le prit, lut l'étiquette et s'exclama, ravie :

— Oh ! ma grand-mère en faisait aussi !

Cela s'annonçait bien. Devenu éclatant, le sourire de Megan me rappela Susan. Apparemment, les Bellarosa basanés appréciaient les femmes à la peau laiteuse. *Cher Sigmund...*

Avant que j'aie pu poursuivre plus loin l'analyse, Anthony lança :

— Ma mère est impatiente de vous voir. Venez.

Je suivis mon hôte et Megan jusque dans une vaste cuisine ensoleillée où je découvris Anna, occupée à couper du fromage.

En me voyant, elle lâcha son couteau, s'essuya les mains sur son tablier et se rua vers moi.

— John ! Mon Dieu !

J'ouvris les bras, sans pouvoir amortir la collision. Elle me serra puissamment contre elle, tandis que, maladroitement, je l'enlaçais à mon tour.

— Anna… Vous semblez en pleine forme…

J'avais pu constater, avant l'impact, qu'elle s'était empâtée. J'eus du mal à reprendre ma respiration. Pour ne rien arranger, son parfum floral submergeait toutes les odeurs de cuisine.

Je me dégageai et lui pris les mains, pour l'empêcher de m'étreindre à nouveau. Un excès de fard à joues et de rouge à lèvres soulignait son teint rubicond. On devinait cependant, sous le maquillage, une peau encore jeune. Le régime méditerranéen ?

Je repris mon souffle.

— C'est si bon de…

Elle m'interrompit.

— John, vous avez vraiment l'air en pleine santé ! Je suis si heureuse que vous soyez venu !

Poursuivant sur le même mode, elle me demanda des nouvelles de mes enfants ; mais pas de ma détestable et séductrice épouse tueuse.

Anna avait arboré jadis assez de bijoux pour perturber les ondes radio. Ce jour-là, elle ne portait qu'une paire de boucles d'oreilles en or et son alliance. Elle était vêtue d'un tailleur-pantalon noir, signe de son veuvage. À la naissance de ses seins brillait une croix en or qui me rappela, comme lors de notre première rencontre, le Christ des Andes.

Je répondis du mieux que je pus à ses questions, avant qu'elle puisse me couper la parole. Je notai ensuite que Megan avait quitté la cuisine, me souvenant que les deux Mmes Bellarosa n'étaient pas en bons termes culinaires, voire pas en bons termes du tout.

Finalement, Anthony interrompit les interruptions maternelles.

— Laisse-le reprendre son souffle, maman. Alors, John, vin, bière ou un truc plus raide ?

J'aurais raffolé d'un triple scotch, mais j'optai pour un verre de vin blanc. Anthony tira du frigo une bouteille entamée et servit deux verres.

— John, j'ai préparé des lasagnes pour vous ! clama Anna. Mon fils m'a juré que vous les aimiez. Il y a des hors-d'œuvre froids et chauds, une *stracciatella*. Nous avons un magnifique *bronzini* que j'ai rapporté de Brooklyn, du veau…

— Maman, il n'a pas besoin de…

— Anthony, *sta' zitto*.

Cela devait vouloir dire : « Ferme-la. » Bon à savoir.

Anna débitait le menu comme on récite le rosaire. Je n'avais jamais vraiment compris pourquoi elle m'aimait bien. Mon charme, bien sûr. Toutefois, une amitié entre un homme et une femme implique presque toujours une composante sexuelle. Pas forcément une histoire d'amour, mais une tonalité sexuelle au sens freudien du terme, une attirance plus que platonique, sans qu'on en arrive forcément au passage à l'acte. Entre Susan et Frank, en revanche, la libido avait été en jeu dès le début. Ils n'étaient tombés vraiment amoureux qu'après. Curieusement, Anna ne s'était jamais rendu compte de rien et était restée très attachée à Susan jusqu'à ce qu'elle descende son cher époux.

En tout cas, elle avait un jour laissé entendre que John Whitman Sutter pouvait avoir une bonne influence sur Frank, entouré de gens mauvais. Cela aurait paru drôle si ça n'avait pas été si triste. J'étais persuadé qu'elle nourrissait le même genre de pensée à propos de l'amitié naissante entre son fils et moi.

J'en étais là dans mes réflexions lorsque Anna, estimant sans doute que je n'avais pas, finalement, l'air si en forme que ça, poussa sur le comptoir de la cuisine une assiette de fromage et de salami.

— Vous êtes trop maigre. Mangez.

Anthony éclata de rire et imita sa mère.

— *Mangia ! Mangia !* Vous êtes trop maigre.

Anna se tourna vers son fils.

— Toi aussi tu es trop maigre, Anthony.

En riant, il lui versa un verre de vin rouge.

— Tu ne bois pas assez de vin. *Beva, beva*.

Anthony et moi prîmes un peu de fromage qui, à mon avis, sentait la baie de Naples mais se révéla fort bon. Anna observa ensuite le pot de gelée que Megan avait laissé sur le comptoir.

— Qu'est-ce que c'est ?

— C'est John qui l'a apporté, expliqua Anthony.

— Comment va-t-elle, cette vieille dame ? me demanda-t-elle après avoir lu l'étiquette.

— Pas très bien.

— Je me souviens du mari. Il venait chercher… votre femme. Je ne me souviens pas très bien de la vieille dame, mais une fois nous avons bavardé agréablement.

— Je lui transmettrai votre bon souvenir.

— D'accord. J'espère qu'elle va se remettre. Alors, vous vivez là-bas, maintenant ?

— Oui.

Ou, plutôt, je vivais là-bas…

Anna me semblait sur le point de m'avertir que la tueuse était revenue dans la maison d'hôtes. Sentant peut-être que sa mère allait raviver de mauvais souvenirs, Anthony me dit :

— Venez dehors. Je veux aller voir les enfants.

— Dis-leur qu'il est bientôt l'heure de passer à table, dit Anna.

Nous gagnâmes un patio suffisamment vaste pour accueillir une navette spatiale. Après le patio, entourée d'une grille métallique haute de deux mètres, se trouvait une piscine aux dimensions d'une véritable mer intérieure. Au-delà, on apercevait une longue cage à chien en fil de fer et un berger allemand qui, même à cette distance, perçut ma présence et tira sur sa laisse en aboyant.

— *Sta' zitto !* s'écria Anthony.

Le chien, apparemment bilingue, cessa d'aboyer. J'accompagnai Anthony à la piscine, où deux enfants barbotaient avec des brassards.

— Hé, les enfants, dites bonjour à M. Sutter.

Avec un parfait ensemble, ils m'adressèrent un signe accompagné d'un « bonjour, monsieur », puis retournèrent à leurs ébats nautiques.

Le garçon, nommé Frank, était âgé de cinq ans. La fille, Kelly Ann, paraissait avoir une année de plus. Ces bambins étaient jolis et devaient avoir, sous leur bronzage, la peau claire de leur mère. Ils me rappelaient Edward et Carolyn à leur âge, goûtant les plaisirs de l'été, insouciants dans leur univers confortable.

Anthony s'adressa à une dame d'un certain âge qui, installée sur une chaise longue, sous un parasol, surveillait les enfants comme un faucon.

— Eva, préparez-les pour le dîner !

Nous regagnâmes le patio. Au lieu d'entrer dans la maison, comme je le pensais, Anthony se dirigea vers un pavillon ouvert où se tenaient un homme et une femme.

— Vous vous souvenez de mon oncle Sal, me dit-il.

Stupéfait, je restai sans voix.

Assis dans un fauteuil, une cigarette dans une main, un verre à cocktail dans l'autre, c'était bien Salvatore D'Alessio, alias Sally Da-da. Il est agréable de recevoir la famille à dîner. Toutefois, la situation peut se révéler gênante si l'invité a un jour essayé de tuer votre père. Mais peut-être s'agissait-il là, de ma part, d'une réaction ethnocentrique.

Sans se lever, l'oncle Sal m'adressa un vague signe de tête en grommelant :

— Comment va ?

— On fait aller.

Après dix années, les retrouvailles auraient pu être plus chaleureuses. Son regard se perdit aussitôt dans le lointain.

J'avais vu Sally Da-da pour la première fois au Plaza Hotel, où Frank avait convié dans sa suite la moitié de la mafia de New York pour célébrer sa libération sous caution. En fait, il s'agissait moins d'une célébration que d'une démonstration de force. Les kapos et porte flingues baisaient ostensiblement sa bague, sous l'œil de ses associés et même de ses rivaux, venus, sur convocation, assister à cette manifestation d'allégeance au *capo di tutti capi*.

Dans la pièce, j'avais été accosté par un homme de Cro-Magnon qui m'avait posé des questions parfaitement inintelligibles pour moi. J'appris plus tard que cet homme était Salvatore D'Alessio, beau-frère de don Bellarosa. Plus tard encore, j'appris que D'Alessio, qui était l'adjoint du parrain, voulait devenir *capo di tutti capi* à sa place.

M. D'Alessio, à présent assis en face de moi, était un homme de haute taille, puissamment bâti, avec d'épais cheveux teints en noir et de gros sourcils qui se rejoignaient à la racine du nez, comme on le voit dans les dioramas sur l'homme préhistorique au Muséum d'histoire naturelle. Vêtu d'une peau de bête, il n'aurait étonné personne. Il portait un pantalon noir de style baggy et une chemise blanche à moitié déboutonnée dont les manches relevées dévoilaient une impressionnante quantité de poils. Invité à un dîner de famille, il ne portait sans doute pas d'arme. Dans le cas contraire, il aurait pu aisément dissimuler son flingue dans la toison de sa poitrine.

— Vous connaissez ma tante Marie ? me demanda Anthony.

La tante Marie ressemblait fort à Anna, en plus mince et en plus âgée.

— Je crois que nous nous sommes déjà rencontrés, répondis-je.

Elle acquiesça en silence.

En fait, j'avais rencontré Marie D'Alessio à la messe d'enterrement de Frank Bellarosa où elle était assise à côté d'Anna et pleurait d'abondance avec elle. C'était à cette messe que j'avais vu l'oncle Sal pour la deuxième fois, puis au cimetière, où il ne quittait pas le cercueil des yeux, évitant le regard du jeune Anthony Bellarosa.

Marie n'ayant apparemment rien à dire à l'ex-mari de Susan Sutter, je reportai mon attention sur l'oncle Sal et remarquai qu'il m'observait d'un air approbateur. Nos regards se croisèrent.

— Ça fait longtemps, me dit-il.

— Oui, longtemps.

Tout en comprenant les raisons qu'il avait eues de vouloir buter son beau-frère, j'avais trouvé agaçant qu'il choisisse d'agir le soir où Frank et moi dînions avec nos épouses. Felix Mancuso m'expliqua ensuite que Frank Bellarosa n'imaginait pas qu'on puisse enfreindre la règle interdisant de descendre quelqu'un en présence de sa famille ou de citoyens respectables, par exemple John et Susan Sutter. Bien sûr, Sally Da-da en avait profité, probablement renseigné par le propre chauffeur de Frank, Lenny le Serpent.

En dépit de sa confiance, Frank Bellarosa revêtait en toute circonstance un gilet pare-balles sous son complet sur mesure. Il s'en tira, grâce à moi, avec quelques côtes cassées et la carotide sectionnée.

Anthony finit par rompre le silence.

— Mon oncle et ma tante sont passés dire bonjour.

L'oncle Sal se leva. Je fus de nouveau frappé par sa haute taille.

— Ouais. Bon, on s'en va.

La tante Marie se leva à son tour.

— Prends bien soin de ta mère, Anthony.

— Oui, oui.

— Il faut aller la voir.

— Je le fais.

— Tu dois y aller plus souvent. Pas seulement le dimanche.

— Mes frères de Jersey passent la voir tout le temps.

Elle ignora sa remarque.

— Depuis la mort de ton père, ajouta-t-elle en coulant un regard dans ma direction, depuis son départ, elle est toute seule.

— Elle a cinquante sœurs et cousins à Brooklyn.

— Ils ont leur vie.

— D'accord, d'accord. Merci, tante Marie.

Pendant toute la durée de cet échange, l'oncle Sal resta impassible, se disant peut-être que sa femme perdait son temps à discuter avec un mort. Ou alors je me trompais ; l'oncle Sal, en effet, avait déjà eu mille occasions de lancer un contrat sur Anthony. Peut-être avaient-ils simplement conclu un arrangement, du genre : « Toi, Anthony, tu gardes la drogue, la prostitution et l'usure. Moi, je prends le jeu, l'extorsion et le vol dans les ports et les aéroports. » Personnellement, c'est ce que j'aurais recommandé.

— Merci d'être passés, dit Anthony.

Sal jeta sa cigarette par terre et l'écrasa sous sa semelle.

— Ta mère a l'air d'aller bien.

Sans un mot, Anthony regarda le mégot souiller les belles dalles du patio. Peut-être songeait-il : *Pourquoi m'en faire ? De toute façon, il est mort.*

Ah ! si Anthony Bellarosa et Salvatore D'Alessio avaient pu s'entre-tuer…

J'eus peur d'avoir pensé tout haut. Mes craintes se révélèrent infondées, puisque l'oncle Sal se tourna vers moi en me demandant :

— Alors, vous faites quoi ?

— Comme d'hab.

— Mais encore ?

Anthony interrompit cette ébouriffante conversation.

— John est mon avocat fiscaliste.

— Ah ouais ?

Sal me regarda longuement, comme pour signifier : « Dommage que mes gars vous aient loupé chez Giulio. » Mais peut-être étais-je le jouet de mon imagination.

— Je rentre, annonça la tante Marie.

Avant de partir, elle s'adressa de nouveau à Anthony.

— Ta mère a besoin de toi.

Anthony et l'oncle Sal restaient face à face, silencieux. Je sentis qu'il fallait les laisser seuls.

— J'ai été ravi de vous voir, dis-je à Sal.

— Ouais.

— Vous avez une carte ?

— Hein ?

— Ciao.

Je me dirigeai vers la piscine, loin de la conversation et hors de portée des coups de feu. Le berger allemand me fixait méchamment. Il me fit penser à Salvatore D'Alessio.

Un vrai dur. Ce type ne jouait pas au parrain, comme nombre de ses collègues. C'était une authentique crapule, redoutable. Si j'avais dû parier sur le premier qui descendrait l'autre, j'aurais misé sur l'oncle Sal.

Pourtant, Anthony avait le motif le plus puissant, la vendetta personnelle. Il semblait aussi plus intelligent, ce qui ne voulait pas dire grand-chose, j'en étais bien conscient.

En résumé : Anthony voulait tuer l'oncle Sal ; l'oncle Sal voulait tuer Anthony ; l'oncle Sal m'en voulait peut-être d'avoir sauvé la vie de Frank et de l'avoir donc ridiculisé ; Anthony voulait tuer Susan ; je souhaitais la mort d'Anthony Bellarosa et de Salvatore D'Alessio.

Qui a dit que les dîners de famille étaient ennuyeux ?

Chapitre 34

Après le départ de l'oncle Sal, je vins m'asseoir face à Anthony sous le pavillon, remarquant au passage que le mégot avait disparu.

Nous gardâmes le silence un instant. Je m'attendais à ce qu'Anthony me rassure sur ses intentions vis-à-vis de l'oncle Sal avec un compliment aussi lénifiant que : « Sous ses poils, il y a un cœur d'or », mais il me parla de la tante Marie.

— C'est une casse-couilles.

Visiblement, il n'avait pas digéré ses remontrances publiques.

— Je crois qu'elle vous aime bien, objectai-je, et qu'elle aime sa sœur.

— Ouais, c'est vrai. Elle a deux fils. Tous les deux en Floride. On ne les voit jamais.

Peut-être leur père les avait-il dévorés…

— Ils baisent des pétasses.

Il s'enfonça dans son fauteuil, tira sur sa cigarette. La visite de l'oncle Sal avait affecté son humeur. Peut-être songeait-il au meilleur moyen de mettre un terme définitif à leurs relations.

— Votre oncle a l'air de se porter à merveille.

— Ouais. Il utilise le même cirage pour ses pompes et pour ses cheveux.

Il me regarda en souriant.

— Vous lui avez demandé sa carte.

— Je me demandais ce qu'il faisait dans la vie.

— Les affaires de famille, répondit-il en accentuant son sourire. Il n'a pas compris que vous vous foutiez de sa gueule.

Tant mieux…

— Vous avez des couilles, poursuivit Anthony. J'aurais dû lui foutre son mégot dans le cul, mais chaque fois qu'il me fait chier, on trouve que c'est moi l'emmerdeur.

— Moi, je trouve que vous vous êtes très bien conduit. C'est quand même votre oncle.

— Ouais. Par alliance. Mais faut quand même se montrer respectueux, pas vrai ?

— Sûr.

Jusqu'au moment où on tue.

— Lui aussi doit se montrer respectueux envers vous.

— Je suis d'accord.

Dans l'univers d'Anthony, on pouvait se faire tuer pour moins qu'un mégot écrasé dans le patio de son hôte. Là, il s'agissait tout autant de respect entre tueurs que d'un équilibre du pouvoir à préserver. C'était peut-être pour cela qu'aucun des deux ne s'en était pris à l'autre.

— Restez à l'écart de lui, me conseilla Anthony. Il ne comprend pas la plaisanterie. Je crois qu'on va avoir une semaine chargée, ajouta-t-il.

— Pourquoi ?

— Parce que, d'après ce que j'ai appris, John Gotti n'a plus que quelques jours à vivre.

Je ne réagis pas.

— Il y aura une veillée mortuaire de trois jours, puis un enterrement en grande pompe.

Je gardai toujours le silence.

— Il faut que j'y sois, reprit Anthony. Je ne suis pas en affaires avec lui, mais je connais sa famille. Je dois lui témoigner mon respect. Même si certains, en me voyant là, pourraient se faire des idées fausses.

Tout à fait. Par exemple, la police pourrait te prendre pour un mafieux.

Il me dévisagea.

— Vous êtes venu à l'enterrement de mon père. Par respect.

Je ne savais pas exactement pourquoi je m'y étais rendu. Peut-être par sentiment de… culpabilité. Parce que c'était ma femme qui l'avait tué. Je n'éprouvais aucun respect pour Frank Bellarosa. Toutefois, en dépit de tout ce qui s'était passé, je l'aimais bien.

— J'appréciais votre père. Et j'ai de l'attachement pour votre mère.

Il hocha la tête.

— Des années plus tard, je me suis rendu compte à quel point c'était courageux de votre part. Je veux dire, d'assister aux obsèques de mon père alors que c'était votre femme qui l'avait tué.

À cela, je n'avais aucune réponse.

— J'imagine que vous avez dû entendre beaucoup de conneries à ce sujet de la part de vos amis et de votre famille.

En fait, plus personne ne m'avait adressé la parole. Mon père m'avait dit simplement : « Ce fut une erreur de jugement, John. » Même ma mère, qui adore pourtant tout ce qui est multiculturel, s'était exclamée : « Mais enfin, quelle idée tu as eue ? ». Ma sœur Emily m'avait appelé : « Je t'ai vu à la télé, à l'enterrement de Bellarosa. Tu avais l'air d'un paumé, John. Il faudrait qu'on t'achète une chemise noire et une cravate blanche. » Elle avait quand même ajouté : « Tu as eu du cran. »

— Vous avez dû aussi avoir de mauvais échos dans la presse.

Il y avait eu quelques railleries. Rien de bien méchant. Les médias avaient surtout souligné le côté ironique du mari de la meurtrière présent à l'enterrement. Les médias ne comprennent peut-être pas l'ironie, mais ils s'y entendent pour amuser les foules.

Ma bonne amie Jenny Alvarez m'avait sauvé la mise dans son reportage télévisé : « John Sutter sait placer ses responsabilités professionnelles au-dessus de ses sentiments personnels. En sa qualité d'avocat de Frank Bellarosa, il a estimé sa présence nécessaire vis-à-vis de la famille de son client décédé. »

C'était un peu tiré par les cheveux, mais Jenny m'avait à la bonne. Et quand une journaliste vous aime bien, elle sait faire parler la rumeur pour arranger les choses. Si elle avait été réellement honnête dans son commentaire, elle aurait précisé : « Pour être tout à fait franche, je dois déclarer que j'ai couché avec M. Sutter. »

— Si vous acceptiez de m'accompagner, dit Anthony, ce serait super.

Un seul enterrement de mafieux suffisait à mon bonheur.

—Moi aussi, j'ai une semaine chargée. Néanmoins, je vous remercie.

— Si vous changez d'avis, faites-le-moi savoir.

Nous nous tûmes pendant une longue minute. Anthony tirait sur sa cigarette en contemplant la piscine.

J'en profitai pour réfléchir. La mort de John Gotti risquait de déstabiliser ses associés et créerait des opportunités. Si Anthony et Sally Da-da avaient maintenu une trêve précaire pendant tant d'années, c'était probablement sous sa houlette. Or il n'en avait plus pour longtemps. Si mes déductions étaient correctes, Anthony et son oncle Sal auraient bientôt tout le loisir de s'assassiner. Voilà pourquoi, peut-être, Anthony était en état d'alerte maximal.

Susan avait pu être incluse dans ce protocole de non-agression ; la mafia cherche avant tout à faire de l'argent, et l'assassinat de civils a mauvaise presse. Cependant, après l'enterrement de John Gotti, Anthony se sentirait libre d'en finir avec elle.

Était-ce si sûr ? N'étais-je pas en train d'adopter le mode de pensée que je prêtais à Anthony et à ses porte-flingues ?

Le sujet de la mort imminente de Gotti semblant épuisé et, le dîner n'ayant pas encore été annoncé, je jugeai le moment venu d'annoncer à Anthony la bonne nouvelle de mes retrouvailles avec Susan. Avant que j'aie pu ouvrir la bouche, il me demanda :

— Ils font quoi, vos moutards ?

Bien avant ma rencontre avec les Bellarosa, j'avais appris à me montrer circonspect avec les inconnus à propos de l'endroit où se trouvaient mes enfants et de leurs activités. Ni les Sutter ni les Stanhope n'étaient aussi célèbres que les Bellarosa, mais les Stanhope étaient riches, et nombre de gens connaissaicnt lcur nom. Mon plus grand espoir était qu'on enlève William, qu'on réclame un million de dollars et que Charlotte refuse de verser la rançon.

— Mon fils vit sur la côte Ouest ; ma fille est substitut du procureur à Brooklyn.

Cette dernière information sembla éveiller son intérêt.

— Ah ? Elle bosse pour Joe Hynes ?

Le légendaire procureur de Brooklyn se nommait Charles J. Hynes. Ses amis l'appelaient Joe. Bellarosa et lui ne devaient pas être amis, mais ils se connaissaient certainement… professionnellement.

— Elle travaille avec le FBI sur le crime organisé.

Ce n'était pas vrai, mais comment résister ?

— Je n'ai jamais entendu parler d'elle, murmura Anthony.

— Pourquoi en auriez-vous entendu parler ? répondis-je innocemment.

— Euh, oui, c'est vrai. Ce métier rapporte des nèfles, non ?

— Elle ne l'exerce pas pour l'argent.

Il se mit à rire.

— Ah bon ? Il est vrai que quand on en a déjà plein les fouilles, on n'a pas besoin de trimer pour le pognon.

— Vous n'êtes pas pauvre non plus. C'est ainsi que vous raisonnez ?

— Parfois. Parfois, il s'agit de pouvoir.

Il alluma une cigarette, contempla ses deux hectares et demi de propriété et les villas voisines.

— Autrefois, tout le domaine appartenait à mon père. Il faudra que vous m'obteniez des compensations pour cette perte.

Lassé par le retour du sujet, je ne répondis pas. Le moment était vraiment venu de lui dire que Susan et moi allions de nouveau vivre ensemble, et qu'il ne m'emploierait pas. Je commençai pourtant par lui demander :

— Pourquoi avez-vous dit à votre oncle que je travaillais pour vous comme avocat fiscaliste ?

— Parce que c'est vrai.

— Nous n'avons conclu aucun accord.

— Vous vous ravisez ?

— Je n'ai même pas à me raviser.

— Vous voulez m'extorquer plus de blé ?

— C'est bien payé, mais… ça craint.

— Comment le savoir avant d'avoir essayé ?

J'ignorai sa question et répétai :

— Pourquoi avez-vous dit à votre oncle que je travaillais pour vous ?

— Il croit que vous avez un certain pouvoir. Des relations. Et ça, c'est bon pour moi.

— Pourquoi croirait-il une chose pareille ?

— Parce qu'il est bête.

— Je vois.

Le roi engage un sorcier dépourvu de pouvoirs magiques, mais tout le monde croit le contraire, ce qui, pour le roi et ses ennemis, revient au même. Peut-être, après tout, aurais-je dû exiger davantage d'argent. Ou au moins un gilet pare-balles, au cas où Sally Da-da aurait eu l'idée de me faire buter pour me punir de collaborer avec Anthony.

— Quand vous travaillerez avec moi, vous n'aurez rien à voir avec mon oncle.

— Quel dommage !

Anthony pouffa.

— Comme ma fille travaille pour le parquet de Brooklyn, vous n'aurez peut-être pas envie que je travaille pour vous.

— Vous ne serez jamais mêlé aux cas que traite votre fille.

Un instant, j'imaginai Carolyn planchant sur l'affaire : « Le ministère public contre John Whitman Sutter ». « Désolée, papa, c'est le boulot. Il n'y a là rien de personnel. »

— Peut-être. Cela pourrait quand même être embarrassant pour elle si la presse venait à faire le lien entre elle, vous et moi.

— Pourquoi ?

— Cela va peut-être vous choquer, mais certaines personnes croient que vous avez partie liée avec le crime organisé.

Il ne parut nullement choqué, ni même irrité.

— Écoutez, John, je suis propriétaire ou directeur de cinq sociétés tout à fait légales. L'une d'elles, Bell Security Service, a signé de gros contrats depuis le 11 septembre. Mon argent vient de là. C'est tout ce qu'il y a à savoir et tout ce que vous avez besoin de savoir. Je porte le nom que je porte, je n'y peux rien. Et si un connard de journaliste raconte quoi que ce soit sur moi, je lui fous un procès au cul.

Ce discours semblait si convaincant que j'étais prêt à envoyer une contribution à la Ligue antidiffamation italo-américaine. Mais, avant cela, il faudrait que je parle d'Anthony Bellarosa à Felix Mancuso.

— Vous voulez une carte de visite ? Tenez.

Je saisis la carte, sur laquelle on pouvait lire : « Bell Enterprises, Inc. », avec une adresse dans la section Rego Park du

Queens et un numéro de téléphone en 718, indicatif du Queens.

— Vous voyez ? Je suis un homme d'affaires tout ce qu'il y a de régulier.

— J'en ai la preuve sous les yeux.

Il ajouta, sans paraître goûter la plaisanterie :

— J'ai inscrit au dos mon numéro de portable et mon numéro personnel, chez moi. Gardez-les pour vous.

Il n'y avait pas grand-chose à ajouter sur le sujet. Le dîner n'ayant pas encore été annoncé, le moment me semblait venu.

— Anthony… J'ai de bonnes et de mauvaises nouvelles à vous annoncer. Il faut que vous sachiez que…

Kelly Ann sortit en courant de la maison.

— On dîne dans dix minutes !

Elle aperçut alors la cigarette dans le cendrier.

— Papa ! Tu fumes ! Tu vas mourir !

À mon avis, papa ne vivrait pas assez longtemps pour que le tabac le tue. Je gardai cette réflexion pour moi. Anthony, lui, se déchargea sur moi.

— C'est M. Sutter qui fume, ma chérie. Ce n'est pas la cigarette de papa. N'est-ce pas, John ?

— Tout à fait.

Je pris la cigarette dans le cendrier. Kelly Ann, pas dupe, se mit à crier :

— Tu mens ! Tu mens ! Ton nez s'allonge !

Elle entra en trombe dans la maison en hurlant :

— Maman ! Papa fume !

Anthony me reprit la cigarette et tira une bouffée.

— Saloperies de profs. Ils leur racontent que l'alcool, la drogue et le tabac, c'est la même chose. Ils bourrent le crâne des mômes.

Je plaignais le malheureux Anthony, entouré de femelles abusives et casse-bonbons : sa mère, sa tante, sa femme, sa fille, peut-être même ses maîtresses… Étonnant qu'il ne soit pas devenu homosexuel. Il avait l'air de n'avoir guère de prise sur sa vie de famille, à la différence de son père, patron incontesté de l'Alhambra. Anthony, lui, ne semblait même pas en avoir suffisamment dans le ventre pour dire à sa fille de six ans : « *Sta'zitto* ».

Je me levai.

— Puis-je utiliser votre téléphone ?

— Bien sûr.

Il m'accompagna jusqu'à une autre porte-fenêtre, à l'extrémité de la maison.

— Vous devriez avoir un téléphone portable.

— Je laisserai un quarter près de l'appareil.

— Si vous restez trop longtemps, laissez un dollar, dit-il en ouvrant la porte. C'est mon refuge. Vous trouverez facilement le chemin jusqu'à la salle à manger.

Je pénétrai dans une pièce sombre, climatisée, et refermai la porte derrière moi.

Le bureau d'Anthony était très masculin : cuir, acajou, cuivre, bar, un gros poste de télévision. Sans doute s'y réfugiait-il quand la gent féminine se montrait trop envahissante dans le reste de la maison.

Les murs étaient recouverts de livres. Je reconnus, parmi eux, la collection d'ouvrages de son père. Outre sa passion pour Machiavel, Frank lisait aussi saint Ambroise et saint Augustin, pour pouvoir discuter théologie avec les prêtres.

Anthony paraissait davantage féru d'auteurs païens. Je distinguai, sur les étagères, nombre de livres sur l'Empire romain. Il était probablement le premier parrain de la mafia à admirer le génie administratif de Rome et sa façon d'exterminer des nations entières. Malheureusement, les gens comme lui reçoivent une éducation qui va bien au-delà de leur intelligence et en deviennent plus dangereux que, par exemple, l'oncle Sal.

Je trouvai le téléphone sur son bureau et appelai Elizabeth sur son portable. Tandis que la sonnerie retentissait, deux pensées me vinrent à l'esprit : d'abord, qu'Anthony n'avait sûrement rien laissé sur son bureau qui puisse intéresser sa femme, le FBI ou moi ; ensuite, que son téléphone était probablement surveillé, soit par la police, soit par des concurrents, voire par Anthony lui-même pour espionner Megan. De nos jours, toutefois, avec l'usage intensif du portable, la mise sur écoute des téléphones fixes n'était peut-être plus aussi nécessaire. Mieux valait quand même me montrer prudent.

Le répondeur d'Elizabeth m'informa qu'elle ne pouvait me parler et m'invitait à laisser un message après le bip.

« Elizabeth, bonjour, c'est John. Désolé, mais je ne pourrai être à notre rendez-vous à 19 heures. »

J'hésitai avant d'ajouter :

« Je dois voir Susan. J'espère que ta mère ne va pas trop mal. Je te rappelle demain. »

Je raccrochai et composai le numéro du portable de Susan.

— Allô ? C'est moi.

— Ah, John. Je suis contente que tu appelles. Comment ça se passe ?

— Ça va…

— Tu lui as dit ?

— Pas encore. Je ne peux pas vraiment te parler.

Elle devait croire qu'Anthony se trouvait dans les parages et n'imaginait probablement pas que je craignais la table d'écoute.

— Bon, tiens-moi au courant. Le téléphone a sonné dans le pavillon de gardien pendant que je faisais ta valise. J'ai répondu.

— Ah…

Samantha ? Elizabeth ? Des terroristes iraniens ?

— C'était Elizabeth, qui te cherchait.

— Je comprends. J'habitais là.

— Elle m'a dit que l'état de sa mère s'était dégradé et qu'elle était tombée dans le coma.

— C'est bien triste, mais on savait que…

— Elle ne pourra pas être à votre rendez-vous, à 19 heures.

— Ah… oui. Elle voulait m'inviter à dîner pour me remercier d'avoir…

— C'est ce qu'elle m'a dit. J'en ai profité pour lui annoncer que nous allions revivre ensemble.

— Très bien. Elle l'espérait.

— Ce n'est pas l'impression que j'ai retirée de notre brève conversation. Elle semblait surprise.

— Vraiment ? Eh bien, moi aussi, je suis surpris. Bon, laisse-moi l'apprendre à Anthony.

— Annonce-lui seulement que tu dois partir tout de suite. J'ai dit à Elizabeth qu'on se retrouverait à Fair Haven. Tu pourras appeler Anthony plus tard et lui apprendre la nouvelle.

— Non, Susan, il faut que je le fasse maintenant. En personne. Je serai là d'ici un quart d'heure.

— D'accord. Bonne chance. Je t'aime.

— Moi aussi.

Je raccrochai et regardai de nouveau autour de moi. Audessus de la cheminée était accrochée une reproduction de *L'Enlèvement des Sabines* de Rubens, ce qui en disait plus sur ce qu'Anthony avait dans la tête que sur ses goûts en matière d'art.

Je m'apprêtais à sortir lorsque je vis, sur un chevalet, un tableau familier : la cour aux palmiers de l'Alhambra peinte par Susan. J'avais vu cette toile pour la première et la dernière fois dans la cour restaurée de l'Alhambra, alors que le corps sans vie de Frank Bellarosa gisait à quelques pas de moi et que l'artiste était emmenée, menottée.

À l'époque, je trouvais qu'il s'agissait d'une de ses meilleures œuvres. Cette image de ruines reflétait assez bien l'état mental de Susan. J'avais crevé la toile d'un coup de poing la projetant sur le sol de la cour.

Je m'approchai et constatai que la restauration avait été effectuée de main de maître. Ah ! si la vie pouvait être restaurée de semblable façon…

Qui avait pu effectuer un tel travail ? Et pourquoi ce tableau se trouvait-il dans l'antre d'Anthony Bellarosa ? Dans le coin droit, on distinguait très nettement la signature de Susan. Anthony ne pouvait donc ignorer sa provenance.

Le moment était vraiment venu de lui signifier que je ne travaillerais pas pour lui et qu'il lui fallait se tenir éloigné définitivement de mon ex et future femme.

Lorsque César franchit le Rubicon, il savait qu'il n'y avait plus de retour en arrière possible. Ce fut dans le même état d'esprit que je m'emparai d'un coupe-papier sur le bureau d'Anthony et lacérai consciencieusement la toile. Je quittai ensuite son refuge et empruntai un long couloir pour me rendre à la salle à manger.

Chapitre 35

Sur la longue table dressée pour six personnes, on avait disposé des assiettes de hors-d'œuvre, une miche de pain italien et une bouteille de vin rouge.

Anthony trônait en tête de table, Megan à sa droite et sa mère à sa gauche. Les enfants avaient pris place à côté de leur mèrc.

— Asseyez-vous ici, me dit Anna. À côté de moi.

— Je vous présente mes excuses. Il faut que je parte.

— Vous partez ? Mais où ? gémit Anna.

— Je dois aller voir Ethel, la vieille dame qui m'héberge dans la maison de gardien. Elle est à l'hôpital et vient de tomber dans le coma.

— C'est triste, dit Anthony.

— Vraiment, je vous présente mes excuses, mais je dois être là au cas où…

Je jetai un coup d'œil en direction des enfants

— … où elle mourrait ce soir.

Anna se signa. Personne d'autre ne le fit et j'y renonçai moi-même après en avoir eu brièvement la tentation.

— C'est quoi, le coma ? demanda le jeune Frank.

Anthony se leva.

— Bien sûr, je comprends. Pas de problème. Nous aurons une nouvelle occasion.

Megan se leva à son tour.

— Tenez-nous au courant.

— Qu'est-ce qui arrive quand on tombe dans le coma ? demanda Kelly Ann à la cantonade.

— Laissez-moi vous emballer de quoi manger, proposa Anna.

— C'est très gentil à vous, mais il faut que je me dépêche.

Je me tournai vers Anthony et fis un signe de tête en direction de la porte.

— Je vous accompagne, me dit-il.

Je serrai rapidement Anna dans mes bras, souhaitai bon appétit à tout le monde et suivis Anthony dans le vestibule.

— Quand vous en saurez plus, prévenez-moi, me dit-il. Pour la mort de Gotti, vous l'apprendrez par la presse, on se reverra quand tout cela sera terminé.

— Sortons, lui dis-je.

Il se tourna vers la salle à manger et cria d'une voix forte :

— Commencez sans moi, j'arrive !

Nous sortîmes sous le porche et il alluma une cigarette.

— Que se passe-t-il ?

— Susan et moi avons décidé de revivre ensemble.

— Ah ?

— Susan. Mon ex-femme. Nous allons revivre ensemble.

Il réfléchit pendant une bonne seconde.

— Et vous me dites ça maintenant ?

— Quand auriez-vous voulu l'apprendre ?

— Hier.

— Hier, je ne le savais pas encore. De toute façon, qu'est-ce que ça change, pour vous ?

Il me répondit de façon indirecte.

— Vous savez, je n'ai jamais compris comment un type pouvait reprendre une femme qui l'avait trompé. Je ne connais pas de gars comme ça.

J'aurais pu lui répondre d'aller se faire voir, mais cela aurait mis un terme à la conversation et je n'avais pas terminé.

— J'espère que vous n'aurez jamais à réfléchir à une telle décision.

— Moi, je sais ce que je ferais, répondit-il, excédé. Vous, vous faites ce que vous voulez.

— Merci. C'est le cas.

— Je vous croyais intelligent, John. Je pensais que vous aviez du respect pour vous-même.

— Ça ne vous regarde pas.

— Je crois que si. Cela va peut-être changer les choses entre nous.

— Il n'y a jamais rien eu entre nous.

— N'importe quoi. Nous avons passé un accord, et vous le savez très bien.

— Ce n'est pas le cas. Si vous pensez le contraire, alors, disons que cet accord est caduc.

— Oui. Si vous retournez avec elle, l'accord est définitivement caduc. Mais si vous changez d'avis, alors, on pourra parler.

— Je ne changerai pas d'avis à son sujet. Vous, par contre, vous devriez.

— Qu'est-ce que ça veut dire ?

— Vous le savez très bien.

—Vraiment ? Vous pensez encore à ça ? Allez, John. Je vous l'ai déjà dit, si c'était un problème pour moi, il y a longtemps qu'il aurait été réglé. Ne vous tracassez pas. Épousez-la une seconde fois et soyez heureux.

Il prenait soin de ne rien dire que je puisse rapporter à la police. Il en rajouta même une couche pour me rassurer.

— Les femmes, les enfants et les retardés mentaux bénéficient de l'immunité. C'est la règle.

— On a essayé de tuer votre père sous les yeux de votre mère, qui aurait pu, elle aussi, être blessée ou tuée. Quelqu'un aurait-il oublié la règle ?

Il me dévisagea longuement.

— Ce n'est pas votre problème.

— Excusez-moi, Anthony. Je me trouvais à cinquante centimètres de votre père quand on lui a tiré dessus au fusil de chasse. Là, j'ai commencé à me sentir concerné.

Il hésita.

— Ce n'est quand même pas votre problème.

— Très bien. Je ne voudrais pas vous empêcher d'aller dîner. Merci pour votre hospitalité. Vous avez une belle famille. J'apprécie particulièrement votre oncle Sal. Et, pour qu'il n'y ait aucun malentendu à propos de Susan Sutter, je vous informe qu'en ma qualité d'avocat de ma femme je vais lui demander d'aller déposer une plainte à la police, exprimant ses craintes relatives à vos intentions à son égard. Ainsi, s'il lui arrivait la moindre chose, la police saurait à qui s'adresser. *Capisce ?*

Je m'attendais à le voir exploser. Or il resta planté là, muet.

— Bonne journée ! lançai-je avant de m'éloigner pour traverser sa pelouse.

— John.

Je me retournai, m'attendant presque à le voir brandir une arme. Il s'avança vers moi.

— Voyons, John, commença-t-il d'un ton conciliant. Vous n'êtes pas obligé d'aller voir les flics. Nous sommes entre hommes. Nous pouvons parler.

— Nous avons déjà parlé.

— Je croyais que vous aviez compris ce que je vous ai dit. Ce que vous avez fait pour mon père. Le soir où je suis venu vous voir, je vous ai dit que j'avais une dette envers vous parce que vous lui aviez sauvé la vie. Alors, vous avez dit quelque chose à propos de votre femme. Vous vous rappelez ? Je ne savais pas très bien ce que vous vouliez. Maintenant, j'ai compris. De toute façon, de ce côté-là, il n'y a jamais eu de problème. Mais si vous croyez qu'il y en a un, et si c'est la faveur que vous demandez, eh bien, vous l'avez. Je vous le jure sur la tombe de mon père.

Nous aurions pu en rester là. Il aurait fallu, pour cela, que je lui fasse confiance, ce qui n'était pas le cas. Entre déposer une plainte à la police et se fier à un serment d'Anthony Bellarosa, j'aurais parié ma vie et celle de Susan sur la police. Et sur le fusil de chasse.

Anthony attendait une réponse. Ne voyant rien venir, il conclut :

— Sans rancune. Chacun repart de son côté et vous cessez de vous inquiéter. Les comptes sont réglés de part et d'autre.

Je ne voulais surtout pas lui laisser l'impression qu'il m'avait accordé une faveur.

— Votre père m'a déjà payé de retour. Vous ne me devez rien.

Il eut l'air surpris.

— Ah bon ? Très bien. Je tiens quand même à régler cette dette une nouvelle fois.

— Je ne veux aucune faveur de votre part.

— Ouais ?

Que je n'accepte pas ses vœux de bonheur et sa promesse de ne pas tuer Susan le mit hors de lui.

— Vous êtes un connard. Foutez le camp d'ici.

À mon tour d'être furieux. Il était temps pour lui d'apprendre comment son père s'était acquitté de sa dette envers moi. Je m'approchai de lui.

— Oui ? Quoi ?

— Votre père, Anthony, était amoureux de ma femme. Elle aussi était amoureuse de lui. Ils s'apprêtaient à fuir ensemble et à vous abandonner, vous, vos frères et votre mère…

— Qu'est-ce que c'est que ces conneries ?

— Mais il me devait la vie, alors…

— Il la tringlait ! C'est tout. Il la tringlait pour le plaisir.

— Alors, je lui ai demandé de lui dire que c'était terminé entre eux, qu'il ne l'avait jamais aimée…

— N'importe quoi !

— Et c'est ce qu'il a fait. Malheureusement, Susan, qui était amoureuse de lui, a pété un câble, et…

— Foutez-moi le camp d'ici !

— C'est pour ça qu'elle l'a tué, Anthony. Il l'aimait, elle l'aimait, et il a rompu sa promesse de l'emmener en Italie en bénéficiant du programme de protection des témoins de l'accusation.

— Comment savez-vous que…

— Il était témoin de l'accusation, Anthony. Vous le savez aussi bien que moi. Soyez lucide. Vous m'avez demandé la vérité sur votre père. Eh bien, la voilà.

Il appuya presque son nez sur le mien et s'adressa à moi d'une voix lente, très calme.

— Rien de tout ça ne change ce que votre femme a fait. Mettez-vous bien ça dans le crâne.

Je posai la main sur sa poitrine et le repoussai, prêt à réagir au moindre de ses mouvements, mais il se contenta de me dévisager.

— Cela ressemble à une menace.

— Prenez-le comme vous voudrez.

— Je le prends comme une menace. Et c'est aussi comme ça que le prendra la police.

Il ne répondit pas. Je tournai les talons et me dirigeai vers ma voiture.

— Vous croyez que les gens comme vous n'ont rien à craindre de gens comme moi ! s'exclama-t-il en haussant le ton. Vous vous trompez, maître !

J'étais heureux que la situation soit éclaircie. Toutefois, je ne l'estimais pas assez futé ni suffisamment maître de lui pour savoir quand la boucler et se tirer. Et, depuis qu'il avait menacé Susan en ma présence, peut-être pensait-il nécessaire de se débarrasser de nous deux.

En quittant la maison au volant de ma voiture, je le vis qui m'observait depuis la pelouse.

Je quittai le domaine de l'Alhambra.

À présent, je n'avais plus à protéger Susan de loin. Nous étions ensemble. Et Anthony et moi nous retrouvions face à face, sachant l'un comme l'autre à quoi nous en tenir.

J'arrêtai la voiture au bout de la route goudronnée et regardai l'endroit où s'élevait autrefois l'Alhambra, me rappelant la bibliothèque où Frank et moi fumions un cigare en dégustant un verre de grappa, parlant de Machiavel et de l'accusation de meurtre à laquelle il devait faire face. En un rien de temps, je m'étais retrouvé membre de la famille. Cette fois-ci, l'histoire ne se répétait pas, mais c'était toujours elle qui était aux commandes.

J'avais vu Frank Bellarosa pour la dernière fois gisant à moitié nu sur le sol de la cour aux palmiers, sous la mezzanine de sa chambre ; et, en ce moment même, son image s'imposait à moi.

Je jetai un dernier regard alentour, sachant que je ne reviendrais probablement jamais à l'Alhambra. Puis je redémarrai, passai devant la maison du gardien et tournai à gauche dans Grace Lane pour franchir les quatre cents mètres qui me séparaient de la maison d'hôtes de Stanhope Hall.

Chapitre 36

Je franchis les grilles ouvertes du domaine, longeai le pavillon de gardien et me garai à côté de la Lexus de Susan, devant la maison d'hôtes.

J'ouvris la porte, que ni Susan ni moi ne fermions jamais, et, comme autrefois, lançai d'une voix forte :

— Chérie, je suis rentré !

Silence. Je me rendis dans la cuisine et la vis dans le patio, sur une chaise longue, lisant un magazine.

Lorsque j'ouvris la porte, elle se leva, se précipita vers moi, me serra dans ses bras et m'embrassa.

— Oh, je suis tellement heureuse que tu sois rentré ! Tu le lui as dit ?

— Oui.

— Alors ?

— Comme je m'y attendais, il n'a pas très bien pris la nouvelle.

— Finalement, pourquoi être allé lui raconter ça ? Ça ne le regarde pas. Tout ce que tu avais à lui dire, c'était que tu ne comptais pas travailler pour lui.

— C'est vrai. En temps normal, je n'aurais pas à annoncer mon prochain mariage à un parrain de la mafia. Mais je voulais qu'il sache que nous étions de nouveau ensemble et que tu n'étais pas seule.

Elle réfléchit un instant.

— Je continue à penser que tu t'inquiètes pour rien.

Elle n'aurait pas pensé la même chose si elle nous avait entendus, Anthony et moi, devant la maison, mais je ne voulais pas trop l'effrayer.

— Je crois qu'il n'y aura pas de problème. Demain, nous irons quand même ensemble au commissariat et tu porteras plainte contre Anthony Bellarosa.

— Non, John, ce n'est pas nécessaire. Cela pourrait même le…

— Écoute, Susan, il n'y a pas à en discuter. Je veux qu'il sache que la police est au courant de la situation. Tu comprends ?

À son regard, je compris qu'elle avait perçu la profondeur de mon inquiétude.

— D'accord. Tu as vu Anna ?

— Oui.

— Comment était-elle ? Amicale ? Et la femme d'Anthony ?

— Plutôt agréable.

Jadis, chaque fois que je me rendais quelque part, j'avais droit à un contre-interrogatoire plus serré qu'à la barre d'un tribunal. Il me fallait un verre.

— Il est l'heure d'un petit cocktail.

— À quoi ressemble-t-elle, sa femme ?

— Oh, elle est jolie. Mais pas très raffinée.

— Qui y avait-il d'autre ?

— Salvatore D'Alessio. L'oncle Sal. Et sa femme, Marie. Tu les as déjà rencontrés ?

— Non. Comment aurais-je pu les…

Elle se rappela soudain qu'elle avait fait de longues visites à l'Alhambra.

— En fait, oui. Je les ai rencontrés. Dans la maison. Quand je peignais dans la cour.

Elle sentit qu'il lui fallait partager la totalité de ce souvenir.

— Ils se sont arrêtés près de moi et Anna nous a présentés. Nous ne nous sommes pas parlé. Cet homme était effrayant.

— Il l'est toujours.

— Je vais te préparer un verre. Qu'est-ce que tu veux ?

— Un pink squirrel.

— Comment ça se prépare, ça ?

— Quatre mesures de scotch et des glaçons.

— Parfait. À tout de suite.

Elle revint quelques instants plus tard avec un verre de vin blanc et mon scotch sur un plateau. Nous levâmes nos verres et trinquâmes.

— À nous, dit-elle.

— Ensemble, pour toujours.

— C'est ton scotch. Je l'ai gardé depuis… mon déménagement.

Aucun de ses amants ni son défunt mari ne devaient boire du Dewar's. Ou alors elle me servait un petit mensonge pour me signifier que ces dix dernières années n'avaient été qu'une suite de misérables contretemps sur la route menant au bonheur.

— Il s'est bonifié avec l'âge, répondis-je.

Je faillis ajouter : « Toi aussi. » Je m'abstins. Avec les femmes, il faut faire attention à ce genre de compliment.

— Quelle est la différence entre ce pink squirrel et un simple whisky glaçons ?

— L'orthographe.

Elle sourit.

— Il va me falloir un peu de temps pour me réhabituer à ton humour infantile.

— Infantile ? Je te ferai savoir que…

Elle planta un baiser sur mes lèvres.

— Bon Dieu, qu'est-ce que tu m'as manqué ! Tout, en toi, me manquait.

— À moi aussi.

Nous restâmes un moment, main dans la main, à contempler le jardin en sirotant nos verres. Finalement, elle me demanda :

— Comment est leur intérieur ?

— Pas trop mal. Au fait, savais-tu que Salvatore D'Alessio était le principal suspect pour ce qui s'est passé chez Giulio ?

— Non. Tu veux dire… son propre beau-frère ?

— Oui. Tu n'en as jamais entendu parler ?

— Par qui aurais-je pu en entendre parler ?

Eh bien, d'abord par la victime, ton amant…

— Par la presse.

— Je n'ai pas suivi l'affaire dans les journaux, répondit-elle après un moment d'hésitation.

Quelques semaines plus tard, elle n'avait même pas suivi ce que racontait la presse d'une histoire plus importante encore, le meurtre de Frank Bellarosa par Susan Stanhope Sutter. Non parce que cela lui était insupportable, mais parce que l'actualité en général n'éveillait en elle qu'indifférence. Selon l'adage bien connu, quand on a lu un article sur un accident de chemin de fer, on les a tous lus. Bien sûr, pour un passager du train, lc récit peut présenter un certain intérêt. Mais, dans le milieu de Susan, le nom d'une femme ne doit apparaître dans les journaux qu'à l'occasion de sa naissance, de son mariage et de sa mort. Cela laisse peu de place pour le meurtre de l'amant. J'avais donc tendance à la croire lorsqu'elle affirmait ignorcr que c'était Salvatore D'Alessio qui avait gâché notre soirée à Little Italy. D'ailleurs, je ne lui en avais jamais parlé.

— Pourquoi avoir abordé ce sujet ? me demanda-t-elle.

— Parce que je pense qu'Anthony Bellarosa éprouve de la haine pour son oncle. Et que l'oncle Sal peut avoir envie de terminer avec Anthony ce qu'il avait commencé avec Frank chez Giulio.

Elle resta un long moment silencieuse.

— Pourtant, ils ont dîné ensemble.

— Les D'Alessio ne sont pas restés pour le repas. Cela n'empêche pas qu'ils l'aient déjà fait auparavant.

Pour reprendre les mots de Frank Bellarosa sur le même sujet, je poursuivis :

— Ce sont deux choses différentes. Ne cherche même pas à comprendre, Susan. À mon avis, cette vendetta a été mise entre parenthèses depuis dix ans et va très prochainement redevenir d'actualité. Anthony va être très occupé, pendant un certain temps, à essayer de rester en vie, tout en préparant la mort de son oncle.

Elle contempla le jardin d'un air pensif avant de se tourner vers moi.

— C'est incroyable.

— Je voulais seulement que tu prennes conscience de ce qui peut arriver. À part ça, des nouvelles d'Ethel ?

— Non… John, qu'as-tu dit exactement à Anthony, et que t'a-t-il dit, lui ?

— Je t'en parlerai à table.

— D'accord.

— Qu'y a-t-il, pour dîner ?

— Ma spécialité : une réservation.

— Génial. Pour quand ?

— Pour 19 heures. J'ai annulé ton rendez-vous avec Elizabeth. Te l'ai-je dit ?

— Oui. Je lui avais déjà laissé un message.

— Lorsque je l'ai eue au bout du fil, elle ne l'avait pas reçu.

— C'est vrai. Tu lui as parlé la première. Bon, où va-t-on ?

— Je me suis dit que ça te plairait d'aller dîner au Seawanhaka. En souvenir du bon vieux temps.

Mes sentiments étaient mitigés. D'un côté, je conservais du club des images agréables : noces, barbecue du 4 juillet sur la pelouse donnant sur le port d'Oyster Bay ; et notre première rencontre, à Susan et à moi, à l'occasion d'un mariage. Je gardais aussi un fabuleux souvenir de mon Morgan de onze mètres, le premier *Paumanok*, que j'avais aimé au point de le couler dans la baie plutôt que de le laisser saisir par le fisc. Seule ombre au tableau, mon départ à bord du deuxième *Paumanok*. Cette amertume-là, je préférais qu'elle reste enfouie dans ma mémoire.

— John ?

— Une autre fois, peut-être.

— Mais non, maintenant ! Je veux me rappeler cette journée pour le restant de notre vie ! Et je veux qu'elle se termine sur la terrasse, à contempler le soleil couchant, un verre à la main !

— Entendu. Mais le premier qui me dit : « John, je m'étonne de te voir ici, alors que tu as bousillé ta vie et pris la fuite », je lui balance mon poing en pleine poire.

— Si quelqu'un te dit ça, dit-elle en riant, on sera deux à lui casser la gueule.

— Marché conclu. Il faut que j'aille me débarbouiller.

— J'ai déballé tes affaires et mis ton linge sale de côté. Demain, il faudra que tu ailles au pressing. Tu as apporté à peine de quoi te changer. Je demanderai à Sophie, ma femme de ménage, qui est polonaise mais parle bien l'anglais, de repasser ton complet noir. Tu en auras bientôt besoin.

— Merci.

J'étais soulagé de découvrir qu'au cours des dix dernières années Susan n'avait appris ni à laver le linge ni à repasser. Mon image d'elle en aurait été détruite.

— D'abord, il faut passer à Fair Haven.

— D'accord.

— J'aurais bien invité Elizabeth à se joindre à nous pour le dîner. Elle est libre, puisque j'ai annulé son rendez-vous. Mais je suis sûre qu'elle voudra rester auprès de sa mère. Et puis c'est aussi notre première soirée ensemble.

— Bien sûr.

— Je lui ai demandé, à brûle-pourpoint, s'il s'était passé quelque chose entre vous la nuit dernière.

— Tu sais qu'il ne s'est rien passé. Je suis vraiment déçu que tu ne m'aies pas cru, surpris que tu lui aies posé une telle question, et...

— Mais non, John, je ne lui ai rien demandé !

— Ah.

— C'est inimaginable ! Comment as-tu pu croire une seule seconde que j'aie pu l'interroger de façon aussi indiscrète ?

— Qu'est-ce que j'en sais ?

Je voulais dire : des femmes...

— C'est elle qui m'a spontanément expliqué les raisons de sa présence là-bas pendant la nuit. Je lui ai répondu que tu m'en avais déjà parlé.

— Voilà qui est définitivement réglé, conclus-je en jetant un coup d'œil à ma montre. Je ne serai pas long.

— Je monte avec toi.

Nous gagnâmes ensemble notre ancienne chambre, nous brossâmes les dents au même lavabo, comme nous l'avions fait si souvent. Susan rectifia son maquillage tandis que je me lavais les mains et le visage pour me débarrasser de la maison Bellarosa.

Je dénichai une chemise propre dans mon ancien placard. Susan enfila une robe d'été blanche qui mettait son bronzage en valeur.

Je trouvais autrefois qu'elle passait trop de temps à se préparer. À présent, après avoir attendu pendant dix ans d'autres femmes, je me rendais compte qu'elle était plutôt rapide. Naturellement belle, elle n'avait pas besoin de passer des heures devant son miroir ou sa penderie. Elle termina même la première.

— Prêt ?

— Je n'arrive pas à retrouver mon peigne.

— Dans la poche de ta veste, comme d'habitude.

Je vérifiai : il était bien là. Nous descendîmes. En sortant de la maison, elle me tendit un trousseau de clés.

— Pour toi.

— Merci.

Elle remarqua que je verrouillais la porte mais ne fit aucun commentaire. Je me mis au volant de sa Lexus. Alors que nous passions devant le pavillon de gardien, elle me dit :

— Par courtoisie, j'ai appelé Soheila pour lui annoncer que tu t'installais chez moi.

— A-t-elle clamé que tu étais une femme perdue ?

— Non, John. Elle m'a souhaité bonne chance.

— C'est gentil de sa part. Il faudra quand même que je retourne au pavillon à l'arrivée de tes parents.

— Non. Si ça ne leur plaît pas, ils n'auront qu'à trouver un autre endroit où loger.

— Je ne veux pas être la cause de frictions entre toi et eux, avançai-je, sans la moindre sincérité.

— Je leur ai envoyé un courriel, tout comme aux enfants, pour les prévenir qu'Ethel était tombée dans le coma.

— Très bien.

Je tournai dans Grace Lane, pris la direction de l'hospice de Fair Haven. Susan appuya sur le bouton du lecteur de CD. Bobby Darin se mit à chanter *Beyond the Sea*.

Nous roulâmes en silence en écoutant la musique. On n'était qu'à onze jours du solstice d'été, le jour le plus long de l'année. Le soleil était encore haut dans le ciel, le paysage baigné de cette lumière particulière de fin d'après-midi. Une délicate brise de terre soufflait sur le détroit.

La journée avait été à la fois terrible et magnifique. Surtout magnifique. Il en allait différemment, bien sûr, pour Ethel Allard, voire pour Anthony Bellarosa. Mais Susan et moi avions vécu des moments inoubliables.

Chapitre 37

Susan appela Elizabeth sur son portable. Avant d'arriver, nous savions donc que l'état d'Ethel était stationnaire. Elizabeth nous accueillit dans le hall, vêtue d'un bel ensemble de lin bleu qu'elle devait porter à l'église après avoir reçu l'appel concernant sa mère.

Nous échangeâmes étreintes et baisers. Elizabeth paraissait presque sereine face à la mort imminente d'Ethel qui, d'après le Dr Watral, surviendrait probablement dans les quarante-huit heures.

Elle se montra plus amicale envers Susan qu'envers moi, m'adressa à peine la parole. Je le comprenais : nous avions partagé un moment agréable, intime, même. Cœurs esseulés l'un et l'autre, nous avions failli entamer une aventure ensemble. Mais le Destin s'en était mêlé, mélangeant à nouveau les cartes.

— Vous voulez la voir ? proposa-t-elle.

— Bien sûr, répondit Susan.

Nous prîmes l'ascenseur pour gagner la chambre d'Ethel. Une infirmière était assise dans un coin, lisant un roman rose. Ethel était reliée à moins de tuyaux que lors de ma dernière visite. Elle avait l'air apaisée.

Cette fois, les rideaux étaient tirés et la chambre plongée dans l'obscurité, malgré la lampe de l'infirmière et la rampe fluorescente au-dessus du lit.

— Le médecin m'a assuré qu'elle ne souffrait pas, chuchota Elizabeth.

Susan prit la main d'Ethel, se pencha vers elle et murmura, en déposant un baiser sur sa joue :

— Que Dieu vous bénisse, Ethel. Et que votre voyage soit paisible. Merci pour le chocolat chaud et les cookies.

Je m'approchai à mon tour du lit, serrai doucement les phalanges de la vieille femme.

— Saluez George de ma part lorsque vous le verrez.

Et Augustus aussi, pensai-je. Puis :

— Susan et moi allons revivre ensemble.

Elle était dans le coma. Pourtant, j'eus l'impression qu'elle étreignait brièvement mes doigts.

— Adieu.

Il n'y avait plus grand-chose à ajouter. Nous sortîmes tous trois dans le couloir.

— Merci d'être venus, nous dit Elizabeth.

Se sentant peut-être un peu coupable, ou sachant qu'Elizabeth entendait rester au chevet de sa mère, Susan lui demanda :

— Nous allons dîner au Seawanhaka. Souhaites-tu te joindre à nous ?

— C'est adorable de votre part, répondit-elle en souriant, mais il faut que je reste ici. J'ai prévenu un certain nombre de personnes qui doivent venir.

Elle se tourna vers moi.

— Ta mère doit passer. Si tu veux l'attendre…

— Ce serait avec plaisir, mais elle n'est jamais à l'heure. Dis-lui que je regrette de n'avoir pas pu la voir.

De toute façon, je n'avais aucune envie de tomber sur Harriet, le révérend Hunnings ni quiconque. Je me sentis quand même obligé de préciser :

— J'ai quitté le pavillon de gardien.

— Je sais.

— Tu peux donc aller y prendre n'importe quand les meubles et les affaires personnelles d'Ethel. Je demanderai à Nasim de te laisser le temps nécessaire.

— Merci. Et merci aussi, John, pour tout ce que tu as fait.

Nous échangeâmes un bref regard.

— Je me chargerai de tout ce que tu voudras bien me confier. Si tu as besoin de quoi que ce soit, appelle-moi.

— Téléphone sur mon portable ou à la maison, ajouta Susan. Je transmettrai le message à John. Et préviens-nous quand le dernier moment d'Ethel sera venu.

— Promis.

Elle nous dévisagea tour à tour.

— Je suis très heureuse pour vous deux.

Elle devait être aussi sincère que Susan lorsqu'elle l'avait invitée à dîner.

Nous nous embrassâmes une nouvelle fois. Susan et moi regagnâmes ensuite le hall.

— Tu es sûr que tu ne veux pas appeler ta mère ?

— Je le ferai. Ensuite, elle te téléphonera pour te persuader de changer d'avis.

— John…

Je l'interrompis.

— C'était gentil à toi d'inviter Elizabeth à dîner.

— Je l'aime beaucoup.

Elle ne l'aurait plus aimée du tout si elle avait accepté. Cela dit, son geste était délicat.

— Elizabeth est l'une des dernières survivantes de notre ancien univers.

J'acquiesçai, songeant à tous les gens que nous avions connus, qui étaient morts ou avaient quitté la région.

— C'est vrai, dis-je.

— Il n'en reste plus beaucoup.

— En tout cas, tu es revenue ; moi aussi. Nous nous ferons de nouveaux amis dans les lotissements.

— J'en doute.

Nous nous tînmes la main jusqu'au parking. La chance me souriait à nouveau, puisque nous atteignîmes la voiture sans rencontrer d'indésirables. Mais je savais que je les verrais tous à l'enterrement d'Ethel. En y repensant, il y avait une personne que j'avais craint par-dessus tout de croiser à cette occasion : Susan. Or, à présent… La vie est pleine de surprises. Certaines bonnes, d'autres mauvaises.

Nous gagnâmes Centre Island. En fait d'île, il s'agit d'une péninsule. Mais, quand on vit dans une maison de dix ou vingt millions de dollars à Oyster Bay ou sur le Sound, on peut baptiser tous les lieux à sa guise.

Le Seawanhaka Corinthian Yacht Club n'avait pas changé depuis sa construction. S'il était arrivé en cet instant à la voile dans le port, son premier président, William Swan, un ami proche de Teddy Roosevelt, aurait reconnu le grand club house de deux étages, avec ses pignons et ses bardeaux de bois, sa façade blanche et ses volets noirs. Il s'y serait senti immédiatement chez lui. Bien sûr, les codes vestimentaires avaient évolué. Mais les messieurs portaient toujours la veste, même si la cravate n'était pas de rigueur, et les dames s'habillaient « décemment ». Les anciens, pourtant, auraient été choqués de voir autant de peau nue.

Le club avait été fondé en 1871, ce qui en faisait un des plus anciens yacht-clubs corinthiens des États-Unis. « Corinthien » signifie que les propriétaires de yachts naviguent sur leurs propres bateaux, sans marins professionnels, dans l'esprit des Corinthiens de la Grèce antique, premier peuple à pratiquer la compétition nautique pour le plaisir. En matière de plaisir, je dois avouer que je fus particulièrement réjoui de voir William ct Charlotte vomir tripes et boyaux à bord du *Paumanok*, un jour de bourrasque dans le détroit. Merveilleux souvenir.

— Qu'est-ce qui te fait sourire ? demanda Susan.

— Toi, ma chérie.

En me garant, je remarquai un grand nombre de SUV. Susan me dit :

— Ce soir, c'est Salty Dog.

Salty Dog, ou « Chien salé », désignait un barbecue sur la pelouse. Bien qu'ignorant l'origine de cette appellation, je n'y avais jamais mangé de côtelettes, par précaution. Susan précisa :

— J'ai réservé dans la salle à manger, pour que nous puissions être seuls.

— Très bien.

Tandis que nous marchions en direction du club house, je lui demandai :

— Nous sommes propriétaires d'un yacht ?

— Non, répondit-elle gaiement. Je voulais simplement être membre du club. Pour les rencontres.

— Au bon vieux temps, on refusait les femmes célibataires.

— Grâce à Dieu, ce n'est plus le cas. Que feriez-vous sans nous ?

— Je ne l'imagine même pas.

Je commençais à regretter ma décision. On m'avait courtoisement demandé de quitter le club pour une raison non spécifiée : avoir coulé mon propre voilier, avoir été publiquement reconnu à la télévision comme l'avocat d'un mafieux, sans parler de l'assassinat par ma femme du même mafieux, son amant. D'un autre côté, Susan avait été de nouveau admise dans les lieux et les fréquentait sans la moindre gêne. Le passé était peut-être oublié. Alors, pourquoi m'inquiéter ?

Susan dut sentir mes réticences. Elle m'étreignit la main.

— Je suis venue ici deux fois depuis ton retour. Je n'ai eu aucun problème. Je n'ai eu droit, pas plus qu'au Creek, à aucune réflexion de la part du comité.

— Les exigences ont dû baisser.

Nous pénétrâmes dans le club house et tournâmes à droite, vers le bar, comme nous l'avions fait si souvent.

Le barman était toujours le même, un type jovial et chauve, du nom de Bennett. Il salua Susan.

— Bonsoir, madame Sutter.

Sans un instant d'hésitation, il ajouta :

— Bonsoir, monsieur Sutter.

— Salut, Bennett.

Nous lui tendîmes tous deux la main.

— Ça fait plaisir de vous revoir, dit-il.

— Nous aussi.

— Dark and stormy ?

— S'il vous plaît.

Il s'en alla préparer deux dark and stormies, qu'en fait je n'aime pas. Mais c'est la boisson du club. Alors, pourquoi se fâcher avec tout le monde ?

Je m'adossai au bar. Je reconnus un vieux couple installé à l'une des tables. J'en remarquai d'autres, plus jeunes, qui semblaient bien s'intégrer au décor, même si tous les hommes ne portaient pas le blazer bleu et le pantalon beige de rigueur. Certains devaient être incapables de distinguer tribord et bâbord. Cela avait été aussi mon cas au début.

— Quel effet ça te fait ? demanda Susan.

— Je me sens bien.

Bennett posa les verres sur le comptoir, et Susan signa la note.

Je vis, alignées dans une niche, les tasses en étain du comité des régates, dont une gravée à mon nom. Des maquettes de bateaux ornaient un autre mur. Sur un troisième étaient accrochés les portraits de gens depuis longtemps morts et oubliés, mais immortalisés jusqu'à la fin des temps, du moins jusqu'au moment où les membres féminins du club auraient pris le pouvoir et fait changer la décoration.

Susan me tendit mon verre et nous trinquâmes.

— À ton retour.

Le dark and stormy n'a pas mauvais goût si l'on aime le mélange de rhum brun et de ginger ale, ce qui n'est pas mon cas. Nous emportâmes nos verres dans la grande salle. Elle non plus n'avait pas changé, avec les fanions privés des membres accrochés au plafond et l'armoire pleine de coupes de régates, dont plusieurs remportées par moi.

En nous apercevant, certains membres ne cachèrent pas leur surprise. D'autres nous adressèrent un petit signe. Aucun ne se leva pour venir bavarder avec nous. Tous devaient être étonnés de nous voir ensemble, et nul ne voulait se risquer le premier à nous demander : « Qu'est-ce que c'est que ce bazar ? ».

En revanche, dès que nous aurions quitté la salle, les langues se délieraient. Et l'un des honorables membres serait peut-être chargé d'aller rendre visite à l'ancien couple Sutter.

Au moment où nous atteignions les doubles portes donnant accès à la terrasse, une femme surgit devant nous. Je reconnus aussitôt Althea Gwynn, l'une des grandes dames de l'ordre ancien qui se proclamait volontiers arbitre des bonnes manières. Son mari, Dwight, était un brave type, perpétuellement muet. Soit il avait eu une attaque cérébrale, soit il faisait semblant, de manière à ne jamais avoir à lui adresser la parole.

Mme Gwynn nous adressa un sourire crispé.

— J'ai appris que vous étiez de retour, John.

— En effet.

— C'est merveilleux. Où habitez-vous ?

— Chez moi.

— John et moi vivons à nouveau ensemble, l'informa Susan.

— C'est magnifique. J'en suis très heureuse pour vous deux.

Je n'en crus pas un mot mais lui répondis quand même :

— Merci.

— La dernière fois que je vous ai vu, John, il doit y avoir dix ans, Susan et vous dîniez au Creek avec un autre couple nouvellement installé dans la région.

— C'est juste. Je crois qu'il s'agissait de M. Frank Bellarosa et de sa femme Anna. Ils venaient de Brooklyn.

— C'était bien Frank et Anna, renchérit Susan. Je m'en souviens parfaitement.

— C'est bien ça, lui dis-je. Nous leur souhaitions la bienvenue dans le quartier. Ils ne sont pas restés longtemps.

Ne sachant quoi répondre, Mme Gwynn bredouilla : « Excusez-moi » puis s'en alla. Susan glissa son bras sous le mien, et nous poursuivîmes notre traversée de la salle.

— C'était charmant de la part d'Althea de nous accueillir, dit Susan.

— Quelle une femme admirable ! Décoller ainsi son gros cul de sa chaise !

— Enfin, John ! Elle faisait seulement remarquer qu'elle ne t'avait pas vu depuis dix ans.

— Tu as raison. Nous dînions au Creek avec… qui, encore ?

— Les Bellarosa, mon chéri. Qui venaient de Brooklyn.

Nous éclatâmes de rire en même temps.

Tout cela était, effectivement, assez drôle. Mme Gwynn, qui appartenait à une race en voie d'extinction, n'était finalement pas aussi importante qu'elle le croyait. J'étais tout de même épaté par son inébranlable prétention et par son snobisme, d'autant que Susan était tout de même une Stanhope.

Changeant de sujet, Susan m'annonça :

— J'ai gardé ton fanion. Lorsque nous achèterons un bateau, je le ferai raccrocher au plafond.

Si j'ignorais où était passé mon drapeau, je savais très bien, en revanche, ce qu'il était advenu de mon voilier.

— Je ne suis pas très sûr de mon statut ici, tu sais.

— Tu es autorisé à couler un bateau tous les dix ans.

Je souris, tout en me demandant combien d'amants une femme avait le droit de tuer avant d'être définitivement exclue.

— Quand nous serons remariés, tu seras membre du club à part entière et j'achèterai un joli douze mètres avec lequel nous irons passer notre lune de miel aux Caraïbes.

— Voilà un accord qui me convient.

Se rendait-elle compte que sa rente annuelle risquait d'être sérieusement entamée par cette escapade ?

Nous trouvâmes deux chaises sur la terrasse couverte et nous assîmes face à la baie.

Il était juste 19 heures. Le soleil se couchait. Sur la pelouse descendant vers la mer, le drapeau américain flottait doucement dans la brise, en haut de son grand mât. Le barbecue battait son plein. Je remarquai la présence de nombreux jeunes couples avec des enfants ; plus que par le passé. Le peuple du McManoir.

Enfants, puis adolescents, Susan et moi venions ici avec nos parents, tous membres du club. Mais les Stanhope et les Sutter ne se connaissaient pas, et Susan et moi ne nous rappelions pas nous être rencontrés à cette époque-là.

Mon père possédait un magnifique Thistle de cinq mètres. Il m'avait appris à naviguer, ce qui reste l'un de mes souvenirs les plus chers avec lui.

William, mon ex et futur beau-père, alias le commodore Vomi, n'avait jamais possédé de voilier. Il ne savait pas naviguer mais s'était retrouvé heureux propriétaire d'un certain nombre de yachts à moteur, bien que le club n'aimât guère héberger ces gros bâtiments motorisés. William et Charlotte appartenaient au Seawanhaka Corinthian essentiellement pour des raisons mondaines, autre domaine dans lequel William se montrait des plus médiocres.

J'observai les trois pontons du club qui s'avançaient d'une trentaine de mètres dans l'Océan. Sur le ponton du club junior se pressait une foule d'adolescents heureux d'échapper à leurs parents et qui semblaient se livrer à des rituels prénuptiaux. J'avais agi de même à leur âge. Les garçons, et parfois certaines filles, chahutaient sur le ponton et terminaient souvent dans l'eau.

— Tu as déjà été jetée à l'eau ? demandai-je à Susan.

— Au moins une fois par semaine. Il y avait un dénommé James Nelson, une brute qui, pour me témoigner son affection de benêt boutonneux, me balançait tout le temps à la flotte.

— Tu aurais dû l'épouser.

— Sans doute, mais je craignais qu'il ne change pas. Et toi, tu jetais les filles du ponton ?

— J'ai dû le faire.

— Et quelqu'un t'a foutu à la baille ?

— Uniquement ma mère, et seulement quand elle arrivait à dénicher une ancre pour lester mes chevilles.

— Oh, John, ne sois pas horrible !

En nous tenant la main, nous regardâmes alors vers le sud, de l'autre côté de la baie. On apercevait les lumières du village d'Oyster Bay, où j'avais failli commencer une nouvelle carrière. Je me demandai si Anthony comptait toujours acheter l'immeuble. Il y avait quelque chose de déplaisant dans le fait que cet homme lié au crime organisé eût tant d'argent. J'avais pensé la même chose de son père. Mais je me consolais en me disant que de tels gens ne dormaient pas bien la nuit. Ou alors leurs heures de veille devaient être minées par la peur et l'anxiété. Et puis, d'ordinaire, la justice ou une balle finissaient par les faucher.

— C'est si beau, ici, murmura Susan.

— Oui.

La surface de l'eau scintillait sous la lumière du soleil, des dizaines de voiliers et de bateaux à moteur naviguaient dans la baie et des nuages de beau temps défilaient lentement dans le ciel bleu. Nous bavardâmes quelques instants. Ensuite, Susan se leva et disparut à l'intérieur du club house. J'observai alors l'approche d'un yawl de douze mètres, les voiles gonflées par la brise du sud. J'eus l'impression de sentir la barre entre mes mains et le pont accueillant sous mes pieds.

— Ce soir, les Sutter se contenteront de prendre un verre, annonça Susan en revenant.

— Les Sutter sont des gens comme je les aime.

Alors que nous avions repris notre contemplation silencieuse, je tournai mon regard vers la pelouse, du côté est.

— C'est là que nous nous sommes rencontrés, dis-je à Susan. Là où était montée la tente pour le mariage.

— C'est si gentil à toi de t'en souvenir. Il me semble pourtant que c'était plus près de la terrasse, ici. Je sortais du club house. Toi, tu y entrais.

— J'allais sans doute aux toilettes.

— C'est si romantique.

— En fait, je t'avais déjà remarquée. J'essayais de voir si tu étais accompagnée ou si quelqu'un te connaissait. Il me semble te l'avoir déjà dit.

— Redis-le-moi.

Je lui fis alors le récit de ma recherche, de ma découverte qu'elle était venue seule, qu'elle était une fille Stanhope, fabuleusement riche, ce qui, pour moi, n'avait strictement aucune importance puisque j'avais été séduit par sa beauté, son assurance, etc. Quelqu'un aurait dû me signaler que ses parents étaient des gens horribles, mais je ne cherchais pas à me marier. Je voulais seulement… coucher avec elle.

J'y étais parvenu. Mieux encore, je l'avais épousée. Mais j'avais été puni de mes mauvaises pensées initiales en me retrouvant encombré de ses parents.

— En y repensant, ma phrase, ce soir-là, relevait de l'inspiration divine.

— Quelle phrase, John ?

— Je t'ai dit, en regardant la mariée… Comment s'appelait-elle, déjà ? Peu importe. J'ai dit qu'elle était invitée à son propre mariage. Tu t'en souviens ?

Susan se tut un instant. Puis :

— C'était la troisième fois, depuis le début de la soirée, que j'entendais cette phrase.

— Non !

— Si. Et je m'étais juré de traiter de crétin le prochain qui me la sortirait.

— Vraiment ?

— Vraiment. Et ç'a été toi.

— Moi, je trouvais ça drôle. Et tu as ri.

— C'est vrai. C'est ainsi que j'ai compris que tu étais différent.

— Ta réaction m'a comblé. Tu étais la première femme, ce soir-là, que j'entendais rire.

La serveuse arriva avec deux autres dark and stormies, plus un plat de crudités et un autre de crevettes. Nous restâmes là un bon moment, à grignoter en devisant, face au soleil couchant.

À cette heure, on amenait les couleurs au son du canon. Tout le monde garda le silence tandis qu'on descendait le drapeau. Le garde plia la bannière étoilée et l'emmena.

— Souviens-toi de ce jour, dit Susan.

— Jusqu'à ma mort.

— Moi aussi.

Chapitre 38

Susan et moi nous réveillâmes dans le même lit. Il nous fallut quelques minutes pour nous y habituer. Heureusement, je ne l'appelai pas par un autre nom de femme et elle prononça le mien sans la moindre hésitation. En moins d'une demi-heure, nous parvînmes à retrouver nos vieux gestes matinaux. Nous nous habillâmes et descendîmes au rez-de-chaussée. Après un solide petit déjeuner, je lui annonçai :

— Nous allons nous rendre ensemble au commissariat pour déposer plainte.

— Anthony ne m'a pas vraiment menacée.

— Si.

Elle se leva et prit son sac. J'enfilai mon blazer bleu, nous sortîmes et montâmes dans la Lexus. Je pris la direction du sud, vers le deuxième commissariat du comté de Nassau, à une demi-heure de route de Stanhope Hall, mais dans une autre galaxie.

Dix ans auparavant, les policiers de ce même commissariat avaient répondu à l'appel du FBI signalant un meurtre à l'Alhambra. Certains d'entre eux, toujours en poste, s'en souvenaient sûrement.

— Cela ne va pas être très agréable, dis-je à Susan.

Je lui résumai ce à quoi elle pouvait s'attendre, ce qu'elle devrait déclarer. Elle ne semblait pas m'écouter. Elle glissa un CD dans l'appareil, et nous poursuivîmes notre route en écoutant du Wagner.

En arrivant au village de Woodbury, je vis le panneau indiquant le deuxième commissariat, tournai à gauche et me garai sur le parking.

— Cela ne devrait pas prendre plus d'une heure, précisai-je.

— La police ira voir Anthony ?

— Oui. C'est la procédure habituelle. Pour avoir sa version.

Nous descendîmes de voiture. Le commissariat occupait un bâtiment en brique de style colonial, au rez-de-chaussée, avec des fenêtres et des volets blancs. Dans le hall d'accueil trônait un long comptoir derrière lequel se tenaient deux policiers en uniforme. Le plus jeune des deux, dont le badge indiquait qu'il se nommait Anderson, jeta sur Susan un regard concupiscent avant de s'adresser à moi.

— Que puis-je pour vous ?

— Nous voulons déposer plainte.

— Pour quelle raison ?

— Une menace physique envers cette dame.

Il regarda de nouveau Susan et, cette fois, lui parla directement.

— Qui a proféré cette menace ?

— Un voisin.

— Le voisin en question se nomme Anthony Bellarosa, probablement impliqué dans le crime organisé.

— Comment le savez-vous ?

Apparemment, l'agent Anderson n'avait jamais entendu parler de la famille. Cela ne m'étonna pas : Anthony s'efforçait de ne pas se faire remarquer.

— Il est le fils de Frank Bellarosa.

Même ignorance de la part du jeune policier.

— D'accord, dit-il. Et vous, qui êtes-vous ?

— L'avocat de cette dame.

Ce titre sembla éveiller son attention. Ayant certainement remarqué nos vêtements de bonne coupe et nos intonations de la haute, il pensa sans doute qu'il y avait peut-être là quelque chose d'intéressant. L'intéressant n'étant pas son domaine, il se tourna vers son supérieur, installé près de lui.

— Hé, lieutenant, vous avez déjà entendu causer d'un caïd nommé Anthony Bellarosa ?

Le lieutenant leva les yeux de son ordinateur, dévisagea Susan, puis moi, et répondit à Anderson :

— Oui. Pourquoi ?

— Cette dame est une de ses voisines. Elle prétend qu'il a proféré des menaces contre elle.

Le lieutenant se leva.

— C'est votre épouse, monsieur ?

— Bientôt. Mon nom est John Sutter. Voici Susan Sutter. Je suis également son avocat.

Pour qu'il ne croie pas que j'allais épouser ma sœur, j'ajoutai :

— Nous avons déjà été mariés une première fois.

— Bien, dit-il à l'agent Anderson. Conduis-les dans la salle des auditions et prends leur déposition.

Anderson trouva quelques imprimés derrière le comptoir, dont il fit le tour avant de nous conduire dans une petite salle, sur la droite.

— Asseyez-vous et racontez-moi ce qui s'est passé.

Il commença par remplir un formulaire avec nos noms, notre adresse et toutes les informations nécessaires à l'identification de Susan comme plaignante. Il nous demanda ensuite une brève description des faits, n'omettant pas de s'enquérir de l'identité des parties en cause. Je répondis à presque toutes les questions à la place de ma cliente.

Après avoir noté ces premiers renseignements, l'agent Anderson consigna sur un deuxième imprimé la totalité des faits motivant notre plainte contre Anthony Bellarosa, notamment la phrase concernant la sécurité de Susan. Lorsqu'il eut fini d'écrire, il me tendit l'imprimé PDCN32A. Je le lus attentivement avant de le transmettre à Susan, avec mon stylo.

— Signe ici.

Comme toujours, elle signa sans rien lire. Elle n'avait même pas lu le contrat de mariage qu'avait préparé l'avocat de son père. Pourquoi l'aurait-elle fait, puisqu'il suffisait de jeter un coup d'œil à la première ligne : « Le mari ne conservera rien en dehors du stylo utilisé pour la signature » ?

L'agent Anderson reprit le document, se leva et nous annonça qu'il allait s'assurer de la présence d'un inspecteur disponible pour l'enquête qui pourrait recueillir auprès de nous un complément d'informations. Lorsqu'il eut quitté la pièce, je me tournai vers Susan.

— Si quelqu'un d'autre t'interroge, je serai ravi que tu fasses au moins semblant de t'intéresser à ce qui se passe.

Elle haussa les épaules.

Quelques instants plus tard, un homme en civil apparut, tenant notre déposition à la main. Il se présenta : inspecteur A. J. Nastasi. Nous échangeâmes une poignée de main.

L'inspecteur Nastasi, la quarantaine, était assez âgé pour se rappeler la première affaire qui nous avait amenés dans ces locaux. Il semblait intelligent. Son élégant costume rayé n'aurait pas déparé dans mon ancien cabinet d'avocats. Plutôt taciturne, il me fit l'effet d'un homme disposé à écouter. Après avoir jeté un coup d'œil à l'imprimé, il s'adressa à Susan.

— Ainsi, Anthony Bellarosa vous a menacée.

— Non.

— Mais vous pensez qu'il pourrait représenter une menace pour vous.

— Je n'en suis pas sûre.

Nastasi paraissant un peu décontenancé, je me sentis obligé d'intervenir.

— Écoutez, inspecteur, c'est moi qui ai entendu, de la part d'Anthony Bellarosa, des paroles qui, à mon avis, constituent des menaces à l'encontre de Mme Sutter. Je suis disposé à déposer devant vous.

— Très bien. Venez avec moi.

Susan et moi le suivîmes dans le hall. Nous descendîmes ensuite une dizaine de marches pour gagner la salle des opérations, qui bruissait d'activité : interrogatoires, dépositions de simples citoyens, sonneries de téléphone, etc.

Nastasi ouvrit une porte portant l'inscription : « Inspecteur lieutenant Patrick Conway, officier chef de poste », avant de nous faire entrer dans un bureau inoccupé.

— Nous pourrons utiliser cette pièce. Nous serons plus tranquilles.

Il s'installa derrière le bureau, nous indiqua deux chaises, face à lui. Il prit connaissance de quelques informations sur un écran d'ordinateur, se tourna vers nous et dit à Susan :

— Anthony Bellarosa n'a jamais été inculpé. Aucune plainte de ce type n'a été déposée contre lui. Soyons réalistes. Ce n'est pas le genre d'homme avec qui on entre en conflit. Si vous persistez, vous devez savoir que nous irons lui rendre visite et que nous discuterons avec lui des termes de votre récrimination. Vous êtes d'accord ?

— C'est la raison de notre présence ici, répondis-je.

Sans quitter Susan des yeux, il répéta :

— Vous êtes d'accord ?

Elle garda le silence. Nastasi s'enfonça dans son siège.

— Vous souhaitez retirer votre plainte ?

— En ma qualité d'avocat, je réponds non.

Il fixait toujours Susan. N'obtenant pas de réponse, il recommença à taper sur son clavier d'ordinateur.

Susan commençait à m'agacer. J'essayais de lui sauver la vie. Elle aurait pu, au moins, se montrer un peu coopérative !

Les flics l'avaient-ils conduite ici, dix ans auparavant, menottée ? Ce qu'elle avait vécu lui revenait-il en mémoire ? Peu importait. Je devais me montrer dur avec elle pour que la menace potentielle qui pesait sur elle ne devienne pas réelle.

— Bon, dis-je en me levant, avec l'intention de la secouer. On y va ! Inspecteur, nous devons réfléchir. En attendant, nous allons retirer la plainte. Allez, Susan, on y va.

Elle se redressa à moitié, me regarda, puis décida de se rasseoir.

— Finissons-en.

L'inspecteur Nastasi ne cacha pas sa satisfaction. Je crus comprendre qu'il appréciait ma façon de bluffer.

— Je pense que vous avez pris la bonne décision, madame Sutter. Laissez-nous nous occuper de cela, pour vous éviter de vous inquiéter.

— Je ne suis pas inquiète, murmura-t-elle.

— Tant mieux.

Il se tourna vers moi.

— Mais vous, vous l'êtes.

— Oui.

— Expliquez-moi pourquoi.

— Ainsi que je l'ai déjà dit, inspecteur, c'est moi qui ai entendu, de la bouche d'Anthony Bellarosa, des propos qui constituent, à mon sens, une menace crédible contre Mme Sutter. Mme Sutter est mon ex-épouse. Pour vous donner un aperçu des raisons qui me portent à croire que ces menaces sont crédibles…

— Je suis au courant. J'étais sur les lieux.

Son visage m'était vaguement familier. Mais j'avais croisé à l'Alhambra, ce soir-là, tant de policiers du comté, tant d'agents du FBI, tant d'infirmiers… Pourtant, je lui dis :

— Je me souviens de vous.

— Moi aussi, je me souviens de vous. De vous aussi, ajouta-t-il à l'intention de Susan. N'avez-vous pas, ensuite, quitté l'État ?

— Si.

— Et vous êtes de retour…

Il tapota l'imprimé de dépôt de plainte.

— …à cette adresse.

— Oui.

— Et Bellarosa, lui, vit sur l'ancienne propriété de son père.

— Façon de parler, intervins-je.

Nastasi consulta son ordinateur.

— Cette affaire n'est jamais allée jusqu'au procès, déclara-t-il enfin.

Imaginant qu'il parlait du crime commis par Susan, je répondis :

— Le… la victime était témoin de l'accusation.

Nastasi hocha la tête puis nous considéra tour à tour, Susan et moi.

— En confidence, je peux vous avouer que ça ne m'a pas beaucoup plu. Mais enfin, c'est fait. Occupons-nous maintenant de ce qui se passe aujourd'hui, et pas de ce qui s'est produit autrefois.

Je jetai un coup d'œil à Susan. Elle semblait s'être retirée dans son monde, hors d'atteinte, indifférente à tout.

— Je suis disposé à faire une déposition maintenant, dis-je.

— D'habitude, nous entendons d'abord le plaignant. Toutefois, j'accepte de prendre votre déposition en premier.

Il tourna sa chaise en direction du clavier.

— Je tape rapidement. Je suis quand même obligé de souffler un peu de temps en temps.

— Je suis avocat, lui rappelai-je.

— Très bien, maître. Quand vous voudrez.

Une fois passé les préliminaires, nom, prénom, adresse, date et lieu de naissance, je débutai ma déposition en évoquant le meurtre de Frank Bellarosa, dix ans auparavant, ma vie à Londres depuis sept ans, avant de signaler que j'étais toujours membre du barreau de New York. Les doigts de l'inspecteur Nastasi couraient sur le clavier.

Je racontai ensuite la première visite d'Anthony Bellarosa, un soir, au pavillon de gardien où je vivais temporairement, en soulignant ce qui concernait mon ex-épouse, Susan Sutter.

L'inspecteur sembla apprécier mes qualités de narrateur. Susan, qui entendait certains détails pour la première fois, écoutait sans réagir, les yeux dans le vague.

J'évoquai mon dîner chez Wong Lee's et mentionnai la proposition d'Anthony de m'engager comme l'un de ses avocats. Pour la première fois, l'inspecteur Nastasi coula un regard dans ma direction. Il se remit rapidement à écrire sous ma dictée.

Je passai à ma rencontre inopinée avec Bellarosa alors que je faisais mon jogging sur Grace Lane, à mon trajet en voiture avec lui jusqu'à Oyster Bay, à notre visite de l'immeuble qu'il comptait acheter et à sa nouvelle tentative de me convaincre de travailler pour lui.

Même si ces détails n'avaient qu'un lointain rapport avec les menaces proférées contre Susan, je voyais bien qu'ils intriguaient fort l'inspecteur Nastasi. Susan, en revanche, paraissait un peu agacée, peut-être par mes relations avec le fils de son ancien amant. Je l'entendis presque s'écrier : « Tu es devenu fou ! ».

Je me sentis donc obligé d'expliquer que je n'appréciais pas l'intérêt que me portait M. Bellarosa, mais que, inquiet pour Susan, j'avais jugé utile de poursuivre ces conversations pour estimer la menace à sa juste mesure et déterminer ensuite les mesures à prendre.

Pour la première fois, l'inspecteur Nastasi m'interrompit.

— À ce moment-là, Mme Sutter et vous avez décidé de vous remarier.

— Non.

— Mais vous en parliez ?

— Nous ne nous parlions pas du tout. Cela faisait trois ans que nous ne nous étions pas adressé la parole.

— Quatre, rectifia Susan.

— Oui, quatre.

L'inspecteur acquiesça, puis me demanda :

— Dans ce cas, pourquoi vous donner tout ce mal ?

Avant de répondre, je jetai un bref regard à Susan.

— J'éprouvais toujours des sentiments pour elle. Et elle est la mère de mes enfants.

En outre, je ne lui versais pas de pension alimentaire. Je n'avais donc aucune raison de souhaiter sa mort…

Profitant du silence, je poursuivis :

— Parce que nous n'avions pas de relation amoureuse, mes inquiétudes croissantes à l'égard de Bellarosa n'étaient pas entachées d'émotion. À présent, notre situation a changé. J'ai pu en discuter avec elle, et nous avons décidé de venir ici, par précaution.

Nastasi acquiesça de nouveau, se demandant probablement à qui était destiné l'essentiel de ce discours. À lui, ou à elle ?

— Je crois comprendre pourquoi vous poursuiviez cette relation avec Bellarosa, monsieur Sutter. Ce n'est tout de même pas une bonne idée de discuter d'un éventuel travail avec un individu sans doute lié au crime organisé.

— Merci pour le conseil, inspecteur. Toutefois, ainsi que vous l'affirmez vous-même, son casier judiciaire est aussi vierge que le vôtre.

Il sourit pour la première fois et retourna à son clavier.

— Je vous en prie, continuez.

Je terminai par ma visite chez les Bellarosa pour le dîner du dimanche, mentionnant qu'à ce moment-là Susan et moi avions décidé de nous remarier et qu'elle n'approuvait pas cette visite. Je signalai également la présence, un court instant, de M. Salvatore D'Alessio, alias Sally Da-da.

— Vous l'aviez déjà rencontré ?

— Oui. Dix ans auparavant, quand j'effectuais un certain nombre d'actes juridiques pour Frank Bellarosa.

— Vous avez soupé avec des gens bien peu recommandables, monsieur Sutter.

— En fait, je ne suis pas resté pour le dîner.

— Bien.

Il cessa de taper et resta un instant songeur.

— Ça me revient. Vous étiez présent lors de la tentative d'assassinat à Little Italy.

— En effet.

— Et vous avez sauvé la vie de Frank Bellarosa.

— J'ai arrêté l'hémorragie. C'est mon côté bon Samaritain.

Il lança un bref coup d'œil à Susan, trouvant sans doute amusant que j'aie sauvé la vie de l'amant de ma femme alors qu'elle-même devait le tuer peu de temps après.

— Bon. Donc, hier, chez lui, Anthony Bellarosa a-t-il proféré des menaces contre Mme Sutter ?

— Oui. À propos d'une réflexion que je venais de lui faire, il a dit : « Rien de tout ça ne change ce que votre femme a fait. Mettez-vous bien ça dans le crâne. »

— Il a vraiment dit ça ?

— Mot pour mot.

— Q'avez-vous répliqué ?

— Je lui ai demandé s'il s'agissait d'une menace. Il m'a répondu : « Prenez-le comme vous voudrez. » La dernière chose qu'il m'ait dite, c'est : « Vous croyez que les gens comme vous n'ont rien à craindre de gens comme moi ! Vous vous trompez, maître ! ».

L'inspecteur Nastasi termina de taper la phrase. Puis :

— Avez-vous pris cela comme une menace personnelle ?

— Oui.

— Parfait. Quelque chose à ajouter ?

— Simplement que je prends au sérieux ces menaces contre Mme Sutter et contre moi, et cela compte tenu du fait que Mme Sutter a tué le père d'Anthony Bellarosa.

Nastasi retranscrivit scrupuleusement mes paroles et se tourna vers Susan.

— Voulez-vous ajouter quelque chose à la déposition de M. Sutter ?

— Non.

— Souhaitez-vous déclarer quelque chose sur les sentiments que vous inspire cette possible menace de mort ?

Elle réfléchit un instant.

— Eh bien… Après avoir entendu tout cela, et notamment certains détails dont j'ai pris connaissance pour la première fois, je crois qu'il pourrait mettre ses menaces à exécution.

L'inspecteur tapa sa déclaration sans faire de commentaires et nous dit :

— D'ordinaire, ces types-là ne menacent jamais. Ils agissent. Ce ne sont peut-être que des propos en l'air.

— Ce gars-là est jeune, rétorquai-je. Il n'est pas son père. Je pense que c'est une tête brûlée.

Je ne lui révélai pas que j'avais prononcé des mots qui avaient excité la colère d'Anthony, avec l'espoir qu'il en vienne à formuler des menaces. Je ne racontai pas non plus que j'avais lacéré un tableau dans son bureau.

— La menace peut être sérieuse ou non, ajoutai-je. Mais elle a été proférée. Légalement, elle doit être considérée comme telle.

— Je partage votre avis, maître. Nous verrons ce qu'il répondra lorsque nous irons le voir.

— Très bien. Et maintenant ?

L'inspecteur appuya sur la touche « Imprimer ».

— Il ne vous reste qu'à relire vos dépositions et à les signer. Nous prenons les menaces au sérieux et nous allons nous en occuper. Entre-temps, je vous conseille à tous les deux d'éviter toute relation avec cet homme.

— Cela va sans dire.

— Je tenais quand même à le spécifier. Je vous invite également à prendre les précautions d'usage. Après lui avoir parlé, je vous contacterai, et nous aviserons ensemble de ce qu'il conviendra de faire.

— Quand comptez-vous aller le voir ?

— Très bientôt.

Il me tendit ma déposition, qui venait de sortir de l'imprimante.

— Relisez-la. Si tout vous semble conforme, je vous demanderai de la signer.

Je la relus avec attention et signai sous mon nom. Après quoi, il nous donna à chacun sa carte.

— Appelez-moi si quelque chose d'autre vous revient en mémoire, si vous le voyez aux alentours ou si vous constatez quelque chose de suspect. Ou alors appelez le 911.

— Comptez-vous le mettre sous surveillance ? demandai-je.

— J'en discuterai avec mes supérieurs quand nous nous serons entretenus avec lui.

L'inspecteur nous raccompagna ensuite jusque dans le hall de réception.

— Merci d'avoir prêté attention à notre démarche, conclus-je.

— Si vous comptez quitter la région pour quelque raison que ce soit, merci de nous le faire savoir. Vous avez bien fait de venir, ajouta-t-il.

Nous échangeâmes une poignée de main. Tandis que nous nous dirigions vers la voiture, je dis à Susan :

— Oui, nous avons bien fait de venir. Tout va bien se passer, maintenant.

— Ne pourrions-nous pas changer de sujet ?

— Bien sûr. De quoi veux-tu parler ?

— De n'importe quoi.

Nous montâmes en voiture et prîmes le chemin de la maison. Nous roulions en silence depuis un certain temps lorsque Susan se tourna vers moi.

— Merci.

— Pas de quoi.

— C'est moi que tu aimes, ou mon argent ?

— Ton argent.

— Mais tu étais inquiet pour moi avant même de me faire ta demande en mariage.

Ah bon… C'était moi qui avais présenté une demande en mariage ?

— Je t'ai toujours aimée, Susan, même quand j'avais envie de te tordre le cou.

— C'est tout à ton honneur.

Elle resta un moment silencieuse.

— Tout est ma faute.

— Oui. Mais c'est notre problème à tous les deux.

— J'ignorais qu'il t'avait menacé.

Silence.

— Qu'est-ce que tu lui as dit pour qu'il réagisse de cette façon ?

J'avais affirmé à Anthony que son père comptait abandonner sa famille pour Susan. Et ça m'avait fait du bien.

— John ? Qu'est-ce que tu lui as dit ?

— J'ai seulement refusé sa proposition d'embauche, sans y mettre les formes.

— Cela ne justifie guère ses menaces.

— Nous devrions prendre des vacances après l'enterrement d'Ethel, proposai-je, changeant de sujet.

— Je vais y réfléchir. D'ici là, j'ai besoin d'une pause. Il fait beau. Si nous allions passer la journée aux Hamptons ?

— Bonne idée. Allons chercher nos costumes de bain.

— Il existe, à Southampton, une plage où on n'a pas besoin de maillot.

— D'accord.

Je bifurquai. Dix minutes plus tard, nous nous retrouvions sur la voie express menant aux Hamptons.

Ma famille y avait jadis possédé une résidence de vacances. À l'époque où je parlais encore à mon père et à ma mère, Susan et moi avions vécu là-bas des étés merveilleux, tout le temps pieds nus, émerveillés par nos enfants, si jeunes… Obligé de vendre la maison à cause de mes problèmes d'impôts, je n'y étais pas retourné depuis dix ans.

— Ce sera comme autrefois, dit Susan.

— Mieux, même.

— Et le meilleur est encore à venir.

— Oui.

Chapitre 39

Il n'existe pas de plage officiellement nudiste aux Hamptons, mais nous en trouvâmes une où on le pratiquait en fait, sinon en droit.

Je garai la voiture sur le petit parking battu par le vent. En ce lundi de début du mois de juin, la plage était presque déserte. Seuls deux couples se baignaient. Lorsquc la vague déferla, nous eûmes confirmation qu'ils étaient nus comme au premier jour.

Nous nous précipitâmes sur le sable blanc, nous débarrassâmes de nos vêtements en un tournemain et plongeâmes dans l'eau glacée.

— Quelle horreur ! s'écria Susan.

Effectivement, elle était un peu froide. Nous y restâmes pourtant près d'une demi-heure et sortîmes avant de tomber victimes d'hypothermie. Tandis que nous enfilions nos vêtements sur notre peau mouillée, Susan me dit :

— Je me rappelle la première fois que nous avons fait ça ensemble, avant notre mariage. Je ne l'avais jamais fait avant et je te trouvais fou.

— Fou d'amour.

Il y avait d'ailleurs plein de choses que Susan n'avait pas expérimentées avant de me rencontrer. Peut-être étais-je attiré par cette fille riche qui avait vécu à l'abri de tout et s'accordait bien avec mes folies. J'essayais de l'impressionner. Elle, de son côté, s'efforçait de me montrer qu'elle était comme tout le monde. Finalement, en nous contentant d'être seulement nous-mêmes, nous découvrîmes que nous nous entendions très bien.

Nous revînmes en courant à la voiture, gagnâmes l'ancien village de Southampton et déjeunâmes tardivement dans un de nos anciens repaires, un pub, le Drivers Seat. Devant l'insistance de Susan, je commandai un poulet grillé avec de la salade et de l'eau gazeuse. Je profitai d'un aller et retour aux toilettes pour demander à la place un cheeseburger au bacon, une montagne de frites et une bière. Apparemment, Susan se souvenait de mes tours de passe-passe. Se rendant à son tour aux toilettes, elle rétablit la commande initiale. Un bon ami m'avait dit un jour : « Ne reprends pas une liaison et ne te remarie jamais avec une ancienne épouse. » Je commençais à comprendre pourquoi.

Après les salades, nous nous promenâmes sur Job's Lane, une avenue créée en 1664, à présent pleine de boutiques branchées, de restaurants et d'intrépides colons venus de l'île de Manhattan.

— Il faut que nous t'achetions des vêtements, dit Susan.

— J'en ai déjà.

— Allez, John, seulement quelques chemises.

Nous achetâmes donc quelques chemises, des cravates, des jeans et quelques autres babioles dont je n'avais pas besoin. Elle fit également des emplettes pour elle.

Décidant de passer la nuit sur place, nous nous procurâmes également des vêtements de sport et des maillots de bain. Susan appela ensuite Guney's Inn, à Montauk Point, établissement pourvu d'installations de soins et de remise en forme, et réserva une chambre avec vue sur l'Océan.

— Veux-tu que nous passions devant notre ancienne maison ? proposai-je, alors que nous traversions en voiture les derniers villages des Hamptons.

— Non, c'est trop triste. Les enfants adoraient cette maison et nos séjours là-bas. Allez, on la rachète ! s'exclama-t-elle soudain, le visage radieux.

— Tu ne peux pas racheter toutes nos anciennes maisons.

— Pourquoi pas ?

— Ce serait trop cher.

— Je ne voudrais pas paraître grossière, John ; mais, un jour, j'hériterai d'une partie de cent millions de dollars.

En apprenant le montant réel du magot des Stanhope, je faillis verser dans le fossé. Quand on évoquait leur situation financière, on y accolait toujours les adjectifs « rabougrie » ou « amaigrie », ce qui me faisait plaindre les malheureux William et Charlotte. Enfin, pas vraiment… J'estimais leurs avoirs aux alentours de dix, voire vingt millions de dollars. Ce chiffre de cent millions avait donc de quoi surprendre. Maintenant, j'étais vraiment amoureux. Je blague…

En tout cas, je savais qu'Edward et Carolyn, leurs seuls petits-enfants, figureraient sur le testament de William, ainsi que le frère de Susan, Peter, le mangeur de lotus, et puis, bien sûr, Charlotte, si elle lui survivait. Toutefois, elle n'était pas une Stanhope. Conformément aux règles en vigueur dans le monde des vieilles fortunes, la plus grande partie du patrimoine familial serait transmis aux descendants de William. C'était ainsi qu'il l'avait hérité d'Augustus, qui le tenait lui-même de Cyrus.

Quelques rapides calculs mathématiques laissaient donc prévoir que Susan déboucherait une bouteille de champagne le jour des obsèques de son père.

Sauf, bien sûr, si elle m'épousait à nouveau.

— Ta part pourrait bien se réduire à zéro, ironisai-je.

À cela, elle n'avait aucune réponse. Je voyais bien, cependant, que la réalité se frayait un chemin jusqu'à elle.

Nous arrivâmes devant une étendue de dunes désolées. Plus loin, à l'extrémité est de Long Island, se trouvait le phare de Montauk Point, que j'avais vu pour la dernière fois dix ans auparavant, à bord de mon voilier, lorsque je traçais ma route vers Hilton Head. Mille fois, depuis lors, je m'étais demandé ce qui se serait passé si j'avais accosté pour aller voir Susan.

Je crois que ni elle ni moi n'étions prêts pour une réconciliation. Pourtant, si nous nous étions parlé, notre séparation n'aurait sans doute pas duré une décennie.

Juste avant le phare, Gurney's Inn surgit au bord de l'Océan. Je me garai sur le parking.

Nous prîmes possession de notre chambre avec vue sur la mer, enfilâmes nos vêtements de sport et utilisâmes pendant quelques heures les installations de bains et de gymnastique.

Susan ayant réservé je ne sais quelle séance de soins esthétiques, je regagnai la chambre. De là, j'appelai le FBI, à Manhattan.

Après quelques détours bureaucratiques, je parvins à joindre un quidam de la brigade du crime organisé.

— Bonjour, John Sutter à l'appareil. Je cherche à joindre l'agent spécial Felix Mancuso.

— C'est à quel sujet, monsieur ?

— Il y a dix ans, il s'est occupé d'une affaire dans laquelle j'étais impliqué. Je voudrais lui faire part d'un certain nombre de faits nouveaux. S'il est là, bien sûr.

— Il saura de quoi il s'agit ?

— Certainement.

— Très bien. Je ne peux pas vous dire s'il est ou non présent, mais si vous me laissez un moyen de vous joindre il vous contactera.

— Parfait.

Je lui donnai le numéro de la Gurney's Inn, qui serait valable jusqu'au lendemain matin, puis celui de la maison d'hôtes, devenu mon numéro personnel.

— Auriez-vous un numéro de portable, monsieur ?

— Non, je n'ai pas de portable.

Il resta silencieux une seconde. Avec le sentiment d'être en infraction, je me sentis obligé d'ajouter :

— Je viens d'arriver de Londres. J'en aurai un bientôt.

— Donc, on peut vous laisser un message à ces numéros ?

— Tout à fait. S'il vous plaît, dites bien à l'agent spécial Mancuso que c'est important.

— Entendu.

Je raccrochai. Je me rendis ensuite en salle d'exercice pour le massage en couple que nous avions réservé.

Susan avait choisi pour elle une masseuse asiatique toute menue et, pour moi, un masseur qui avait dû être autrefois condamné pour actes de torture et de barbarie. Quand nous fûmes allongés côte à côte sur les tables de massage, elle me dit :

— J'ai envoyé un courriel aux enfants et à mes parents pour les tenir au courant de l'état de santé d'Ethel. Je leur ai conseillé de se tenir prêts à venir bientôt.

— As-tu annoncé nos retrouvailles à tes parents ?

— Non. Dans mon courriel aux enfants, je leur ai enjoint de ne rien dire, précisant que tu le ferais toi-même.

— Merveilleux.

J'espérais bien qu'ils tomberaient raides morts en apprenant la nouvelle, avant d'avoir le temps de déshériter leurs petits-enfants. Cent millions de dollars ! J'aurais peut-être dû me montrer plus aimable avec eux. Ou alors téléphoner à Sally Da-Da et lancer un contrat sur leurs têtes.

Je connaissais, sur la Gold Coast, des gens dont la fortune s'élevait à plusieurs centaines de millions de dollars. Ce chiffre n'était pas, pour moi, vraiment sidérant. Chose étonnante, pourtant, William se présentait presque comme un sans-logis. Agaçant. Quel hypocrite ! Mais peut-être Susan s'était-elle trompée. Ce ne serait pas la première fois. D'ailleurs, il pouvait être encore plus riche.

— À quoi penses-tu ? me demanda-t-elle.

— À ton corps huilé dans notre chambre.

La masseuse tressaillit, le masseur pouffa.

— John ! lança Susan.

Nous terminâmes le massage en silence puis retournâmes tout huilés dans la chambre. Aucune lumière ne clignotait sur le répondeur. Nous fîmes l'amour, puis un petit somme, avant de descendre au salon, d'où nous admirâmes l'Océan et le ciel qui s'assombrissait. Nous dînâmes au restaurant de l'hôtel tandis que les dernières lueurs du soleil disparaissaient à l'horizon.

— Je n'aurais jamais pensé te voir à nouveau assis en face de moi au restaurant, murmura Susan.

Je lui pris la main.

— Nous avons encore des années merveilleuses devant nous.

— Je sais.

La sonnerie de son portable retentit. Elle consulta l'écran.

— Inutile de répondre.

Elle ferma l'appareil, le remit dans son sac.

Fallait-il l'interroger ? Il pouvait s'agir de ses parents, de nos enfants réagissant à son courriel, d'Elizabeth annonçant une triste nouvelle. Ou bien d'un homme. Si elle avait eu envie de me révéler qui cherchait à la joindre, elle l'aurait fait.

— Qui était-ce ? demandai-je quand même, remarquant son air légèrement soucieux.

— La police du comté de Nassau.

— Fais-moi écouter le message.

— Plus tard.

— Non, maintenant.

Elle reprit son portable, me le tendit.

« Bonjour, madame Sutter. Ici l'inspecteur Nastasi, de la police du comté de Nassau. J'ai téléphoné ce soir chez Bellarosa au sujet de votre affaire. Selon sa femme, il a quitté la ville pour une période indéterminée. Rappelez-moi quand vous pourrez. Transmettez le message à M. Sutter. »

J'appuyai sur la touche *Replay* et lui rendis l'appareil. À son tour, elle écouta le message. Ainsi, Anthony Bellarosa avait quitté la ville. Pourtant, il aurait dû rester chez lui, en prévision de la mort prochaine et de l'enterrement de John Gotti. Peut-être l'oncle Sal avait-il précipité les choses, l'envoyant nourrir les poissons au fond de l'Océan ? Quelle délicieuse perspective ! Mais, si ce n'était qu'un rêve, sa disparition soudaine n'avait rien de rassurant.

Susan remit le téléphone dans son sac.

— Nous rappellerons Nastasi demain, dis-je.

Comme d'habitude, elle choisit de changer de sujet.

— Je tiens à ce que tu commandes quelque chose sur le menu diététique.

— Pourquoi ? Quel péché ai-je commis ?

— On est ce qu'on mange.

— Dans ce cas, je vais changer de nom pour « Côte de bœuf ».

— Je te conseille le flétan à la vapeur.

— J'ai avalé de l'huile de poisson au petit déjeuner.

— Je veux que tu restes longtemps auprès de moi.

— Si je dois ingurgiter ce genre de poison, le temps va, effectivement, me sembler long.

— Dans ce cas, vas-y, commande ton steak et suicide-toi.

— Merci.

La serveuse s'approcha, et nous passâmes commande.

Arrosé d'un chardonnay local, le flétan n'était pas si mauvais.

De retour dans la chambre, je constatai que, sur le répondeur, le voyant ne clignotait toujours pas.

Je n'avais pas réellement besoin de parler à Felix Mancuso. Pourtant, s'il existait un policier capable de comprendre cette affaire, son déroulement et surtout son aspect humain, c'était bien cet homme qui non seulement avait tenté de m'écarter du mal mais avait été troublé par l'attitude de ses collègues agissant comme des maquereaux pour le compte de don Bellarosa. À moins qu'il ne fût à la retraite, ou mort, je ne tarderais pas à avoir de ses nouvelles.

Susan et moi sortîmes sur le balcon pour regarder l'Océan. Les lumières des paquebots et des cargos luisaient à l'horizon. Des avions amorçaient leur descente vers Kennedy Airport. Certains prenaient de l'altitude pour entamer leur périple vers l'Europe ou d'autres continents.

— Est-ce que tu auras encore envie de naviguer ? demanda-t-elle.

— À quoi bon un yacht-club si on n'a pas de yacht ?

Elle sourit.

— Je ne veux plus que tu navigues sans moi.

Je n'avais pas toujours été seul, mais je comprenais ce qu'elle voulait dire.

— Je ne naviguerai plus sans toi.

Nous écoutâmes un long moment les vagues s'écraser sur le rivage. J'étais fasciné par le ciel nocturne et la noirceur de l'Océan.

— Comment était-ce ? me demanda-t-elle.

— Solitaire, dis-je, sans quitter la nuit étoilée des yeux. Là-bas, on s'imagine être le dernier homme vivant sur cette planète.

— Ç'a l'air horrible.

— Parfois. Mais la plupart du temps j'avais l'impression qu'il n'y avait que moi et Dieu. On peut devenir un peu fou, en mer. Ce n'est pas forcément une mauvaise folie. On a beaucoup de temps pour réfléchir. On finit par mieux se connaître.

— Tu pensais à moi ?

— Oui. Sincèrement, je pensais à toi. Jour et nuit.

— Alors, qu'est-ce qui t'a empêché de revenir ?

Les raisons se pressaient en foule dans mon esprit : colère, fierté, rancune, et la liberté totale que conférait le fait d'être exilé volontaire, sans patrie ni travail.

— Quand je le saurai, je te le dirai.

Nous nous étendîmes sur les chaises longues et regardâmes le ciel avant de nous endormir sous les étoiles.

Le souffle de l'océan berça mon sommeil. Je sentis la brise marine sur ma peau, je goûtai les senteurs de sel. Je rêvai que j'étais à nouveau en mer. Cette fois, Susan était avec moi.

Chapitre 40

Le lendemain, mardi, le ciel était un peu couvert. Après un jogging sur la plage et un petit déjeuner copieux, nous regagnâmes Stanhope Hall. Pendant les deux heures de trajet, nous évoquâmes ces dix dernières années, dans l'espoir de combler un peu ce que Susan appelait le « temps perdu ». C'est ainsi qu'elle me rappela d'appeler Samantha.

Je songeai un instant à lui demander où, quand et comment Frank Bellarosa et elle avaient eu leur coup de foudre, mais elle n'aurait pas apprécié la question. Je me rendis compte aussi que cela ne me torturait plus. Peut-être avais-je vraiment surmonté cette histoire.

En franchissant le portail de Stanhope Hall, nous remarquâmes une camionnette de déménagement et le SUV d'Elizabeth garés le long du pavillon de gardien. Je m'arrêtai. Susan et moi entrâmes dans la maison.

Dans le vestibule, Elizabeth, en jean et en tee-shirt, dirigeait les opérations.

— Bonjour, nous dit-elle. Je suis allée à la maison d'hôtes pour vous dire que j'allais débarrasser le pavillon, mais vous n'y étiez pas. J'ai pensé qu'il valait mieux le faire tout de suite, pour éviter d'avoir à négocier un délai avec Nasim après l'enterrement. J'espère que je ne te mets pas à la porte, John.

Non, mais tu brûles mes vaisseaux ; je ne pourrai plus venir me réfugier ici à l'arrivée des parents Stanhope…

— John ?

— Non. J'en ai fini avec cet endroit.

— C'est bien ce que tu m'avais dit. Si tu le souhaites, les déménageurs déposeront tes cartons et tes dossiers à la maison d'hôtes.

— Merci.

— Comment va ta mère ? demanda Susan.

— État stationnaire, répondit Elizabeth en haussant les épaules. Je sais que la fin est proche et je n'arrive pas à m'y faire. Pourtant, je l'accepte.

Elle promena son regard autour d'elle.

— Ils ont vécu ici plus de soixante ans. Et maintenant... Bon, la vie continue.

Elle se tourna vers Susan.

— J'ai demandé à John si Nasim accepterait de vendre le pavillon, mais il tient à le garder pour lui. Nous aurions pu être à nouveau voisins.

— Ç'aurait été merveilleux, dit Susan d'un ton qui se voulait sincère. J'allais demander à ma femme de ménage de venir nettoyer les lieux. Désolée si John a tout laissé en désordre.

John avait envie de rétorquer qu'Elizabeth laissait plus de désordre que lui, mais il savait tenir sa langue.

— Oh, ne t'inquiète pas pour ça. Je n'y suis plus, et Nasim peut faire ce qu'il veut. Il est passé, tout à l'heure. Je lui ai annoncé qu'il pouvait disposer de la maison dès maintenant. Pas de problème ? demanda-t-elle à son avocat.

— C'est toi l'exécutrice testamentaire.

— Il a su par sa femme que vous viviez à nouveau ensemble dans la maison d'hôtes. Il vous souhaite à tous les deux bonne chance et beaucoup de bonheur.

— C'est très gentil de sa part, dit Susan.

Nasim avait donc les coudées franches pour installer des vigiles dans la maison de gardien. Je lui aurais conseillé de ne pas choisir la société Bell Security. Peut-être devrais-je lui dire que nous étions, nous aussi, inquiets pour notre sécurité, que je possédais un fusil de chasse et que nous pourrions unir nos forces en cas d'attaque.

Interrompant mes réflexions stratégiques, Susan s'adressa à Elizabeth.

— Nous n'avons pas encore annoncé à mes parents que nous revivions ensemble. S'ils te téléphonent, je t'en prie, n'en parle pas.

— Je comprends.

— Même chose pour la mère de John et le père Hunnings.

— Je n'en parlerai à personne.

— Merci. Ça t'ennuie si je prends quelques photos du pavillon avant que tout ait été enlevé ?

— Je l'ai déjà fait, je t'enverrai des tirages. J'ai passé toute mon enfance dans cette maison. Je vais regretter les souvenirs qui me revenaient chaque fois que je rendais visite à maman.

Elle me dévisagea en souriant. Je crus qu'elle allait révéler à Susan son béguin d'adolescente pour moi. Elle n'était pas une faiseuse d'embrouilles. Elle se contenta de dire :

— C'était le bon temps quand nous étions tous ici, à Stanhope Hall.

Susan, sentimentale comme à l'accoutumée, la serra dans ses bras. Elles avaient toutes les deux la larme à l'œil.

Je ne sais jamais comment réagir devant l'émotion des femmes. Devais-je me joindre à elles ? Elles ne m'en laissèrent pas le temps et se ressaisirent rapidement.

— Si nous ne sommes pas chez nous, dit Susan, que les déménageurs déposent les cartons dans le bureau de John. La porte n'est pas verrouillée.

— J'y veillerai. Au fait, ajouta Elizabeth à mon intention, j'ai toujours la lettre que maman t'a écrite. J'éprouve un certain scrupule à te la remettre avant sa mort.

— Tu as tout à fait raison, lui répondis-je pour la rassurer, tout en sachant pertinemment qu'Ethel n'allait pas brusquement sortir du coma et demander à corriger cette missive.

Nous bavardâmes encore pendant quelques instants. Susan et moi regagnâmes ensuite la Lexus.

— Qu'est-ce que c'est que cette lettre d'Ethel ? interrogea-t-elle.

— Je ne dois l'ouvrir qu'après sa mort.

— Ah ! Que contient-elle, à ton avis ?

— Sa recette de la gelée de pomme.

— Sérieusement.

— Aucune idée. De toute façon, nous n'aurons plus longtemps à attendre.

De retour à la maison, nous déballâmes nos nouveaux vêtements et je finis de m'installer. Je commençais à me sentir à nouveau chez moi, et c'était bien agréable.

Je demandai à Susan le code d'accès au téléphone et me rendis dans le bureau. Je ne trouvai que quelques messages de ses amies. Elle me rejoignit.

— Tu attends un appel ?

— Oui.

— Qui sait que tu es là ?

— La police, nos enfants, Elizabeth, M. et Mme Nasim, Anthony Bellarosa et Felix Mancuso.

— Qui est Felix… ? Ah oui, je me souviens. Pourquoi l'as-tu appelé ?

— À cause d'Anthony Bellarosa.

— Agis à ta guise, grommela-t-elle en haussant les épaules.

— Avec ton aide. J'ai également l'intention d'installer une alarme.

— En un siècle d'existence, cette maison n'en a jamais eu. Je ne compte pas en mettre une.

— Dans ce cas, commençons par verrouiller les portes et les fenêtres.

— Je ferme tout le soir.

Elle était submergée par la nostalgie, s'efforçant de recréer sa vie d'autrefois. Elle avait récupéré sa maison d'autrefois, son ex-mari, s'était réinscrite dans ses clubs de jadis et songeait à racheter notre ancienne résidence de vacances à East Hampton. On peut tout faire avec de l'argent, sauf remonter le temps. Si on essaie quand même, le résultat est souvent décevant, désastreux ou, dans le cas présent, dangereux.

— Où se trouve le fusil de chasse ?

— Je crois qu'il est à la cave. J'ignore l'endroit exact. Depuis mon retour, je n'ai pas eu le temps de défaire tous les cartons.

— Je regarderai plus tard.

— N'ouvre pas le carton marqué *Boyfriends.*

— Tu gardes tes anciens petits amis dans un carton ?

— Seulement leurs cendres.

Elle s'assit à son bureau, ouvrit sa messagerie électronique.

— Il y a les réponses d'Edward, de Carolyn et de ma mère. Ils confirment et demandent qu'on les prévienne.

— Tes parents s'imaginent qu'ils vont dormir ici.

— On verra ce qui se passera.

— Écoute, Susan, ils vont se pointer sur le pas de ta porte dans leur voiture de location…

— De notre porte, mon chéri.

— Et ils ne seront pas contents.

— Dans ce cas, ils feront demi-tour et iront ailleurs.

— Tu devrais leur laisser entendre… Comme ça, une allusion… Du genre : « Je vis avec un homme avec qui j'ai été mariée. »

Elle tapota sur son clavier.

— « Chers papa et maman… J'ai un copain qui ressemble beaucoup à… » Non, plutôt… « Pour des raisons que je ne peux pas vous révéler maintenant, je vous ai retenu une chambre au… » Où ça ?

— Au Motel Six, à Juneau, en Alaska.

— Aide-moi, John.

— Essaie de savoir s'il y a un cottage libre au Creek. Tu peux les faire admettre puisque tu en es membre. Même chose pour les chambres d'hôtes au Seawanhaka.

Elle termina son courriel.

— Si je l'envoie, ils vont me téléphoner pour demander pourquoi ils ne peuvent pas loger ici.

— Dis-leur que ta rente ne te permet pas de couvrir tes dépenses et que tu es obligée de prendre des pensionnaires.

Elle ferma son ordinateur sans envoyer le courriel.

— Laissons-les venir ici. Nous aviserons le moment venu.

— Excellente idée. J'ai répété un petit texte joyeux pour leur arrivée.

Je la pris par la main, allai ouvrir la porte d'entrée.

— Les voici. Ils descendent de voiture.

— John…

Je sortis, ouvris grands les bras et m'écriai :

— Maman ! Papa ! Je suis de retour !

— Quel idiot ! lança Susan, réprimant un fou rire.

De retour dans le bureau, j'exhumai de mon portefeuille la carte de l'inspecteur Nastasi.

— Je vais l'appeler.

Je parvins à le joindre à son bureau.

— Inspecteur, ici John Sutter, je réponds à votre coup de fil.

J'actionnai l'amplificateur pour que Susan suive la conversation.

— Vous avez donc eu mon message. Selon sa femme, Bellarosa a quitté la ville.

— Dimanche, il m'a assuré qu'il allait avoir une semaine chargée à cause de la mort prochaine de John Gotti. Il comptait assister à la veillée mortuaire et aux obsèques.

— Ah ! Eh bien, Gotti est mort hier après-midi à l'hôpital du pénitencier fédéral de Springfield, dans le Missouri. On a diffusé la nouvelle dans les journaux et à la télévision. Le gardien en faction à l'entrée de l'Alhambra m'a affirmé ne pas avoir vu Bellarosa depuis hier matin. Je viens de rappeler le poste de garde. Un autre vigile m'a dit la même chose.

— Vous devriez savoir que Bell Security est une filiale de Bell Enterprises, Inc., dont le P-DG et principal actionnaire n'est autre qu'Anthony Bellarosa.

— Sans blague ? Vous croyez qu'il s'agit d'une coïncidence ?

— Euh, non.

Il se mit à rire.

— Un de mes amis au parquet a fait une recherche sur notre homme. Bell Enterprises est une société tout à fait légale, enregistrée à Rego Park : fourniture de linge pour l'hôtellerie et la restauration, livraison de repas, enlèvement d'ordures, service de limousines… Les couvertures habituelles des truands. Comment étiez-vous au courant pour Bell Security ?

— C'est lui qui me l'a dit.

— Lorsque j'ai parlé à sa femme, j'ai eu l'impression qu'il était vraiment parti ; et je n'ai pas vu l'Escalade immatriculée à son nom. Il a pu prendre l'avion pour Springfield, histoire de rejoindre la famille du défunt.

— Vous pourriez vérifier ?

— Peut-être. Bien, monsieur Sutter. Nous suivons l'affaire. Dès que j'aurai parlé à Bellarosa, je vous tiendrai au courant. D'ici là, comme vous êtes voisins, si vous le voyez dans les parages ou si vous obtenez des informations, prévenez-moi. Mais ne vous lancez pas à sa recherche.

— Dieu m'en garde.

— Parfait.

Il ajouta :

— Ils ont abattu la grande demeure.

— Oui.

— C'était une sacrée baraque. On n'en construit plus des comme ça, maintenant.

— C'est vrai.

— À votre avis, combien coûtent les nouvelles maisons ?

— Aucune idée.

Je jetai un coup d'œil à Susan, qui me fit le signe trois avec les doigts.

— Mettons, trois millions de dollars.

— Sans blague !

— Le crime paie peut-être, finalement.

— Nous n'avons rien contre lui, me rappela-t-il.

— Poussez plus loin les recherches, rétorquai-je, un peu agacé.

— Ça, c'est le boulot du procureur, et du FBI.

— En tant qu'avocat, je sais que le FBI n'est pas compétent en matière de menaces et de harcèlement. Je me demande toutefois si vous ne pourriez pas appeler la brigade du crime organisé pour voir s'ils ne le surveillent pas pour d'autres raisons.

— Même si j'étais sur le point de me faire flinguer, le FBI ne me dévoilerait rien.

— Pourtant, s'ils le surveillent pour d'autres motifs, ils devraient être au courant de cette histoire, simplement au cas où…

— D'accord. Je m'en occupe.

— Merci.

— D'autres suggestions ?

Nul sarcasme dans sa voix. Je crois qu'il se couvrait au cas où Susan Stanhope Sutter se ferait buter alors qu'elle venait de se placer sous sa protection.

— Je suis sûr que vous faites tout ce qui est en votre pouvoir. Cependant, je serais encore plus rassuré si tous les agents des voitures de patrouille circulant dans les parages avaient été avertis de ma plainte.

— On les a prévenus. Quand j'aurai parlé à Bellarosa, je réévaluerai la situation et les réponses à y apporter.

— Entendu. Merci de vous occuper de cette affaire.

— Bonne journée. Saluez Mme Sutter de ma part.

— Je le ferai.

Je raccrochai, me tournai vers Susan. Assise dans un fauteuil, elle feuilletait un magazine.

— Je pense qu'il est dans le Missouri avec la famille Gotti. Nous sommes donc tranquilles pour un petit bout de temps.

— Tant mieux.

Malheureusement, les choses ne se passaient pas ainsi. Sally Da-da ne batifolait pas dans l'État de New York lorsqu'il avait tenté de faire assassiner Frank. Un parrain ou un *capo* n'exécutent jamais ce genre de boulot eux-mêmes. Voilà pourquoi cela s'appelle un contrat : au moment où il a été honoré, son commanditaire se dorait la pilule sur une plage de Floride.

Voilà aussi pourquoi il importe de garder ses ennemis près de soi. Quand on ignore où ils sont, ils n'en deviennent que plus dangereux.

— Viens avec moi à Locust Valley, me dit Susan. Je dois acheter du vin, des alcools, et faire d'autres courses. Je te laisserai choisir une barre de céréales.

J'avais plutôt envie d'attendre le coup de fil de Mancuso et de chercher le fusil de chasse. Néanmoins, je jugeai préférable de l'accompagner.

— D'accord. Ça a l'air amusant.

— Courir les magasins avec toi, ça n'a rien de réjouissant.

Elle voulut conduire la Lexus.

— Nous devons nous débarrasser de ta voiture de location, décréta-t-elle.

— Il me faut un véhicule.

— Achètes-en un.

— Susan, ma chérie, je n'ai pas d'argent ; et, ici, je ne peux prendre aucun crédit.

— Moi, si.

— À ton avis, combien ton père me donnerait-il pour retourner en Angleterre ?

— Cent mille dollars : son tarif habituel pour les indésirables.

— Je regrette de n'avoir pas l'avoir su au début, avant notre mariage.

— Dans ton cas, il aurait doublé la somme.

— Je partagerai avec toi.

Nous approchions du pavillon de gardien. Elizabeth était dehors. Susan arrêta l'auto. Elizabeth s'approcha et se pencha à la vitre. Elle exhalait le même parfum lilas que l'autre soir.

— Pourquoi ne dînerais-tu pas avec nous ce soir ? proposa Susan. Cela te changerait les idées.

— Merci. Je tiens à retourner à Fair Haven.

— Je comprends. Si tu changes d'avis, nous serons au Creek vers 19 heures.

J'appris ainsi que Susan ne comptait pas cuisiner, ce qui était un soulagement. Quoique… Peut-être avait-elle appris au cours de ces dix dernières années. D'un autre côté, l'idée d'aller souper au Creek ne m'enchantait guère.

— J'ai un carton de pots de gelée de pomme sauvage pour toi, me dit Elizabeth. Ce sont les honoraires de John pour la succession, expliqua-t-elle à Susan.

Je craignis qu'elle ne réponde : « Pas étonnant qu'il soit fauché », mais elle réitéra son invitation.

— Si tu désires seulement passer au club pour boire un verre, préviens-moi.

— Merci.

Lorsque nous eûmes redémarré, je dis à Susan :

— Je n'ai pas très envie d'aller au Creek.

— Réglons ça une bonne fois pour toutes.

Je réfléchis un instant.

— Entendu. Ça pourrait être drôle. Althea Gwynn sera peut-être là.

À Locust Valley, nous nous arrêtâmes à la première boutique de spiritueux, puis au supermarché, où nous rencontrâmes quelques femmes que Susan et moi connaissions. Potins, blabla… Il s'en trouva quand même une, Beatrice Browne, alias Bee-bee, pour lancer, provocante :

— Je suis étonnée que vous soyez revenu, John.

Je répliquai :

— Je suis surpris que vous soyez encore de ce monde.

Interloquée, Bee-bee poussa son chariot et s'éloigna.

— Tu étais censé t'écrier : « Quelle merveille d'être revenu ! » me reprocha Susan.

— Quelle merveille d'être revenu !

— Ne réplique pas directement à une pique ou à une question trop pesante.

— Quelle merveille d'être revenu !

Après un passage aux fruits et légumes, nous regagnâmes la voiture. L'expédition n'avait pas duré une demi-heure. Alors que nous chargions les courses dans le coffre, Susan me demanda :

— Tu as besoin d'autre chose ? Articles de toilette ? Aspirine ?

— Quelle merveille d'être revenu !

En soupirant, elle s'installa au volant, et nous reprîmes le chemin de la maison.

— J'aimerais que tu téléphones à ta mère aujourd'hui, me dit-elle après avoir démarré.

— Si je l'appelle, je ne pourrai pas lui annoncer que nous nous sommes retrouvés. Elle irait aussitôt le raconter à tes parents.

— Demande-lui de s'abstenir. Il faut qu'elle sache que son fils revit avec son ex-femme. Et elle doit être au courant avant mes parents et avant l'enterrement d'Ethel.

— Elle vient d'où, cette règle ?

— Sens commun et courtoisie élémentaire. Fie-toi à ta fiancée. Elle a toujours raison.

— Quelle joie d'être de retour !

Elle me pinça la joue.

— Quel délice de t'avoir à nouveau !

Chapitre 41

— Allons faire un jogging jusqu'au Sound, suggéra Susan après avoir déchargé la Lexus avec moi.

— J'ai des tas de choses à faire dans mon nouveau bureau ; et je dois ranger mes tiroirs à vêtements.

— Bonne idée. Je serai de retour dans une heure.

— Je t'interdis d'aller courir sur Grace Lane ou n'importe où en dehors de la propriété.

— John…

— Tu n'as qu'à courir sur le domaine. Tout le monde ne dispose pas de cent hectares pour ça. Je te rejoindrai peut-être tout à l'heure.

Elle parut un peu irritée.

— Je ne me rendais pas compte que j'allais être à ce point menée à la baguette.

Avec moi, ça faisait deux, mais je répondis :

— Allez, fais-moi plaisir.

— Je le fais toujours. Bon, d'accord, on se revoit d'ici une heure.

— Emmène ton portable et appelle-moi. Ou bien je t'appelle.

— À vos ordres.

— Et pas de short.

Elle sourit et monta à l'étage pour se changer. Je gagnai mon bureau. J'y découvris mes cartons empilés contre un mur et un cageot de gelée de pomme. La lumière du répondeur clignotait. Un seul message.

« Bonjour, monsieur Sutter. Ici, Felix Mancuso. Je réponds à votre appel. »

Il me donnait un numéro de portable. Je le notai au dos de la carte de l'inspecteur Nastasi, avant d'effacer le message.

Pour tuer le temps en attendant le départ de Susan, je parcourus des yeux mon ancien bureau, me remémorant les nombreuses nuits que j'avais passées à ma table en m'efforçant de résoudre les problèmes d'impôts ou de succession de mes clients, problèmes dont ils étaient, la plupart du temps, eux-mêmes responsables.

Au-dessus du canapé, Susan avait accroché trois de ses tableaux représentant des ruines célèbres dans la région : la chapelle de Laurelton Hall, la grande maison Art nouveau de Louis C. Tiffany et des colonnes de pierre, uniques vestiges du Meudon, un palace de quatre-vingts chambres, réplique du château de Meudon, aux environs de Paris ; enfin, le péristyle d'un manoir, jadis propriété du dénommé Zog, dernier roi d'Albanie, ce qui me rappela que M. Nasim n'était pas le premier étranger à avoir acheté un bout de la Gold Coast, et certainement pas le dernier.

En admirant ces tableaux, je songeai que Susan avait du talent. Pourquoi avait-elle cessé de peindre ? Peut-être en raison de sa dernière toile, celle de l'Alhambra, et des mauvais souvenirs attachés à ce cadeau de bienvenue offert aux Bellarosa. Cela m'amena à penser à mon acte de vandalisme dans le bureau d'Anthony. De quoi le rendre furieux.

— À tout à l'heure ! s'écria Susan.

Je m'assis à mon bureau et fixai le téléphone, sans parvenir à me décider. Mon instinct m'ordonnait d'appeler Felix Mancuso. Toutefois, sachant comment travaillait la police, je craignais de mécontenter l'inspecteur Nastasi. Il m'avait assuré que le FBI ne lui révélerait rien, même s'il était sur le point de se faire descendre. J'étais persuadé que, de son côté, il leur cacherait une information importante en sa possession. Il m'avait également promis de se charger en personne de contacter les fédéraux.

Cela étant, j'avais eu jadis une relation personnelle avec Felix Mancuso, un homme honnête et intelligent, en qui j'avais confiance. Je l'avais secrètement surnommé saint Felix. Pourtant, malgré son abord bienveillant, c'était un dur qui semblait prendre très à cœur sa lutte contre les activités criminelles de la Cosa Nostra. J'avais la certitude qu'en raison de ses origines italiennes il avait honte de certains de ses compatriotes.

Je devais au moins lui parler, m'assurer que j'avais envisagé toutes les possibilités. Et, avant tout, protéger Susan.

Je composai son numéro.

— Allô ?

— Bonjour, monsieur Mancuso. John Sutter, à l'appareil.

— Bonjour, monsieur Sutter. À quoi dois-je le plaisir de votre appel ?

Très calme, comme toujours, et d'une grande politesse.

— Malheureusement, enchaînai-je, je vous téléphone pour une raison très semblable à celle qui a motivé notre dernière conversation.

— Ah ! Je vous écoute.

— C'est une longue histoire. Pour commencer, sachez que j'ai passé ces dix dernières années à l'étranger. Je suis rentré définitivement à Long Island il y a une quinzaine de jours.

— Bienvenue au pays.

— Merci... Je vis de nouveau avec mon ex-épouse.

Court silence.

— Félicitations. Comment se porte Mme Sutter ?

— Pas trop mal, si l'on tient compte du fait que j'ai réintégré sa vie.

Il pouffa.

— Ne vous dépréciez pas. Elle a de la chance que vous soyez revenu auprès d'elle. En quoi puis-je vous aider, monsieur Sutter ?

— Je ne sais pas si c'est en votre pouvoir, mais la situation dans laquelle nous nous trouvons actuellement découle de ce qui s'est produit il y a dix ans.

— Je vois. Et quelle est cette situation ?

— Le fils de Frank Bellarosa, Anthony, habite l'Alhambra, dans une des maisons qui ont été construites...

— Je sais. Plutôt drôle, non ?

— Oui. Pourtant, tout n'est pas aussi amusant, parce que Susan est revenue de Hilton Head, a racheté sa maison du domaine Stanhope, et...

— Je comprends.

— Je n'en doute pas. Elle est rentrée depuis deux mois, et je viens tout juste de m'installer chez elle.

— Bon. Anthony Bellarosa a-t-il proféré des menaces explicites ou prononcé des paroles qui pourraient laisser entendre qu'il compte venger la mort de son père ?

— Vous parlez d'une vendetta ?

— C'est le mot qui convient. Alors ?

— En fait, il ne s'est pas adressé à elle, mais à moi. Et j'ai eu l'impression qu'il avait envie de rendre coup pour coup.

— Je vois. Comment avez-vous eu l'occasion de parler à Anthony Bellarosa ?

Je ne m'attendais pas à une telle question ; et je n'avais guère envie de lui dire que le parrain m'avait fait une proposition d'embauche.

— Monsieur Sutter ?

— Eh bien, Anthony s'est mis en tête que je pourrais renouer mes liens avec la famille Bellarosa.

— Vraiment ? Qui a pu lui souffler une telle suggestion ?

— Je pencherais pour Jack Weinstein. Vous souvenez-vous de lui ?

— Tout à fait. Un autre avocat brillant, qui s'est fourvoyé.

N'ayant nul besoin de sa leçon de morale mais d'un service, je ravalai la remarque qui me brûlait les lèvres.

— Anthony lui-même nourrissait cette idée, fondée sur ce que lui avait affirmé son père : que je pourrais être un membre fiable et utile de son organisation. Frank avait, par exemple, dit à Anthony que John Sutter possédait à la fois des tripes et un cerveau.

Silence. Puis :

— Et ?

— Je vous raconte tout cela uniquement pour replacer dans son contexte votre question sur les circonstances de ma rencontre avec Anthony. Le véritable problème, c'est qu'il a tenu des propos que j'interprète comme des menaces à l'encontre de Susan.

— Lesquels ?

— Nos entretiens ont eu lieu avant mes retrouvailles avec elle, qui ne remontent qu'à deux jours. Anthony, à mon avis, se sentait libre de lancer de telles remarques parce qu'il devait penser que, comme la plupart des anciens époux, je priais tous les jours pour que ma femme meure.

Mancuso rit poliment. Puis :

— Qu'a-t-il dit, exactement ?

Je lui rapportai brièvement ses paroles relatives à Susan. Il m'interrompit à nouveau.

— Combien de fois avez-vous eu l'occasion de converser avec lui ?

— Quatre fois.

— Vraiment ?

J'imaginais qu'il allait ajouter : « Ce sont quatre fois de trop. » Il garda le silence. Je lui citai le proverbe selon lequel il importe de garder ses amis proches de soi et ses ennemis plus proches encore.

— À mon avis, cet adage a été inventé par un écrivain ou un scénariste.

Cela me déçut, tant cela ressemblait à un dicton italien.

— J'ai vu Anthony pour la dernière fois dimanche. Chez lui. Il m'avait invité à dîner. Bien sûr, je ne suis pas resté. J'en ai quand même profité pour lui dire d'aller se faire voir et de cesser de nous harceler, moi et ma future femme.

— Comment a-t-il réagi ?

— Assez mal.

Je lui racontai brièvement ma visite chez Bellarosa, mes retrouvailles avec sa mère, ma rencontre avec mon vieux copain Sally Da-da. Je conclus en citant ses derniers mots : « Rien de tout cela ne change ce que votre femme a fait. Mettez-vous bien ça dans le crâne. »

Mancuso resta un instant silencieux puis me demanda :

— Êtes-vous allé voir la police ?

— Oui. Hier. Nous avons déposé plainte en bonne et due forme.

— Pourriez-vous me parler de votre visite au… Ce devait être le deuxième commissariat, n'est-ce pas ?

— Oui.

Je le mis au courant de mon entrevue, lui donnai le nom de l'inspecteur Nastasi. Je précisai que ce dernier s'était rendu la veille chez Anthony Bellarosa, qui avait quitté la ville. J'aurais volontiers mentionné le fait qu'il se trouvait sans doute à Springfield, dans le Missouri, auprès de la famille Gotti. Mais je n'avais guère envie de passer pour un groupie de la mafia. Je précisai pourtant que, dix ans plus tôt, Nastasi avait été chargé de l'enquête sur le meurtre de Frank Bellarosa et qu'il devait bien connaître l'affaire.

— Nombre d'éléments sont restés en suspens, dans cette affaire.

Je ne réagis pas à sa remarque et préférai changer de sujet.

— Je ne suis pas sûr que l'inspecteur Nastasi apprécie beaucoup que j'aie contacté le FBI.

— Ne vous inquiétez pas pour ça, monsieur Sutter. Depuis le 11 septembre, nous travaillons main dans la main. Tous les services de police et de sécurité ont appris à échanger des informations et à coopérer.

Cela ne cadrait pas tout à fait avec ce que m'avait affirmé l'inspecteur. Je n'en répondis pas moins :

— Cette tragédie aura quand même servi à quelque chose. Je vais donc lui dire que…

— N'en faites rien. Laissez-nous agir à votre place.

— Je vois. Ainsi que je le lui ai suggéré, l'inspecteur Nastasi m'a dit qu'il contacterait ce matin la brigade du crime organisé du FBI. L'a-t-il fait ?

— Je n'en sais rien. Je vais passer quelques coups de fil et je vous rappelle.

— Je pensais que nous aurions peut-être pu nous voir.

— Vous êtes avocat. Vous savez donc que le FBI n'est pas directement compétent pour un cas de menaces personnelles non liées au crime organisé. Cela concerne la police locale.

— Je le comprends bien, mais…

— Nous pouvons toutefois aider la police locale. Et nous pourrions voir s'il n'y a pas là une infraction à une loi fédérale.

— Bien.

— Je n'appartiens plus à la brigade du crime organisé. Néanmoins, comme j'ai travaillé sur la première affaire, et comme vous m'avez appelé directement, je peux demander à vous rencontrer. Ensuite, le cas échéant, je vous mettrai en relation avec les gens qu'il faut. Je m'intéresse toujours personnellement à cette histoire.

— Vraiment ?

— Je m'y suis toujours intéressé, monsieur Sutter.

Je compris qu'il s'était personnellement intéressé à moi, peut-être intrigué par la façon dont des avocats connus pour leur intégrité finissaient par défendre la mafia. Ou peut-être, tout simplement, m'aimait-il bien. Son intérêt pour cette affaire, à la fois personnel et professionnel, venait aussi de ce que le procureur Alphonse Ferragamo, guère apprécié, avait poursuivi Frank Bellarosa pour un crime qu'il n'avait pas commis. Au bout du compte, M. Mancuso n'avait pas dû apprécier non plus que la justice, dont il était un rouage mineur, eût finalement renoncé à poursuivre Susan.

— Cette affaire m'a toujours perturbé.

— Moi aussi, répondis-je. Et, cette fois-ci, je n'ai pas besoin qu'on sauve mon âme de la perdition.

Il étouffa un fou rire.

— La dernière fois, je n'ai pas fait du très bon travail.

— Meilleur que vous ne le pensez.

— Tant mieux. J'espère que vous en avez tiré des leçons.

— Nous en avons tous tiré des leçons, monsieur Mancuso. Y compris vous.

Un petit silence.

— Oui. Nous avons tous appris quelque chose sur nous-mêmes et sur la façon dont la justice s'exerce, ou ne s'exerce pas. Mais tout est bien qui finit bien. Je suis heureux d'apprendre que vous avez retrouvé Mme Sutter.

En réalité, il aurait souhaité la voir derrière les barreaux. Aucune animosité personnelle. Simplement, le sens de la justice. Je répondis :

— Merci. Et vous, comment allez-vous ?

— Très bien, merci. J'étais à deux semaines de la retraite lorsque les avions ont percuté les tours jumelles. À présent, j'ai rejoint la brigade antiterroriste.

— Bravo. Aujourd'hui, c'est là que ça se passe.

— Hélas, oui. Évidemment, le crime organisé n'appartient pas au passé. Cependant, le problème ne semble plus aussi crucial.

— Pour moi, il l'est, monsieur Mancuso.

— Chacun voit midi à sa porte.

— Oui. Je vous remercie de votre proposition de me rappeler et de l'intérêt que vous portez à mon cas.

— De mon côté, je vous suis reconnaissant d'avoir pensé à moi, monsieur Sutter. Et je vous remercie de la confiance que vous me témoignez.

— Je vais être de nouveau contribuable aux États-Unis. Je profite des services publics.

Il pouffa de nouveau.

— Avez-vous un portable sur lequel je puisse vous joindre ?

— Je suis un peu gêné de vous répondre par la négative. Je dois encore accomplir une multitude de démarches, ouvrir un compte en banque… j'en passe. Mais je vais vous donner le numéro du portable de Mme Sutter. Je l'ai déjà mise au courant de notre entretien. Elle ne sera pas surprise de votre appel, même si elle vous semble…

— Affolée ?

— Affolée ? Elle ?

— Insinuez-vous que la proximité d'Anthony Bellarosa et les propos qu'il vous a tenus ne l'ont pas paniquée ?

— Vous voyez juste. Moi, par contre, je suis inquiet.

— À juste titre. Sans vouloir ajouter à vos inquiétudes, j'ai consacré vingt ans de ma vie à ces gens-là et je crois les connaître mieux qu'ils ne se connaissent eux-mêmes. Oui, Anthony Bellarosa sera forcé de faire quelque chose, même s'il n'a nulle envie d'en prendre le risque. Il est obligé de se conformer aux règles traditionnelles. Sinon, il ne sera plus respecté et sa position s'en trouvera affaiblie. Il s'agit bien d'une vendetta, mais surtout de sa position de parrain.

— Je comprends. J'aimerais que vous le fassiez aussi comprendre à Mme Sutter. Sans trop l'effrayer, bien sûr.

— Il faut qu'elle ait peur.

Je ne répondis pas.

— Gardez votre calme, reprit-il. Prenez quelques précautions et restez en contact avec la police locale. Je crois bien qu'il y a danger, mais je ne pense pas qu'il soit imminent.

— Pourquoi ?

— Nous en discuterons lorsque nous nous verrons. Je vais faire l'impossible pour vous voir demain. Vous êtes libre ?

— Oui. Ni Mme Sutter ni moi ne travaillons en ce moment.

— Transmettez-lui mes salutations.

— Je n'y manquerai pas.

Je m'apprêtais à raccrocher lorsqu'une pensée me traversa l'esprit.

— J'ai peut-être une autre tâche pour vous, monsieur Mancuso.

— J'aurais dû prendre ma retraite.

Je ris poliment.

— Cela concerne vos fonctions actuelles au sein de la brigade antiterroriste. La personne qui a acheté Stanhope Hall, Amir Nasim, est d'origine iranienne. La semaine dernière, il m'a dit qu'il craignait d'être la cible d'un assassinat politique, apparemment organisé depuis l'Iran.

— Je vois.

Comme il ne semblait pas particulièrement intéressé, j'ajoutai :

— Nous pourrions en discuter si vous veniez ici.

— Je vous en prie, continuez.

Je lui fis brièvement part de ce que je savais.

— Nasim est peut-être paranoïaque. Il peut aussi avoir d'autres raisons de partager ses craintes avec moi. Je vous transmets quand même l'information.

— Merci. Je vais voir de quoi il retourne. Comme on le dit maintenant à la population, si vous remarquez quelque chose de suspect, prévenez-nous.

— N'oubliez pas d'appeler l'inspecteur Nastasi.

Il me souhaita une bonne journée, et je fis de même.

J'avais l'impression d'avoir pris toutes les précautions nécessaires, y compris en signalant de possibles activités terroristes dans le quartier. Ce petit bout de territoire me paraissait plus sûr que deux jours auparavant.

Cela dit, il me fallait encore trouver le fusil de chasse.

Je fouillai la cave pendant une bonne demi-heure, au milieu d'un amoncellement de cartons. Je n'en découvris aucun étiqueté « Fusil de chasse » ni même « Cendres des *boyfriends* ».

Je finis pourtant par en dénicher un sur lequel était écrit « John ». Je l'ouvris avec un cutter dégoté sur place. Je découvris des piles de lettres d'amour, des cartes, des photos et des souvenirs idiots rapportés par Susan de ses différents voyages.

Je trouvai aussi des courriels imprimés. Je pris le premier en haut de la pile. Il m'avait été envoyé à Londres par Susan, quatre ans auparavant : « John, j'ai appris avec tristesse la mort de la tante Cornelia. Je serai à New York pour les obsèques. Edward m'a appris que tu y serais toi aussi. Je voulais seulement que tu le saches. J'espère te voir là-bas. J'espère aussi que tu vas bien. Susan. »

Ma réponse suivait : « Comme te l'a affirmé Edward, j'y serai. »

Courte, sans tendresse inutile.

Pourquoi avoir imprimé ces messages ? Je comprenais à présent, douloureusement, qu'elle avait voulu me tendre la main. Mais j'étais inaccessible.

Ainsi que l'affirmaient M. Mancuso et William Shakespeare : « Tout est bien qui finit bien. » Même si nous avions inutilement perdu quelques années.

Ce courriel à la main, le fusil de chasse toujours introuvable et le passé étendant son ombre sur notre avenir radieux, je compris soudain que je devais absolument tuer Anthony Bellarosa.

Chapitre 42

Rejoignant Susan, je la trouvai, entièrement nue à l'exception de ses chaussures de jogging, effectuant des exercices de gymnastique à quatre pattes dans la roseraie, haletante. Elle s'essuya pendant que je préparais des cocktails à la cuisine. Lorsque je revins, elle m'accueillit, enveloppée dans sa serviette. Nous trinquâmes.

— À l'été.

— J'étais un peu inquiet, lui dis-je.

— Tu t'inquiètes trop.

— En fait, il y a de quoi se faire du souci.

— Je sais, mais… Que veux-tu qu'on fasse d'autre ?

— J'ai cherché le fusil de chasse à la cave. Sans succès.

— Il est peut-être ailleurs.

— Si on ne l'a pas retrouvé d'ici demain, j'irai en acheter un autre, ou un fusil automatique.

— Je suis bonne au fusil de chasse, me rappela-t-elle.

Pas mauvaise non plus avec un pistolet, mais c'était hors sujet.

— Pendant que tu faisais ton jogging, j'ai parlé avec Felix Mancuso. Il voudrait nous voir, peut-être demain. Je lui ai donné ton numéro de portable.

— Je crois qu'il est temps que tu aies le tien.

— Le problème n'est pas là.

— Tu épuises mon crédit.

— Écoute, Susan… J'aimerais bien que tu te sortes la tête du sable et que tu commences à m'aider.

— Entendu. Je ferai ce que tu m'ordonneras de faire.

C'était du baratin féminin pour ne pas dire : « Tu es un emmerdeur entêté, et moi la victime résignée de ta personnalité dominante. Je t'obéirai quand même, mon chéri. »

— N'ai-je pas suivi tes instructions en faisant mon jogging sur le domaine, en prenant mon portable et en ne portant pas de short ? Regarde-moi. À cause de toi, j'ai dû courir toute nue.

Il est difficile de se fâcher avec une belle femme nue.

— Ne suis quand même pas mes injonctions trop à la lettre.

— Personne n'aime le messager porteur de mauvaises nouvelles, répliqua-t-elle sur un ton plus sérieux. Tu es le seul messager, mais j'ai reçu le message.

— Je le sais.

— Et je t'aime parce que tu t'inquiètes pour moi.

J'avais envie d'ajouter que Felix Mancuso partageait mon inquiétude. Mieux valait que cela vienne de lui.

Nous montâmes dans la chambre.

— Courir toute nue, dit-elle, m'a donné des envies.

Nous satisfîmes donc ses envies puis prîmes une douche ensemble. Alors que nous nous préparions pour notre dîner au Creek, la sonnerie de son portable retentit. Elle regarda l'écran.

— C'est pour toi.

C'était Felix Mancuso.

— Ça vous irait, demain matin à 10 heures ?

— Parfait. Vous savez où nous sommes.

— Oui.

Il était déjà venu à deux reprises pour raisons professionnelles : une fois pour me ramener depuis Manhattan après la tentative de meurtre contre Frank Bellarosa, l'autre pour m'annoncer que ma femme venait de le tuer sur la propriété voisine.

— À demain, dis-je avant de couper la communication. Demain à 10 heures, annonçai-je à Susan. Il faudra que tu sois là.

— Bien sûr, mon chéri.

Au volant de la Lexus de Susan, je passai devant le pavillon de gardien, plongé dans l'obscurité. D'ici un jour ou deux, Nasim y installerait des gens à lui, sauf s'il se persuadait, finalement, que personne ne cherchait à l'assassiner. Mes propres inquiétudes étaient plus aisément vérifiables, et je ne voyais aucun inconvénient à l'idée de franchir un poste de sécurité pour gagner ma maison. Toutes les mesures de prévention étaient les bienvenues, même si je savais pertinemment que les tueurs d'Anthony Bellarosa pouvaient frapper n'importe où.

Le problème le plus immédiat concernait ma réadmission au Creek Country Club. Détail positif, personne n'y avait été assassiné à l'heure du dîner, même si j'avais parfois nourri des pensées meurtrières lorsque mes compagnons de table m'ennuyaient à mourir.

— Pour tout dire, ça ne m'excite pas beaucoup d'aller au Creek, dis-je à Susan.

— Tout ira bien. Tu es avec moi.

— C'est vrai.

Je m'étonnais encore que le Creek eût si facilement passé l'éponge sur l'assassinat dont elle s'était rendue coupable, alors que j'en avais été exclu pour y avoir convié à dîner un parrain de la mafia. En fait, c'était tout à fait normal. Susan n'avait fait qu'enfreindre la loi. Moi, j'avais bafoué les règles non écrites du club. En outre, elle était une Stanhope. Pour un peu, ils lui auraient offert une année d'adhésion gratuite.

Le Creek Country Club ne se trouvant qu'à dix minutes de voiture de Stanhope Hall, nous nous retrouvâmes rapidement dans l'allée bordée d'arbres menant aux installations : un parcours de golf, une plage avec cabane sur le détroit, des courts de tennis et de petites maisons d'hôtes. Le club lui-même était installé dans une vaste et ancienne demeure délicieusement surannée. Les repas y étaient bons après quelques cocktails, meilleurs encore après une ou deux bouteilles de vin. Le service laissait parfois à désirer, mais cela faisait partie du charme de cette vénérable institution, ce que j'avais tenté d'expliquer à Frank et Anna Bellarosa lorsque nous les y avions invités. Frank n'avait pas apprécié à sa juste valeur ce côté vieux jeu, cette cuisine approximative et ce service capricieux, ce qui le ravalait au rang de plouc mal dégrossi. D'autres problèmes avaient surgi ce soir-là, notamment la façon de s'habiller du couple, la remarque cinglante que Frank avait lancée à Richard, le vieux maître d'hôtel présent depuis toujours au restaurant, sans compter son désir incompréhensible et farfelu de devenir membre du club. Grâce à Dieu, les coups de feu tirés par Susan m'avaient évité un parrainage embarrassant.

Je me garai sur le petit parking, et nous pénétrâmes dans les lieux. Susan signa le registre. Nous évitâmes le bar et le salon bondé ainsi que d'éventuelles rencontres malencontreuses, pour gagner directement la salle à manger, où l'hôtesse nous désigna, dans un coin, une table pour deux avant de prendre nos commandes d'apéritifs.

Ce soir-là, les convives étaient peu nombreux. J'aperçus néanmoins quelques visages familiers, mais pas d'amis perdus de vue ni d'anciens clients.

— Tu es content de te retrouver ici ? s'enquit Susan.

— Avec toi, ma chérie, n'importe quel endroit ressemble au paradis.

— Bien. Nous emmènerons mes parents ici un soir.

— J'attends cet événement avec impatience.

— Ils m'aiment et veulent me voir heureuse.

— Nous avons donc, eux et moi, quelque chose en commun.

— Nous pourrions peut-être donner notre réception de mariage ici.

— Je ne voudrais pas que ton père se ruine à nouveau.

— Cette fois, c'est nous qui paierons.

Je me demandai qui avait payé la noce avec Dan Machin-chose.

— Faisons cela en petit comité, suggérai-je.

— N'oublie pas d'inviter les Nasim. Ils adorent les fêtes.

— Notre réception à Stanhope Hall a été le clou de la saison d'été.

Apparemment, elle avait oublié qu'il s'agissait d'une fête à thème, et que ce thème, choisi par son père, était : « Revivons la Seconde Guerre mondiale », avec rationnement de la nourriture, manque d'alcools et black-out après 22 heures.

— Ce fut une soirée inoubliable, dis-je.

— John, faisons ça au Seawanhaka ! C'est là que nous nous sommes rencontrés. Et puis tu es marin. Ce sera parfait.

Cette discussion matrimoniale me rendait nerveux. Pour y mettre un terme, je capitulai.

— D'accord.

— Magnifique ! J'appellerai demain pour me renseigner sur les dates encore disponibles.

— Appelle-moi également pour savoir si je suis libre.

Elle sourit.

La serveuse arriva avec nos verres de vin blanc et nous tendit les menus.

Nous trinquâmes.

— Tu es encore plus belle la deuxième fois.

— Tu es gentil.

Je parcourus la carte pour voir si l'on avait ajouté un plat italien depuis qu'un célèbre parrain de la mafia était venu dîner ici. Veau Bellarosa ? Boulettes de mitraillette sauce parrain ? Pâtes fusil de chasse farcies aux vraies cartouches ?

— Montre-toi raisonnable, me dit Susan.

— Je pensais à un poulet Kevlar.

— Où vois-tu ça ?

— Aux entrées. Troisième ligne.

— Il y a écrit : « Poulet Kiev ».

— Ah oui, Kiev.

Je reposai le menu.

— J'ai du mal à lire, avec cette lumière. Commande pour moi.

La serveuse revint. Susan commanda deux salades et deux cabillauds pochés. J'en avais déjà l'eau à la bouche.

Le dîner fut quand même agréable. Aucun fâcheux ne vint nous déranger. Pourtant, en sortant, je croisai, au bar et au salon, quelques membres qui, tous, nous reconnurent, sauf une dame distraite qui ressemblait à ma mère. En fait, c'était bien elle, assise en compagnie de quatre rombières de son âge. Comme elle ne m'avait pas vu, je poursuivis mon chemin vers la sortie.

Je n'avais pas croisé ma mère depuis les obsèques de la tante Cornelia, quatre ans auparavant. Nous nous étions contentés d'échanger des coups de téléphone environ une fois par mois et les habituelles cartes de vœux au moment des fêtes. Je l'avais invitée à Londres. Elle avait décliné ma proposition : comme la plupart des gens âgés d'aujourd'hui, elle était trop occupée. En réalité, elle voyageait dans des pays exotiques où elle pouvait communier avec la nature et tisser des liens avec les populations locales, toutes sages, nobles et pas encore gâtées par le matérialisme. Ma suggestion d'aller visiter l'Imperial War Museum ne l'avait donc guère enthousiasmée.

Membre fondateur du Conflicted Socialist Party, Harriet refusait par principe d'adhérer à un club privé mais n'hésitait pas à répondre à une invitation. Apparemment, depuis la mort de mon père, elle avait rejoint le club des veuves, du vin et des lamentations. J'avais déjà remarqué ce genre de vieilles dames dans le salon du Creek, sirotant leur vin ou leur sherry, évoquant leurs chers disparus avec une tendresse qu'elles ne leur avaient jamais témoignée de leur vivant.

Soudain, avant d'atteindre la porte, je m'écriai :

— Le moment est venu d'affronter la Bête.

— Qu'est-ce que tu racontes ?

— Ma mère est au salon.

— John, c'est horrible ! Allons la saluer.

Nous revînmes sur nos pas. En nous voyant, Harriet poussa un cri de joie.

— John ! John !

Elle se tourna vers ses amies.

— Les filles, c'est mon fils, John ! Ce soir, la fortune me sourit !

Ce ne furent pas ses mots exacts. En réalité, elle n'en prononça aucun, tant elle était submergée par l'émotion. Susan se pencha vers son ex et future belle-mère et elles échangèrent un baiser. Je fis de même.

— Mesdames, déclara Harriet, voici mon fils John, dont certaines d'entre vous doivent se souvenir, et son ex-épouse, Susan Stanhope, que vous devez toutes connaître. De toute façon, vous connaissez ses parents.

Elle nous présenta ensuite les quatre dames. Je me souvenais de ces veuves joyeuses et de leurs défunts maris, dont certains étaient encore en vie lors de notre dernière rencontre.

Harriet était vêtue avec l'élégance toute paysanne des années soixante-dix et avait sans doute aux pieds les mêmes sandales que lors de sa première manifestation antiguerre. C'était avant le Vietnam, donc une autre guerre, mais je n'aurais su dire laquelle. Elle avait de longs cheveux gris qu'elle devait arborer depuis sa naissance et ne portait que des bijoux fabriqués par des peuples indigènes qui, niqués par la civilisation occidentale, lui rendaient à présent la politesse.

Nous bavardâmes de choses et d'autres avec ces dames pendant une bonne minute. J'eus l'impression que des gens, au bar et aux tables, parlaient de nous. Je n'avais jamais attiré autant d'attention dans un bar depuis ma venue ici, avec les Bellarosa, dix ans auparavant.

Ma mère ne nous ayant pas invités à nous asseoir, Susan en profita pour lancer à ses amies :

— Si vous n'y voyez pas d'objection, je vais vous voler Harriet une minute.

Nous gagnâmes ensemble le vestibule. Harriet ne semblait pas autrement curieuse de ce qu'allait lui annoncer Susan.

— John a quelque chose à vous dire.

Harriet acquiesça.

— Nous allons nous remarier, annonçai-je. (Pour parfaire la bonne nouvelle, j'ajoutai :) Je quitte Londres pour m'installer ici.

Harriet se tourna vers Susan, comme pour obtenir confirmation de cette absurdité.

— Nous n'avons jamais cessé de nous aimer, dit Susan. Et John m'a pardonné.

Comme si elle avait mille fois répété cette phrase, Harriet lui demanda :

— Et vous, vous lui avez pardonné ?

— Nous avons discuté de tout le mal que nous avons pu nous faire l'un à l'autre. Tout cela appartient désormais au passé et nous sommes prêts à aller de l'avant.

Harriet nous dévisagea tour à tour.

— Eh bien, les enfants, je dois dire que c'est une surprise. Je ne sais quoi vous dire.

Allez, maman, dis seulement : « Allez vous faire foutre », et retourne auprès de tes amies.

— J'aimerais que vous soyez heureuse pour nous, murmura Susan.

— En avez-vous parlé à William et à Charlotte ?

— Nous voulions que vous soyez la première à l'apprendre, même si nous avons déjà mis Edward et Carolyn au courant. Ils sont ravis.

— Je n'en doute pas.

— N'en soufflez mot à personne avant que nous l'ayons fait nous-mêmes.

Harriet acquiesça de nouveau.

— Je ne crois pas que vos parents apprécieront votre décision, Susan.

— Nous le souhaiterions, mais nous sommes prêts à nous passer de leur approbation.

— Vraiment ?

Il fallait, bien entendu, entendre que, dans ce contexte, « apprécier » signifiait « argent ».

— John et moi avons discuté de tout cela.

— Très bien. J'espère que votre remariage ne va pas éloigner vos parents de leurs petits-enfants.

Définition d'éloigner : « Être déshérité. Suppression de la rente. Grand-papa va bidouiller le fonds de placement. » Tout cela de la part d'une femme qui n'aimait pas les fortunes héritées, sauf, bien sûr, lorsque cette vieille fortune issue de l'exploitation devait revenir à ses petits-enfants. En matière d'hypocrisie et de contradictions, Harriet était un cas d'école.

— Je ne vois pas en quoi notre remariage affecterait la relation de mes parents avec leurs petits-enfants adultes.

— Je prie pour que ce ne soit pas le cas.

— Tu n'es pas obligée d'être heureuse pour nous, dis-je, un peu agacé par ces circonvolutions, ni de nous donner ta bénédiction, ni même de venir à notre mariage. Seulement de t'occuper de ce qui te regarde.

Harriet me fixa comme si elle se demandait qui j'étais ou comment j'étais arrivé là.

— Tu deviens grossier, John.

Je continuai à l'être.

— Enfin, Harriet, la vie est trop courte pour que tu restes plantée là sans même un sourire, une embrassade ou un mot gentil pour nous.

— John…, souffla Susan.

— Nous partons. Bonsoir, maman.

Je marchai vers la porte.

— John ! s'écria Harriet.

Je me retournai. Elle s'avança vers moi, s'arrêta. Nous échangeâmes un long regard.

— Moi aussi, j'aimerais un sourire, une embrassade ou un mot gentil de ta part, murmura-t-elle.

Elle avait le chic pour passer du statut d'agresseur à celui de victime, de persécutrice à martyre, de reine des neiges à maman câlin. Je réagis comme je l'avais toujours fait depuis l'enfance. Je la serrai très fort dans mes bras. Nous nous embrassâmes et nous nous réconciliâmes. Jusqu'à la prochaine fois.

Susan souriait. Tout se termina par une étreinte générale. J'aurais donné deux ans de ma vie pour un triple scotch. Ma mère aussi.

— Cette nouvelle m'a étonnée, se défendit-elle, sans se départir de son sourire. Bien sûr, je me réjouis pour vous.

— Je n'en doute pas, répondit Susan. John est l'homme le plus merveilleux du monde ; le seul que j'aie jamais aimé.

Je n'étais pas tout à fait sûr de la dernière partie de sa phrase, et Harriet de la première. Elle s'exclama néanmoins :

— C'est merveilleux !

— Quelle joie d'être revenu ! m'exclamai-je.

Susan me lança un regard excédé puis s'adressa à Harriet.

— Nous allons vous laisser retrouver vos amies.

— Nous nous reverrons bientôt pour les obsèques.

— J'ignore si vous le savez : Ethel est tombée dans le coma.

— Je l'ai appris. Je crains que la fin ne soit proche. Ethel Allard est une grande dame.

Nous nous souhaitâmes bonne nuit. Susan et moi regagnâmes la voiture.

— Je suis soulagée que ce soit réglé, dit-elle. Ce ne sera pas facile, hein ?

— Nous devrions partir.

— Nous l'avons déjà fait. À présent, nous sommes de retour. Ensemble.

— C'est merveilleux d'être revenu.

— Ta mère avait l'air d'aller bien.

— Elle fabrique elle-même ses produits de beauté à partir de déchets médicaux. Surtout du sang et de la bile.

— John ! En dépit de leurs défauts, ils nous aiment. Tous.

— Tu as eu un aperçu de leur amour il y a deux minutes. J'ai hâte de voir la réaction de tes parents.

Elle fut un instant rêveuse.

— Et peut-être la nôtre, précisa-t-elle en souriant.

— Toi, tu mijotes quelque chose.

Nous montâmes en voiture et prîmes la route de Stanhope Hall. Après ma conversation avec Felix Mancuso, je redoutais un peu de rentrer dans la maison d'hôtes en pleine nuit. Susan, elle, était à cent lieues d'une telle crainte. Elle ne cessa de parler de notre avenir, alors que je songeais aux dix prochaines minutes.

Chapitre 43

La nuit était sombre, la lune cachée par des amas de nuages chargés de pluie. Susan conduisait. J'ouvris le portail au moyen de la télécommande. Il se referma automatiquement derrière nous.

L'allée de trois cents mètres menant à la maison d'hôtes, étroite, sinueuse et bordée d'arbres, était plongée dans l'obscurité. Insouciante, Susan accéléra.

— Ralentis.

— John…

— Stop !

Elle enfonça la pédale du frein.

— Qu'est-ce que… ?

Je coupai les phares.

— Redémarre. Doucement.

Elle me regarda, intriguée, puis sembla comprendre et se mit à rouler doucement, faisant crisser les graviers sous les pneus.

— Quand je pense qu'on en est là, chuchota-t-elle.

— Nasim agit de même tous les soirs.

Je lui demandai son portable, composai le numéro d'urgence, le 911, mais n'appuyai pas sur la touche envoi.

La maison d'hôtes apparut à une centaine de mètres sur la gauche. On distinguait également les lumières de Stanhope Hall, environ quatre cents mètres plus loin. Si Nasim observait le domaine à la jumelle, il pouvait nous prendre pour des tueurs.

Je vis alors des lumières allumées à l'intérieur de la maison, et deux à l'extérieur : une au-dessus de la porte d'entrée, l'autre sur un pilier en pierre marquant le tournant de l'allée de Stanhope Hall. Susan quitta l'allée principale pour celle de notre maison.

— Fais le tour de la cour de devant, dis-je.

Elle obtempéra, et l'avant du SUV se retrouva face à l'allée.

Je lui rendis son téléphone portable.

— Je vais jeter un œil à la maison. Toi, tu restes dans la voiture, prête à repartir à toute allure et à appeler le 911. Et appuie sur la touche d'alerte de ton clavier.

— Écoute, John, si tu crois qu'il y a un danger, allons passer la nuit à l'hôtel.

— Je ne crois pas qu'il y ait de danger, mais il faut prendre des précautions normales.

— Ça, ce n'est pas normal.

— Maintenant, si. Reste ici, ajoutai-je en souriant, et sois vigilante.

— John…

Je descendis du SUV, gagnai la porte d'entrée pour vérifier qu'elle était bien verrouillée puis empruntai le sentier menant à la roseraie pour voir si des fenêtres avaient été ouvertes ou brisées.

Je me rendis ensuite dans le patio, à l'arrière, pour procéder aux mêmes vérifications, jetai un coup d'œil à l'intérieur.

En gagnant l'autre côté de la maison, je sentis un mouvement dans l'obscurité et me figeai sur place.

J'avais laissé une lampe allumée dans le salon. Sa lumière éclairait une portion de la pelouse. Une silhouette apparut. C'était Susan.

— Tout a l'air normal de ce côté, me dit-elle.

— Je t'avais dit de rester dans la voiture !

— J'y suis restée. Et puis je suis descendue. Tu étais parti trop longtemps.

J'étais à la fois furieux contre elle et impressionné par son courage. Susan n'était pas timide. Elle n'acceptait pas facilement qu'on lui donne des ordres et n'avait guère de patience envers les hommes qui cherchaient à la protéger. J'avais souvent constaté cela en mer, ou lors de nos promenades à cheval.

— À l'armée, répondis-je, j'ai appris qu'on doit obéir aux ordres et ne faire que ce que l'on m'a dit de faire, de façon que personne ne soit pris par surprise. Si j'avais eu une arme, j'aurais pu te tuer.

— Attends qu'on soit mariés.

Voyant que le raisonnement logique ne menait à rien, j'abandonnai et ouvris la porte de la cuisine.

— Attends-moi ici.

J'allai directement dans le vestibule pour m'assurer que la porte de la cave était verrouillée, avant d'inspecter rapidement le rez-de-chaussée en allumant la lumière. La maison était vaste, et je n'avais pas l'intention de vérifier chaque pièce à chacun de nos retours. En attendant, jusqu'à ce que la police ait parlé à Anthony Bellarosa, que je me sois entretenu avec Felix Mancuso et que nous ayons un fusil, je comptais le faire, au moins le soir. Cela permettrait également à Susan de prendre conscience de la réalité.

Elle ne m'attendit pas dehors. Je tombai nez à nez avec elle dans le vestibule.

— Ne bouge pas d'ici !

Je montai inspecter les cinq chambres à l'étage, redescendis et la trouvai dans le bureau. Apparemment, nous avions un problème avec le mot « ici ».

Elle consultait ses courriels.

— Mes parents prennent l'avion demain. Edward sera là mardi soir, et Carolyn me demande de la prévenir de la mort d'Ethel : elle viendra en train pour la veillée funèbre.

— Très bien.

Le témoin du répondeur clignotait. J'appuyai sur la touche. La voix d'Elizabeth, lasse et tendue, retentit dans l'appareil.

— Maman est morte à 20 h 15 ce soir. Je vous appellerai demain pour la suite. Merci encore pour votre amitié, qui m'est précieuse.

Après un long silence, Susan composa un numéro. J'entendis l'annonce enregistrée par Elizabeth sur son répondeur.

— Elizabeth, dit Susan, nous venons d'avoir ton message. Nous sommes très tristes. Sache qu'elle est maintenant en paix, auprès de Dieu. Si nous pouvons faire quoi que ce soit pour la cérémonie, n'hésite pas à nous joindre.

— Dis-nous si tu veux que nous nous retrouvions à la chambre mortuaire, ajoutai-je dans le micro du téléphone. Ne fais pas cela toute seule. Nous avons envie de t'aider.

Susan raccrocha.

— Je me souviens de la mort de George, murmura-t-elle. J'avais l'impression qu'une époque se terminait… et qu'une partie de mon enfance s'en allait avec lui.

— Un verre ? proposai-je en gagnant le bar.

— Oui. N'importe quoi.

Je servis deux cognacs pendant qu'elle envoyait des courriels pour annoncer la mort d'Ethel. Je lui donnai son verre et nous trinquâmes.

— À Ethel, dit-elle.

— Elle m'a ramené chez nous, répondis-je.

— Je lui avais demandé de plaider ma cause.

— Je sais. Elle l'a fait.

— C'était très égoïste de ma part de demander ça à une femme qui allait mourir.

— Je crois qu'elle a été heureuse de le faire.

— Je le crois aussi.

Nous montâmes nos verres dans la chambre, nous déshabillâmes et nous mîmes au lit.

Après que nous eûmes parlé et lu un peu tous les deux, Susan s'endormit. Je descendis alors à la cave pour chercher encore le fusil de chasse. En vain. Je dénichai un long couteau à découper dans la cuisine, remontai dans la chambre, verrouillai la porte et poussai la commode contre le battant.

Ensuite, assis dans le lit, je songeai à la succession d'événements qui m'avaient conduit dans cette chambre, avec un couteau sur ma table de nuit.

Cela aurait pu être pire. J'aurais pu mourir en mer. Ou, pis encore, me marier. Cela aurait pu aussi mieux tourner. Frank Bellarosa aurait trouvé le restaurant de Glen Cove, dix ans auparavant, sans jamais apercevoir ni l'Alhambra ni Susan Sutter.

Mais les choses se passent et ne se passent pas, les gens vivent et les gens meurent, et, en fin de compte, il faut cesser de se demander toujours pourquoi et anticiper plutôt le prochain mouvement de celui qui a décidé de vous flinguer.

J'éteignis la lampe mais restai éveillé toute la nuit.

Chapitre 44

Il plut jusqu'au matin, ce qui m'empêchait d'entendre si quelqu'un tentait de pénétrer dans la maison.

Assis dans le lit, je contemplai Susan, endormie à mes côtés. Cela me paraissait toujours incroyable. Et plus incroyable encore qu'on cherchât à la tuer.

La nuit avait été longue. Les mots de Felix Mancuso m'obsédaient : « Il faut qu'elle ait peur. » Je ne me priverais pas de lui dire, quand il viendrait, qu'il m'avait empêché de dormir. Susan, elle, n'avait rien à lui reprocher.

Je ne suis pas du genre paranoïaque. Au cours de mon tour du monde à la voile, j'avais été un des rares navigateurs à ne pas avoir de fusil à bord. Quelques marins avaient même refusé de naviguer avec moi à cause de ça.

Une fois, cependant, au large des côtes somaliennes, je dus avoir recours au pistolet lance-fusée. Avec succès, mais il s'en fallut de peu. Après cet épisode, retour à la réalité : je fis l'acquisition d'un AK-47 à Aden, où l'on en trouve plus facilement et pour moins cher qu'une bouteille de scotch. La réalité, ça craint, mais avoir la tête dans les nuages peut être fatal.

L'aube était grise mais bienvenue. Bien sûr, on peut être assassiné à n'importe quelle heure. Pourtant, un instinct primitif nous pousse à rester vigilant quand tout le monde dort. La plupart des prédateurs chassent la nuit.

Je me levai, enfilai ma robe de chambre et redescendis à la cave. Après un quart d'heure de recherche, je dus me rendre à l'évidence : soit le fusil était resté à Hilton Head, soit les déménageurs l'avaient volé. Dieu bénisse le deuxième amendement à la Constitution et les armureries. Même dans un souk d'Aden, je n'aurais pas eu plus de facilité à me procurer une arme.

Cela dit, en dépit de mon droit constitutionnel à en porter une, il était difficile d'obtenir une licence pour une arme dissimulée, pistolet ou revolver. Or il nous en fallait une en dehors de la maison. À coup sûr, Anthony Bellarosa et la Cosa Nostra n'avaient pas le même problème.

Au rez-de-chaussée, je trouvai Susan assise à la table de la cuisine, vêtue d'un tee-shirt blanc qui mettait en valeur son bronzage. Elle lisait un magazine féminin, tout en ingurgitant d'un air absent des vitamines qu'elle faisait passer avec un jus de carotte de la même couleur que ses cheveux.

Elle leva les yeux de sa lecture.

— Bonjour.

Je manquais de sommeil, j'étais furieux de ne pas avoir retrouvé le fusil. Mon humeur s'en ressentait. Je ne répondis pas.

— Que faisais-tu à la cave ?

— J'essayais tes robes d'hiver.

— C'est trop tôt.

Je me versai une tasse du café chaud qu'elle avait préparé.

— Bois aussi un jus de carotte, suggéra-t-elle.

— Merci. J'ai déjà pris une injection de jus de la treille.

— Là, c'est vraiment trop tôt !

— Tu es sûre d'avoir rapporté le fusil de Hilton Head ?

— Oui, et je me rappelle maintenant où je l'ai mis.

— Bien. Où ça ?

— Au grenier.

— Tu m'avais dit à la cave, Susan !

— Bah, la cave, le grenier, c'est pareil.

— Ah ! Donc, si je vais au grenier…

— Je l'ai déjà fait, dit-elle en me montrant le placard à balais. Il est là-dedans.

J'ouvris le placard et découvris un étui à fusil entre un balai et une serpillière.

Je sortis le fusil de chasse de son étui, m'assurai que le cran de sûreté était enclenché avant de l'examiner.

C'était un fusil italien de calibre .12 à double canon juxtaposé, de marque Beretta. Sur la crosse en noyer était fixée une plaque de cuivre portant le nom Susan Stanhope Sutter. La bascule nickelée s'ornait d'une fine gravure en or à motif floral. Ce modèle valait, au bas mot, dix mille dollars. Peut-être était-ce un cadeau de Sally Da-da, pour remercier Susan d'avoir buté Frank Bellarosa.

Elle me détrompa.

— Dan me l'a offert avant notre mariage, lorsque je me suis inscrite au club de tir local.

Apparemment, Dan ignorait ce qui était arrivé à son dernier amant.

— Tu peux le vendre et en acheter un autre, si tu préfères, suggéra-t-elle.

Ce fusil avait-il une valeur sentimentale pour elle, tendres souvenirs de Dan abattant des pigeons d'argile ou tirant le canard ?

— Il ne chassait pas, précisa-t-elle, mettant fin à mes interrogations. Il n'arrêtait pas de jouer au golf.

— Ton nom est gravé sur la crosse. On peut le garder.

Elle haussa les épaules et retourna à son magazine.

J'ouvris le fusil pour m'assurer qu'elle n'avait pas laissé de cartouches et vérifiai les canons. Ils étaient propres mais auraient probablement besoin d'être graissés.

— Quand l'as-tu utilisé pour la dernière fois ?

— Il y a deux ans, répondit-elle sans lever les yeux de son magazine.

— Ç'aurait été bien de l'avoir hier soir.

Pas de réponse.

— Tu as un nécessaire de nettoyage ? demandai-je.

— Je ne l'ai pas retrouvé.

— Des cartouches ?

— Je vais les chercher.

La veille au soir, ce fusil n'aurait pas servi à grand-chose.

— Aujourd'hui, j'irai dans un magasin de sport.

Toujours pas de réponse. Je remis le fusil dans son étui.

— On devrait prendre un chien, ajoutai-je.

— J'en avais un.

— Il est au grenier ?

— Un chien, ça représente beaucoup de travail. Pourquoi en veux-tu un ?

Visiblement, nous n'étions pas sur la même longueur d'onde.

— Pour des raisons de sécurité.

— Ah, alors attendons le départ de tout le monde, après les obsèques. Mes parents n'aiment pas les chiens.

Leurs rats domestiques non plus.

— Ils ne logeront sans doute pas ici.

— Cela t'ennuierait ?

— Ça m'étonnerait beaucoup qu'ils restent.

Elle jeta son magazine de côté.

— Tu sais, John, je ne crois pas qu'ils vont réagir aussi mal que tu le penses.

— Je serais ravi du contraire.

— Ai-je bien entendu ?

J'eus soudain l'horrible sentiment d'entamer le premier jour du temps qui me restait à vivre.

— Laisse tomber tes saletés de vitamines, veux-tu ?

Je m'apprêtais à ouvrir le réfrigérateur afin de voir ce qu'il y avait pour le petit déjeuner quand elle me dit :

— Pour ta peine, tu devras manger ça.

Je me retournai. Allongée sur la table, elle relevait son tee-shirt sur ses seins.

J'avais dans l'idée de croquer un muffin anglais. Mais, tout bien réfléchi…

Après mon petit déjeuner vitaminé, Susan, le fusil de chasse et moi montâmes dans la chambre.

— Sophie doit venir aujourd'hui, me dit-elle. Pourquoi ne pas remettre le fusil dans ton placard ?

— D'accord.

Je le posai contre le mur, derrière la porte du placard. Je lui indiquai l'endroit et allai prendre une douche.

Elle m'y rejoignit, puis nous nous lavâmes le dos l'un l'autre.

— Utiliser tes charmes pour me diriger à ta guise ou pour modifier mon comportement, ce n'est pas juste.

— À la guerre et en amour, tout est juste.

— Je saurai m'en souvenir.

— En plus, ça marche.

Elle glissa doucement la main entre mes jambes, me caressa et sortit de la douche.

Tandis que nous nous habillions, elle me demanda :

— Pourquoi cette visite de Felix Mancuso ?

— Pour voir si le FBI serait compétent sur cette affaire.

Elle se tut un instant.

— Il ne m'aime pas, lâcha-t-elle enfin.

— Rien de personnel. C'est un réflexe professionnel.

— Moi, je crois que c'est personnel.

Le moment était venu de remuer la boue du passé. De toute façon, c'est ce qu'allait faire Mancuso.

— Tu as tué son témoin clé. Or le FBI n'a pas souvent l'occasion de faire parler un type comme Frank Bellarosa. Perdre un témoin placé sous sa responsabilité n'a pas aidé l'agent spécial Felix Mancuso dans sa carrière.

— Il refusait d'autoriser mes visites.

Je le savais. Mais j'étais surpris qu'elle le sache, et même qu'elle accepte d'y faire allusion. Apparemment, le temps des révélations était venu. Quant aux réticences de Felix Mancuso à autoriser les visites de Susan à Frank Bellarosa, elles étaient dues autant à son éthique professionnelle qu'à ses conceptions morales et, peut-être, à sa sympathie envers moi, sympathie que ne partageaient pas tous ses collègues.

Toutefois, au lieu de dire à Susan que saint Felix la considérait comme une traînée et une groupie de la mafia, j'aiguillai la conversation sur le côté professionnel.

— Mancuso n'a pas beaucoup apprécié, non plus, que tu t'en sois tirée sans condamnation.

— Ce fut surtout la faute de ses supérieurs, rétorqua-t-elle, à ma grande stupeur. J'étais prête à payer le prix de mon acte.

Je ne doutais pas de ses paroles. Elle avait raison. Si le ministère public avait choisi de ne pas poursuivre, elle n'y était pour rien. La justice agit toujours dans l'intérêt de l'État. Cela l'oblige parfois à étouffer certaines affaires embarrassantes et à laisser filer les coupables. Je me dis alors que si elle était passée en procès pour meurtre, à l'heure présente, elle sortirait tout juste de prison. Et, à coup sûr, je n'aurais pas divorcé. Je l'aurais attendue. Mais j'aurais peut-être quand même effectué ce périple à la voile autour du monde…

Je finis de m'habiller et abordai un autre sujet déplaisant.

— Les prochains jours vont être éprouvants, dis-je, songeant aux obsèques d'Ethel, aux nôtres si nous ne prenions pas garde et à l'arrivée de ses parents. Il faudra qu'on parle, ajoutai-je.

Elle hocha la tête.

— J'ai fait un rêve très triste dans lequel figurait Ethel. Elle était assise, toute seule. Elle pleurait. Je lui demandais pourquoi elle était triste. Elle me répondait : « Tout le monde est mort. » Je tentais de la réconforter. Mais elle n'arrêtait pas de pleurer. Je sanglotais à mon tour. J'avais le sentiment… d'être toute seule… Je murmurais : « Je vais appeler John. »

Elle me regarda. Elle était au bord des larmes. Je la pris dans mes bras.

— Tu n'es pas toute seule.

— Je sais. Mais je l'ai été pendant tant d'années… C'était horrible.

Nous descendîmes à la cuisine pour prendre un café, lire le *Times*, attendre Sophie, Felix Mancuso, William et Charlotte Stanhope, et tout ce que la journée nous réservait.

Chapitre 45

Sophie, la femme de ménage, arriva à 8 heures, le professeur de gymnastique personnel de Susan, un androgyne nommé Chap, à 8 h 30. Les jardiniers se pointèrent à leur tour pour travailler sous la pluie, l'UPS livra quelque chose à 9 h, le facteur apparut à 9 h 15, le blanchisseur à 9 h 30. Le tueur de la mafia allait devoir patienter dans le vestibule.

Toute la matinée, le téléphone ne cessa de sonner. Après sa séance de mise en forme, Susan passa quelque temps dans son bureau, à téléphoner et à envoyer des courriels. La plupart de ses communications avaient trait à la veillée funèbre et aux obsèques d'Ethel. Elle s'entretint plusieurs fois avec Elizabeth et effectua les démarches auprès des pompes funèbres. De mon côté, j'appelai la chambre mortuaire, le fleuriste, quelques sociétés de limousines, sauf Bell Car Service. Je faillis suggérer à Susan de prévoir deux fosses supplémentaires au cimetière Stanhope pour William et Charlotte, mais elle aurait pu mal prendre la chose. Je songeai également à lui sortir une de mes blagues favorites : « Que fait-on quand on rate ses beaux-parents ? On recharge et on tire à nouveau. »

Cela me fit penser à acheter des cartouches. Je lui rappelai de réserver un cottage pour ses parents au Creek.

— Voyons d'abord s'ils acceptent de partager notre toit, répondit-elle.

— À quelle heure doivent-ils arriver ?

— Je te l'ai dit cinq fois : ils atterrissent à l'aéroport La Guardia à 15 h 15 et devraient être ici vers 17 h. Nous prendrons un verre, nous discuterons… de tout.

— Très bien.

Où as-tu mis la mort aux rats ?, pensai-je.

— À quelle heure est la veillée, ce soir ?

— Ça aussi, je te l'ai dit. De 7 à 9.

Apparemment, Ethel avait fait en sorte que personne ne puisse manquer l'ultime hommage qui lui était dû.

— La messe d'enterrement doit avoir lieu samedi à 10 heures, ajouta Susan. Tu veux que je te l'écrive ?

— Non. Tu es là, ma chérie.

— Dimanche, c'est la fête des Pères. Comme nous serons tous réunis ce jour-là, j'ai proposé à mes parents et aux enfants de dîner à la maison.

Elle semblait plus optimiste que moi. Je répondis :

— C'est très délicat de ta part. Tu as averti tes parents de ma présence ?

— Ils savent par les enfants que tu es revenu pour l'enterrement et que tu vis dans le pavillon de gardien.

— Ce n'est plus le cas.

— Ils l'ignorent encore.

— D'accord. Et s'asseoir en ma compagnie au dîner de la fête des Pères ne leur pose pas de problème ?

— Ils pensent qu'Edward et Carolyn souhaitent que nous soyons réunis pour l'occasion. Je leur ai dit que j'étais d'accord.

— Je vois. Quand donc vas-tu leur apprendre que je vis ici et que je dors avec toi ?

— À leur arrivée. Le mieux est de les mettre devant le fait accompli.

Avec un peu de chance, cela pouvait entraîner un infarctus, ce qui économiserait une cartouche.

— Très bien. Agis à ta guise.

— Tu crois que je devrais inviter ta mère ? Ou est-ce que cela la rendrait triste après la mort de ton père ?

— Elle sera comblée ! clamai-je, débordant d'enthousiasme. J'attends avec impatience ce repas avec elle et tes parents.

Elle me dévisagea d'un air dubitatif.

— Tu pourras supporter tout ça ?

— La réponse gît dans les Martini.

— Je compte sur toi, John, pour donner le bon exemple à Edward et Carolyn.

— Tu peux, ma chérie. Ton père et moi nous installerons à chaque bout de la table et chanterons en duo : « Oh, mon papa/C'était un papa merveilleux. »

Elle paraissait sceptique. Je me sentis obligé d'ajouter :

— En ce jour de fête, j'honorerai ton père, Susan, parce qu'il m'a donné l'être que j'aime : toi.

— Tu es adorable, John. Nous devons le faire, pour Edward et Carolyn. Si tu dois te mordre la langue de temps en temps, tes enfants t'en respecteront d'autant plus. Et si mon père se montre déplaisant, eh bien, c'est son problème.

— Ça l'a toujours été.

— Je t'en prie, évite, comme la dernière fois, de ruminer ta rancœur en silence et d'exploser à la fin en le traitant de je ne sais plus quoi.

— De connard sans principes, de…

— C'est bon, John. Et tu m'as promis de présenter tes excuses.

— Je guette ce moment avec impatience.

— John… C'est pour les enfants. Je ne redoute pas leurs émotions. Je pense à leur rente annuelle.

— Je sais exactement ce que tu as en tête. Mais tu ne crois pas que tes parents vont les punir financièrement à cause de nous ?

— Je préfère ne pas l'envisager.

— Aurons-nous le plaisir d'avoir la visite de ton frère en cette triste et joyeuse circonstance ?

— Peter n'assistera pas à l'enterrement d'Ethel. Mais il essaiera d'être là pour la fête des Pères.

— Magnifique. Où travaille-t-il, en ce moment ?

— Aux Bahamas.

— Qu'est-ce qu'il fait ?

— Du surf.

— Bien sûr. S'il part aujourd'hui et capte les bonnes vagues, il pourra être ici dimanche.

Je crus l'avoir fâchée, mais elle sourit.

— Les Stanhope excitent toujours autant ta verve.

Vous n'avez encore rien vu, madame… Je préférai changer de sujet.

— Felix Mancuso ne va pas tarder à arriver. À mon tour de compter sur toi pour mettre de côté ton ressentiment envers lui et te montrer agréable et coopérative. Exactement comme je le ferai avec tes parents.

— D'accord. C'est le moment pour tous les deux d'en finir avec le passé. Ou, du moins, de le laisser derrière nous.

— Tu parles d'or.

La sonnette retentit à 10 heures précises. Je fis entrer l'agent spécial Felix Mancuso.

Nous échangeâmes une poignée de main. Lorsqu'il ôta son chapeau, je constatai que sa calvitie n'avait guère progressé en dix ans. Toutefois, les cheveux qui lui restaient avaient viré du noir au poivre et sel. Quand il s'occupait de la Cosa Nostra, ses costumes italiens étaient toujours plus élégants que ceux des malfrats. Maintenant qu'il traquait les terroristes, son complet, sa chemise et sa cravate n'avaient rien de particulier. Il pouvait aisément se fondre dans la foule new-yorkaise.

Susan se trouvait dans la cuisine : je lui avais demandé de me laisser dix minutes seul avec Mancuso. Je le conduisis donc dans mon nouveau bureau et l'invitai à s'asseoir dans mon vieux fauteuil club en cuir. Tandis que je prenais place sur ma chaise tournante et que je coupais la sonnerie du téléphone, il examina rapidement la pièce.

— Vous avez une belle maison. C'était le domaine de votre femme ?

— Disons plutôt sa demeure ancestrale.

Il sourit.

— Elle possède cette villa et cinq hectares de terrain. La grande maison et la plus grande partie du domaine appartiennent à présent à M. Amir Nasim, qui, ainsi que je vous l'ai dit, affronte un certain nombre de problèmes qui pourraient vous intéresser.

Mancuso ne releva pas l'allusion.

— Je vous souhaite bonne chance ici. Il doit être agréable de se retrouver chez soi.

— Oui, mis à part mon voisin de l'Alhambra.

Il opina.

Il était déjà venu ici deux fois : d'abord pour me proposer de me ramener à l'issue de la fusillade chez Giulio, ensuite pour m'accompagner à l'Alhambra après le carton réussi de Susan. À ce propos, il me fallait dissiper quelques malentendus.

— Ma femme craint que vous n'éprouviez un certain ressentiment à son égard.

— C'était le cas autrefois, reconnut-il avec franchise. Depuis notre dernière rencontre, je suis devenu plus réaliste.

Et sans doute moins idéaliste, pensai-je. Surtout après que sa carrière eut souffert à cause d'un événement dont il n'était pas responsable. Finalement, Susan s'en était mieux tirée que lui, ce qui prouvait, une fois encore, que la vie est injuste.

— Je crois que, cette fois-ci, Mme Sutter se montrera plus coopérative.

— Je suis heureux de l'apprendre. Sachez quand même que mes sentiments personnels n'ont jamais interféré avec mes obligations professionnelles.

— Vous savez que ce n'est pas vrai, rétorquai-je, poursuivant dans le registre de la franchise. Cela pourrait néanmoins se révéler positif. Par exemple, j'ai apprécié l'intérêt personnel que vous m'avez témoigné au regard de mes relations avec Frank Bellarosa. Mme Sutter aurait pu, elle aussi, bénéficier de vos conseils.

Il réfléchit un instant.

— Vous avez raison. Cependant… c'était à vous de le faire.

— Là, c'est vous qui avez raison. Toutefois, allons plus loin. Elle aurait dû insister pour que je n'aie pas de liens avec Frank Bellarosa. Or elle m'y a encouragé.

Cette révélation ne sembla pas le surprendre, probablement parce qu'il avait déjà longuement réfléchi à la dynamique du triangle John-Susan-Frank.

— À un moment donné, dit-il, quand il ne s'agissait plus d'une sorte de transgression amoureuse pour vous deux… Eh bien, c'est à ce moment-là que vous auriez dû vous aider l'un l'autre, et sauver votre mariage.

— Sans oublier nos âmes. Lorsque nous avons pris conscience de cela, monsieur Mancuso, il était déjà trop tard.

— C'est le cas, en général.

— Ma femme a tout tenté pour que je n'adresse même pas la parole à Anthony Bellarosa.

— Je suis heureux d'apprendre qu'au moins l'un de vous deux a tiré les leçons de cette histoire, conclut-il avec un grand sourire.

— Nous en avons tous tiré des leçons.

Le bourdonnement de l'Interphone retentit. Je décrochai le récepteur.

— Puis-je faire mon entrée solennelle ? s'enquit Susan.

Je me félicitai de n'avoir pas branché le haut-parleur, ce que je ne fais d'ailleurs jamais lorsque Susan est au bout du fil.

— Oui. Et demande à l'un des domestiques de nous apporter du café.

— Le dernier est parti il y a trente ans. Je vais quand même voir ce que je peux faire.

— Merci. D'ici cinq minutes.

Je raccrochai, me tournai vers Mancuso.

— Nous n'avons pas de domestique pour l'instant. Mme Sutter va quand même nous apporter le café.

Il sourit à nouveau.

— Je n'ai jamais compris comment deux personnes de votre milieu ont pu se trouver mêlées à l'univers de Frank Bellarosa.

— J'avoue ne pas avoir de réponse.

— Peut-être parce que le mal est séduisant. Il me semble vous l'avoir déjà dit.

— Oui. Ajoutez à cela un peu d'ennui et vous avez au moins une partie de l'explication. Là, je parle pour moi. Je ne sais pas avec exactitude ce qui a poussé ma femme à se comporter comme elle l'a fait.

— Le lui avez-vous demandé ?

— Pas directement. Vous pouvez le faire, si cela vous intrigue. C'est probablement une histoire sexuelle.

Il n'eut pas l'air choqué, alors qu'il l'aurait certainement été si je lui avais affirmé qu'il s'agissait aussi d'amour.

— L'adultère est le symptôme d'un problème plus profond, murmura-t-il.

— Possible. Cependant, pour paraphraser Freud, parfois, l'adultère n'est que l'adultère. Qu'est-ce que ça change, maintenant ?

— Monsieur Sutter, savoir et comprendre est la première étape vers une véritable réconciliation. Surtout, il est absolument essentiel que vous sachiez qui vous êtes tous les deux et ce que vous pardonnez.

Visiblement, il pratiquait toujours la psychologie et le conseil spirituel, et avait ajouté le conseil conjugal à sa panoplie.

— Je ne voudrais pas me montrer irrespectueux, dis-je, mais avez-vous une autre formation en dehors du droit et des techniques de police ?

Il ne parut pas choqué par ma question et me répondit volontiers.

— J'ai passé deux ans au séminaire, avant de comprendre que ce n'était pas ma vocation.

Cela ne me surprit qu'à moitié. J'ai connu plusieurs avocats, des juges et quelques policiers catholiques qui avaient, dans leur jeunesse, été attirés par la prêtrise.

— Qu'est-ce qui vous a fait admettre que vous n'aviez pas la vocation ?

— Les tentations de la chair étaient trop grandes.

— Je peux le comprendre.

Je faillis lui suggérer de rejoindre l'Église épiscopalienne et de donner une nouvelle chance à sa vocation initiale, mais il changea de sujet.

— Si vous me permettez une dernière remarque à propos de ce qui s'est produit il y a dix ans… Durant toutes les années que j'ai passées à lutter contre le crime organisé, j'ai rarement rencontré sociopathe aussi charismatique et possédant autant de charme que Frank Bellarosa. Si cela peut vous consoler, je dirai que votre femme et vous avez été séduits par un maître en manipulation.

— Cela me console énormément.

— Bah, prenez-le pour ce que ça vaut.

Mancuso semblait envisager l'histoire humaine comme une lutte entre le bien et le mal, avec Frank Bellarosa en incarnation de Satan. Cela n'expliquait pas l'amour qu'avait éprouvé Frank pour Susan ni le geste généreux et honorable qu'il avait eu envers moi, et qui avait causé sa mort.

Je revins au problème présent.

— Anthony Bellarosa n'est ni aussi complexe, ni aussi charmeur, ni même aussi intelligent que son père.

— C'est vrai. Voilà pourquoi il est bien plus susceptible de recourir à la violence quand il se sent frustré ou quand on le défie.

— Très juste. Il est plus proche de Caligula que de Machiavel.

Mancuso approuva en souriant.

— Son surnom, qu'on ne prononce jamais en face de lui, est « Petit César ». Je crois que c'est l'adjectif « petit » qui le fâcherait, pas « César ».

— Nous avons eu, lui et moi, quelques discussions sur le déclin et la chute de l'Empire romain.

Un peu étonné qu'il ne saisisse pas la balle au bond, je poursuivis :

— C'était lors d'un dîner dans un restaurant chinois de Glen Cove.

Il ne réagit pas davantage.

— Nous étions surveillés ? hasardai-je.

— J'ai pu lire la déposition que vous avez faite auprès de la police.

— Je vois.

Je n'avais pas mentionné ce détail dans ma déposition. Cela venait donc sans doute de la serveuse. Comme Mancuso ne confirmait ni n'infirmait mes soupçons, je passai à autre chose.

— Vous m'avez dit qu'il fallait que Susan ait peur. Eh bien, cela m'a valu une nuit blanche.

— Je ne voulais pas que vous preniez cela à la légère. J'espère que Mme Sutter, elle, n'a pas pris ça trop à cœur.

— Elle ne se rend absolument pas compte qu'Anthony Bellarosa est peut-être un psychopathe. J'aimerais que vous lui ouvriez les yeux… sans exagérer, bien sûr.

— Son absence d'inquiétude m'intrigue.

— Question de caractère. Et d'éducation.

— C'est-à-dire ?

— Disons qu'elle a vécu une existence dorée, à l'abri de tout, comme un dodo dans une île isolée du monde. Elle ne sait donc pas du tout à quoi ressemble le danger. Elle n'en a pas la moindre idée.

— Le pays tout entier était dans cet état d'esprit avant le mois de septembre de l'année dernière.

— Intéressante analogie.

— J'ai pu prendre connaissance du dossier psychiatrique de Mme Sutter, établi par le ministère de la Justice, ainsi que de celui fourni par les psychiatres désignés par sa famille. C'est… intéressant.

Je n'en doutais pas. Je savais aussi qu'il ne pouvait en dire plus.

— Son état mental d'il y a dix ans ne m'intéresse pas. Ce qui me préoccupe, c'est son attitude actuelle face au danger qu'elle court. Je crois qu'il s'agit davantage d'un problème de personnalité que d'une histoire de conflits psychiques ou d'inconscient. Encore une fois, je souhaiterais que vous lui ouvriez les yeux.

Il hocha la tête.

— Je dresserai un état de la situation et lui ferai part de mon opinion sur la menace qui pèse sur elle.

— Pourquoi ne pas me la donner tout de suite ?

— J'aimerais entendre ce que vous et votre femme avez à dire avant de vous indiquer un niveau d'alerte. Sachez, en tout cas, que j'ai fait un exposé sur cette affaire à l'académie de police.

— Vraiment ? J'espère que vous n'avez pas été trop sévère avec les Sutter.

Il ne répondit pas directement.

— Il y avait tant d'interrogations… Je n'ai pas pu répondre à toutes.

— Moi non plus.

— Cela nous fournit l'occasion de revoir quelques problèmes et deux ou trois questions restées en suspens.

— Cela ne m'enchante guère, monsieur Mancuso. Mais on n'échappe pas au passé.

— Non. Il vient toujours réclamer son dû.

Avant que j'aie pu répondre, Susan ouvrit la porte et lança :

— Le passé est de retour !

Chapitre 46

Felix Mancuso et moi nous levâmes en même temps.

— Susan, tu te souviens de l'agent spécial Mancuso ?

Elle lui tendit la main en souriant.

— Bien sûr. Merci d'être venu.

— Je me réjouis de pouvoir rendre service à nouveau.

À mon avis, elle n'avait guère apprécié ses services la fois précédente, et tous deux le savaient. La plaisanterie terminée, elle fit signe à Sophie, qui entra en poussant un chariot roulant avant de se retirer.

Susan nous invita à nous servir puis s'installa sur le canapé tandis que nous reprenions nos sièges.

Elle était vêtue à la façon des indigènes de la Gold Coast : pantalon beige, chemisier blanc, blazer bleu. Il ne lui manquait plus qu'une croix autour du cou.

Peut-être en faisions-nous trop vis-à-vis de Felix Mancuso, bourgeois pétri de morale catholique, pour tenter de faire oublier l'adultère de Susan et mon travail pour la pègre. Mais l'homme semblait sincère dans ses croyances, et j'étais persuadé que nous partagions la plupart de ses valeurs ainsi que sa piètre opinion sur notre conduite passée. De toute façon, le moment était venu d'affronter de nouveaux problèmes.

— Ai-je manqué quelque chose d'important ? demanda Susan.

— Pas vraiment, répondis-je. Nous abordions de nouveau la façon dont toi et moi avions bousillé nos vies.

— Je suis soulagée de n'avoir rien manqué de trop important.

Tout le monde sourit.

— Je vous souhaite à tous les deux bonne chance et bonheur pour votre nouveau mariage, dit Mancuso.

— Merci. C'est très gentil de votre part, repartit Susan.

Elle était d'humeur lady Stanhope, ce qui n'était pas forcément une bonne idée avec Felix Mancuso. Peut-être cherchait-elle à faire oublier leur dernière rencontre, lorsqu'elle était menottée, ce qui diminuait singulièrement sa stature. Sans parler du fait qu'elle pleurait, qu'une policière la rudoyait et que le corps de son amant gisait sur le sol à la vue de tous.

— Ainsi que je l'ai expliqué à M. Sutter au téléphone, commença Mancuso, je n'appartiens plus à la brigade de lutte contre le crime organisé. Toutefois, en raison de mon implication dans l'enquête sur les faits qui sont à l'origine des menaces qui nous préoccupent, et parce que M. Sutter m'a appelé directement, le FBI m'a chargé d'examiner cette affaire et d'évaluer la possibilité d'une intervention. Selon les éléments en notre possession, ce cas semble relever de la seule police d'État : des menaces personnelles sans lien direct avec le crime organisé, hormis l'implication éventuelle de M. Anthony Bellarosa dans ces activités criminelles. Soyez néanmoins assurés qu'au cas où elle le demanderait, le FBI apporterait tout le concours nécessaire à la police locale.

Je me sentis obligé d'intervenir.

— À la police du comté, un inspecteur m'a affirmé : « Même si j'étais sur le point de me faire flinguer, le FBI ne me révélerait rien. »

— Depuis le 11 septembre, nous communiquons beaucoup mieux, m'expliqua aimablement Mancuso. Nous avons le même objectif, qui consiste à mettre Anthony Bellarosa derrière les barreaux pour le restant de ses jours ; et, personnellement, peu m'importe que ce soit dans une prison fédérale ou un pénitencier d'État.

Évidemment, il aurait préféré une prison fédérale. Quant à moi, j'aurais préféré le voir mort.

— Notre objectif à nous est qu'il n'arrive rien à Mme Sutter.

— Cela va sans dire.

— En ce qui me concerne, enchaîna Susan, objet de cette conversation, je suis inquiète, mais pas paranoïaque. Mon intention, sachez-le, est de vivre normalement. C'est la même

chose pour le terrorisme. Si on est terrifié, si on change son mode de vie, alors, les terroristes ont gagné. Eh bien, ils ne gagneront pas. Et lui non plus.

Mancuso lui adressa un regard approbateur.

— J'admire votre courage.

Susan ne réagissant pas, il aborda un autre sujet.

— Comme je l'ai dit à M. Sutter, j'ai pris connaissance de vos dépositions à la police. J'ai donc une idée assez générale de ce qui s'est passé au cours des dernières semaines et je peux comprendre votre inquiétude à tous les deux.

— Vous-même paraissiez inquiet, précisai-je.

Il acquiesça.

— J'ai mené, au cours de ces dernières années, quelques recherches sur les activités criminelles d'Anthony Bellarosa. Tout en n'ayant eu aucun contact direct avec lui, j'ai rencontré un certain nombre de ses associés, ainsi que des personnes qui estiment avoir été ses victimes ou celles de son organisation. Je me suis également entretenu avec des collègues qui le connaissent. L'image qui en ressort est celle d'un homme violent, mais prudent.

— À mon avis, c'est une tête brûlée. Il agit souvent sous le coup de l'impulsion, sans se soucier des conséquences.

Mancuso hocha la tête.

— Anthony Bellarosa est le type même des nouveaux mafieux de la classe moyenne aisée. Ces hommes appartiennent aux troisième et quatrième générations d'Italo-Américains. Certains ne sont pas italiens à cent pour-cent. Nombre d'entre eux ont épousé des non-Italiennes, comme Anthony Bellarosa. Je veux dire par là que les stéréotypes ne fonctionnent pas toujours. La violence a baissé, mais elle reste présente sous la surface et elle est, chez ces gens-là, toujours près de resurgir. Surtout lorsqu'il s'agit d'une affaire personnelle.

Cela correspondait bien à Anthony, jeune tigre apparemment domestiqué mais prêt à bondir lorsqu'il sentait l'odeur du sang.

— La police m'a assuré n'avoir rien contre lui, dis-je.

— Nous pensons qu'il a fait tabasser au moins quatorze personnes. Toutefois, officiellement, il n'a jamais commis ni commandité d'homicide.

— Il n'a pas encore fait ses preuves en tuant au moins un homme ?

— Je suis sûr que si. Sinon, il n'aurait pas obtenu la place qu'il occupe dans l'organisation. Cependant, nous n'avons jamais été saisis du moindre cas et il n'en a pas fait une habitude.

— Je ne comprends pas bien ce que signifie « faire ses preuves », murmura Susan.

Je laissai Mancuso poursuivre.

— Cela veut dire commettre personnellement un meurtre. À la différence de lancer un contrat.

— Pardon d'ignorer ce détail.

Mancuso tira un carnet de sa poche.

— Je voudrais que chacun de vous, dans l'ordre que vous voudrez, me confie tout ce qu'il n'a pas déclaré dans sa déposition à la police. Vous pouvez me donner aussi bien des opinions que des sentiments, ainsi que des détails qui ont pu vous paraître sans importance mais qui pourraient se révéler intéressants pour moi soit maintenant, soit plus tard.

Cela m'offrait plus de latitude qu'avec la police et me permettait de m'amuser un peu en décrivant ma visite du dimanche chez les Bellarosa. D'un autre côté, l'affaire était sérieuse, et je ne voulais pas donner à M. Mancuso l'impression que je me moquais de ses collègues. Sur proposition de Susan, je commençai par la première visite chez moi d'Anthony Bellarosa.

Je conclus par ces mots :

— Anthony était en mission, celle-ci consistant à me recruter. J'ai donc abordé le sujet de Susan, comptant l'utiliser plus tard comme monnaie d'échange. Le marché était que Susan reste en vie tant que je travaillerais pour lui.

— Continuez, je vous prie.

Je nous reversai du café et poursuivis avec le récit de notre dîner au Wong Lee's, ma rencontre avec Tony, anciennement prénommé Anthony, ma conversation téléphonique avec Anna. Je répétai même les plaisanteries d'Anthony sur sa mère, ce qui fit sourire M. Mancuso, songeant sans doute à la sienne.

Ensuite, pour donner une image moins souriante d'Anthony, je fis part de sa grossièreté envers la serveuse chinoise, enchaînai sur le reste de ma conversation avec lui à propos de son père et terminai sur ma colère et mon départ abrupt.

— Est-ce que je vous donne trop de détails ?

Il me rassura.

— Quand on va à la pêche aux informations, il n'y a jamais trop de détails. Nous établissons des profils psychologiques de ces gens-là. Tous ceux qui, comme vous, ont des contacts personnels avec eux nous fournissent des renseignements précieux sur leur façon de penser, d'agir, de s'exprimer.

— Parfait.

Je rapportai alors les sarcasmes d'Anthony sur les femmes chinoises, sans provoquer un sourire de Mancuso.

— Répugnant ! lança Susan.

Sentant que j'avais peut-être poussé trop loin le souci du détail, je fis le récit de ma rencontre fortuite avec Anthony sur Grace Lane et de mon expédition jusqu'à Oyster Bay, en m'efforçant de ne rien omettre.

Mancuso m'encourageait de temps à autre par un hochement de tête. Il leva un sourcil surpris en apprenant que je m'étais montré intéressé par la proposition de travailler pour Anthony en qualité de conseil ; j'avais pourtant mentionné auparavant qu'il s'agissait de protéger Susan. De temps à autre, il griffonnait quelques notes sur son calepin.

Je passai au dimanche matin, à ma visite à Susan pour dresser le cadre de notre réconciliation. Je m'attardai un peu sur le sujet, évoquai les remords de mon épouse quant à son attitude passée, insinuant que, comme Marie-Madeleine, elle avait pris la mesure de ses péchés, ouvrant la voie à la pleine rédemption, voire à la sainteté.

En fait, je n'allai pas aussi loin. Je voulais seulement que Mancuso comprenne que Susan Sutter, ici présente, n'était plus la femme perdue d'autrefois, qu'elle méritait d'être sauvée. Policier dans l'âme, il avait aussi un cœur. Il se conformerait certainement à son devoir mais l'accomplirait mieux encore en croyant œuvrer avec la bénédiction des anges.

Il mit un terme à ma canonisation de Susan.

— Permettez-moi un commentaire personnel. J'ai du mal à comprendre que vous vous soyez réconciliés si rapidement après dix ans de séparation.

Eh bien, je n'ai jamais aussi bien baisé qu'avec Susan…

— Monsieur Sutter ?

— Euh, tout s'est passé comme si un barrage avait cédé, laissant échapper dix années de colère, de souffrance, de déception, de trahison et d'entêtement. Une fois tout cela retiré, il ne restait plus qu'un lac apaisé de… d'amour.

Je crus entendre Susan soupirer.

— Je vous en prie, continuez, dit Mancuso.

Je racontai mon départ pour l'Alhambra, la présence du vigile de Bell Security Service à l'entrée du domaine, ma rencontre avec Megan Bellarosa, mes retrouvailles avec Anna. Là, je risquais de m'attirer des ennuis avec Mancuso en raillant une mère italienne. Au lieu d'en rajouter sur l'attitude autoritaire d'Anna envers son fils, j'insistai sur son amour, sa chaleur, son sens de l'hospitalité.

— Je regrette de ne pas avoir une mère comme elle, conclus-je pour clore cet épisode.

Je compris que je manquais totalement de sincérité en voyant Mancuso sourire.

— Salvatore D'Alessio, alias Sally Da-da, se trouvait dans le patio, à l'arrière de la maison, avec sa femme, Marie. (Mancuso ne réagissant pas, je hasardai :) Vous surveillez sa maison ?

— Cela figurait dans votre déposition à la police. Continuez, s'il vous plaît.

— D'accord.

Je rapportai mon entretien avec l'oncle Sal, lui fis part de mes observations et de mon opinion sur les relations entre Sal et Anthony, avant de poursuivre en expliquant que le P-DG de Bell Enterprises semblait trop imbu de lui-même pour comprendre que je déclinais sa proposition. Je lui dis aussi qu'à mon avis les femmes qui entouraient Anthony ne le traitaient pas comme le *padrone*. Mancuso sourit en m'entendant utiliser un mot italien. Je signalai également avoir dit à Anthony que ma fille était substitut du procureur de Brooklyn.

— Un membre de votre famille travaille donc pour la justice, commenta Mancuso.

— Elle adore son métier ! lança Susan ; et elle travaille douze heures par jour. Je suis très fière d'elle.

De nouveau, Mancuso sourit, se disant probablement qu'au moins un membre de la famille suivait le droit chemin.

Je poursuivis sur ma lancée en détaillant mes coups de téléphone à Elizabeth et à Susan dans le bureau d'Anthony. Je mentionnai l'appel à Elizabeth, que j'aurais pu passer sous silence, car, selon toute vraisemblance, Mancuso avait dû en écouter l'enregistrement. En tant qu'avocat, je savais que si l'on omet quelque chose ou si l'on ment sur un point l'ensemble d'une déclaration est frappé de suspicion.

Intéressé par ma présence dans le bureau d'Anthony Bellarosa, Mancuso me demanda de le lui décrire. J'ajoutai donc quelques éléments au profil psychologique d'Anthony, signalant qu'il conservait dans sa bibliothèque les livres de son père venus de La Salle, et qu'il possédait des ouvrages sur la Rome antique.

— Comme je l'ai dit avant que Mme Sutter se joigne à nous, fit Mancuso avec une indulgence teintée d'ironie, Anthony Bellarosa souffre sans doute du complexe de César. Chez eux, c'est fréquent. Je vous en prie, continuez.

Je terminai ma description du bureau et en arrivai au point où il me fallait parler du saccage de la toile de Susan. Je n'en avais pas fait mention dans ma déposition à la police, et Susan n'était pas au courant. En outre, j'ignorais si cet acte me ferait passer pour un dur ou pour un imbécile. Je choisis la simplicité des faits.

— Dans un coin du bureau, j'ai reconnu une toile peinte par Susan représentant la cour des palmiers de l'Alhambra…

Mancuso m'interrompit.

— Ce soir-là, à l'époque, vous l'aviez crevée d'un coup de poing.

— Oui. Elle a été restaurée.

Susan, qui ne savait pas que j'avais crevé sa toile, me fixa d'un air surpris.

— J'ai pris un coupe-papier et je l'ai lacérée.

Personne ne protestant, je me servis une autre tasse de café.

— Pourquoi ? demanda finalement Mancuso.

Bonne question.

— C'était un acte symbolique, profondément chargé d'affect, sans parler du fait que, d'une façon un peu primitive, je l'avoue, je ne voulais pas que mon ennemi possède le moindre objet en relation avec mon ex et future femme.

Mancuso semblait profondément songeur, comme s'il prenait mentalement des notes pour mon profil psychologique. Je sentis que Susan m'observait et je soutins son regard. Devinant que mes explications devaient avoir quelque chose de bizarre, je me crus obligé de préciser :

— J'étais furieux contre lui. Je crois que je voulais lui laisser un message.

— Je suis sûr qu'il l'a reçu, monsieur Sutter, dit Felix Mancuso. Et, connaissant ce genre de personnage, je ne doute pas qu'il en ait un à vous faire parvenir en retour.

— J'en suis persuadé aussi.

Je terminai mon récit en reprenant, mot pour mot, comme je l'avais fait avec l'inspecteur Nastasi, notre confrontation sur la pelouse, lorsque j'avais révélé à Anthony que son père était une balance, qu'il avait vendu sa famille et ses amis en échange d'un abandon des poursuites. En revanche, je me gardai d'avouer, aussi bien à Mancuso qu'à Susan, avoir déclaré à Anthony que son père et ma femme étaient amoureux, qu'ils s'apprêtaient à s'enfuir ensemble et l'auraient fait si Frank n'avait pas eu une dette envers moi.

Je conclus par une impression dont je n'avais pas fait part à l'inspecteur Nastasi et qui ne m'avait pas vraiment frappé jusque-là.

— Son expression et le regard qu'il m'a lancé m'ont convaincu que si nous n'avions pas été devant chez lui, et s'il avait eu une arme, il m'aurait tué.

Susan se leva. Elle s'approcha de moi, me prit la main. Mancuso se leva à son tour.

— Je crois qu'il est temps de faire une petite pause.

Chapitre 47

Mancuso resta dans mon bureau, tandis que Susan et moi gagnions le salon du haut, transformé depuis longtemps en salle familiale, où nous nous réunissions pour regarder la télévision lorsque Edward et Carolyn étaient enfants. J'ignore ce que les précédents propriétaires avaient fait de cette pièce, mais Susan en avait fidèlement reproduit l'esprit, à défaut du mobilier d'origine, en accrochant, par exemple, certaines vieilles affiches de cinéma, même si celle du *Parrain* manquait.

Elle ouvrit deux bouteilles d'eau gazeuse et m'en donna une. Je contemplai, par la fenêtre, la pluie qui tombait.

— J'ai maintenant une vision plus claire de ce qui s'est passé entre toi et Anthony Bellarosa, me dit Susan.

— Plus important, j'espère que tu as désormais conscience de la menace qu'il représente pour toi.

— Et pour toi.

— Il est furieux contre moi, peut-être déçu. Il arrivera à surmonter cette histoire. Le problème, c'est toi.

— Il t'a menacé, John.

Silence.

— Mais enfin, pourquoi as-tu lacéré ce tableau ?

— Je te l'ai dit.

— Pourquoi avoir pris le risque d'augmenter sa rancœur ?

Je me détournai de la fenêtre et la regardai dans les yeux.

— Si tu veux vraiment le savoir, Susan, cette saleté de tableau me rappelait le temps que tu passais à l'Alhambra, ta liaison avec…

— C'est bon. Mais je trouve que tu as réagi trop vivement. Pourtant…

— Voilà pourquoi je l'ai crevé d'un coup dc poing il y a dix ans. Cette fois-ci, personne n'arrivera à le restaurer.

— Je comprends. Par contre, ce que je ne comprends pas, c'est ce qui a entraîné l'explosion de colère d'Anthony… Apparemment, il t'aimait bien, il avait une haute opinion de toi… Or, brusquement, tout a basculé ; et il t'a menacé. Pourquoi ?

Je terminai ma bouteille d'eau.

— Comme je l'ai appris à l'inspecteur Nastasi et comme je viens de l'annoncer à Mancuso, j'ai dit à Anthony que toi et moi revivions ensemble, que lui et moi, c'était terminé. Il n'a pas l'habitude d'être méprisé. Et ce qui l'a vraiment mis hors de lui, c'est que je lui ai révélé que son père balançait au FBI.

Je devinai que ma réponse ne la satisfaisait pas complètement. En dépit de ses coups de folie, Susan avait le don de repérer les bobards. Surtout venant de moi.

— Est-ce que tu me dis tout ?

Je choisis la contre-attaque.

— Et toi, est-ce que tu me dis tout ? À propos de toi et de Frank ?

Elle soutint mon regard.

— Je l'ai fait. Je t'ai avoué que je l'aimais et que je l'avais tué parce qu'il m'avait annoncé que tout était fini entre nous, qu'il s'était servi de moi, qu'il ne m'avait jamais aimée et qu'il allait partir en Italie avec Anna. Je t'ai dit aussi que je ne l'avais pas tué pour nous, que c'était un mensonge. Que veux-tu que je te dise de plus ?

Je respirai profondément.

— Rien.

— Alors ? Est-ce que toi, tu me dis tout ?

Un silence s'installa un certain temps. Le moment était venu. J'avais tout fait pour le repousser ; mais cela me hantait plus que je ne l'avais craint. Et puis elle s'était montrée honnête avec moi. Je devais lui rendre la pareille.

Je lui proposai de nous asseoir. Elle préféra rester debout. Je l'imitai.

— Bon, commençai-je. Il manque une pièce au puzzle. Voilà pourquoi Anthony a explosé. Je lui ai dit que son père et toi étiez amoureux, que vous projetiez d'abandonner vos familles et de vous enfuir ensemble en Italie. Il ne m'a pas cru. Il a rétorqué que Frank ne faisait que te sauter, uniquement pour le plaisir. J'ai réussi à le convaincre qu'il était sur le point de dire adieu à sa femme et à ses enfants.

J'aurais pu en rester là, parce que cela expliquait le brusque changement d'attitude d'Anthony envers moi, le porteur de mauvaises nouvelles. Mais j'avais commencé. Je devais aller jusqu'au bout.

— Il y a autre chose. Qui ne va pas te faire plaisir.

— Je commence à avoir l'habitude.

— Entendu.

Je lui rapportai alors ce que j'avais raconté à Anthony : que Frank Bellarosa m'avait proposé de me rendre n'importe quel service qui serait en son pouvoir pour me remercier de lui avoir sauvé la vie.

— Le service que je lui ai demandé, c'était… de te dire que tout était terminé entre vous, Susan, qu'il ne t'avait jamais aimée, qu'il se servait de toi pour obtenir mon appui, qu'il n'irait pas en Italie avec toi. Visiblement, il l'a fait. Pour moi.

Nous échangeâmes un long regard. Elle refusait d'entendre. Soudain, elle prit conscience que tout ce que lui avait déclaré Frank Bellarosa ce soir-là sortait de ma bouche, non de son cœur à lui. Et aussi qu'elle avait abattu l'homme qu'elle aimait et qui l'aimait encore.

Elle s'assit sur le canapé, fixa le mur d'un air absent.

— J'ai tout déballé à Anthony, repris-je. Que son père s'apprêtait à les abandonner, lui, sa mère et ses frères. Qu'il y avait renoncé uniquement parce qu'il me devait la vie. Je n'étais pas obligé de le faire, mais… J'étais en colère contre lui. Je tenais à ce qu'il sache que Frank, son idole, n'était pas seulement une balance, mais un mauvais père, et un mari ingrat.

J'avais essayé également de détourner une partie de son attention de Susan, de la diriger vers moi. Pour ne pas donner l'impression, en évoquant cette tentative, de me livrer à un plaidoyer pro domo, je n'en soufflai mot, me contentant d'asséner :

— Voilà pourquoi Anthony est devenu fou de rage et m'a menacé.

Susan gardait les yeux rivés sur le mur, le visage impénétrable.

J'avais à présent besoin de lui avouer une chose que j'avais cachée à Anthony, et qui me hantait depuis dix ans.

— Quand j'ai demandé à Frank de te repousser, je pensais, ou j'espérais que tu mettrais, toi aussi, un terme à cette relation… Pourtant, inconsciemment, je m'imaginais peut-être que tu lui revaudrais ça. Il est possible que cette pensée me soit venue par la suite, parce que… Eh bien, quand tu l'as tué, je me suis interrogé sur mon comportement. N'avais-je pas programmé sa mort en mettant tout en mouvement ? Ne devais-je pas m'en sentir coupable et en porter en partie la responsabilité ? Aujourd'hui encore, je ne suis pas très sûr.

Elle me dévisagea, toujours impavide.

— Je voulais que tu reviennes, Susan. Je voulais que tu ne l'aimes plus… Je ne suis pas certain d'avoir souhaité sa mort. Mais, si c'est vrai, tu avais raison sur ce point : c'est moi qui aurais dû le tuer.

Elle ne bougea pas. Le premier choc était passé. Mais que pouvait-elle ressentir en pensant qu'elle avait assassiné un homme qui l'aimait encore et qui ne l'avait pas vraiment trahie mais s'était seulement acquitté d'une dette d'honneur envers moi ? Et que pouvait-elle éprouver pour moi ?

J'ajoutai :

— J'ignore si je dois te présenter mes excuses pour lui avoir demandé de te mentir. Après tout, vous m'avez suffisamment menti, tous les deux… Je ne sollicite surtout pas ton pardon. Je veux simplement que tu saches que j'assume une partie de la responsabilité de ce qui s'est passé.

— C'est moi qui l'ai tué. Pas toi.

— D'accord. Pourtant, quand on repense à tout cela…

— Je crois qu'il t'aimait plus qu'il ne m'aimait, moi.

— Il avait une dette envers moi.

— Il parlait sans cesse de toi. Ça me mettait mal à l'aise, ça m'excédait. Et…

— C'est bon. Je n'ai pas besoin d'en entendre davantage. Il faut que tu réfléchisses bien avant de décider de tes sentiments. Je vais clore mon entretien avec Mancuso. Tu n'es pas obligée de te joindre à nous.

Je me dirigeai vers la porte.

— John.

Je me retournai.

— Tu voulais vraiment que je revienne ?

— Oui.

— Pourquoi ne me l'as-tu pas demandé après la mort de Frank ?

— J'avais changé d'avis.

— Pourquoi ?

— Je voulais que tu le quittes parce que cela aurait été ta décision à toi, que tu reviennes parce que tu m'aimais plus que lui… Qu'il te rejette ou qu'il meure, ce n'était pas vraiment ce que je désirais.

Je m'apprêtai à sortir, mais elle me retint.

— John.

— Il faut que j'y aille.

— Tu dois m'expliquer pourquoi nous ne sommes pas restés ensemble après le meurtre.

— Je viens de le faire.

— Non.

Inutile de me défiler. Elle nc capitulerait pas.

— Bon, d'accord… J'avais été humilié. En public. Si ta liaison avec lui n'avait été connue que de nous trois et, bien sûr, du FBI, j'aurais pu te pardonner. Mais elle a fait la une des actualités nationales, elle est devenue un sujet de plaisanterie dans la presse à scandale et dans les bureaux, autour des machines à café. Alors… tu oses me demander pourquoi j'ai pris mon bateau, pourquoi j'ai foutu le camp d'ici ? Quel genre d'homme crois-tu que je sois ?

Elle enfouit son visage dans ses mains et fondit en larmes. Pourquoi pleurait-elle ? Pour avoir tué Frank Bellarosa alors qu'elle venait de découvrir que ce meurtre était moins justifié qu'elle ne l'avait cru ? Parce qu'elle se rendait compte, enfin, des ravages qu'elle avait provoqués autour d'elle ? Ou parce qu'elle regrettait sa décision de revivre avec moi ?

Je quittai la pièce.

Chapitre 48

Felix Mancuso téléphonait sur son portable, dans mon bureau. J'attendis qu'il eût terminé.

— Ma femme ne se sent pas très bien. Je crois que nous devrions nous revoir une autre fois. Je peux venir à votre bureau demain, si cela vous convient.

— Tout va bien ? murmura-t-il en me regardant avec insistance.

— Elle est sur les nerfs.

— C'est très éprouvant pour elle. Mais j'ai encore besoin de vous accaparer dix minutes. Et il faudra que je m'entretienne avec elle quand elle s'en sentira capable.

— Je ne crois pas qu'elle ait grand-chose à ajouter à ce que j'ai dit, ni à ce que vous savez déjà ; mais, si vous l'estimez nécessaire, vous pourriez lui téléphoner.

Je pris place sur ma chaise tournante.

— Je vous en prie, continuez.

— D'abord, il faut que vous sachiez qu'Anthony Bellarosa semble avoir disparu. Nous ignorons si cette fuite est liée au problème qui vous occupe, aux siens propres, à la mort de John Gotti, ou s'il a l'habitude d'agir ainsi. Les gens comme lui s'évanouissent souvent dans la nature. Parfois pour les affaires, la plupart du temps pour le plaisir.

— Pourrait-il être mort ?

— C'est une possibilité. Mais nous n'avons aucune nouvelle en ce sens et, d'après l'inspecteur Nastasi, la femme de Bellarosa, Megan, ne semblait pas particulièrement mécontente que son mari soit parti sans donner d'autre explication que des raisons professionnelles.

— Peut-être souhaite-t-elle aussi sa mort, dis-je en plaisantant à moitié.

Mancuso ne releva pas ma remarque.

— La police aurait souhaité lui parler, lui signaler que vous aviez porté plainte et qu'elle gardait désormais un œil sur lui. Bien sûr, elle aurait aimé qu'il profère des propos menaçants, ce qui aurait permis son arrestation. Malheureusement, pour des raisons inconnues, il s'est envolé.

Ironiquement, si j'avais été son *consigliere*, je lui aurais recommandé d'être présent lors de la visite de la police et de refuser poliment de répondre sans la présence de son avocat. Dans mon univers, c'est ainsi qu'on agit. Dans le sien, par contre, on ne joue pas le jeu avec les flics.

— Pouvez-vous, vous ou la police, émettre un mandat d'arrêt ?

— Nous travaillons sur différents moyens de le présenter à un juge d'État ou fédéral. Toutefois, à part le fait que nous désirons l'entendre, et uniquement au sujet de votre plainte, nous n'avons pas grand-chose pour convaincre un juge. Nous allons quand même essayer. Depuis le 11 septembre, mon travail au sein de l'unité antiterroriste est facilité par ce que nous permettent la loi et les tribunaux. Mais Anthony Bellarosa n'est pas soupçonné de terrorisme. C'est un voyou à l'ancienne mode bénéficiant de toutes ses libertés civiles.

— Ai-je mentionné le fait qu'il a accroché une photo d'Oussama ben Laden dans son bureau ?

Mancuso sourit.

— De toute façon, reprit-il, sa disparition est peut-être liée à ses problèmes au sein de l'organisation.

— Vous voulez dire un conflit avec Salvatore D'Alessio ?

— Peut-être. Nous verrons bien s'il se montre aux obsèques de John Gotti.

— J'espère qu'on découvrira son corps. Je pourrai enfin dormir une nuit entière.

— Possédez-vous une arme ?

— Un fusil de chasse.

— Vous savez vous en servir ?

Je répondis un peu sèchement :

— On met une cartouche dans chaque magasin, on relève le cran de sûreté, on vise et on appuie sur la détente. J'ai servi dans l'armée. Quant à ma femme, elle a pratiqué la chasse au gibier à plume et le ball-trap. Le fusil lui appartient.

— Très bien. Ni le FBI ni la police n'encouragent les citoyens à affronter quelqu'un qui entre chez eux par effraction, ni à détenir ni à acheter une arme pour…

— Je comprends, monsicur Mancuso. Soyez assuré que ni moi ni ma femme ne comptons tendre une embuscade à Anthony Bellarosa devant chez lui. Mais si quelqu'un pénètre ici avec l'intention de nous agresser, nous réagirons comme il convient. Je connais la loi.

— Je le sais. Si Anthony Bellarosa retourne chez lui, ou si nous découvrons où il se trouve, vous en serez avisé, soit par le FBI, soit par la police locale.

— Je l'espère.

— Le deuxième commissariat m'a confirmé que ses agents opérant à bord de véhicules de patrouille étaient au courant de la situation. Le FBI pourrait également être présent dans le quartier.

Il me demanda ensuite quelques éclaircissements sur mes précédentes déclarations. Il semblait se souvenir aussi bien de mes propos récents que des événements survenus dix ans auparavant. En cela, nous avions quelque chose en commun.

Après ce qui venait de se passer avec Susan, je me sentais toujours mal à l'aise. Même si elles m'avaient soulagé d'un poids, ces réminiscences m'avaient mis de mauvaise humeur. Outre mes aveux complets à Susan, j'avais dû revivre l'humiliation d'avoir été le cocu numéro un de la semaine aux États-Unis.

— Monsieur Sutter ?

Je le regardai d'un air absent.

— Quelqu'un d'autre vit-il dans cette maison ?

— Non… Enfin, une vieille amie de la famille, Mme Allard, vient de décéder. Nous attendons de la visite ici pour les obsèques.

— Qui doit venir à cette occasion ?

— Nos enfants, Edward et Carolyn.

Je lui donnai leur âge, qu'il nota sur un calepin.

— Et sans doute, enchaînai-je, les parents de ma femme, William et Charlotte Stanhope. Il est toutefois possible qu'ils aillent loger ailleurs. Le frère de Susan, Peter, viendra peut-être aussi pour la fête des Pères.

— C'est vrai, c'est dimanche. Ce mois a passé si vite !

— Pas pour moi.

— La petite maison que j'ai vue près du portail est-elle occupée ?

— C'est le pavillon de gardien, où habitait Mme Allard, et où je vivais jusqu'à dimanche.

— Je vois. Et en ce moment, il y a quelqu'un ?

— Depuis la mort de Mme Allard, le pavillon appartient à Amir Nasim.

— Elle le lui a légué ?

Il m'aurait fallu du temps pour expliquer à Mancuso la relation adultère entre Ethel et Augustus Stanhope, le droit de jouissance perpétuelle et tout le toutime. En qualité de juriste, il en aurait parfaitement saisi les aspects légaux. Cependant, en tant qu'ancien séminariste, il aurait pu être choqué d'apprendre que le prix du péché se montait à soixante années de loyer.

— Mme Allard bénéficiait d'un droit d'occupation à vie, résumai-je. J'ai cru comprendre que Nasim voulait renforcer sa sécurité et comptait installer des gens à lui dans cette maison.

— Savez-vous quelle est la situation dans sa demeure ?

— Elle compte cinquante pièces, qu'un assassin mettrait une semaine à explorer. Pour autant que je sache, Nasim vit seul avec son épouse. Il doit pourtant avoir des serviteurs. Cela dit, je n'ai vu qu'une femme. Vous pourriez le demander à Mme Sutter. Elle connaît l'état actuel de Stanhope Hall mieux que moi.

Mancuso prit de nouveau des notes puis me posa quelques questions sur nos habitudes quotidiennes, nos éventuels projets de voyage, etc.

— Vous devriez prendre un chien et installer un système d'alarme.

— Nous l'envisageons.

— Vous devriez aussi penser sérieusement à louer les services d'une société de sécurité.

— Pourquoi pas Bell Security ?

— Cela pourrait être contre-productif, répondit-il avec un sourire forcé.

— J'ai l'impression que nous courons un risque sérieux.

— En ce moment, je dirai que le niveau de danger est dans le jaune et vire à l'orange.

— Pas au rouge ?

— Ne soyons pas trop obnubilés par les cotes d'alerte. La menace existe. Je vais en reparler avec la police et les gens concernés au FBI. Nous évaluerons la situation et vous tiendrons informés.

— Pourquoi m'avez-vous assuré, au téléphone, que le danger, à votre avis, n'était pas imminent ?

— C'est un peu compliqué. Cela a quelque chose à voir avec la mort de John Gotti, Salvatore D'Alessio et un certain nombre d'éléments qui vont changer dans les semaines à venir.

— En d'autres termes, Anthony Bellarosa est occupé ailleurs.

— En gros, c'est ça. Il a lui-même des problèmes de sécurité, qui expliquent sans doute sa disparition. On raconte que soit Bellarosa, soit D'Alessio seront descendus d'ici quelques semaines. Traditionnellement, il y a un moratoire sur les vendettas pendant une veillée funèbre et un enterrement.

— Voilà une coutume très civilisée. Cela concerne-t-il la vendetta contre les Sutter ?

— Non. Mais cela signifie qu'Anthony et Sal peuvent s'estimer tranquilles pendant une semaine.

— Je suis ravi de l'apprendre. Pourquoi tout cela n'a-t-il pas été réglé il y a dix ans ?

— À nouveau, c'est lié à la mort de Gotti et à la trêve qu'il a imposée après l'affaire chez Giulio. Le but du milieu est avant tout de faire de l'argent ; pas de déclencher des guerres de gangs ou de faire les gros titres de la presse et de la télévision, ce qui exaspère le public. Voilà pourquoi Anthony et son oncle ont, à contrecœur, respecté cet armistice pendant toutes ces années. Maintenant, comme pour vous et votre épouse, monsieur Sutter, le passé vient exiger son dû.

Je gardai le silence. Mancuso agrémenta son exposé d'une image agricole.

— On récolte ce que l'on a semé.

Ce n'était pas exactement ce que je souhaitais entendre de sa bouche. Je le prenais pour un chevalier blanc, non pour la Faucheuse. Mais peut-être faisait-il allusion à Anthony et à l'oncle Sal plutôt qu'à Susan et à moi.

— Mme Sutter et vous ne représentez pas une priorité pour Anthony. Toutefois, lorsqu'il aura réglé ses affaires avec ses amis et la famille, ou lorsque ceux-ci auront réglé les leurs avec lui, il devra apurer les comptes avec Mme Sutter. Il s'agit d'une affaire personnelle. Mais, comme son image est en cause, c'est aussi une question de business. Voilà pourquoi vous ne devez pas relâcher votre vigilance.

— Je n'en ai aucune intention.

— Très bien. J'ajouterai ceci : si Salvatore D'Alessio disparaît, ou s'il est tué, cela devrait signifier qu'Anthony Bellarosa est vivant et prêt à régler ses autres comptes. Si c'est le cadavre de Bellarosa que l'on découvre, cela voudra dire que vous, Salvatore D'Alessio et quelques autres pourrez mieux respirer.

— Je parie sur Sally Da-da.

Mancuso ne réagit pas.

— Pratiquement, poursuivis-je, nous devrons rester ici cette semaine, mais…

— Je vous conseillerais de mener vos affaires comme à l'accoutumée pendant cette période. Vous allez avoir de la visite, vous aurez à vous occuper de vos invités ; et, ainsi que je vous l'ai dit, Anthony Bellarosa et son oncle doivent d'abord vider leur querelle. C'est la seule stratégie raisonnable.

— D'accord.

Comme personne n'avait jamais cru Anthony aussi intelligent ni aussi rationnel que son père, j'ajoutai :

— Vous pensez donc qu'il n'y a aucun danger pour mes hôtes… pour mes enfants ?

— Je ne peux pas en être sûr à cent pour-cent. Cependant, je doute sincèrement qu'Anthony Bellarosa entreprenne une action qui puisse choquer l'opinion publique, attirer sur lui les foudres de la justice ou, plus grave encore, la colère de ses amis et associés au point qu'ils se retournent contre lui. Et puis votre fille est substitut du procureur. Sa position la rend invulnérable. Il veut Mme Sutter, vous aussi, peut-être. C'est certainement la seule autorisation que lui a donnée son organisation. Celui qui a lancé un contrat sur Frank Bellarosa, admettons que ce soit son beau-frère, ne projetait pas de s'en prendre à vous, à Mme Sutter ou à Mme Bellarosa. Voilà pourquoi vous êtes encore en vie. Nous avons affaire à des professionnels, pas à des bandes de rue.

— Voilà qui est réconfortant.

Je devais envisager d'offrir à William et à Charlotte notre chambre à coucher et de prêter à William mon imperméable et mon chapeau.

— Ma femme et moi quitterons peut-être le quartier la semaine prochaine, après le départ de nos hôtes.

— La décision vous appartient. Si vous partez, gardez votre destination confidentielle. Ne la confiez pas même à vos proches ni à votre famille.

— Compris.

— Vous et, j'en suis sûr, votre épouse, en bons citoyens respectueux de la loi, devez à peine croire à ce qui vous arrive. Vous estimez peut-être que la police ne vous protège pas assez. Soyez assuré que nous faisons tout ce qui est en notre pouvoir pour veiller sur vous, que nous traitons cette affaire avec tout le sérieux qui convient. Nous savons également que ce qui vous arrive s'inscrit dans le contexte, plus vaste encore, du crime organisé.

J'aurais pu faire plusieurs commentaires à ce discours édifiant. Je me contentai d'un « merci ». Nous nous levâmes d'un même mouvement et je le raccompagnai à la porte.

— Vous comptez aller voir Amir Nasim ? lui lançai-je sur le seuil.

— Cela paraîtrait logique, puisque je suis ici.

— Le plus souvent, il est chez lui.

— Il y est en ce moment.

Je ne lui demandai pas comment il le savait, parce qu'il ne m'aurait pas répondu.

— Je lui dirai que Mme Sutter et vous avez également des inquiétudes concernant votre sécurité. Je lui demanderai de contacter la police locale s'il remarque quelque chose d'inhabituel ou de suspect.

— Il m'a fait la même requête.

— Bien. J'ai l'impression que ce domaine va bénéficier d'excellentes mesures de sécurité.

— Nous pouvons nous entraider, avec Nasim. Nous devrions peut-être signer un traité.

— Contentez-vous d'être de bons voisins, répondit Mancuso en souriant.

— Avez-vous un dossier sur lui ?

— Je ne peux répondre à une telle question.

— Je sais. Toutefois, puisque je suis son voisin, vous pouvez me dire si ses craintes sont justifiées.

Il réfléchit un instant.

— Confidentiellement, je peux vous révéler qu'Amir Nasim joue un jeu dangereux, mais lucratif, en fournissant des informations et des ressources logistiques à quiconque a les moyens de s'offrir ses services. Il s'est fait beaucoup d'amis, mais aussi beaucoup d'ennemis. Son problème, c'est qu'il lui est difficile de les distinguer les uns des autres.

— Pourquoi ne l'arrêtez-vous pas ?

Il esquiva la question.

— Chaque fois que vous quitterez la propriété, soyez prudent et n'hésitez pas à appeler le 911 si vous avez l'impression d'être surveillés ou suivis. Ce ne sera pas par Anthony Bellarosa en personne, vous vous en doutez bien.

— Je comprends, mais… Cette affaire étant d'ordre personnel, est-ce que lui-même ne…

— Certainement pas ! Et si quelque chose arrive à son oncle, Anthony se trouvera à des milliers de kilomètres de là, même si, là aussi, il s'agit d'une affaire personnelle.

— Que sont devenus la vendetta et l'honneur familial ?

— Ils existent toujours, mais délocalisés.

Il me donna deux de ses cartes. Nous échangeâmes une poignée de main et je le remerciai de sa visite. Il me chargea de saluer Susan, demanda qu'elle l'appelle quand elle s'en sentirait capable.

Je le regardai s'éloigner à bord de sa voiture grise de fonction, tourner dans l'allée principale et se diriger vers Stanhope Hall.

Je me retrouvais donc avec une veillée funèbre, un enterrement, mes beaux-parents, mes enfants, un trafiquant iranien, la police, le FBI et surtout Anthony Bellarosa, qui avait lancé un contrat sur Susan et moi. À côté, les pirates somaliens, c'était de la petite bière.

Enfin, il y avait Susan, envers qui je me sentais de plus en plus protecteur.

Je gagnai le premier étage. La porte de la pièce familiale était fermée. Après un instant d'hésitation, je l'ouvris. Susan était encore sur le canapé, mais recroquevillée dans un coin, entourée de trois coussins.

— Je vais au magasin de sport, annonçai-je.

Silence.

— Celui de Glen Cove existe toujours ?

Toujours pas de réponse.

— J'emménage ici pour de bon. Si tu préfères, tu peux mettre mes affaires dans une chambre d'amis ; ou alors je le ferai moi-même.

Elle me regarda, toujours sans prononcer un mot. Je quittai la pièce, descendis au bureau et trouvai dans l'annuaire la confirmation que le magasin de sport existait encore.

Je sortis sous la pluie, m'installai au volant et m'engageai sur Grace Lane. Je pris mon temps pour gagner Glen Cove, méditant sur ce qui nous attendait dans les jours à venir.

Je ne voyais que malheur et mauvais souvenirs. Dès que tout serait réglé, le mieux serait encore de rentrer à Londres. Susan, qui ne manquait pas de caractère, devrait prendre elle-même les décisions appropriées. Je lui conseillerais de retourner à Hilton Head, martelant que je ne me sentais pas d'autres obligations vis-à-vis d'elle et que je n'éprouvais plus aucun désir de partager sa vie.

C'était faux, bien sûr. Mais cela me tiendrait lieu de justification, le temps de boucler mes valises. Ensuite, d'ici dix ans, nous pourrions peut-être faire une nouvelle tentative…

Chapitre 49

Je me souvenais du patron du magasin, un certain Roger Bahnik, qui s'était toujours montré patient et dévoué lorsque je venais avec Edward ou Carolyn acheter du matériel de sport et de camping. Il m'avait aussi vendu des articles de pêche en haute mer et d'accastillage. Je songeais à me présenter à nouveau, mais il se rappelait peut-être les exploits de Susan avec une arme à feu. Comme je voulais, justement, faire l'acquisition d'un fusil et de munitions, mieux valait rester anonyme jusqu'au moment de présenter une pièce d'identité.

Feignant une certaine ignorance des armes, je sollicitai l'avis de M. Bahnik. Il me conduisit dans l'armurerie, située dans l'arrière-boutique, me demanda si je comptais tirer le pigeon d'argile ou le gibier à plume, et de quelle sorte.

— De très gros oiseaux, répondis-je.

Il me suggéra un fusil de gros calibre. Je fis également l'acquisition d'une boîte de cartouches à sanglier, capables de percer de gros trous dans un corps humain.

Ainsi que l'exigeait la réglementation pour la vente d'armes à feu, M. Bahnik portait un pistolet dans un étui. J'aurais aimé en acheter deux semblables, un pour Susan, un pour moi. Malheureusement, il m'aurait fallu, pour ces armes de poing, un permis spécial. J'aurais pu l'obtenir, mais au bout de six mois, c'est-à-dire six mois trop tard. Quant à Susan, inutile pour elle, après son homicide, d'y songer.

J'avais quand même besoin d'une arme pour la voiture. Je demandai à voir des carabines plus légères, que M. Bahnik s'empressa de me montrer.

Il sortit une Winchester M-1 de calibre .30, datant de la Seconde Guerre mondiale, que j'avais déjà maniée dans l'armée. Ces fusils font moins d'un mètre de long. Ils se glissent aisément sous un siège d'automobile ou même dans un grand sac à main.

— Ce M-1 est précis jusqu'à une distance d'environ deux cent soixante-quinze mètres. Il peut abattre un cerf. Toutefois, on l'utilise surtout pour le petit gibier et comme arme de défense personnelle. À quel usage le destinez-vous ?

Pas question de lui avouer que je comptais le garder dans ma voiture parce que la mafia voulait ma peau.

— À ma sécurité personnelle, chez moi.

— Ah ! excellent. Madame va l'apprécier : léger, environ deux kilos et demi, semi-automatique, peu de recul.

— Oui, elle va l'adorer. C'est un cadeau d'anniversaire.

Comprenant que je plaisantais, du moins je l'espérais, il éclata de rire.

J'achetai aussi une boîte de cartouches de calibre .30, un nécessaire de nettoyage pour la carabine et un autre pour le fusil de chasse. M. Bahnik ajouta au lot un petit drapeau américain que je pourrais coudre sur ma veste de chasse ou sur mon pyjama.

Je remarquai alors, accrochée au mur, une combinaison de protection chimique de couleur orange, voisinant avec quelques masques à gaz. Ces articles n'étant pas exposés lors de ma précédente visite, je lui demandai :

— Vous vendez des combinaisons de protection et des masques à gaz ?

— Quelques masques, oui. Par contre, je n'ai aucun acheteur pour les combinaisons. Je propose aussi à ma clientèle, en dehors des armes dont les ventes augmentent, des rations de survie lyophilisées et des bidons pour l'eau. Sans compter quelques détecteurs de radiations. Je vends aussi des bougies, des lampes à pétrole, des torches électriques... Autrefois, même pendant la saison des cyclones, je n'en écoulais pas autant.

Je me réjouis d'apprendre que ses affaires marchaient bien et que la Gold Coast était sur le qui-vive. Décidément, la vie aux États-Unis avait bien changé.

Il fit le compte de mes achats. Je remplis ensuite des formulaires pour la carabine et les munitions. J'utilisai mon passeport pour la photo d'identité et réglai la note avec ma carte American Express, encore valable.

Bahnik enveloppa ma carabine M-1 dans un papier brun pour que je puisse l'emporter sans inquiéter les commerçants du coin ni les policiers. Il fourra mes autres achats dans un grand sac portant l'inscription : « Articles de sport, matériel de camping, armes ». Nulle mention des masques à gaz.

Mon nom, mon adresse figurant sur l'imprimé, ainsi que mon visage, semblaient à présent éveiller en lui un vague souvenir : peut-être mes joyeuses visites dans sa boutique avec mes enfants ou, plus vraisemblablement, ce qu'il avait lu dans le journal et vu à la télévision dix ans plus tôt. Il me dévisagea avec attention.

— Ah… oui.

Je le remerciai et gagnai la sortie, sentant qu'il m'observait, inquiet, peut-être, de nous revoir, Susan et moi, aux actualités du soir. Peut-être n'avait-il pas tort.

La pluie avait cessé. Le ciel restait sombre. Au loin, le tonnerre grondait.

De retour à Stanhope Hall, je tombai sur Amir Nasim, qui s'entretenait avec deux hommes en complet devant le pavillon de gardien, qu'il venait de récupérer. Sûrement pas des décorateurs. Je descendis de ma Taurus. Il s'excusa auprès de ses interlocuteurs et s'avança vers moi.

Nous échangeâmes quelques politesses. Il se montra un peu froid, sans doute parce que j'avais refusé de convaincre Susan de lui vendre sa maison. Il avait probablement compris que j'allais y habiter de façon permanente, ce qui ne devait guère le réjouir, même s'il pouvait s'estimer heureux d'avoir récupéré le pavillon plus tôt que prévu. N'ayant aucune envie d'avoir affaire au FBI, peut-être était-il également mécontent de la visite de Felix Mancuso, qui lui avait sûrement parlé des problèmes des Sutter avec la mafia. Néanmoins, c'était un homme courtois. Il se força à sourire en me lançant :

— Permettez-moi de vous adresser mes félicitations, à vous et à Mme Sutter.

Je le remerciai.

— Vous comptez toujours vivre ici ? ajouta-t-il.

Je n'en savais rien. Et puis, si je lui annonçais mon intention de rester, le prix qu'il proposait pour la maison risquait de baisser, tout comme ma commission de dix pour-cent. Plus sérieusement, je répondis :

— Nous adorons notre maison.

— Eh bien… Si jamais vous changez d'avis, faites-le-moi savoir.

— Vous serez le premier à en être informé.

Il changea de sujet et m'entretint des deux messieurs qui faisaient les cent pas devant le pavillon.

— J'ai engagé les services d'une société privée de sécurité pour analyser mes besoins et me faire des recommandations.

— Bonne idée. Mais n'utilisez pas Bell Security. Cette société appartient à la mafia.

— Il ne s'agit pas de cette société.

— Bien. À propos, je suppose que vous avez eu, ce matin, un entretien avec l'agent spécial Mancuso, du FBI.

— Oui. Il a évoqué les désagréments que pourraient vous valoir encore les événements survenus il y a une dizaine d'années.

— C'est ça. Il semble donc que nous ayons tous des problèmes de sécurité. Je serais très heureux si nous coordonnions nos efforts dans ce domaine.

Il réfléchit un moment, pensant probablement que j'essayais de bénéficier gratuitement de certaines dispositions.

— C'est tout à fait possible. Nous cohabitons sur le même domaine et utilisons les mêmes issues. Nous devrions donc réfléchir au moyen de contrôler les allées et venues. Comme le font nos voisins du domaine de l'Alhambra.

— Tout à fait, approuvai-je, sans relever cette comparaison peu judicieuse.

— La première mesure que je vais prendre, c'est d'installer, dans la maison de gardien, deux vigiles en uniforme qui arriveront sous peu. Je vais changer la fréquence de l'ouverture à distance du portail, ainsi que le code d'accès, et je ferai fermer le portail plus souvent qu'actuellement. Bien sûr, je vous donnerai les nouveaux codes et les nouvelles télécommandes.

— Merci.

— Attendez-vous du monde, monsieur Sutter ? Ou des gens que vous n'aimeriez pas voir ?

— Eh bien, aujourd'hui, je ne reçois aucune visite de la mafia.

Il parut surpris par la franchise de ma réponse, ou par le fait que je risquais une plaisanterie sur un sujet qui ne l'amusait guère. Je lui annonçai l'arrivée des Stanhope vers 17 heures, et celle d'Edward et Carolyn le lendemain soir, en voiture particulière ou en taxi. J'oubliai de lui signaler le débarquement probable de Peter le samedi ou le dimanche. Je lui fis part, en revanche, de la venue d'Elizabeth Allard, qu'il connaissait, et de ma mère, que je décrivis comme une charmante vieille dame. Je mentionnai également la petite armée de domestiques et de livreurs engagés par Susan.

Il hocha la tête.

— Vous pourriez peut-être me donner la liste de tous ces gens, pour que j'en informe les vigiles.

— Nous devrons mettre au point un système qui ne nous gêne pas, ma femme et moi.

— Bien sûr.

— Il faut que je sois en contact avec vos vigiles. De la même façon, ma femme et moi devrions pouvoir leur donner des instructions.

Il apprécia peu cette éventualité. Il répondit néanmoins :

— Je suis sûr que nous parviendrons à un arrangement satisfaisant, monsieur Sutter.

— Bien. Ce mur de trois mètres de haut, qui suit Grace Lane sur près de quatre cents mètres, est facile à franchir. Le reste du domaine est également grand ouvert, en dehors d'une palissade derrière votre propriété et d'une rangée d'arbres des deux côtés. Même si le portail est sécurisé, il faudra donc enclore un périmètre de près d'un kilomètre et demi.

— Nous installerons des appareils de détection. Je dois vous prévenir qu'un gardien, le soir venu, patrouillera à bord d'un véhicule tout terrain avec un chien. Je vous tiendrai informé.

— Je vous en remercie. Vos vigiles seront-ils armés ?

— Évidemment.

La plupart de ces types étaient des flics soit à la retraite, soit effectuant un boulot annexe. Ils savaient se servir d'une arme.

J'avais toutefois l'impression, notamment grâce à Anthony Bellarosa, que l'industrie de la sécurité était en pleine expansion aux États-Unis, ce qui signifiait que ces sociétés engageaient un peu n'importe qui, comme l'Administration fédérale de l'aviation dans les aéroports.

— Assurez-vous qu'on a procédé à toutes les vérifications nécessaires sur ces vigiles, qu'ils possèdent bien un permis de port d'arme et que chaque équipe compte au moins deux policiers en activité ou à la retraite. Et obtenez ces garanties par écrit.

— Je suis content de vous avoir parlé, monsieur Sutter.

— Moi de même.

Pour apporter une preuve supplémentaire de ma volonté de bon voisinage, j'ajoutai :

— J'aimerais contribuer équitablement à vos dépenses de sécurité.

— Votre présence sur le domaine n'entraîne pour moi aucuns frais supplémentaires. Je suis heureux de pouvoir englober votre maison d'hôtes dans mon dispositif.

— Je vous en remercie. Toutefois, comme on dit, on a ce qu'on paie. J'insiste donc pour être partie prenante à votre contrat et payer directement ma part à votre société de sécurité, au prorata de la surface que nous occupons, soit cinq hectares.

— Je reconnais bien là l'avocat en vous, monsieur Sutter, commenta Nasim en souriant, et un homme qui a le sens des chiffres.

— Êtes-vous d'accord, ou préférez-vous que j'engage ma propre société de sécurité, ce qui risquerait d'entraîner une certaine confusion et des désagréments ?

Comprenant mon inquiétude, aussi bien que mon jeu de pouvoir, il acquiesça.

— Entendu. Peut-être pourriez-vous me donner des conseils d'ordre juridique pour ce contrat.

— Soyez assuré que celui que nous signerons avec la société de sécurité bénéficiera de toutes les garanties légales.

À son tour de jouer le rapport de forces.

— Ces haies qui entourent vos cinq hectares peuvent représenter un risque, aussi bien pour moi que pour vous. Peut-être conviendrait-il de les supprimer.

— Je ne demanderais pas mieux. Cependant, ma femme a l'habitude de prendre des bains de soleil toute nue. J'imagine que vous préférez ne pas assister à ce spectacle.

Estimant peut-être que je le provoquais, ou que je me moquais de lui, il répondit sèchement :

— À mes yeux, les questions de sécurité priment. Vous pourriez peut-être demander à Mme Sutter d'ôter ces haies et de construire un petit enclos pour ses… heures de naturisme.

Bien joué, Amir. Et plutôt raisonnable.

— J'en discuterai avec elle.

— Merci.

Il y eut un petit silence.

— Si Mme Sutter et vous trouvez cette situation difficile à vivre, peut-être reconsidérerez-vous mon offre d'achat.

Ce n'était pas impossible, mais la maison ne m'appartenait pas. Je me rendais bien compte, en outre, que la villa de Susan et son petit terrain, au cœur d'un domaine appartenant à quelqu'un d'autre et patrouillé par des vigiles armés munis de chiens, avaient perdu une grande partie de leur valeur. Même les agents immobiliers du coin, pourtant capables de vendre une ancienne décharge de produits toxiques à un couple avec des enfants, feraient la fine bouche.

— Monsieur Sutter ?

— Euh, la décision revient à ma femme. Je crois que vous la connaissez déjà… Je lui ferai quand même part de votre offre.

— Je ne vous en demande pas davantage. Vous pourriez ajouter que je suis heureux de contribuer à sa sauvegarde en cette période troublée de sa vie. Malheureusement, cette sauvegarde ne va pas sans quelques désagréments. J'ai bien peur, par exemple, et ce sur les conseils de la société de sécurité, de devoir limiter l'usage que vous faites de mon domaine.

Encore des conneries. Cela rajoutait une bonne raison de lui vendre notre terrain à prix réduit.

— J'ai vu courir votre femme, hier. Ce serait imprudent, avec les patrouilles et les chiens.

— Vous êtes sûr que c'était elle ? Comment était-elle habillée ?

— Tout à fait décemment, mais là n'est pas la question.

— C'est vrai. J'ai compris.

Je savais bien qu'elle ne faisait pas son jogging toute nue.

— Bien que j'espère voir s'estomper rapidement les inquiétudes de votre épouse, ma situation personnelle, malheureusement, est destinée à durer. Je ne crois donc pas que ce domaine retrouvera de sitôt la paix et la tranquillité.

— Vous vous êtes bien fait comprendre, monsieur Nasim.

— Tant mieux. Transmettez mes condoléances à la famille de Mme Allard. J'aurai peut-être le plaisir de rencontrer la vôtre au cours des prochains jours.

— Nous pourrions peut-être nous retrouver tous pour le thé, suggérai-je.

— Faites-le-moi savoir.

— Je n'y manquerai pas. D'ici là, merci de me tenir au courant des dispositions que vous aurez prises. Et faites établir le contrat à nos deux noms.

Nous nous séparâmes sur une poignée de main. Je remontai en voiture et poursuivis mon chemin en direction de la maison d'hôtes.

Je ne vis pas mes bagages sur la pelouse. C'était bon signe, même si je ne savais pas ce qui m'attendait à l'intérieur.

La façon dont j'avais brisé, dix ans auparavant, la relation entre Frank et Susan pouvait s'envisager de deux façons : j'avais agi ainsi soit pour récupérer Susan parce que je l'aimais, soit par colère, parce que je les haïssais l'un et l'autre. Peut-être était-ce l'habituel mélange des deux. En tout cas, j'étais certain que Susan le comprenait. Elle m'aimait. Elle préférerait donc penser que je l'avais fait plus par amour que par haine. Et elle aurait raison.

Quant au fait qu'elle ait abattu Frank, aucun de nous trois n'avait souhaité une telle issue. Surtout Frank. Mais les dés étaient jetés. Comme nous l'avait aimablement, et par deux fois, rappelé Mancuso, le passé s'apprêtait à réclamer son dû.

Chapitre 50

Je portai mes achats jusqu'à mon bureau. Susan s'y trouvait, occupée à téléphoner et à taper sur son clavier d'ordinateur, tout en griffonnant de temps à autre sur un calepin.

Elle m'adressa un sourire distrait avant de se replonger dans ses tâches multiples. Je déballai la carabine et allai la poser sur la table de la cuisine, avant de glisser des cartouches dans le magasin. Susan me rejoignit après avoir terminé son coup de téléphone.

— Pourquoi cette carabine ? demanda-t-elle.

— Pour la voiture.

Silence. Je laissai le magasin chargé sur la table à café et demandai :

— Où vais-je dormir ?

— Dans la grande chambre.

— Bien.

— Je coucherai dans la chambre d'amis.

— Je n'y vois pas d'inconvénient, si tu as besoin d'un peu de temps pour réfléchir à ce que j'ai dit, à ce que j'ai fait, répliquai-je, devinant qu'elle ne parlait pas sérieusement.

— J'ai réfléchi.

— Alors ?

— Alors… je comprends tes raisons. Je crois sincèrement que tu ne l'as pas fait pour provoquer ce qui est arrivé. C'est moi qui ai eu une aventure avec Frank. C'est moi qui l'ai tué. Pas toi.

— C'est vrai.

— Je sais que tu voulais uniquement que je revienne.

— Vrai aussi. En amour et à la guerre, tout est permis.

Elle avait déjà entendu cette phrase.

— Très justc. Il est impossible pour nous, aujourd'hui, de comprendre vraiment ce que nous pensions et éprouvions il y a dix ans. Aucun de nous deux ne devrait donc juger l'autre.

— Je suis d'accord.

— Tu as pris conscience avant moi du dangcr que représentait Anthony Bellarosa. Tu aurais pu fuir. Tu as, au contraire, essayé de m'aider, avant même que nous revivions ensemble. Maintenant, tu as endossé mon problème, et tu as mis ta vie en danger.

Je n'aurais su mieux dire.

— Je t'aime, Susan.

Elle se leva. Nous nous étreignîmes, enfin, et je sentis ses larmes couler dans mon cou.

— Je t'aime, murmura-t-elle.

— Quel bonheur d'être ensemble !

— Oui, quel bonheur…

Elle se ressaisit, plongea son regard dans le mien.

— C'est terminé. Je ne veux plus jamais entendre parler du passé. Plus jamais.

— Je suis d'accord. Il n'y a plus rien à en dire.

— Bon… Je constate que tu as trouvé le magasin d'articles de sport.

— Oui. Le propriétaire se souvenait de moi. Il s'est aussi rappelé que nous avions un anniversaire à la fin du mois. Il m'a donc suggéré de t'offrir cette petite carabine, pour que nous puissions aller ensemble chasser les rats à la décharge.

Elle accepta de jouer le jeu.

— Comme c'est gentil !

Elle examina la carabine.

— Il ne fallait pas faire tant de frais, John.

— Oh, ce n'est rien.

Je pris l'arme, lui en expliquai le fonctionnement, puis la lui tendis.

— Sens comme elle est légère.

Elle la soupesa. Je précisai :

— Elle se glisse facilement sous un siège de voiture.

— Je vois ça.

Je lui repris la carabine, introduisis le magasin d'un coup sec, vérifiai le cran de sûreté et glissai une cartouche.

— Tu n'as qu'à ôter le cran de sûreté, viser et presser la détente. C'est une carabine semi-automatique. Elle tirera chaque fois que tu appuieras. Il y a quinze cartouches dans le magasin. Compris ?

Elle opina.

Je lui montrai ensuite comment effectuer un tir rapproché avec l'arme à la hanche, puis levai la carabine jusqu'à mon épaule.

— Pour tirer à plus de six mètres, vise comme au tir au pigeon d'argile. Tu n'as pas besoin de précéder la cible, et...

Malheureusement, Sophie apparut au même instant sur le seuil, poussa un hurlement et s'enfuit. Je m'apprêtai à courir après elle, sans le fusil. Plus rapide que moi, Susan se lança à sa poursuite.

— Je reviens tout de suite.

Elle réapparut quelques instants plus tard et s'exclama :

— Je lui ai accordé une augmentation !

— Parce qu'elle va nettoyer les flingues ?

— Non, John. Je l'ai augmentée parce que la maison compte à présent une personne de plus. Et je lui ai juré que tu étais un type presque normal.

— Bien. Tu lui as dit que nous avions la mafia sur le dos ?

— Non. Mais je lui montrerai, une fois encore, comment se comporter avec les inconnus qui se présentent à la porte.

— Il n'y en aura pas beaucoup. Nasim a institué un nouveau fonctionnement pour Stanhope Hall.

— Comment ça ?

Je nous servis une vodka-tonic.

— Je viens de tomber sur lui. Il bavardait avec des conseillers en sécurité.

Je levai mon verre.

— Au nouveau traité de défense mutuelle irano-américain.

Je lui détaillai mon accord avec Nasim. Elle fit la moue.

— Ça va être très gênant, tout ça... Et affecter ma qualité de vie.

— Être assassinée aussi.

Elle réfléchit un instant.

— Je ne m'attendais pas à cela en revenant.

— On est bien obligé de renoncer à un peu de liberté en échange de la sécurité.

— Pas du tout.

J'avais déjà eu cette discussion avec elle. Tout est une question de dosage : quelle part de nos libertés personnelles acceptons-nous de sacrifier et combien de craintes en moins escomptons-nous en retour ?

— Voyons comment cet arrangement fonctionne, dis-je. D'ici là, plus de jogging toute nue dans la propriété.

Elle sourit.

— Nasim aimerait également que nous enlevions les haies, ce qui augmenterait notre sécurité commune. J'ai tout de même précisé que nous tenions à notre intimité.

— S'il n'avait pas de tels problèmes avec les vêtements ou… l'absence de vêtements… En fait, j'ai l'impression qu'il fait pression sur nous pour que je vende.

— Tu devrais quand même y réfléchir.

— C'est tout réfléchi.

— Dans ce cas, rachète-lui le domaine.

— Où trouverais-je l'argent ?

Inconsciemment, je jetai un coup d'œil vers la carabine posée sur la table basse. Une fraction de seconde lui suffit pour comprendre.

— Ce n'est pas drôle.

— Quoi ? demandai-je, l'air innocent.

Elle changea de sujet.

— De quoi avez-vous parlé, avec Mancuso ?

Je lui rapportai notre conversation à propos de la disparition d'Anthony Bellarosa et des divers scénarios susceptibles de se dérouler d'ici une semaine ou deux. J'insistai sur les propos rassurants de l'agent spécial au sujet de nos hôtes et de nos enfants. Pour couper court à ses questions, je lui tendis sa carte.

— Il souhaite que tu l'appelles. Tu pourras lui parler directement.

— Entendu. Je lui téléphonerai aujourd'hui.

— Bien. Sache aussi qu'il est allé rendre visite à Nasim, ce qui a dû accélérer la transformation de Stanhope Hall en camp retranché.

— Comment nous sommes-nous retrouvés mêlés à tout ça ? Tous ces gens…

— Bah, ça passera.

Elle me regarda longuement.

— Comment aurais-je fait sans toi ?

Je me posais la même question.

Elle aborda alors des sujets plus importants.

— Un traiteur m'aidera à faire les courses et à cuisiner pendant la semaine. Sophie viendra elle aussi toute la semaine. Je crois que nous sommes suffisamment pourvus en vin, bière, vodka, whisky… Mais papa et maman boivent des Martini-gin et nous n'avons pas de gin. Ils adorent le Boodles. Ça t'ennuierait d'aller en acheter ?

— Je suis déjà allé acheter des fusils.

— Je t'en prie, John.

— D'accord. Je vais voir si je peux obtenir une autorisation de quitter le domaine.

Elle ignora mon sarcasme.

— Dois-je appeler mes parents pour les avertir des nouvelles mesures de sécurité au portail ?

— Ce serait une bonne idée. Dis-leur que cela concerne Nasim. Pas nous.

— Bien sûr. Je préviendrai aussi Edward et Carolyn. Et Peter.

— Nasim veut la liste écrite de nos hôtes. Occupe-t'en.

— Je le ferai.

— N'oublie pas les domestiques, les commerçants et les livreurs.

— Je m'en charge. Quelle barbe !

— Je compatis. Je reviens d'ici une heure. Pendant ce temps-là, porte là-haut les cartouches du fusil de chasse et mets la carabine dans le placard du vestibule.

— Tu ne veux pas la prendre, cette carabine ?

— Non, je prends la Taurus.

— Tu te rends compte de ce que nous sommes en train de dire ?

J'ignorai sa remarque.

— Appelle-moi.

Elle me serra dans ses bras et m'embrassa.

— Sois prudent.

Je montai en voiture et m'engageai dans l'allée menant au pavillon de gardien. Le portail était encore ouvert, non gardé. Je tournai à droite dans Grace Lane.

Une minute plus tard, environ, j'aperçus une Escalade noire venant à ma rencontre. Je ralentis.

On ne voyait rien à travers les vitres fumées, et j'étais trop loin pour distinguer la plaque minéralogique. Mais l'Escalade ralentissait elle aussi. Je regrettai de ne pas avoir emporté la carabine.

L'Escalade s'immobilisa au milieu de la route, à une dizaine de mètres de moi. Je reconnus l'autocollant du drapeau américain sur la vitre latérale, la plaque minéralogique. C'était la voiture d'Anthony.

Se trouvait-il lui-même à l'intérieur ? Et utiliserait-il son propre véhicule pour descendre John Sutter ? Il était bête, mais pas à ce point.

Je pouvais croiser rapidement l'Escalade ou faire demi-tour. La curiosité fut la plus forte. Je m'immobilisai à hauteur du gros SUV. La vitre du conducteur descendit, révélant Tony. Je baissai la mienne.

— Hé, m'sieur Sutter. J' me disais bien que c'était vous. Comment va ?

— Très bien, merci. Et toi ?

— Super.

Je perçus du mouvement à l'arrière. J'avais la Taurus en prise et le pied prêt à enfoncer l'accélérateur. Cela dit, je me serais senti plus à l'aise avec la carabine sur les genoux.

— Alors, vous faites quoi, en ce moment ?

Ce crétin me posait toujours les mêmes questions débiles.

— Comme d'hab.

— Ah ouais ? Et m'dame Sutter ?

Après avoir failli l'envoyer paître, je choisis l'esquive.

— Où est ton patron ?

Il sourit. Si j'avais été plus près, je lui aurais volontiers enfoncé mon poing dans la figure.

— Ch'ais pas. Pourquoi vous voulez le savoir ?

Du coin de l'œil, je guettais toujours les mouvements à l'arrière.

— Dis-lui que je le cherche.

— Ah ? Et pourquoi vous le cherchez ?

— Je me suis rappelé d'autres détails sur son père. Je voulais lui en faire part.

— Ah ? Il aime bien ces trucs-là. Moi aussi. Allez, racontez.

Je ne me fis pas prier.

— Si Frank avait vécu un peu plus longtemps, il vous aurait tous balancé aux fédéraux et vous croupiriez toujours en tôle.

— Allez vous faire foutre !

— Va te faire foutre toi-même, Tony. Ton patron aussi. Et…

La vitre fumée à l'arrière s'abaissa. Je m'apprêtais à foncer, lorsque Kelly Ann me lança :

— Vous dites des gros mots ! C'est très vilain !

Je pris une profonde inspiration.

— Désolé, ma chérie.

Je me tournai vers Tony.

— Dis à ton patron de ne plus se cacher et de se conduire en homme.

Il aurait bien répliqué par une insulte, mais Kelly Ann n'attendait que cela, et j'entendis Frankie, assis à côté d'elle, qui imitait sa grande sœur.

— Faut pas dire de gros mots ! Vilain, vilain !

— Je lui transmettrai votre message, dit Tony.

— C'est très aimable à toi. J'aimerais mieux m'en charger moi-même.

— Ouais. On y réfléchira.

— Parfait. Mes salutations à sa future veuve.

Il parut d'abord ne pas comprendre. Enfin, la lumière jaillit dans son esprit.

— À la vôtre aussi.

Nous remontâmes chacun notre vitre et poursuivîmes notre route.

Pourquoi avoir envenimé les choses ? Parce que les choses, justement, ne pouvaient pas être pires et qu'il est jouissif de pousser à bout un homme qui a décidé de vous tuer. Cela me faisait du bien. De plus, cela pourrait amener Anthony à commettre une faute. J'en rêvais. Une erreur de sa part, et c'était moi qui le tuerais.

TROISIÈME PARTIE

Tu honoreras ton père et ta mère.
Exode, XX, 12

Et moi je vous dis qu'il y a un mur
de trois mètres d'épaisseur
et de quinze kilomètres de haut
entre parent et enfant.
George Bernard Shaw,
Mésalliance

Chapitre 51

Il était 17 h 10. La pluie était arrivée, mais pas les Stanhope.

— Ils ont appelé il y a dix minutes pour m'annoncer qu'ils quittaient la voie rapide, me dit Susan.

Ils arriveraient donc d'ici un quart d'heure, ce qui me donnait le temps d'avaler un deuxième whisky-soda.

Susan et moi nous trouvions dans la cuisine. Sophie avait disposé sur la table au centre de la pièce des amuse-gueule auxquels je n'avais pas le droit de toucher. Le traiteur était là également. Susan et lui avaient concocté les menus pour la semaine. Sophie logerait dans la chambre de bonne, en bas, pendant cinq jours. C'était pratique pour Susan. Cela donnerait aussi à Charlotte et à William l'occasion d'exercer leur autorité sur une autre personne que leur fille ; et cela forcerait tout le monde à baisser la voix si l'on en arrivait aux explications orageuses.

La sonnerie du téléphone retentit. Susan alla répondre.

— Oui, nous l'attendons… Le fleuriste, précisa-t-elle en raccrochant. Il y a maintenant des gardes au portail.

Jadis, William et Charlotte ne semblaient jamais apprécier ni même remarquer les efforts que faisait Susan pour les accueillir, alors qu'ils parlaient toujours de Peter comme de l'enfant parfait. En réalité, c'était un bourricot. Mais il avait l'art de passer la pommade dans le dos de papa et maman. Il savait aussi d'où lui venait sa pitance.

À mon avis, Susan se faisait des illusions en s'imaginant que ses parents allaient loger chez nous. Elle avait fait nettoyer la chambre où ils couchaient autrefois lors de leurs visites, l'avait amplement fournie en bouteilles d'eau et biscuits apéritifs. Je n'avais pas envie de la voir triste ou déçue.

— Écoute, Susan, pourquoi n'irais-je pas à l'hôtel le temps de…

— Non. Tu es mon futur mari et le père de nos enfants. Tu restes ici avec moi, Edward et Carolyn.

— Mais…

— Mais je veux que tu disparaisses le temps que je leur verse un verre. Attends dans le bureau, la porte fermée. Je te préviendrai par l'Interphone un quart d'heure après leur arrivée.

— Ils remarqueront ma Taurus.

— Je leur dirai qu'il s'agit de ma deuxième voiture. Bon, tu tiens à les accueillir avec moi ?

— Non, Susan, je préfère m'éclipser. Je reviendrai quand…

— Tu ne pars pas. Tu restes seulement à l'écart pendant un moment.

— Entendu.

Je pris mon whisky et des amuse-gueule dans une serviette en papier.

— Bonne chance.

— John, rappelle-toi quand même une chose.

— Quoi ?

— Cinquante millions de dollars.

Je souris et emportai mes victuailles dans le bureau. Les stores étaient levés. Je vis la camionnette du fleuriste s'arrêter devant l'entrée. Deux hommes en descendirent, portant de quoi ensevelir une tombe italienne sous les fleurs.

Je baissai les stores pour que William et Charlotte ne puissent apercevoir leur futur gendre, m'assis à mon bureau et ouvris ma messagerie électronique en sirotant mon whisky.

Susan avait appelé Mancuso. Il lui avait donné des assurances, quelques conseils et transmis les mêmes informations qu'à moi sur la disparition d'Anthony Bellarosa. Il lui avait affirmé avoir été impressionné par son courage, tout en l'invitant à la prudence. D'après elle, ils étaient devenus bons amis, ce qui me réjouissait. Soucieux de ne pas l'inquiéter davantage, je ne lui avais pas parlé de ma rencontre avec Tony. Aussitôt après, j'avais téléphoné à Mancuso avec le portable de Susan, lui laissant, sur son répondeur, un message où je lui racontais l'incident.

Je consultai donc mes courriels pour la première fois depuis quinze jours. Ils émanaient, pour la plupart, de clients londoniens qui ne semblaient pas avoir compris que j'avais pris un long congé sabbatique. Cela me rappela que je devais informer mon cabinet de ma décision de démissionner. Et prévenir Samantha que je la quittais.

J'aurais pu lui téléphoner, mais il était plus de 23 heures à Londres. Lui envoyer un courriel ? Non, ce n'aurait pas été correct… Au fond, pourquoi ne pas attendre ce qui allait se passer au cours de la prochaine demi-heure ? La soirée tournerait peut-être au vinaigre. Dans ce cas, bien sûr, Susan saurait où placer les priorités. Le problème, c'était qu'elle en avait beaucoup : moi, les enfants, l'argent, qui se révéleraient peut-être incompatibles.

À moi, par conséquent, de prendre l'initiative. Peut-être faudrait-il que je me retire solennellement si John ou cinquante millions de dollars étaient évoqués dans la conversation. Sans parler du fonds de placement des enfants et de la rente de Susan…

Tout en m'imaginant plein de noblesse et de désintéressement, j'entendais les fleuristes aller et venir par la porte d'entrée, et Susan leur donner des instructions avec le ton de sa caste, poli mais sans réplique.

Comment une telle femme pourrait-elle vivre sans argent ? Ces putains de fleurs coûtaient, à elles seules, plus cher que le salaire mensuel d'un cadre moyen. Sans parler des amuse-gueule chichiteux, du traiteur, de Sophie, et… Pourquoi penser à tout cela en ce moment ? Il y avait des problèmes plus graves. Comme rester en vie.

J'envoyai quelques messages à des amis de Londres, sans évoquer une éventuelle installation à New York, mon remariage ou les menaces de la mafia. Ces confidences risquaient de revenir aux oreilles de Samantha. J'avais beau être prêt à brûler mes vaisseaux, ils me seraient bien utiles si je devais, en catastrophe, retraverser l'Atlantique.

J'avais écrit un courriel à ma sœur Emily, qui vivait sur une quelconque plage du Texas avec le dernier en date de ses amants. Elle et moi étions proches, en dépit d'une séparation géographique de douze ans. Je l'avais avertie de la mort d'Ethel et lui avais annoncé la bonne nouvelle à propos de Susan et de moi.

J'ouvris sa réponse : « Merveilleux. Je t'aime, Emily. *P.-S.* Merveilleux. *P.-P.-S.* Je ne pourrai pas assister aux obsèques d'Ethel, mais je ne manquerai pas le mariage de John et Susan. On en parlera quand tu auras un moment. »

Je répondis : « Tu es merveilleuse. La vie est merveilleuse. Je t'appellerai dès que possible. Je t'aime, John. *P.-S.* Les Stanhope vont arriver d'un moment à l'autre, et ça, ce n'est pas merveilleux. On aura peut-être l'occasion de rire. »

La sonnerie de la porte d'entrée retentit. En regardant à travers un des stores, j'aperçus une autre Taurus bleue à côté de la mienne : certainement la voiture de location des Stanhope. Un bref instant, j'eus une vision *merveilleuse* de William et Charlotte accueillis au portail par une rafale de mitrailleuse.

— Bienvenue ! s'écria Susan.

— Quels embouteillages, à New York ! s'exclama William le terrible. Comment peux-tu vivre ici ?

— C'est tellement *merveilleux* de te voir, ma chérie ! s'exclama Charlotte.

Les voix joyeuses disparurent dans le couloir et je retournai taper mon courriel pour Edward et Carolyn.

« Bonjour ! Malheureusement, vos grands-parents sont arrivés sains et saufs… *supprimer…* Papy et mamie viennent d'arriver, et je me cache… *supprimer…* P. et M. viennent d'arriver et je ne leur ai pas encore souhaité la bienvenue. Je serai donc bref. À votre arrivée ici, n'oubliez pas que votre mère et moi, nous vous aimons énormément, que nous nous aimons, que nous allons faire en sorte que papy et mamie se sentent à l'aise et bien accueillis, et même l'oncle Peter, ce bon à rien… *supprimer…* qui va peut-être nous rejoindre. Votre mère et moi essaierons de vous téléphoner demain pour vous tenir au courant de ce qui se passe. Sinon, appelez-nous. Edward, si nous ne pouvons nous joindre au téléphone, je te souhaite un bon voyage. Carolyn, fais-nous savoir quel train tu comptes prendre. Je vous aime, papa. *P.-S.* : Morts, vos grands-parents valent cent millions de dollars… *supprimer.* »

Je relus mon texte sans me décider à l'envoyer. Edward et Carolyn savaient bien qu'il y aurait des frictions entre leurs grands-parents et moi ; ils étaient adultes, et je devais les traiter comme tels, sans leur donner d'avertissements. Ma lettre semblait enjouée. Ils sauraient néanmoins lire entre les lignes. J'appuyai sur la touche « envoi ».

J'ouvris ensuite un site que m'avait indiqué un client américain. Il montrait des vues aériennes de demeures et d'entreprises dans tout le pays. En moins d'une minute, j'en obtins une de Stanhope Hall, prise l'hiver précédent. Je fus impressionné par la taille de la maison principale. On distinguait également le labyrinthe des haies, le temple de l'amour, le court de tennis, le verger de pruniers et même les ruines du bâtiment qui servait de maison de jeux à Susan pendant son enfance, aussi vaste qu'un véritable cottage.

Je passai sur le pavillon de gardien, puis sur la maison d'hôtes et les écuries voisines. Je me déplaçai vers l'Alhambra, vis la longue ligne de pins blancs séparant les deux domaines et me pris à songer aux trajets à cheval que Susan effectuait pour se rendre de Stanhope Hall à l'Alhambra.

Sur cette photo récente ne figuraient, bien sûr, ni la demeure rasée de Frank Bellarosa, ni les fausses ruines romaines, ni le bassin. En revanche, on distinguait très bien les nouvelles villas aux toits de tuile rouge, leurs jardins paysagers et les routes qui les desservaient.

Je zoomai sur celle d'Anthony, avec son vaste patio et sa piscine démesurée, puis retournai vers les pins, le domaine Stanhope et la maison de Susan. Une route tortueuse la reliait à celle d'Anthony. Mais, à vol d'oiseau, la distance ne devait pas excéder cinq cents mètres. Au pas de course, il me faudrait moins de cinq minutes pour rejoindre la villa d'Anthony Bellarosa ; et il ne lui en faudrait pas davantage pour parcourir le chemin inverse.

Chapitre 52

Bourdonnement de l'Interphone.

— Ils se sont évanouis ou ils sont partis ?

— Ni l'un ni l'autre. Le premier choc est passé.

— Sont-ils prêts pour le suivant, à savoir que nous ne signerons pas de contrat de mariage ?

— Contentons-nous d'un traumatisme par jour. Demain, ce sera à ton tour de le leur annoncer.

— Très bien. Où es-tu ?

— Dans la cuisine, en train de leur préparer leur deuxième Martini. Je serai au salon dans une minute. Je t'ai servi un verre bien tassé.

— Parfait. À tout de suite.

Je quittai le bureau et gagnai le salon.

William et Charlotte avaient pris place dans des fauteuils, près de la cheminée. Susan était assise dans une causeuse, face à eux. Sur la table basse qui les séparait, des amuse-gueule et des verres.

Devais-je me précipiter vers eux, les bras tendus, en criant : « Maman, papa ! » ? Je me contentai d'un simple « bonjour ».

Susan se leva. Charlotte et William firent de même, sans enthousiasme.

J'embrassai d'abord Susan, pour les provoquer, tendis ensuite la main à Charlotte, qui m'offrit une nouille molle, puis à William, qui me donna en retour un poisson froid.

— Avez-vous fait bon voyage ?

— Correct, répondit William.

— Assieds-toi à côté de moi, John, intervint Susan. Je t'ai préparé une vodka-tonic.

— Merci.

Je m'assis dans la causeuse et elle me prit la main, ce qui fit tressaillir ses parents.

On entendait Schubert en musique de fond. La pièce, remplie de fleurs, était éclairée aux bougies. On se serait cru dans une chambre mortuaire.

J'avalai une gorgée de mon verre et découvris qu'il ne contenait que du tonic.

Toujours aussi peu doué pour les couleurs, William était vêtu d'un affreux pantalon vert, d'une hideuse chemise de golf jaune et d'une effroyable veste rose. Charlotte, elle, portait un pantalon rose pâle et un chemisier vert vomi. Tous deux arboraient d'horribles chaussures blanches orthopédiques. Étonnant qu'avec de tels croquenots on les ait laissés monter dans l'avion !

En dix ans, William n'avait guère changé et utilisait toujours la même teinture pour ses cheveux. Charlotte avait beaucoup vieilli. Son visage strié de rides profondes ressemblait à une façade à la peinture craquelée. Les cheveux roux, dénoués, elle exhibait des boucles d'oreilles, un collier et un bracelet de corail et de coquillages, assortiment qui lui donnait l'allure d'un aquarium asséché. Aucun des deux n'avait pris de poids. Pour des adeptes du golf, ils arboraient un teint blanchâtre, comme s'ils s'étaient enduit le visage de lait de chaux.

— Vous avez l'air très en forme, dis-je.

— Merci, répondit William, sans me retourner le compliment. Nous allons très bien.

— Notre médecin, couina Charlotte, nous a assurés que nous pourrions vivre jusqu'à cent ans !

Quel salaud !

Susan aborda alors le sujet du jour.

— John, j'ai annoncé à papa et à maman que nous allions nous remarier. Je leur ai dit à quel point Edward et Carolyn étaient heureux pour nous.

— Ma mère est ravie elle aussi, répliquai-je. Et Ethel, peu de temps avant de mourir, nous a confié : « Maintenant, je peux partir en paix, en sachant que… »

Les ongles de Susan s'enfoncèrent dans ma paume. Je ralentis mon débit.

— Nous avons beaucoup réfléchi à tout cela. Nous avons discuté de tous les aspects de notre remariage. Nous sommes sûrs de notre décision.

— Et nous nous aimons, John, me rappela-t-elle.

— Et nous nous aimons.

Papa et maman ne faisant aucun commentaire, Susan poursuivit :

— Ainsi que je vous l'ai dit avant que John vienne nous rejoindre, je comprends que vous soyez surpris par cette nouvelle. Je comprends également que vous ayez des doutes et des réserves. Mais nous sommes certains de l'amour qui nous lie l'un à l'autre.

William et Charlotte demeuraient de marbre, comme si leurs appareils auditifs s'étaient brusquement éteints. D'un même geste, ils saisirent leurs verres et engloutirent une longue gorgée.

— John et moi avons discuté de ce qui est arrivé autrefois, reprit Susan. Tout cela est maintenant derrière nous. Nous sommes prêts à repartir de l'avant. Le passé nous a enseigné ce qui est important. Les erreurs que nous avons commises nous ont donné des leçons extraordinaires qui nous aideront à fortifier notre amour et notre famille.

William et Charlotte terminèrent leur Martini.

À mon tour de prendre la parole.

— Je suis persuadé que vous souhaitez le bonheur de votre fille. Je crois que je peux la rendre heureuse. J'ai fait de nombreuses erreurs au cours de notre mariage, et je prends sur moi une grande partie de la responsabilité de ce qui s'est passé entre nous. Je tiens à ce que vous sachiez que j'ai changé, que je suis devenu plus sensible à ses besoins, à ses désirs, que j'ai appris à maîtriser ma colère, et…

À nouveau les ongles dans ma peau.

— John.

— Oui ?

— Je crois que papa et maman voudraient que tu évoques ce qui s'est passé la dernière fois que nous étions tous réunis.

— Bien sûr. J'y venais.

Nous nous trouvions dans un restaurant italien de Locust Valley. William venait de vendre Stanhope Hall à Frank Bellarosa. Il m'avait demandé de dresser le contrat gratuitement et s'apprêtait à me laisser régler l'addition, comme d'habitude. Excédé par ses mœurs de gougnafier, je l'avais traité de…

— John…

— Oui.

Je fixai Charlotte puis son mari.

— Un des plus grands remords de ma vie, William, est d'avoir proféré un certain nombre de propos la dernière fois que nous avons dîné ensemble. Ma sortie était totalement inacceptable, injustifiable. Les mots se sont échappés de mes lèvres comme… comme des diables… Si je pouvais les rattraper, ou les ravaler, je le ferais. Or c'est impossible. Je vous présente donc mes plus plates excuses, à vous et à Charlotte, pour m'être laissé aller à de telles grossièretés. Je présente aussi mes excuses à Susan, parce qu'elle a été obligée de voir les trois personnes qu'elle aimait le plus au monde se… Je vous prie d'accepter mes regrets.

Quelques secondes de silence.

— Personne ne m'a jamais parlé ainsi de toute ma vie, grommela William.

Vraiment ?

— C'était tellement blessant, insista Charlotte.

Peut-être leur fallait-il un autre Martini. J'avais promis à Susan que je présenterais mes excuses, mais ces deux débris ne voulaient rien entendre. Pourtant, je renchéris :

— Vous n'imaginez pas le nombre de fois où je me suis assis pour vous écrire une lettre d'excuses. Hélas, je n'ai jamais pu transcrire sur le papier les mots qui se bousculaient dans ma tête. Maintenant que je peux m'adresser à vous en personne, j'espère que vous sentirez à quel point ils sont sincères et viennent du cœur.

Je posai la main droite sur ma poitrine.

Je voyais bien qu'après deux Martini William se rendait compte que je me payais un peu sa fiole. Charlotte, bête à manger du foin, gobait tout sans y trouver malice.

William finit quand même par réagir.

— J'ai été sidéré, John, que mon gendre, un homme dont je respecte les parents, ait pu utiliser un tel langage en public et en présence de dames.

Je l'écoutai sans broncher. Visiblement, il attendait ce moment depuis dix ans et entendait bien en savourer les moindres secondes.

Finalement, Susan l'interrompit.

— Écoute, papa, John t'a demandé d'accepter ses excuses.

Il dévisagea successivement sa fille puis moi.

— Charlotte et moi en discuterons. Sachez, John, que nous n'accordons pas notre pardon aussi légèrement que certains jeunes d'aujourd'hui. On peut implorer l'indulgence, mais il faut la gagner.

— J'espère pouvoir la mériter.

— Il ne s'agit pas d'espérer, John, il faut y œuvrer.

Tête de nœud !

— C'était bien ce que je voulais dire.

— Laissez-moi vous resservir un verre, dit Susan en se levant. John, donne-moi un coup de main.

Je la suivis dans la cuisine.

— Merci, me dit-elle. Je sais que c'était difficile, mais tu l'as fait. Tu te débrouilles très bien.

— Vraiment ?

— Oui. Toutefois, n'en fais pas trop. Tu es à la limite du sarcastique.

— Moi ? Est-ce que nous les supporterions s'ils n'étaient pas pleins aux as ?

Elle remplit les deux verres de gin.

— S'ils n'étaient pas aussi riches, ils ne seraient pas aussi pénibles.

— Nous ne le saurons jamais.

— Je t'en prie, ne réutilise plus l'expression « un million ».

— Je cherchais seulement à rendre concret un…

— N'oublie pas les enfants. Pour nous, je m'en fiche, mais je pense à eux.

— Je ne veux pas qu'ils perdent tout respect d'eux-mêmes ou vendent leur âme pour un tas d'or.

— Non. Ça, c'est notre boulot à nous.

— Où tes parents vont-ils dormir, ce soir ?

— Nous n'en avons pas encore parlé.

— Ils savent que je partage ton lit ?

— Papa a mentionné le pavillon de gardien, mais je ne crois pas qu'il ait fait le lien. Le moment venu, nous nous souhaiterons bonne nuit, normalement, sans en faire une montagne.

— D'accord. Et pour le dîner ?

— Nous allons tous à la maison funéraire. Je proposerai que nous revenions ici pour un repas léger. À moins qu'ils ne préfèrent aller au restaurant.

— Pourquoi pas ce troquet italien de Locust Valley où nous avons dîné tous ensemble pour la dernière fois ?

— D'accord, dit-elle en riant. Ne leur laisse pas l'addition, cette fois.

— Ah ! c'est pour ça qu'il est encore furieux.

Elle versa un trait de vermouth dans chaque verre, ajouta une olive.

— Retournons au salon. Sinon, ils vont s'imaginer que nous parlons d'eux.

— Mais eux, ils parlent de nous.

Elle posa les deux verres sur un plateau argenté qu'elle me tendit.

— À toi l'honneur.

Je me dirigeai vers la porte puis m'arrêtai et entrai dans le salon.

— Et voilà ! lançai-je d'un ton jovial. Et il y en a d'autres à venir.

William goûta son cocktail.

— Susan fait des Martini parfaits.

— Et je n'en ai pas renversé une goutte, dis-je fièrement.

Susan leva son verre de vin.

— Laissez-moi vous dire à nouveau à quel point je suis comblée de vous avoir ici, à Stanhope Hall, où nous avons vécu autrefois des jours si heureux, même si l'occasion qui nous rassemble est bien triste. Je sais qu'Ethel nous regarde de là-haut, qu'elle sourit de nous voir tous réunis.

Pour un peu, j'en aurais eu la larme à l'œil.

Nous levâmes nos verres, sans les entrechoquer. Tout le monde but.

J'avais le sentiment qu'au cours des cinq dernières minutes William et Charlotte s'étaient mutuellement félicités d'être de tels enfoirés, avant de mettre au point une attaque contre ma personne.

William tira le premier. Il dit à sa fille :

— J'ai vu le fils de Dan, Bob, l'autre jour au club. Il m'a chargé de te saluer.

— C'est gentil.

— Il m'a encore répété à quel point tu avais illuminé les dernières années de son père.

Là, Susan garda le silence.

Au tour de Charlotte.

— Dan nous manque tellement. C'était un tel boute-en-train !

William pouffa.

— Et qu'est-ce qu'il aimait le golf ! Il a aussi réussi à te le faire apprécier, Susan. Tu commençais à devenir très bonne. Tu continues à jouer, ici ?

— Non.

— Ah, une fois qu'on y a goûté… Je parie que Dan, là-haut, joue au golf au moins deux fois par jour.

— Tu as laissé chez nous les clubs magnifiques qu'il t'avait offerts, enchaîna Charlotte. Veux-tu qu'on te les envoie ?

— Non, merci.

Sentant que j'étais sur le point d'exploser, comme je l'avais fait dix plus tôt, Susan interrompit son père.

— Edward et Carolyn seront ici demain soir. Ils sont ravis de vous voir.

— Nous aussi, nous avons hâte de les embrasser, dit Charlotte. Comment vont-ils ?

Est-ce que tu en as quelque chose à foutre ? pensai-je. J'étais sûr, à présent, que ces porcs n'avaient même pas pris de leurs nouvelles. Ils écoutèrent distraitement Susan leur en parler, comme si elle évoquait les petits-enfants de quelqu'un d'autre.

Le sujet épuisé, William se tourna vers moi.

— Et vous, John, comment ça se passe, à Londres ?

Il s'en moquait éperdument, mais je discernais le prélude à quelque chose de moins aimable.

— Ça se passe très bien.

— Vous travaillez ?

— J'ai toujours travaillé.

— Vous avez pourtant pris trois ans de vacances pour faire le tour du monde à la voile. Enfin, j'imagine que ça représente beaucoup de travail.

Je l'aurais bien invité à faire un long périple avec moi en bateau, mais il aurait compris qu'il n'en reviendrait pas.

— C'était un vrai défi, dis-je.

— Je n'en doute pas. Vous aviez une femme dans chaque port ?

— Ce n'est pas une question à poser devant votre fille.

Ma repartie le coupa dans son élan. Susan en profita pour intervenir.

— Tu sais, papa, le passé est derrière nous, maintenant.

Comme tous les pleutres de son espèce, William battit en retraite.

— Je ne voulais pas aborder un sujet sensible.

— Ce n'est pas un sujet sensible, répondit Susan. C'est un sujet clos.

— Bien sûr, murmura M. Délicat.

Il eut alors le toupet de me demander :

— Comment se fait-il que vous ne vous soyez pas remarié après tout ce temps, John ?

— Je n'ai rencontré que des femmes mariées.

Il ne sembla guère goûter ma réponse. Charlotte, elle, parut satisfaite de mon explication.

— Apparemment, vous avez gâché ces longues années avec des femmes qui n'étaient pas libres.

— Je peux vous apporter un autre verre ? proposa Susan.

Maman et papa secouèrent la tête en signe de refus, et William expliqua :

— Nous nous limitons à trois Martini.

À la minute ?

— Vous n'en avez pris que deux, fis-je remarquer.

— Nous en avons bu un avant de venir.

— Ça ne compte pas, dis-je. Je déteste boire seul.

— Bon… d'accord.

Je me levai, prêt à me rendre à la cuisine, mais Sophie passa la tête par la porte entrebâillée et s'adressa à Susan.

— Vous désirez quelque chose ?

William, habitué à traiter le personnel de maison comme des esclaves, répondit :

— Deux autres Martini. Et débarrassez ces assiettes. Apportez-en des propres, avec des serviettes. Susan, montre-lui comment faire un Martini.

Sophie s'exécuta et regagna la cuisine, suivie de Susan. Charlotte s'excusa et se leva à son tour. Je me retrouvai seul avec William.

Nous échangeâmes un regard. Ses yeux jaunes se rétrécirent à la dimension d'une fente. Des cornes pointèrent à travers ses cheveux, de la fumée jaillit de ses narines. Ses chaussures orthopédiques s'ouvrirent, révélant des sabots fourchus. Il porta la main derrière lui et se mit à jouer avec sa queue pointue

Peut-être étais-je le jouet de mon imagination. En tout cas, ses yeux se rétrécirent bel et bien.

Après un moment de silence, il prit la parole.

— Cela ne nous réjouit pas, John.

— Je le regrette. Mais votre fille, elle, est heureuse.

— Elle le croit. Après la mort de Dan, elle s'est sentie très seule. Elle a été bouleversée par les attentats terroristes et, au cours des derniers mois, elle s'est plongée dans ses souvenirs.

Silence de ma part.

— Elle n'est plus elle-même, John. La femme que vous voyez aujourd'hui sera peut-être totalement différente dans quelques mois.

— Je vous remercie de votre sollicitude, puisque vous semblez vouloir m'éviter une erreur. Et votre inquiétude pour mon avenir me touche au plus profond.

Ses yeux se rétrécirent encore.

— En fait, je ne m'inquiète pas du tout. Susan ne sait pas où elle en est. Nous connaissons notre fille. Nous pensons qu'il s'agit d'une simple étape dans sa vie et que ça lui passera.

— Vous devriez lui révéler ce que vous pensez de son état mental. Sinon, c'est moi qui le ferai.

Il se pencha vers moi.

— Il va falloir que nous discutions, John, d'homme à homme.

— J'en serais ravi.

Il décida alors d'aller droit au but.

— Charlotte et moi, vu la position que nous occupons, devons nous montrer très prudents à l'égard des prétendants de notre fille. Vous me suivez ?

— Bien sûr. Vous souhaitez son bonheur.

— Non… Enfin, oui, bien sûr. Mais je parle de… d'argent.

— L'argent ? Où est le rapport ? Nous réglerons nous-même les frais de notre mariage.

Il parut consterné par ma bêtise mais poursuivit patiemment son explication.

— Je ne connais pas votre situation financière. Je suis quand même certain que la rente annuelle de Susan et son futur héritage ont influé sur votre décision. Ne le prenez pas mal, John. Je suis persuadé que vous croyez sincèrement l'aimer. Toutefois, pour être franc, je pense que vous avez divorcé pour de bonnes raisons. Vous n'étiez pas faits l'un pour l'autre. C'est pour ça que vous êtes restés éloignés pendant dix ans. Alors, je vous pose la question. Pourquoi lui faites-vous à nouveau la cour ? Et pourquoi lui avoir proposé le mariage ?

C'était elle qui me l'avait proposé, mais j'étais assez courtois pour le passer sous silence.

— Si vous me prenez pour un coureur de dot, William, vous m'offensez.

— Non, John, je ne dis pas cela. Je dis seulement que vos sentiments ont pu être influencés par ces considérations… Inconsciemment, bien sûr.

— Vous soulevez une question intéressante. Ainsi, vous pensez qu'inconsciemment… Eh bien, il faut que j'y réfléchisse. Je ne voudrais pas me tromper, croire que je me remarie par amour alors que, tout au fond de moi, ce serait pour l'argent.

Sans relever mon ton sarcastique, William se rapprocha de moi et m'asséna sans détour :

— Nous pourrions peut-être envisager un arrangement financier pour que vous retourniez à Londres.

S'il songeait aux cent mille dollars évoqués par Susan, là, pour le coup, il se montrait insultant. Il fallait au moins un nombre à sept chiffres.

— John ?

Si je le rembarrais méchamment, le reste de la semaine risquait d'être rude. Au contraire, si je jouais le jeu, je pourrais attendre le dîner de la fête des Pères pour cracher mon venin. Tout était une question de tempo.

— J'espère que vous réfléchirez à ma proposition.

— Je vais réfléchir. Pas à votre arrangement financier... mais à propos de votre opinion sur de l'état mental de Susan. Je ne voudrais pas qu'elle commette une erreur, que notre remariage la rende malheureuse.

— Nous non plus, John.

— Dans ce cas, nous devrions peut-être... simplement vivre ensemble.

Pauvre William, qui croyait avoir décroché le gros lot... Il s'éclaircit la gorge.

— Je parlais d'une incitation financière pour que vous retourniez à Londres.

— Ah oui. Eh bien, je ne voudrais pas blesser Susan en partant... Je ne voudrais pas non plus lui nuire en m'engageant dans un mariage sans issue.

— Sur le long terme, vous seriez tous les deux infiniment plus heureux si vous vous sépariez tout de suite. Il faut que ce soit rapide, tranchant, définitif.

Je laissai échapper un soupir.

— Il faut que j'y réfléchisse.

William sentait qu'un accord se dessinait.

— Je voudrais votre réponse avant notre départ : dimanche ou lundi matin au plus tard.

— Entendu. À propos de cette incitation financière...

— Nous en discuterons le moment venu.

— Cela m'arrangerait d'en connaître dès maintenant le montant.

Lui-même ignorait à combien il estimait le bonheur de Susan et ce que j'exigerais pour renoncer à l'amour de ma vie. Par contre, il pouvait supprimer sa rente annuelle et la déshériter. Il savait que je le savais. Cela baissait le prix de sa fille et celui de mes prétentions.

— Quel serait votre chiffre ? me demanda-t-il.

— Que diriez-vous de deux millions de dollars ?

Je crus qu'il allait s'affaler la tête la première dans sa tartine de fromage. Il prit une profonde inspiration.

— Nous pourrions peut-être tomber d'accord sur la moitié de cette somme… Versée sous forme de dix annuités, pour que l'incitation demeure.

— Je vois où vous voulez en venir. Mais si je touchais tout d'un seul coup je ne reviendrais pas sur mon engagement. Je vous en donne ma parole.

— Il me faudrait un accord écrit.

— Comme un non-contrat de mariage.

— Et une non-cohabitation.

— Bien sûr…

J'adore les négociations. Je poursuivis, presque joyeusement :

— Si j'obtenais tout en une fois, je serais prêt à revoir les deux millions à la baisse.

— Je crois qu'il nous faut encore discuter les termes du contrat et son montant. Plus tard.

— Que faites-vous après le dîner ?

Avant qu'il ait pu répondre, Susan et Sophie réapparurent. En parfait gentleman, William se leva et prit un Martini sur le plateau de Susan. Sophie rangea la table basse puis s'en alla. Susan s'assit et nous sourit.

— Où est maman ?

— Elle se refait une beauté.

— Vous avez eu une bonne discussion entre hommes ?

— Nous n'avons parlé que de ce qui se passe en ce moment à Stanhope Hall, répondit William.

Il était plus détendu, sentant, de toute évidence, approcher la fin de son cauchemar. Devais-je lui adresser un clin d'œil et faire le V de la victoire avec deux doigts pour lui indiquer la somme, deux millions ?

Charlotte revint s'asseoir et sirota son Martini. Susan choisit de changer de sujet.

— Ainsi que je vous l'ai dit dans mon courriel, le propriétaire, Amir Nasim, est inquiet à propos de sa sécurité et a engagé une société pour lui donner des conseils.

— Quel genre d'inquiétude ? demanda William.

— Il vient d'Iran. Selon sa femme, il a des ennemis dans son pays, des gens qui pourraient lui en vouloir.

— Mon Dieu ! s'exclama Charlotte.

William, qui ne pensait jamais qu'à lui, demanda :

— Tu crois qu'il y a un danger pour nous ?

Il voulait dire pour moi, bien sûr.

— Personne ne risque de confondre la maison d'hôtes avec Stanhope Hall, précisai-je, ni M. et Mme Nasim avec n'importe lequel d'entre nous.

— Nous allons peut-être avoir un peu de sport, ici, fit-il bêtement remarquer.

— Si vous vous sentez plus rassurés ailleurs, Susan peut voir s'il y a des cottages libres au Creek.

— Il ne faut pas en faire une montagne, John, dit Susan.

Je ne répondis pas mais remarquai que ni mon beau-père ni Charlotte n'avaient manifesté la moindre inquiétude pour leur fille ou leurs petits-enfants.

— Quand nous vivions à Stanhope Hall, se rengorgea William, on ne verrouillait jamais les portes. N'est-ce pas, chérie ?

— C'est vrai.

Le sujet épuisé, nous évoquâmes de bons souvenirs d'Ethel, sans jamais rappeler que c'était aussi une emmerdeuse. Charlotte la qualifia simplement d'entêtée.

— Parfois, je me demandais qui était la maîtresse et qui était la servante, gloussa-t-elle.

— Nous n'utilisons plus ce terme, lui rappela Susan.

— Oh, peu importe !

William, lui, préféra ne rien à dire sur Ethel, pensant peut-être à sa liaison avec son père. Je ne pus m'empêcher d'enfoncer le clou.

— En classant ses papiers, j'ai découvert qu'elle bénéficiait d'une convention d'occupation à vie. Je me suis demandé pourquoi Augustus avait manifesté une telle sollicitude envers deux jeunes employés qui…

— John, interrompit Susan en consultant sa montre, nous devrions nous préparer. Je voudrais être à la maison funéraire à 19 heures.

Elle se leva. Je la rejoignis dans la chambre.

— On a le temps, pour un petit zigzag vite fait ?

Elle sourit.

— C'est l'alcool qui te fait cet effet-là ?

— Très drôle. Ces deux-là ont sifflé une demi-bouteille de gin.

— Ils étaient tendus ; furieux, aussi. Mais papa avait l'air beaucoup moins furibond après son troisième verre.

— Possible.

— De quoi avez-vous parlé ?

Je m'étais promis de lui raconter comment il avait tenté de m'acheter. Si je le faisais maintenant, elle pousserait des hauts cris. Mieux valait lui laisser croire que l'alcool l'avait réellement amadoué. Demain, en constatant que lui et moi entretenions de meilleurs rapports, et sans Martini, elle ne cacherait pas sa joie, qui rejaillirait sur nous tous, y compris sur Edward et Carolyn. Et dimanche soir ou lundi matin, après le départ des enfants et avant que M. et Mme Casse-burnes repartent vers le sud, je lui demanderais quel prix lui paraîtrait convenable pour que j'accepte la proposition de son père.

Quand elle serait remise du choc initial, je lui avouerais qu'il m'avait proposé deux millions de dollars, mais que je ne regagnerais pas Londres pour moins de cinq millions. Une sacrée somme… Je pourrais même vivre des intérêts, comme les Stanhope.

— Ça c'est mieux passé que je ne le craignais, concéda-t-elle en rectifiant son maquillage, assise à sa petite table. Merci encore de t'être montré si… aimable.

— Il est facile de l'être avec des gens aussi délicieux.

— Évite les réflexions sarcastiques, je t'en prie. Ils ne sont pas aussi fermés que ça.

— Tu crois ?

— Et ne parle plus de la convention d'occupation d'Ethel. Pourquoi l'as-tu fait ?

— Je ne me rendais pas compte qu'il s'agissait d'un sujet délicat.

— Tu le savais très bien. Tu devrais trouver des façons moins tordues de t'amuser.

— D'accord. Que dirais-tu d'un zigzag vite fait ?

— Enfin, John, nous allons à une veillée mortuaire !

Elle jeta un coup d'œil à sa montre.

— Vite fait, ça veut dire quoi, pour toi ?

Chapitre 53

Comme William et Charlotte auraient fait exploser l'éthylomètre, je pris le volant. J'avais laissé la carabine à la maison pour qu'ils ne la voient pas, mais aussi pour ne pas être tenté de les descendre.

La Walton Funeral Home de Locust Valley était une adresse du dernier chic. Là avaient eu lieu les veillées funèbres de George Allard, dix ans auparavant, de ma tante Cornelia, de mon père et de nombreux membres de ma famille.

Celle d'Ethel devait se dérouler dans le salon A, réservé aux disparus réunissant peu de proches éplorés. De nombreux bouquets et couronnes le long des murs, mais guère de monde assis. La famille Allard occupait la plupart des sièges du premier rang.

Nous saluâmes d'abord Ethel dans son cercueil ouvert. Elle paraissait sereine. Les employés des pompes funèbres l'avaient coiffée et maquillée avec soin. Elle portait une très jolie robe couleur lavande, ornée de broderies blanches, qui semblait venir d'une autre époque. Bon choix, Ethel.

— Elle est si belle, murmura Susan.

— C'est vrai, dis-je.

Charlotte et William firent remarquer qu'elle n'avait pas beaucoup vieilli en dix ans. En fait, elle avait meilleure mine que Charlotte, qui était vivante.

Je priai silencieusement pour la défunte puis allai voir Elizabeth. Elle se tenait debout un peu plus loin, tout en noir, ce qui rehaussait sa beauté. Nous nous embrassâmes.

— Merci d'être là, me dit-elle.

— C'était une femme remarquable. Elle va me manquer.

Susan s'approcha à son tour. Les deux femmes échangèrent baisers et propos de circonstance.

— Tu tiens le coup ? chuchota Susan.

— Je suis heureuse qu'elle ait rejoint papa.

Allez savoir qui elle avait retrouvé…

Ce fut ensuite au tour des Stanhope de saluer Elizabeth. Je perçus une certaine réserve de part et d'autre. Les Stanhope étaient là par respect convenu envers les humbles. En réalité, ils étaient venus voir leur fille, leurs quelques amis de New York et, peut-être, leurs petits-enfants, ma présence étant la cerise sur le gâteau.

En fait, ils gardaient une rancune tenace à Ethel, surtout en raison de cette convention d'occupation à vie. Sans compter le fait que, faisant fi de sa condition de domestique, elle s'était glissée dans le lit d'Augustus. Finalement, mon beau-père n'était pas mécontent de voir disparaître la maîtresse de son père.

Elizabeth, de son côté, n'avait jamais apprécié William et Charlotte. Qui les avait jamais appréciés ? Mais elle s'était toujours montrée courtoise envers eux, et même chaleureuse. Elle les remercia d'avoir fait un aussi long chemin depuis Hilton Head. Oubliant sans doute leur inimitié envers leur ex et futur gendre, elle ajouta :

— C'est merveilleux, n'est-ce pas, pour Susan et John ?

Il est difficile d'imaginer qu'un visage puisse à la fois se tordre et se figer. Ce fut pourtant ce qui se produisit. Elizabeth comprit et détourna habilement la conversation.

— Voici mes enfants.

Tom junior et Betsy, que nous avions connus gamins, étaient devenus de jeunes adultes aux manières affables et vêtus avec élégance. Je me dis qu'il faudrait les marier à Edward et Carolyn et fonder ainsi une dynastie.

Après divers membres de sa famille, Elizabeth nous présenta son ancien mari, Tom Corbet, dont je me souvenais très bien. Il était accompagné d'un bel homme, Laurence, qu'il désigna comme son « partenaire ». William leur demanda aussitôt :

— Dans quelle branche êtes-vous ?

— Wall Street, répondit Tom.

— CBS News, répondit Laurence.

— Euh, je croyais que vous étiez partenaires. Associés, quoi…

Ravie, Elizabeth mit les choses au clair. Tout le monde rit de bon cœur, sauf mon beau-père, qui rougit jusqu'aux oreilles. Charlotte, elle, n'avait rien compris.

Nous rencontrâmes un certain nombre de personnes venues s'incliner une dernière fois devant Ethel Allard. Je commençais à m'ennuyer ferme. Au bout d'une demi-heure, j'en avais tellement assez que je ne prêtai même pas attention à l'arrivée de ma mère. Je m'aperçus de sa présence seulement en la voyant en grande discussion avec Elizabeth, au premier rang.

— Tu ne te précipites pas dans mes bras, John ? me lança-t-elle.

La garce !

Je me levai et m'excusai.

— Désolé, maman, j'étais en prière.

Elle eut le bon goût de sourire et reprit sa conversation avec Elizabeth.

Harriet était vêtue d'une robe de coton multicolore, probablement une tenue de deuil utilisée dans quelque tribu du bout du monde. Je profitai de ce qu'elle était occupée pour m'éclipser dans le salon adjacent. Tom et Laurence s'y étaient eux aussi réfugiés. Je m'assis près d'eux.

— Expliquez-moi encore comment vous pouvez être partenaires et travailler dans des domaines différents, dis-je.

Nous éclatâmes de rire en même temps.

— Jusque-là, je croyais que mon ex-belle-mère était épouvantable. Or vos beaux-parents ont l'air de sortir tout droit de l'enfer.

— Ils ne sont pas si méchants…

— Je me base uniquement sur ce qu'Elizabeth m'en a dit, et qu'elle tenait de sa mère. Désolé si je me suis trompé…

— Ils ne sont pas réellement charmants, admis-je. Toutefois, ils ont deux qualités. Ils sont vieux. Et riches.

Ma pique déclencha l'hilarité des deux hommes.

— Eh bien, félicitations pour votre prochain mariage, conclut Tom.

Je bavardai un moment avec eux, heureux d'avoir un peu de compagnie. Soudain, William fit son apparition en compagnie d'un vieux monsieur : le révérend James Hunning. Il me vit et se comporta comme si je n'étais pas là. Cela ne devait pas m'empêcher de me montrer poli. Je levai donc deux doigts dans sa direction. Il s'assit en me tournant le dos et se mit à converser avec son ami.

— Vous partez ? me demanda Tom.

— Non.

— Ah, ne venez-vous pas de dire à William que vous seriez prêt dans deux minutes ?

— Je lui faisais seulement le signe de la paix. Parfois, je me contente d'un seul doigt.

De nouveau, Tom et Laurence s'esclaffèrent. Les gens commençaient à se tourner vers nous, y compris William et le révérend Hunnings, qui me jeta un regard noir. De toute façon, le moment était venu de partir. Je pris congé des deux hommes.

De retour dans le grand salon, je m'installai au dernier rang et observai les allées et venues. Le parfum des fleurs provoquait presque la nausée, les lumières clignotantes accrochées aux murs donnaient le tournis. Je pensai à nouveau aux obsèques de George et à l'entrée de Frank Bellarosa qui avait suscité dans l'assemblée un frémissement d'effroi. Ce n'est pas tous les jours qu'un parrain de la mafia se montre chez Walton. Les gens savaient-ils qu'il était là pour moi ? Et pour Susan, bien sûr.

Il était arrivé en compagnie d'Anna. Ils s'étaient agenouillés devant le cercueil, à la manière catholique, avaient baissé la tête pour prier. Je jure que je vis George tenter de se retourner. Les Bellarosa avaient ensuite serré la main de toutes les personnes présentes au premier rang, en exprimant leurs condoléances. Puis ils étaient repartis, au grand soulagement de l'assistance.

Je n'avais pas bien saisi la raison de leur venue. J'ignorais encore que les Italiens ne manquent jamais un enterrement, même s'ils n'ont qu'une très vague relation avec le défunt.

Vingt minutes plus tard, je me levai et allai regarder les couronnes et bouquets de fleurs disposés contre les murs. Je remarquai les cartes de visite de nombreux amis, dont celles de Jim et Sally Roosevelt, qui n'avaient pas fait le déplacement depuis New York alors qu'ils connaissaient les Allard depuis quarante ans. Je regrettais aussi l'absence de ma sœur Emily, qui aurait au moins pu venir pour la réunion de famille. Mais elle vivait en marge de notre monde, ayant depuis longtemps décidé que notre mère était folle et que les habitants de la région pataugeaient dans le passé.

J'avisai une grosse couronne portant la mention : « De la part de John, Susan, Carolyn, Edward, William, Charlotte et Peter ». Je comprenais la présence des quatre premiers prénoms. Mais pourquoi William le minable, Charlotte la dinde et Peter le bon à rien n'avaient-ils pas envoyé leurs propres fleurs ? Le seul fait qu'on m'ait associé à eux me souleva le cœur.

Parcourant du regard les autres cartes, je notai avec émotion des noms d'autrefois, ceux de voisins qui avaient déménagé mais avaient appris la mort d'Ethel et restaient fidèles à son souvenir.

Je vis alors une petite carte épinglée à un gros bouquet de lis blancs : « Sincères condoléances ». C'était signé : « Anthony, Megan, Anna et leur famille ».

Chapitre 54

Mardi matin, il faisait gris et frais. Hélas... s'il avait fait beau, les Stanhope seraient partis faire un parcours de golf.

Susan, hôtesse parfaite et fille aimante, était déjà en bas. Je pris une douche, m'habillai et gagnai la cuisine, où elle préparait le petit déjeuner. Nous nous embrassâmes.

— Tes parents sont allés faire leur jogging ?

— Ils ne sont pas encore descendus, mais ils sont réveillés.

— Tu veux que je leur apporte un Martini ?

Elle feignit de ne pas avoir entendu.

— J'ai regardé mon courrier électronique. Carolyn m'annonce qu'elle arrivera par le train de 18 h 05. Elle prendra un taxi depuis la gare.

Elle me détailla ensuite l'itinéraire d'Edward et m'annonça que nous n'irions pas à la veillée mortuaire de l'après-midi, ce qui était une bonne nouvelle. Ethel aurait certainement souhaité échapper à l'ensemble du rituel. Elle était quand même bien obligée d'y assister. Nous, non. De toute façon, elle ne s'apercevrait pas de notre absence.

Je nous servis deux tasses de café et refusai poliment les vitamines que Susan me proposa avec insistance. Assis à la table de la cuisine, nous parcourûmes les quotidiens, que Sophie était allée acheter. J'appris ainsi que M. Gotti se trouvait toujours à la maison funéraire Papavero. Anthony Bellarosa et Salvatore D'Alessio avaient-ils été invités ?

Je me levai pour aller téléphoner.

— Qui appelles-tu ? me demanda Susan.

— Felix Mancuso.

— Pourquoi ?

— Pour avoir les dernières nouvelles.

Je composai le numéro de portable de l'agent spécial.

— Allô ? Bonjour, ici John Sutter.

— Bonjour.

— Je ne voudrais pas paraître pesant, mais j'aurais aimé savoir si vous aviez eu des nouvelles d'Anthony.

— Je vous aurais prévenu. J'ai eu votre message, où vous me racontez votre rencontre impromptue avec le chauffeur de Bellarosa, Tony Rossi. On s'en occupe.

— Hier soir, je me suis rendu à la veillée funèbre d'Ethel Allard, cette femme dont je vous ai parlé. Sur un des bouquets, de très jolis lis blancs, il y avait une carte signée Anthony, Megan, Anna et toute la famille.

Mancuso ne répondit pas immédiatement.

— Sa femme et sa mère figurent sur la carte. Donc, à votre place, je ne m'inquiéterais pas trop.

— Vous pourriez m'expliquer pourquoi ?

— S'il n'y avait eu que le nom d'Anthony, cela aurait constitué un message pour vous et votre femme.

— Ce n'était pas notre veillée funèbre.

— Eh bien, c'est ça, le message.

— C'est-à-dire ?

— Vous le savez bien. N'y pensez plus.

— D'accord.

J'étais ravi d'avoir Mancuso comme interprète.

— Avez-vous aussi reçu le message où je vous apprenais qu'Amir Nasim avait installé des gardiens ?

— Oui. C'est une bonne chose pour tout le monde.

— Pas pour les tueurs iraniens ou italiens.

— Non, pas pour eux.

— C'est vous qui avez conseillé à Nasim d'agir rapidement ?

— Il a tiré lui-même les conclusions qui s'imposaient.

— Est-il réellement menacé ?

— Il a des ennemis.

Sentant qu'il n'en dirait pas plus, je changeai de sujet.

— Les parents de Susan sont arrivés. Ils logent dans la maison.

— Vous leur avez fait part de vos inquiétudes ?

— Non. Nous leur avons dit que les vigiles étaient là pour Nasim.

— Très bien. Inutile des les effrayer.

— Vous suggérez qu'ils aillent s'installer ailleurs ?

— Je n'ai pas dit ça.

— Bon, j'en discuterai avec Mme Sutter.

M. Mancuso eut un petit rire.

— Vous devriez travailler pour nous.

— Merci. Je le lui transmettrai.

— J'ai eu une agréable conversation avec Mme Sutter, hier.

— Elle me l'a dit.

— Je crois qu'elle comprend la situation et qu'elle est vigilante, sans être effrayée.

— Parfait. Vous lui avez dit que je voulais un chien ?

Il pouffa de nouveau.

— Ça fait vingt ans que je demande à ma femme d'avoir un chien.

— Personne ne cherche à vous tuer.

— En fait, si. Mais ça fait partie de mon travail, pas du vôtre.

— J'espère que non.

— Mme Sutter m'a impressionné.

— Moi aussi. Vous aussi, vous l'avez impressionnée.

— Tant mieux. Puis-je faire quelque chose d'autre pour vous ?

— Oui. Je viens de lire les journaux. On y parle de John Gotti, du diocèse de Brooklyn et de tout le reste. Vous êtes au courant ?

— Oui.

— Cela empêcherait-il Anthony d'apparaître à la veillée funèbre et aux obsèques ?

— Il n'y a pas de veillée publique. Tous les amis et associés de Gotti vont devoir s'en passer. Mais, samedi, il y aura une courte messe d'enterrement privée, vers midi, à la chapelle du cimetière Saint John, dans le Queens, une sorte de paradis de la mafia. On verra bien qui s'y montrera.

Les journaux n'avaient indiqué ni l'endroit, ni la date, ni l'heure. L'agent spécial Mancuso devait avoir des sources plus fiables que le *New York Post*.

— Le même jour, j'assisterai au service funèbre et à l'enterrement d'Ethel Allard, à Locust Valley. Je ne pourrai malheureusement pas être présent à la cérémonie en l'honneur de John Gotti.

— Je ne crois pas que vous soyez invité, monsieur Sutter.

— En fait, si. Par Anthony.

— Vraiment ? Eh bien, moi, j'y serai. Si je vois là-bas quelqu'un de votre connaissance, je plaiderai votre cause.

— Merci. Et appelez-moi.

— Je n'y manquerai pas.

— À propos, Anna Bellarosa m'a appris qu'elle et ses trois fils se recueillaient sur la tombe de Frank à chaque fête des Pères.

Je jetai un coup d'œil à Susan. Elle avait écouté le début de notre conversation puis s'était replongée dans son journal. J'ajoutai :

— Ce serait peut-être une occasion de trouver Anthony.

— Bonne idée. Nous allons également doubler la surveillance de sa maison et de celle de sa mère, à Brooklyn, ce jour-là.

Anthony n'était pas assez bête pour aller chez lui ou chez sa mère, mais il était possible qu'il se rende au cimetière.

— C'est au cimetière de Santa Lucia, précisai-je.

— Je sais. J'y étais. Vous vous êtes bien rendu à la messe et à l'enterrement de Frank Bellarosa ?

— Oui.

— Pourquoi ?

— On devrait aller se boire quelques bières, un de ces soirs.

— Excellente idée.

— Êtes-vous toujours en relation avec la police du comté ?

— J'ai téléphoné hier soir à l'inspecteur Nastasi.

— Je suis heureux de l'apprendre. Êtes-vous toujours sur l'affaire ?

— Jusqu'à ce qu'elle soit résolue.

— Parfait. Et la guerre contre le terrorisme ?

— Aujourd'hui, ça se passe bien.

— Il est encore tôt.

— Chaque jour où il ne se passe rien est une bonne journée.

— Je connais.

Nous nous quittâmes sur la promesse de nous rappeler, et je me rassis face à ma barre de céréales.

— Elle a un drôle de goût.

— Elle est au yaourt. Qu'est-ce qu'il disait, à la fin ?

Je lui rapportai les propos de Mancuso mais omis d'évoquer le fait que ses parents puissent loger ailleurs. Je préférais garder cette option au cas où ils deviendraient vraiment insupportables. Et puis je n'avais pas envie d'inquiéter tout le monde, notamment Edward et Carolyn.

— Que disait-il, à propos de mes parents ?

— Oh, que s'il apprenait quelque chose il nous préviendrait et qu'à ce moment-là nous leur demanderions de trouver un autre endroit où loger.

Elle y réfléchit un instant.

— Je n'aimerais pas du tout parler de nos problèmes à Edward et à Carolyn, ni leur demander d'aller dormir ailleurs.

— Pas de problème. Selon Mancuso, ils ne risquent rien ici. Seuls tes parents devront peut-être partir.

— Je ne comprends pas... Oh, John, ce n'est ni drôle ni gentil.

— Désolé. C'est l'atout que je garde dans ma manche. Réfléchis-y. Moins de risques de frictions. Des rapports plus détendus.

— Nous verrons comment cela se passe aujourd'hui, murmura-t-elle d'un air pensif.

— Hier soir, ils semblaient plutôt t'agacer.

— La journée avait été longue et éprouvante.

Je ne répondis pas, ce qui valait mieux puisque je les entendais descendre l'escalier.

Je me contentai, comme la veille, d'un « bonjour ». Susan embrassa ses parents. En fille attentionnée, elle avait disposé pour son père six boîtes de céréales sur le plan de travail. William en choisit une à la noix de coco, que je n'aurais pas donnée à un cochon. Charlotte ne prenant pas de petit déjeuner et ne buvant pas de café, Susan lui avait préparé un assortiment de tisanes et lui fit bouillir de l'eau. Vieille vampire !

Il n'était pas encore 8 heures et j'avais déjà des aigreurs d'estomac. Cela dit, ils m'impressionnaient. À les voir, on n'aurait jamais cru qu'ils avaient ingurgité suffisamment de gin pour mettre un cuirassé à flot. Sidérant. Peut-être subissaient-ils une greffe de foie tous les ans.

William attaqua, bille en tête.

— D'après les courriels et les coups de téléphone de Susan, je n'avais pas compris que vous viviez ici.

— J'ai emménagé il y a seulement un jour ou deux. Comme vous devez le savoir, à la mort d'Ethel, M. Nasim était en droit de récupérer le pavillon de gardien. Il a tenu à y installer tout de suite ses vigiles. Je me suis donc retrouvé sans domicile à New York. Susan a eu la gentillesse de me laisser utiliser mon ancienne chambre ici.

— C'est aussi la sienne, fit-il remarquer.

— Nous dormons ensemble, rétorqua Susan, alors qu'il était inutile de le préciser.

Oh, oh, William ? Il devait évidemment s'en douter, mais il préférait sans doute l'entendre de la bouche même de la pécheresse.

Le sujet apparemment épuisé, il engouffra de grosses cuillerées de Cocoa Puffs gorgées de lait, tandis que Charlotte sirotait une tisane de mauvaises herbes venues de l'Himalaya ou de Dieu sait où.

Je cherchai un prétexte pour m'éclipser. William fut plus rapide que moi et s'adressa à Susan.

— Ta mère et moi, nous avons pensé qu'avec l'arrivée d'Edward et de Carolyn, sans compter la présence de John, tu aurais assez de compagnie. Nous avons donc décidé d'aller loger au Creek.

Merci, mon Dieu…

— Vous ne voulez pas plutôt rester ?

Ou, plutôt, rentrer chez vous ?

Après quelques échanges infructueux, et lorsqu'il devint clair qu'ils ne changeraient pas d'avis, je lançai :

— Vous pourriez peut-être rester une nuit de plus.

— Eh bien…

Mon Dieu, qu'avais-je fait ? Heureusement, William se ressaisit rapidement.

— Susan, s'il te plaît, appelle le Creek et vois s'ils ont encore un cottage.

— Nous avons toujours bien aimé le Creek, renchérit Charlotte, et nous ne déprécions nullement ton hospitalité, ma chérie.

— Oui, je comprends, dis-je.

Charlotte se tourna vers moi.

— Je parlais à Susan.

— Bien sûr.

Susan téléphona au Creek et demanda que la location du cottage ainsi que toutes les dépenses, y compris repas, boissons et autres, soient portées sur sa note. William était aux anges, moi pris de vertige.

— Essaie d'obtenir pour tes parents un accès au terrain de golf. N'oublie pas non plus la cabine de plage. Et peut-être des leçons de tennis.

Susan m'ignora, termina sa conversation et raccrocha.

— Votre réservation court jusqu'à lundi.

— Je peux vous aider à préparer vos bagages ? proposai-je.

William répondit qu'ils pouvaient très bien s'en charger. Il me demanda quand même de porter leurs valises jusqu'à la voiture.

— Dès que vous serez prêts.

— Nous sommes prêts, déclara Charlotte en se levant.

Je me levai à mon tour.

— Dans ce cas, je monte chercher vos affaires.

Et hop ! Je grimpai les marches quatre à quatre.

En moins d'une demi-heure, nous nous retrouvâmes tous dehors pour un au revoir collectif.

William annonça que Charlotte et lui souhaitaient rendre visite à de vieux amis, peut-être jouer au golf avec eux, déjeuner et dîner en leur compagnie. Malheureusement, ils ne pourraient assister à la veillée funèbre. Et ils regrettaient de manquer Edward et Carolyn ce soir. Nous nous retrouverions tous à la maison funéraire, ajouta-t-il. Ensuite, on improviserait.

Que pouvait bien pouvoir signifier cette dernière phrase ? Avec un peu de chance, qu'on ne les reverrait pas avant la messe d'enterrement, samedi matin. Toutefois, nous avions prévu de nous réunir pour la fête des Pères, et je rappelai à mi-voix à William que nous devions avoir un entretien avant lundi matin. Je lui adressai un clin d'œil, qu'il ne me retourna pas. Au moment de leur départ, je lui fis le V de la victoire, mais je crois qu'il ne le vit pas.

— Je suis à la fois déçue et soulagée, me dit Susan tandis que nous revenions vers la maison.

— Je sais exactement ce que tu ressens.

— Allez, John. Tu les as quasiment poussés dehors.

— Mais non. Il titubait.

De retour dans la cuisine, je tentai ma chance avec un autre muffin.

— Ça a un goût de fumier.

— C'est du son. Bon. Nous avons essayé, tous les deux. Mais je crois que la situation les mettait mal à l'aise.

— Alors, qu'en penses-tu ?

— Je pense que c'est leur problème.

— Oui. Et ne te laisse pas culpabiliser. Tu es une fille attentionnée, mais ils sont manipulateurs, narcissiques, égocentriques. Et ils se fichent éperdument de voir leurs petits-enfants.

Elle s'assit à table, l'air triste.

— Nous aurons une belle fête des Pères, dis-je. Je te le promets.

Elle s'efforça de sourire. Je lui pris la main.

— Si mon départ… mon départ pour de bon… pouvait…

— Si tu dis ça encore une seule fois, je te fous dehors à coups de pompe dans les fesses.

Je me levai et la serrai très fort dans mes bras.

— Ton père et moi devons discuter affaires, dimanche soir ou lundi matin.

— Je n'aime pas qu'on discute de moi comme si j'étais une vierge effarouchée.

— Tu n'es pas vierge ?

— De quoi allez-vous parler ?

— D'affaires. Il faut établir un contrat de mariage.

— Il ne s'agit pas d'une négociation. C'est un mariage.

— N'oublie pas que tu es une Stanhope. Et ça, c'est ton problème, pas le mien.

— D'accord. Parle-lui. Et fais en sorte qu'il ne me supprime ni ma rente annuelle ni mon héritage.

— Cela t'importe ?

— Non. Mais pense aux enfants.

— Entendu. Quoi qu'il en coûte.

Elle eut alors une réflexion qui ne me choqua pas.

— Bon Dieu, qu'est-ce que je les déteste !

Elle semblait un peu abattue. Je lui passai un bras autour des épaules.

— Nous avons laissé le passé derrière nous. Tu dois maintenant faire la même chose avec tes parents.

— Je sais. Je le regrette pour eux.

Je ne partageais guère sa compassion pour ces enflures à cent millions de dollars. Je lui dis quand même :

— Je comprends ce que tu éprouves… Je regrette pour Harriet, et j'ai regretté pour mon père… Je crois que je conserverai ces regrets jusqu'à la fin de mes jours. Mais… nous n'allons pas devenir comme eux.

Elle se leva.

— Faisons quelque chose d'amusant, aujourd'hui.

Je venais de pousser les Stanhope dehors. Pour moi, il n'y avait rien de plus amusant.

— Que voudrais-tu faire ?

— On va en ville, on déjeune et on va visiter un musée ou faire des emplettes.

— Des emplettes ?

— Quand es-tu allé à Manhattan pour la dernière fois ?

— En septembre de l'année dernière.

— Eh bien, moi, je n'ai jamais vu Ground Zero. Est-ce qu'on ne devrait pas…

— Ce n'est pas vraiment amusant.

— Je sais… Mais toi, tu y es allé… Ne pourrions-nous pas nous y rendre ensemble ?

— Tu me diras ce que tu en penses quand on y sera.

Elle me prit la main.

— D'accord. Quand je suis avec toi, je me sens en sécurité.

— C'est très gentil à toi. Je ne me suis jamais senti aussi déprimé, aussi seul que lorsque je suis retourné à New York en septembre dernier.

— Carolyn est venue me voir à Hilton Head et m'a dit : « Maman, j'aimerais bien que papa soit là. » Je lui ai répondu : « Moi aussi. »

— Eh bien, maintenant, je suis là.

Chapitre 55

Après une visite plutôt sinistre à Ground Zero et un déjeuner chez Giulio, à Little Italy, là même où j'avais sauvé la vie de Frank Bellarosa, nous nous rendîmes à la gare, où j'avais décidé de faire une surprise à Carolyn. Je garai la Taurus près de la station de taxis, et nous attendîmes l'arrivée du train de 18 h 05.

Une fois encore, j'avais laissé la carabine à la maison, estimant peu probable une fusillade avec la mafia en plein jour, dans une gare noire de monde. Nous rentrâmes sans encombre, et je me garai devant la maison. Ensuite, j'allai déverrouiller la porte.

— Pourquoi fermes-tu, maintenant ? me demanda Carolyn, qui avait pourtant vu les vigiles à l'entrée.

— Les récolteurs de fonds du parti républicain ont l'habitude de rentrer chez les gens et de leur extorquer de gros chèques.

En dépit de ses sympathies républicaines, elle éclata de rire. Nous allâmes à la cuisine, où Sophie préparait un dîner végétarien agrémenté, tout de même, de yaourt.

Avant de partir, Susan avait mis au réfrigérateur une bouteille de champagne. Son péché mignon. Et la boisson favorite de Carolyn. Je levai ma coupe.

— Aux Sutter !

Nous trinquâmes.

Le temps s'étant un peu éclairci, nous allâmes nous asseoir dans le patio.

Susan et Carolyn étaient au courant des moindres détails de leurs vies respectives. Je me rendis compte, en les écoutant, que j'avais quelques mois de retard. Je savais quand même que Carolyn avait largué Cliff. J'appris des choses sur son nouvel amant, Stuart, celui de chez Petrossian, qui partageait son goût pour le champagne et en avait, heureusement, les moyens.

Comme je commençais à m'ennuyer un peu, j'aiguillai la conversation sur son travail.

— Tu n'imagines pas, papa, ce que je vois, ce que j'entends et ce que je lis tous les jours.

Je l'imaginais très bien. Carolyn était confrontée au côté noir de la société américaine. Pour une jeune femme élevée à Stanhope Hall, c'était une bonne école. À la différence de Susan, qui, elle, n'avait guère été exposée aux turpitudes de la vie, elle ne risquerait pas d'avoir une aventure avec un parrain de la mafia.

Mon portable sonna. Le vigile de l'entrée demanda si nous attendions un certain Edward Sutter, qui arrivait en taxi.

— Je crois que c'est notre fils.

— Simple vérification.

Nous sortîmes dans la cour pour attendre Edward. Quelques minutes plus tard, un taxi jaune s'arrêta devant la maison. Edward en descendit vivement, le visage illuminé par un sourire.

Susan se précipita vers lui et le serra dans ses bras. Puis il embrassa sa sœur. Les femmes d'abord… Enfin, ce fut mon tour. Il m'étreignit.

— Ah, papa, c'est fantastique !

— Tu as l'air en pleine forme, Skipper. Et bronzé.

Pour la première fois depuis dix ans, la famille était réunie. Susan luttait pour ne pas se laisser submerger par l'émotion. Je lui entourai la taille, histoire de montrer à notre fille et à notre fils quel grand sensible j'étais.

À l'époque de mon enfance, ma famille n'était ni aussi chaleureuse ni aussi démonstrative. Celle de Susan non plus. D'ordinaire, les relations familiales deviennent plus réservées quand les enfants arrivent à l'âge adulte. Dans la haute société de Long Island, elles ont tendance à devenir glaciales.

Le monde avait changé. Susan et moi compensions probablement une jeunesse sans affection. Pourvu, me disais-je, que lorsqu'ils auront des enfants Edward et Carolyn sachent les embrasser et les étreindre, ne pas avoir d'aventures ni tuer leurs amants ou leurs amantes…

Après le dîner végétarien que nous prîmes dans le patio, je gagnai mon bureau pour consulter mes courriels. Il y avait un message de Samantha : « Tu ne m'as pas appelée cette semaine et tu n'as même pas envoyé de message. Que dois-je en conclure ? ».

Eh bien, tu devrais penser que ce n'est pas bon signe… Ou que je suis mort. Mais tu ne te douteras jamais que John le célibataire va bientôt se marier.

J'aimais bien Samantha et je voulais être honnête avec elle. Le problème, c'était qu'elle connaissait des gens à mon bureau. Si je lui avouais que je ne comptais jamais revenir, cela arriverait certainement aux oreilles de mes employeurs, qui m'avaient promis, par écrit, que mon poste était assuré jusqu'au 1er septembre.

Or la proposition d'embauche que m'avait faite la Cosa Nostra avait mal tourné, puisque le directeur qui m'avait auditionné cherchait à présent à me tuer. Je risquais également de perdre la commission de dix pour-cent garantie par Nasim si je persuadais mon ex et future épouse de lui vendre la maison.

Seule bonne nouvelle financière : William avait l'intention de me corrompre. D'après ce qu'avait laissé entendre Susan, sa rente annuelle se montait à environ deux cent cinquante mille dollars, ce qui représentait une somme raisonnable. En outre, si William me versait un million de dollars en dix annuités, il serait forcé de retrancher cent mille dollars tous les ans à Susan pour lui faire la leçon. Sauf s'il se résignait à me verser le pot-de-vin sur sa propre cagnotte.

D'un autre côté, je doutais fort qu'il tienne encore dix ans, sauf s'il arrêtait le Martini. À moins que ce ne fût cela, précisément, qui le maintenait en vie.

Tout ça, c'était du pipeau. Je ne comptais pas du tout accepter son argent, mais prendre sa fille. Et peu importait qu'il lui supprimât sa rente. Je ne voulais pas de leur argent. Mais Edward et Carolyn ?

Et Susan, au fait ? Entendait-elle vraiment se montrer solidaire envers moi et faire un bras d'honneur à papa et à maman ?

Et moi ? Étais-je prêt à la laisser agir ainsi ?

Toutes ces questions se bousculant dans ma tête, je ne savais pas si je devais réserver un billet pour Londres.

Je répondis à Samantha : « Désolé, je ne sais quoi te dire pour expliquer mon silence. Il faut qu'on parle. Je t'appellerai lundi au plus tard. »

Je ne signai pas et n'ajoutai pas non plus de formule tendre à la fin, comme elle l'avait fait. C'était un pas dans la bonne direction.

L'Interphone bourdonna. Je décrochai.

— Je suis encore au patio avec Edward et Caroyln, me lança Susan. Si tu veux nous rejoindre…

— J'arrive.

Je laissai ma vodka dans le bureau et retournai au patio.

— Je crois avoir expliqué clairement la situation à Edward et à Carolyn, m'informa Susan. Nous nous sommes dit que la seule chose qui comptait, c'était que nous formions à nouveau une famille.

Je regardai tour à tour mes enfants et Susan, espérant qu'elle avait été vraiment claire avec eux. Leur avait-elle dit que leur grand-père risquait non seulement de la punir, elle, mais qu'eux aussi pourraient faire les frais du remariage de leurs parents ?

— Bon, conclus-je. Le sujet est clos. Qui veut encore du champagne ?

Susan et Carolyn optèrent pour le champagne, Edward et moi pour la bière. Susan et Carolyn se portèrent volontaires pour préparer les boissons, tandis qu'Edward et moi restions assis dans le patio.

— Je ne crois pas que papy soit capable de faire une chose pareille, me dit Edward.

— On n'en sait encore rien. Il aboie plus qu'il ne mord.

C'était faux. Le vieux salaud mordait férocement.

— Il devrait se réjouir du bonheur de maman.

— Oui, il devrait… Si nous mettions tout cela de côté, en savourant seulement ces retrouvailles familiales ? (J'ajoutai :) Sois gentil avec ton grand-père.

— Bien sûr.

Savaient-ils qu'ils risquaient d'avoir à compter uniquement sur leurs salaires pour vivre ? Cette perspective m'ennuyait d'ailleurs moins que celle de voir Peter Stanhope le bon à rien rafler toute la mise. Si cela se produisait, je l'effraierais assez pour qu'il en reverse une partie à sa nièce et à son neveu, sous peine de se retrouver pendant dix ans avec une procédure judiciaire aux fesses.

— Maman t'aime beaucoup, tu sais.

— Voilà pourquoi je suis là, Skipper. Moi aussi, je l'aime.

L'objet de mon amour fit alors son apparition avec un seau à glace et une bouteille de champagne, tandis que Carolyn apportait les bières et les verres sur un plateau.

Nous devisâmes sous le ciel gris que le soleil trouait de temps à autre, inondant de sa clarté le patio et la famille Sutter.

Chapitre 56

Nous arrivâmes à la maison funéraire Walton à 19 h 30 et signâmes le livre d'or. Cette deuxième veillée devait être la dernière. Nous nous approchâmes du cercueil et priâmes en silence. Carolyn et Edward, qui n'avaient guère vu de morts, paraissaient mal à l'aise. Carolyn pleurait, Edward avait l'air très triste. Tous deux aimaient beaucoup Ethel, qui le leur rendait bien. Leur chagrin n'avait rien de convenu, ce qui me rassura.

Nous présentâmes de nouveau nos condoléances à Elizabeth et à sa famille. J'en profitai pour rapprocher Carolyn et Edward de Tom junior et Betsy. Ils ne s'étaient pas vus depuis au moins dix ans. Il y avait six ou sept ans de différence entre les enfants d'Elizabeth et les miens. À cet âge, cela ne constituait pas, en cas d'attirance mutuelle, un obstacle insurmontable. Toutefois, le moment était peut-être mal choisi pour enflammer les passions. D'ailleurs, je ne vis pas luire la moindre étincelle.

Tom Corbet et Laurence étaient présents eux aussi. Susan, Edward et Carolyn échangèrent quelques mots avec des connaissances. Vingt minutes s'écoulèrent, qui me semblèrent des siècles. Censée donner le signal du départ, Susan prenait son temps. Je pris mon mal en patience en contemplant une des fresques murales. Un rayon de soleil perçait les nuages pour éclairer une forêt où de petites créatures sylvestres vivaient en paix et en harmonie. Effroyable. Mais préférable aux conversations mortelles avec les éplorés.

— Nous sommes prêts, murmura enfin Susan derrière moi.

En me retournant, je m'aperçus que notre groupe avait grossi.

— Tom et Betsy voudraient se joindre à nous.

C'était bon signe. Ma mère m'annonça alors :

— Susan m'a également invitée.

Comment était-elle arrivée ici ? Je repris promptement mes esprits.

— Harriet n'a jamais besoin d'invitation, sortis-je le plus aimablement du monde.

Edward et Carolyn proposèrent courageusement de monter dans la voiture de leur grand-mère, qui, depuis cinquante ans, semblait avoir passé son permis la veille. Tom junior et Betsy vinrent avec nous, trop heureux d'échapper rapidement à la maison mortuaire. Je me demandai si Betsy aimerait Los Angeles. Tom, lui, m'apprit qu'il voulait s'installer à Manhattan. Ou, si Manhattan était trop cher, à Brooklyn. Bonne idée.

Au Seawanhaka, on nous conduisit à une table ronde. Je m'arrangeai pour que les jeunes soient placés ensemble et que Susan s'installe entre Harriet et moi.

La serveuse prit les commandes de boisson. Harriet, qui conduisait, refusa toute forme d'alcool, bien qu'elle fût aussi mauvaise conductrice saoule qu'à jeun. Ayant désigné Susan comme chauffeur, je m'autorisai un double scotch avec des glaçons. Les jeunes partagèrent une bouteille de vin blanc.

Ils avaient l'air de bien s'entendre, et je ne m'immisçai pas dans leur conversation. Harriet se montra agréable, plus grâce à Susan qu'à moi. Elle avait toujours adoré sa belle-fille, tout en estimant qu'elle avait choisi un piètre époux.

Quelques autres réfugiés de la maison funéraire entrèrent dans le restaurant. Harriet et Susan se sentirent tenues de bavarder un peu avec eux. J'en profitai pour m'éclipser, avec mon verre, sur le perron, d'où je regardai les voiliers se balancer au mouillage.

En dépit d'une richesse ostentatoire et d'une population assez nombreuse, on se sentait parfois, ici, dans une petite ville du fin fond des États-Unis. C'était agréable. Cela présentait cependant un inconvénient. On pouvait s'isoler, surtout si on avait de l'argent et une vaste propriété, mais on ne pouvait pas vraiment rester anonyme.

J'appréciais Londres parce que, là-bas, je n'avais pas de passé. Comme dans toute grande ville, on pouvait choisir la solitude ou trouver de la compagnie partout et à n'importe quelle heure. Ici, que cela plût ou non, on appartenait à une communauté.

Je comprenais pourquoi les jeunes, tels les quatre assis à la table, rêvaient de vivre à Los Angeles, New York ou dans n'importe quel lieu où ils auraient toute liberté d'être eux-mêmes et d'agir à leur guise.

J'ignorais encore si j'avais quitté Londres pour de bon, si je terminerais à Manhattan ou chez Walton. Comment admettre que deux imbéciles, Anthony Bellarosa et William Stanhope, décident de mon avenir, de celui de Susan et de notre couple ?

Harriet ramena les jeunes Corbet chez leur mère, tandis que les Sutter retournaient à Stanhope Hall.

— Je suis content que vous ayez pu passer un peu de temps avec mamie Harriet, lançai-je joyeusement à Edward et Carolyn.

— Elle est vraiment charmante, dit Susan.

— Restez en relation avec elle. Comment vous êtes-vous entendus avec Tom et Betsy ?

Silence.

— Vous sembliez passer du bon temps, ajoutai-je.

— Ils sont sympas, dit Edward.

— Oui, ils ont l'air très bien, renchéris-je.

Toujours pas de réponse.

— John, dit Susan.

À mon tour de me taire.

Avant d'arriver sur Grace Lane, Susan appela Sophie et, après quelques menus propos, lui demanda :

— Il reste des oignons pour demain ?

— Non, pas d'oignons.

— Bon, j'irai en acheter. À tout de suite.

Elle me jeta un regard en coin. Je hochai la tête, soulagé d'apprendre que Sophie n'avait pas de pistolet braqué sur la tempe, ce que signifiait l'expression « pas d'oignons ».

Nous ne lui avions parlé ni des menaces de la mafia, ni d'une possible attaque de tueurs iraniens. Nous lui avions seulement révélé avoir mis en place des mesures de sécurité contre des intrus ou des voleurs éventuels. Tout en ne goûtant guère cette perspective, elle avait compris l'utilité des mots codés. Nous avions d'abord pensé aux tomates, à l'ail et aux concombres, avant d'opter pour les oignons. Elle aimait les oignons.

Sur Grace Lane, j'utilisai le portable de Susan pour avertir les vigiles du portail de notre arrivée. Nous trouvâmes le passage libre.

De retour à la maison, nous nous installâmes tous dans la pièce familiale, à l'étage, comme nous l'avions fait si souvent jadis. Et ce fut presque comme autrefois. J'avais même l'impression que nous nous étions retrouvés ainsi au cours des dix dernières années.

Susan rayonnait de bonheur. Vers minuit, nous nous embrassâmes et nous souhaitâmes bonne nuit.

— Essayez d'être en bas pour le petit déjeuner à 9 heures, dis-je à Edward et à Carolyn.

— Dormez aussi longtemps que vous voudrez, corrigea Susan.

Qui commandait, ici ?

Avant d'aller nous coucher, elle lança :

— Ce soir, je veux le fusil de chasse.

— Tu l'avais hier soir.

— Non, j'avais la carabine.

Elle rit et me serra dans ses bras.

— Oh, John, je suis si heureuse ! Mais j'ai peur…

— Vraiment ?

— Un peu. Parfois.

— Mancuso a laissé un message. Toujours aucune trace d'Anthony.

— Bien.

Non, ce n'était pas bien.

— Il va peut-être se pointer à l'enterrement de Gotti samedi. Mancuso y sera.

— Il devrait l'arrêter.

J'aurais préféré que l'oncle Sal le descende, ce qui aurait résolu bien des problèmes. Mais, pour l'heure, l'oncle Sal était lui-même sur la sellette.

— Je te promets que ce sera bientôt terminé.

Apparemment, elle n'avait aucune envie de savoir d'où je tenais cette information.

— Edward et Carolyn savent que leur grand-père désapprouve notre mariage, qu'il risque de supprimer ma rente et, peut-être, de me déshériter.

— Ont-ils compris qu'il pourrait leur arriver la même chose ?

— Je ne leur en ai pas parlé.

— Tu aurais dû.

— Non, John, ça n'arrivera pas.

— Entendu. Leur as-tu conseillé de se montrer particulièrement attentionnés avec leurs grands-parents ?

— Non. Ils les aiment. Inutile de leur dire d'être gentils avec eux.

À la différence de John Sutter, par exemple…

— Bon. Où est mon tee-shirt Yale ?

— Au linge sale.

— Combien de temps va-t-il y rester ?

— Longtemps.

Je me croyais au paradis. Comme j'aime dormir nu, je me déshabillai et me glissai dans le lit.

Susan se déshabilla à son tour.

— Tu as été très aimable avec ta mère, ce soir.

— C'est une femme adorable.

— Elle t'aime, John.

— Cela crève les yeux.

— Pour te récompenser d'avoir été si patient avec mes parents, j'ai envie de te faire un petit cadeau.

— Quel genre de petit cadeau ?

— Devine.

Chapitre 57

Carolyn descendit pour le petit déjeuner à 9 heures. Sans Edward.

— Il est 6 heures à Los Angeles, me rappela Susan.

— Nous sommes à New York, rétorquai-je. Partout dans le monde, 6 heures, c'est une bonne heure pour démarrer du bon pied.

La mère et la fille levèrent les yeux au ciel puis retournèrent à leurs journaux et à leurs céréales.

Il pleuvait. Les options étaient donc limitées. Nous décidâmes d'aller à New York visiter un musée. Mais, bien sûr, Susan voulait offrir des vêtements à Carolyn. Ma mission consistait à persuader Edward d'acheter un complet et quelques vestes sport.

Pendant que nous attendions le lever du prince Edward, je parcourus les quotidiens, à la recherche d'articles sur John Gotti. Aux dernières nouvelles, son encombrant cadavre se trouvait toujours à la maison funéraire Papavero. Pourtant, ainsi que Mancuso le savait déjà, il serait transféré le samedi matin à la chapelle du cimetière Saint John, dans le Queens. Le public n'était pas invité.

À part ça, toujours aucun signe de Mancuso. Toutefois, il avait promis de nous appeler, qu'Anthony soit présent ou non au cimetière. À mon avis, Bellarosa ne réapparaîtrait en public qu'aux obsèques de l'oncle Sal ou aux siennes propres. Tant qu'il ne s'agissait pas des miennes ni de celles de Susan…

L'article revenait sur la carrière de Gotti, dressant notamment la liste des gens qu'il avait tués de sa main ou dont il avait commandité l'assassinat, dont son patron, Paul Castellano, abattu devant le Sparks, un de mes restaurants de prédilection.

Le journaliste racontait la mort tragique de son fils de douze ans, Frank, renversé devant sa maison de Howard Beach, dans le Queens, par une minimoto pilotée par un voisin, un certain John Favara. L'enquête avait conclu à un accident. Quatre mois plus tard, Favara avait disparu. On ne l'avait jamais revu. Je connaissais l'histoire. Je m'étais demandé, à l'époque, pourquoi personne n'avait conseillé au malheureux de changer de quartier. Il serait encore vivant à l'heure actuelle.

On apprenait également que, tel Frank Bellarosa, John Gotti était un grand amateur de Machiavel. Il est réconfortant de voir des durs tenter de se cultiver en pratiquant les grands auteurs de la Renaissance. Il n'est jamais trop tard pour apprendre quelque chose sur la nature humaine, la façon de se faire des amis, d'étendre son influence, de gouverner une principauté ou un empire criminel.

Selon l'article, Gotti se considérait lui-même comme un César. Il combinait les deux façons de gouverner de son idole : la ruse et la dictature. Visiblement, il avait réussi, comme Frank Bellarosa, qui, outre Machiavel, admirait énormément Benito Mussolini.

Ces gens-là, et pas seulement les Italiens, adorent exercer le pouvoir. Et l'on devine d'où ils viennent par les modèles qu'ils se choisissent. Anthony Bellarosa, le Petit César, cultivait surtout des rêves de grandeur et succédait sans gloire à son père à la tête de son empire. Ce n'était pas mon problème. Son caractère de voyou impulsif me préoccupait bien davantage. Son instinct, comme celui de son père, devait être bon ; car il ne devait certes pas à son intelligence d'être resté en vie aussi longtemps.

Retour à John Gotti. L'article évoquait aussi son goût pour les costumes Brioni à deux mille dollars.

— Je vais offrir un costume Brioni à Edward, lançai-je à Susan.

— Ils sont de bonne qualité ?

— Exceptionnelle. Faits à la main en Italie. Ils coûtent une fortune.

— Tu devrais t'en acheter un pour toi.

— Pourquoi pas ? On nous fera peut-être un prix.

Edward émergea vers 10 heures. Pendant qu'il dégustait son café, Susan lui prépara son petit déjeuner préféré : œufs au plat, saucisses, pain grillé croulant sous le beurre. J'en eus l'eau à la bouche.

— La même chose pour moi ! clamai-je.

— Non, pas toi.

On essayait de nous tuer. Quelle importance si je ne mangeais pas sainement ? J'avais loupé une partie du film ?

Susan avait décidé de louer une voiture avec chauffeur pour notre aventure citadine. Pas d'attente interminable pour avoir un taxi, aucun problème de parking… Le véhicule se gara devant le perron à 11 heures. Il est bien agréable d'avoir de l'argent à gaspiller.

Après une visite au Frick Museum, sur la Cinquième Avenue, un déjeuner chez La Goulue, mon restaurant favori de l'Upper East Side et quelques emplettes, dont un complet Brioni pour Edward, nous repartîmes pour Long Island.

Nous étions vendredi après-midi et il pleuvait. Nous ne fûmes de retour qu'à 19 heures.

Je découvris avec stupeur que le coffre de la voiture était bourré de sacs et de paquets. Nous dûmes nous y mettre à quatre, plus le chauffeur, pour tout rentrer dans la maison. Sans me laisser le temps de lancer une remarque sarcastique, Susan annonça :

— Carolyn et moi t'avons acheté une cravate.

Je ravalai ma honte à l'idée de ce que j'avais failli dire.

— Merci. J'espère que vous n'avez pas trop dépensé.

Peut-être fallait-il conseiller à Susan de faire des économies en vue des prochains jours de famine, mais elle n'avait pas plus d'informations que moi sur le sujet. Autant faire provision d'Armani, Escada, Prada et Gucci. En outre, avec le costume Brioni, nous avions contribué à la prospérité de l'économie italienne.

Il y avait plusieurs messages sur le répondeur. Aucun de Mancuso, qui, de toute façon, aurait appelé sur le portable de Susan en cas d'urgence.

Je consultai mes courriels et découvris un message de Samantha : « J'arrive à New York demain en fin d'après-midi. Rendez-vous au Mark à 19 heures. »

Bon hôtel. Toutefois, le moment était mal choisi. Mes doigts coururent sur le clavier : « La mafia veut me tuer et je vais me marier. Difficile à croire. Pourtant… »

Non, il devait y avoir une autre façon de s'exprimer. Supprimer. J'écrivis alors : « Chère Samantha, nous nous sommes retrouvés, mon ex-femme et moi, et… »

Susan fit son entrée.

— À qui écris-tu ?

J'appuyai sur la touche « supprimer ».

— À mon cabinet.

— Pourquoi ?

— Je démissionne.

— Bien.

Elle prit une chaise, s'assit à mes côtés.

— Laisse-moi t'aider.

Je consultai ma montre.

— Cela pourrait prendre un moment. Or il faut que nous partions pour la maison funéraire.

— Ça ne durera que quelques minutes.

Le moment était donc venu de brûler mes vaisseaux. Avec l'aide de Susan, je rédigeai une belle lettre à l'intention de mon cabinet d'avocats, exprimant l'espoir que ma décision de démissionner, si difficile à prendre, ne causerait pas trop de difficultés. J'ajoutai que je reviendrais d'ici quelques semaines à Londres pour récupérer mes affaires, mettre au courant mon remplaçant et signer les papiers nécessaires.

— Dis-leur que tu vas te marier, suggéra-t-elle.

— Pourquoi ?

— Pour qu'ils comprennent pourquoi tu ne reviens pas.

— Ce n'est pas nécessaire.

— Ils seront contents pour toi.

— Ils s'en foutent. Ce sont des Anglais.

— C'est absurde. Dis-leur.

J'annonçai alors la bonne nouvelle, qui parviendrait à Samantha, par téléphone ou par courriel, quelques secondes plus tard. Bon. Il était 2 heures du matin à Londres, ce qui me laissait un peu de temps pour la prévenir moi-même.

J'appuyai sur la touche « envoi ». Ces machins devraient prévoir un délai d'une minute pour permettre à l'expéditeur de se raviser ou, au moins, de faire sortir de la pièce sa femme ou sa maîtresse.

Si j'étais obligé de quitter Susan, ce ne serait pas parce que je l'aurais voulu. Je m'y résignerais pour préserver son avenir et celui de nos enfants. Ou alors ce serait elle qui prendrait cette résolution pénible, pour les mêmes raisons : l'instinct d'une mère, le désir de protéger ses enfants ; et je le comprendrais.

— À quoi penses-tu ? murmura-t-elle.

— À toi, à Edward, à Carolyn… Au bonheur d'être tous réunis.

— Nous avons le reste de notre vie à passer ensemble.

C'était ça, l'autre problème.

Chapitre 58

Nous arrivâmes à la maison Walton à 20 h 15. Comme d'habitude lors d'une dernière veillée funèbre, tout le monde était là, outre un contingent de chaisières de la paroisse Saint Mark.

Nous renouvelâmes le rituel autour du cercueil d'Ethel puis saluâmes les gens du premier rang avant de gagner le salon A et d'inspecter le hall et la salle d'attente. Je commençais à me lasser.

William et Charlotte étaient présents. Je n'eus pas l'occasion de leur parler. D'ailleurs, nous nous évitions. Ma mère était venue de son côté. Je me fis un devoir d'aller l'embrasser.

Je croisai Diane Knight, l'infirmière de l'hospice où Ethel avait vécu ses derniers jours. Je notai l'absence de son médecin, peu soucieux, sans doute, d'enterrer une de ses patientes.

Je vis le conseiller juridique d'Ethel, Matthew Miller. Nous convînmes de nous retrouver pour mettre au point les dernières formalités. On ne discute pas affaires dans une maison funéraire. Mais on peut prendre rendez-vous.

La compagne de déjeuner de Susan, Charlie Frick, avait tenu à se montrer. Je me présentai et lui dis que j'avais visité son musée dans l'après-midi.

— C'est un bel endroit, rempli d'œuvres d'art.

J'attirai son attention sur les horribles fresques murales.

— Elles seraient parfaites, au Frick.

Elle s'excusa et alla rejoindre Susan, probablement pour lui parler de moi.

Je tombai enfin, dans le hall, sur le révérend James Hunnings. Il s'avança vers moi.

— Bonsoir, me dit-il d'un ton doucereux.

— Bonsoir, répondis-je en espérant ne pas l'avoir imité.

— Comment allez-vous, John ?

— Très bien. Et vous ?

— Très bien aussi, merci.

— Et Mme Hunnings ?

— Elle se porte à merveille. Je lui dirai que vous avez demandé de ses nouvelles.

Je n'avais jamais compris pourquoi sa femme, plutôt attirante et au regard pétillant, n'avait jamais eu d'aventure.

— Vous avez un moment ? me souffla-t-il.

— Euh, oui.

— J'aimerais vous parler en privé.

Il m'emmena au premier étage de la vieille maison victorienne, poussa une porte ornée d'une croix et m'introduisit dans une pièce nue, sans doute réservée au clergé, meublée uniquement d'une table entourée de chaises. Nous nous assîmes.

— D'abord, je voudrais vous souhaiter la bienvenue au pays.

— Merci.

— J'espère que vous rejoindrez la famille de Saint Mark.

Sans doute parlait-il de la congrégation. Difficile de se réhabituer au jargon local quand on est resté si longtemps à l'étranger.

— Bien sûr.

— J'ai appris, bien entendu, que vous vous étiez retrouvés, Susan et vous.

— Les bonnes nouvelles vont vite.

— Oui. Je suppose que vous comptez célébrer votre remariage à Saint Mark.

— Cela nous conviendrait parfaitement.

— Dans ce cas, j'espère que Susan et vous songerez aux entretiens prénuptiaux.

Je venais d'en subir un de la part de William.

— Nous avons déjà été mariés. Ensemble.

— Je le sais, John. Pardonnez ma franchise. Les circonstances de votre séparation et de votre divorce devraient vous amener à rechercher les conseils de la religion, que je serais heureux de vous prodiguer.

— Vous savez, mon père, nous avons divorcé depuis si longtemps que je me souviens à peine des raisons de notre séparation.

Il trouva cela un peu difficile à croire mais se sentit obligé d'insister.

— Parlez à Susan de cette offre de conseil prénuptial, et faites-moi part de sa réaction.

— Je n'y manquerai pas.

— Il faut bâtir sur des fondations solides. Sinon, votre maison risque une nouvelle fois de s'écrouler.

— Belle image.

De façon peu charitable, je me dis que le père Hunnings ne cherchait qu'à obtenir des détails croustillants sur l'aventure de Susan, le meurtre de Frank Bellarosa et, peut-être, notre vie sexuelle depuis lors.

— Je suis sensible à l'intérêt que vous nous portez, ajoutai-je.

— Je ne fais que mon travail, John. J'accomplis les voies du Seigneur.

— Euh, oui.

Je jetai un coup d'œil à ma montre.

— En parlant de maison, reprit-il, j'ai cru comprendre que Susan et vous viviez ensemble.

Qui avait cafté ? Je voyais bien où il voulait en venir.

— Je dors dans la chambre d'amis.

— Vraiment ?

— Bien sûr.

— Vous savez, John, partager le même lit irait à l'encontre des enseignements de la religion.

J'avais l'impression de retrouver mes dix-huit ans, ce qui m'amusait plutôt.

— Je comprends.

— Bien. J'imagine que Carolyn et Edward sont contents pour vous.

— Ils sont au comble du bonheur.

— Tant mieux. Votre mère m'a demandé de vous parler, John.

— À propos de quoi ?

— Elle m'a dit qu'elle et vous aviez fini par vous éloigner l'un de l'autre. Elle est consternée que vous n'ayez pas assisté aux obsèques de votre père.

— Pas plus que moi lorsque j'ai appris sa mort. J'étais en mer.

— Je sais. Si je puis me permettre, comment M. et Mme Stanhope ont-ils accueilli la nouvelle ?

De toute évidence, il connaissait déjà la réponse.

— Ils sont ici pour la veillée funèbre. Vous devriez le leur demander, si vous ne l'avez déjà fait.

— Je les ai vus ce soir, mais nous n'avons parlé qu'un bref instant.

Sans blague…

— Ils ont pris un petit cottage au Creek, si vous souhaitez les appeler…

— Ils ont toujours été actifs au sein de la paroisse Saint Mark, et généreux avec elle. Je les respecte beaucoup tous les deux, et je sais que Susan les aime. Qu'ils ne vous aient pas donné leur bénédiction m'inquiète.

Il commençait à me taper sur le système.

— Je me moque de leur bénédiction, encore plus de leur argent. Quant à ma mère, elle ne devrait pas s'en inquiéter non plus. Et Susan et moi pouvons nous marier ailleurs qu'à Saint Mark, si cela vous pose un problème.

Il leva les mains. En signe de paix ? Pour m'intimer de me taire ?

— Ce qui m'importe, John, c'est que votre mariage soit un acte réfléchi, qu'il comble vos attentes à tous les deux, et que vous entriez dans le sacrement du mariage en connaissant parfaitement vos devoirs et vos obligations.

Bien sûr, il y avait autre chose derrière. De toute évidence, William avait déjà signifié au père Hennings que Charlotte et lui étaient fermement opposés à ce mariage.

William était un salaud rusé et sans scrupule. Je me gardai bien de l'exprimer ainsi.

— Susan et moi avons décidé de nous remarier. Cela ne regarde personne.

— Bien sûr. Cependant, cela semble tellement soudain, après toutes ces années de séparation… Vous n'êtes ensemble que depuis… quoi ? Une semaine ?

— Depuis dimanche. Vers midi.

— Je suis sûr que vous n'allez pas vous précipiter dans le mariage sans vous donner le temps de mieux vous connaître à nouveau.

— Sage conseil. Bon… Susan et les enfants doivent se demander où je suis passé.

Je me levai. Il se leva aussi, mais il n'avait pas terminé.

— J'ai souvent rendu visite à Mme Allard, à l'hospice. Elle rayonnait de foi et d'espérance.

— C'est bien vrai.

— Elle m'a appris que vous lui aviez gentiment rendu visite à Fair Haven.

— Je regrette de ne pas vous y avoir rencontré.

— Elle m'a confié, en ma qualité de prêtre, qu'elle vous avait écrit une lettre.

Je le regardai en silence.

— Elle a évoqué son contenu en termes très généraux, reprit-il, et m'a demandé si, à mon avis, elle devait vous la remettre. Elizabeth, me semble-t-il, devait vous la donner après la mort d'Ethel. L'a-t-elle fait ?

— Je préfère ne pas en parler.

Il acquiesça.

— Comme vous voudrez… Oh, il est presque l'heure de la prière.

Nous quittâmes la pièce ensemble.

— J'espère que vous resterez prier avec nous.

— Malheureusement, je ne peux pas.

Dans l'escalier, je lui assénai :

— Ainsi que vous le savez, je suis l'administrateur des biens de Mme Allard. Bien que le testament n'ait pas encore été homologué, je peux vous révéler qu'elle a fait une donation substantielle à la paroisse Saint Mark.

— C'est très généreux de sa part, dit-il avec un détachement feint.

— Les legs devraient être délivrés d'ici huit semaines. Si vous désirez assister à la lecture du testament, je vous communiquerai le lieu et l'heure du rendez-vous.

Le père Hunnings pouvait craindre que la part revenant à sa paroisse ne diminue significativement celle de la famille. Il n'avait donc aucune envie de se retrouver avec elle à la lecture des dernières volontés de la défunte.

— Il n'est pas nécessaire que je sois présent.

— Si vous changez d'avis, faites-le-moi savoir. Au fait, aimez-vous les chats ?

— Pas vraiment. Pourquoi ?

— Eh bien… Mme Allard… Mais nous pourrons discuter de cela une autre fois.

Nous nous souhaitâmes une bonne soirée.

Dans le hall, Susan m'informa que ses parents étaient partis dîner avec des amis. Cela me surprit : non qu'ils aient refusé de se joindre à nous pour le repas, mais qu'ils aient manqué une occasion de voir leurs petits-enfants.

— Ils ont quand même bavardé avec Edward et Carolyn, précisa Susan.

— Tout le monde avait l'air content ?

— Apparemment.

Cela manquait pour le moins de conviction.

— Tes parents m'évitent et font la tête. Ils savent aussi qu'Edward et Carolyn sont très heureux pour nous. Donc, ils sont fâchés avec eux.

— Je crois que tu pousses un peu loin l'analyse.

— D'accord. Qu'est-ce qu'on fait, maintenant ?

— Tu veux rester pour la prière ?

— Nous pourrions plutôt prier dans un bar du coin.

— Chez McGlade, dit-elle en souriant. Nous n'y sommes pas allés depuis longtemps.

Dix ans…

— Ça me va.

Nous rassemblâmes les jeunes, et Susan annonça notre destination à un certain nombre de gens. Les coutumes funéraires sont diverses aux États-Unis. Par ici, on a l'habitude de se retrouver dans un bar après la dernière veillée, surtout un vendredi soir. Quel meilleur endroit pour partager son chagrin ?

Après avoir terminé la soirée chez McGlade, nous revînmes à Stanhope Hall. Susan et Carolyn s'installèrent à la table du patio pour discuter. Edward s'affala sur une chaise longue et ne tarda pas à sombrer dans le sommeil.

Nous le laissâmes dormir et passâmes en revue la journée du lendemain. Départ d'ici à 9 h 30 au plus tard pour la messe de 10 heures à Saint Mark. Ensuite, direction le cimetière des Stanhope pour l'enterrement puis, si le père Hunnings ne s'attardait pas trop devant la tombe, par exemple si, grâce à Dieu, il pleuvait des cordes, retour à Saint Mark pour une réunion dans la salle du sous-sol. Ce samedi ne s'annonçait guère folichon. Mais on ne peut aller tous les jours à la plage.

— On synchronise nos montres tout de suite ? demanda Carolyn.

— Elizabeth reçoit des amis et de la famille samedi soir à 19 heures. Je crois que nous devrions y aller.

Je n'étais jamais allé chez elle. Je pourrais en profiter pour jeter un œil à la chambre d'amis et à la cave, au cas où.

— C'est bon. Rompez !

Pas même un sourire. Carolyn réveilla son frère et tous deux montèrent se coucher. Après toute cette bière chez McGlade, j'avais besoin d'un petit remontant. Nous gagnâmes le bureau, où je me versai un cognac.

— Le père Hunnings a tenu à me parler en privé, dis-je à Susan.

— À propos de quoi ?

Je lui fis part de notre conversation. Elle ne cacha pas son exaspération.

— Je n'ai pas besoin d'entretien prénuptial ! Et je suis furieuse que mes parents lui aient suggéré une chose pareille !

— Ils ne songent qu'à ton bonheur.

— Dans ce cas, ils ne devraient pas s'inquiéter. Je suis heureuse. Pas eux. Ce sont eux qui auraient besoin de conseils.

— Ils seraient tellement plus heureux s'ils nous donnaient tout leur argent…

Elle sourit, puis une autre pensée lui vint à l'esprit.

— Que le père Hunnings ait osé évoquer le fait que nous vivions ensemble me sidère.

— Tes parents ont dû soulever le problème. Alors, il en a parlé.

— Pourquoi ne s'occupent-ils pas de ce qui les regarde, tous autant qu'ils sont ?

— Tu connais la réponse.

— À ton avis, que contient la lettre d'Ethel ?

— Peut-être quelque chose de plus important que ce que je croyais.

— Et c'est Elizabeth qui l'a ?

— En tout cas, elle l'avait.

— Tu devrais la lui demander, demain soir.

— Je le ferai. À part ça, tu crois que les enfants se doutent de quelque chose, avec tous ces vigiles au portail ?

— Ils n'ont pas bronché, dans la voiture, quand tu t'es adressé au gardien… Mais j'ignore ce qu'ils en pensent.

— S'ils posent des questions, restons-en à l'histoire de Nasim.

— Parfois, je me dis qu'on devrait tout leur raconter. Pour leur propre sécurité.

— Non. Ils sont déjà sur leurs gardes à cause des tueurs iraniens. Inutile de leur avouer que ceux que nous attendons sont italiens. Carolyn sera partie dimanche soir, Edward lundi matin. Je ne veux pas qu'ils s'inquiètent après leur départ.

Elle acquiesça, avant de passer à un sujet plus gai.

— C'était sympa, chez McGlade.

— Oui. J'adore leur slogan publicitaire : « McGlade, l'endroit où les débutantes rencontrent les trappeurs ». Au fait, c'était qui, ce trappeur qui te draguait ?

— Tu es jaloux ?

— L'ai-je jamais été ?

— Non. Enfin… Dans les premiers temps, avant notre mariage.

— Je ne m'en souviens pas.

— Je peux te rafraîchir la mémoire, si tu veux.

— Tu te racontes des histoires. Bon. Nous avons une longue journée devant nous. Nous devrions aller nous coucher et rester chastes.

— Il ne manquerait plus que ça.

— Je vérifie que les portes et les fenêtres sont bien fermées et je monte.

Elle gagna la chambre et je m'assis à mon ordinateur. À Londres, il était presque 7 heures. Samantha recevrait mon courriel avant son café. Si elle ouvrait sa messagerie… Je n'avais aucune envie qu'elle prenne l'avion pour New York. J'avais suffisamment de problèmes sur le dos et, bien que Susan ne fût pas du genre jaloux, je sentais bien qu'elle n'apprécierait guère la perspective de boire un verre à l'hôtel Mark avec ma maîtresse anglaise.

Je rédigeai une belle lettre, expliquant honnêtement la situation et exprimant mes regrets. Je n'évoquai pas le problème de la mafia pour ne pas l'inquiéter. Ou ne pas la réjouir. Peut-être me souhaiterait-elle de recevoir douze balles dans la peau…

Je relus la lettre puis appuyai sur la touche « envoi », comme on actionne un détonateur, pour faire sauter le dernier vaisseau susceptible de me ramener à Londres.

Impossible de revenir en arrière, à présent. De toute façon, les dés étaient jetés depuis dimanche dernier.

Je pris le fusil de chasse dans le placard, vérifiai les portes et les fenêtres, puis montai dans la chambre.

Susan était étendue, nue, un oreiller sous les reins. Mal au dos ? Yoga ?

— Tu ne m'échapperas pas, dit-elle.

Chapitre 59

Le samedi matin, il pleuvait. Un vrai temps d'enterrement.

Les Sutter, tous vêtus de noir et munis de parapluies de même couleur, s'entassèrent dans la Lexus. Il nous fallut à peine un quart d'heure pour gagner l'église épiscopalienne Saint Mark, à Locust Valley.

Ce joli petit édifice de style gothique avait été bâti au début du XXe siècle avec de l'argent confisqué à l'issue d'une partie de poker entre six millionnaires, dans une vaste maison de la Gold Coast. Le coup avait été monté par les propres épouses de ces messieurs, de bonnes chrétiennes, espiègles assurément, et que le prêtre de la paroisse avait poussées à voler leurs riches maris.

Je ne doutais pas que Hunnings aurait agi de même si on lui en avait donné l'occasion. Quoi qu'il en soit, l'église était belle, en dépit de ses origines peu recommandables, le jeu et le vol.

Nous prîmes place sur un banc proche des premiers rangs. L'église était à moitié pleine, ce qui n'était pas mal pour l'enterrement d'une vieille dame, un samedi matin pluvieux. Je n'aperçus ni les boucles châtaines de William, ni les cheveux rouge pétard de Charlotte, pourtant difficiles à manquer. Peut-être avaient-ils un peu forcé sur les Martini la veille.

Recouvert d'un drap funéraire blanc, le cercueil fermé d'Ethel était posé sur un chevalet, près de la barrière de l'autel, contre laquelle on avait disposé les couronnes et les bouquets. L'organiste jouait de la musique funèbre. La pluie giflait les vitraux, l'air était moite, saturé d'odeurs de cierges et de vêtements mouillés.

J'avais vécu à Saint Mark nombre d'événements heureux de mon existence, mariages et baptêmes, d'autres tristes, mariages et enterrements, sans compter les offices du dimanche, ceux de Pâques et les messes de minuit. En fermant les yeux, je revoyais Carolyn et Edward sur les fonts baptismaux et Susan dans sa robe de mariée.

Cet édifice abritait tant de souvenirs, tant de fantômes… Le plus triste était celui d'un petit garçon du nom de John Sutter, assis sur un banc avec Harriet, Joseph et Emily… Un gamin qui croyait avoir des parents normaux et pensait que le monde était bon et sûr.

Quand on parle du diable… Harriet se glissa sur un banc et se serra contre Carolyn.

— J'aimerais aller en voiture avec toi au cimetière, me chuchota-t-elle.

— Avec joie.

Si elle prenait le volant, il y aurait d'autres morts le long de la route.

Le révérend James Hunnings fit son apparition, vêtu de sa chasuble. Il s'inclina en direction de l'autel, se tourna d'un air sombre face à l'assistance et leva les mains.

— Je suis la résurrection et la vie, a dit le Seigneur.

J'espérais qu'il ne parlait pas de la sienne…

Si elle avait pu les entendre, Ethel aurait été comblée par les paroles du père Hunnings et le jeu de l'organiste. Elle avait elle-même choisi les hymnes que le chœur et la congrégation chantaient d'une belle voix.

Elizabeth brossa un portrait touchant de sa mère. Tom junior et Betsy prirent le relais. Les éloges mortuaires sont très instructifs. Ethel y paraissait sous les traits d'une femme admirable. Peut-être était-ce la vérité.

Le père Hunnings évoqua lui aussi la disparue en termes élogieux, soulignant la profondeur de sa foi, son espérance, sa charité. L'office se poursuivit avec la sainte communion. J'en profitai pour prier pour mon père.

Enfin, le père Hunnings nous invita à échanger le signe de la paix. Les Sutter s'embrassèrent. J'embrassai même Harriet. Nous serrâmes la main de nos voisins. En me retournant, je découvris… William Stanhope. Avais-je rêvé, ou avait-il vraiment reniflé ?

Carolyn, Edward et Susan étreignirent Charlotte et William, puis ce fut mon tour pour Charlotte, puisqu'il n'y avait aucun moyen d'y échapper à moins de feindre la crise cardiaque. Je plantai donc un baiser sur sa joue ridée en grommelant : « La plaie soit avec vous. »

La maison funéraire avait fourni des porteurs. La famille Allard se plaça derrière le cercueil, suivie du père Hunnings et des membres de l'assistance. Il pleuvait encore. Nous dûmes ouvrir nos parapluies pour rejoindre les voitures.

Au cimetière, nous nous retrouvâmes à une cinquantaine autour de la fosse, recouverte d'une sorte de gazon artificiel. La tombe de George Allard était à côté de celle d'Ethel. Elizabeth alla poser la main sur le nom de son père. Très touchant.

J'observai alors William Stanhope. L'Esprit saint l'avait-il visité ou avait-il seulement la gueule de bois ? Il renifla de nouveau. Pneumonie ? Peut-être faudrait-il revenir au cimetière la semaine prochaine…

À une cinquantaine de mètres de là se trouvait la tombe d'Augustus Stanhope, ce qui me rappela qu'Ethel s'y était rendue à l'occasion de l'enterrement de George. Je ne l'avais jamais dit à personne, sauf à Susan. Je me demandai si Ethel n'avait pas emporté d'autres secrets. Je pensai à sa lettre. Elle devait contenir une information capitale. Sinon, le père Hunnings n'en aurait pas fait mention. De quoi s'agissait-il ? D'un ultime testament annulant celui que nous connaissions, d'une donation, de dispositions prises par Augustus et accordant à Ethel ou à ses héritiers une partie de la fortune des Stanhope ? À moins qu'on n'y révélât quelque paternité inconnue. William Stanhope était peut-être le fils du jardinier italien. Allez savoir ! On ne vit pas aussi longtemps qu'Ethel sans apprendre un certain nombre de choses.

Un assistant déploya un parapluie au-dessus de la tête du père Hunnings, qui déclara :

— Au mitan de la vie, nous sommes déjà dans la mort.

Un quart d'heure plus tard, il conclut par ces mots :

— Dans l'espérance de la résurrection à la vie éternelle par Notre-Seigneur Jésus-Christ, nous recommandons à Dieu tout-puissant notre sœur Ethel et confions son corps à sa dernière demeure. N'oublie pas que tu es poussière et que tu retourneras à la poussière…

Susan, Edward, Carolyn, Harriet et moi jetâmes successivement une rose sur le cercueil.

— Repose en paix.

Lorsque Harriet fut repartie avec Edward et Carolyn, Susan me prit la main.

— Tu te souviens qu'aux obsèques de George nous nous étions promis que nous assisterions aux obsèques de celui de nous deux qui partirait le premier, même en cas de divorce ?

— Oui. Pourquoi me demandes-tu ça ?

— Pendant les trois ans que tu as passés en mer, je n'ai cessé de me dire : « Et s'il disparaissait ? Comment pourrais-je… ? »

Elle éclata en sanglots.

Dans le sous-sol de l'église Saint Mark, nous nous retrouvâmes plus nombreux qu'au cimetière. On comptait à présent des gens âgés, des enfants et les dames pieuses qui avaient préparé le punch et la collation. À mon grand regret, le « punch » ne contenait pas d'alcool. J'en aurais eu bien besoin.

Je ne suis pas un grand amateur de gâteaux et de biscuits épiscopaliens. Mon estomac réclamait douloureusement sa ration de sandwiches à la saucisse et à la moutarde. Je me rabattis sur une salade de pommes de terre parsemée de miettes d'une viande mystérieuse. Je me sentais un peu mal à l'aise. Devais-je arborer une mine de circonstance ou blaguer avec les proches de la défunte ?

Harriet ne partageait pas mes scrupules. Gaie, enjouée, elle semblait plus appréciée que je ne l'aurais cru. C'était une bonne surprise. Seuls dans un coin, William et Charlotte buvaient à petites gorgées l'effroyable punch. Je surveillai mon beau-père avec attention, dans l'espoir de le voir renifler ou tousser. Hélas, il avait l'air plus accablé par l'ennui que mortellement malade. Flûte !

Le fils et la fille d'Ethel me firent signe. Peut-être fallait-il abandonner mes rêves de marieur, ainsi que mes tentatives de rapprochement entre mes enfants et leurs grands-parents. Au diable tout cela ! Laissons le destin décider !

J'aime me mêler à une foule d'inconnus, surtout de gens âgés. On peut saisir au vol d'intéressantes conversations. Le punch y contribue, bien sûr. Je m'empressai de rejoindre Tom Corbet et Laurence pour plaisanter avec eux.

Je rejoignis ensuite le révérend James Hunnings et sa femme. Je me souvins de son prénom : Rebecca. En dix ans, elle avait beaucoup vieilli. Je déteste voir se faner les femmes qui m'ont fait un peu rêver.

— Jim m'a appris que vous étiez de retour, me dit-elle, et que Susan et vous vous étiez retrouvés.

Jim ? Ah oui, James Hunnings. Son mari.

— Les voies du Seigneur sont impénétrables, répondis-je.

Ainsi qu'il devait le faire souvent, le révérend intervint aussitôt dans la conversation.

— Et elles sont merveilleuses.

Tout à fait. Le meilleur exemple, c'est que votre femme ne vous a pas quitté…

— La cérémonie était très belle, et votre homélie très émouvante.

— Merci, John. Il ne m'a pas été difficile de faire l'éloge d'Ethel Allard. Cette femme était animée d'une foi et d'une espérance profondes.

Rebecca m'adressa un sourire et s'éloigna, me laissant seul avec son mari.

— J'espère que vous avez réfléchi à ma proposition, murmura-t-il.

— J'en ai fait part à Susan. Elle est d'accord avec moi. Nous n'avons pas besoin de conseils prénuptiaux.

— Avec votre permission, John, j'aimerais m'en entretenir moi-même avec elle.

— Je ne m'y opposerai pas.

— Très bien. Je viens d'avoir une conversation avec William et Charlotte. Nous avons rendez-vous cet après-midi dans mon bureau, pour évoquer leurs… inquiétudes.

— N'oubliez pas qu'ils me détestent.

Il se raidit mais se ressaisit rapidement.

— Ils sont préoccupés par le bonheur de leur fille.

— Moi aussi.

— Je le sais. Voilà pourquoi tout cela est si embrouillé… Au fait, j'ai pris la liberté de parler de cette fameuse lettre à

Elizabeth. Elle m'a appris qu'elle l'avait en sa possession, qu'elle ne vous l'avait pas encore remise.

— C'est exact.

— Je vais être franc avec vous, John. Je lui ai conseillé d'en prendre elle-même connaissance puis d'en discuter avec moi avant de vous la confier.

— Vraiment ? Et pourquoi, je vous prie ?

— Eh bien, comme je vous l'ai dit, Ethel en a évoqué le contenu devant moi, en termes vagues. Et elle-même n'était pas tout à fait persuadée que vous deviez en prendre connaissance.

— Pourtant, d'après Elizabeth, sa mère l'a conjurée de me la remettre après sa mort.

— Je vois… Tout cela me semble bien confus.

— Pas pour moi. J'en toucherai un mot à Elizabeth.

Il sembla en proie à un conflit intérieur puis me dit :

— Cette lettre pourrait contenir des ragots, se révéler scandaleuse. Cela ne ressemble pas à Ethel.

Et alors ? J'adore les ragots et le scandale.

— Elle est morte, fis-je observer.

— Elizabeth, pas plus que moi, ne souhaite que la mémoire de sa mère soit entachée de quelque manière. Alors, bien sûr, elle tient à la lire en premier.

Qui avait pu lui suggérer une telle idée ? Si Hunnings ne racontait pas de bobards, cette lettre ne parlait pas d'argent. Quant aux ragots et au scandale, ils ne me gênaient en rien, bien au contraire. Le moment était venu pour moi de m'en aller.

— Vous verrai-je, vous et Mme Hunnings, ce soir chez Elizabeth ?

— Rebecca et moi essaierons d'y être.

— Très bien.

Je retrouvai Susan. Je ne la mis pas au courant de mon entretien avec Hunnings.

— Mon père et ma mère sont partis, me dit-elle.

— Déjà ? Lord et lady Stanhope ne se sentaient pas à l'aise au milieu des manants ?

— Je t'en prie. C'est gentil à eux d'être venus.

— Je crois surtout qu'ils sont passés voir le père Hunnings. Ils ont rendez-vous avec lui cet après-midi.

— Ah ? Qu'est-ce qu'ils mijotent ? Tu as vu Elizabeth ?

— Non, mais nous la verrons ce soir et je pourrai lui parler de la lettre. J'espère qu'elle aura invité des gens un peu moins sinistres. À part ça, Edward et Carolyn ont-ils flirté, aujourd'hui, avec Betsy et Tom ?

— Je n'en sais rien. Pourquoi insistes-tu là-dessus ?

— Ce serait magnifique s'ils trouvaient leurs conjoints là où ils ont passé leur enfance. Comme nous.

— Ce genre de miracle n'existe plus.

— Dommage. Tu es prête ? Allons les chercher.

— Ils sont déjà partis.

— Ils n'ont pas de voiture.

— On les a conduits à la gare. Ils avaient un train très tôt. Ils m'ont demandé de te dire au revoir. Ils doivent retrouver des amis à New York.

— Tu leur as demandé d'être de retour à temps pour nous accompagner chez Elizabeth ?

— Ce soir, ils dorment tous les deux chez Carolyn.

— Tant pis. Ils se sont comportés en braves petits soldats. Ils ont le droit de prendre un peu de bon temps en joyeuse compagnie.

— Encore une nuit qu'ils ne passeront pas à la maison.

J'acquiesçai.

Chapitre 60

Susan avait éteint son portable pour la cérémonie et avait oublié de le rallumer depuis lors. Elle ne l'ouvrit que vers 14 heures, de retour à la maison, lorsque nous consultâmes nos courriels et nos messages téléphoniques.

— J'ai quatre appels de Felix Mancuso. Le premier à 10 h 47.

Elle mit le haut-parleur.

« Pour vous tenir informés des événements concernant Anthony Bellarosa... Je suis arrivé tôt à la maison funéraire Papavero. Il n'y avait encore personne, à part John Gotti lui-même. J'ai vu une grande gerbe de fleurs envoyée par Bellarosa et les siens, une autre par Salvatore D'Alessio et sa famille. Détails amusants : la gerbe d'Anthony avait la forme d'un cigare cubain ; celle de D'Alessio était un flush royal à cœur tandis que d'autres représentaient des chevaux de course ou des verres à cocktail. »

Je n'avais rien remarqué d'aussi créatif pour Ethel à la maison funéraire Walton. Décidément, les bourgeois n'ont aucune fantaisie.

Suite du message :

« Les limousines ont défilé toute la matinée. La plupart de ceux qui en descendaient dissimulaient leurs visages derrière des parapluies. La police et les médias n'ont pas été invités à l'intérieur. Ça y est... On place le cercueil dans le corbillard, le cortège va partir et je vais le rejoindre. D'ici, on ne peut pas dire si Bellarosa ou D'Alessio sont présents. On verra ça au cimetière Saint John. »

— Au prochain enterrement, il faudra faire preuve de plus d'imagination pour les gerbes de fleurs, dis-je à Susan.

Elle fit entendre le deuxième message, arrivé à 11 h 36 :

« Encore Mancuso. Je vous mets au courant rapidement… Je suis toujours dans le cortège funèbre. Nous sommes maintenant dans Ozone Park, où Gotti tenait son quartier général, au Bergin Hunt and Fish Club… Je passe devant en ce moment… Il y a des centaines de gens sous la pluie qui saluent au passage. Moi aussi, je les salue. Quatre ou cinq hélicoptères tournent au-dessus de nous. Vous pourrez voir ça à la télévision si ça vous dit. Je suis dans la voiture grise et j'agite la main par la vitre. Appelez-moi quand vous aurez ce message. »

— Le message suivant est arrivé à 12 h 33, dit Susan.

« Mancuso. Je suis maintenant au Resurrection Mausoleum, au cimetière Saint John. Une centaine de personnes, descendues des limousines, sont entrées dans la chapelle. Cette fois encore, elles se cachent derrière leurs parapluies. J'ai pourtant vu Salvatore D'Alessio, facile à repérer, et sa femme. Mais pas Anthony Bellarosa, ce qui ne veut pas dire qu'il n'est pas présent. La presse et la police ne sont pas admises à l'intérieur de la chapelle. Prochain arrêt, la tombe. Je vous appelle après. »

— Dernier message, arrivé à 13 h 37.

« Toujours Mancuso. Pour autant que nous le sachions, Anthony Bellarosa n'a pas assisté à l'enterrement. Pendant et après la cérémonie, le FBI et la police de New York ont interrogé les habituels suspects à son propos. Ils ne se sont guère montrés coopératifs. Personne ne sait rien. J'ai pris D'Alessio à part ; je vous raconterai ce que nous nous sommes dit. Appelez-moi. »

L'absence d'Anthony aux obsèques de Gotti signifiait-elle qu'il gisait au fond de l'East River ? Je l'espérais de tout mon cœur.

Susan appela le portable de Mancuso depuis le fixe de la maison et brancha le haut-parleur.

— Allô ? Mancuso à l'appareil.

— Sutter. Ma femme est avec moi, à côté de l'amplificateur.

Politesses d'usage.

— J'avais coupé mon portable pour les obsèques, expliqua Susan, et j'avais oublié de le rallumer. Excusez-moi.

— Pas de problème. Bon. Anthony ne s'est pas montré, ce qui est significatif.

— Je le pense aussi.

Puisque les Italiens assistent à tous les enterrements…

— Soit il est mort, soit il se cache.

— Mort, ça me conviendrait.

— S'il ne l'est pas, alors il craint que son oncle ne le retrouve.

— Bien vu. Au fait, que vous a dit l'oncle Sal ?

— Qu'à son avis son neveu n'était plus de ce monde. Et il m'a chuchoté qui, à son avis, l'avait tué.

— Son nom ?

— John Sutter.

Là, il m'avait pris par surprise. Je réagis rapidement.

— J'ai un alibi.

Mancuso s'autorisa un petit rire.

— D'Alessio m'a conseillé de vous interroger.

— Je ne pensais pas qu'il avait un tel sens de l'humour.

— Apparemment, il trouve le sujet drôle.

Je jetai un coup d'œil à Susan, qui ne souriait pas. Elle n'apprécie pas l'humour noir.

— Et vous ? repris-je. Qu'en pensez-vous ? Anthony est mort, ou vivant ?

— Depuis la semaine dernière, D'Alessio a des gardes du corps supplémentaires, trois ou quatre hommes, sauf aujourd'hui, aux obsèques, bien sûr. Donc, s'il continue à s'entourer d'autant d'hommes ce soir et demain, on peut en conclure qu'Anthony est vivant et qu'il a lancé un contrat sur son oncle. Évidemment, rien n'est écrit. De son côté, Salvatore D'Alessio a probablement lancé le même contrat sur Bellarosa.

Susan ne fit aucun commentaire. Mais elle dut certainement songer à son amant, qui portait le même nom de famille.

Mancuso nous résuma la situation.

— Il semble donc qu'Anthony ait décidé de plonger dans la clandestinité plutôt que de poursuivre ses affaires entouré de gardes du corps, à la manière de son oncle. D'ici une semaine ou deux, nous devrions savoir lequel a choisi la bonne solution.

— Pourquoi estimez-vous que ce sera aussi rapide ?

— En se cachant, Anthony ne peut pas gérer ses affaires, et chaque jour qui passe renforce la position de son oncle. J'ai déjà vu ce genre de situation. Je sais comment ils pensent et comment ils réagissent.

— Si vous deviez parier, lequel serait encore vivant la semaine prochaine ?

Il hésita un peu

— Euh, ça m'embête de le dire, mais on a fait une sorte de cagnotte pour le pari, ici.

— Je peux m'y joindre ?

— Bien sûr, dit-il, avec un rire un peu forcé.

— Je t'en prie, m'enjoignit Susan.

Mancuso reprit son ton professionnel.

— Le pronostic est vraiment à cinquante-cinquante. D'Alessio n'est pas très malin, mais il a le soutien de la plupart des sous-chefs et des anciens mafiosi, ce qui lui donne l'assurance que le boulot sera fait de façon professionnelle. Les points forts d'Anthony, c'est qu'il est jeune, énergique, impitoyable, et qu'il s'est entouré de nombreux jeunes talents. Il est également prudent, ce que j'ai déjà souligné. D'un autre côté, c'est aussi une tête brûlée. Il risque d'oublier toute vigilance, ce qui peut conduire à des surprises.

Mon instinct et mes sentiments me poussaient à parier sur le vieil oncle Sal.

— Alors, pour vous, c'est vraiment cinquante-cinquante ?

— Oui.

— Quel est l'enjeu maximal ?

— Cinquante dollars.

— John !

Je fis signe à Susan de rester tranquille.

— Vous pouvez placer pour moi cinquante dollars sur l'oncle Sal ?

— C'est fait.

— Je vous les donnerai quand nous nous verrons. Faites-moi savoir si les pronostics évoluent.

— Je n'y manquerai pas.

— Dites-moi… Pourquoi y avait-il des centaines de personnes pour saluer le convoi funéraire d'un parrain de la mafia ?

— Sans doute des milliers, en fait. Je n'ai aucune réponse à votre question. Peut-être la curiosité, ou l'instinct grégaire.

Nombre de gens prennent Gotti pour un héros. Nous devrions peut-être réfléchir là-dessus.

— Nous nous sommes rendus aux funérailles d'une dame qui a vécu tranquillement, est morte apaisée et a été enterrée sans tralala. Je suis sûr qu'à présent elle est au paradis.

— Je n'en doute pas. Bon, je n'ai rien de plus à vous apprendre. Des questions ?

Je me tournai vers Susan, qui secoua la tête.

— Non, pas pour l'instant.

— Je vous souhaite une bonne fête des Pères.

Ç'aurait été le cas si William avait souffert d'une pneumonie.

— Vous aussi.

Je coupai la communication.

— Je suis rassuré de savoir quc Felix Mancuso s'occupe de cette affaire.

Susan opina.

— Mais aussi le FBI, la police du comté et l'inspecteur Nastasi.

Elle acquiesça de nouveau. Mais elle savait que je cherchais surtout à la rassurer.

Chapitre 61

Le dimanche après-midi, il pleuvait encore. Nous paressâmes quelques heures dans la salle du haut, à lire et à écouter de la musique.

À 16 heures, je descendis pour demander à Sophie de nous apporter du café et des biscuits. Je consultai ensuite mes courriels dans mon bureau.

Aucune réponse de mon cabinet d'avocats à ma lettre de démission de vendredi soir. J'en aurais certainement une lundi.

En revanche, il y avait un message de Samantha. En résumé, elle n'était pas contente.

Elle faisait remarquer, à juste titre, que je ne l'avais pas appelée, que je ne lui avais pas écrit, et qu'elle était restée dans le brouillard jusqu'à ce que j'envoie mon missile. Elle se disait aussi blessée, dévastée. Pour un courrier électronique, sa lettre était réellement bien rédigée. En femme bien élevée, elle n'utilisait pas les mots « connard » ou « salopard », ne concluait pas par « Crève ! ». Toutefois, son vocabulaire choisi exprimait la même chose.

Je me sentais très mal. Je regrettais de n'avoir pas pu lui annoncer la mauvaise nouvelle face à face, ou au moins au téléphone. Elle méritait mieux qu'un courriel. Mais la situation m'avait échappé. Vu ce qui se passait ici et son arrivée imminente, j'avais fait de mon mieux.

Je m'abstins de lui répondre tout de suite. Je lui parlerais au téléphone ou j'irais la voir à Londres. Si elle voulait vraiment une explication complète, je lui raconterais toute l'histoire.

Plus vraisemblablement, elle ne voudrait plus jamais entendre parler de moi. Si jamais j'étais descendu, l'apprendrait-elle ? Probablement par l'intermédiaire de mon cabinet de Londres, bien ennuyé que je n'aie pu régler les derniers détails de ma démission.

Je détruisis quand même le message, au cas où le FBI examinerait mon ordinateur après ma mort. Je ne tenais pas à ce que Felix Mancuso me prenne pour un goujat.

Je retournai au salon. Sophie nous apporta le café et les biscuits.

— Tu es bien calme, me fit remarquer Susan.

— J'ai réglé cette histoire à Londres, répondis-je avec sincérité.

— Pas trop tôt.

Elle rctourna à son magazine. À 18 heures, j'allumai la télévision et trouvai une station locale qui retransmettait les obsèques de John Gotti.

Susan leva la tête.

— On est obligés de regarder ça ?

— Pourquoi ne vas-tu pas te préparer pour la réception d'Elizabeth ?

Elle se leva.

— Si tu te dépêchais, nous pourrions poursuivre notre série de victoires à l'arrachée.

Alors, l'amour ou les obsèques ?

— Cinq minutes.

Elle sortit. Je me tournai vers l'écran, où l'on découvrait une vue aérienne du convoi funèbre de Gotti, prise d'hélicoptère un peu plus tôt dans la journée.

« Le cortège ralentit devant la maison de John Gotti, commentait la journaliste, dans un quartier bourgeois du Queens. Une maison toute simple, qui contraste fortement avec la personnalité de l'homme lui-même, loin d'être modeste. »

Pertinente observation.

Elle poursuivit son reportage dans le vrombissement des rotors de l'hélicoptère.

« De l'avis général, John Gotti était un homme intouchable : le “parrain Teflon”, sur lequel aucune inculpation n'a jamais pu prendre effet. »

On était loin des commentaires guindés de la BBC.

« Malgré la pluie, des centaines de personnes, amis, connaissances, se sont massées le long du cortège. Peut-être par curiosité, peut-être par respect pour leur voisin… »

Il en manquait au moins un à l'appel : il était mort.

« On l'appelait également le “parrain dandy”, à cause de ses complets italiens sur mesure à mille dollars pièce. »

Mille dollars ? M'étais-je fait avoir avec mon Brioni à deux mille ? Non. C'était leur prix. Gotti devait bénéficier d'une réduction « gangster célèbre ». Chez Brioni, j'aurais dû citer le nom d'Anthony.

« Le cortège accélère à présent en direction d'Ozone Park, où John Gotti avait installé le quartier général de son empire criminel, au Bergin Hunt and Fish Club. »

La caméra balaya une longue file de véhicules avançant sous le crachin : le corbillard, des voitures chargées de fleurs, une vingtaine de longues limousines noires.

Je finis par apercevoir la berline grise de Mancuso, toutes vitres ouvertes, avec deux bras qui s'agitaient au-dehors pour saluer la foule. Humour du FBI.

J'entendis Susan s'écrier :

— John !

— C'est important.

— Si tu ne viens pas, tu vas rater quelque chose d'encore plus important.

— J'arrive !

Au moment où j'allais éteindre, l'image du cortège disparut, un journaliste en studio déclara :

— Merci, Sharon, pour ce reportage effectué depuis notre hélicoptère. Avant de retrouver d'autres images des obsèques de John Gotti, Jenny Alvarez évoquera pour nous la vie du célèbre parrain.

Qui ça ?

Elle apparut à l'écran. Le maquillage télé lui allait bien… Peut-être un peu orange… Mais toujours aussi jolie, avec un grand sourire.

— Merci, Scott. Après la cérémonie, nous avons pu interroger l'un des porteurs du cercueil, l'avocat de M. Gotti, Carmine Caputo.

Le journaliste qui interviewait l'avocat devait avoir environ seize ans. En grand professionnel, Caputo ne répondit pas à une seule question mais saisit l'occasion pour faire l'éloge de son client : bon mari et bon père de famille, voisin agréable (enfin… sauf une fois), ami fidèle (sauf lorsqu'il avait fait descendre Paul Castellano) et contributeur généreux de nombreuses causes humanitaires, dont, j'imagine, le cabinet de M. Caputo. Je déteste voir les clients mourir sans avoir réglé leurs honoraires, ainsi que l'avait fait Frank Bellarosa. Comme Me Caputo semblait avoir l'éloge sincère, j'en déduisis qu'il avait été payé.

Jenny revint à l'écran. J'étais persuadé qu'elle allait enchaîner sur les dernières obsèques d'un grand mafioso qu'elle avait suivies, celle de Frank Bellarosa, et mentionner son avocat distingué, John Sutter. C'était une occasion rêvée pour me défendre à nouveau en affirmant : « Si Carmine Caputo s'est rendu aux obsèques de John Gotti, pourquoi diable avoir fait tout ce foin lorsque John Sutter a assisté à celles de Frank Bellarosa ? Hein ? Et John n'a même pas porté le cercueil ! ». On verrait des images de moi tirées des archives, la caméra reviendrait sur Jenny s'essuyant les yeux et hoquetant : « John ? Tu es là ? ».

— John !

— J'arrive !

Bien sûr, Jenny ne dit rien de tout cela, ce qui me vexa.

J'étais également triste qu'elle ait abandonné sa chaîne nationale pour cette petite chaîne locale sur le câble. Peut-être s'était-elle mise à boire après notre rupture.

Jenny, qui connaissait bien ses mafiosi, poursuivit :

— Le cimetière Saint John est considéré comme le Walhalla de la mafia. Il abrite les dépouilles de certains de ses personnages les plus connus, comme Lucky Luciano, Carlo Gambino, Aniello Dellacroce, les sous-chefs de la famille Gambino ; et, à présent, John Gotti, le chef des chefs.

Je plongeai mon regard dans le sien et je sus qu'elle pensait à moi. Je remarquai aussi une alliance à sa main gauche. Bon…

J'éteignis le poste et me ruai dans la chambre.

— Trop tard, me dit Susan, assise à sa coiffeuse.

Je me déshabillai, me jetai dans le lit et glissai un oreiller sous mes reins.

Elle me jeta un coup d'œil.

— Eh bien…

La maison d'Elizabeth Allard Corbet était une grande bâtisse coloniale située dans les collines de Mill Neck, près d'Oyster Bay.

Nous nous garâmes dans une rue bordée d'arbres. Le ciel était clair. Il ferait beau le lendemain.

Sur la porte d'entrée, une carte épinglée disait « Entrez », ce que nous fîmes. À 19 h 30, le grand vestibule était déjà bondé. Selon mon habitude, je me dirigeai vers le premier inconnu.

— Où est le bar ?

— Là-bas.

Nous traversâmes le salon jusqu'à une véranda aménagée sur l'un des côtés de la maison, où deux barmen aidaient les invités à noyer leur chagrin. Une vodka-tonic à la main, Susan et moi plongeâmes dans le maelström.

Je reconnus un certain nombre de personnes croisées à la maison funéraire ou lors de l'office funèbre. Il y avait surtout des couples plus jeunes que nous, amis ou voisins des Corbet. Les Stanhope n'étaient pas là, pas plus que le père Hunnings, que je ne m'attendais pas, d'ailleurs, à voir. Ils se trouvaient peut-être encore, tous les trois, dans le bureau du révérend, à discuter de Susan et de moi… Ma mère, elle aussi, brillait par son absence.

— On ne connaît personne, ici, remarqua Susan.

— Ils complotent tous contre moi dans le bureau de Hunnings.

— Je crois qu'il te faudrait un deuxième verre.

— Encore un et on part.

— D'accord. Avant, il faudrait quand même que tu parles à Elizabeth.

Nous arpentâmes le salon puis la salle à manger, où l'on avait dressé un buffet. Je remarquai un pâté de foie dégoulinant de graisse.

— Tu ne vas pas manger ça ! s'écria Susan. Prends plutôt des petits légumes crus.

— C'est risqué.

Nous gagnâmes ensuite une salle imposante au fond de la maison. Là encore, nous ne connaissions personne.

— C'est une bien grande maison pour Elizabeth et deux enfants qui ne vivent plus là, observa Susan.

— Il doit y avoir un vaste espace de rangement au sous-sol.

— Qu'est-ce qui te fait dire ça ?

— Une grande partie du déménagement du pavillon de gardien a été apporté ici.

Elle opina d'un air absent, pensant visiblement à autre chose.

— Tu pourrais vivre ici ? lâcha-t-elle subitement.

— Vivre où ?

— Je me demande si nous ne ferions pas mieux de quitter Stanhope Hall : les souvenirs, Nasim, tout…

— La décision t'appartient.

— J'aimerais savoir ce que tu en penses.

Silence.

— John ?

— Je te fais entièrement confiance.

— Elizabeth souhaite vendre. Nous pourrions y réfléchir.

— En effet.

— Il y a des gens dans le patio. Allons dehors.

En bavardant avec Tom junior et Betsy, nous apprîmes que leur père et Laurence étaient retournés à New York et que nos enfants les rejoindraient le lendemain pour un brunch à SoHo.

— Ah, voilà Elizabeth ! lançai-je à Susan. Allons lui dire bonjour. Tu t'éloigneras ensuite sous un prétexte quelconque, pour que je puisse lui parler de cette lettre.

Elizabeth nous présenta ses amis, dont un jeune homme que je devinai célibataire, en rut et tournant autour de notre hôtesse et amie. Mitch avait quelque chose de gluant : vêtements de marque, cheveux gominés, ongles manucurés et sourire formaté. Il me déplut fortement. J'espérais qu'il en allait de même pour Elizabeth, dont Susan prit le bras.

— La cérémonie était très belle ; et le rituel à l'enterrement très touchant.

— Merci à vous deux pour tout ce que vous avez fait.

Susan s'excusa. Après un instant d'hésitation, je me tournai vers Elizabeth.

— Ce n'est peut-être pas le moment, mais j'aimerais que nous prenions cinq minutes pour discuter.

Elle savait de quoi je voulais lui parler. Elle s'adressa à ses invités.

— John est l'administrateur des biens de maman. Il veut me révéler où il a enterré le trésor.

Rires polis. Elizabeth et moi rentrâmes dans la maison. Elle me conduisit dans une petite bibliothèque, dont elle ferma la porte.

— Ta maison est très belle.

— Trop grande, trop vieille, mal entretenue. Tom a fait toute la décoration, ajouta-t-elle avec un sourire, en ouvrant une armoire à liqueurs. Je te sers un verre ?

— Volontiers.

— Moi aussi, il m'en faut un.

— Tu tiens le coup ?

Elle mélangea son cocktail avec le doigt et haussa les épaules.

— Ça va. Je risque d'aller moins bien demain.

— Le temps guérit bien des blessures.

— Je sais. Et puis elle a eu une vie heureuse.

J'aurais pu embrayer sur la lettre. Cependant, je sentais qu'il nous fallait encore une minute ou deux de bavardage.

— J'ai été ravi de retrouver Tom.

— Moi aussi. Nous sommes amis. J'aime bien Laurence. Et je suis heureuse pour eux deux.

— Tant mieux. Tes enfants sont superbes. Je les apprécie énormément.

— Ils sont adorables. Ç'a été dur pour eux. Heureusement, cela s'est produit alors qu'ils étaient assez grands pour comprendre.

— Même chose pour les miens.

— Tes enfants sont extraordinaires, John.

— Je regrette de ne pas avoir été plus souvent là pour eux, ces dix dernières années.

— Ce n'était pas entièrement ta faute. À présent, tu as toute la vie pour apprendre à les connaître à nouveau.

— Je l'espère. Mes tentatives de rapprochement entre eux et ta progéniture semblent avoir échoué, ajoutai-je en souriant.

Elle sourit également.

— On ne sait jamais. Ce serait amusant, non ?

Silence. Puis :

— Tu as bien aimé Mitch ?

— Non.

Elle éclata de rire.

— Tu es trop subtil, John.

— Tu peux mieux faire, quand même.

Nous demeurâmes un instant muets l'un en face de l'autre, ne sachant trop comment alimenter la conversation.

Je pris l'initiative.

— J'ai eu un entretien avec le père Hunnings. Il m'a appris qu'il avait évoqué avec toi cette lettre écrite par ta mère.

Elle hocha la tête.

— Selon lui, elle lui a exposé son contenu en termes vagues et lui a demandé si elle devait me la remettre.

— Je sais.

— Tu sais aussi qu'il veut la lire, pour déterminer si je dois ou non en prendre connaissance.

Elle ne répondit pas. Je compris que je n'allais pas avoir la partie facile.

— Je n'ai aucune objection à partager la lecture de cette lettre avec toi, Elizabeth. Tu es la fille d'Ethel. Mais je ne suis pas d'accord pour que le père Hunnings la lise avant moi. Ou la lise, tout simplement.

Elle acquiesça, hésitante.

Avocat, je savais comment défendre ma cause.

Elle finit par reprendre la parole.

— Je ne l'ai pas ouverte. Elle t'est adressée. Pourtant, si cela ne t'ennuie pas, j'aimerais réfléchir… Peut-être en parler de nouveau avec le père Hunnings.

— C'est une histoire entre toi et moi.

— Maman s'est confiée à lui. Et, maintenant, je suis au milieu.

— Quelles ont été les dernières recommandations d'Ethel ?

— Tu le sais bien. Je devais te la donner après sa mort. Mais… Et si elle révélait un scandale ? Ou je ne sais quoi d'autre ? Si elle avait un rapport avec Susan ?

J'y avais déjà pensé, moi aussi. Elizabeth et Susan étaient amies. Pourtant, une part d'Elizabeth ne pouvait s'empêcher de caresser secrètement l'idée que, si Susan disparaissait de la scène, John se retrouverait libre. D'un autre côté, je l'imaginais mal me mettant au courant d'un scandale relatif à son amie. Elle souhaitait notre réconciliation. Et elle savait que, même si elle concernait Susan, la lettre ne modifierait pas mes sentiments à son égard.

— Cette missive contient quelque chose que ta mère voulait me dévoiler. D'un autre côté, je comprends que tu désires préserver sa réputation. Alors, puis-je te proposer que nous en prenions connaissance ensemble, maintenant ? Si elle nous révèle des informations compromettantes, eh bien, tu pourras la garder et la détruire.

Elle secoua la tête.

— Je ne peux pas le faire maintenant.

— Bon. Quand tu seras prête.

— Lundi… Lorsque tout ça sera derrière moi. Je t'appellerai.

— Merci. Ta mère voulait peut-être simplement me dire que j'étais un imbécile, murmurai-je en souriant.

Elle me rendit mon sourire.

— Elle t'aimait bien. Ce qui ne lui plaisait pas, c'était mon béguin pour toi. En revanche, elle avait de l'affection pour Tom. Et pour Susan.

— Maintenant, j'aime Susan. Et Tom aime Laurence.

— C'est une question de moment ?

— Oui.

Je lui ouvris les bras, et nous nous étreignîmes.

— On en reparle lundi, chuchota-t-elle.

— Entendu.

Nous regagnâmes le patio, où Susan discutait avec Mitch et le petit groupe d'amis d'Elizabeth.

— Alors, lança Mitch, on prend les pelles et on commence à creuser ?

Connard… Elizabeth l'ignora. J'avais baissé le pouce, la sentence était prononcée.

— Désolée, dit-elle à Susan. John a dû me faire signer quelques papiers.

— Il faut bien qu'il gagne sa gelée de pomme sauvage.

Nous papotâmes ainsi quelques instants. Je donnai le signal du départ. Nous remerciâmes Elizabeth pour son hospitalité, lui rappelant qu'elle pouvait nous téléphoner en cas de besoin. Nous souhaitâmes une bonne soirée à tout le monde. Je me tournai vers Mitch.

— Ne mettez pas ces sandales si vous avez l'intention de creuser.

Il resta coi.

— Tu as été presque grossier avec Mitch, me reprocha Susan lorsque nous fûmes sortis.

— Il me déplaît.

— Tu ne le connais même pas. Je crois qu'Elizabeth et lui…

— Non, c'est fini.

— Comment ça ?

— Je lui ai donné une mauvaise note.

— Tu as dit ça à Elizabeth ?

— Oui.

— Depuis quand es-tu devenu son confident et son mentor ?

Aïe. Je n'avais pas suivi le déroulement de la pensée de Susan.

— Elle m'a demandé ce que je pensais de lui. Je le lui ai dit.

— Tu devrais apprendre à ne pas répondre aussi brutalement. Et à ne pas te mêler des affaires des autres.

— Entendu. C'est merveilleux d'être revenu.

Nous poursuivîmes notre chemin en silence, en direction de la voiture. Visiblement, Susan était un peu jalouse.

— Tu ne veux pas savoir, pour la lettre ? demandai-je, pour changer de sujet.

— Si.

Je lui expliquai alors où nous en étions restés, Elizabeth et moi. J'ajoutai :

— Je ne vois pas très bien ce que cette lettre pourrait avoir d'important pour moi. Nous ne devrions pas nous en soucier. Ethel est… enfin, était une vieille femme pleine des préjugés de sa génération sur ce qui se fait et ne se fait pas.

— Le père Hunnings était également intéressé, voire inquiet.

— Dans le genre obsédé, celui-là ! Tu sais que je lui ai juré que nous dormions dans des chambres séparées ?

— Oh, John, tu n'aurais pas dû mentir à un prêtre.

— Je protégeais ton honneur.

— Laisse-moi m'en charger. Pour en revenir à cette lettre, accordons au père Hunnings le bénéfice du doute. Il essaie de faire au mieux.

— Attendons que j'aie lu cette missive, qui m'était adressée. Nous déciderons ensuite s'il essayait de faire au mieux.

Lorsque nous arrivâmes sur Grace Lane, Susan appela le pavillon de gardien pour qu'on nous ouvre, puis Sophie.

Elle ne nous attendait pas pour le dîner. Elle nous confectionna rapidement un plat de haricots et de tofu. Difficile de choisir un vin pour accompagner ça.

Souper aux chandelles dans le patio. Les étoiles scintillaient dans le ciel à présent dégagé, une petite brise soufflait du détroit.

— Cette semaine a été l'une des pires de ma vie.

— À partir de maintenant, tout ira de mieux en mieux.

— J'en suis persuadée.

Elle rêvait.

— Je regretterai la présence d'Edward et de Carolyn à la maison.

— Et moi, celle de tes parents.

— Moi pas.

Elle passa à un sujet plus agréable.

— Que voudrais-tu pour le petit déjeuner de la fête des Pères ?

— Je pourrais manger les restes de haricots, mais je prendrai peut-être des œufs frits, quelques saucisses, des toasts beurrés, des pommes de terre sautées, du café, du jus d'orange.

— Servis au lit ?

— Bien sûr.

— Edward et Carolyn m'ont dit qu'ils s'excusaient de ne pouvoir être à la maison pour le petit déjeuner.

— Pas de problème.

— Mais ils seront là pour le dîner.

— Bien.

— Nous devrions leur toucher un mot à propos de leurs grands-parents.

Je me servis un nouveau verre de vin.

— Je ne me mêle pas de ça. Si tu estimes que nous devons encore une fois leur rappeler les aspects financiers de leur vie, fais-le. J'ai déjà léché les orteils de William et de Charlotte. J'ai fait mon boulot.

— D'accord… Je te sens frustré ; et furieux…

— Pas du tout. J'ai fait ce que j'avais à faire. C'est terminé. Demain, au dîner, je serai plus que cordial. Je parlerai en privé de toi à ton père demain soir ou lundi matin. Uniquement parce qu'il me l'a demandé. Je peux quand même affirmer que rien ne le fera changer d'avis sur ce mariage et que je n'essaierai même pas. À toi de faire face à la réalité et de prendre des décisions.

— C'est déjà fait.

— C'est ce que tu crois. Écoute… Je suis venu ici les mains vides et je suis prêt à repartir sans rien.

— Tu ne t'en iras pas d'ici sans moi. Plus maintenant.

Elle me prit la main.

— Regarde-moi.

À la lueur des bougies, avec ses cheveux qu'agitait doucement la brise marine, elle ne m'avait jamais paru aussi belle.

— Je comprends ce que tu dis et pourquoi tu le dis, articula-t-elle lentement. Mais tu peux l'oublier. Cette fois, tu ne disparaîtras pas si facilement. Même si tu crois te sacrifier pour moi et pour les enfants.

Son regard s'embua.

— Je t'aime, dis-je.

— Moi aussi. Je suis lasse de les voir me manipuler grâce à leur argent. Alors, si je les perds, eux et leurs dollars, je serai libre.

— Et les enfants ?

— William ne fera pas une chose pareille… Ma mère l'en empêchera.

Tu paries ?

— D'accord. Dire que j'ai failli ne pas venir pour les obsèques d'Ethel…

— Même si tu ne le savais pas encore, j'étais sûre que tu viendrais.

Elle désigna le ciel.

— C'était dans nos étoiles, John. Ça devait arriver.

Je pensais la même chose, comme tous les amoureux. Pourtant, une question demeurait : maintenant, que nous réservaient les étoiles ?

Chapitre 62

Susan me servit au lit le petit déjeuner préparé par Sophie, ce qui était infiniment plus agréable que l'inverse.

C'était une magnifique journée de juin, et les rayons du soleil faisaient luire la graisse ruisselante. Je ne savais par où commencer.

Susan, en chemise de nuit, s'assit à côté de moi, jambes croisées, en avalant une gorgée de café.

— Tu veux une saucisse ? demandai-je.

— Non, merci.

Je fondis sur mes œufs aux saucisses.

— Aujourd'hui, c'est la fête des Pères. Qu'est-ce qui te ferait plaisir ?

Descendre William.

— Il fait si beau. Allons à la plage.

— Nous pourrions faire des emplettes.

— Euh, je croyais que…

Elle me donna le paquet posé à côté d'elle.

— Voici ton cadeau. Il faut que nous t'achetions quelque chose qui aille avec. C'est de la part de Carolyn, Edward et moi.

— Vous n'auriez pas dû.

— Ouvre-le.

Je m'attendais à une effroyable cravate à deux cents dollars, inévitable prélude à l'achat d'un complet, mais cela ne ressemblait pas à un étui à cravate. Un sous-vêtement, peut-être, ou un nouveau tee-shirt Yale… Je tirai du sac une casquette de marin, blanche, avec une visière noire, brillante, et un galon doré. La dernière fois que j'en avais coiffé une, c'était lorsque je participais au comité des régates du Seawanhaka. Des siècles auparavant.

— Joyeuse fête des Pères.

J'étais quand même un peu interloqué.

— Essaie-la, me dit-elle.

Je la mis. Elle m'allait.

— C'est très… original.

Devais-je regarder par la fenêtre pour découvrir le yacht ?

— J'ai consulté quelques magazines de navigation, et j'ai choisi cinq bateaux que nous pourrions aller voir aujourd'hui.

— C'est… complètement fou.

— Pas du tout.

Je me penchai pour l'embrasser et réussis à ne pas renverser mon plateau.

— Merci, mais…

— Il n'y a pas de mais. Nous allons de nouveau naviguer. À une condition.

— Je ne serai jamais tout seul.

— Exactement.

— Marché conclu.

Mes œufs refroidissaient. Nous nous prîmes les mains.

— On en a les moyens ? hasardai-je.

— Nous mettons tous de l'argent au pot. Edward et Carolyn tiennent à faire ça pour toi.

Cela ne répondait pas à ma question. J'étais quand même très touché par l'intention.

Susan me tendit quelques magazines, avec des annonces entourées au stylo : un Alden, deux Hinckleys, un C&C et un Morgan de quatorze mètres. Les prix étaient un peu plus élevés que pour des bateaux à un mât, mais, comme on dit, si on s'enquiert du prix d'un yacht, c'est qu'on a les moyens de se l'offrir.

— Ils sont très chers, fis-je quand même remarquer.

— Pense à toutes les heures de bonheur que nous allons vivre.

Je me rappelais la joie que nous éprouvions à voguer en famille, le long de la côte Est. Puis je songeai à mon périple autour du monde, d'une nature bien différente.

— Il faudra que les enfants se ménagent du temps libre, cet été, pour naviguer un peu avec nous.

— Ils l'ont promis. Deux semaines en août.

— Bien.

J'imaginai tout ce qui pouvait arriver entre maintenant et le mois d'août. Je devais être trop pessimiste. Ou trop réaliste.

— C'était une idée géniale, dis-je, décidé à ne pas gâcher cet instant de joie. Comment t'est-elle venue ?

— Facile. Carolyn, Edward et moi avons discuté d'un cadeau pour la fête des Pères. Nous avons tous écrit quelque chose sur un morceau de papier et le même mot est sorti : voilier.

— Ce sont des enfants de rêve.

— Ils étaient si heureux de pouvoir faire ça pour leur père.

Pour contrer l'émotion qui menaçait de m'envahir, je plaisantai.

— Où est ma cravate ?

— Oh, ici, elle ne semblait plus aussi belle qu'au magasin. Je la rapporterai.

Pourquoi diable les femmes voient-elles toujours les choses d'un œil différent dans les boutiques ? La lumière ?

— Bon, je prendrai le voilier. Donne la cravate à ton père.

— Bonne idée. Dès que les enfants seront là, nous irons voir les différents modèles. Ils ont envie de donner leur avis.

Après tout, c'était leur argent. En fait, celui de William, ce qui rendait le cadeau d'autant plus appréciable. J'attendais avec gourmandise le moment d'annoncer à Willie le radin qu'il avait contribué à mon cadeau de fête des Pères à hauteur de deux cent mille dollars, ce qui ne représentait d'ailleurs que le premier versement. Il faudrait assurer les suivants, et je n'étais pas sûr que la rente mensuelle de Susan et les versements du fonds de placement se poursuivraient demain. Ce cadeau était très touchant, mais c'était une folie. Enfin… Seule l'intention compte.

— Termine ton petit déjeuner, me dit Susan, et je te ferai un autre présent.

Au diable le petit déjeuner…

Elle sauta du lit.

— Garde ta casquette. Tu es un marin jeté à la côte par une tempête. Moi, je suis la femme d'un pêcheur que je n'ai plus revu depuis des années. Je prends soin de toi et je viens d'entrer dans la chambre pour emporter ton plateau de petit déjeuner.

— D'accord. Mais ne l'emporte pas trop loin.

Elle s'approcha du lit.

— Puis-je faire quelque chose d'autre pour vous, monsieur ?

— Eh bien…

— Oh, monsieur, comment se fait-il que ce plateau bouge tout seul ?

Je souris.

— Ma foi…

— Laissez-moi le prendre, monsieur, avant qu'il se renverse.

Elle posa le plateau sur la commode, revint près du lit.

— Avec votre permission, monsieur, je vais masser avec de l'huile vos parties génitales blessées.

Je soulevai ma casquette.

— Permission accordée.

Mon petit déjeuner fut donc des plus succincts. Mais comment hésiter devant un choix pareil ?

Susan alla chercher à la gare Carolyn et Edward, arrivés par le train de 9 h 28. Après les embrassades d'usage et la remise d'une jolie carte illustrée d'un voilier, je les remerciai pour le vrai bateau, ce qui les fit rougir de plaisir.

— Bienvenue à la maison, papa, dit Edward.

— C'est toi, notre cadeau de fête des Pères, ajouta Carolyn.

Sophie et Carolyn avaient le regard embué, tandis qu'Edward et moi, en vrais mâles, nous contentions de toussoter discrètement.

Je ne révélai pas à mes enfants que la rente du fonds de placement permettant ce cadeau royal risquait de se tarir sous peu. De toute façon, il faudrait y réfléchir avant de signer le moindre chèque. Je n'étais donc pas trop inquiet. Au pis, ils seraient déçus de ne pouvoir assumer leur cadeau. Et ils sauraient à qui en faire le reproche. Cela ne m'empêcha pas de lancer :

— Cet été, allons jusqu'à Hilton Head en bateau !

— N'en parlons pas à mes parents aujourd'hui, dit Susan.

— D'accord. Nous leur ferons la surprise en août.

Nous grimpâmes tous dans la Lexus. En route pour les bateaux !

Les deux premiers, un Alden de 14,33 mètres et un Hinckley de 13,11 mètres, se trouvaient dans une marina publique. Nous les examinâmes depuis le quai.

Le suivant, un vieux Hinckley de 12,50 mètres, était amarré devant une maison privée de Manhasset Bay. Le propriétaire nous le fit visiter. Le quatrième, un Morgan 454 de 13,72 mètres, était ancré devant le Seawanhaka. Nous empruntâmes la navette du club pour aller le voir, mais nous ne montâmes pas à bord. Le cinquième, un 44 C&C, se trouvait lui aussi au Seawanhaka. Le pilote de la navette nous apprit que la famille naviguait dessus pour la journée. D'après lui, c'était un voilier magnifique.

De retour au club, nous découvrîmes un barbecue organisé sur la pelouse pour la fête des Pères. Pour que les enfants ne nous entendent pas, je chuchotai à l'oreille de Susan :

— Pourquoi ne pas emmener tes parents ici, plutôt que de les avoir à dîner à la maison ? Ensuite, ton père et moi pourrions prendre ce Morgan et voir comment il se comporte en mer.

— Il ne faut pas lui en parler, me rappela-t-elle.

— Lui et moi aurions une vraie conversation entre hommes, au milieu du détroit.

— John, ce n'est pas très gentil de menacer ainsi de noyer mon père un jour de fête.

— Qu'est-ce que tu racontes ?

Était-il encore bon nageur ?

Nous prîmes un bloody mary sur la terrasse.

— Alors, tu en as vu un qui te plaisait ? demanda-t-elle.

— Ils étaient tous très beaux. Il faudra prendre rendez-vous pour les essayer. J'aimerais aussi voir ce C&C qui était de sortie.

— Moi, dit Edward, j'ai bien aimé le Morgan. Il me rappelle celui que nous avions.

— Il est suffisamment grand pour que maman et papa fassent la traversée jusqu'en Europe, ajouta Carolyn.

La famille Sutter devisa ainsi aimablement, comparant les mérites respectifs des différents voiliers, tandis que les rayons du soleil faisaient scintiller les eaux de la baie où oscillaient les bateaux à l'ancre. Un moment merveilleux. C'était probablement ce que devaient se dire les passagers du *Titanic* avant de heurter l'iceberg.

En route, nous nous arrêtâmes au cimetière de Locust Valley.

Susan, Edward et Carolyn avaient assisté aux obsèques de mon père. Ils n'étaient probablement pas revenus sur sa tombe. Je demandai au bureau son emplacement exact, pendant que Susan achetait des fleurs à la boutique, près de l'entrée.

Nous parcourûmes une allée sinueuse, bordée d'arbres, qui faisait ressembler ce cimetière à un parc. On ne distinguait guère les pierres tombales qui, dissimulées au milieu des herbes, ne devaient pas s'élever à plus de trente centimètres au-dessus du sol. On avait l'impression de déambuler dans un jardin botanique.

Le carré Stanhope était délimité par une haie et une barrière en fer forgé. À l'intérieur, pierres tombales et mausolées indiquaient par leur taille si l'on appartenait à la famille proprement dite où si l'on était accueilli là en qualité de domestique. Pénétré du sentiment de la nature, je décidai d'être enterré dans ce cimetière, mais à cinq cents mètres, au moins, du Stanhope le plus proche. Fallait-il, pour cela, persuader Susan d'enfreindre une tradition familiale, ou bien, de toute façon, étions-nous condamnés au cimetière public ?

Il y avait beaucoup de monde pour cette fête des Pères. De nombreuses tombes étaient fleuries. Je remarquai même de petits drapeaux américains fichés en terre en l'honneur d'anciens combattants.

— Il faudra revenir ici la semaine prochaine avec un drapeau pour la tombe de ton père.

Pourvu, me disais-je, que nous ne revenions pas ici pour l'éternité. Peut-être valait-il mieux se renseigner d'ores et déjà sur le prix des concessions.

Nous finîmes par trouver la tombe de Joseph Whitman Sutter. Comme la plupart des pierres de ce cimetière, la sienne était une simple dalle de granit blanc d'une trentaine de centimètres de haut.

Outre son nom, ses dates de naissance et de mort figurait l'inscription suivante : « Mari et père, tu vivras éternellement dans nos cœurs ».

À droite de la tombe de Joseph, un emplacement vide était, sans nul doute, réservé pour Harriet.

Il y avait déjà un bouquet sur la tombe, probablement déposé par ma mère, en dépit de son aversion pour les fleurs coupées. Toutefois, il s'agissait peut-être d'une maîtresse inconnue. Ç'aurait été amusant. Il faudrait que je demande à Harriet si elle était venue au cimetière ce jour-là.

Les souvenirs les plus contradictoires affluaient en moi. C'était un homme gentil, trop gentil, un mari aimant, presque soumis à sa femme, et un bon père, quoique légèrement distant. Un produit de sa génération et de sa classe sociale, ce qu'on ne pouvait guère lui reprocher, même si je l'aurais aimé plus affectueux à l'égard d'Emily. En ce qui me concernait, ma foi… Nous travaillions ensemble et ce n'était facile ni pour l'un ni pour l'autre. J'aurais volontiers quitté le cabinet Perkins, Perkins, Sutter and Reynolds, mais il tenait à ce que cette vénérable institution conserve le nom de notre famille. S'il comptait là-dessus pour assurer son immortalité, il dut être déçu lorsque les autres associés exigèrent mon départ. À l'époque, il était à moitié à la retraite. Il était ensuite retourné travailler à plein temps ; et avait trouvé la mort, un soir, dans son bureau.

Au fond, il avait mené une belle vie, surtout parce qu'il avait formé avec ma mère un couple curieusement bien assorti. Ils n'auraient jamais dû avoir d'enfants. Mais ils avaient fait l'amour avant l'invention de la pilule, et ce genre de chose arrive quand on a bu un verre de trop. C'est probablement ainsi qu'est née la moitié de ma génération.

Un jour, d'humeur inhabituellement communicative, mon père m'avait dit : « J'aurais dû être tué dix fois en France. Alors, chaque journée est un cadeau. » J'éprouvais le même sentiment après trois années passées en mer.

Susan me passa un bras autour des épaules. Carolyn et Edward contemplèrent silencieusement la tombe de leur grand-père.

Je déposai le bouquet de fleurs à côté du premier.

— Je suis de retour, papa.

Chapitre 63

Ma mère arriva la première. Je me rendis compte qu'elle et ses petits-enfants éprouvaient une véritable affection les uns pour les autres. Dommage que les cent millions ne vinssent pas d'elle.

Nous nous assîmes dans le patio, devant un pichet de sangria. Susan et Harriet étant sur la même longueur d'ondes question alimentation bio, nous partageâmes quelques amuse-gueule de ce type en devisant gaiement.

À 18 heures tapantes, William et Charlotte firent une entrée fracassante. Charlotte se rua sur Edward et Carolyn, les couvrant de baisers. William le cinglé hurla à Carolyn : « Tu es de plus en plus belle chaque fois que je te vois ! ». Puis il fit mine de boxer avec Edward et m'administra une claque virile sur les fesses en s'écriant : « Allez, mon grand ! On ouvre les bouteilles. »

Bon… Cela ne se passa pas tout à fait de cette façon. Cependant, William accepta avec un sourire contraint les vœux de chacun pour la fête des Pères, grommelant même un « bonne fête » à mon intention.

Refusant la sangria puis les Martini que je leur proposais, ils acceptèrent un verre de vin blanc, l'équivalent pour eux d'un verre d'eau du robinet. Nous prîmes place autour de la table pour bavarder, ce qui se résuma à écouter Charlotte nous raconter ce que William et elle avaient fait ces derniers jours. Je fus surpris qu'elle en ait gardé le moindre souvenir. De toute façon, tout le monde s'en foutait. William resta plutôt silencieux, anticipant sûrement les négociations à venir.

J'étais plutôt heureux de la présence de Harriet, qui obligeait les Stanhope à se conduire comme des gens normaux.

Susan avait dit à Sophie de ne pas annoncer le dîner après 19 heures. Allions-nous tenir jusque-là ? Finalement, Sophie apparut à l'heure dite.

— Le dîner est servi.

Nous gagnâmes la salle à manger, où Susan nous plaça : les deux pères aux places d'honneur, à chacune des extrémités de la table, de façon que nous soyons obligés de nous regarder. Elle installa ma mère à ma gauche et Charlotte à la droite de William. Nous avions décidé, au préalable, d'asseoir les enfants stratégiquement à la gauche de leur grand-père, face à leur grand-mère Charlotte. Susan prit place à ma droite. Elle proposa un toast aux meilleurs pères du monde. William, s'incluant probablement dans le nombre, l'en remercia. Elle ajouta alors :

— Et à Joseph.

Cela fit venir les larmes aux yeux de ma mère, qui avait pourtant réussi à étouffer chez son époux tout sentiment paternel. Elle devenait néanmoins une bonne grand-mère, et j'espérais que ces excellentes dispositions se retrouveraient dans son testament. Les baleines, même en voie de disparition, n'ont pas besoin d'argent.

J'en profitai pour lancer :

— Je regrette que Peter n'ait pas pu venir. Où travaille-t-il, en ce moment ?

— À Miami, répondit William, d'où il gère la plupart des affaires de la famille.

Je m'abstins de dire qu'il aurait été incapable de rendre la monnaie sur un dollar sans l'aide d'un conseiller financier.

— Transmettez-lui mon bon souvenir, lui demandai-je.

Le dîner se poursuivit sans anicroche : la présence de Harriet empêcha les Stanhope de donner toute la mesure de leur goujaterie. Ils ne firent aucune allusion au mari décédé de Susan, qui avait été le beau-père de mes enfants. Charlotte la sotte parvint toutefois à susurrer :

— Nous avons hâte de rentrer chez nous.

— Et moi, je brûle de connaître votre maison de Hilton Head.

De l'autre côté de la table, William me fusilla du regard, les naseaux fumants.

Après quelques échanges du même tonneau, les festivités familiales menaçaient de sombrer corps et âme. Je m'apprêtais à demander à Susan et à Carolyn de se mettre au piano lorsque Carolyn annonça qu'elle devait prendre le train de 20 h 25, afin de travailler à un procès qui se tenait le lendemain. Harriet proposa de la conduire à la gare. Traumatisée par son dernier trajet en voiture avec sa grand-mère, Carolyn objecta que son frère s'était déjà proposé de le faire. Edward devait ensuite rendre visite à l'un de ses amis et se lèverait tôt, le lendemain, pour gagner l'aéroport. Il prit donc congé de ses grands-parents.

Nous sortîmes tous devant la maison pour les au revoir et les habituels souhaits de bon voyage. C'est là que les Stanhope et les Sutter sont au mieux de leur forme : au moment des adieux.

— Nous ne nous retrouvons qu'aux mariages et aux enterrements, fit remarquer Harriet. (Provocatrice, elle ajouta :) J'espère que la prochaine occasion sera le mariage de John et de Susan.

Je penchais plutôt pour les obsèques de William. Je n'en répondis pas moins :

— Nous nous marierons au Seawanhaka avant la fin de l'été.

Ravie, Harriet adressa un sourire à William et à Charlotte, qui semblaient avoir reniflé un pet.

— N'est-ce pas merveilleux ?

On entendait presque craquer la colle de leurs dentiers. Brave Harriet. Pour une fois qu'elle ne s'en prenait pas à moi !

Je serrai Carolyn dans mes bras et l'embrassai.

— Je ne t'appellerai plus de Londres.

— Je t'aime, papa.

William tressaillit à nouveau. Si cet homme avait eu un cœur, il n'aurait pu qu'être ému par ces démonstrations d'amour familial. Il m'aurait pris à part et m'aurait dit : « Je vous donne ma bénédiction, John », avant de tomber raide mort.

Harriet partit au volant de sa voiture sans tuer personne, suivie de Carolyn et d'Edward dans la Lexus, prêtée par Susan.

Je me tournai vers mon beau-père : le moment était venu.

— Si vous n'êtes pas trop pressé, nous pourrions prendre un verre dans mon bureau.

Il jeta un coup d'œil à sa femme.

— D'accord.

Chapitre 64

Je lui offris un Martini, qu'il refusa après un instant d'hésitation. Il s'assit sur le canapé et moi dans le fauteuil.

Je n'avais aucune intention d'ouvrir la discussion, ni même de me lancer dans un bavardage inconsistant. Je me contentai de le fixer, comme si c'était lui qui avait demandé à me parler. Un peu mal à l'aise, il finit par prendre la parole.

— Vous désiriez m'entretenir de quelque chose ?

— Je croyais que vous, vous vouliez avoir un entretien avec moi.

— Eh bien… Il me semble que nous devions parler de… ce que nous avons déjà évoqué.

— Entendu.

Il toussota.

— D'abord, John, laissez-moi vous dire que nous… Charlotte et moi, nous n'éprouvons aucune animosité personnelle envers vous.

— Vous m'avez pourtant affirmé que ne m'aimiez ni l'un ni l'autre.

— Ce n'est pas le problème. Le problème, c'est Susan.

— Elle m'aime.

— Elle le croit. Nous en avons déjà discuté. Peu importe que je vous apprécie ou que vous me trouviez sympathique. Charlotte et moi sommes convaincus qu'un mariage vous rendrait tous les deux malheureux et ne pourrait finir que par un nouveau divorce.

Je gardai le silence.

— Donc, poursuivit-il, pour nous épargner à tous douleur et malheur, John, j'aimerais que vous reconsidériez votre proposition de mariage.

— J'entends bien. Vous avez également dit que vous pensiez que mes intentions n'étaient pas tout à fait honorables, que je confondais peut-être ma passion pour elle et ma fascination pour son argent.

Il s'éclaircit de nouveau la gorge.

— Il me semble avoir suggéré que c'était peut-être inconscient.

— J'y ai réfléchi. Je suis arrivé à la conclusion que je ne l'aime que pour elle. J'aime aussi mes enfants, et j'aime que nous formions une famille. L'avez-vous remarqué, ce soir ?

— Euh, oui. Toutefois, Edward et Carolyn sont adultes et ne vivent plus ici. Je suis sûr que vous pourrez maintenir vos relations avec eux sans vous remarier avec leur mère.

— Nous l'avons fait, William. Mais ce n'est pas la même chose.

Se sentant coincé, il choisit de changer de terrain.

— Je suis prêt à vous verser un million de dollars, payables en dix annuités, si vous acceptez de rompre cet engagement et de retourner à Londres ou de vivre ailleurs qu'aux États-Unis.

Je soutins son regard pendant quelques secondes.

— Si votre seule objection à cette union est l'idée que je puisse en vouloir à l'argent de Susan, à sa rente, à ses biens et à son futur héritage, tout cela peut figurer dans le contrat de mariage… Combien ai-je obtenu lorsque Susan et moi avons divorcé ? Rien. Nous pouvons donc reprendre le même contrat. Cela devrait vous prouver, je l'espère, que mes intentions sont honorables.

Comprenant qu'il était tombé dans un piège, William cherchait un moyen d'en sortir. Il était bête comme un balaibrosse, mais, lorsqu'il s'agissait d'argent, ses neurones fonctionnaient plutôt bien.

— Le problème n'est pas seulement l'argent, John. Je vous l'ai dit : il s'agit avant tout du bonheur de Susan. Nous refusons de voir notre fille aussi désemparée que… que la dernière fois.

Intéressant. Je n'avais jamais vraiment su ce qu'avait éprouvé Susan après mon départ. À l'époque, je m'étais dit qu'en dépit de sa tristesse elle avait pu reconstruire sa vie. Ou qu'anéantie, rongée par la culpabilité, elle avait considéré son existence comme terminée. En fait, il avait dû y avoir un peu des deux. Depuis nos retrouvailles, je comprenais un peu mieux ce qu'elle avait vécu. À présent, William, en père attentionné, ne voulait plus qu'elle souffre. Si ledit William n'avait pas été un personnage aussi fourbe et aussi manipulateur, j'aurais pu le croire, et même comprendre ses inquiétudes. Mais, connaissant le bonhomme, comment lui attribuer la moindre once d'amour paternel ? À moins qu'il ne se fît l'interprète de Charlotte, sans doute très attristée par les malheurs passés de sa fille.

— Cela va peut-être vous surprendre, William, mais Susan et moi avons formé un couple très amoureux. Nous avons mené une vie magnifique, qui aurait pu continuer si elle n'avait pas eu cette liaison avec Frank Bellarosa, avant de le tuer.

Il se raidit.

— Charlotte et moi avons parlé de… de ce qui est arrivé. Nous en avons conclu que votre mariage n'avait pas été aussi merveilleux que vous le décrivez. Si cela avait été le cas, tous ces événements ne se seraient pas produits.

J'avais, évidemment, pensé la même chose. À présent, je ne pouvais qu'admettre que notre mariage avait été heureux. Susan elle-même en convenait. Même au paradis, des catastrophes se produisent parfois. Quatre-vingt-dix pour-cent des couples que je connais et dont l'un des membres a eu une liaison étaient heureux et sont restés ensemble par la suite. Malheureusement, de temps à autre, un mari ou une femme prend une simple aventure pour de l'amour, ce qui mène droit au désastre. Sans compter ceux qui se font descendre.

Je n'allais pas expliquer tout cela à William.

— Susan m'a assuré, et je suis certain qu'elle vous l'a dit, qu'il n'existait aucune mésentente fondamentale entre nous. Ce qui s'est passé était un moment de folie, non le signe d'un problème plus profond. Elle a été sexuellement obsédée par cet homme. Comme elle en a tiré les leçons, cela n'arrivera plus.

William semblait gêné à l'idée que sa fille ait pu être obsédée sexuellement par un homme. Peut-être la croyait-il encore vierge.

— Je crois que, tous les deux, vous vous fourvoyez et que vous cherchez à réécrire l'histoire. Vous, John, si vous me permettez de me montrer direct, vous avez toujours eu l'œil baladeur.

Va te faire foutre, William… C'était vrai, j'avais toujours eu tendance à jouer les séducteurs, et j'aimais regarder les femmes. Mais je n'avais jamais eu d'aventure, hormis cette passade avec Jenny Alvarez, au cours de mes vingt ans de mariage. Bicn que cela ne le regardât en rien, je lui laissai marquer le point.

— Nous avons mûri et appris à ne pas jouer avec le feu.

Il crut pouvoir pousser son avantage.

— Au cours de toutes ces années, Susan a eu de nombreux prétendants.

C'était une façon distinguée de me révéler qu'elle avait couché avec beaucoup d'hommes. Comment cela, cher William ? Êtes-vous en train de me dire que votre fille est une telle traînée qu'il ne faudrait pas que je l'épouse ?

Apparemment, oui.

— À mon avis, vous n'accepterez pas facilement qu'elle ait eu de nombreux amants, reprit-il. Cela reviendrait entre vous, cela pourrait surgir dans la conversation, elle pourrait recevoir une lettre ou un coup de téléphone d'un de ses anciens partenaires. Cela amènerait des disputes et, finalement, du malheur. Pour tous les deux.

Peu de pères tenteraient ainsi de convaincre leur futur gendre de ne pas épouser leur fille parce qu'elle pourrait remplir un annuaire avec la liste de ses gigolos. William semblait croire que c'était le meilleur moyen de doucher mon enthousiasme. Avant de revenir aux questions d'argent.

— J'apprécie votre inquiétude et votre franchise. Mais vous devez comprendre que Susan et moi savons parfaitement que ni l'un ni l'autre n'avons mené une vie monacale au cours des dix dernières années. Sachez, William, que j'avais effectivement une femme dans chaque port et même quelques-unes à l'intérieur des terres. Sans parler de celles qui me rejoignaient à bord de mon voilier. Mais mon passé et le sien n'ont rien à voir avec notre avenir. Il est donc inutile de poursuivre sur le sujet. Et je suis plutôt surpris que vous teniez tant à évoquer avec moi la vie sexuelle de votre fille.

Il rougit et plissa les paupières.

— Vous voyez la vie en rose, John. Je cherchais seulement à dissiper vos illusions.

Les clichés de William étaient déjà vieillots quand il était enfant.

— Je sais toujours où je mets les pieds.

— Je l'espère pour vous. Je sens que vous êtes décidé à mener à bien ce projet de mariage, en dépit de mes objections et de celles de Charlotte.

— J'ai l'intention, monsieur Stanhope, de vous demander la main de votre fille, et de vous demander, à vous et à votre femme, votre bénédiction.

Il émit une sorte de grognement.

— Monsieur ?

Nouveau grognement.

— Jamais nous n'accorderons notre bénédiction à cette union.

— J'imagine donc qu'il n'est pas question d'une dot généreuse ?

— Une dot ? Vous plaisantez ?

— Oui.

Puisque nous en étions aux bénédictions et au sacrement du mariage, je me sentis tenu de préciser :

— Je dois vous dire, William, que j'ai été un peu agacé par le fait que vous ayez discuté de tout cela avec le père Hunnings.

Il ne parut pas surpris que je l'aie appris.

— Que je me sois adressé au père Hunnings ne devrait pas vous agacer, John. Vous devriez accepter l'idée d'un conseil pastoral.

— De quel conseil pastoral parlez-vous, puisque vous refusez ce mariage ?

— D'un conseil qui vous ferait comprendre que ce qui est bon pour vous ne l'est pas forcément pour votre future femme.

— Je vois. Il me semble avoir déjà entendu ces arguments de votre bouche. Pourquoi mêler le père Hunnings à tout ça ?

— Dois-je vraiment vous préciser que, dans notre religion, l'entretien prénuptial est une condition du mariage à l'église ?

— Il y a entretien et entretien. Pourquoi ai-je l'impression que vous avez déjà labouré le terrain ?

— Insinuez-vous que j'aie pu influencer le père Hunnings ?

— Le prévenir contre moi serait un terme plus exact. Et peut-être lui offrir une gratification pour qu'il conseille à Susan de ne pas se marier.

— C'est infâmant !

— Je ne retire rien.

— Je me verrai dans l'obligation de répéter votre accusation au père Hunnings.

— Vous le ferez si elle est fausse. Dans le cas contraire, vous vous tairez.

Il parvint à maîtriser sa colère.

— Si nous parvenons à un accord, cela deviendra sans grand intérêt. Je vous ai fait une offre.

— Que je rejette.

— Très bien…

Bien entendu, il n'avait aucune intention d'en rester là. Il avait quelques atouts dans sa manche et n'en avait encore utilisé aucun. Il battit donc les cartes et les redistribua.

— Je suis disposé à améliorer mon offre. Deux cent mille dollars tout de suite, puis dix versements annuels de cent mille dollars.

Renchérir sur une offre est une bonne tactique et permet, d'ordinaire, d'atteindre le but désiré. Mais j'adore négocier.

— Je crois savoir, répliquai-je, que la rente annuelle de Susan est supérieure au premier versement que vous me proposez. Alors, quel intérêt pour moi de retourner à Londres avec seulement une partie de ce que je partagerais avec Susan en restant ici ?

Il se pencha vers moi et me regarda droit dans les yeux.

— John, sachez que si vous épousez Susan nous mettrons un terme à sa rente.

Sans blague ?

— Vous seriez décidé à ruiner votre fille ?

Il eut un sourire mauvais.

— Suggérez-vous, John, que le fait de vous épouser conduit à la ruine ?

Bien vu, William. Il enfonça le clou.

— Je crois que vous seriez obligé de travailler.

— À part mes années sabbatiques en mer, je l'ai toujours fait. Et j'ai bien gagné ma vie, William, autant à Londres qu'ici. Malheureusement, ma carrière aux États-Unis a été entravée par ce qui s'est passé il y a dix ans. J'assume totalement la responsabilité de mes actes. Je dois quand même vous rappeler que votre fille a largement participé aux événements qui ont conduit à mon départ du cabinet familial. Je lui ai pardonné, sans réserve. Et, tant que j'y étais, je me suis également pardonné à moi-même. Il me faudra un certain temps pour rebâtir ma carrière ici, à New York, et pour retrouver un revenu qui assure à votre fille le niveau de vie auquel elle est habituée. Laissez-moi vous rappeler, William, que c'est vous et Charlotte qui avez toujours insisté pour que Susan ne travaille pas, notamment en lui versant une rente mensuelle. Je regrette de l'avoir accepté. Comme vous l'avez maintenue liée à vous toute sa vie, elle ne peut aujourd'hui exercer le moindre métier rémunérateur. Vous êtes en partie responsable de cet état de fait. Vous devez donc l'assumer.

Peu désireux de se voir opposer des faits gênants, William se contenta de répéter :

— Je vous le redis : si elle vous épouse, c'en est fini de sa rente mensuelle.

— Très bien. Susan et moi avons discuté de cette éventualité. Elle ne change rien à notre décision de nous marier.

Cette fois, il fit la grimace.

— Susan pourrait reconsidérer cette décision.

Va te faire foutre.

— De votre côté, vous pourriez reconsidérer votre attitude sordide, manipulatrice et malveillante.

— Je ne tolère pas qu'on me parle de cette façon !

— Je ne dis pourtant que la vérité.

Il semblait sur le point de ranger ses cartes et de quitter les lieux, mais il disposait encore d'un autre atout.

— Si vous l'épousez, je retirerai également Susan de la liste de nos héritiers.

Maintenant, on parlait chiffres de façon sérieuse. Leur mort et cinquante millions de dollars pour Susan.

— Si vous faites ça, j'attaquerai votre testament en justice. La procédure durera au moins dix ans. Peter risque d'en subir les conséquences.

Son visage devint cramoisi. Tension artérielle galopante ?

— Vous n'avez jamais rien proféré de plus odieux.

Il se leva. Je m'attendais à le voir s'effondrer. Comme il ne chancelait pas, je me levai à mon tour.

— Vous m'avez insulté en me proposant de m'acheter, martelai-je. Je ne suis pas à vendre. Je me fous de votre argent, et Susan également. Quant à vous, vous vous fichez de votre fille. Peu vous importe son bonheur. C'est contre moi que vous en avez. Vous savez pertinemment que nous sommes heureux de nous être retrouvés, et que nos enfants sont heureux pour nous. Vous, William, vous êtes très malheureux que je sois revenu dans votre vie. Vous préférez perdre votre fille plutôt que de vous retrouver avec un gendre qui ne gobe pas vos inepties. Ainsi, monsieur, vous avez pris votre décision, et Susan et moi la nôtre.

Il ne réagit pas à ma harangue, comme suspendu dans l'espace. Il finit pourtant par murmurer :

— Nous verrons quelle décision prendra Susan.

— Effectivement, nous verrons. Mais votre femme et vous allez quitter cette maison à l'instant. Vous prendrez rendez-vous pour plus tard afin de parler à votre fille.

Je gagnai la porte et l'ouvris.

— Bonsoir. Et bonne fête des Pères.

Il franchit le seuil puis se tourna vers moi.

— Pensez aussi à vos enfants.

Il venait d'abattre sa dernière carte.

— Demandez au gestionnaire du fonds de placement de m'appeler à ce sujet.

Il alla retrouver Charlotte.

Je refermai la porte. Quelques minutes plus tard, j'entendis Susan, Charlotte et William parler doucement au salon. Ensuite, la porte d'entrée s'ouvrit et se referma. Quelques secondes plus tard, Susan apparut dans mon bureau.

— Dois-je vraiment te demander comment ça s'est passé ?

Au lieu de lui apprendre que son père s'était révélé tel que je l'avais toujours décrit, je lâchai d'un ton négligent :

— Eh bien, il y a de bonnes et de mauvaises nouvelles.

— Quelles sont les bonnes ?

— La bonne, c'est que ton père m'a offert un million deux cent mille dollars pour retourner à Londres.

— Quoi ?

Elle semblait tétanisée.

— Que lui as-tu répondu ? Non, je n'ai pas à te poser cette question.

— Je lui ai répondu : « Non. » Je veux deux millions. Et voilà la mauvaise nouvelle : il refuse d'aller au-delà d'un million deux cent mille.

Elle voyait bien que je plaisantais mais ne trouvait pas l'histoire vraiment drôle. Elle s'assit sur le canapé, le regard vide, avant de se tourner vers moi.

— C'est tellement révoltant. C'est… méprisable.

— C'est aussi ce que j'ai pensé. Tu vaux quand même deux cent cinquante mille dollars par an… Oh, autre mauvaise nouvelle : si tu m'épouses, il supprime ta rente.

— Je m'en fiche.

— Peu importe. Tu as été une méchante fille et il te coupe les vivres. Il te déshérite, également.

Un silence.

— Tu n'as pas pu lui faire entendre raison ?, demanda-t-elle.

— Non. Tu veux un verre ?

— Non.

— Moi, si.

Je remplis un verre de cognac, puis un deuxième, Susan ayant changé d'avis. N'ayant aucun toast à porter, nous bûmes en silence.

Finalement, elle me dit :

— Ma mère m'a expliqué pourquoi il ne fallait pas que je t'épouse.

— Des raisons valables ?

— Elle pense que tu n'as pas les moyens de m'offrir le niveau de vie auquel je me suis habituée, articula-t-elle avec un sourire contraint.

— Lui as-tu dit qu'au lit j'étais une vraie bête ?

Cette fois, elle sourit pour de bon.

— Je lui ai dit que nous avions toujours eu une vie sexuelle épanouie.

— Elle est jalouse ?

— Peut-être. Elle a aussi laissé entendre que tu buvais trop.

Nous éclatâmes de rire en même temps.

— J'aimerais tenir le coup aussi bien qu'eux, dis-je.

Je m'assis sur le canapé à côté d'elle. Nous nous prîmes la main, sans parler.

— Mon père semblait très fâché, murmura-t-elle enfin.

— J'ai été très aimable avec lui, même après qu'il m'a insulté avec sa tentative de corruption. Je t'assure, Susan.

— Je te crois.

— Mais, à la fin, j'ai dû le menacer d'un procès s'il te retirait de leur testament. Ta rente est supprimée. Même si j'avais des arguments juridiques pour m'y opposer, je ne me sentirais pas moralement en droit de le faire. J'espère que tu es d'accord.

— Je suis d'accord. Maintenant, je suis libre.

— C'est vrai. Tu vas sans doute être obligée de te séparer de ton entraîneur personnel.

— Ne te moque pas de moi.

— Excuse-moi.

Fallait-il, à présent, lui révéler le dernier coup bas de William, les enfants ? Je décidai de me taire. C'était à son père de lui en faire part.

— Je crois qu'il va vouloir te parler, repris-je.

— Nous avons rendez-vous demain matin. Ici. Avant qu'ils aillent à l'aéroport.

— Très bien. Je me montrerai discret.

— Merci. A-t-il évoqué les enfants ?

— Il t'en parlera demain.

Elle hocha la tête.

Pour quelqu'un qui vient de conquérir sa liberté, elle ne semblait guère heureuse. Pour être franc, je ne pouvais pas la blâmer. La liberté fait peur.

— Écoute, s'il ne tenait qu'à moi…

— Ferme ta gueule, John.

Où avait-elle appris à s'exprimer ainsi ? Avec son accent des beaux quartiers, cela avait même un côté amusant.

— Pourrais-tu être plus claire ?

— Excuse-moi.

Elle rit puis se prit la tête dans les mains. Des larmes coulèrent le long de ses joues.

— Putain ! lança-t-elle.

Je lui passai un bras autour des épaules et la serrai fort contre moi.

— Ça ira, Susan. De toute façon, nous savions comment cela se terminerait.

— Toi, oui. Moi, je n'y croyais pas.

Je lui tendis mon mouchoir.

— Sois honnête avec toi-même : tu le savais aussi.

Elle acquiesça.

— J'ai fait tellement d'efforts pour eux. Comment peuvent-ils être aussi durs ?

Je ne répondis pas.

— Ce n'est pas l'argent, poursuivit-elle. Vraiment. Simplement, je n'arrive pas à comprendre… Ils ne peuvent donc pas se réjouir de nous voir ensemble ?

— C'est justement ce qui ne leur plaît pas. Ton père ne m'a jamais aimé. Pour être franc, c'est réciproque. Contrairement à moi, ce n'est pas l'amour qui les guide, mais la haine. Nous n'y pouvons rien.

Elle s'essuya le visage avec mon mouchoir.

— Je lui parlerai demain. Et je ne céderai pas devant lui. Il ne peut plus me menacer… Sauf avec l'argent des enfants. Donc, il faut que nous évoquions cette question avec eux.

— Entendu.

— Tu crois que je devrais parler à Peter ?

— Je te conseille de n'en rien faire. Mais la décision t'appartient.

S'il le faut, je lui collerai un procès au cul…

— D'accord.

Elle se tourna, posa la tête sur l'accoudoir du canapé et ses pieds sur mes genoux. J'ôtai ses chaussures, et elle se mit à remuer les orteils.

— À part le fait d'avoir loupé un million de dollars, as-tu passé une bonne fête des Pères ?

— Superbe. Je commence à apprécier ma mère.

— À sa façon, elle t'aime.

— C'est sûr. Nous devrions peut-être renoncer au yacht.

— Effectivement.

— Pourquoi pas une barque ?

— Trop cher.

Elle s'étira en bâillant.

— La journée a été épuisante. Mais tu sais quoi ? J'ai l'impression d'avoir une tonne de moins sur le dos.

— Tu es plus légère de deux cent cinquante mille dollars par an.

— As-tu été surpris quand il t'a proposé de l'argent ?

— Pour t'avouer la vérité, il me l'a proposé le soir même de son arrivée ici.

— Ah ! Pourquoi ne pas me l'avoir dit ?

— Cela aurait gâché la semaine.

— Tu dois tout me dire, sans attendre.

— Pourrions-nous changer de sujet ?

— On fait l'amour ?

Saisissant la balle au vol, j'aurais pu lui raconter que son père m'avait déconseillé d'épouser une femme légère. Mais il y a des limites à ne pas dépasser. Cela aurait encore fait baisser William dans son estime, et aurait soulevé d'autres questions qui risquaient de compromettre notre avenir.

— John ? Oh ! L'amour, ça te dit ?

— On ne l'a pas déjà fait ce matin ?

— Non, tu as fait l'amour avec une femme de marin.

— C'est vrai.

J'allai verrouiller la porte puis me débarrassai de mon blazer. Susan enleva sa culotte, sa jupe et chuchota :

— Dépêche-toi avant que mon père revienne.

Me rappelant ces étreintes rapides que nous avions à Stanhope Hall avant notre mariage, je n'ôtai que mon pantalon et m'allongeai sur elle.

Chapitre 65

Susan et moi étions endormis sur le canapé lorsque la sonnerie du téléphone me réveilla. Il faisait sombre dehors, et le bureau n'était éclairé que par une lampe posée par terre, déjà allumée lors de mon entretien avec William Stanhope. L'écran du téléphone annonçait que le numéro était secret. L'horloge indiquait 21 h 32. Je décrochai.

— Bonsoir, monsieur Sutter, me dit Mancuso.

J'entendais du bruit et des voix derrière lui. J'avais l'impression qu'il ne se trouvait ni à son bureau ni chez lui.

— J'ai des nouvelles pour vous.

— Bonnes, j'espère.

— Des nouvelles.

Je jetai un coup d'œil à Susan, qui s'étirait.

— Je vais chercher mon épouse.

Je mis la main sur le micro du combiné.

— C'est Mancuso.

Elle s'assit, et je branchai le haut-parleur du téléphone.

— Nous vous écoutons, dis-je.

— Bonsoir, madame Sutter.

— Bonsoir.

— Pour commencer, Anthony Bellarosa n'est pas allé sur la tombe de son père. Par contre, sa femme et ses enfants y étaient, ainsi que le reste de la famille, dont les frères d'Anthony, leurs épouses et leur progéniture. Ils ont tous dîné chez Anna.

Pauvre Megan… Mancuso continua :

— Vers 19 h 45, Salvatore D'Alessio dînait dans un restaurant avec sa femme, Marie, et ses deux fils, venus spécialement en avion de Floride pour la fête des Pères.

Je devinais où il voulait en venir. Coulant un regard vers Susan, je compris qu'elle aussi avait saisi.

— Apparemment, les D'Alessio ont l'habitude de dîner dans ce restaurant, chez Giovanni, à Williamsburg, dans Brooklyn, près de chez eux. Ils s'y rendent toujours pour la fête des Pères.

— Mauvaise habitude.

— Exactement. Mais c'est un vieux restaurant familial. D'ailleurs, je vous appelle de là.

Nul besoin de lui demander pourquoi.

— Donc, vers 19 h 45, alors que les D'Alessio en étaient au dessert, deux hommes vêtus de manteaux sont entrés dans le restaurant, qui était plein, et se sont dirigés directement vers leur table. D'après plusieurs témoins, ils ont sorti un fusil de chasse à double canon scié et l'un d'eux a dit : « Bonne fête des Pères, Sally », avant de lui tirer une décharge à bout portant, en plein visage.

Susan fit un pas en arrière, comme si elle avait elle-même reçu le coup de feu, et alla s'affaler sur le canapé.

— Ne quittez pas, dis-je, avant de mettre le téléphone en pause. Ça va ? demandai-je à Susan.

Elle hocha la tête. J'enfilai mon caleçon et mon pantalon, m'assis sur une chaise et repris l'appareil.

— Il n'y a plus que moi, maintenant, annonçai-je à Mancuso.

— Bon. Voilà donc les nouvelles.

— Je crois que je vous dois de l'argent.

— Je n'ai pas réussi à placer ce pari pour vous, monsieur Sutter.

— Tant pis… Il y a eu des blessés ?

— Non. C'était professionnel. Vous verrez ça aux journaux télévisés.

— Vous pouvez me donner des précisions ? Ou des éléments que je ne verrai pas à la télévision ?

— Voilà. On est dimanche. C'est la fête des Pères. Salvatore D'Alessio va dîner dehors avec sa famille. Issu de la vieille école, il croit qu'il existe un certain nombre de règles qu'on ne peut pas enfreindre. Mais il n'est pas non plus idiot. En fait, si, mais si on tient compte du fait que c'est D'Alessio qui a tenté de faire assassiner Frank Bellarosa chez Giulio en présence de sa femme et de deux citoyens honorables, il sait qu'il a lui-même enfreint les règles. De toute façon, il sait qu'Anthony ne respecte pas la plupart de ces règles-là. Donc, il place un de ses gardes du corps à l'entrée de chez Giovanni et il porte un gilet pare-balles sous son beau complet, ainsi qu'un Smith & Wesson de calibre .38. En outre, il a amené sa famille. Même s'il ne s'attend pas à avoir des ennuis, il est prêt à toute éventualité.

— Il aurait dû s'y attendre et mieux s'y préparer.

— Tout à fait. Le garde du corps, qui, d'après Marie D'Alessio, était également leur chauffeur, bien qu'ils se soient rendus à pied au restaurant, est parti pour une longue promenade et a disparu. Quant au gilet pare-balles, les deux tucurs avaient prévu la chose. Ils ont tiré le premier coup de feu en pleine face. Cette première décharge l'a projeté à terre. Ils lui ont tiré une deuxième cartouche dans la tête. Selon le médecin légiste, il était déjà mort. Ce second coup de fusil était, disons, un message personnel. Aucun employé des pompes funèbres ne pourra reconstituer sa tête et son visage, ce qui empêchera qu'on le présente dans un cercueil ouvert. Après les deux détonations, le deuxième agresseur a pointé son arme sur Marie D'Alessio en criant : « Personne ne bouge ! Sinon, elle meurt ! ». D'après les témoins, les deux fils sont restés figés sur place. Marie, elle, hurlait. Les deux hommes sont sortis puis montés dans une voiture qui attendait. Entre leur entrée et leur sortie du restaurant, il ne s'est pas écoulé plus de quinze secondes. En regardant le corps de son époux, Marie s'est évanouie. L'un des fils a vomi, l'autre a piqué une crise d'hystérie. Bonne fête des Pères, ajouta-t-il, comme pour lui-même.

J'acquiesçai. Tout cela relativisait mes problèmes avec Harriet et les Stanhope. J'imaginai les derniers moments de la famille D'Alessio, avant qu'explose la tête de Sal. Que faisaient-ils ? Ils parlaient ? Riaient ? Se passaient les gâteaux ? Une seconde avant le coup de feu, Salvatore D'Alessio avait-il compris que, pour lui, c'était terminé ?

— Monsieur Sutter ?

— Oui…

— Peut-être vaudrait-il mieux éviter que Mme Sutter ne voie tout cela à la télévision.

Recroquevillée sur le canapé, Susan regardait dans le vide.

— Vous avez raison.

— De même, il ne faudrait peut-être pas, demain, laisser traîner les journaux...

— Oui... Enfin, cela répond à la question de savoir si Anthony Bellarosa est vivant ou pas.

— Il est à peu près certain qu'il a commandité l'assassinat. Cela ressemble à un message adressé aux collègues de son oncle : « Voilà ce qui est arrivé à mon père, devant ma mère. »

— Oui... Franchement, je ne l'aurais pas cru aussi doué pour le spectacle ou les actes symboliques. Peut-être a-t-il en lui un peu de son père...

Il avait peut-être apprécié le fait que je lacère le tableau : son père aurait fait de même.

— Moi aussi, reprit Mancuso après un silence, j'ai été surpris par la façon dont ça s'est passé. Je m'attendais à quelque chose de plus discret. Une disparition, pour ne pas trop attirer l'attention de la police ou de l'opinion publique. Ou bien, si cela devait être violent, pas de cette manière-là, qui le désigne clairement comme le commanditaire. Cet assassinat risque de lui attirer des ennuis, ce qui nous amène à un autre sujet. Il est possible, comme nous l'avons évoqué, qu'Anthony se retourne à présent contre Mme Sutter... et peut-être contre vous.

Susan, cette fois, me fixait. Elle devait entendre les propos de Mancuso. J'appuyai sur la touche du haut-parleur.

— Ma femme est de nouveau avec nous, déclarai-je.

— En tenant compte de sa façon habituelle d'opérer, je suis quasi certain qu'Anthony Bellarosa n'était pas à New York cette semaine. Il pourra le prouver lorsqu'on lui demandera où il se trouvait le soir de la mort de son oncle. À mon avis, il va encore rester planqué au moins huit jours, en tout cas, jusqu'au moment où il sera sûr qu'en rentrant il sera considéré comme le patron incontesté. Peut-être ne réapparaîtra-t-il qu'après les obsèques de son oncle. Encore qu'il puisse même y assister.

— Que nous conseillez-vous de faire ? demanda Susan.

— Je vous conseille de prendre des précautions supplémentaires, notamment d'engager des gardes du corps.

— Cela n'a pas beaucoup servi à l'oncle Sal, fis-je remarquer.

— C'est vrai. Mais on peut espérer que votre garde du corps ne travaillera pas pour le camp d'en face, comme celui de D'Alessio. Je vous conseille aussi de rester le plus possible à Stanhope Hall. D'ici là, je vais voir si la police du comté peut vous assurer une protection vingt-quatre heures sur vingt-quatre. J'ai également demandé si le FBI pouvait vous affecter un ou deux agents. Mais, franchement, depuis le 11 septembre, nous manquons de personnel.

— Combien de temps sommes-nous censés vivre ainsi ? s'enquit Susan.

— J'aimerais pouvoir le dire. De toute façon, Bellarosa finira bien par apparaître au grand jour. Ou alors nous le trouverons. À ce moment-là, la police de New York l'interrogera au sujet du meurtre de D'Alessio. Le FBI lui prêtera assistance si elle le lui demande. La police du comté l'auditionnera également au sujet des menaces proférées contre vous deux. Avec un peu de chance, nous pourrons procéder à son arrestation. À tout le moins, nous ferons en sorte qu'il soit averti et placé sous surveillance constante. Le problème, pour l'instant, c'est qu'il est introuvable. Et les gens introuvables, s'ils ne sont pas morts, sont plus dangereux que ceux qu'on peut tenir à l'œil.

— Pourquoi n'arrivez-vous pas à le trouver ? lança Susan.

— Le pays est grand, le monde aussi. Il a les moyens de se cacher indéfiniment s'il le souhaite. Vis-à-vis de la loi, il n'est pas en fuite. Donc, nous estimons qu'il réapparaîtra quand il le jugera nécessaire.

Les propos de Mancuso semblaient logiques. À la place d'Anthony Bellarosa, j'aurais plutôt songé à mes *paesanos* et à la police qu'à de nouveaux assassinats, surtout de gens protégés par la police et le FBI. Et pourtant... Je savais, au fond de moi, qu'il s'agissait plus de vengeance que d'affaires, et que la vengeance exercée contre Salvatore D'Alessio n'était que la première.

— J'ai des affaires à régler à Londres, dis-je à Mancuso. Nous pourrions aller passer là-bas une semaine ou deux, puis deux autres sur le continent. En d'autres termes, disparaître un moment.

— Excellente idée... Jusqu'à ce que la situation s'éclaircisse. Si vous restez en contact avec nous, nous vous tiendrons au courant de ce qui se passe.

— Bien entendu. N'hésitez pas à nous prévenir si les amis de Sally Da-da descendent Anthony.

— Nous comptons le retrouver avant.

— Et, moi, j'espère que les copains de l'oncle Sal arriveront les premiers.

— Quand comptez-vous partir ? me demanda-t-il, ignorant ma remarque.

— Mardi nous conviendrait, dis-je en regardant Susan.

— Ce serait parfait. Gardez votre destination pour vous.

— Bien sûr.

— Et passez du bon temps. Vous avez besoin de souffler. Je pense sincèrement que pendant votre séjour à l'étranger Bellarosa se retrouvera en prison, ou sera tué par d'autres voyous, ou bien, effrayé, se réfugiera en Floride ou à Las Vegas, comme nombre de ses collègues lorsqu'ils sont contraints d'abandonner la partie.

Je n'imaginais pas Anthony prenant sa retraite ou allant se cacher ailleurs. Toutefois, comme Mancuso, je pensais qu'il était à un tournant de sa carrière. Finalement, quelle importance, du moment que son chemin ne le menait pas à Grace Lane ?

Et puis il ne devait même pas savoir où se trouvait Londres et devait prendre Paris pour un hôtel de Las Vegas. Notre idée de voyage était bonne. Nous passerions du bon temps pendant qu'il en serait à se demander s'il était encore le patron.

— Nous vous téléphonerons mardi de l'aéroport, dis-je.

— Entendu.

— À part le fait d'avoir été appelé sur le lieu d'un crime, avez-vous passé une bonne fête des Pères ?

— Oui, merci. Et vous ?

— J'ai passé une journée merveilleuse avec mes enfants et ma fiancée. Ma mère et mes futurs beaux-parents étaient également présents. Ils seront tous partis demain matin.

— C'est une bonne chose. Êtes-vous prudents ?

Oui. Cela dit, Susan et moi sommes allés jeudi prendre un café chez Giulio.

— Ah ! C'était peut-être nécessaire pour vous.

— Oui.

Il se tut un instant puis s'adressa à nous deux en même temps.

— Je me suis souvent demandé ce qui aurait changé dans nos vies à tous si vous n'aviez pas arrêté l'hémorragie, ce jour-là.

— Moi aussi, je me le suis demandé.

Susan s'était détournée.

— Pourtant, jamais je ne l'aurais laissé mourir.

— Je le sais. Moi non plus, je ne l'aurais pas laissé mourir. Mais si vous aviez été dans l'incapacité de le faire, s'il était mort à ce moment-là… eh bien, nous n'aurions pas cette conversation aujourd'hui.

— C'est vrai. Vous savez, ajoutai-je autant à l'intention de Susan que de Mancuso, si l'on croit à l'intervention divine, peut-être cela se terminera-t-il mieux que si Frank Bellarosa s'était vidé de son sang chez Giulio.

— Je me suis dit la même chose. Je crois vraiment qu'il y a une raison à tout cela. Ces événements servent en partie à nous mettre à l'épreuve, à nous rendre plus sages, à nous montrer ce qui est important et, finalement, à nous rendre meilleurs.

— Je le crois aussi, dit Susan. Et je crois que nous avons un ange gardien qui nous protège.

Dans ce cas, pourquoi aller à Londres ? Pour ne pas briser ce touchant consensus, je lançai à mon tour :

— Moi aussi.

— Quelqu'un souhaite me parler, conclut Mancuso. Il faut que je vous laisse. Je vous souhaite un bon voyage. N'hésitez pas à me joindre à n'importe quel moment.

— Merci. Et je vous souhaite une bonne soirée.

— Euh…

— C'est vrai. Disons que je vous souhaite une bonne journée demain.

— À vous aussi.

— Et merci, dit encore Susan.

Je raccrochai. Nous nous regardâmes longuement.

— Moi aussi, murmura-t-elle enfin, je me demande ce qui se serait passé si je n'avais pas…

— Arrête ! Jamais plus nous ne parlerons de ça. Jamais plus !

Elle hocha la tête

— D'accord. Mais peut-être y a-t-il une raison à tout cela.

— Peut-être.

J'étais sûr que nous n'allions pas tarder à le savoir.

Chapitre 66

Je proposai à Susan d'aller au salon familial et de regarder une partie du *Parrain IV : Anthony descend l'oncle Sal.* Elle refusa, ne goûtant guère la plaisanterie. Elle décrocha le téléphone, composa un numéro.

— Qui appelles-tu ?

— Edward.

— Pourquoi ? Ah oui, d'accord.

L'instinct protecteur de la mère est plus fort que l'attrait masculin pour la télévision.

Edward décrocha.

— Mon chéri, je voudrais que tu viennes à la maison. Maintenant.

Elle écouta sa réponse.

— Ton avion part tôt demain matin, et ton père et moi aimerions bien passer un peu de temps avec toi. Oui, merci.

Elle raccrocha, se tourna vers moi.

— Dans un quart d'heure.

J'acquiesçai.

— Au moins, demain, il sera loin d'ici, et nous, mardi, nous serons à Londres.

— John, crois-tu que les enfants courent un danger ? Je ne tiens pas à aller en Angleterre si…

— Non, ils ne sont pas en danger. Les femmes et les enfants bénéficient de l'immunité, précisai-je, citant la phrase d'Anthony. Enfin… au moins les enfants. En outre, Carolyn est substitut du procureur, ce qui la rend quasiment intouchable.

— Dans ce cas, je suis impatiente de me retrouver à Londres.

— Ensuite, Paris.

— Oui. Je n'ai pas quitté les États-Unis depuis… notre voyage à Rome.

Radins, ses amants. Ou d'indécrottablcs ploucs.

— Tu crois que je vais aimer Londres ?

— J'espère. J'aimerais te montrer l'Imperial War Museum.

— J'ai vraiment hâte d'y aller. Des dames vont-elles t'appeler ou frapper à ta porte, là-bas ?

— Des dames ? Bien sûr que non. Mais nous devrions peut-être vivre à l'hôtel.

— Nous n'en avons pas les moyens.

Autre pan de réalité nouvelle.

Nous commentâmes les propos de Mancuso. Susan se montrait optimiste. De mon côté, je pensais qu'Anthony était, pour l'heure, surtout occupé par ses problèmes avec ses *paesanos*. Même si je n'en aurais pas donné ma tête à couper

Nous entendîmes Edward se garer. Susan se précipita pour l'accueillir, avant même qu'il ait ouvert la porte. Nous allâmes tous trois dans le salon familial. Sophie nous apporta des restes de dessert et nous souhaita bonne nuit.

Nous discutâmes d'un peu tout, des événements de la journée, de voiliers, de notre prochaine visite à Los Angeles en compagnie, peut-être, de mamie Harriet. *Pourvu qu'elle y reste*, me dis-je. Nous lui dîmes aussi que nous comptions passer quelques jours à Londres et poursuivre notre voyage. Edward n'avait pas besoin d'en savoir plus pour l'instant, ni même plus tard. Je ne lui parlai pas non plus de l'assassinat de D'Alessio à Brooklyn. Lorsqu'il l'apprendrait, de retour à Los Angeles, il comprendrait rapidement les raisons de notre départ précipité pour l'Europe. Et s'il ne faisait pas le lien, Carolyn s'en chargerait pour lui.

Soudain, il nous demanda :

— Comment ça s'est passé, avec papy et mamie, après notre départ ?

Je laissai Susan répondre.

— Pas très bien, dit-elle avec franchise. Nous devons nous reparler demain.

— Pourquoi s'opposent-ils à votre remariage ?

— Ils ne m'aiment pas, dis-je.

— Ce n'est pas eux que tu épouses.

— Bien vu. Mais ils envisagent la question d'une autre façon.

— Tout ça, ce sont des histoires de fric.

— Malheureusement, tu as raison. Mais, maintenant, c'est fini.

— Ce mariage risque d'entraîner des pertes financières pour nous tous, intervint Susan.

— Je le sais.

— Ta mère et moi n'en n'avons que faire en ce qui nous concerne. Par contre, nous sommes inquiets pour Carolyn et toi.

— Je lui en ai parlé. Nous aussi, on s'en fiche.

Susan et moi échangeâmes un regard.

— Attendons de voir comment ils se comporteront demain, dit-elle à notre fils. N'oublie pas que ton avion part tôt.

Il se leva.

— On se voit demain matin… Selon vous, comment sont-ils devenus comme ça ?

Les enfoirés le sont de naissance, ils ne le deviennent pas…

— Je n'en sais rien, soupira Susan. J'espère simplement que ce n'est pas génétique.

Nous éclatâmes de rire, et Edward nous souhaita bonne nuit.

Après son départ, Susan se tourna vers moi.

— Je n'aime pas discuter de ça avec les enfants.

— Ce ne sont plus des gamins.

— Ce sont nos enfants, John. Et je déteste que mes parents les transforment en pions.

À nouveau l'instinct maternel. Elle était inquiète à l'idée qu'Edward et Carolyn soient obligés de compter seulement sur eux-mêmes dans ce monde cruel, comme quatre-vingt-dix-neuf pour-cent du genre humain.

Je ne partageais pas son inquiétude : pour eux, tout irait bien. Après tout, nous les avions éduqués de façon qu'ils se prennent en charge. Toutefois, je comprenais sa préoccupation : « Pourquoi devraient-ils vivre sans argent alors qu'ils pourraient bénéficier de millions de dollars ? ».

Ils se trouvaient confrontés à un choix que ne connaissent pas la plupart des gens : des millions, ou un modeste salaire mensuel ?

Pour ma part, j'aurais choisi les millions, surtout si j'en héritais après la mort de William. Mais je n'aurais jamais léché le cul de personne pour de l'argent. Cela dit, pour ses enfants, on peut flatter quelques croupes.

— Je vais me coucher, murmura Susan.

— Pas moi.

— Tu ne vas quand même pas mettre les infos ?

— Si.

— Pourquoi tiens-tu à regarder ça, John ?

— Il est normal d'avoir envie de voir un mafieux mort.

— Moi, je vais au lit.

— Bonne nuit.

Elle m'embrassa rapidement et s'en alla.

Il était 23 heures. Je me branchai sur la chaîne câblée où officiait Jenny Alvarez.

C'était bien elle, déclarant :

— La principale nouvelle de la soirée est le meurtre de Salvatore D'Alessio…

La photo d'un homme de Neandertal apparut sur l'écran.

— … célèbre chef d'une des familles mafieuses de New York.

Le visage de l'homme préhistorique fut remplacé par une vue du restaurant Giovanni, qui avait l'air d'un endroit plutôt agréable. Mancuso paraissait l'apprécier. Susan et moi devrions y inviter Carolyn un de ces jours.

On devinait, devant le restaurant, une activité policière fébrile. La voix de Jenny Alvarez continua :

—… ici, dans le quartier de Williamsburg, à Brooklyn. Salvatore D'Alessio était autrefois le bras droit du redoutable Frank Bellarosa, assassiné il y a dix ans, dans sa luxueuse demeure de Long Island, par une femme que l'on affirmait être sa maîtresse.

Affirmait ? Pourquoi Jenny ne citait-elle pas le nom de Susan, avec une photo d'elle ? Sa chaîne craignait-elle les poursuites en diffamation ?

— Bellarosa lui-même avait été la cible d'une tentative de meurtre. On murmure que la victime de ce soir, Salvatore D'Alessio, aurait été le commanditaire de cette tentative avortée. Des sources proches de l'enquête évoquent à ce propos le propre fils de Frank Bellarosa, Tony.

— Anthony ! Ne dis pas Tony !

La chaîne ne semblait disposer d'aucune photo de lui. Jenny reprit son reportage, tandis qu'apparaissaient sur l'écran d'anciennes images de Frank, prises sur les marches du palais de justice, où je venais d'obtenir sa mise en liberté sous caution. Je m'aperçus même brièvement. Mauvais rapprochement.

Au même instant, Susan entra dans le salon. Elle reconnut Frank Bellarosa sur l'écran, se figea puis tourna les talons, sans un mot.

Il était un peu déstabilisant de voir Frank à la télévision, en bonne santé, plaisanter avec les journalistes en fumant un cigare. La dernière fois que je l'avais vu, dans son cercueil, il avait la mine moins réjouie.

J'aurais dû éteindre la télé et aller me coucher, mais c'était à la fois important et distrayant. Jenny parlait toujours.

— Si les rumeurs sont fondées, il semble que, dix ans plus tard, le passé soit venu réclamer son dû dans certaines familles mafieuses de New York.

Ne pas, non plus, oublier l'autre formule : « On récolte ce qu'on a semé. »

— D'après des sources fiables proches de l'enquête, Tony Bellarosa a disparu depuis environ une semaine de son domicile, de son bureau et des lieux qu'il a l'habitude de fréquenter. Il n'a pas non plus assisté, hier, aux obsèques de John Gotti.

Elle broda sur les luttes de pouvoir qui paraissaient se déchaîner à la suite de la mort de John Gotti, ce qui la ramena aux rapports entre l'oncle Sal et Anthony, puis au père d'Anthony… J'apparus de nouveau sur les marches du palais de justice, aux côtés de Frank. Je n'avais pas pris une ride. À cette époque-là, Jenny et moi éprouvions l'un pour l'autre une antipathie non dissimulée. La haine s'était transformée en désir, comme souvent…

Jenny revint à l'écran et reprit :

— Autre détail intéressant : ce Tony Bellarosa est le neveu de la victime, Salvatore D'Alessio. La mère de Bellarosa et la femme de D'Alessio, à présent sa veuve, sont sœurs. Donc, si ces rumeurs sont fondées, cela ne peut que jeter un éclairage plus cru sur les mœurs impitoyables du crime organisé.

Elle termina par un classique :

— À vous, Chuck.

Un jeune journaliste la remplaça à l'écran. Comme s'il improvisait une question à sa collègue, il demanda :

— Jenny, que disent vos sources sur les mobiles possibles du crime ?

— D'après nos informations, si Tony Bellarosa est bien le commanditaire de ce meurtre, il s'agirait, bien évidemment, d'une vengeance pour ce qui s'est passé il y a dix ans, lorsque son père, sa mère et un autre couple…

Elle ne citait toujours pas mon nom. Cherchait-elle à me protéger ou à me torturer ?

Chuck estima que dix ans, c'était bien long pour assouvir une vengeance. Jenny riposta en expliquant que la patience, dans l'univers de la Cosa Nostra, était une règle d'or.

— À votre avis, cette exécution n'est-elle que la première d'une longue série ?

— C'est fort possible, Chuck.

Je le redoutais aussi.

Anthony, anciennement Tony, s'était fourré dans un sacré guêpier. Cet imbécile, ce *mamaluca*, s'imaginait-il vraiment qu'on ne ferait pas le lien entre lui et le meurtre de son oncle Sal ? Visiblement, il avait voulu faire passer un message à ses collègues du milieu : « C'est une vendetta familiale. » Pourtant, il n'avait sûrement pas voulu enflammer les médias ni attirer sur lui l'attention de la police. Contrairement à son père, il n'avait aucune capacité d'anticipation. Je me souvins de la formule d'Anna : « Tu ne réfléchis pas, Tony. Ton père, lui, réfléchissait. » Sagesse des mères…

Parlant d'Anna, comment Anthony allait-il expliquer à maman qu'il avait fait buter l'oncle Sal ? Tout d'abord, elle ne croirait pas aux mensonges colportés par la presse et par la police sur son fils. Elle n'avait même pas cru que son mari, saint Frank le martyr, ait pu être impliqué dans le crime organisé. Ce déni s'appliquait, évidemment, à son beau-frère, Sal, et aux autres.

Bien sûr, dans le secret de son cœur, Anna savait que tout cela était vrai. Mais il n'était pas question pour elle de le reconnaître, sous peine de perdre sa santé mentale et sa joie de vivre. Cela dit, l'enterrement de Salvatore D'Alessio risquait de se transformer en tragédie familiale, surtout si Anthony y assistait et si Marie se refusait à jouer plus longtemps le jeu imposé par les hommes.

— On sait peu de chose sur le fils de Frank Bellarosa, enchaîna Jenny. Il semble qu'il ait gardé profil bas depuis la mort de son père. Mais maintenant, avec la mort de son oncle et les rumeurs sur son implication éventuelle dans…

J'éteignis le poste et mordis dans le morceau de gâteau que Susan avait laissé.

Je pourrais donner à Jenny quelques informations supplémentaires sur Tony. D'abord sur son changement de prénom.

En tout cas, la situation semblait s'améliorer pour nous. Sans le vouloir, Anthony le crétin avait déchaîné une tempête médiatique qui ne pouvait que nous être bénéfique. En outre, la couverture télévisuelle n'était rien en comparaison des photos sanglantes que publierait le lendemain la presse à scandale. Avant l'arrivée de la police, quelqu'un avait certainement pris des clichés de Salvatore D'Alessio gisant sur le sol, la tête éclatée. Cela vaudrait une petite fortune à celui qui avait eu la bonne idée d'emporter son appareil numérique avant d'aller dîner chez Giovanni. La police de New York elle-même donnait parfois de telles photos à la presse, pour montrer au public que la Cosa Nostra n'était pas vraiment une organisation italienne de bienfaisance, ce qui répondrait en partie à l'opération de communication présentant John Gotti comme un paisible citoyen. J'imaginais déjà les images de Marie en pleurs, affalée sur le corps sanguinolent et les éclats de cervelle de son mari. Je savais ce qu'on éprouve en pareil cas. À tout le moins, il y aurait des photos en couleurs de la scène du crime, avec la table, le sang sur le sol, les vomissures. Non, pas les vomissures. Le sang, d'accord, mais jamais le vomi. Certains enfants lisent les journaux.

Je terminai le gâteau de Susan, descendis vérifier à nouveau la fermeture des portes, des fenêtres, de la lumière extérieure, puis gagnai la chambre à l'étage.

Susan lisait.

— Tu devrais dormir, dis-je.

Furieuse, elle garda le silence.

— Écoute… La télé va multiplier les émissions sur le sujet. Je te promets que je ne les regarderai plus. Et, à Londres, je n'achèterai aucun journal américain.

Silence encore.

— C'est bien que nous allions à Londres, dis-je.

Elle opina.

— Tu comprends pourquoi je suis partie pour Hilton Head.

En fait, non. Je répliquai quand même :

— Et toi, tu comprends pourquoi j'ai passé trois ans en mer…

Je sortis le fusil de chasse et la carabine de mon placard, posai le fusil contre sa table de nuit et la carabine contre la mienne.

Alors que je me déshabillais, elle murmura :

— Je regrette que tu aies été obligé de voir ça à la télévision.

— Ne t'inquiète pas pour moi. D'ailleurs, le mieux est de ne pas en parler.

Pas de réponse. Je tentai de détendre l'atmosphère.

— Tu te rappelles la fois où, à Paris, nous nous sommes assis dans ce petit café… Où était-ce, déjà ?

— Dans l'île de la Cité. Tu faisais du charme à la serveuse.

— Oh ! Tu te souviens de ce dîner dans le Marais où tu faisais du gringue au sommelier ?

— Ça, tu l'inventes.

Je me glissai dans le lit et l'embrassai.

— C'est la meilleure fête des Pères que j'aie eue en dix ans.

— Moi aussi.

— Et merci pour le yacht.

— Nous achèterons un voilier. Bonne nuit.

Elle éteignit la lampe. J'éteignis la mienne.

— Fais de beaux rêves.

Je songeai à la journée du lendemain et au mardi à Londres. Avec un peu de chance, à notre retour, Anthony serait mort ou en prison. Dans le cas contraire, rien ne nous empêcherait de nous installer dans mon appartement londonien jusqu'à ce qu'il ne représente plus une menace pour nous.

Mais, d'abord, monter dans l'avion…

Chapitre 67

Lundi matin. Une journée magnifique.

Nous nous levâmes tôt pour dire au revoir à Edward, arrivé au volant de la Lexus, qu'il rendit à sa mère. Susan lui prépara un copieux petit déjeuner avec des œufs au jambon que je l'aidai à engloutir. À 7 h 30, un taxi vint le chercher. Je l'aurais volontiers conduit à l'aéroport, mais il ne voulait pas d'adieux là-bas. Nous l'accompagnâmes dans la cour.

— Tu as de l'argent ? lui demandai-je.

— Maman m'en a donné.

— Bien. Tu as ton billet ?

— Oui.

— Une pièce d'identité avec photo ?

— Oui.

— Téléphone, ou envoie un courriel dès que tu seras arrivé, lui dit Susan.

— Promis.

— Nous t'appellerons de Londres.

— D'accord. Quand partez-vous ?

— Demain.

Nous le lui avions dit la veille au soir.

— Génial. Je vous souhaite un bon séjour.

— N'oublie pas que ton complet Brioni sera prêt dans deux mois, lui dis-je.

— Oui, merci.

— Écris ou envoie un message à tes grands-parents, des deux côtés. Jure-leur que tu as été content de les voir.

— Entendu.

Les recommandations étaient terminées. Le chauffeur du taxi attendait, et Edward ne cachait pas son envie de partir. Nous nous étreignîmes. Il sourit, nous dévisagea une dernière fois.

— Vous avez l'air bien, ensemble.

— Merci, lui dit Susan. On se verra à Los Angeles en juillet, peut-être en août, puis de nouveau ici en août pour notre petite croisière. Et, peut-être, pour notre mariage entre-temps.

— Génial.

Il monta dans le taxi, qui s'éloigna lentement dans l'allée. Il ouvrit sa vitre et nous fit de grands signes avant que la voiture disparaisse dans l'ombre des arbres.

Susan se tamponnait les yeux avec un mouchoir. Il est toujours triste de voir s'en aller ceux qu'on aime, surtout quand on n'est pas sûr de les revoir.

Sophie devait rester jusqu'à l'arrivée des Stanhope, prévue pour 9 h 30, à moins que je ne me sois auparavant rendu au Creek pour saboter les freins de leur voiture.

Elle nous demanda si elle devait aller chercher les journaux. J'aurais adoré me repaître des premières pages éclaboussées de sang, de la couverture sensationnelle du massacre de la fête des Pères… Un massacre ? Mais non… Seul Sally Da-da avait été buté. Donc, pas de massacre en gros titre. « Le feu d'artifice de la fête des Pères », alors ?

Toutefois, j'avais promis à Susan, et à Mancuso, qu'il n'y aurait aucun quotidien à la maison. Peut-être sortirais-je plus tard, après le départ des Stanhope, pour lire le *Daily News* et le *Post* dans un café.

— Pas de journaux aujourd'hui, dis-je à Sophie. Mme Sutter et moi y figurerons peut-être.

— Ah bon ? C'est bien.

— Enfin… peut-être pas si bien que ça. Nous serons absents jusqu'en juillet. Peut-être plus longtemps. Vous avez les clés. Si vous pouviez passer, une fois par semaine, jeter un coup d'œil à la maison…

— Entendu. Je vous souhaite un bon voyage.

Elle hésita un instant.

— Où allez-vous ?

Me souvenant des conseils de Mancuso, je répondis :

— En Pologne.

Elle eut un sourire éclatant.

— Ma patrie… Mme Sutter est tellement heureuse, maintenant ! Grâce à vous !

— Merci.

Elle retourna à son travail.

J'avais beau lui avoir dit de ne pas aller acheter les journaux, je me doutais qu'on y trouverait, dans les jours prochains, nombre de détails passés sous silence à la télévision. Notamment concernant le meurtre de Frank Bellarosa, dix ans auparavant, et l'identité de sa meurtrière, avec de superbes photos d'elle.

Ce battage médiatique pouvait avoir un côté positif : Anthony risquait d'avoir du mal à trouver un tueur pour liquider les Sutter. Ces gens-là aiment la discrétion. Ils répugnent à descendre des vedettes ou des personnalités qui font la une des journaux. C'était encourageant.

Il était 9 heures. Assise à la table du patio, devant un café, son stylo à la main, Susan composait le numéro de téléphone de son agent de voyage. Elle réserva deux places en classe économique pour Londres sur Continental Airlines, départ de l'aéroport JFK à 7 h 30.

— Non, nous n'avons pas besoin d'une chambre d'hôtel, dit-elle à l'agent. Mon mari possède un appartement à Londres.

Ah bon, j'étais marié ? J'avais dû manquer un épisode…

Elle réserva deux billets de train pour Paris, puis, oubliant toute prudence, nous réserva une semaine au Ritz, là où nous étions descendus la dernière fois. Ensuite, un vol Air France en classe économique pour New York, où nous devions arriver le mercredi 3 juillet, à temps, donc, pour le barbecue du 4 au Seawanhaka… À moins que nous ne décidions de poursuivre notre cavale à Londres.

Elle raccrocha.

— Je suis tout excitée à l'idée de ce voyage.

— Moi aussi.

— John, quand est-ce qu'on se marie ?

— Pourquoi pas le 4 juillet, au Seawanhaka ? Tous les gens que nous connaissons seront là pour la fête nationale. Cela ne nous coûtera rien, sauf ce que nous dépenserons pour nous-mêmes.

Elle ne trouva pas l'idée excellente. Les femmes n'ont pas le sens pratique. Elle appela le directeur du club. Par chance, le deuxième samedi d'août était libre. Elle retint la date pour une réception de mariage en extérieur. On mettrait les détails au point au cours des deux mois à venir.

La conversation terminée, elle se tourna vers moi.

— Parfait. Nous passerons notre nuit de noces dans une chambre d'hôtes du club. Le lendemain, nous partirons à quatre sur le voilier, pendant deux semaines, pour notre lune de miel.

— Tes parents nous accompagnent ?

— Non, John. Uniquement Edward et Carolyn.

— Ah… Ils ne sont pas venus pour notre précédent voyage de noces.

Elle ignora le sarcasme.

— Nous irons à Los Angeles la semaine précédente pour passer quelques jours avec Edward, et nous reviendrons avec lui pour le mariage.

— Bonne idée.

L'été s'annonçait magnifique. Si tout se passait bien, je trouverais un boulot en septembre et nous vivrions heureux, dans une maison plus petite, sans la rente mensuelle des Stanhope. D'ici là, restait à ne pas se faire descendre.

Assis à mon bureau, je rédigeai un courriel pour Elizabeth. Je lui annonçai que Susan et moi partions pour la Turquie et que nous serions de retour dans trois ou quatre semaines. Nous réglerions la succession d'Ethel à ce moment-là.

Je lui rappelais aussi, gentiment, l'affaire de la lettre, lui demandant s'il serait possible de nous voir le jour même, avant mon départ le lendemain matin. J'appelai le pavillon de gardien pour signaler aux vigiles l'arrivée probable d'Elizabeth Allard.

Au moment où je raccrochais, une Ford bleue s'immobilisa devant la maison. Les deux têtes à claques en descendirent. J'aurais dû dire aux gardiens de les enchaîner. Apparemment, Susan les avait prévenus avant moi.

Je les observai. Ils parlaient à voix basse, comme s'ils répétaient une scène déjà apprise. Ils avaient l'air lugubres. J'en déduisis qu'aucun ange ne leur avait rendu visite pendant la nuit, pour leur dire que Dieu aimait tous les hommes sur terre, sauf eux, et qu'ils ne devaient pas couper les vivres à leur famille, sous peine de rôtir en enfer.

Sophie alla leur ouvrir. D'ordinaire, c'était Susan qui accueillait ses parents. J'y vis une manière de message à leur intention. À moins qu'elle ne fût occupée à aiguiser un hachoir à viande.

J'entendis la porte se refermer. Soudain, l'air devint sombre et froid. Des mouches noires, surgies de nulle part, se mirent à bourdonner dans la pièce. Les Stanhope venaient d'arriver.

Chapitre 68

Susan et moi avions décidé qu'elle rencontrerait Lucifer et la méchante sorcière dans le salon. Je resterais dans le bureau, où elle pourrait m'appeler en cas de besoin.

J'avais négocié ainsi des arrangements fiscaux ou de vilaines querelles de famille à propos d'héritages : chacun dans une pièce. En général, cela donnait de bons résultats.

Je consultai mes courriels mais ne pouvais répondre aux messages de mes amis de Londres avant que le jury sorte de la salle avec le verdict. J'entamai donc avec l'ordinateur une partie de poker que je gagnai. Heureux au jeu, malheureux en amour ?

Un quart d'heure après l'arrivée des Stanhope, on frappa à ma porte.

— Entrez.

C'était Sophie.

— Je m'en vais, maintenant.

— Eh bien, merci pour tout ce que vous avez fait.

Par la porte encore ouverte, des voix me parvenaient. Le ton semblait plutôt grave.

— Madame est triste, chuchota Sophie.

D'un geste du pouce, elle indiqua le salon.

— Merci. Vous êtes très gentille. Nous nous reverrons à notre retour.

— Oui. Vous aimerez mon pays. Il est beau.

Elle sortit et referma la porte derrière elle. Par la fenêtre, je la vis monter dans sa voiture et partir.

Vers 10 heures, Susan fit son apparition. Elle était pâle, bouleversée, mais ne pleurait pas. Je la fis asseoir sur le canapé et m'assis à côté d'elle.

— Leur position est claire. Si nous nous marions, ma rente est supprimée et je suis déshéritée. Même si nous ne nous marions pas, ils agiront de la même façon, sauf si tu quittes les États-Unis.

Je lui pris la main.

— Nous le savions.

— Oui, mais… Mon père a également déclaré qu'il déshériterait les enfants, cesserait de leur verser les dividendes de leur fonds de placement et retiendrait le versement du capital jusqu'à ce qu'ils aient atteint l'âge de cinquante ans. Peuvent-ils faire ça ?

— Je te l'ai déjà dit. William peut te déshériter quand il le veut. En ce qui concerne le fonds de placement, il faudrait que j'étudie les documents. Je les ai déjà parcourus rapidement une fois, et je sais que Peter en est l'administrateur. Par le biais de ton frère, ton père peut suspendre le versement des dividendes et faire ce qu'il a dit pour le capital.

Elle se livra à un rapide calcul mental.

— Ça fait dans presque vingt-cinq ans.

— Sans le paiement des dividendes, le fonds, à ce moment-là, devrait avoir quadruplé.

Sauf si ses administrateurs réalisaient de très mauvais investissements…

— Ce qui m'inquiète, c'est maintenant. Pas ce qui se passera dans un quart de siècle.

J'essayai de deviner ce qu'elle pensait. Je crus le comprendre lorsqu'elle retira sa main de la mienne.

Le moment que j'attendais était venu. Je n'avais aucune raison de croire que son père bluffait, et c'était comme s'il avait prononcé une condamnation à perpétuité. Par simple curiosité, je demandai :

— Et ta mère ?

— D'après elle, il suffit que je t'enjoigne de quitter le pays pour que tout aille bien. Que dois-je faire, John ?

Si tu poses la question, Susan, c'est que tu connais déjà la réponse…

— John ?

Je pris une profonde inspiration.

— Ce qu'il faut, c'est prendre un avocat.

— Pourquoi ? Tu es avocat...

— Écoute-moi. Tu dois t'arranger pour que ce genre de chose n'arrive plus jamais. Ton père doit créer un fonds de placement pour toi et de nouveaux fonds pour les enfants, afin que vous soit transférée la partie de ses biens qui doit vous revenir en héritage. Ce fonds de placement doit être institué de façon que toi et les enfants receviez une rente annuelle sans qu'il puisse intervenir, manipuler... C'est toi qui dois en être l'administratrice. Pas Peter. Tu comprends ?

— Je... Pourquoi ferait-il une chose pareille ?

— D'abord, par égard pour toi. En d'autres termes, en échange de ce qu'il attend de toi.

— Quoi ? Oh...

— Les enfants et toi devez être assurés qu'il ne dirigera pas votre vie grâce à son argent. En retour, tu lui donneras, et je lui donnerai ce qu'il veut. Par écrit.

— Non, John...

— Si.

Nous nous regardâmes droit dans les yeux. Des larmes roulèrent sur ses joues. De ma voix la plus ferme, j'ajoutai :

— C'est la seule façon pour nous, Susan, de protéger les enfants et de préserver ton avenir.

Elle se détourna, s'essuya les yeux d'un revers de main. Je me levai.

— Retourne le voir et dis-lui que je suis disposé à retourner à Londres, sans son million de dollars, mais pas avant que je lui aie parlé de ce qu'il doit faire pour Edward, Carolyn et toi. Il comprendra.

Elle resta assise.

— Les enfants affirment qu'ils s'en fichent.

— Eux, peut-être. Pas nous. Tiens-tu à ce que Peter soit le seul bénéficiaire de la fortune des Stanhope ?

Elle ne répondit pas. Elle n'en avait nul besoin. Je lui pris la main et l'aidai à se lever.

— Va dans la cuisine, ou ailleurs, laisse-toi envahir par la colère, puis va lui soumettre les termes de l'accord.

Pas de réaction.

— S'il se met en colère, repris-je, tu seras libérée de lui et de son argent. Mais s'il accepte de me parler, nous mettrons au point un arrangement qui relâchera son étreinte sur le coffre-fort.

— Non, John, bredouilla-t-elle d'une voix à peine audible… Non, je ne te laisserai pas partir.

— Nous n'avons pas le choix. Écoute, Susan, d'ici un an environ, après avoir bien réfléchi à tout ça, avoir mis nos sentiments à l'épreuve…

— Non !

— D'accord. Dans ce cas, c'est moi qui lui parlerai. Envoie-le ici.

— Non.

— Alors, c'est moi qui irai…

— Non… non… laisse-moi… laisse-moi une minute pour réfléchir.

Elle voulut se rasseoir. Je la pris par le bras et la conduisis jusqu'à la porte.

— C'est bon. Tu es courageuse, tu sais ce que tu as à faire.

— Non, je ne vais pas…

— Ne sacrifions pas l'avenir de nos enfants par égoïsme, pour notre propre…

Elle s'éloigna de moi.

— Je ne te laisserai pas partir à nouveau.

Je la pris par les épaules.

— Si, je pars. Mais pas avant d'avoir arrangé les choses pour Edward et Carolyn, ce que j'aurais dû faire autrefois, il y a dix ou vingt ans…

— Non, John, je t'en prie.

— Je te promets, Susan… je te promets que nous nous retrouverons.

Elle me dévisagea. Des larmes coulaient sur ses joues. Elle posa la tête sur mon épaule en sanglotant.

— Tu le promets ?

— Oui.

Je la poussai dans le vestibule. Elle se tourna vers moi. Je lui souris.

— Dis à ton père que son avocat veut lui parler.

Elle acquiesça sans sourire. J'entrai dans le bureau et fermai la porte. Je restai planté là pendant une minute puis m'assis à ma table de travail.

Je pris quelques notes sur ce que je devais voir avec William. Je n'avais pas le cœur à travailler. J'allais devoir négocier un accord qui aboutirait à nous séparer définitivement, Susan et moi.

William pouvait refuser de perdre la maîtrise de son argent, donc de sa fille. Au fond, que pouvait-il espérer ? Certainement pas regagner l'amour de Susan ni celui des enfants. Tout ce qu'il retirerait d'un tel accord, c'était la certitude que John et Susan Sutter ne se reverraient plus jamais. Cela lui suffirait-il ? Tout dépendait de l'honnêteté de ses motivations à propos de ce mariage. Charlotte et lui étaient-ils à ce point persuadés que Susan commettait une terrible erreur ? Ou s'agissait-il seulement de la haine de William à mon égard ?

Il comprendrait sûrement qu'en acceptant cet accord il se débarrasserait de moi, mais surtout qu'il perdrait sa fille et ses petits-enfants dès qu'ils deviendraient financièrement indépendants. Il pouvait admettre de ne pas gagner sur tous les tableaux, parce que la haine qu'il éprouvait pour moi était plus forte que son attachement pour sa fille et ses petits-enfants. De son côté, Peter pousserait son père à accepter un accord prévoyant qu'il toucherait dès maintenant sa part d'héritage, car lui aussi, ensuite, pourrait envoyer son paternel se faire foutre.

Susan entra dans le bureau. Je me levai.

— Mon père rejette totalement ta proposition.

— Très bien.

Voilà qui répondait au moins à l'une des questions.

Elle était tendue. Je ne l'avais jamais vue aussi désemparée, aussi abattue. Elle se détourna.

— Toutefois… l'offre qu'il t'a faite précédemment tient toujours, si tu l'acceptes maintenant et si tu prends demain l'avion pour Londres… seul.

— Parfait.

Je m'attendais à qu'elle dise quelque chose. Elle garda le silence. Cela répondait à une autre question. Je ne la blâmais pas. L'amour, malheureusement, ne règle pas tout. Ou, pour envisager la situation de façon plus généreuse, l'amour de

Susan pour ses enfants l'emportait sur celui qu'elle me vouait, ce qui était aussi vrai pour moi.

J'avais envie de lui dire que, sans garanties légales pour elle et les enfants, son père ferait ce qu'il voudrait de son argent, y compris tout léguer à Peter. Mais j'aurais eu l'air de tenter de la persuader que mon départ ne leur garantirait pas l'existence confortable qu'elle avait toujours connue. Seule certitude : William continuerait à avoir la haute main sur sa vie et choisirait probablement son prochain mari. Peut-être lui destinait-il le fils de Dan, le dénommé Bob ?

— Et à toi, qu'a-t-il offert ? demandai-je.

Elle hésita, avant de déclarer avec franchise :

— Une augmentation substantielle de ma rente si je vends cette maison et si je retourne à Hilton Head.

— Je vois.

Le règne de William le dominateur se poursuivait. Je l'ai dit, je ne blâmais pas Susan et je continuais à croire que, si nous avions été seuls en cause, elle aurait flanqué ses parents à la porte.

— Dis-lui que je pars demain. Dis-lui aussi qu'il peut reprendre son pot-de-vin et se le mettre où je pense.

Elle baissa les yeux.

— Je regrette…

— Non. C'est notre décision à tous les deux, pas seulement la tienne. Tiens, mieux encore, envoie-le ici. Je le lui dirai moi-même.

Elle secoua la tête.

— Il refuse de te voir. Il exige seulement ta réponse.

— Ma réponse, la voici : je partirai demain s'il me rejoint maintenant dans le bureau.

— Je le lui dirai.

Elle me regarda droit dans les yeux.

— Je t'aime.

— Je sais.

— Et toi, tu m'aimes ?

— Oui.

Mais c'est un amour impossible…

— Cette semaine que nous avons passée ensemble… je ne l'oublierai jamais.

— Moi non plus. Demain, il faudra que tu prennes un avion pour n'importe où et que tu y restes jusqu'à ce que les choses soient réglées.

— Ils veulent que je vienne à Hilton Head. Que vais-je faire sans toi ?

— Tu te débrouilleras très bien. Je reste ici, j'attends ton père.

Elle s'avança d'un pas vers moi. Je l'arrêtai.

— Occupe-toi de ça.

Elle semblait blessée, désespérée. Je brûlais d'envie de la prendre dans mes bras. Je ne le ferais qu'après leur départ.

Elle acquiesça et quitta le bureau.

Je restai sur place, les yeux rivés sur la porte.

Seule consolation : Susan, Edward et Carolyn savaient désormais qui était réellement William Stanhope, ce qui, à long terme, leur ferait plus de bien que tout son argent. Et puis le vieux saligaud savait parfaitement que, s'il ne s'en tenait pas strictement aux termes de l'accord, je réapparaîtrais aussitôt.

Je songeai à mon voyage du lendemain, seul. Je pourrais sans doute retrouver mon boulot à Londres, et même Samantha, si je le désirais vraiment. J'avais surtout envie de dégoter un navigateur cherchant un skipper expérimenté pour une longue traversée. Cela m'empêcherait de prendre de mauvaises décisions, inspirées uniquement par l'amour.

J'entendis une voiture se garer devant la maison. Par la fenêtre, je vis le SUV d'Elizabeth.

J'allai lui ouvrir avant qu'elle ait sonné.

— Bonjour, me dit-elle en souriant.

— Bonjour. Entre.

— Pas longtemps. J'ai reçu ton courriel.

Je la conduisis dans le bureau. Elle regarda autour d'elle, remarqua les toiles de Susan.

— Elle a beaucoup de talent.

Je jetai, moi aussi, un coup d'œil aux tableaux. Un flot de souvenirs me submergea. Vingt ans de vie avec une femme qui avait été délicieusement folle et qui, au cours des dix dernières années, l'était devenue un peu moins, tout en restant délicieuse. Une femme à présent anéantie.

— Ça va, John ?

— Oui. Et toi, tu tiens le coup ?

— Il y a des hauts et des bas. Mais ça ira.

— Je connais ton courage. Veux-tu t'asseoir ?

— Non, merci. J'ai rendez-vous avec l'équipe d'une de mes boutiques et je suis déjà en retard.

Elle tira une enveloppe de son sac

— C'est pour toi.

Je pris l'enveloppe blanche, toute simple, adressée à M. John Sutter.

— Lisons-la ensemble, dis-je, en prenant un coupe-papier.

— Non. Lis-la tout seul. C'est à toi que maman l'a adressée.

— Je sais, mais nous étions convenus que…

— Si elle contient quelque chose dont tu aimerais me faire part, appelle-moi. Je te fais confiance.

— D'accord… Pourtant…

— Tu n'as pas l'air bien.

— La gueule de bois après la fête des Pères.

— Tu aurais dû me voir dimanche matin, dit-elle en souriant.

— Ta soirée était très réussie.

— J'aimerais que Susan et toi veniez dîner à votre retour.

— J'en serais ravi.

— Dis-lui que je suis passée et que je lui souhaite un bon voyage.

— Je n'y manquerai pas.

— Toi, prends de la caféine et de l'aspirine.

— Promis. Merci.

Je la raccompagnai jusqu'à sa voiture.

— N'est-ce pas la voiture des Stanhope ? me lança-t-elle.

— Si.

— Je comprends que tu aies ta tête des mauvais jours.

— Ils vont bientôt partir pour l'aéroport, répondis-je avec un sourire forcé.

— Tant mieux. Propose à Susan de passer avec toi prendre un verre ce soir.

— Merci, mais nous devons préparer nos bagages. Nous levons le camp tôt demain matin.

— Si vous changez d'avis, préviens-moi. Pourquoi allez-vous en Turquie ?

— Pour changer d'air. J'ai passé une semaine là-bas quand je naviguais.

— Un jour, peut-être, un bel homme me proposera de faire le tour du monde à la voile avec lui.

Peut-être plus tôt que tu ne le penses, me dis-je.

— Si tu le désires vraiment, ça arrivera.

Elle ne répondit pas.

— Salue Mitch de ma part, ajoutai-je.

— Qui ?

Nul besoin d'en dire plus. Elle m'embrassa sur la joue.

— Envoie-moi une carte postale.

— Promis.

— Au revoir.

Elle monta dans sa grosse BMW et s'éloigna. Je retournai dans mon bureau et fermai la porte derrière moi. J'avais l'esprit trop occupé pour penser à Elizabeth. Je jetai quand même un coup d'œil à l'enveloppe.

Bourdonnement de l'Interphone. Je décrochai aussitôt. C'était Susan.

— Je suis dans la cuisine. Mon père refuse de te rejoindre dans le bureau. Il te téléphonera plus tard… Ou après ton retour à Londres.

Elle semblait plus calme, à présent, ou tétanisée.

— Entendu.

— Il va attendre dans sa voiture pour que je puisse passer un peu de temps seule avec ma mère.

— Très bien.

— Je t'en prie, ne va pas lui parler maintenant.

— D'accord. Je te verrai après leur départ.

Je raccrochai.

J'entendis la porte d'entrée s'ouvrir et vis William s'installer dans sa voiture. Il mit le contact, probablement pour écouter la radio. Je me demandai comment Charlotte et lui réagiraient en apprenant le meurtre de Salvatore D'Alessio, les soupçons qui pesaient sur Anthony Bellarosa, et en découvrant que leur fille apparaissait à nouveau dans les journaux. À coup sûr, ils insisteraient pour qu'elle regagne immédiatement Hilton Head. De toute évidence, ni elle ni moi ne reviendrions jamais vivre ici.

J'ouvris l'enveloppe et découvris l'écriture fine et serrée d'Ethel.

Cher monsieur Sutter,

Je vous écris cette lettre depuis ce qui sera probablement mon lit de mort, en attendant que vous reveniez de Londres pour régler ma succession. Elle vous sera remise après ma mort par ma fille, Elizabeth Corbet, à condition que vous soyez de retour aux États-Unis et que j'aie pu vous parler personnellement.

Les deux conditions me paraissaient remplies. J'étais bien revenu de Londres et j'étais allé lui rendre visite à la maison de retraite. De son côté, elle avait rempli la condition ultime : elle était morte.

Je suis fatiguée et ne me sens pas très bien. J'irai donc droit au but. Je sais que votre beau-père et vous ne vous êtes jamais aimés. Je sais aussi que cette situation a causé beaucoup de chagrin à votre ex-femme, a entraîné des problèmes entre vous. Je crois également que les Stanhope ont exercé une forte pression sur Mme Sutter pour qu'elle vende sa maison et aille les rejoindre à Hilton Head.

Il est difficile pour moi de trouver les mots pour ce que je vais vous révéler. Je vais donc le faire le plus directement possible.

William Stanhope est un homme qui s'est révélé moralement corrompu et dépravé.

Sa conduite dissolue a commencé lorsqu'il était étudiant, s'est poursuivie pendant son service militaire et n'a pas cessé durant son mariage. Aujourd'hui, malgré les années, j'ai du mal à revenir à cette lointaine époque. Je ne m'appesantirai pas sur les détails de sa conduite. Mais je peux vous dire qu'il a abusé des plus jeunes et des plus innocentes employées de maison à Stanhope Hall.

Il appréciait particulièrement les étrangères, celles qui pouvaient le moins lui résister. Avant et pendant la guerre, ses victimes étaient la plupart du temps irlandaises. L'une d'elles, Bridget Behan, a tenté de se suicider après qu'il l'eut violée. Après la guerre, les employées étaient souvent des réfugiées, surtout allemandes et polonaises, parlant à peine l'anglais, terrifiées à l'idée d'être expulsées. Elles cédaient donc à ses avances. L'une de ces filles, une Polonaise à peine âgée de seize ans et dont, malheureusement, je ne me rappelle pas le nom, est tombée enceinte de lui : il l'a fait renvoyer dans son pays.

Ce comportement abject s'est poursuivi systématiquement pendant des années, jusqu'à ce que lui et Mme Stanhope aillent s'installer à Hilton Head.

Vous devez vous demander, M. Sutter, pourquoi j'ai attendu si longtemps pour vous faire ces révélations. D'abord, il faut que vous sachiez que moi et d'autres employés de Stanhope Hall avons tenté d'en parler à Augustus Stanhope. Il a préféré, honteusement, ne pas nous écouter. Je dois ajouter que j'ai moi-même honte de ne pas avoir insisté davantage. Mon mari, George, n'a pas eu une attitude plus courageuse, puisqu'il a refusé de s'adresser à Augustus Stanhope et m'a même conseillé de garder le silence. Vous devez comprendre qu'à l'époque ces filles n'avaient pas l'habitude de porter plainte. Si elles l'avaient fait, qui les aurait crues face à la parole de William Stanhope ? Je sais aussi qu'elles étaient menacées de licenciement ou d'expulsion et recevaient parfois de l'argent pour prix de leur silence. J'ignore combien de filles ont été ainsi victimes de William Stanhope, mais il ne se passait pas une année sans que l'une d'elles ne vienne dénoncer auprès de nous ses agissements. Je dois reconnaître qu'un certain nombre d'entre elles étaient consentantes et se vendaient pour de l'argent. Mais elles furent au moins aussi nombreuses à subir ses agressions, à céder à ses pressions et à ses violences.

Je n'ai, hélas, aucune preuve matérielle de ce que j'avance. Toutefois, une dame tout à fait respectable connaît ces événements aussi bien que moi. Elle s'appelle Jenny Cotter, un nom que vous ou Mme Sutter devez vous rappeler, puisqu'elle a été gouvernante à Stanhope Hall. À l'heure où j'écris ces lignes, Mme Cotter est toujours vivante et réside à la maison de retraite Harbor View, à Glen Cove. Si vous désirez plus de détails, elle est tout à fait disposée à vous les donner.

Ainsi, M. Sutter, ma lettre est autant une confession qu'une demande de pardon pour m'être tue toutes ces années. Comprenez qu'en gardant ainsi le silence, en partie sur l'insistance de mon mari, je cherchais à ne pas faire de peine à la jeune Mlle Susan, qui devait devenir plus tard Mme Sutter. Maintenant que je suis au seuil du royaume des cieux, j'éprouve le besoin de décharger mon âme de ce lourd fardeau. Et je sais, au fond de mon cœur, que vous êtes la personne à qui j'aurais dû me confier il y a bien des années. Sans Mme Sutter, je l'aurais fait. À présent, c'est à vous qu'il appartient de décider si elle doit ou non le savoir. Je prie pour que vous lisiez cette lettre, et je prie pour que vous la montriez à M. Stanhope, en mentionnant Mme Cotter, qui pourra prouver les viols qu'il a commis sur toutes ces filles. Je sais que

Dieu me pardonnera mon silence, comme Il pardonnera à William Stanhope, s'il a le courage de reconnaître ses péchés et d'implorer sa clémence.

Bien à vous,

Ethel Allard

Je fixai un instant les quatre pages que je tenais en main puis regardai, par la fenêtre, William Stanhope qui, assis dans la voiture, attendait impatiemment que sa femme et sa fille aient terminé leur entretien.

Je trouvai son numéro de portable dans l'agenda de Susan et composai le numéro.

Je le vis tirer l'appareil de sa poche, regarder le nom qui s'affichait sur l'écran et répondre :

— Oui ?

— William, ici votre futur gendre. Venez donc ici. Il faut que nous ayons une petite conversation.

Chapitre 69

— Je ne comprends toujours pas comment tu as réussi à le faire changer d'avis, me dit Susan.

— Je peux être très persuasif.

Depuis le départ de ses parents, une heure plus tôt, elle ne cessait de me poser la question. Elle était surtout ravie et soulagée que tout se fût arrangé de façon aussi miraculeuse. À dire vrai, il s'agissait bien d'un miracle. Merci, Ethel. Demandez à l'ange du paradis de vous servir un autre sherry et de le mettre sur mon compte.

Nous étions assis à l'ombre dans le patio, célébrant l'événement avec quelques bières.

— Que souhaites-tu pour le déjeuner ? me demanda Susan. Tu as droit à tout ce que tu veux.

— Je pensais à un yaourt. Mais une pizza aux poivrons me conviendrait à merveille.

Elle prit son téléphone portable et appela la pizzeria.

La commande de pizza semblait pour elle un mystère insondable. Quatre-saisons ou sicilienne ? Néanmoins, elle faisait des progrès.

— Ne quittez pas dit-elle à l'employé. Il veut savoir si tu désires d'autres garnitures…

— Pourquoi pas six saucisses et des boulettes de viande ?

Elle transmit ma commande, écouta la réponse, s'adressa de nouveau à moi.

— Quel format, la pizza ? Moyenne, grande ?

— Géante.

Elle sourit, donna à l'employé notre numéro de téléphone et notre adresse, puis appela le pavillon de gardien pour prévenir les vigiles.

Les pieds nus sur la table, j'avalai une gorgée de bière.

Susan revint sur la capitulation de William.

— Je connais mon père. Les négociations ont dû être dures.

— Je suis un bon négociateur.

Surtout quand je tiens à pleines mains les couilles de l'autre. Je serre, ou je tords ?

— John… Crois-tu qu'il n'était pas sincère ? Ou qu'il va revenir sur sa parole ?

— Il ne fera pas une chose pareille.

— Je ne comprends pas.

— Écoute, Susan. Je pense que ton père a vécu une sorte d'épiphanie. Assis dans la voiture, il a dû comprendre qu'il avait mal agi. Peut-être a-t-il été visité par le Saint-Esprit. Moi-même, je n'en ai pas cru mes yeux quand, par la fenêtre, je l'ai vu descendre de voiture, l'air extatique, puis pénétrer dans le bureau et clamer : « John, je voudrais vous parler ! ».

En fait, il s'était écrié :

— Comment osez-vous me convoquer ?

Évidemment, je m'étais platement excusé. Ou lui avais-je ordonné de s'asseoir, de la fermer et de lire la lettre ? En tout cas, dès les premières lignes, il était devenu tout pâle puis livide. Je n'avais jamais vu une peau changer aussi rapidement de couleur. Je regrettai de ne pas avoir de caméra. Ses mains tremblaient. Ensuite, la négociation avait été plutôt facile. De temps à autre, il fanfaronnait : « Personne ne prêtera foi aux élucubrations d'une vieille femme assommée par les médicaments ! ». Je lui avais alors suggéré de montrer la lettre à sa femme et à sa fille, pour voir ce qu'elles en penseraient, puis d'aller rendre visite à Mme Cotter, dans sa maison de retraite, pour qu'elle clarifie un certain nombre de points. Cela lui avait cloué le bec, bien sûr. Il n'en avait pas moins prononcé le mot « chantage ».

Ce qu'avait fait William, ou ce qu'on l'accusait d'avoir fait, n'était pas seulement méprisable ; c'était aussi un crime. Couvert, hélas, par la prescription. Mais il devait payer pour ses forfaits. Même si le chantage était contraire à tous mes principes et puni par la loi, j'avais la conviction qu'Ethel prendrait ma défense lors du jugement dernier.

— Il avait l'air pâle, bouleversé, murmura Susan.

— Ah ? Je ne l'ai pas remarqué.

— Et ma mère était sidérée qu'il ait changé d'opinion de façon aussi soudaine.

— Elle n'avait pas vécu son illumination divine.

— John ?

— Oui ?

— L'as-tu menacé de quelque chose ?

— De quoi aurais-je pu le menacer ?

— Je ne sais pas. Mais…

— Si nous changions de sujet ? Par exemple, à qui le tour d'aller chercher les bières ?

Elle gagna la cuisine. Je terminai ma bière et repensai à la lettre. Hunnings avait conseillé à Ethel de ne pas me la montrer, avant de faire pression sur Elizabeth afin qu'elle la garde pour elle. Pourquoi ? Pour protéger la mémoire d'Elizabeth, ainsi qu'il le prétendait ? Ou tenait-il à récupérer lui-même la lettre pour pouvoir ensuite la donner à William en échange de… de quoi ? D'une retraite confortable ?

Susan revint avec les bières.

— John, tu es trop modeste. À mon avis, mon père a changé d'avis grâce à quelque chose que tu lui as dit, et non grâce à je ne sais quel message divin…

— J'ai fait de mon mieux. J'ai su me montrer persuasif. Toutefois, je crois réellement que j'ai reçu une aide d'en haut.

— Je t'avais bien dit que c'était notre destin, et qu'un ange gardien veillait sur nous.

— Apparemment, oui.

J'avalai une gorgée de bière.

— John, crois-tu que nous devrions nous marier à Saint Mark ?

— Pourquoi pas ? Le père Hunnings fait une réduction pour la deuxième fois.

— Tu ne l'aimes pas, me dit-elle en riant, et je crois qu'il ne t'apprécie guère.

— Vraiment ? J'irai lui parler pour arranger les choses.

Et lui dire que j'avais lu la lettre d'Ethel, et lui demander s'il en connaissait le contenu autrement que « vaguement »…

— Oui, ce serait bien. J'aimerais me remarier là-bas.

— Pas de problème. J'obtiendrai même du père Hunnings qu'il fasse l'impasse sur l'entretien prénuptial.

Elle sourit.

— Je te trouve bien présomptueux, après ton succès avec mon père.

— J'ai le vent en poupe. Sache, en outre, que tes parents ne se contentent pas de donner leur bénédiction à notre union. Ils vont en assumer les frais.

— Je veux seulement leur bénédiction.

— Et, moi, je tiens à leur présenter la note. N'oublie pas de leur envoyer la date par courriel. Ils vont vouloir venir à l'avance, pour régler les derniers détails et discuter de ta dot.

Elle ignora ma suggestion.

— John, es-tu décidé à oublier et à pardonner ? Je veux dire, à propos de mes parents ?

Je réfléchis un instant.

— Je ne suis pas rancunier.

Elle éclata de rire.

— Tu parles ! C'est le cœur même de ton être !

— Tu me connais trop bien. Je ne peux ni oublier ni pardonner ce qu'ils nous ont fait vivre au cours de notre mariage, et tout récemment. Pourtant, si ton père, et cela vaut aussi pour ta mère, recherche le pardon et s'efforce de faire amende honorable, je suis ouvert. Je suis sûr qu'il me pardonnera de l'avoir traité d'enfoiré sans principes et autres délicatesses. À mon tour de te poser une question : qu'éprouves-tu envers eux ?

— De la colère. J'ai découvert un côté très déplaisant chez eux. Cependant, ce sont mes parents. Je les aime et je leur pardonnerai. Nous attendrions la même chose de nos propres enfants.

— Certainement. Mais nous n'avons rien à nous faire pardonner.

Elle garda le silence un instant.

— Moi, si. Pour ce que j'ai fait. Et ils m'ont pardonné, sans conditions. Comme toi.

J'acquiesçai.

— La vie est courte.

J'aurais pu, en fin de compte, pardonner à Charlotte et à William ce que notre famille avait enduré à cause d'eux. Le bonheur est la meilleure vengeance. Mais je ne pourrais jamais pardonner à William ce qu'il avait fait à ces jeunes filles. Cela resterait à jamais gravé en moi, et en lui, jusqu'à la fin de ses jours.

Assis tous les deux dans le patio, nous contemplions, Susan et moi, la roseraie inondée de soleil. La journée était délicieuse, la nature en pleine floraison, l'air chargé de senteurs de rose et de jasmin. Un gros papillon, un monarque, cherchait un endroit où se poser.

Susan interrompit ma méditation.

— Nous devons annoncer la bonne nouvelle aux enfants en leur envoyant un courriel, leur donner les dates. Et les prévenir qu'on va peut-être parler de nous dans les journaux.

— Écris à Carolyn pour lui annoncer la bonne nouvelle. Quant à notre apparition dans la presse, je l'ai déjà avertie.

— Dans ce cas, je vais envoyer un message à Edward.

— Précise-lui bien que papy a béni notre mariage, en lui confiant la gestion du fonds de placement. N'en dis pas trop sur notre éventuelle apparition dans les journaux.

— Comme tu voudras. Tu te doutes quand même que Carolyn et lui vont en parler.

— Pas de problème. Nous répondrons sincèrement à leurs questions, mais sans tout leur révéler. Téléphone à tes parents pour voir à quelle date ils pourront rendre visite à Edward à Los Angeles. Il faut qu'ils connaissent mieux leurs héritiers.

Elle sourit encore.

— Voilà une excellente idée.

Nous retombâmes à nouveau dans le silence, goûtant ce moment passé ensemble, d'autant plus extraordinaire que la journée avait mal commencé.

Malheureusement, dans chaque jardin d'Éden, un serpent se tapit parmi les fleurs. Ici, il y en avait même deux. Le premier portait un nom : Anthony Bellarosa. Le second n'en avait pas et venait de se glisser dans le jardin. Si j'avais dû le nommer, je l'aurais baptisé : « doute ».

Alors, pour le tuer avant qu'il nous tue, je dis à Susan :

— Ce que nous avons fait était un acte d'amour.

Comme elle ne répondait pas, je poursuivis :

— Je n'ai jamais douté de ton amour, et je sais que tu avais le cœur brisé.

Toujours pas de réponse. Je conclus par ces mots :

— S'il fallait le refaire, nous le referions.

— Tu ne voulais même pas de son argent, murmura-t-elle après un moment de silence. Alors que moi, je me sentais si… si lâche, si vénale.

— Non. Rappelle-toi pourquoi nous avons agi de la sorte. Ce n'était pas pour nous.

C'était pour baiser William et Peter. Et, bien sûr, pour qu'Edward et Carolyn obtiennent leur part de la fortune familiale.

— C'est peut-être vrai pour toi, John. En ce qui me concerne, je n'en suis pas sûre.

— Ne doute pas de tes motifs. Ton père t'a mise devant un dilemme impossible à résoudre.

— Je sais… Mais j'avais l'impression de me vendre, de te trahir, de renoncer à ton amour pour…

— Non, Susan. Je ne vois pas les choses ainsi et tu ne le devrais pas non plus.

— D'accord… Tu es un homme aimant et avisé.

— C'est vrai. Prends une autre bière.

— J'espère que cette histoire ne viendra jamais nous hanter, murmura-t-elle avec un sourire contraint.

— Si nous avons pu surmonter ce qui s'est produit il y a dix ans, alors, ceci n'est rien du tout.

— Je t'aime.

— Voilà pourquoi nous sommes là. Où est donc ce livreur de pizzas ?

— Je ne sais pas. Je n'ai jamais commandé de pizza de ma vie.

— Tu en auras l'occasion au cours des vingt ans à venir.

Nous parlâmes ensuite de Londres, de Paris, et d'un éventuel crochet par la vallée de la Loire, comme nous l'avions fait autrefois.

La sonnerie du portable de Susan retentit. C'était le gardien, à l'entrée, annonçant l'arrivée du livreur de pizzas.

Je gagnai la maison et l'attendis devant la porte.

Au même instant, je pris conscience que c'était dans de tels moments, quand on s'y attend le moins, que tout peut basculer, comme cela avait été le cas pour Salvatore D'Alessio.

Une petite camionnette s'avançait dans l'allée. Je rentrai dans la maison, grimpai rapidement à l'étage, pris la carabine, redescendis à mon bureau et regardai par la fenêtre. Un jeune Hispanique descendit de la camionnette, sortit la pizza de l'arrière, puis se dirigea vers l'entrée. J'étais peut-être parano, mais l'oncle Sal s'était fait descendre alors qu'il engloutissait un cannoli sans regarder la porte. L'instant d'après, il s'était retrouvé face à un canon de fusil de chasse, et bang ! Droit en enfer !

Tintement de la sonnette. Je déposai la carabine dans le pot à parapluies et ouvris.

Je réglai la pizza et laissai un généreux pourboire au jeune homme, tout en regardant par-dessus son épaule avant de refermer la porte. Ensuite, je rapportai la boîte de pizza et la carabine dans le patio.

— Nous avons vraiment besoin de ça ici ? demanda Susan en désignant l'arme.

— J'espère que non.

Elle alla chercher couverts et serviettes, et nous nous installâmes.

Je savais que lady Stanhope avait mangé des pizzas, je l'avais vu faire. Mais elle manifestait toujours, face à la nourriture, une sorte de dédain.

Je lui montrai comment retourner le bout pointu de la tranche pour la couper ensuite avec les dents, ce qui permet de stabiliser l'ensemble.

— C'est de la physique élémentaire.

— C'est bon, reconnut-elle.

— Et c'est bon pour toi.

— Je n'en crois rien. On peut quand même en commander de temps en temps.

— Nous pourrions même acheter la pizzeria.

Elle éclata de rire.

— Tu nous as sauvés. Je te dois donc quelque chose. À part le voilier et les pizzas malsaines, qu'est-ce qui te ferait plaisir ?

— Seulement toi, ma chérie.

— Tu m'as déjà.

— C'est tout ce que je veux.

— Et une voiture de sport ?

— D'accord.

Je mangeai la moitié de la pizza : six tranches. Susan en avala deux, et nous enveloppâmes le reste pour mon petit déjeuner.

Nous allâmes dans la chambre pour digérer et préparer nos bagages. Possédant une garde-robe complète à Londres, je ne jetai que quelques vêtements dans ma valise.

— J'ai, à la cave, des jolies choses que je n'ai pas encore eu le temps de déballer, dit Susan.

Nous pourrions être partis plus de trois semaines. Je n'élevai donc aucune objection.

Après avoir bouclé les bagages, nous fîmes un petit somme. Vers 17 heures, je me levai et dis :

— Je pars acheter quelques bricoles à Locust Valley. Tu viens avec moi ?

— Non. J'ai encore beaucoup de choses à faire. Mais je vais te dresser une liste.

— Verrouille les portes et ne sors pas.

Elle blêmit.

— Garde aussi la carabine ou le fusil de chasse à portée de main. Je laisserai la carabine dans le pot à parapluies, près de l'entrée.

— John…

— Écoute, Susan, il nous reste moins de quinze heures avant le décollage. Inutile de prendre des risques.

Elle haussa les épaules.

— Le vol est à 7 h 30. À quelle heure veux-tu que le taxi vienne nous chercher ?

Il fallait quitter la maison vers 5 heures, alors qu'il ferait encore nuit.

— Nous prendrons mon véhicule de location. Je pourrai ainsi emporter la carabine. Nous laisserons l'auto sur le parking longue durée.

— Je préférerais commander un taxi. Ce serait plus simple.

— Moi aussi. Mais c'est une ultime précaution.

— John, nous partons en vacances, pas pour la guerre.

— Ne discute pas. Sinon, j'appelle ton père pour qu'il te sonne les cloches.

— Je sens que tu vas être insupportable, murmura-t-elle avec un sourire en coin.

— Oui.

Je l'embrassai.

— Ne reste pas trop longtemps, me dit-elle. Tu veux mon portable ?

— D'accord.

Je pris son téléphone, descendis, déposai la carabine dans le pot à parapluies et verrouillai la porte derrière moi en sortant.

J'avais les clés des deux voitures mais décidai d'utiliser ma Taurus, plus facile à garer en ville. En passant devant le pavillon de gardien, une pensée me vint à l'esprit. Je klaxonnai et descendis. Un jeune vigile, que je ne connaissais pas, sortit du pavillon.

— Je suis M. Sutter. J'habite la maison d'hôtes.

— Bien, monsieur.

— Vous êtes seul ?

— Jusqu'à 20 heures. Ensuite, nous serons deux.

— Parfait. J'aimerais que, dans un quart d'heure, vous alliez en voiture jusqu'à la maison d'hôtes et que vous en fassiez le tour à pied, pour vérifier que tout va bien.

— Euh, je ne suis pas censé quitter mon poste.

— Ce soir, cela fait partie de votre travail.

Je lui glissai un billet de vingt dollars.

— Mme Sutter est dans la maison et nous n'attendons pas de visite. Alors, ne laissez entrer personne sans notre autorisation. Je serai de retour dans une demi-heure.

En réalité, cela pourrait durer une heure, mais il n'était pas obligé de le savoir. Il semblait reconnaissant pour le pourboire.

— Pas de problème.

Je remontai dans la Taurus et pris la route de Locust Valley. Outre la liste de Susan, j'avais emporté la lettre d'Ethel, dont je comptais faire une vingtaine de photocopies. J'en enverrais une tous les mois à William, plus une autre le jour de la fête des Pères, à Noël et pour son anniversaire.

En arrivant au village, je téléphonai à Susan.

— Il y a beaucoup de circulation. Je vais avoir du mal à me garer. Je risque d'être en retard.

— Prends ton temps.

— Tu as besoin d'oignons ?

— Pas d'oignons, mon chéri.

- D'accord. J'ai demandé au gardien de l'entrée d'aller jeter un coup d'œil à la maison dans un quart d'heure. Si tu es obligée de descendre, n'oublie pas que la carabine est dans le pot à parapluies. Laisse le fusil de chasse dans la chambre. Je te rappelle bientôt.

Le village était envahi de voitures à la recherche d'une place. Sur le tableau de bord, la pendule indiquait 17 h 30. Avec un peu de chance, je serais de retour d'ici une heure.

Que pouvait-il se passer en une heure ?